개정 증보판

민촌 이기영 평전

이성렬
민촌의 차손(次孫)
충남 온양 출생(1946)
온양고, 서울상대 졸
외환은행 근무(1970~1997)
E-mail: sungryulee@hanmail.net

개정 증보판
민촌 이기영 평전

초판 1쇄 인쇄 2019년 8월 29일
초판 1쇄 발행 2019년 9월 7일

지은이 이성렬
펴낸이 김승희

기획 정광일
편집 조현주
북디자인 김정숙

인쇄제본 (주)현문
종이 월드페이퍼(주)

주소 서울시 양천구 목동동로 293, 22층 2215-1호
전화 02) 3141-6553
팩스 02) 3141-6555
출판등록 2008년 3월 18일 제313-1990-12호
이메일 gwang80@hanmail.net
블로그 http://blog.naver.com/dkffk1020

ISBN 979-11-5930-115-5 03810

* 가격은 뒤표지에 있습니다.
* 잘못된 책은 바꾸어 드립니다.

이 도서의 국립중앙도서관 출판예정도서목록(CIP)은
서지정보유통지원시스템 홈페이지(http://seoji.nl.go.kr)와
국가자료종합목록시스템(http://www.nl.go.kr/kolisnet)에서 이용하실 수 있습니다.
(CIP제어번호 : CIP2019034363)

개정 증보판

민촌 이기영 평전

이성렬 지음

살림터

『민촌 이기영 평전』 개정 증보판 발간에 부쳐

민족문학의 북두칠성

임헌영(문학평론가)

동아시아에 평화를 정착해야 할 세계사적인 일대 전환기인 3·1운동 100주년을 맞은 해에 하필이면 아베 신조(安倍 晋三)는 한국에 대한 경제 보복 조치를 내려 지난 시대의 반인륜적인 범죄행위를 까뭉개려고 발버둥치고 있다. 돈으로 역사의 죄악을 숨기려는 야비한 행위에 대하여 양심적인 정치인과 지식인들이 그 부당성을 지적하고 있으며, 범시민적인 일제 불매운동이 요원의 불길처럼 번지고 있는 가운데 멀리 필리핀의 마닐라에서 한 낭보가 전해졌다.

'2019 아시아태평양 평화와 번영을 위한 국제대회'(7월 26일)에서 한 저명인사가 일본의 수출 규제 조치는 "과거 죄악에 대한 책임을 회피하고 조선에 대한 식민지 지배의 향수를 자극하여 전쟁 가능한 국가로의 개헌을 기어이 실현하고 군사 대국화로 가기 위한 속심의 발로"라고 그 본질을 적시했다. 이어 일본은 "조선반도를 발판으로 과거 일제의 군홧발이 닿았던 아시아태평양 지역 나라들에 대한 일본의 군사적 재침입이 결코 먼일이 아니라는 것을 얘기해 주고 있다"라고 엄중 경고했다.

이 발언에 의하면 "제2차 세계대전이 종결되고 75년의 긴 세월이 흘렀지만, 일본은 당시 인민들에게 저지른 만행과 관련한 역사를 왜곡 부정하면서 죄 많은 과거를 깨끗이 청산하지 않고, 더욱더 뻔뻔스럽게 놀아 대고 있다." 그래서 "일본은 역사적 자료에 의해 입증되고 국제법적으로 위법성이 여지없이 확정된 강제 연행과 노예 노동, 일본군 성노예 범죄, 집단 학살 만행의 진상을 어떻게든 뒤집어엎기 위해 이를 폭로한 양심적인 기자, 학자들을 매국노로 몰아 진실을 가리려 하고 있다"라고 폭로했다. 이런 여러 사실들로 미뤄 볼 때 일본이란 나라는 "엄연한 범죄를 인정할 만한 용기도 없고, 제대로 배상할 의지도 전혀 없다는 것을 똑똑히 보여 주고" 있기 때문에 "일본 당국이 역사를 부정하고 진정성 있는 사죄와 응분의 배상을 하지 않는다면 일본에는 결코 미래가 없다"라고 단언했다.

이런 멋진 발언을 한 인물은 대체 누구일까?

바로 천안이 낳은 세계적인 작가 리기영의 아들 리종혁이다. 그는 북한의 조선아시아태평양평화위원회 부위원장 자격으로 필리핀 대회에 참석하여 〈과거에 대한 올바른 정립 없이 현재를 논할 수 없고, 미래로 나아갈 수 없다〉는 제목의 주제발표를 했는데, 위에 인용한 대목은 그 일부다.

남한에서도 그를 만난 적이 있는 인사들이 적잖은데, 예를 들면 강만길 선생은 여러 차례 친교를 나누면서 리종혁 부위원장은 보기 드문 범세계적인 수준 높은 지성인이자 민족적 양식이 강한 소중한 분이라고 하며, 필시 위대한 작가 리기영의 인격과 품성이 그대로 스며 있는 게 아닌지 유추했다.

이런 지성적 인물이기에 국제회의 석상에서 당당하게 "아시아태평양

지역 내 모든 나라와 단체들은 일본의 과거 죄악을 청산하기 위한 연대성 운동을 활발히 벌이며 일본이 저지른 범죄의 진상을 세계 인민에게 알려야 한다"라고 강조하며, 일본의 범죄를 입증하는 피해자의 증언집과 사진 등을 유네스코 문화유산으로 등록하는 사업 등을 제안하기까지 했다고 전한다.

리기영 작가가 이런 시기에 생존해 있었다면 반드시 이런 취지의 발언을 했을 것이고, 이는 민족적 양식을 지닌 남한(뿐만 아니라 세계)의 지식인이라면 동의하지 않을 수 없을 것이다.

일본의 재침략 야욕 앞에서 우리는 이제 남이 아니다. 이념도 정치 체제도, 심지어 국경과 인종에 대한 편견도 다 뛰어넘어 지난 시대 일제 파시스트들이 저질렀던 침략의 잔혹한 만행을 회상하며 비판하고 예방하지 않을 수 없다.

그런데 오늘의 한국 사회는 뻔뻔스럽게도 지구상의 어느 미개인 집단에서도 찾기 어려운 민족 배반 행위인 친일 행각들이 공공연하게 거리를 활보하고 있다. 이런 행태를 두고 작가 박완서는 현대 민족사의 족보를 이렇게 요약해 준다.

> 매국노는 친일파를 낳고, 친일파는 탐관오리를 낳고, 탐관오리는 악덕 기업인을 낳고, 악덕 기업인은 현이를 낳고… 동학군은 애국투사를 낳고, 애국투사는 수위를 낳고, 수위는 도배장이를 낳고, 도배장이는 남상이를 낳고…. (박완서, 소설『오만과 몽상』)

아, 민촌 리기영 선생이었다면 이런 세태를 묵과하지 않았을 것이다. 그는 우리 민족 해방을 위한 위대한 투사이자 뛰어난 작가이며 선량하고 훌륭한 인간이었다. 근대 이후 1세기 동안 우리 민족문학사에는 기라성 같은 뛰어난 문학인들이 명멸했는데, 그중 단연 리기영은 북두칠성 안에 들어가야 할 희귀한 존재이건만 여러 제약과 여건 때문에 그간 너무 소홀하게 다뤄져 왔다. 재북 작가(흔히들 납월북 작가라고 했지만 이제부터는 재북 문인으로 고쳐 불러야 할 것이다) 중에도 벽초 홍명희, 포석 조명희, 이태준, 정지용, 오장환, 임화, 백석 등등 상당수의 문학인들은 해당 지역이나 연고에 따라 각종 기념행사가 성대하게 치러지고 문학상까지 제정되어 수상자를 격려하기도 하지만, 정작 리기영 선생에 대해서는 최근에야 애정을 가진 인사들이 나서서 기념행사를 열고 있다. 만시지탄인 만큼 열화의 불길로 발전해 가기를 빈다.

2019년 9월 7일, 민촌 이기영 35주기를 맞아 그 차손(次孫)인 이성렬 선생이 기왕에 출간했던 『민촌 이기영 평전』(심지, 2006)을 개정 증보하여 새롭게 출간하게 되었다. 분단시대의 냉전 독재체제 아래서 그 집안이 당했을 고통을 생각하면 어떤 보상도 모자랄 것이다. 그런 악조건 아래서 이성렬 선생은 온양고와 서울대 상대를 나와 외환은행에서 근무한 후 심혈을 기울여 "망실(忘失)한 가족사(家族史)를 찾아 민촌의 작품에 나오는 내용들이 실재했던 사실(事實)과 부합하는지를 몇 가지 확인"하는 작업에 진력해 왔다. 우리 민족문학사의 연구자들이 해야 할 역할을 대신해 준 데 대한 고마움을 어찌 필설로 다하랴.

덕수이씨(德水 李) 집안인 민촌 리기영은 겨레의 스승 충무공의 12대손이다. 나는 양반 족보를 빙자해서 리기영을 높이려는 의도는 추호도 없다. 다만 충무공이라면 족보 문제가 아니기에 민족정신사적인 집단 무의식의 영향을 무시할 수 없다는 취지에서 밝힐 따름이다.

저자는 「개정 증보판을 내면서」에서 이렇게 중요 사항을 밝혀 준다.

시대적 배경으로서 중요한 동학혁명과 당시의 토지 소유 관계에 관한 필자의 서술이 부실하였음도 지적되었습니다. 또 민촌이 풋사랑의 깊은 상처를 안고 그것을 숨긴 채 일생을 살았음도 밝혀졌습니다. 위와 같은 내용을 이번에 개정 보완하였고, 그렇게 가필된 내용을 독자들이 알 수 있도록 적시하였습니다. 초판의 오·탈자를 정리하고 거친 표현을 가다듬었음은 물론이며 주제에서 벗어난 내용을 몇 군데 삭제하기도 하였습니다.

민촌의 문학사적인 문제는 여기서 굳이 거론할 필요가 없을 것이다. 그는 일제 식민통치를 가장 격렬하게 비판한 프롤레타리아혁명문학의 맹장이었고, 남북 분단 시대에는 비록 몸은 북녘에 담았으나 민족 주체적인 통일을 위한 이념을 위해 아무리 시대가 바뀌어도 민족문학사의 목록에서 결코 빼어 놓을 수 없는 위대한 민족사적인 증언록으로서의 작품들을 남겼다. 이 평전을 계기로 리기영 문학에 대한 관심이 높아지기를 기대한다. 리기영 문학에 대한 관심이 높아질수록 우리 민족의 주체성 확립과 남북통일로 가는 길은 빨라질 것이다.

2019년 8월

『민촌 이기영 평전』 개정 증보판 발간에 부쳐

민촌 이기영의 '고향'길을 따라서

이용길(천안역사문화연구회 회장)

민촌 이기영의 '고향'길은 안서동과 유량동을 잇는 오솔길과 산자락에 어린 민촌 선생의 삶의 발자취와 선생의 작품에 등장하는 마을과 냇물을 따라 걷는 길입니다. '고향'은 농민소설의 백미인 선생의 장편소설의 제목이며 선생이 그리워하던 고향마을입니다. '고향'길은 선생의 생애를 따라서 걷고 선생의 문학을 따라서 읽는 길입니다. 이 길은 안서동과 유량동을 지나 영진학교와 제사공장과 정거장을 거쳐서 선생이 젊은 시절 유랑하던 전국 방방곡곡을 돌아 생애 후반기를 살았던 북녘땅까지 그의 생애와 문학을 찾아가는 민촌의 '고향'길이 될 것입니다. 여전히 그 민촌에서 살아가는 노동자, 농민, 시민들이 선생께서 사랑하였던 산과 들과 강을 따라 평등하고 평화로운 세상을 향하여 함께 걸어갈 길입니다.

청년·학생·시민들과 민촌 '고향'길을 걷고, 민촌 '고향'문화제를 열고, 민촌문학비를 세우고, 남북한 겨레의 뜻을 모아 민촌문학상을 제정하고, 민촌문학관을 세우고, 민촌 이기영 전집도 출판해야 할 것입니다. 민촌의 생애와 문학을 복원하고 기념하는 일은 남북정상회담이 몇 차례씩 열리고 세계인의 관심 속에 북미회담도 열리는 통일시대의 시대정신을 구현하는 일입니다.

시기적으로 해방 전후와 지역적으로 남북을 아우르는 민촌 문학의 세계는 넓고도 깊어서 안내서 없이는 길을 잃어버릴 수도 있습니다.

이성렬 선생의 고독하고도 치열한 노력으로 펴내는 『민촌 이기영 평전』(개정 증보판)이 민촌 문학의 세계로 친절하게 안내해 드릴 것입니다.

2019년 8월

개정 증보판을 내면서

한 작가가 자신의 전기나 평전을 가질 수 있는 조건(條件)을 생각해 봅니다. 그것은 그의 문재(文才)로만 되는 것이 아닙니다. 긴말이 필요 없이 이광수(李光洙-香山光郎)의 경우만 생각해 보아도 금방 알 수 있습니다. 민촌의 장편 『고향』은 식민지 시대에 이미 조선 문학의 금자탑으로 우뚝 섰으며, 그는 그의 올곧은 심지로 하여 해방 후에 북한에서 전 인민의 절대적인 추앙을 받았습니다. 아마도 평전의 개정 증보판(改訂 增補版)까지 갖는 우리나라의 작가는 민촌이 처음이요, 유일한 경우가 아닐까 합니다.

이 책의 초판(2006)을 처음 시작한 것은 민촌의 글을 통하여 그의 생애를 밝혀 보고자 함이었습니다. 즉 민촌이 기록한 자신의 삶에 관한 자료의 정리 및 그 검증이 목표였습니다. 그래서 필자는 그의 글을 가능하면 원문 그대로 인용하였고, 그렇게 그의 작품과 회고의 시대적 배경을 그대로 초판에 옮겼습니다.

그런데 민촌이 어린 시절에 겪은 일들을 혼동하거나, 또는 대범하게 서술하는 과정에서 다소 소홀히 취급한 몇몇 사례가 독자들에 의해 지적되었습니다. 시대적 배경으로서 중요한 동학혁명과 당시의 토지 소유 관계에 관한 필자의 서술이 부실하였음도 지적되었습니다. 또 민촌이 풋사랑의 깊은 상처를 안고 그것을 숨긴 채 일생을 살았음도 밝혀졌습니다. 위와 같은 내용을 이번에 개정 보완하였고, 그렇게 가필된 내용을 독자들이 알 수 있도록 적시하였습니다.

초판의 오·탈자를 정리하고 거친 표현을 가다듬었음은 물론이며 주제에서 벗어난 내용을 몇 군데 삭제하기도 하였습니다.

이러한 기회가 주어진 것을 필자는 매우 고맙게 생각합니다.

2019년 8월 이성렬

머리말

민촌 이기영(1895~1984)은 어린 나이에 모친과 사별(死別)한다. 그의 부친 또한 입신(立身)에 실패하고 크게 낙망(落望)한다. 이에 어린 민촌은 기울어 가는 가세(家勢)를 가늠하고 글방 동료 중에서 가장 가난하고 따돌림받는 자의 편에 서서 그의 아픔을 자신의 아픔으로 여기면서 자란다. 망국(亡國)의 한을 고대소설, 신소설 및 근대 계몽소설의 탐독으로 달래던 그는 수차례 가출(家出)을 시도하는 등 구미 유학의 꿈을 실현코자 하나 그 무모한 꿈들은 모두 수포로 돌아가고 우여곡절 끝에 작가가 되어 문단에 들게 된다.

한편 3·1운동(1919)과 함께 민족의식이 고양되고 문단의 일부 세력이 일제의 식민통치에 대항하여 카프(KAPF: 조선프롤레타리아예술동맹)로 결집(1925)하였다. 카프의 새로운 '경향문학'은 곧 식민지 조선 문단의 주류로 부상하였고 그 논객들이 현실에 무감각한 기성 문단을 공격하고 나서자, 기성 문단은 카프의 문학을 '저급한 계급문학' 또는 '도식적인 목

등단 초기의 민촌

적문학' 등으로 매도하면서 문학은 모름지기 '정치적 도구'가 아닌 예술로서의 '순수문학'을 추구해야 한다고 맞섰다. 양 진영은 여러 해를 두고 치열한 논쟁을 계속하였다.

이러한 형국에 일찍이 카프에 가맹하여 그 대표작가로 성장해 온 민촌이 장편소설『고향』(1933)을 발표한다. 일제에 대한 저항의식을 바탕에 깔고 식민지 조선 농촌의 현실을 한 편의 드라마와 같이 그려 낸 이 작품은 문단의 논쟁꾼들을 일거에 침묵시켜 버린다. 계급문학이면서도 도식성을 벗어나 높은 예술성을 성취한『고향』이 기왕에 지적된 경향문학의 단점을 일거에 극복하였을 뿐만 아니라 이 땅에 사실주의문학의 확립을 엄숙히 선언하고 있음이었다.

해방 후 남쪽에서 '순수문학논쟁'이 다시 한 번 달아올라 양 진영이 서로 옥신각신할 즈음, 일제하에서 두 차례의 옥고(獄苦)를 치른 바 있는 민촌은 북한에서 장편소설『땅』과 대하소설『두만강』등을 발표하면서 40년 가까이 사회주의문단을 실질적으로 주도(主導)하였다. 우리의 문학사에 이렇게 큰 획을 긋고 있는 작가는 정녕코 다시없을 것이다.

그런데 해방 이후 이 '월북 작가'의 작품은 그의 이름과 함께 오랫동안 인멸되어 왔으며 지금까지 그의 생애에 관하여는 그가 자신에 관하여 쓴 단편적인 몇몇 회고의 내용 이상으로 알려진 것이 별로 없다. 그조차도 검증되거나 규명되지 못하였을 뿐만 아니라 꽤 중요한 사항이 잘못 알려져 있기도 하다. 또 많은 이들이 그의 중혼(重婚) 경력을 조건반사적으로 비난만 할 줄 알았지 아무도 그 속내를 파고들려 하지 않았다.

이에 필자는 민촌 자신이 쓴 회고를 중심축에 놓고 그의 작품에 나오는 내용과 그 밖의 전거(典據) 및 증언 등을 종합하여 그의 생애를 차분히 정리해 보고자 시도하였다. 여러 현장을 답사하고 증언자들을 찾아 헤맨 끝에 필자는 뜻밖에도 민촌과 절친했던 친구 'H군'이 바로 무정부주의운동을 하다가 순국(殉國)한 '홍진유(洪鎭裕, 1894~1928)'임을 확인할 수 있었고, 나아가 그의 누이동생 '홍을순(洪乙順, 1904~?)'이 바로 민촌과 후반생을 같이한 필자의 '작은할머니'임도 알게 되었다. 이 발견은 필자에게 다시없는 기쁨이요 보람이었다.

또한 필자는 민촌이 회고에 쓴 것처럼 자신이 어린 시절을 가난하게 보낸 것이 결코 아니었음을 밝힐 수 있었고, 『고향』의 '대필(代筆)'에 중대한 문제점이 있다는 점도 논증할 수 있었으며, 친일적이라고 지적되는 일제 말기의 '생산소설'에 관하여도 나름대로의 소견을 펼 수 있었다.

민촌에 관한 생생한 증언들이 거의 자취를 감춘 뒤라서 아쉬움이 크다. 진작 이 일에 착수했었더라면 북에 계신 삼촌과 고모님들에게 조금은 더 떳떳할 수 있으련만….

그들을 뵈올 날이 머지않을 터이다.

이 책의 여러 부족한 점을 보충해 줄 분들은 바로 그들이다.

2006년 5월

차례

제3부 방황기
—16세부터 30세(1911~1924)까지

제4부 작가 시절
—30세부터 90세(1924~1984)까지

서설

민촌(民村) 이기영(李箕永, 1895~1984)을 잘 모르는 많은 이들을 위하여 그의 문학적 성과를 소개하는 것이 순서일 것이다.

작금(昨今)의 두 논객(論客)의 글을 인용하는 것으로 이를 대신하고자 한다.

> 민촌의 『고향』은 조선 문단의 큰 수확으로서, 문제되어 온 작품이다.
>
> 과반 모지(某紙)의 설문에서 조선문 작품으로 해외에 소개해도 부끄럽지 않을 만한 것이 무엇이냐고 했을 때 이 땅의 양심적인 젊은 문사들은 의논이나 한 듯이 민촌의 『고향』을 추천한 것을 보아서 (……)
>
> 조선의 신문학운동이 발발(勃發)한 이후에 처음 볼 수 있는 작품이라고, 그리고 조선문화사에 기록을 그어 놓은 작품이라고 감히 단언하고 싶어 했던 것이요, 지금에 있어 단언해 두기에 양심에 괴로움을 느끼지 않는 바이다. (민병휘, 〈백광〉 3-6호 1937년 2-5월)

우리 근대 문학사에서 대표적인 사실주의 작가의 한 사람인 (……) '경향소설로서 제일 큰 기념비'(김태준, 『증보조선문학사』, 학예사, 1939)로 일컬어지는 『고향』의 작가 이기영은 일제하 당대에 '구 카프파 영수로서 춘원과 마주 서 있는 형세'(신산자, 「문단지리지」, 〈조광〉 1937. 2)라고 정평이 내려진 바 있거니와, 그것이 아니더라도, 그가 근대 소설사에서 차지하는 비중이 이광수나 염상섭에 비견해서 결코 처지지 않는다는 것은 새삼 재론할 여지가 없다.

(……)

『고향』이 이기영의 대표작이며 근대 소설사의 기념비적 작품임은 이론이 있을 수 없다. (김홍식, 「이기영 소설 연구」, 서울대학교 박사학위 논문, 1991. 8)

다음은 남파 공작원으로 거제도에 침투하려다 체포되어 18년간 수형생활을 한 바 있는 김진계(1918~ 강원도 명주군 사천면)의 수기 『조국』(현장문학사, 1990)에 나오는 대목이다. 이 글은 민촌의 인품의 일면을 내보일 뿐만 아니라 그가 해방 후 북한에서 정치인, 외교관으로서도 큰 역할을 하였음을 밝혀 주고 있다.

1956년 무더운 여름날 점심께였다.

전화통이 날카롭게 울렸다.

"여보세요. 민주선전실입니다…. 예, 받아 적겠습니다…. 내일모레요. 모란봉 극장에서… 예? 예! 이기영 선생님도 강연하신다구요! … 정말입니까? 아, 그냥, 좋아… 예, 물론이지요… 꼭 참석하겠습니다."

'전국 모범 민주선전실장 강습회'가 평양 모란봉극장에서 있으니까 꼭 오라는 연락이었다.

강사로는 변사로 유명한 신불출 선생 외에 여러 명이었는데, 특히 소설가 이기영도 함께한다는 연락이었다.

소문으로만 듣던 대작가 이기영(1895~1984) 선생을 만날 수 있다는 소식이 자못 기대감을 자극시켰다.

그는 작품뿐만 아니라 1946년부터 1958년까지 소련, 동독, 체코 등지를 방문했고, 1952년 고골리 1백 주년 기념제 초청 인사로 세 차례나 소련을 다녀오기도 했다.

또한 같은 해에 한국전에서 국제법을 어기고 세균무기를 사용한 미국을 전범으로 고발하는 문제를 논의하려고 소집된 오슬로 세계평화회의에 북조선 대표로 파견되기도 해서, 그는 전 인민의 관심을 한 몸에 받고 있었다.

나는 그가 '전국 모범 민주선전실장 강습회'의 강사로 온다는 소식을 듣고 도서실에 가서 그의 작품을 닥치는 대로 읽었는데, 그중에 1920년대를 배경으로 한 인물이 농촌의 빈곤한 가정에서 자라나서 노동계급 의식을 깨닫고 소작쟁의에 참가하는 혁명운동가의 이야기를 담은 『고향』이라는 장편소설이 감명 깊었다.

이틀 후, 나는 평양 모란봉극장을 찾아갔다.

전국 각지에 민주선전실의 대표로 온 일꾼들이 더운 날씨에도 손부채를 파닥이면서 이기영을 기다렸다. 단상 앞에는 '전국 모범 민주선전실장 강습회'라고 붓글씨로 쓴 휘장이 걸려 있고, 그 밑에 작은 글씨로 '선전선동 활동에 대하여'라는 강연 제목이 써 있었다.

얼마 후 민촌(民村) 이기영이 단상에 올랐다.

먼저 중앙당 선전선동부장이 나와서 이기영에 대한 간단한 약력을 소개하기 시작했다.

"더운 날 모두덜 와 두셔서 감사합네다. 위선 민촌 이기영 선생님을 소개하갔습네다…. 선생님은 1895년에 충청남도 아산에서 가난한 농

1955년 '10월 혁명 38주년 기념 평양시 경축대회'에 참석한 주석단. 왼쪽부터 김일(연단), 리기영, 김일성, 브 이 이바노브, 박정애, 김달현, 홍명희, 박창옥, 박의완, 리영(《한겨레 21》 1994. 7. 21, 43쪽)

민의 아들루 태어나셔서리, 1924년에 〈개벽〉지루 등단하셨습네다. 기리구 '조선프롤레타리아예술동맹' 결성에 참여하셔소 많은 작품을 발표하시면서 활동하시다가 1934년에 일 년간 감옥생활을 하셨습네다. 기리구 1945년에 남한에서 '조선프롤레타리아예술동맹' 건설을 주도하시구, 월북하셔서는 '북조선 문학예술총동맹' 건설에 참여하셔서 초대 위원장으루 님명되셨습네다…. 에에, 선생님의 대표작으루는 『고향』(1933), 『인간수업』(1936), 『신개지』(1938), 기리구 여기 오셔서 1948년에 쓰신 장편소설 『땅』이 있습네다. 특히 선생님의 작품이 쏘련과 동구권에두 번역될 거라구 하니까네 온 인민의 자랑이 아닐 수 없습네다…. 에, 또 현재는 『두만강』이라는 장편소설을 쓰고 계신데, 바쁜 시간을 쪼개서 이레 와두셨습네다…. 이데 선생님께소 나오셔서 말씀하시니까니 녈렬하게 박수 치시기 바랍네다…. 자, 선생님, 나오시지요."

테가 둥그런 안경을 쓴 이기영이 의자에서 일어났다.

소문에 의하면 그가 어릴 때 동네에서 고대소설 '낭독꾼'으로 뽑혔을 정도로 입심이 좋다고들 했기에, 좌중은 기대감에 들떠서 극장 안에 바늘이라도 하나 떨어지면 그 소리가 들릴 만큼 조용해졌다.

"부족한 사람을 이렇게 환영해 주셔서 감사합니다. 그런데, 거 벨거이 아닌 사람 데려다가 약력 소개레 너무 거창합네다!"

극장 안에 와르르 하고 웃음보가 터졌다. 그가 남쪽 말을 하다가 느닷없이 평양 말을 썼기 때문이다.

그러나 그건 약과였다. 그는 팔도 사투리를 자유자재로 쓰고, 예화로 드는 얘기는 재미있으면서도 문제의 핵심을 찔렀다.

(……)

이쯤 되면 사람들은 박장대소하고 배꼽을 잡고 웃어 댔다.

그는 말만 소설 쓰듯이 자유자재로 푸는 것이 아니라 손짓에서 발짓에 이르기까지 모든 몸짓이 연극배우처럼 자연스러웠다.

그의 언변에 도취되어 청중들은 푹푹 쪄 대는 오뉴월 더위도 잊고 부채질도 하지 않고, 눈만 땡그래져서 단상의 민촌만 바라보았다.

그러다가도 인민의 생활상을 강조할 부분에 이르면 차분한 목소리로 흥분한 좌중의 분위기를 대번에 휘어잡았다.

"저는 남조선 일대에서 광부, 막노동꾼, 머슴 등의 일을 닥치는 대로 하면서 도처에서 가난한 농민들의 굶주린 형편과 노동자들의 비참한 생활을 목도할 때마다 치솟는 민족적 격분을 금할 수가 없었어요. 그래서 이런 비참한 생활을 극복하기 위해서 내가 할 수 있는 분야는 무엇인가 고민했지요. 그건 소설이었어요. 그래서 당연히 제 소설의 내용은 인민의 터전이었고, 인민이 사는 삶의 전형을 순간순간 잘 포착해야 했습니다. 말하자면 소설을 쓰면서 선전선동이란 인민이 사는 터전에 맞게 창안되어야 한다는 사실을 배운 겁니다"라면서 낮은 목소리로 조용히 말할 때, 그의 눈빛은 반짝 했다.

한참을 낮은 목소리를 듣는 중에 약간 지루하다 싶으면 또 난데없이 우스갯소리가 터져 나왔다.

(……)

말이 끝나자마자 우레와 같은 웃음소리가 터져 나왔다.

무조건 웃기는 얘기 같지만 그의 얘기는 뼈대가 있었다.

농민들의 지식을 넓히도록 도와주고 각종 오락기구도 마련하여 능력과 소질에 따라 음악서클, 무용서클, 연극서클 등을 조직하고 주로 청소년층이 서클에 가입하여 활동하게 하여 음주와 도박 등 방탕하고 풍기 문란한 잡기에 빠지지 않도록 교육하라는 내용이었다.

(……)

교육이 끝나자 그는 육십 세의 노구를 이끌고 극장 문 앞에 서서 나오는 사람마다 한 사람씩 악수하면서 격려했다.

내 차례가 되었다. 그의 안경알 뒤에 눈이 서글서글해 보였다.

"수고합시다."

그의 낮은 목소리가 가슴에 저릿하게 울렸다.

그때, 나는 깜짝 놀랐다. 그의 오른손 검지손가락에 큰 혹이 느껴졌기 때문이다. 글을 하도 많이 써서 딱딱하게 굳은 가죽임에 틀림없었다. 그가 얼마나 이악스럽게 자기 일에 집중했는가를 피부로 느끼는 순간이었다.

어느 누구에게도 반말을 쓰지 않고 마치 자신이 머슴인 것처럼 겸손하게 행동하는 그와 함께했던 이틀간의 교육(그가 1957년에 최고인민회의 부의장이 되었을 때 한 차례 교육을 더 받았는데)은 참으로 많은 것을 생각하게 했다.

그에게 교육을 받은 후 나는 선전선동의 중요성을 다시 한 번 깨닫게 되었다. 그리고 민주선전 일을 하다가 어려운 일에 봉착할 때마다 자기가 사는 농촌 실정에 맞게 삶의 터전에서 선전선동을 창안하라는 이기영의 말이 떠오르곤 했다. (『조국』 상권, 252~257쪽)

민촌의 이러한 면모는 식민지 시대에 그가 동료 문인들에게 준 인상과 극명한 대조를 이룬다. 즉,

수척한 장신(長身)으로 '네!' 소리 이외에는 무언(無言)한 군(君)은 마치 성난 사람과도 같았다. 그리고 양초 가락 같은 손을 잡을 때에는 어쩐지 가슴속이 이상할 만치 거북하였었다. 이것이 군과 처음 만난 인상이다. (송영, 「無言의 人 이기영 군」, 〈문학건설〉 제1호 1932. 12)

민촌의 웃음을 누가 보았느냐 (……) 무언무소 (……) (안석주, 「무언무소의 민촌 이기영 씨」, 〈조선일보〉 1933. 1. 26)

어디까지든지 냉각하고 또 고담한 그야말로 산문적인 민촌 (……) 프로 문단의 최연장자로서, 최고의 작가로서 민촌은 '신흥문단의 웅(雄)'으로 군림 (……) (한설야, 「포석과 민촌과 나」, 〈중앙〉 1936. 2)

작가로서의 민촌 이기영 씨는 결코 호협한 수완가나 교활한 깍정이가 아니다. 그는 얌전한 글방 서방님이며 사교성이 없는 냉정하고 침착하고 고독하고 암침한 사람이다. 그의 태도는 늘 침묵 그것이며 그의 얼굴에는 언제나 우울한 빛이 떠돌고 있다. 언뜻 보면 교양 있는 모랄리스트와 같기도 하다. 사실에 있어 청한강직지사(清寒剛直之士)이다. (박승극, 「이기영 검토」, 〈풍림〉 1937. 5)

조선 문단에서 신념과 지조의 가장 굳은 사람을 찾는다면 나는 주저 없이 이기영 씨를 추거(推擧)하려 한다. 이 신념의 염조(念操)로써 씨는 반드시 (장편 『고향』에 이어-필자) 제2의 대작을 내놓을 것을 기대해 마지 않는다. (현민, 「이기영 씨의 인상」, 〈조선문학〉 제15호 1939. 1)

책임과 의무감이 강한 사람인 동시에 표면으로는 잘 적을 대항하지 않으나 내심은 극히 단단하여 좀처럼 머리를 수그리지 않는다. (박영희, 「초창기의 문단측면사」, 〈현대문학〉 1960. 4)

민촌은 웬만해서 잘 웃지도 아니하고 언제나 정색한 얼굴이다. 처음 보는 사람들이 '성난 얼굴'로 오해하기 알맞은 표정이다. (……) 그러나 그 외형만 가지고 거저 그냥 '샌님'으로 보았다가는 큰코다친다. 말없는 그 가운데에 용감하며 청산유수 같은 열변이 약동하고 있으며 외형상 '샌님'같이 안온한 그 성격은 곧 청렴 강직하며 강의 ○○한 높은 사상이 안받침되어 있는 것이다. (송영, 「작가 민촌」, 〈문학신문〉 1960. 5. 27)

민촌의 생애에 관하여 필자의 집안에 구전(口傳)되어 오고 있는 것은 별로 없다. 손자 세대인 필자의 형제들이 무관심했던 탓이다. 필자의 선친 종원(種元, 1917~1986)은 해방 후 격동기에 자신의 생부(生父) 민촌에 관하여 함구로 일관함으로써 자신의 천수(天壽)를 누렸는지 모른다. 따라서 이 시점에서 민촌의 생애를 규명함에는 그가 쓴 회고에 크게 의존할 수밖에 없다. 다행히도 그는 자신의 생애에 관한 짤막한 글들을 여러 편 남겼다. 다음이 그것들이다.

「출가소년의 최초경난」(〈개벽〉 1926. 6)

「과거의 생활에서」(〈조선지광〉 1926. 11)
「헤매이던 발자취」(〈조선지광〉 1926. 12)
「나의 수업시대」(〈동아일보〉 1937. 8. 5~8. 8)
「교박한 천안 뜰 뒤」(〈동아일보〉 1939. 3. 25~3. 30)
「실패한 처녀장편」(〈조광〉 1939. 12)
「문학을 하게 된 동기」(〈문장〉 1940. 2)

해방 후, 북한에서도,

「카프시대의 회상기」(〈조선문학〉 1957. 8)
「내가 겪은 3·1운동」(〈조선문학〉 1958. 3)
「이상과 노력」(『리상과 노력』 1958)
「한설야와 나」(〈조선문학〉 1960. 8)
「작가의 학교는 생활이다」(〈문학신문〉 1962. 8. 21~28)

이 외에도 여러 잡문이 있다.
그런데 이들 '회고'를 참조함에는 몇 가지 주의를 요한다.

> 나는 가끔 미지의 젊은 동무들로부터 문학에 대한 편지를 받는다. 그들은 나에게 여러 가지로 묻는 것이었다. 즉 어떤 동기로 소설을 쓰게 되었으며 유년 시대를 어떻게 지냈으며 소설 공부는 언제부터 시작하였으며 첫 작품은 어떻게 썼으며 문학 공부는 어떻게 해야만 되는 것이냐고… 요컨대 그들은 나의 작가로서 걸어 나온 경력과 소설 작법에 대한 것을 알고 싶어 하는 모양 같다. (「이상과 노력」)

민촌이 김일성종합대 학생들에게 친필 사인을 해 주고 있다(《월간중앙》 2000. 10).

즉, 이들 회고는 독자의 요청 또는 언론사의 청탁에 따라 문학 지망생들에게 용기를 주고 문학에의 길을 안내해 주기 위하여 쓰인 것들이다. 따라서 민촌은 그들에게 간난고초를 극복할 수 있는 힘을 북돋워 주기 위해 자신의 어린 시절 가난했던 사정을 과장해서 쓰고 있다. 과장 정도가 아니라 동료의 뼈저린 가난 체험을 마치 자기의 것인 양 원용(援用)하였다.

실제로 그의 집안은 1909년 가을(민촌의 보통나이 15세-이하 특별한 경우가 아니면 민촌의 회고에서처럼 모두 보통나이로 표기함)에 파산하였고 그 후로 한동안 부잣집인 큰고모댁에 얹혀 지냈지만, 그전까지는 민촌이 비교적 윤택한 소년 시절을 보냈었음이 확인된다. 또 그의 큰고모댁 행랑살이는 비록 그것이 떳떳치는 못한 삶이었을지라도 결코 가난한 삶은 아니었다. 장성한 후에 그가 겪은 모진 가난은 그가 안락한 생활을 영위할 수 있는 여러 번의 기회를 굳이 마다하고 혁명적 이상을 집요하게 추구하며 항일운동에 몸 바친 친구의 유족을 보살피면서 일제에의 협력을 완강히 거부했기 때문이었음이 밝혀질 것이다.

또 해방 이전의 글들은 담담한 필치로 쓰여 비교적 진솔한 느낌이 드는 데 반하여, 북한에서 쓰인 글에서는 사회주의 이데올로기가 생경하게 표출되는 등 과격한 표현이 거슬리기도 한다. 그렇다고 그 내용이 북한의 현지 분위기에 따라 민촌의 의도와 다르게 어조가 격앙되었으리라고 속단해서는 안 될 것이다. 오히려 일제하에 쓰인 글들에서 그의 솔직한 표현이 크게 억제되었다고 보아야 마땅할 것이다.

또 민촌이 대수롭지 않다고 여긴 자신의 과거에 관한 '대범한' 표현으로 사실과 다르게 진술된 경우도 있다. 자신의 생애를 기술하는 데 있어 그가 크게 정성을 기울이지 아니하였기 때문에 문맥이 산만하고, 전후의 사실이 뒤바뀌어 있기도 하며, 심지어는 같은 글에서 앞뒤의 내용이 서로 모순되는 경우도 있다.

요컨대 이들 '회고'의 내용을 액면 그대로 받아들여서는 안 된다는 것이다. 여러 내용들을 상호 비교하고 전후의 사정을 다각도로 검토하여 그 진위를 가려 진실에 접근하여야 할 것이다.

그럼에도 불구하고 이 글들이야말로 민촌의 생애를 연구하는 데에서 가장 중요한 제1차 자료임에는 틀림없다. 민촌 자신이 쓴 자신의 생애에 관한 기록이기 때문이다.

그리하여 민촌의 회고를 기본 줄거리로 삼고 시간적으로 먼 데의 사건부터 종렬(縱列)로 서술하되 그 내용에 대하여 작품, 증언, 족보, 호적, 기사(記事), 논문, 사서(史書) 등을 참고하거나 인용하여 그것을 뒷받침하였다.

그는 자신의 생애에 관하여 시차를 두고 여러 번 썼다. 그때마다 쓰는 각도가 조금씩 달랐다. 매번 쓸 때마다 그가 앞서 쓴 자료를 참조하지 않았던 것으로 보이므로, 필자는 동일한 사안에 관한 여러 글들을 병렬(竝列) 배치함으로써 그것들이 서로 보완되고 상호 검증도 되도록 하였다.

민촌 문학의 연구에서 작가의 생애가 중요시되지 않을 수 없는 것은 그가 자신의 체험을 바탕으로 하여 소설을 썼기 때문이다. 그는 식민지 조선에서 자라나면서 반제·반봉건·사회주의사상을 체득하여 줄곧 저항적, 혁명 지향적인 삶을 견지하였으며 그것이 그의 작품 속에 녹아 있다. 사실에 바탕한 그의 방대한 작품 중에는 그가 실제로 보고 듣고 겪고 느꼈던 온갖 체험을 소재로 한 것들이 많다. 따라서 그의 생애는 이들 작품을 통해서도 잘 알 수가 있다. 즉, 단편 「가난한 사람들」(〈개벽〉 1925. 5)은 그가 등단하기 직전인 1924년(30세) 늦봄 당시에 자신의 가족과 그 주변 사람들의 궁핍한 생활상을 단면적으로 묘사한 고백체 소설이다. 주인공 '성호'의 조혼과 방랑 체험, 일본 유학과 동경 대지진을 만나 귀국한 이야기 등이 민촌 자신의 생애와 정확히 일치하며 가족 구성원과 그들의 나이도 그러하다.

단편 「오남매 둔 아버지」(〈개벽〉 1926. 4)에서도 민촌은 등단 후에도 여전히 궁핍한 자신의 모습을 그리면서 가난 때문에 죽은 자식들을 회상하는데, 여기서는 죽은 딸들의 귀신이 아버지의 뒤를 따라다니며 관찰하고 있으며 그 과정에서 민촌이 그들과 간접 대화를 하고 있다.

또 단편 「고난을 뚫고」(〈동아일보〉 1928. 1. 15~2. 20)는 민촌이 친구 홍진유의 후반생을 사실적으로 소개하면서 그가 건강을 회복하여 독립운동가로서의 투쟁적인 삶을 다시 시작할 수 있기를 기원하는 내용을 담고 있다. 필자는 젊은 시절의 홍을 기억하는 생존자를 찾아 그에 관한 많은 이야기를 들었으며 나아가 홍의 투쟁과 죽음에 관한 기사(記事)도 찾아내었다.

단편 「돈」(〈조광〉 1937. 10)에서는 1932년에 민촌이 실직(失職)하고 연재

물도 신문의 폐간으로 중단되어 일체의 수입이 끊어지자 병난 아들의 약값을 대지 못하여 결국 아이를 죽이고 마는 참상을 그렸는데, 이 역시 민촌의 회고와 일치한다.

이들 작품에서 민촌은 인명과 지명만 바꾸어 자신과 주변 인물들의 삶을 사실적으로 묘사하고 있으며, 등장인물 상호 간의 인적 관계 및 나이가 사실과 부합한다.

더욱이 민촌이 자신의 성장 과정을 매우 상세히 묘사한 장편소설 『봄』에 관하여는 특별히 유의할 필요가 있다. 자신의 어린 시절을 회상하여 당시의 체험과 느낌 그대로를 더할 나위 없이 충실하게 옮겨 놓은 이 『봄』은 분명 민촌의 자서전이며 민촌 자신도 이를 자신의 '자서전적 소설'로 인정하고 있다. 거기서 그는 자신의 대역인 '석림'을 주인공으로 설정하여 그로 하여금 부친을 밀착 관찰케 함으로써 부친 이민창(敏彰, 1873~1918)의 생애도 상세히 그리고 있다.

그러나 이 자전 소설은 그의 기억이 미치는 때로부터 시작하여 집안의 파산(그의 나이 15세) 직후까지 이어지고 더 이상 계속되지 못하였다.

민촌이 식민 치하의 작품에서 그 내용의 사실성에 지나치게 집착한 것은 일제의 가혹한 질곡이 알게 모르게 작용하였기 때문일 것이다. 분단 후에 그가 북한에서 쓴 장편소설 『땅』과 대하소설 『두만강』에서는 그 내용이 사실성에 크게 제약받지 않고 있다. 특히 『두만강』에는 『봄』에 나오는 여러 인물들이 그대로 등장하며 사건도 같은 것들이 많이 나오는데, 거기에서는 사건이 어린 시절의 시각이 아니라 집필 당시의 시각으로 다루어지고 있거니와 필요에 따라 인물과 사건의 관계가 다르게 나타나기도 하고, 두 인물이 중첩되거나 한 인물이 분리되기도 하며, 사건의 묘사가 과장되기도 하고, 때로는 먼 데의 사건이 원용되기도 한다. 따라서 민촌의 생애 연구에 『두만강』을 참조하는 데는 신중을 기하여야 한다.

자신의 창작 방식에 관한 민촌의 술회를 보자.

> 소설 『고향』의 무대인 원터 마을이 나의 고향인 것처럼, 소설에 등장하는 인물들은 긍정 인물이나 부정 인물이나 다 같이 고향 마을에 살고 있는 실제 인물들이 그 원형으로 되고 있습니다. 그 원형과 작중 인물의 용모, 체취, 성격이 아주 똑같은 것은 아니며 그들의 운명과 호상 관계가 실제 사실과 완전히 일치하는 것은 아닙니다. 그러나 소설에서 묘사된 것은 하나도 거짓말이 없으며 실재한 현실을 예술적으로 허구하고 가공하여 표현하였을 뿐입니다. (「작가의 학교는 생활이다」)

> 문학은 인간을 연구하는 학문이다. 부족하나마 내가 급기야 문학의 길을 걷게 된 것은 어려서 인민들과 많이 접촉한 결과라고 본다. 농촌에서 생장한 것과 소년시대의 방랑생활은 부지중 인민들 속에서 그들의 생활을 체득케 하였다. 만일 나에게 그런 경험이 없었다면 나는 소설을 쓰지 못하였을 것이요, 더구나 농촌소설은 쓰지 못하였을 것이다. 왜 그러냐 하면 모르는 것을 쓸 수 없고 설혹 쓴대야 그것은 추상적으로밖에 될 수 없기 때문이다.
>
> 장편 『봄』은 더 말할 나위도 없지만 『고향』이나 『두만강』 역시 어린 시절의 체험과 인상을 더듬어서 구상을 짜내었다. 물론 주인공들이나 부차적 인물들이 모두 실재한 인물들이란 말은 아니다.
>
> 그러나 내가 쓴 작품의 인물들은 고향 사람들 중에서, 그 많은 농촌 사람들과 아는 사람들 중에서, 전형적 성격을 찾아내기 위하여 각 사람의 이모저모를 뜯어다 붙인 것이다.
>
> (……)

> 나의 창작 경험에 의하더라도 직접 간접으로 보고 들은 것을 작품에 다 썼지, 맹탕 거짓말을 꾸며 낸 것은 하나도 없으며 또한 그렇게는 작품이 될 수도 없다. 현실에 근거가 없는 거짓말은 아무리 재주를 피워서 쓴대도 첫째 실감이 나지 않을 것이다. (「이상과 노력」)

자신의 체험 그대로를 작품에 옮기는 것은 쉽고 아무나 할 수 있는 일인가? 또 그러한 창작은 어느 면에서 격이 떨어지는 것일까? 그렇지 않다. 의외로 그러한 작가를 찾기가 쉽지 않다.

민촌과 지근거리에서 창작과 비평을 한 카프의 맹원 한설야(韓雪野)는 그 점에 관하여 이렇게 썼다.

> 민촌의 작품은 거의 다 자기가 살던 고향 이야기이며 자신의 체험을 토대로 한 것들이다. 자기의 체험 세계를 쓰는 데 있어서 민촌은 특히 뛰어난 수법을 가지고 있었다.
>
> 그의 작품을 읽으면 누구나 그 진실성을 느끼게 되며 바로 농촌 사람들을 눈앞에 보며 그들과 이야기하는 것 같다. 거기에는 향토의 여러 가지 면이 풍부히 나오고 있다.
>
> 농촌의 흙내 나는 인정세태와 엇구수한 풍자미와 풍속, 습관과 그들의 생각과 동작이 역연히 보인다.
>
> 물론 작가가 체험 세계를 그리는 것은 필요한 일이며 많으나 적으나 자기의 체험이 사물을 보고 다루는 데 하나의 선행 지식으로 되는 것은 사실이다. 그리고 체험하지 못한 세계보다 쓰기 쉽고 흥미 있는 것도 사실이다. 그러나 그렇다고 누구나 다 체험 세계를 잘 그릴 수 있는가 하면 그런 것은 아니다. (「민촌과 나」, 〈조선문학〉 1955. 5)

민촌의 차손(次孫)인 필자는, 애초에, 망실(忘失)한 가족사(家族史)를 찾아 민촌의 작품에 나오는 내용들이 실재했던 사실(事實)과 부합하는지를 몇 가지 확인해 보았는데, 그것들이 놀랍게도 실제와 정확히 일치하였으므로 본격적으로 현지 답사와 문헌 조사에 나섰던 것이다.

이제 본문에서는 이들 회고와 작품에 나오는 내용들이 실제와 서로 어떻게 부합하는지 매우 엄격하게 검증될 것이다. 회고에 나오는 내용이라 하더라도 모순된 것들이나 사실과 다르다고 판단되는 부분은 가차 없이 지적될 것이다.

민촌의 생애는 곧 그의 주변 인물들(선대, 부모, 형제, 배우자, 자녀, 친인척, 친구 등)의 삶이다. 그들은 민촌의 여러 작품에 생생하게 살아 조금씩 변용되기도 하면서 반복적으로 나타나고 있다.

따라서 민촌과 그의 문학을 실증적으로 연구하기 위해서는 그네들의 생애도 함께 파악하는 것이 필수적이다. 민촌의 삶과 대위법을 이루었던 그네들의 삶은 민촌의 방대한 작품 구석구석에 보석처럼 박혀 있을 것이 틀림없다. 필자는 따라서 그네들의 삶도 가능한 데까지 추적하려 노력하였다.

제1부
어린 시절

– 11세(1895~1905)까지

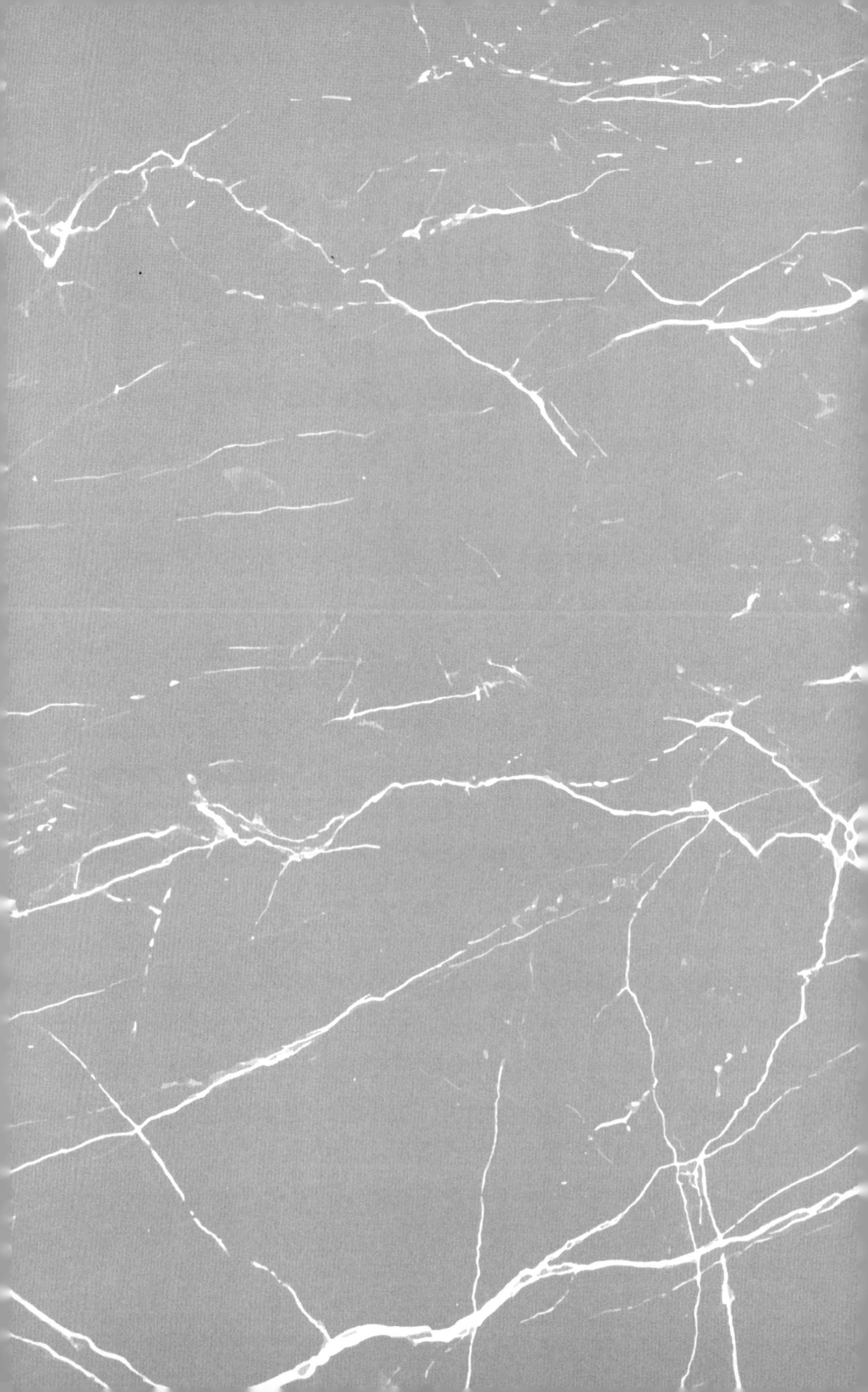

1. 선대(先代)

덕수이씨(德水李氏)는 고려 고종 5년(1177)에 거란군 입구(入寇) 시 출정한 중랑장(中朗將) 이돈수(李敦守)를 시조로 삼고 있으며(이상 『고려사』에서) 그 윗대는 미상이다. 덕수는 개성(開城) 인근의 한 지방으로 이 문중은 조선왕조에 이르러 문·무(文武) 양반에 각각 한 분씩 걸출한 두 인물을 배출하였으니, 시조를 1세로 하여 충무공 이순신(舜臣, 1545~1598)은 그 12세손(11대손)이며, 율곡 이이(珥, 1536~1584)는 그 13세손(12대손)으로 두 분은 3세손을 동조(同祖)로 둔 19촌 숙질간이다.

민촌은 충무공의 12대손이다.

민촌의 가계는 충무공의 4대손에서 방계(傍系)로 갈라졌는데(42쪽 가계도 참조), 그다음 대(5대손)까지의 묘는 모두 충무공의 산소가 있는 충남 아산시 음봉면 산정리 또는 그 부근에 있다.

충무공의 6대손 한병(漢邴, 同知中樞府使: 종2품)은 바로 민촌의 6대조인데, 집안에 전해 내려오는 그의 호패(號牌)에 의하면 그는 27세(1750) 때에 지금의 아산시 배방면 신흥리(당시의 송현리 제2통 3호)에 살고 있었다.

맹씨행단(孟氏杏壇)으로 유명한 중리를 북쪽에서 바로 마주 보고 있는 마을이다.

민촌 이기영가(家)의 가계도

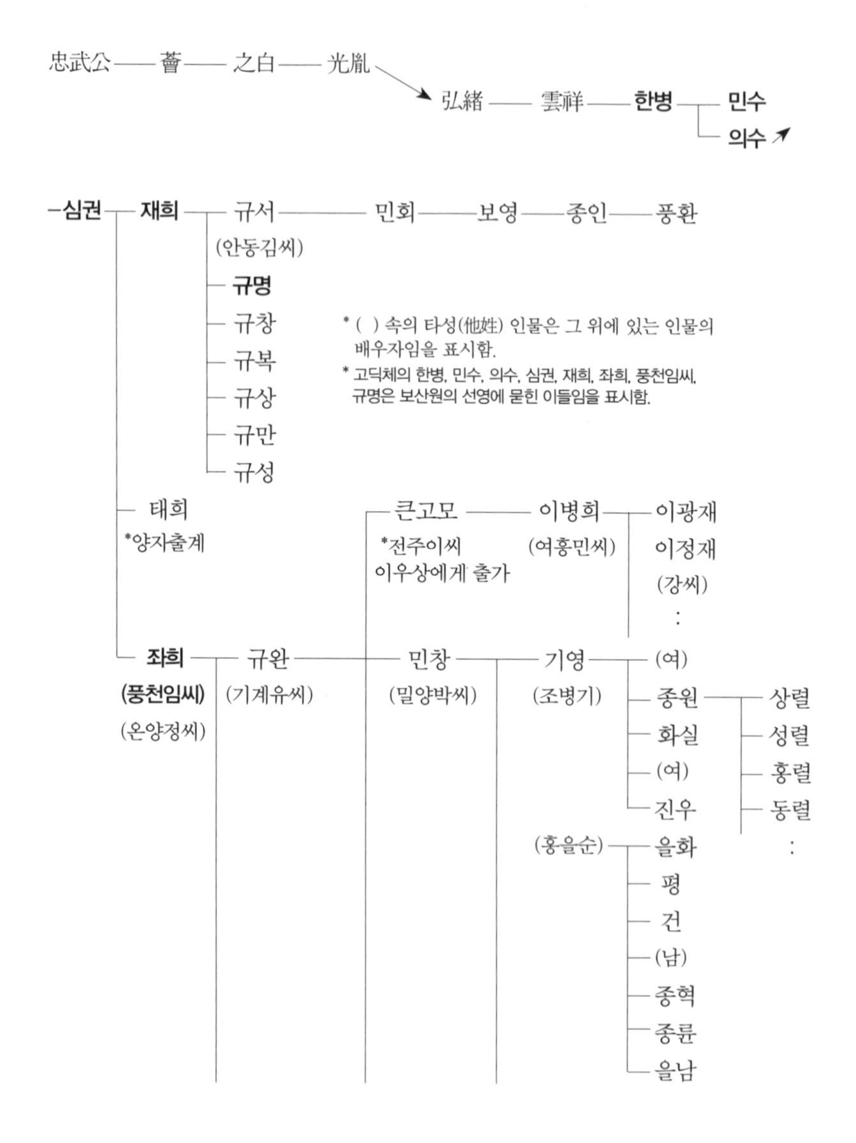

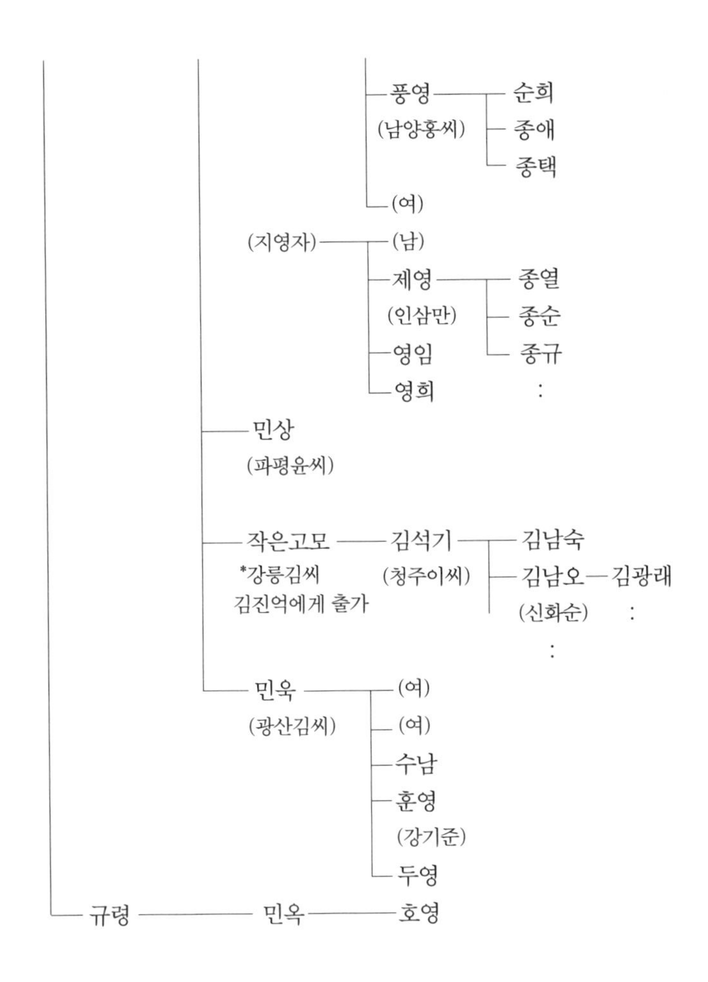

5대조의 형제는 각각 경상좌도의 병마절도사(종2품)와 수군절도사(정3품)를 지냈는데, 동생 의수(宜秀)가 낳아 형 민수(民秀)에게 양자로 간 심권(心權)이 민촌의 고조부이다. 그는 이른 나이(34세)에 죽어 벼슬이 높지 않았으나(通德郎 정5품의 문관) 사후에 '가선대부호조참판'을 증직(贈職) 받았다.

이들 3대는 신흥리 또는 그에 인접한 중리에 살았을 것으로 보인다.

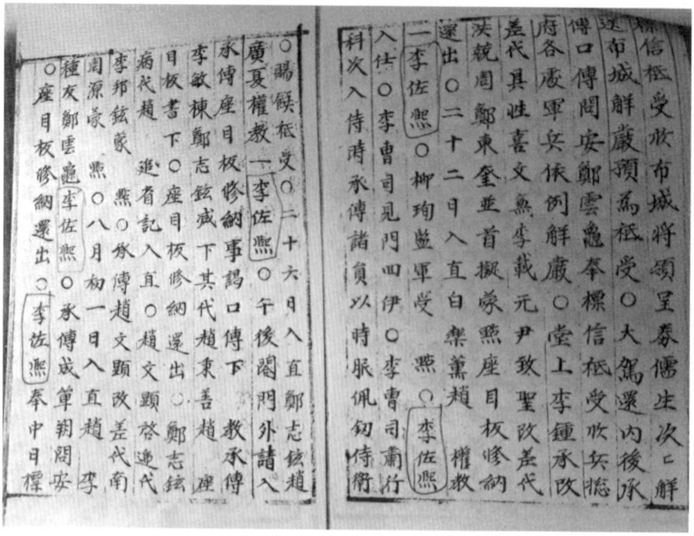

『선전관청 일기』의 '이좌희 입사'

후손들의 호적에 '배방면 중리 333번지'가 자주 보일 뿐만 아니라 그들 3대의 묘가 천안시 광덕면 보산원의 선영(先塋)에 있었음이다. 선영은 신흥리에서 남쪽으로 재 너머 양지말(약 10km의 거리)에 있었던 것으로 족보에 나온다.

증조대의 3형제도 모두 무과에 급제하여 벼슬이 높았는데, 민촌의 증조부 좌희(佐熙, 1814~1860)는 그중 막내로 선전관(宣傳官)을 지냈다. 필자는 어렸을 때 조모로부터 일가들이 우리 집을 '선전관댁'이라고 부른다는 말을 들었다.

선전관청은 왕을 측근에서 호위하고 왕명을 전달하는 임무를 담당하였는데, 민촌의 증조부에 관하여 규장각 도서 『선전관청 일기(宣傳官廳日記)』의 1853년 7월 22일 자에 '이좌희 입사(李佐熙 入仕)'라고 나온다. 필자는 거기서 그의 근무 기록까지도 여러 개 확인할 수 있었는데, 그가 언제까지 근무하였는지 또 품계는 어떠하였는지에 관하여는 확인하지 못하였다. 바로 이분이 분가하여 신흥리 동쪽 재 너머(약 3㎞의 거리)의 '회룡리'에 터전을 잡은 것으로 보인다. 왜냐하면 그가 정실(正室) 풍천임씨(豊川任氏)와 함께 선대가 묻힌 보산원의 선영에 합장(合葬)된 데 반하여, 그의 계배(繼配)인 온양정씨(溫陽鄭氏)의 묘가 바로 회룡리 인근에서 발견되었기 때문이다. 회룡리는 바로 민촌이 태어난 마을이다.

증조대의 맏이 재희(載熙, 1804~1871)는 경상우도 병마절도사를 거쳐 가선대부(嘉善大夫), 한성부 우윤 특진관(漢城府右尹特進官)에 이르렀고, 그의 아들 규서(奎書, 1825~1880)는 부친의 한참 당년에 벼슬길에 나아가 순조로운 승차를 거듭하여 황해도 수군절도사와 함경남도 병마절도사를 지내고 통정대부(通政大夫) 통정원부승지(通政院副承旨) 겸 경연참찬관(經筵參贊官)을 거쳐 말년에는 경기·황해·충청 3도의 수군을 통할하는 삼도통어사에 이르렀다. 이네들이 바로 민촌네의 큰집으로 민촌 문학에 그 편린이 보인다.

그런데 면 숙부에게 양자로 간 증조대의 둘째 태희(泰熙, 1807~1888, 同知中樞府事)의 집안에 관하여는 민촌의 작품이나 회고에 전혀 보이지 않는다.

민촌의 증조부 좌희가 선전관을 지내고 47세로 사망하였을 당시 15세였던 그의 맏아들 규완(奎琬, 1846~1896, 민촌의 조부)은 뒤늦게 31세(1876)나 되어서야 무과에 급제하였다. 급제 후 그가 당시의 세태처럼 장안의 대갓집에 문객으로 머물며 벼슬자리를 도모했는지는 알 수 없다. 어쨌든 그는 종내 벼슬을 못하였고 적어도 말년에는 회룡리에 살았던 것으로 보인다.

그는 큰딸(1869~1922?)을 '천안(天安)군 상리면 유량리'의 전주이씨 집안에 출가시켰고, 그 아래로 열네 살 난 큰아들(민창 敏彰, 1873~1918)의 짝으로는 천안 인근의 밀양박씨 집안에서 열여덟 살 난 규수(1869, 父 炳九)를 맞아들였다(1886). 이 큰며느리가 바로 민촌의 모친이다.

그런데 둘째 아들 민상(敏常, 1876~1891)은 결혼한 지 얼마 안 돼 돌림병으로 죽었고, 그의 처 파평윤씨도 같은 병으로 곧 뒤따라 죽어 회룡리 인근에 함께 묻혔다. 열세 살 난 작은딸 민양(敏樣, 1879~1946)을 목천의 강릉김씨 집안에 출가시킨 바로 그해(1891)의 일이다. 막내 아들 민욱(敏彧, 1889~1957)은 그때 겨우 세 살이었다.

그런대로 사돈집 네(四) 집안은 모두 관록 또는 부명을 떨치던 지역의 명문이었다. 특히 큰딸의 시아버지는 의금부 도사까지 지낸 전주이씨 이승린(李承麟, 1836~1895)이었다.

잦은 혼사(婚事)와 더불어 뜻밖의 겹 상사(喪事)까지 치르느라 가세는 기울었을 터인데, 이제 그의 바람은 큰아들로 하여금 벼슬을 살게 하는 것이었을 것이다. 그는 자신의 백두를 한(恨)하여 큰아들을 독려했을 것이다.

큰아들 민창(민촌의 부친)은 다행히 그다음 해(1892)에 스무 살의 나이로 무과에 급제하였다. 그래서인지 다음의 글을 보면 그가 갑오(1894) 전에 한때 서울에서 지냈음을 알 수 있다. 그는 이미 전형적인 봉건 한량(閑良)이었다.

> 갑오 을미년의 동학난리를 겪은 유선달(유춘화, 『봄』에서 민촌의 부친을 가리킴-필자)은 시세가 날로 글러 감을 통탄했다. 그는 서울에서 여러 활량들과 장안이 좁다고 활개짓을 하며 놀던 것도 인제는 지나간 시절의 한마당 꿈으로 흘러갔다. (『봄』, 풀빛, 34쪽)

그가 유경(留京)한 것은 장안의 대갓집에 줄을 대어 벼슬자리를 구하기 위함이었을 것이다. 그 대갓집 어른은 당대의 중신(重臣) 심상훈이었던 것으로 보인다. 적어도 한때 그가 심상훈 댁의 문객으로 있었으므로 그렇게 추정된다.

> (민촌 자신의-필자) 부친은 그때 20여 세 적에 무과를 급제하고 관계에 야심이 있었던 모양이다. 그는 서울에 많이 유(留)하기 때문에 (……) 그때 심상훈씨 댁 문객으로 있었다 한다. (「나의 수업시대」)

『봄』에는 심상훈이 '신판서'로 나온다.

> 그(민창-필자)는 ○○동 신판서집 문객으로 여러 해 동안을 있었다 한다. 그는 신판서만 오래 살았어도 수령 한 골쯤은 살았으리라 하는데 ○○년(임진년 1892-필자) 과거에 무과 급제로 선달이 되었기 때문에 감투를 쓰게 되었던 것이다. (『봄』, 34쪽)

심상훈(沈相薰, 1854~?)은 개항 이후의 혼란기에 적극적인 반동 행각으로 자신의 환로(宦路)를 개척해 나아간 수구당의 한 사람이었다. 즉, 그는 임오군란(1882) 때 장호원(長湖阮)에 은거 중인 민비에게 대원군의 납치 소식, 왕궁의 근황, 청·일 양국의 출병 사실 등 서울의 정세를 전달해 주었으며, 갑신정변(1884) 때에는 개화파에 합세하는 척하면서 왕과 민비에게 정변의 기밀과 개화당의 진상 등을 밀통하고 사대당 인물들과 모의하여 청나라의 원세개(袁世凱) 등을 움직여 독립당의 혁신정부를 무너뜨렸다. 같은 해 충청도 관찰사로 있으면서 동학교도의 탄압에 앞장섰고, 1893년 이조판서를 거쳐 이듬해 선혜청 당상(宣惠廳堂上)에 올랐다.

1895년 삼국간섭 이후, 친러적 경향을 띠던 수구당 내에서 궁내부 특진관의 직책을 맡았고, 1896년 아관파천 이후 탁지부 대신이 되었다. (한국정신문화연구원 『한국민족문화대백과사전』)

민촌의 부친이 무과에 급제하고 벼슬길을 모색한 것은 당초에는 일신의 영달과 가계의 진흥이라는 소박한 꿈에서 비롯되었을 것이다. 그리고 그의 후견인 심상훈은 판서로 당상관으로 한참 잘 나아가고 있었다.

그런데 '동학란'(1894)이 봉건 조선의 토대를 뒤흔들었다.

철종 13년(1862)에 이미 민란은 삼남지방을 중심으로 무려 70여 지역에서 창궐하였고, 이는 동학농민군의 항쟁으로 이어진다.

경주의 유생(儒生) 최제우(崔濟愚, 1824~1864)가 1860년에 보국안민(輔國安民)과 광제창생(廣濟蒼生)을 내세우고 일으킨 민족적, 사회적 종교인 동학(東學)은 당시 조선의 사회경제적 조건과 맞물려, 최제우의 처형 등 당국의 단호한 탄압에도 불구하고, 그 세력이 들불처럼 번져 조정을 위협하더니 1894년 봄에는 마침내 무장투쟁에 나선다. 조정은 청의 원병을 요청하였고, 이에 맞서 일본이 파병하여 이 땅에 청일전쟁도 동시에 벌어진다. 그런데 동학농민군은 목천 부근의 세성산에서 관군에게 패한(1894. 10. 22) 후 여러 곳에서 연패하였으며, 급기야는 전북에서 세력을 떨치던 전봉준(全琫準, 1855~1895)의 대군마저 우금티에서 일본군과 관군의 연합부대에 의해 궤멸(1894. 11)당한다. 그 후 동학군의 잔존 세력은 각처에서 유격전을 벌였으며 의병으로 진화한다.

갑오년 농민 전쟁 이후 궐기한 의병부대 중의 이범직(李範稷)은 유격장으로 당시 천안군수인 김병숙(金炳肅)을 죽였다. 그날은 천안 읍내 장날이었는데 의병부대는 백주에 아문으로 달려들었다. 그들은 친일 군수를 잡아내어 목을 잘라 화축관(華祝館) 문루 위에 매달아 놓고 장꾼들에게 효수하였다. (「내가 겪은 3·1 운동」)

유춘화는 동학란 중에 그 고을 군수가 무참히도 목을 잘려 죽는 꼴을 보았었다. 그날은 유선달도 읍내 어떤 친구의 집에 가서 글을 짓고 있었는데 점심때쯤 되자 동학군들이 벌떼같이 졸지에 대들어서 읍내 일경은 별안간 난리가 났던 것이다.

동학군들은 함성을 지르고 우선 동헌으로 뛰어들었다. 그들은 ××를 끌어내서 (……)

유선달이 동학란을 치르고 서울로 올라가기는 그해 가을이었다. (『봄』, 34~35쪽)

민촌이 그리고 있는 이 게릴라 전투는 갑오년(1894) 전투가 아니고 그 2년 뒤인 1896년의 일이다[천안의 향토사학자 임명순 제공: 대한제국 관보 272호 건양 원년(1896) 3월 13일 천안군수 김병숙이가 난민(亂民)에 의해 우해(遇害) 됨].

민촌은 이 두 사건을 동일 사건으로 착각했음 직한데, 여기서 실록이나 관보 따위가 전하는 박제화된 역사와 민촌이 그린 생동감 있는 역사를 비교하여 음미해 볼 만하다.

다시 보는 갑오경장 후의 서울은 이미 예전의 서울이 아니었다. 김홍집의 친일내각이 들어섰고 과거제도도 폐지된 터이다. 심상훈의 세도도 보잘것없이 되어 버렸을 것이다.

이에 그가 곧 하향하였는지 또는 서울에 계속 머물렀는지는 알 수 없으되, 고향에서는 아들 민촌이 태어나고(1895. 5. 6), 부친 규완이 죽는다(1896. 1. 27. 51세). 민창은 당시의 엄격한 풍습대로 고향에 눌러앉아 망친의 삼년상(三年喪)을 치르기 위하여 벼슬길 모색은 잠시 접어 두어야 했을 것이다.

이 죽음을 『두만강』에 나오는 '이진사'의 죽음과 같은 것으로 보아서는 안 될 것이다. 『두만강』에 민촌의 조부 규완의 대역으로 '이진사'가 나오는데, 그는 의병과 내통했다는 혐의로 자신을 체포하려는 왜놈 장교를 추상같이 호령하고 군도(軍刀)를 맞아 두 팔이 차례로 떨어져도 불호령을 계속하며 장렬하게 최후를 맞는다(제1부 3장).

일제는 청산리전투(1920. 10. 20~26)에서 참패하고 그 보복으로 만주의 여러 곳에서 조선인들을 집단학살하였는데, 그중에 위와 같은 죽임을 당한 30대 농부인 조선인 변씨가 있었다(이성광, 『민중의 역사』, 열사람, 1989, 181쪽). 민촌은 이 죽음을 『두만강』에 자신의 조부 규완의 죽음으로 원용하였다.

이러한 저간의 사정으로 보아 민촌의 조부는 그의 한창 때에 꽤 큰 지주로 행세하였을 것으로 보인다.

과연 그가 다수의 하인과 머슴을 거느린 지주였음을 말해 주는 대목이 『두만강』에 나온다. 민촌의 조부 대에 부리던 많은 하인과 머슴을 부친(민창) 대에 이르러 거의 속량해 내보냈음을 민촌의 큰고모가 원통해하는 장면인데, 실제로는 민촌의 모친이 죽었을 때 큰고모가 친정에 다니러 와서 친정 동생인 민촌의 부친과 만나 대화하는 모습을 어린 민촌이 실제로 본 대로 회상하여 그린 것으로 보인다.

> (민촌의 큰고모 이씨부인이 가지고 있는 근심 중의-필자) 또 하나는 친정이 가난한 것이었다. 그는 몰락하는 친정의 형편을 차마 옆에서 그냥 볼 수 없

었다. 하나 이것은 팔자 좋은 양반의 근심이었다. 참으로 이씨부인과 같은 여자야말로 다른 무슨 걱정이 있는가? 자기 친정이 못살아도 당장 조석거리가 없는 빈농들과는 같지 않다.

아직도 땅마지기를 가지고 작인들이 갖다주는 도지 쌀로 양식을 하지 않는가?

(……)

그들(민촌의 부친과 큰고모-필자)은 안방으로 들어가서 비로소 담화를 시작하였다. 예측하였던 바와 같이 친정 꼴은 말이 아니다. 부모가 생존했을 때의 그 정갈하던 집안과 양반의 법도를 지키던 것까지 일체가 허무하게 변해졌다. 남녀의 종들은 속량을 해서 모두 내보냈다. 그것은 살림이 꿀리어 종을 부릴 형편이 못 되기도 하였지만 개화사상에 공명한 이진경(민촌의 부친-필자)은 우선 자기부터 반상을 타파하는 모범을 보인 것이다.

그는 행랑 사람과 머슴을 두었을 뿐 조석까지도 그 아내가 손수 지어먹게 하였다. 이씨부인은 그 말을 듣고 안색이 변하였다.

이런 것은 옛날 양반의 안목으로 볼 때는 한없이 서글펐고 원통한 일일 것이다. (『두만강』 권1, 사계절, 1989, 89·91쪽)

실제로 민촌의 집안이 그 후 기울어 천안의 '엄리'로 이사하여 살 때에도 하인 1가족과 머슴 1명을 부리고 있음이 『봄』에 여실히 나타나고 있으며, '엄리에 살 적에는 하인을 둘씩이나 두고 살았다'는 말이 집안에 구전(口傳)되어 오고 있다. 이는 민촌의 삼촌인 민욱의 큰며느리 강기준(1922~)이 늘 하는 말이며, 필자의 형 상렬(祥烈, 1938~)도 조모(민촌의 아내 조씨)로부터 그렇게 들었다는 것이다.

민촌의 조부는 또 집안에 첩(妾)을 들였었던지, 『고향』에서 보면 민촌의 조모를 모델로 한 '김희준'의 모친이 남편의 생전에 시앗싸움하던 이야기를 재미있게 늘어놓는데(『고향』, 문학사상사, 1994, 53~55쪽), 그 진솔한 표현들을 보면 어린 민촌이 조모를 가까이하면서 어른들의 말씀을 곁에서 듣고 그것을 나중에 작품의 소재로 삼았음을 알 수 있다.

민촌 집안의 큰댁(규서-필자)은, 『봄』에 의하면, 꽤 떵떵거리던 집안이었는데 민촌이 태어나기 전에 이미 몰락했던 것으로 보인다. 그 집안에 관하여는 민촌이 조모로부터 들은 다음의 내용이 『봄』에 나올 뿐 회고에도 언급이 없어 언제 어떻게 망하였는지 민촌의 문헌만으로는 알 수 없다.

> 유선달 집은 자고로 청빈하여 번화한 집안이 못 되었다. 하긴 그의 큰댁인 유병사 집은 남북병사를 지내었고 그의 재종(再從, 규서의 아들 민회를 가리키며 후술됨-필자)은 그때만 해도 ○주분영의 중대장을 다녔으나 유선달 집은 그의 선친 역시 겨우 백두를 면하고 선달로 늙었을 뿐이었다.
>
> (……)
>
> 유병사 집에는 안팎으로 종들이 득시글득시글하였다. 마나님과 아씨네들에게는 저마다 몸종이 붙어 있다. 사랑에는 또한 비부하인 청지기들이 있어서 영이 떨어지기가 무섭게 거행을 한다.
>
> 한창 당년에 남북병사로 세도를 부릴 때는 기생첩을 얻어 들이는 대로 종들의 수효도 늘어 갔다. 그래 행랑과 종의 수효가 무려 수백 명이 되었다 한다.
>
> (……)
>
> 그때 일은 석림(『봄』의 주인공인 '민촌'-필자)의 조모가 잘 안다.
>
> 그는 지금도 큰집 말이 날 때에는 그 시절의 기구가 놀랍던 호사를 입에 침이 마르게 탄복하는 것이었다. 비단이 바리로 들어오고 먹을 것이

신흥리에 있는 큰댁의 터전: 축대의 흔적과 목재 파편 그리고 대추나무

태산같이 쌓이고 남녀의 종들이 득시글득시글하는데, 그렇게 수백 명의 대가족이 먹어 대도 조석 때마다 남는 밥을 주체를 못해서 수채로는 하얀 쌀밥이 그대로 나가고 썩는 음식도 아까운 줄을 몰랐다는 것이다. (『봄』, 35·145~146쪽)

신흥리의 송현 마을을 한눈에 내려다보는 높다란 곳에 강씨 소유의 텃밭이 있는데, 그곳은 백여 년 전에 덕수이씨 '이구성댁'의 큰 저택이 있었던 자리라 한다. 그 집은 가솔과 하인들까지 백여 명(규서의 남녀 형제가 족보상으로 12명임)이었다는데, 현장에 아직도 남아 있는 축대와 목재 파편들로 그 집의 위용을 짐작할 수 있다. 그 집은 가난한 소작인들에게 '수수일두(高粱一斗)'를 꾸어 주고 '수소일두(黃牛一頭)'를 받아 낼 정도로

토호질이 심하였다는데, 그 집 대추나무가 반들반들해지도록 사람들을 매달고 족쳤으며, 그래서 그 나뭇가지에는 상투가 뽑혀 매달려 있기도 하였다고 한다. 구온양의 원님도 그 집한테는 꼼짝 못하였다는데 드디어는 소작인들이 들고일어나 그 집에 불을 질렀고, 그들은 흩어져 마을을 떠났다는 것이다. (이상의 증언자는 맹민섭, 1931~ 배방면 신흥리)

이상이 과연 민촌가의 큰집인 규서 집안의 이야기인지는 확인할 수 없으나 어쨌든 규서(1825~1880)의 경우, 그보다 3년 먼저 죽은 친동생 규명(1844~1877)은 보산원의 선영에 들었는 데 반하여, 규서 자신은 선영에 들지 못하고 천안군 신리(지금의 천안 인터체인지 자리로 당시의 공동묘지로 추정됨)에 묻혔다. 그의 동생들 중 규만(1850~?), 규성(1859~?)이 언제 죽어 어디에 묻혔는지 족보에 아무 기술이 없고, 규상(1840~?)과 함께 양자를 들이지도 못하고 대(代)가 끊긴 점도 당시로서는 예사롭지 않다.

신흥리의 어떤 이가 '이규성댁'이라 발음하므로 필자가 놀라 재차 확인하자 '이구성'인 것 같다고 하였다. '이구성댁'은 '규상' 또는 '규성'에서 연유했을 가능성이 크다.

즉, 민촌의 큰댁은 1877~1880년간에 화(禍)—이에 관한 기록은 어디에서도 찾을 수 없었다—를 당한 듯하고 일찍이 재 너머 '회룡리'로 분가한 민촌의 집안은 이를 피한 듯하다.

1896년에 죽은 민촌의 조부 규완도 물론 보산원의 선영에 들지 못하고 멀리 6대조(弘緖)의 후손 땅인 미락골(지금의 천안시 쌍룡동 미라리 광명아파트 자리)에 묻혔던 것을 보면 그 선영조차도 당시에 어떤 결정적인 화를 입은 것이 아닐는지? 『봄』에서 민촌이 갑오 당시(1894년이 아니고 1896년일 듯) 천안군수가 목 잘리는 사건을 기술하면서 다음과 같이 덧붙인 대목이 의미심장하다.

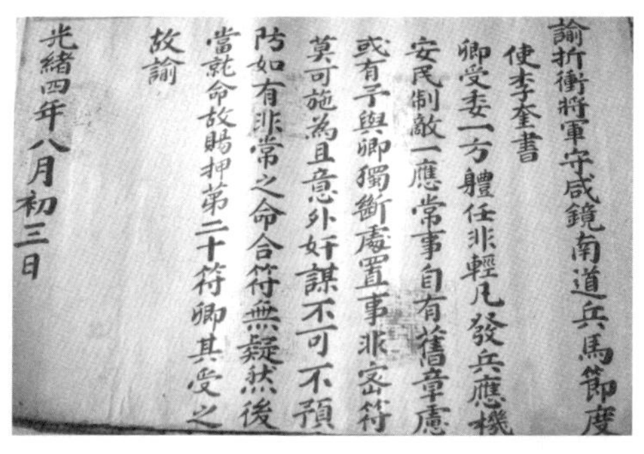

諭折衝將軍守咸鏡南道兵馬節度
使李奎書
卿受委一方體任非輕凡發兵應機
安民制敵一應常事自有舊章處
或有予與卿獨斷處置事非密符
莫可施爲且意外奸謀不可不預
防如有非常之命合符無疑然後
當就命故賜押第二十符卿其受之
故諭
光緖四年八月初三日

教旨
李奎書爲嘉善
大夫行京畿水
軍節度使兼三
道統禦使者
光緖五年四月 日

큰댁의 후손 풍환이 소장하고 있는 여러 점의 교지(敎旨)와 유서(諭書) 중에서

> 만일 그 통에 유선달 집도 상인(常人)들에게 인심을 잃고 토호질을 하는 양반이었다면 화를 입었을 것이 명약관화였다. (『봄』, 35쪽)

규서의 아들 민회(敏會, 1858~1940)는 부친을 여의고(1880) 7년 후(1887)에야 무과에 급제하여 나중에 순천군수에 이르렀고 천안시 부대동에 묻혔다. 그다음 대로 면직원을 지냈다는 보영(普永, 1896~1932)은 천안시 원성동(당시의 공동묘지)에 묻혔다. 이렇게 그들은 천안의 여기저기에 흩어져 묻혔다.

보산원의 선영은 지금 그 흔적조차 찾을 길이 없게 되었다. 그것이 언제 어떻게 없어졌는지 보영의 아들 종인(種寅, 1914~1984)도 그에 관하여 자신의 아들 풍환(豊煥, 1942~ 대전시 홍도동)에게 알려 준 것이 전혀 없다. 풍환은 선대의 벼슬을 증명하는 교지(敎旨) 등만을 여러 점 소장하고 있을 뿐이다. 민촌의 6대조 한병(漢昞)의 호패(號牌)도 그가 소장하고 있다.

큰댁은 그 많은 종들을 거느릴 수 없는 형편이 되자 그들을 사촌에게까지 나누어 주었는지 『봄』에 이렇게 나온다.

> 창길이는 원래 노름꾼으로 유명하였다. 그는 유선달의 큰댁인 유병사(柳兵使) 집 종이었던 것을 데려왔다. 본시 종의 자식으로 태어난 그는 판에 박은 종놈의 씨였다.
>
> 유병사 집에서는 작은댁에 하인이 없기 때문에 창길이를 아주 주었다.
>
> 창길이는 어려서부터 번화한 큰집 살림을 드난해 보아서 여러 방면으로 닦달을 많이 했다.
>
> (……)
>
> 유병사는 그만큼 호사를 피우면서도 수하의 종들을 가르칠 줄은 몰랐다. 종이란 심부름이나 시킬 것이지 학문을 가르칠 필요가 없다는 것이 소위 유교 도덕에 중독된 이조시대의 전통이었다. 그러니 그들 노예가 빠질 길은 오직 외도밖에 없었다. 낮에는 상전의 심부름을 하기에 분주하였으나 밤저녁으로는 한가로운 때가 많다. 그런 때에 그들은 노름을 하거나 술을 먹든지 계집질을 하는 것이 오직 제 생활을 채우는 것이었다. 상전의 생활도 형식만 달랐지 역시 그런 것이었다. 따라서 그들도 상전을 닮아 갔다. (『봄』, 144~145·146쪽)

이 내용으로 보아 민촌의 큰집이 몰락하기 전에, 아마도 민촌의 증조부 좌희가 회룡리로 분가할 때, 민촌 집안에 창길이가 보내진 것으로 보인다. 『봄』에는 그의 부부가 두 아이를 데리고 엄리의 민촌 집에서 행랑살이를 하고 있는 것으로 나온다. 그는 또 「서화」 등 여러 작품에서 노름꾼의 모델로 자주 나타난다.

머슴 '도가'의 내력도 알아보자. 이자는 민촌의 집안이 '엄리'로 이사한 후에 들어온 것으로 『봄』에 나온다.

> 그 역시 빈한한 농가의 출생으로 이십 전까지 남의 집 머슴살이로 돌아다니다가 근근이 사경돈을 모은 쌀 몇 섬을 가지고 삼십 줄에 장가라고 들고 제집 살림을 시작하였다.
>
> 그러나 불과 몇 해가 안 가서 쪼들리는 살림은 해마다 빚구럭에 들게 되었다. 그래도 농사를 지어서 근근 부지를 하였는데 어느 해는 몹시 흉년이 들었다. 그해에 아내는 산후별증이 생긴 데다가 잘 먹지도 못하기 때문에 그만 갓난이와 함께 죽어 버렸다. 그 후 도가는 할 수 없이 살림을 헤치고, 세 살 먹은 큰아들 하나를 업고 고향을 떠났다. 겨울이었다. 홀아비가 어린것을 끌고 다니자니 여간 고생이 되었으랴. 그래도 큰아들에게 그는 낙을 붙이고 걸식을 했었는데, 필경 그 아들마저 죽어 버린다. 이에 혈혈단신이 된 도가는 아주 우대로 멀리 떠나온다는 것이 어찌어찌하다가 방깨울(엄리-필자)로 굴러들어 왔다.
>
> (……)
>
> 도가의 고향은 경상도 문경이라 한다. 그는 여러 해 전에 홀아비로 이 근처에 들어와서 이 집 저 집으로 머슴살이를 하다가 유선달 집으로 들어온 것이었다. (『봄』, 159~160·29쪽)

장편 『고향』에 나오는 구장집의 머슴 '곽서방'의 모델도 이자이다.

2. 민촌(民村)

북한의 자료에 이기영은 "1895년 5월 29일 충남 아산군 배방면 회룡리서 출생했다"고 나온다.

또 북한의 중앙방송이 그의 사망(1984. 8. 9) 소식을 전하면서 그가 1895년에 출생했다고 소개한 것을 국내 일간지들이 일제히 인용 보도하였다.

그의 출생 연도가 1895년임을 그의 여러 회고에서 확인할 수 있으므로 호적(1893. 5. 6)과 족보(1896. 5. 6)의 것은 오류로 보인다(1895년 5월 29일은 같은 해 음력 1895년 5월 6일의 양력 환산일임).

> 나의 어린 시절은 봉건 이조가 최후를 고할 무렵이었다. 1910년, 일제가 조선을 강제로 '합방'하던 해에 나는 만 15세(민촌은 북한에서는 자신의 나이를 만으로 적었다-필자)였다. (「이상과 노력」)

민촌의 자전적 단편 「가난한 사람들」과 「오남매 둔 아버지」에서 주인공은 아내보다 두 살 적으며, 장편 『고향』에서도 그러하다. 그런데 민촌의 처 조병기(趙炳箕)가 1893년 5월 16일생(뱀띠)임이 확실하므로 민촌은 그 자신의 인식과 그의 작품에 나오는 대로 아내보다 2년 연하인 '1895년 5월 6일(음력)'에 태어났다고 보는 것이 정당할 것이다.

그의 출생지를 알아보자.

> 원래 나의 출생지는 천안이 아니다. 그것은 구온양군 남○이었는데 내가 서너 살 적에 천안으로 옮기었다 한다. (「나의 수업시대」)

'남○'은 '남곡'일 터인데, 배방면의 회룡리와 세출리 일원을 속칭 '낭골'이라 하거니와, 이는 '남곡(南谷)'이 변한 말로 추정된다. 백제시대 이후의 지명인 '탕정(湯井)'에서 보면 바로 그 정남쪽에 위치한다.

민촌의 부친 '이선달'이 회룡리의 약목골에 살았었다는 전문(傳聞)도 있다. 민촌의 조카로 세출리에서 태어나 거기서 성장한 이종택(1942~)은 회룡리의 한 노파(老婆)로부터 "'이선달'이라는 분이 약목골에 살았었다"는 말을 직접 들었다고 한다. 따라서 민촌의 출생지는 북한 자료에 나온 '충남 아산시 배방면 회룡리'까지 확실하고 회룡리 내의 '약목골'까지 짚인다고 할 수 있다(이하 민촌의 출생지를 '낭골'로 표기함).

신흥리의 송현마을에서 재 너머 첫 동네(삼거리)가 바로 약목골이다. 원님이 살았던 구온양(舊溫陽)에서 한양에 가려면 송현(松峴, 솔티고개)을 넘고 약목골을 지나 천안을 거쳤다 한다.

그런데 민촌은 '낭골'의 추억을 갖고 있지 않으며 따라서 그의 출생지는 그의 문학에서 별 의미를 갖지 못한다. 그가 어릴 적부터 자라 성장기를 보낸 그의 사실상의 고향은 바로 '엄리'이기 때문이다. '충남 천안군 북일면 중엄리'(「나의 수업시대」)가 그곳으로 지금은 천안시 안서동에 속한다.

민촌네가 '엄리'로 이사(移徙)한 시점을 어린 민촌이 들은 대로 '서너 살 적'(1897. 8)으로 본다면 그것은 부친이 망친의 삼년상을 치른 직후일는지 모른다. 삼년상을 만 3년이 아니고 햇수로 3년 만에 벗는 경우가 흔하므로 1898년 1월 27일에 벗었을 수 있다. 『봄』에는 이사 시점이 '다섯 살 먹던 해 봄'(22쪽)으로 나온다.

민촌의 집안이 이주한 집은 꽤 큰 초가집으로 오늘날 상명대학교 천안캠퍼스 본관에서 정남쪽에 내려다보이는 마을의 한가운데에 위치하였는데 그 정확한 지점은 미상이다. 그 집은, 『봄』에서 보면, 큰고모댁에서 마름 집으로 장만해 둔 것이었다. 민촌의 부친이 누이댁의 마름을 보는 내용이 『봄』에 자세히 나오는데, 그의 회고에도 이렇게 나온다.

> 천안에는 친척(큰고모-필자)이 살고 그의 토지가 엄리에 있으므로 우리 집은 그 집 땅을 부치기 위해서, 말하자면 생활의 방편을 구해 간 모양이었다. (「나의 수업시대」)

> 부친은 어찌하여 이런 두메로 이사를 하였던지? 문제는 양반도 먹어야 사는 '빵' 문제였던가 보다.
>
> (……)
>
> 부친은 그 동네 전장의 마름(舍音)을 해 왔던 까닭에(……) (「과거의 생활에서」)

큰고모(1869. 1. 28~1922. 5. 17?)의 생애는 민촌 문학의 이해에 기초가 된다. 왜냐하면 그녀는 민촌네의 삶을 절대적으로 규정하였을 뿐만 아니라 그녀의 기구한 삶 자체가 민촌 문학의 소중하고 비중 있는 소재가 되고 있음이다.

민촌과 민촌가의 비극은 가히 이 큰고모의 애꿎은 운명에서 비롯된다고 말할 수 있다.

그녀는 남편 이우상(雨相, 1867~1890. 2. 4, 父 都事 承麟)이 일찍 죽어 22세에 과부가 되었는데, 아들 병희(丙羲)는 아비가 죽은 지 8일 만에 유복자로 태어났다(1890. 2. 12. 민촌보다 다섯 살 위). 작은고모가 열세 살(호적 1891년)에 시집간 것으로 보아 그녀도 이른 나이에 출가하였을 것으로 보인다.

그런데 그 집안 큰집의 손이 끊어지게 되었다(가계도 참조).

장연 현감(長連縣監)과 나주 영장(羅州營將)을 거치면서 큰 재산을 이루었다는 장연공 이덕순(德純, 1762~1840)의 증손자 옥상(玉相, 1862~1886)이 혈육 한 점 없이 일찍 죽자 청상과부 유씨(1859~1919, 杞溪兪氏 父 致亨)는 죽은 남편의 양자를 물색하지 않을 수 없게 되었다. 이때 죽은 남편의 가까운 조카들이 모두 그녀에게 탐탁지 못하였던지 여러 해를 심사숙고하던 그녀는 결국 멀리 9촌 조카뻘 되는 병희를 양자로 들였다. 그가 '인물도 출중하게 잘나고 똑똑하게 보였기 때문'(전주이씨 쪽 어른들의 공통된 증언)이라는 것이다. 아마도 유씨부인은 가까운 일족에 대한 자신의 발언권을 유지하고 집안의 재산을 그들의 침탈로부터 보전하기 위해서 식구가 단출하게 된 덕수이씨 모자(母子)를 들이기로 한 것이 아닐까 한다. 여하튼 병희는 하루아침에 전주이씨 근녕군파 창성군가(謹寧君派昌城君家)의 종손(宗孫)이 되었다.

병희가 양자로 들어간 것이 언제쯤일까? 민촌네가 엄리로 이사한 시점 등을 고려할 때 그것은 민촌이 태어난 해인 1895년쯤으로 추정된다.

큰고모의 모자(母子)가 종가(宗家)에 들고 민촌의 부친이 그 집 마름을 보게 되는 경위에 관한 민촌의 글이 회고나 작품에 전혀 없으므로, 필자는 당시의 여러 정황을 고려하여 그 부분을 다음과 같이 재구성해 보았다.

(이하 필자의 추정) 청상(青孀) 이씨는 유복자 병희와 더불어 시아버지 승린(承麟, 1836~1895)만을 모시고 살았다. 그는 시가 집안의 어른이며 대가 끊긴 종가의 살림을 뒤에서 보살펴 오던 터였다[이 부분의 증언자는 승린의 증손자 이갑재(甲宰), 1924~ 천안시 원성동].

마침내 그가 60세에 죽자 종가댁의 유씨부인은 기다렸다는 듯이 이씨 모자(母子)를 찾는다. 병희는 이때 한참 피어나 틀이 잡히고 총기가 발랄해 보일 여섯 살의 나이였고, 할아버지(승린) 밑에서 글공부도 시작했을 터였다. 외로움에 지친 두 청상과부는 병희를 죽은 종손 옥상의 양자로 삼기로 하여 이씨 모자는 종가에 들게 된다[승린은 자신의 죽음으로 뜻하지 않게 하나뿐인 며느리와 함께 하나뿐인 손자 병희마저 종가댁에 양자로 빼앗기고, 자신의 제

전주이씨 근녕군파 청성군가의 가계도

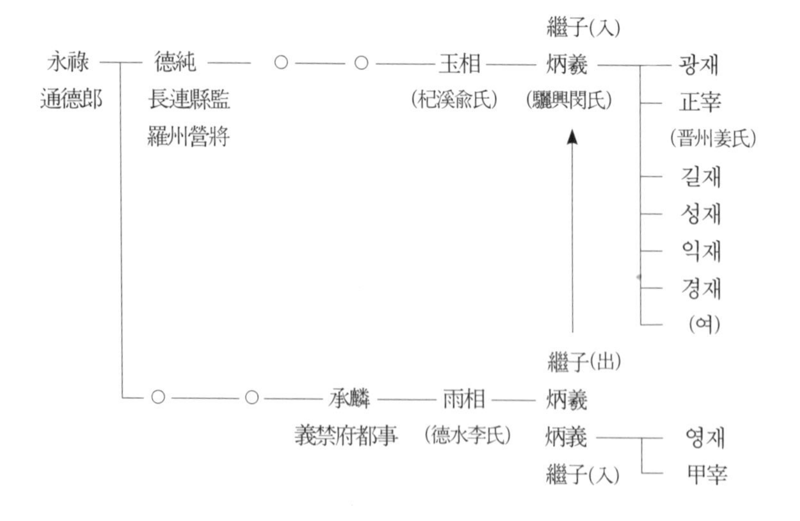

사를 지내 줄 양손자를 주변에서 물색하여 들여야 할 처지가 되었다. 그렇게 들인 양손자(병의-炳義)가 낳은 둘째아들이 곧 위에 언급된 이갑재이다].

그러자 얼마 후 '낭골'로부터 친정아버지(규완, 1846~1896. 1. 27)의 부고가 왔다. 이씨는 병희와 더불어 친정에 갔다. 종가댁의 유씨부인은 이씨 모자(母子)를 솜옷이며 털옷으로 씌우고 걸치고 해서 큼직한 가마(사인교)에 태워 보냈다. 하인을 여럿 딸리었고 그 속에 화로(火爐)도 넣어 주었다.

× ×

친정 살림은 말이 아니었다. 이씨가 출가할 적만 해도 친정집은 전장(田莊)이 꽤 돼서 남에게 준 소작도 적지 않았는데, 그 후 두 오라비와 그 아래 여동생의 연이은 혼사(婚事)며 작은오라비 부부의 뜻하지 않은 겹상사(喪事)(1891)까지 치르고 갑오(1894), 을미년(1895)을 겪는 동안 가세는 크게 몰락하였다. 식솔을 줄이기 위해 하인마저도 이미 여럿 내보냈고 이번 장비(葬費) 또한 적지 않을 터였다.

친정집 살림이 기운 원인은 더 거슬러 올라간다. 늦은 나이(31세)에 무과에 급제한 친정아버지가 벼슬자리를 구한다고 물려받은 농사치를 꽤나 날려 버렸던 터였다.

그런데 오라비(민촌의 부친)도 무과에 급제하더니 서울 왕래를 빈번히 하고 매번 행장 때마다 쌀섬이나 족히 축내는 것이었다. 매관매직이 횡행하는 세태에 벼슬자리 얻기가 쉽지 않을 터인데, 그마저 아버지처럼 헛되이 벼슬을 좇는 것이나 아닌지 누이는 적이 걱정이 되었다. 지난 8월에는 왜놈들이 황후를 시해하였고 임금님 대신 무슨 내각인가 뭔가 하는 것이 나라살림을 한다는데, 요즘 벼슬살이가 예전만 같지 못하고 자리를 얻어 봤자 언제 그 자리가 떨어질지도 모르는 어수선한 판국에 미관말직 얻어 봐야 민란이 끊이지 않는 객지에서 고생만 되지 내 땅 농사만 하겠느냐고, 앞으로 식솔도 늘 터인데 벼슬 찾기 그만두고 어머님 모시고 농사나 돌보는 게 어떻겠냐고 은근히 떠보았으나, 농사는 하인들에게 맡길 일이고 급제한 선비는 마땅히 큰일에 뜻을 두어야 한다고 오라비는 끝내 벼슬에의 미련을 버리지 못하는 눈치였다.

실제로 그의 생각은 이러하였다.

'조정의 부패한 정사를 생각한다면 실로 통탄하기 짝이 없는 일이었다. 다만 그 점으로만 볼진댄, 환로(宦路)에 나서고 싶지도 않았다. 그러나 또한 이처럼 국사가 어지러운 판국일수록 충성을 다하는 것이 신자(臣者)의 도리가 아닐까. 그러나 아무 지위도 없는 사람이 무엇으로써 충정을 다할까 보냐. 미관말직이라도 현직(現職)을 가져야만 자기의 포부와 역량을 발휘할 수 있'(『봄』, 35쪽)을 터인데, 이러한 때에 시골구석에 처박혀 망친의 삼년상을 치르려 하니 아득하고 답답할 뿐이었다.

누이는 오라비를 달래 보았으나 종내 신통한 대답을 듣지 못하였다. 그가 집안 살림에는 전혀 관심이 없고 허황된 벼슬 꿈에만 젖어 있으니, 오십이 가까운 모친이 며느리(민촌의 모친)와 어린것들을 데리고 머슴과 하인을 부려야 한다면 그 살림이 오죽할 것인가. 누이는 기울어 가는 친정집의 형편이 못내 안타까웠다.

× ×

종가댁은 '엄리'에 있는 전장의 관리 때문에 전부터 늘 골머리를 앓아 왔다. 동네 상것들의 텃세가 어찌나 센지 웬만큼 틀지지 못한 양반은 그네들의 등쌀을 견뎌 내지 못하였다. 그래서 엄리에 들이는 마름마다 1~2년을 못 버티고 모두 못 해 먹겠다고 손을 들어 버리고 마는 것이었다. 사소한 문제가 발단이 되어 작인들과 옥신각신하다가는 결국 마름이 쫓겨나고 만 것이 벌써 한두 번이 아니었다. 엄리에는 '어떤 양반이고 들어와서 한 집도 제법 주름을 잡고 살아 본 적이 없었다'(『봄』, 23쪽). 그나마 뒷감당을 해 주던 도사어르신(승린)마저 돌아가자, 양자로 들인 어린 종손 병희 말고는 남정네라곤 없는 종가댁을 그들은 더욱 깔보는 모양이었다.

종가댁의 두 과부–유씨부인(1859~1919)과 덕수이씨(1869~1922?)–는 그들의 기를 꺾을 수 있을 만한 인물을 물색하던 끝에 이씨의 친정동생 민창을 한번 써 보기로 하였다. 오라비의 마음을 돌려 친정어미를 가까이 모시고 싶은 것이 청상 이씨의 욕심이었다. 또 오라비가 잘해서 유씨부인의 마음에 들기만 한다면 까짓 엄리뿐이랴, 유량리며 풍세의 전장까지 종자 천석(種子天石)의 살림을 한 손에 거머쥘 수 있는 길도 트일 수가 있을 것이니, 웬만한 벼슬살이야 거기에 비기랴 싶었다. 다만 성미가 호락호락하지 않은 오라비가 누이의 이 말을 들어 줄는지 걱정이었다.

× ×

인편으로 누이의 제의를 받은 민창은 기가 막혔다. 누대를 살아온 터전을 등지고 출가한 누이의 그늘로 들어가 그 집 종살이를 하란 말인가! 민창은 누이의 하인을 호통쳐 보냈다.

얼마 후에 누이는 다시 인편을 통해 언문 서장을 보내왔다. 엄리에 살 만한 집이 마련돼 있으니 탈상(脫喪)을 하는 대로 날이 풀리기 전에 가산을 정리하여 어서 오라는 것이었다. 모친은 그저 묵묵히 아들의 처분만 기다릴 뿐이었고, 민창은 한참 만에 '생각해 보겠노라'는 전갈을 주어 누이의 하인을 돌려보냈지마는, 속으로는 여전히 누이의 제의를 완강히 뿌리치고 있었다. 시골구석에 상주(喪主)로 처박혀 살아온 그는 탈상을 하면 당장이라도 상경(上京)하여 벼슬자리를 찾아보고 싶었다.

그러나 무과 급제가 쓸모없게 된 데다가 그가 오랫동안 공들여 모셔 왔던 심상훈마저 관운이 끝나 가고 있었다. 탁지부 대신이던 그가 '백동화(白銅貨)와 같은 악화(惡貨)를 주조하여 유통 질서를 혼란케 하였다는 이유로 독립협회의 탄핵 대상이 되었다가 1898년에 체직 처분을 받'(한국민족문화대백과사전)았다는 소식을 접하자 민창은 아뿔사! 하고 머리통을 감쌌다.

그래도 그는 벼슬에의 미련을 버리지 않은 채 조정의 정세를 관망하면서 서울살이를 위한 목돈 마련에 골몰하였다.

마침내 그는 낭골의 가산을 처분하여 돈을 마련하는 한편, 벼슬자리를 구하는 동안 누이 집안의 일을 돌보면서 누이 집에 잠시 의탁해 있기로 뜻을 굳혔다.

그는 자존심을 버리고 모친의 뜻에 따라 새해 인사를 구실로 유량리를 찾았다. (필자의 추정 끝)

엄리(嚴里)는 '암리(巖里)'가 변한 말이라 하며 그 일원은 척박한 대로 많은 바위와 어우러져 산수가 꽤 아름다웠던 것으로 보인다.

> 이 산속으로 시냇물은 바위너덜과 절벽 밑을 흐르기 때문에 언제 보아도 수석(水石)은 아름다웠다. 더욱 그것은 봄철이 제일이다.
>
> 검은 바위틈마다 진달래꽃이 한창을 피어난다. 어떤 데는 간혹 낙락장송이 있어 물 밑으로 그림자를 거꾸로 박았다. 맑은 물속에는 고기떼가 노는 것이 마치 유리 속처럼 들여다보이고…. (『봄』, 68쪽)

이러한 그림 같은 자연은 그 뒤 무참히 파괴되었다. 제방공사와 개간뿐만 아니라, 경부철도공사에 필요한 자갈의 수요에 따라 인근의 바위들도 수난을 당하였고, 한때는 금광이 성행하여 일대의 전답은 물론 가옥까지 헐리고 파헤쳐진 때문이었다.

회고에 나오는 민촌의 '고향'을 보기로 하자.

성거산맥(聖居山脈)이 우회하여 상엄리를 병풍같이 둘러막았다. 거기서 흐르는 물이 양편의 산속을 뚫고 중엄리와 하엄리 사이를 흐르는데 하엄리의 앞내 건너에는 참나무 밭의 빽빽한 숲이 동구를 가려막아서 엄리 일경은 마치 호리병같이 산속에 들어앉았다. 그래서 갑오년 동학란(1894년의 세성산 전투가 아니고 1896년 천안군수가 죽는 동학 잔존 세력의 유격전일 듯-필자)에는 들녘 사람들이 모두 그리로 피난을 왔다 한다.

사실 그때만 해도 탁골 이판서의 묘소에는 삼삼(森森)한 솔밭이 들어서고 상엄리 성불사 경내에는 아름드리 수목이 울창하여 예전에는 호랑이가 들썩들썩하였다 한다.

우리 집 바로 이웃에 이판서 집 산지기 송포수가 살고 있었다. 그가 젊었을 때 어느 해 겨울에 보리밭에 오줌을 주러 식전에 갔다가 호랑이를 만나서 씨름을 하였다고 어깨를 물린 흉터를 내보일 때 우리들은 어려서 혀를 빼물고 놀래었다. (「나의 수업시대」)

이판서 집 산지기 송포수 ―그는 누구인가?

상엄리 뒷산에다 서울 이판서의 묘를 썼는데, 그는 바로 이완용의 집안이었다. 이 묘를 쓰게 되자 상, 중, 하 세 부락의 동유림이던 산림은 모두 이판서 집 '사패지'(임금이 내려 준 땅-필자)로 되어 버렸다. 그리고 상엄리에는 이판서 집 묘지기를 두었다. 그 집 산지기가 세 동리에서 왕 노릇을 하였음은 물론이다.

상, 중, 하엄리는 민촌(民村)이었다. 원래 그곳은 빈농과 화전민들만 살았었지만, 여간 양반은 이사를 와서도 오래 살지를 못하였다. 그것은 이판서 집 산지기의 등쌀에 배겨 내지 못하고 미구에 쫓겨 가기 때문이었다. (「이상과 노력」)

이판서의 무덤은 지금의 엄리 주민들에게 '대감산소'로 알려져 있다. 그러나 그들은 그 무덤의 주인공이 이완용의 집안이라는 정도로밖에는 잘 모르고 있었다. 그는 우봉(牛峰) 이씨 이우(㘾, 1807. 8. 13~1881. 8. 16)로 도승지, 대사성, 부제학, 이조판서 등 벼슬이 화려했으며 전문(傳聞)에 의하면 그는 왕세자를 가르치던 선생 노릇도 하였다 한다. 그는 이완용(李完用, 1858~1926)의 5대조의 증손자로서 이완용의 8촌 조부뻘이다.

민촌이 태어나기 14년 전에 쓰인 이 무덤은 어린 민촌과 그 또래들의 놀이터였으며 그에게 많은 문학적 영감을 주었다. 『두만강』에서 풍수사상에 젖은 봉건 양반들이 산소자리를 둘러싸고 큰 소동을 벌이는데, 민촌은 바로 이 무덤을 상정(想定)하여 그것을 그렸던 것이다.

작품에 나오는 그 무덤의 내력과 그 위용을 보기로 하자.

안골 조의정집(이판서 집-필자) 말림은 이 근처에서 둘도 없는 울창한 솔밭이다.

(……)

해마다 가을철이면 이 산에서 나오는 실과도 적지 않다. 그것은 색다른 풍경을 자아냈다. 푸른 송림 밑으로 단풍이 들어가는 감나무는 물론이요, 서리 맞은 감이 빨갛게 익을라치면 잎새는 다 떨어지고 붉은 감만 가지에 매달린다.

그만큼 이 산은 마을 사람들의 유일한 보고(寶庫)였다. 그들은 이 산에서 나무를 베어 쓰고 도토리와 상수리를 주워다가 양식을 보태기도 한다. 여름 한철은 딸기와 버섯을 따고 송화가루를 털어다 제사 때에 다식을 박았다. 봄에는 나물을 뜯고, 겨울에는 산짐승과 새를 잡는 유일한 사냥터가 된다. 그나 그뿐이랴. 우선 지난여름에 살인이 났을 적에도 그들은 이곳으로 도망질을 쳐서 하나도 열인으로 잡히지 않았다.

조의정집에서는 이처럼 좋은 산을 가졌다. 그러나 그 집에서는 이 산을 제 산이라 하고, 지금은 이 근처 사람들도 누구나 다 그렇게 말하는 바이지만, 실상 조의정의 산소를 쓰기 전에는 원주민의 소유와 동유림(洞有林)이나 다름이 없었던 것이다.

근년에도 양반의 세력은 상놈들의 생명 재산을 위협한다 하거든, 하물며 백 년 전후의 옛날 일이야 말해 무엇 하랴. 그때쯤은 서슬이 푸른 양반이면 어느 산이고 제 산이라고 손을 내밀면 되었다.

그러므로 그때쯤 한창 당년의 세도가 드높은 조의정집에서 대감 산소를 모실 적에 굉장한 기구는 말할 것도 없는 일이었다. 그것은 지금 눈앞에 보이는 조의정의 백골이 묻힌 장엄한 분상과 근감한 석물(石物)을 보더라도 족히 알 수 있지 않은가. 아름드리 소나무가 들어선 산날망이를 까뭉개고 이처럼 넓은 터전 안에 제절을 닦아 논 것이라든지 대리석으로 크게 만든 상석과 좌우로 벌려 세운 석물을 보더라도 인력을 얼마나 많이 소비하였는지 모른다. 그것은 물론 이 근처의 인민을 역군으로 풀고 관가에서도 들끓어 나왔겠지만. (『봄』, 179~181쪽)

민촌의 부친이 '엄리'에 정착하기 위해서는 송포수를 위시한 토착 상민(常民)들의 텃세를 극복해야 했다.
텃세의 발단과 그 극복 과정에 관한 민촌의 회고를 보기로 하자.

명색 토반(쟁퉁이)이라고 두어 집 있었으나 그들도 영세한 소작농 생활을 하기 때문에 상민들과 조금도 다를 것이 없었다. 근 백 호 되는 세 동리에 기와집이라고는 볼 수 없고 제 땅 마지기를 가지고 추수해 먹는 집이 없었다. 거기에서 그중 부유하게 사는 집이 상엄리의 이판서 집 묘지기였다. 그는 묘지기의 연수입이 상당해서 차차 형세가 늘어 간 것이다. 그러므로 그는 상, 중, 하엄리에서는 그중 세력을 부리고 살았다. 다른 집들은 모두 소작농이 아니면 산속으로 들어가서 숯을 구워 파는 천민들이기 때문에. 그런데 우리 집이 별안간 그 동리로 이사를 갔으니 동민들과 첨예한 반상 간의 대립이 되었을 것은 정한 이치다. 자래로 민촌에는 양반이 못 산다는 것이다. 그것은 중과부적으로 그들의 토착한 세력에게 휘둘리게 되는 까닭으로. 그래서 우리 집도 은연중 그들과 대립이 된 중에 이판서 집 묘지기가 대표적으로 버티고 있었다. 부친은 그의 거만한 태도를 처음부터 불쾌하게 여겼던 모양이다. 그래서 벼르고 있는 차에 한번은 우리 집 머슴이 이판서 집 산림으로 나무를 하러 갔다가 그 집 산지기 송포수에게 발견되어서 낫과 지게를 뺏기고 왔다. 부친은 그때 대노하였다. 그 즉시로 송포수를 잡아다가 볼기를 치는 것을 나도 어려서 목격하였다. 그 뒤로 이판서 집 묘지기 이하로 마을 사람은 '선달님, 선달님' 하고 부친과 친근하게 굴었다. 이사한 지 얼마 되지 않았을 때인 듯하였다.

그러나 부친은 본시 폭악한 성격의 소유자는 아니었다. 무가의 기풍을 가진 호협한 편으로서 반상의 구별을 도리어 가지지 않았다. 그는 마을 사람들의 노(老) 축은 물론 젊은 사람들하고도 술을 같이 마셨다. 그래서 나중에는 상하노소가 없이 누구나 그와 친근하기를 좋아하였다. 그의 소박한 성미를 누구나 좋아하였다. (「나의 수업시대」, 1937)

민촌은 이미 그의 회고 「과거의 생활에서」(1926)에서 같은 내용을 쓴 바 있는데, 거기에는 '그 이튿날 식전에 그를 잡아다가 볼기를 때린' 것으로 나오며 다음과 같이 이어진다.

> 그때는 우리 집이 이 동네로 이사 온 지가 얼마 되지 않았을 때라 한다. 민촌이란 소문을 듣고 온 부친은 더구나 이 동네에서 만만치 않은 송포수와 겨누게 될 때 만일 한 팔을 접히게 되면 그들에게 휘둘려 지내게 될 터이므로 부친은 한번 그들의 여기를 꺾어 놓자고 그랬었던 모양이다. 과연 그 뒤로 그들은 부친의 영(令)이라면 유유복종(唯唯服從)하였고, 술 잘 사 주는 바람에 그들은 더욱 부친과 친근해졌다.

민촌은 그것을 다시 『봄』(1940)에 되살렸다. 『봄』에 '송포수'의 볼기를 치는 장면이 자세히 나온다. 이 사건이 민촌의 뇌리에 깊이 각인되어 그의 인격과 사상의 형성에 지대한 영향을 끼쳤음을 알 수 있다.

여기에는 그 사건의 발단과 어린 민촌이 거기서 받은 인상만을 인용해 둔다.

> 그날 유선달은 읍내 출입을 했다가 저녁때에야 돌아왔다. 도가는 유선달이 들어와서 채 의관을 끄르기도 전에 분연히 그 사실을 고하였다.
>
> "선달님. 아침에 안골로 나무를 갔다가 송첨지한테 낫을 뺏겼어라오. 그놈의 영감 다시는 안 하겠다고 낫을 달락 해도 영이 안 주고 뺏어 갔답니다."
>
> 유선달은 그 말을 듣더니 금시로 안색이 달라진다.
>
> (……)
>
> 이래저래 언제나 한번 닦아 주리라고 모람모람 별러 오던 참인데, 감히 송가가 낫을 뺏다니—. 그것은 유선달로 하여금 분을 상투 끝까지 치밀게 하였다.

유선달은 그때 끄르던 의관을 다시 고쳐 매고 사랑방에 좌정하자 별안간 추상같은 호령을 내리었다.

"창길아."

"녜—"

창길이가 긴 대답을 하고 나선다.

"너 지금 곧 가서 송가 놈을 당장 잡어 오너라. 그눔이 언감생심 뉘 댁 낫을 뺏어 갔단 말이냐."

(……)

석림이는 지금도 그때 일이 눈에 선하다. 관가에서 죄인을 볼기친단 말은 어른들에게 들었지만 실지로 볼기를 맞는 것을 목도하기는 처음이다. 그러나 부친은 무슨 권한으로 남을 잡아다가 볼기를 때리는가. 그는 그때도 부친이 무서워 보이는 동시에 이상한 생각이 없지 않았다.

그 뒤로 송첨지는 유선달 앞에서 꿈쩍을 못했다. 아니 그렇다느니보다도 그들 사이에는 전에 없던 새 정분이 생겨서 언제 그런 일이 있었더냐 싶게 도리어 친밀히들 지내었다. (『봄』, 28~29·34쪽)

민촌의 회고와 『봄』에 잘 나타나 있는 그의 면모를 보면 그는 대범하고 호탕하며 술과 친구를 좋아하는 대신 가계를 돌보지 아니하였다. 그래서 민촌의 모친은 그가 '너무 대범하여 늘 성화를 하였다'(『봄』, 47쪽)고 한다. 그는 친구들에게 술을 베푸는 것을 좋아하였고, '친구들과 모여 앉으면 우선 술잔을 나누거나 사율(四律)을 짓는 것이 유일한 소일거리였는데 때로는 골패 판을 벌이기도 하였'(『봄』, 73쪽)다는 것이다. 어린 민촌은 이미 이때부터 모친의 영향을 받아 부친을 증오했던 것으로 보인다.

술 잘 먹고 말 잘하고 변변하고 기걸(氣傑)해서 아무 앞에서나 기탄없이 말을 하고 호걸웃음을 허허 웃던 부친은 어떻든지 인근처에서는 인기로 치던 터였다.

내가 부친을 미워한 것은 어머니에게서 받았던 '힌트'가 많았든지 모르겠다. 나는 어머니를 무척 사랑하였다. 그런데 어머니는 아버지를 무척 미워했었다. 그러니 나도 그럴 수밖에.

"너도 늬 아버지를 닮아서 술 먹어라!"

하고 모친은 부친이 술 취할 때마다 나를 주장질했다.

"에— 지겨운 술! 지겨운 술!'

그때 나는 죽어도 술을 안 먹는다고 작정하였다. 그리고 어머니와 함께 아버지를 미워하였다. (「과거의 생활에서」)

부친은 이렇게 양반의 위세와 자신의 위엄으로 토박이들을 제압하고 나서 그해인지 또는 그 이듬해인지 엄리의 살림을 모친과 아내에게 맡기고 장부의 뜻을 펴기 위하여 드디어 행장을 꾸렸다. 이때가 1899~1900년(민촌 5~6세) 무렵일 것이다. 큰고모는 오라비가 벼슬 구하기를 그만두고 전장의 소작 관리(마름 노릇)나 잘해 주기를 바랐을 터이지만 오라비의 집념을 꺾을 수 없었던 것 같다.

유선달은 그렇게 여기를 질러서 송첨지를 꺾어 놓고는 다시 청운의 뜻을 두고 서울로 올라갔었다. (『봄』, 34쪽)

이렇게 상경한 민촌의 부친은 여러 해를 장안 대갓집의 문객으로 지냈던 것으로 보인다.

부친은 무슨 일인지 서울에만 가 있었다. 어른들의 말에는 벼슬을 하려고 그런다는 것이었다. 석림은 그 속을 잘 모르긴 하나 부친이 몇 해 씩 집을 떠나 있는 것은 이상하였다. (『봄』, 15쪽)

다음의 회고를 보면 그는 단 한 번 집에 다녀간 외에는 계속 서울에 눌러 지냈던 것으로 보인다.

부친은 그동안에 삼촌(민욱,1889~1957-필자)의 혼례식(1903년 민촌 9세-필자) 때에 잠시 내려왔다가 다시 올라갔었다. (「나의 수업시대」)

(모친은-필자) 언제나 부친을 원망하지 않았던가. 집안 살림은 않고 육장 서울에만 올라가 있다고.

"너는 이담에 커서 술 먹지 말고 계집질 마라."

모친은 가끔 이런 말을 하며 혼자 성을 내었다. (『봄』, 15쪽)

세상은 여전히 급변하고 있었다. 전국 각처에서 활빈당(活貧黨)을 표방하는 화적(火賊)들이 끊임없이 준동하는 가운데 1898년 만민공동회, 1900년 경인선 개통, 1903년 일본화폐 유통, 1904년 한일의정서…. 이에 민창(敏彰)은 앞으로 이 나라가 암만해도 왜놈의 세상이 되어 갈 것만 같고, 조선도 어서 개화를 해서 신문명을 받아들여야 한다고 생각하기에 이른다.

개화의 풍조가 나날이 치미는 대로 그의 심경에도 변동이 안 생길 수 없었다. 더구나 그는 무변인 터이라 완고하게 수구(守舊)만 할 생각은 없었다. 그것은 암만 보아야 예전 판국이 그대로 지탱될 것 같지 않았기 때문이다.

(……)

그는 탐관오리의 비루한 행동을 타매하기 마지않았다. 그래서 만일 자기가 수령이 될 수 있다면 먼저 어지러운 민심을 수습하고 한번 선정을 펴서 백성을 도탄에서 건지고 싶다는 엉뚱한 이상과 야심을 품고 있었던 것이다. (『봄』, 35~36쪽)

그런데,

철석같이 믿었던 신판서가 뜻밖에 불귀의 객이 되어 세상을 떠나고 보니(한국정신문화연구원의 『민족문화대백과사전』이 밝히지 못한 심상훈의 사망 연도가 1905년임을 알 수 있다-필자) 그의 소망은 일조에 수포로 돌아가고 말았다. 하나 그렇다고 다년간 희망하던 바를 일조에 단념하기도 어려웠다. 신판서가 죽는 바람에 다른 문객들은 제각기 시골집으로 내려갔다. 그러나 유선달은 그런(미관말직이라도 현직을 가져야만 자기의 포부와 역량을 발휘할 수 있으리라는-필자) 생각으로 그냥 눌러 있으며 시국을 관망하였다. 그는 눌러 서울에 있으면서 형세를 살펴보자 하였던 것이다.

그때는 벌써 관립무관학교가 설립되었었다. 유선달은 제2회의 입학생으로 거기를 들어갔다(무관학교는 1897년 7월에 설립되었으므로 민촌의 부친이 1905년에 제2회 입학생으로 입교하였다는 것은 민촌의 착오인 듯. 학교의 편제 변경 또는 졸업 후의 자격이 달라졌거나 하는 등의 변동이 있었음을 말하는 것으로 추정된다-필자). 무관학교를 졸업하기만 하면 당장에 참위(參尉, 소위 정도의 계급-필자)가 될 수 있다는 것이다. 그 바람에 그는 아주 철저하게 개화를 할 셈 잡고 입학을 한 것이다.

한데 이야말로 호사다마라 할까. 그가 무관학교를 들어간 지 불과 보름이 못 되어서 뜻밖에 아내의 부고를 받게 되었다. 이에 그는 할 수 없이 학교를 중지하고 있다가 마침내 시골집으로 내려오고 말았다.

유선달은, 그래서 청운은 아주 단념하고 향토에 파묻히게 되었던 것이다. (『봄』, 36쪽)

필자는 여기서 심상훈의 사망 연도를 비정함에 있어서 결정적인 실수를 범하였다. 이 책의 초판을 준비하던 1990년대 후반 때만 해도 인터넷 검색이 보편화되지 않았고 필자는 아직도 그에 꽤 서투르다. 당시에 왜 청송심씨 족보조차 찾아볼 생각을 못했을까? 권위 있는 백과사전이 심상훈의 사망 연도 난(欄)에 물음표를 달았을 때 필자는 그것을 당연시하고 의심하지 않았던 것이다. 천안의 향토사학자 임명순 씨가 2006년 이 책의 초판이 출간된 직후에 이를 지적하면서 『고종시대사』 6집에 실린 다음의 내용을 알려 오고,

1907년(丁未, 1907, 淸 德宗 光緖 33年, 日本 明治 40年) 8月 7日 宮內府 特進官 沈相薰이 죽다.

나중에 필자가 임씨를 찾아뵈었을 때, 필자는 쥐구멍이라도 있으면 숨고 싶었다. 그렇다고 후일 개정판을 낼 가망도 당시로서는 전무하였다. 오늘날 이렇게 개정 증보판을 낼 수 있는 기회가 필자에게 주어진 것이 얼마나 다행스러운가!

이 부분에 관한 어린 시절 민촌의 어렴풋한 기억을 추정해 보건대, 그가 어른들의 대화에서 엿들은 대로 부친은 한때 분명히 '심상훈'의 문객으로 지냈을 것이다. 그런데 그 후 여건의 변동으로 부친은 밧줄을 바꾸어 잡았고, 그 새로 잡은 밧줄이 끊어진 것으로 보인다.

민촌의 삼촌 민욱과 그의 두 아들 훈영과 두영: 그들은 마치 달마대사와 같은 형상을 하고 있다.

엄리에서 상경한 후 부친은 5, 6년을 허송한 것이다.

그간의 서울살이 비용(費用)이 적지 않았을 것이다. 아마도 그는 엄리로 이사 올 때 처분한 낭골의 재산을 거의 다 탕진하였을 것이다.

오랜만에 다시 보는 부친의 모습은 어린 민촌에게 생소하였다.

> 그는 낯이 선 부친을 흘금흘금 곁눈질해 보았다. 웬일인지 그는 부친이 무서웁다.
>
> 언제 보았는지 기억조차 희미한 아버지는 마치 낯설은 딴사람과 같이 정이 붙지 않는다. 눈이 쭉 째지고 윗수염이 제비초리처럼 뾰족하게 갈라진 데다가 기다란 얼굴하며 장승처럼 키가 훨쩍 크다. 그런데 감투 위로 은귀양자를 단 통양갓을 받쳐 쓰고 옥색 두루마기를 입고 앉은 것이, 그의 우렁우렁한 목소리와 아울러 무등 위엄이 있어 보인다. 그는 도무지 이 근처에서는 볼 수 없는 색다른 인물 같았다. '저이가 정말루 우리 아버진가?'

> 석림은 마침내 이런 의심이 들었다. (『봄』, 14~15쪽)

부친 민창(敏彰, 1873~1918)의 풍모는 그의 아우 민욱(敏彧, 1889~1957)으로부터 유추할 수 있다.

민촌이 서울에서 내려온 부친을 보고 '장승'을 연상했듯이, 민욱도 그를 닮았던지-필자의 기억에 생생하거니와-노년기의 민욱은 키가 훤칠하고 이마가 벗어졌으며 눈이 부리부리하게 크고 위엄이 있었다. 눈빛이 형형하였다. 그의 이런 특징은 그의 소생 훈영(勛永, 1916~1982)과 두영(斗永, 1928~)에게도 잘 나타난다. 그들은 외탁을 하여 키는 작지만 그 눈초리가 다같이 '달마대사'를 언뜻 닮았다.

부친 민창은 낙향하여 다시는 상경하지 아니하였는데, 그것은 구차한 집안 사정보다는 급변하는 시대 상황이 여의치 못하였기 때문이었음이 확인된다.

> 부친은 모친의 흉보를 듣고 내려왔다. 그는 그 뒤로 다시는 상경하지 않았다. 그것은 맡길 사람도 없는 마련 없는 집안을 정리하지 않으면 아니 될 책임상으로도 그렇겠지마는 그보다도 급박하게 추이하는 시대의 공기가 벌써 그의 의도와는 어그러진 것을 깨닫게 된 때문이었는지도 모른다. (「나의 수업시대」)

그래서 그는 벼슬자리를 얻기 전까지 임시 지낼 요량으로 이사한 엄리의 마름 집에 아주 주저앉을 수밖에 없게 되었다.

3. 모친의 죽음

민촌의 회고를 보면 모친의 죽음은 그에게 큰 영향을 주어 향후 그의 인생을 크게 규정지었으며, 결국 그것이 민촌 문학을 잉태하였음도 알 수 있다.

> 내가 어려서 모친상을 당하지 않았다면, 그것은 우리 집 환경에도 그 전보다 다를 것이 없을 것이요 따라서 나에게도 물질적으로나 정신적으로나 커다란 변동이 없었을 터이니까, 내가 이야기책 속으로 뛰어든 것은 오로지 모친상을 당했기 때문이라 해도 과언이 아닐 것이다.
>
> 그렇다고 나는 모친상으로 말미암아 문학에 투신했다고, 그것을 슬퍼하려는 생각은 조금도 없다. 나는 도리어 그렇다면 모친에게 감사해야 할는지도 모른다. 나는 비록 지금까지 실(實)답지 못한 문학을 한답시고 고향을 등지고 있는 것이 불효하기 짝이 없으나, 그러나 내가 만일 지금까지 모친의 슬하에서 자라났다면 나는 더 한층 불효를 하고 어떤 부류의 인간이 되었을는지 모르기 때문이다. (「문학을 하게 된 동기」)

민촌이 모친상을 당한 것(1905년 음력 3월 7일)은 그의 나이 11살 되는 해의 봄이었다. 그의 감성과 지성이 막 피어나려 할 즈음에 그는 어미를 잃은 것이다. 그래서 '비교적 명랑한 성격을 가지고 있었'(「나의 수업시대」)고, '비교적 낙천적이던'(「헤매이던 발자취」) 소년 민촌은 갑자기 말없는 외톨이가 되어 버렸다.

> 모친은 뜻밖에 나의 열한 살 먹던 봄에 장질부사에 걸려 이 세상을 떠나고 말았다.
>
> 그날이 음력으로 3월 초7일이었다. 늦은 봄철에 흔히 있는 볕이 쨍! 하니 나고 녹작지근한 일기(日氣)였다. 숙부와 동네 사람들은 그물을 지어 가지고 고기를 잡으러 가는데 나는 할머니와 장사(葬事) 구경을 갔다. 아버지는 그때도 서울 가서 계실 때요 모친은 장감에 걸려서 벌써 한 달째나 누웠었던 터이다.
>
> 충청감사 지낸 조판서 장사가 그날이라고 구경이 좋다는 바람에 나는 할머니와 구경을 갔다가, 방상 씨의 무서운 꼴만 보고 저녁때에 돌아왔다. 집에 와 보니 모친의 증세는 더하였다. 바로 그 이튿날 식전에 모친은 별세하였다. 그때 나는 어머니를 부르고 그의 젖가슴을 흔들었다. 그러나 모친은 아무 대답이 없었다. 집안에는 별안간 곡성이 진동하며 모두 모친이 죽었다고 야단들이었다. 그러나 그때 나는
>
> '죽는 것이 무엇인가? … 아까까지 말하던 어머니가 죽는 것이 무엇인가? …' 하는 의심스런 생각이 났다. 그러나 사람들은 자는 것 같은 어머니를 묶어다가 앞산에다 파묻고 말았다. 나는 그 뒤로 멍하니 실심한 사람이 되어서 때로 안산*을 바라보고는 남모르는 눈물을 자아냈다. 나의 성정(性情)은 날로 침울해 갔다.
>
> '다른 애들은 모두 어머니가 있는데 우리 어머니는 어디로 갔나?' 하

고 나는 울었다. 다른 애들이 대문 밖에서 '어머니!'를 부르는 소리를 들을 때 나는 가슴이 뭉클하였다. 그럴 때는 의례히 안산*을 쳐다보았다. 그러나 거기는 청산의 일배토(一坏土)뿐!

'아 ! 어머니는 어디로 갔는가?'

그러나 어머니는 아무 대답이 없었다.

나는 지금도 어머니는 불가사의한 신비같이 생각된다. … (「과거의 생활에서」)

* 안산(案山): 집터나 마을의 맞은편에 있는 산.

모친은 집안 식구가 죄다 앓은 뒤에 맨 나중으로 앓다가 이내 못 일어나고 말았다. 세 살 먹은 여동생(호적과 족보에 없음. 『봄』에 '석희'로 나옴-필자)은 운명한 모친의 젖가슴에 매달려서 어머니를 부르며 울던 것이 지금도 눈에 선하다. 여섯 살 먹은 아우(풍영 豊永, 1900~1959, 『봄』에 '석산'으로 나옴-필자)는 모친이 죽은 줄 모르고 바깥으로 뛰어다니며 동무들과 놀고 있었다. 나는 집안 식구들이 울고 있는 모친의 머리맡에 앉아서 그들과 같이 울었다. 정신이 얼떨떨해서 도무지 어쩔 줄을 몰랐다.

(……)

모친은 바로 건너다보이는 안산에다 묘를 썼다. 나는 조석으로 산소를 바라보며 모친을 생각하였다. 밤에 자면서 남모르게 베개를 적신 적도 많았다. (「나의 수업시대」)

위 회고의 내용은 작품 『봄』의 내용과 서로 구별이 안 될 정도로 유사하다.

석림은 모친을 여읜 뒤로 갑자기 한 팔을 잃은 것 같았다. 그는 참으로 천만의외의 일을 당했다. 안산으로 산소를 잡기 전에 초빈(草殯)은 바로 등터골 비탈에다 했었다. 그는 아침저녁으로 곡을 하며 거기를 올라 다녔다. 그러나 그는 곡을 하기가 열쩍었다. 그렇게 목소리를 내서 건성으로 우는 것보다는 차라리 남모르게 속울음을 울고 싶었다.

"어머니가 왜 돌아갔을까. 어제까지 살어 계시던 어머니가… 그러나 죽는 게란 대체 무엇일까."

(……)

참으로 알 수 없는 것은 죽고 사는 문제 같다. 그럴수록 그는 모친이 그리워서 자다가도 어머니를 부르며 입속으로 울었다. 어제까지도 어머니가 살아서 든든하게 믿고 있었는데 하룻밤 사이에 죽었다니 웬 말인가. 문득 그 생각이 들게 되면 찬바람이 휙 끼치고 무시무시한 공허가 전신을 휩싸고 돈다. 그는 꿈에도 어머니를 부르며 울었던지 자고 깨어 볼라치면 베갯말이 축축하게 젖었었다.

"저 속에 어머니가 묻혀 있다니, 그럼 영혼은 어디로 날어갔을까."

석림은 별 생각이 다 든다. (『봄』, 18쪽)

모친의 죽음은 풍영에게도 큰 충격이었다. 그의 반응은 꽤 색다르다. 이 내용도 회고와 작품의 내용이 일치한다.

(모친이 죽었을 때-필자) 내 밑으로는 일곱 살 먹은 동생과 세 살 먹은 여동생이 있었다. 울기 잘하는 동생은 어머니가 돌아간 후로는 울음을 뚝 그쳤다.

우리 형제에게는 이 위에 더 사랑했을 모친이 없을 것이다. 나의 동생이 어려서 울기로 유명하여 밤을 새워 우는데도 모친은 밤마다 동생을 업고 서서 지새웠다 한다. 그래도 좀처럼 때려 주지를 않았다니 말이다. (「과거의 생활에서」)

이상스런 일은 석산이가 모친의 생전에는 어떻게도 억척스럽게 울었는지 모르는데 그 울음을 희한하게도 갑자기 뚝 그치고 만 것이었다.

그 역시 너무 질리기 때문이 아니었던가. 죽음이란 이와 같이 매정한 것이었던가. 만일 우는 것이 병이라 할진댄 모친이 돌아갔다고 그 울음이 그쳐질 리 없지 않으냐.

(……)

장사 날 상여가 미구에 나갈 무렵이었다. 상두꾼들이 무명으로 발감기를 일제히 하고 달려들어 상여를 메고 나서자, 다섯 살 먹은 석산이는 조무라기들을 몰고 와서 여느 때나 조금도 다름없이 지껄였다.

"얘들아, 상여 곱지. 저게 우리 어머니 상여란다."

그 질기던 울음보가 어디로 쑥 들어가고 어머니의 상여가 곱다고 구경하는 모양은 보는 사람으로 하여금 애처로운 생각을 더 한층 깊게 한다.

(……)

그렇게 밤을 새워 울건마는 그(모친-필자)는 볼기짝 한 번을 딱 갈기지 않고 그대로 응석을 받아 주었다. 그럴 때마다 조모는 화를 내며

"자식 버르장이두 더럽게 가르친다. 울음이 쑥 들어가게 딱 한 번 못 때려 준단 말이냐? 이웃이 송구해서 어디 사람이 살겠느냐"고, 그는 자다가 일어나서 담뱃대를 탕탕 털었다.

그러면 모친은 또 그 말이 고까와서 군소리를 하는 것이었다.

"우는 애를 때리면 더 울지 않어요."

"그렇지. 저게 무슨 청승이람. 자식두 더럽게 위한다."

그래도 시어머니는 그 며느리가 죽고 보니 불쌍한 생각이 들어가서 자기와 바꿔 죽지 못한 것을 한하였다. 더욱 그렇던 귀동이가 일조에 천덕꾸러기로 된 것이 보기 싫다. 석산이는 끽소리 한 마디가 없이 잘 자고 잘 놀았다. 그러는 것이 도리어 청승맞아 보인다. (『봄』, 19~21쪽)

어린 민촌은 모친의 죽음으로 주체할 수 없는 슬픔과 공포에 시달리면서도 사람이 죽고 사는 '도무지 풀 수 없는 수수께끼'(『봄』, 19쪽)에 사로잡혀 훗날까지도 오래도록 번민한다.

다음은 그해 한여름의 회상으로, 병석의 모친을 돌이켜 보는 장면이다.

> 달은 여전히 횅창 밝은데 밤빛이 아물거리는 속으로 어머니의 산소는 여전히 침묵에 잠겨 있다.
>
> 그는 어느덧 돌아간 어머니의 임종시 광경이 눈앞에 의회하다. 달장간을 앓아누운 모친은 머리가 엉클어져 화토방석같이 되었다. 일어나도 못하고 대소변을 받아 내게 되었을 때 나중에는 혀까지 꼬부라져 말을 하지 못했다. 병세가 날로 침중해지자 그도 자기가 죽을 줄을 알았던지 어느 날인가 하루는 세 살 먹은 석희밖에 방안에 없을 때 석림이를 가까이 오래서 그의 손목을 어루만지며
>
> "넌 어미가 죽으면 어떻게 살래?"
>
> 하고 소리 없이 눈물을 지었다. 그때 석림이도 모친을 따라 울었다.
>
> 너웃너웃한 저녁볕이 앞문으로 환히 비쳐든다. 고모(작은고모 27세-필자)는 뜰에서 약을 달이고 숙모(삼촌 민욱의 처 19세-필자)는 저녁을 지으려고 솥 가시는 소리를 부엌에서 내었다. 조모(58세-필자)는 어디를 가셨는지, 석산이를 데리고 인동넌출(환자에게 달여 먹일 약초로 추정됨-필자)을 뜯으러 안골로 가셨던가. 문밖에 인기척이 있건마는 석림은 어쩐지 호젓한 생각이 들었다. 그때 고모가 약을 싸 가지고 들어오며 "형님 약 잡수셔요." 하니 모친은 약그릇을 받아들자 벌떡벌떡 한 사발을 다 들이켰다.
>
> 인제 생각하니까, 그러던 이틀 만에 모친이 돌아가지 않았던가. (『봄』, 89쪽)

민촌의 회고에 의하면 모친(밀양박씨, 1869~1905. 3. 7, 父 炳九)은 부잣집의 맏딸로 그녀의 나이 18세(1886)에 14세의 어린 신랑에게로 시집왔다. 『봄』에도 민촌의 부친이 자신의 나이 열네 살에 '네 살이나 더 먹은 신부에게로 장가를 들었다'(261쪽)고 회상하는 장면이 나온다.

그녀는 결혼 후 9년 후인 27세의 나이에 민촌을 낳은 셈인데, 그러고 보면 민촌이 첫아이가 아니었는지도 모른다. 민촌의 아명(兒名)으로 추정되는 '을록(乙祿)'도 그 점을 시사한다.

모친의 출신과 결혼에 관한 민촌의 회고를 보자.

> 우리 동네에서 머지 않은 K동에는 당시 천석꾼이로 소문난 부자가 살았었다. 그 부자의 주인공이 딸 삼형제를 두고 난봉 아들 하나를 두었는데 그의 맏딸이 즉 나의 모친이 되었다 한다. 그 집도 양반은 양반이라지마는 양반 때문에, 우리 집은 부자 때문에, 피차간 빈부의 혼인이 되었던 모양이다. 모친은 부친보다 4년이나 연상인데 아버지가 열네 살 때에 시집을 왔다 한다. 부잣집 딸이 가난한 집으로 시집을 온 데다가 부친은 철나자마자 바로 과거 보러 간다고 서울 출입이 잦았던 모양이다. 그 바람에 부친은 술도 배우고 외입(外入)도 ○이 텄던지 어쩌다 시골을 내려와서도 동네 젊은 여자(남술의 처: 후술됨-필자)에게 눈이 간 모양이다. 그 까닭에 모친은 더구나 속이 상했던 모양이다.
>
> 그러나 모친은 질투로 미워한 까닭에 진정으로는 부친을 사랑하였던 것이다. (「과거의 생활에서」)

그녀의 19년 결혼 생활 중 남편이 많은 기간을 서울에서 보냈을 뿐만 아니라 허랑방탕한 그의 처신이 그녀의 성격을 모질게 몰고 갔던지, 시어미가 이 성마른 며느리를 함부로 하지 못했던 것 같다.

고부간의 관계와 그네들의 성격을 보기로 하자.

고부간이란 그렇지 않아도 말이 많은 데다가 부잣집 며느리를 얻은 조모와 어찌 사이가 좋으랴마는 '자식과 남편밖에 모른다!'는 흉은 내 귀로도 들은 법하다. 지금은 모친의 전형(典型)도 거의 망각의 영원으로 사라져 간다마는, 모친의 용모는 그리 미모는 되지 못하였던 모양이다. 몸집이 거대하고 동지(動止)가 느릿느릿하고 입이 무겁고 탐스럽고 인색하고 고집 세고 욕심 많고 규모 있고 어떻든지 부르조아 근성을 무던히 가진 부잣집 만딸의 흔히 가진 전형을 타고난 모양이었다. 동네 사람의 말을 들으면 모친은 바느질을 잘하고 성미가 착하였다 하나 (……) (「과거의 생활에서」)

(모친의 생전에-필자) 삼십 리 밖에 있는 외가에서는 한 달에 한 번씩 음식 짐을 져 보냈다. 여름에는 과실 등속과 가을 봄으로는 갖은 떡이며 도야지 다리, 갈비짝을 사 보냈다. 모친은 그것을 받는 대로 벽장 안에 쟁여 두고 아이들만 두고 먹인다. 어떤 때 날이 더울 무렵에는 음식이 썩어서 먹을 수 없게 될라치면 할 수 없이 그것은 내버리고 말았다.

조모는 모친의 이런 성질을 마땅찮게 여기었다. 그는 음식 끝을 보면 그 자리에서 쫙 나눠 먹어야만 속이 시원하다. 그런데 며느리는 그의 성질과 반대로 인색하였다. 아끼는 게 찌르간다고 제 식구만 감춰 두고 몰래 먹이려다가 소중한 음식을 아깝게 썩혀 내버린다고 그는 노상 성화를 했었다.

석림은 그래도 그 모친을 사랑했다. 조모는 모친이 안 듣는 데서만 흉을 본다. 바느질은 얌전하게 하나 잡을 손이 떠서 느리단 말과, 잠이 많은 병통이고, 마음씨는 착하지만 성미가 닷발이나 늘어진 것이 당신의 불같은 성질로는 답답해서 못살겠다는 것이었다.

그 대신 남편과 자식들한테는 지성이었다고—. 석산이가 응석받이로 된 것도 말하자면 모친의 그런 성질에서 빚어진 것이라고. (『봄』, 20쪽)

어린 민촌은 모친의 속을 무던히 썩인 말썽꾸러기였다.

그는 '동무 애들과 장난을 몹시 해서 집에서도 어머니에게 여간 말을 시피지 않았었다'(「나의 수업시대」)고 술회하고 있다. 그 예를 보자.

그 나무는 키가 높고 험상궂게 생겨서 여간 사람은 잘 오르지 못한다. 그런데 한번은 석림이가 까치 새끼를 내리러 올라갔다가 구렁이가 감긴 것을 보고 혼이 나서 떨어졌다. 내려오기는 올라가기보다도 어려웠기 때문이다. 그는 어디다 발을 붙일지 몰라서 쩔쩔매었다. 그래 엉겁결에 썩은 둥치를 잘못 디디었다가 그놈이 부러지는 서슬에 그만 밑으로 떨어진 것이다.

그때 그는 옹이에 걸켜서 뱃가죽을 찢겼다. 그 상처는 지금도 동전만 한 흉이 졌다마는 배를 찔리는 바람에 손 위로 있는 곁가지를 덜컥 붙들었기 때문에 그는 다행히 생명을 구할 수 있었다. 만일 그렇지 않고 땅위로 그냥 떨어졌다면 즉사를 했든지 병신이 되었을 것이다. 지금 생각해도 그때 일은 아슬아슬하였다. (『봄』, 69~70쪽)

모친은 그전에 자기가 말을 시필라치면 늘 죽고 싶다고 화를 내었다. 동생들과 싸울 때도 그런 말을 늘 하였다. 참으로 모친은 그래서 돌아가시지 않았는가. 그런 생각은 더 한층 자기를 저주하고 슬프게만 하였다. 왜 어머니의 말씀을 순종하지 못했던가. 만일 모친이 지금 다시 회생할 수만 있다면 그는 모든 죄를 자복한 뒤에 다시는 그런 짓을 않겠다고 굳

계군게 맹서라도 하고 싶었다. (『봄』, 18쪽)

이 말썽꾸러기를 모친은 특히 더 귀여워한 것 같다.

모친은 나를 너무 사랑하였던가 싶은 생각이 없지 않다. 그것은 부친이 늘 (서울에-필자) 유학을 하시고 안 계신 관계도 있었겠지만 워낙 모친은 애자지정이 두터웠던가 한다. (「문학을 하게 된 동기」)

모친이 37세의 젊은 나이로 죽었을 때(1905년 음력 3월 7일) 5~6년째 서울에서 지내 오던 33세의 남편은, 『봄』에 의하면 장례가 끝나고 나서도 훨씬 뒤에 내려왔다.

이는 당시의 교통과 통신 사정이 여의치 않았기 때문이라기보다(1904. 11. 10. 경부철도 완공, 1905. 1. 1. 영업 개시), 그가 서울살이를 청산하기로 하고 그것을 정리해야 했기 때문이었을 것이다. 그가 아내의 부고를 받고 할 수 없이 학교를 중지하고 '있다가 마침내' 시골집으로 내려왔다고(『봄』, 36쪽) 한 것은 그것을 말함일 것이다.

부친은 서울에서 내려오는 길로 '식구들에게는 인사를 대충 하고' 아내의 상청에 가서 '고연일곡을 쉽게 했다'(『봄』, 13쪽). 이어 온 식구들이 한 방안에 모여 앉아 서로의 안부를 묻고 근황을 주고받았다. 그러자 안팎의 마을 사람들이 몰려와서 그에게 문안을 드린다.

당시에 근친(覲親) 와 있는 것으로 『봄』에 그려져 있는 민촌의 작은고모(민양 敏樣, 1879~1946)는 목천의 김진억(金振億, 1880~1926. 1. 30, 江陵金氏 父 郡守 夏卿)에게 출가하여 집안에서는 그녀를 '목천고모'라 부르는 터이다.

『봄』에서도 실제로 그녀는 강릉김씨에게 출가한 것으로 나오고 '김집' 또는 '진천아씨'로 불리고 있다.

강릉김씨에게로 출가를 한 누이(작은고모 27세-필자)가 마침 친정에 와 있었기 때문에 (며느리가 죽었어도-필자) 집안은 한결 덜 고적했다 한다.

(……)

"김집은 언제부터 와 있니?" (부친 민창이 자신의 손아래 누이에게 묻는 말이다-필자)

"작년 가을에요." (모친의 사망 시점인 지금까지 약 반년간 친정에서 지내고 있는 셈이다-필자)

아직 초산도 못해 본 누이는 몰라볼 만큼 몸이 피어났다. 분홍 저고리에 옥색 치마를 입은 것이 더욱 몸매를 내게 한다. 그러나 그 역시 앓고 일어난 몰골이 아직 깨성이 덜 되었다. 두 볼이 핼쑥하니 야위었다.

어려서 소명하던 그는 커 갈수록 낮자라는 것만 같다. 이제는 제법 의젓하고 얌전한 품이 한 사람 몫의 여인 꼴을 내고 있다. 그의 기품 있는 인물이 이 집안의 여자로는 으뜸일 것만 같다.

그것은 그의 남편 김서방이 아내한테 빠질 만도 하다고 유선달은 지금도 혼자 생각하였다. 그는 언문 글씨를 잘 쓰고 이야기책을 잘 본다. 워낙 목소리가 청청한 데다가 인물까지 얌전해서 그가 책을 들고 앉은 모양은 누가 보든지 고혹할 만하였다.

"김서방은 언제 다녀갔나요?"

"거번에 와서 장사 끝까지 보구 갔지."

"허, 그 사람을 좀 만났더면…."

"뭘, 선달이 내려온 줄 알면 또 오기가 쉽겠지."

모친은 무심히 웃어 보인다. 환갑이 불원한 박씨부인(민촌의 조모 기계 유씨 58세-필자)은 그동안에 더욱 늙었다. 아직 치아는 성하나 잔주름살이 온 얼굴에 덮이었다. 하나 젊어서 곱상스럽던 얼굴 전형은 어딘지 모르게 오히려 남아 있는 듯. 그들 모녀가 이렇게 한 좌석에 앉은 것을 보니 김집은 아무래도 외탁을 많이 한 것 같다. 박씨부인 생각에는 딸의 인물로 보아 사위는 좀 부족한 듯하다. 그러나 젊은 사람이라도 아내를 끔찍이 귀여워하는 품은 천만다행이라 할까. 사위는 얼걱박이라 처음에는 정이 떨어졌기 때문이다. (『봄』, 14쪽)

(모친이 죽은 그해 한여름에-필자) 진천 아저씨가 오래간만에 다니러 왔다. 유선달은 날마다 그와 함께 술을 먹었다. 그는 아내를 데리러 왔다 한다. 그러나 유선달은 가을에나 가게 하라고 그 누이를 안 보내는 동시에 매부까지 묵어 가라고 붙들어 두었다. (『봄』, 16쪽)

(그해 겨울에-필자) 유선달이 딴살림을 나서 살게 되자 친가에 와 있던 김집은 오래간만에 시가로 갔다. (『봄』, 122쪽)

어린 나이에 출가한 작은고모가 친정에 와서 1년을 넘게 묵어 있는 것으로 그려져 있다.

이분의 손부 신화순(申花順, 1940~ 천안시 동면 장송리 545)에 의하면, 시조모 덕수이씨는 매우 어려서 시집왔고 친정이 멀어서 친정 나들이하기가 어려웠으나 한번 친정에 가면 오래 지내다 왔다고 하는 것을 전해 들었다고 하며, 시조부 김진억은 '얼굴이 약간 얽었어도 벼슬은 하였다'고 집안 어른들이 말하는 것도 들었다고 하였다. 사용(司勇, 족보)이라는 그의 벼슬은 실상 벼슬이랄 것도 없는 형식적인 것이었다. 그러나 그의 5대조와 고조부는 각각 부사(府使, 종3품)를 지냈고, 증조부는 선전관(宣傳官), 조부와 부친도 각각 현감(縣監, 종6품)을 지낸 명문이다. 민촌의 집안은 고조대에서도 이 집안과 사돈을 맺은 바 있어, 민촌의 작은고모는 자신의 8촌 할머니의 손자에게로 시집간 셈이다.

김의 선대가 토호질로 큰 재산을 이루었는지 갑오난 때에 병천면 면실(병천은 1914년까지 '목천군 근동면'에 속하였다)에 살던 그의 작은아버지 은경(殷卿, 1855~1930)의 집이 불에 탔다 하며, 그의 부친 하경(夏卿, 1849~1912)은 난을 피하여 동면에 옮겨 살았는데 그때만 해도 하인이 20명이었고 산전이 많았다고 하였다. 그런데 그는 부친이 죽은 후 첩을 둘이나 거느렸고 술을 좋아하였으며 결국 재산을 몽땅 날렸다 한다.

여기서도 필자는 다시 한 번 큰 실수를 저질렀다. 천안의 젊은 향토사학자 송길룡(宋吉龍), 불당고등학교 교사 이수원 씨 등의 연구에 의하면 은경의 집이 불에 탄 것은 동학꾼의 행패가 아니라 관군의 소행이었다는 것이다. 다음은 이들의 연구 내용이다.

> 목천 지역의 동학 전파에 큰 역할을 한 사람은 구내리에 사는 김은경이었다. 그는 당시 지식인으로서 많은 재산을 가지고 있었다. 그는 1881년에 충북 단양에 있는 최시형(동학의 2대 교주-필자)을 찾아가 도를 수련하는 방법을 물었다. 1883년에는 본인의 집에서 동경대전(동학의 경전-필자) 1천여 부를 간행하여 각 포(包)에 나누어 주었다. 김은경의 동경대전 간행과 배포는 충청도 내륙지방에 동학이 급속하게 전파되는 계기가 되었다.
>
> (……)
>
> 1894년 8월경 목천을 비롯한 주변 지역에서는 주민 10명 중 8~9명이 동학에 입교하였을 정도로 동학 농민군의 활동이 활발하였다.

이어 목천 부근의 세성산 전투에서 동학군이 관군에게 크게 패한 뒤 무자비한 살육이 뒤따랐으며,

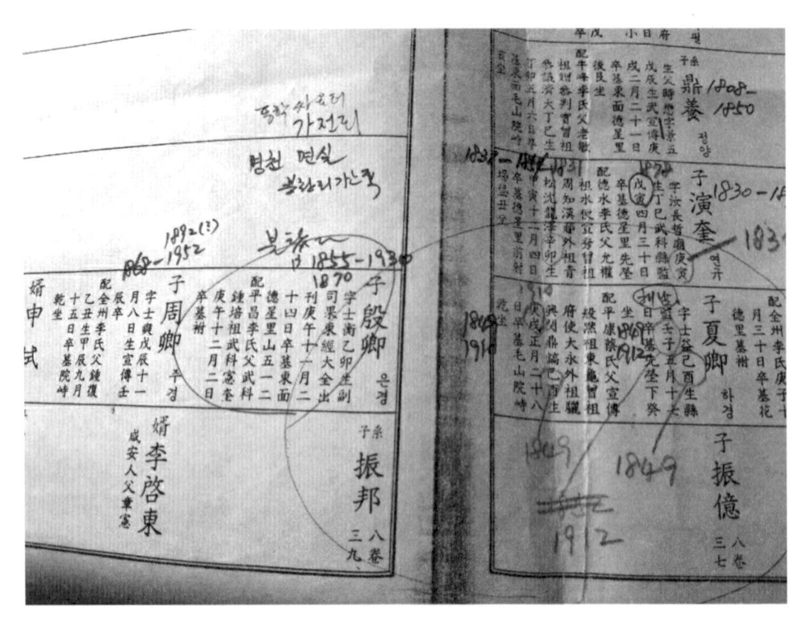

강릉김씨 족보 은경란에 '동경대전 출간'이 보인다.

병천 면실 마을(천안시 병천면 도원리), 병천 서원말(천안시 병천면 병천리) 북면 도령골 마을(천안시북면 연춘리), 광덕 댓거리 마을(천안시 광덕면 광덕리), 북면 연춘리 역원(천안시 북면 연춘리) 등 동학교도들이 많이 살았던 마을이 모두 불태워졌으며….

특정인의 집이 아니고 온 마을이 도처에서 화재를 당하였다면 그것은 주민(동학꾼)의 소행으로 볼 수 없을 것이다.

신화순에 의하면, 어려서(1891년, 열세 살) 시집와 손끝에 물도 묻히지 않고 지냈다는 민촌의 작은고모는 열여섯 나이에 난(1894 목천의 세성산 전투)을 겪은 것이다. 그 후 약 10년간의 시집살이는 매우 혹독하였을 것이다. 그녀가 올케(민촌의 모친)가 죽기(1905) 약 반년 전에도 친청집에 와서 장기간 체류한 것을 이해할 만하다(43쪽 가계도 참조).

그런데 이런 와중에 역도(逆徒)라 할 강릉김씨 은경, 하경, 진억 등은 용케도 피신하여 살아남아 벼슬도 하고 천수를 누리기까지 하였다. 족보에 은경(殷卿)의 '동경대전 출간(東經大全出刊)' 업적이 버젓이 올라 있는 것까지 감안해 본다면 동학의 위세를 가히 짐작할 수 있다 하겠다.

부친 민창은 서울에서 내려온 그 이튿날도 마을 사람들의 문안 인사를 받은 후, 의관을 차려입고 혼자 아내의 무덤을 찾아 나선다.

필자의 형 상렬(祥烈, 1938~)은 조모 조씨로부터 중엄리 앞산의 8부 능선쯤에 북향하고 있는 이 묏자리(상명대학교 천안캠퍼스 본관과 비슷한 높이에서 서로 마주 보고 있으나 오늘날에는 원룸 빌딩들이 가로막고 있음)를 '너의 증조할아버지께서 산지기의 볼기를 쳐서 얻었다'고 들었다는데, 와전되긴 했어도 아주 틀린 말은 아님을 알 수 있다.

지금 묘를 둘러보고 있는 민창 자신도 13년 후에 이 묘에 합장되는데, 필자의 형제들은 어려서부터 선친(종원 種元, 1917~1986)을 따라 증조부 내외가 묻힌 이 묘를 성묘해 왔다.

무덤에서 내려다보면 자신의 마을이 바로 눈 아래다. 자기 집에 마실 온 수다꾼 아낙들의 목소리가 간간이 들릴 수도 있는 가까운 거리다.

> 문을 열어 놓고 바깥을 내다보던 남술의 처가 별안간 호들갑스럽게 놀라며 날카로운 소리를 지른다.
>
> "마냄, 선다님이 아씨 산소엘 올라가셨어요."
>
> 이 말을 들은 방첨지 마누라가 자지러지게 몸을 뒤치며 일어선다. 그들은 일시에 문밖으로 튀어나왔다. 그리고들 건넛산을 정신없이 바라보

는 것이었다. 마치 무슨 구경거리나 생긴 것처럼.

"어디. 참 어느 틈에 산으로 올라갔나베."

마님도 바깥으로 따라 나오며 한 눈을 찌그려 감고 건너다본다. 햇볕에 눈이 부셔서 바른손을 이마에 대었다. 그 역시 대범한 아들이 아내의 무덤을 가 볼 줄은 몰랐었다. 그만큼 죽은 며느리를 위해서 마음이 찐더웠다. 지하에 묻힌 영혼이라도 제 남편이 저렇게 찾아온 줄 안다면 응당 마음이 풀릴 것이 아니냐고. (『봄』, 46~47쪽)

어엿한 서방을 두고서도 애를 낳지 못하는 19세쯤의 '남술의 처'는 남편으로부터 번번이 구타를 당하면서도 내놓고 바람을 피워 대고 있었다.

활달하고 적극적이며 사교적인 여인상의 모델로 『고향』, 『두만강』, 「민촌」 등 여러 작품에 다양한 모습으로 변주되어 수없이 나타나는 그녀는, 『봄』에서 타고난 미모와 교태로 어느 남자든지 후려내는데, 이때 이미 민촌의 부친이 그녀의 표적이 된 지 이틀째다.

남술의 처는 그전부터 유선달을 은근히 사모하였다. 그는 어제 낮에도 유선달이 내려온 기미를 알고 남몰래 가슴을 두근거리던 터이었다. 그것은 웬일인지 자기도 모른다. 그때 유선달의 곡성이 들리자 울타리 틈으로 내다보고 엿을 듣던 그는 유선달의 낭랑한 곡성에도 남다른 무엇을 홀리게 했었다.

'어쩌면 저렇게 곡두 잘하실까.'

저녁때 그는 우물로 물을 길러 갔다가 참을 수 없어 마실을 갔다. 그는 오래간만에 내려온 유선달—서울에서 살다가 온 유선달의 얼굴을 한시 바삐 보고 싶어서 좀이 쑤셨던 것이다.

"선다님, 문안 안녕하십시오.'

너무 반가운 생각과 여자로서의 수줍은 태도였다. 그러나 그가 남 보기에는 깍듯한 인사를 드렸지만, 그때도 할끗 치떠 보는 눈매에는 짓궂은 어린애들의 장난티와 남모르는 정염(情炎)이 타오르고 있었던 것이다. 그는 젊은 여자의 특권으로 유선달 같은 양반을 한번 놀려먹고 싶은 충동을 느끼었다.

'저런 점잖은 양반은 대체 여자를 어떻게 다룰까. 아마 무엇이 달러두 다를 거야….'

남술의 처는 이런 호기심이 치받쳐서 유선달을 보기만 하면 꼬리를 치고 대들었다. (『봄』, 42~43쪽)

외모에 자신이 있는 여자들은 좀 당돌한 법이다. 민촌의 모친도 생전에 이 여자를 보기만 하면 불길한 예감이 들었었는지 『봄』에 이런 대목이 나온다.

남술의 처가 이 마을에선 인물이 그중 해사하다. 그는 아직 시집을 가지 않은 국실이와 함께 인물 곱기로 소문난 여자였다.

키가 작달막한 대신 아래윗도리가 알맞게 체가 맞고 마치 암코양이같이 땟물이 쏙 빠졌다. 동고스름한 얼굴에 이목구비가 어디 하나 나무랄 데가 없으나 그중에도 매력 있는 눈매가 말할 수 없는 교태를 자아내는 것이었다.

그래 죽은 석림의 모친은 그가 어렸을 때부터 남편이 경계할 여자 중의 한 사람으로 지목했었다. 그는 여자를 가까이하는 유선달의 장래를 염려함이 컸는데 하물며 한 이웃에 이런 여자가 있음이랴고. (『봄』, 78쪽)

4. 서당

모친상을 당할 무렵 민촌은 5년째(1901년 7세~1905년 11세) 서당에 다니며 한문을 공부해 오고 있었다.

> 나는 일곱 살에 삼촌과 같이 천자를 하엄리 서당에서 배웠다.
>
> (……)
>
> 상, 중, 하 셋 들에 서당이라고는 하엄리에 하나밖에 없었다. 선생은 전후식(田后植)이라는 읍내 아전이었다. 학동은 테밖의 동리에서도 모여 들어서 일시는 20여 명이 되기까지 하였다. (「나의 수업시대」)

삼촌 민욱(敏彧, 1889~1957)은 민촌과의 나이 차이(6년)에도 불구하고, 『봄』에 의하면 민촌을 아우처럼 데리고 다니며 놀았으며 장난이 심하고 짓궂었다.

그가 열다섯(1903)에 맞이한 '열일곱 살'(『봄』, 169쪽)의 아내는 광산김씨 김영순(永順, 1887~1963)으로 작은 키에 곱상한 얼굴을 가진 노년의 그녀 모습을 필자는 생생히 기억한다.

형수(민촌의 모친)의 사망 시점에 17세였던 삼촌의 모습을 보자.

윗목으로 앉은 춘광(春光, 삼촌 민욱-필자)이는 아무 말이 없이 쭈그리고 만 있었다. 그의 아내는 문턱 옆으로 얼굴을 반쯤 가리고 이따금 아랫방을 내려다본다. 그는 몸집이 가늘었다.

"너는 뭘 하는 거냐, 글방에두 안 다니구."

"잰 논답니다."

김집이 웃으면서 대답한다.

그 말이 떨어지자 춘광이는 부끄러운지, 노랑머리로 상투를 틀어 올린 고개를 다시 숙인다. 그는 장형인 춘화(부친 민창-필자)를 부친같이 두려워한다.

"왜 노는 거냐, 공부는 하다 말구."

춘화는 자기가 늘 집에 없는 만큼 삼 년 전(2년 전이 맞을 듯-필자)에 열다섯 살 먹은 그 아우를 대실 임씨 집안으로 성취를 시키었다. 그전부터도 공부는 싫어하는 편이었으나 장가를 들인 뒤로 더욱 빗뇌었다.

춘광이는 식구들이 제 말을 하는데도 여전히 못 들은 척하고 자릿날만 긁고 있다.

"선생하구 싸우구 나서 그 뒤로 다시 안 갔단다. 고집두 내 원, 그런 고집이 어디서 생겼는지."

모친은 딸의 말을 뒤받아서 한마디를 거들고는 비로소 애수에 잠겼던 얼굴을 웃음의 햇살로 화기 있게 내비친다.

"싸우다니요?"

춘화에게는 웬 곡절을 모를 말이었다. 그는 잠깐 놀라며 이켠으로 시선을 돌린다.

삼촌 민욱(58세)과 환갑을 맞이한 그의 처 김영순(60세, 1947년)

"아랫말 전외장(田伍衛將)이라구 읍내 아전이 이사를 와서 훈학질을 한다기에 재들 숙질두 그리루 보냈었지. 그랬더니만 하루는 종아리를 맞었다구 다시는 안 간다는구나. 상놈한테 종아릴 맞구 양반이 누가 배느냐구, 하하하… 종아릴 맞으니까 책으로 선생의 얼굴을 갈겼다던가 어쨌다던가… 하하하… 재가 그러는데…."
하고 모친은 석림을 가리키며 웃는다.

"아따 그럼 너만 앵하지 별수 있겠니. 지금 세상에 양반이 어디 있다구…. 나라가 망할 지경인걸. 그러고 아전은 시골 사대부란 건데 네가 뭬 그리 대단한 양반이라구 기고만장할 것 있니. 철을 몰라두 분수가 없구나 흥, 그거 참."

유춘화는 별안간 감개무량한 기분을 지으며 좋지 않게 그 아우를 흘겨보는 것이었다. (『봄』, 16~17쪽)

『봄』에 의하면 민창은 서당 훈장에게 찾아가 사과하는 등 아우 민욱으로 하여금 다시 서당에 다니게 하려고 애썼으나 민욱은 끝내 공부를 멀리하였다.

『봄』(168~169쪽)에 '성희'라는 이름으로 재미있게 나오는 민욱의 딸도 호적과 족보에는 나오지 않지만 실존 인물이었음이 확인되는데, 그녀는 후에 어느 황씨에게 출가하여 아이 셋을 낳은 후 젊은 나이로 죽었고, 그 아이들도 시름시름 앓다가 차례로 모두 죽었다고 한다. 민욱의 큰며느리 강씨의 말이다.

그런데 민촌은 모친을 잃은 지 2, 3개월 후에 여동생과도 사별한다.

모친의 생전에는 '저 혼자 투덕투덕 잘 놀'(『봄』, 21쪽)던 여동생은 모친이 죽자 풍영과는 정반대로 '밤낮없이 엄마를 부르며 울'(22쪽)기를 시작, '몇 달을 먹지 못하고 송곳같이 말라'(83쪽) 갔다.

어느 날 작은고모의 품에서 밤새도록 꽁꽁 앓더니,

필경 석희는 동이 틀 무렵에 애처롭게도 그의 짧은 일생이 영원히 잠들고 말았다.

(……)

석희는 새 옷을 갈아입히고 두르던 포대기로 싸서 그길로 내다 묻게 하였다. 유선달은 아까 나간 뒤로 다시는 안 들어왔다. 그는 무엇을 하고 있는지 기척도 없었다. 아마 그도 지금 남몰래 울고 있는지 모른다.

애장(兒葬)이라고 하인들에게만 맡기는 것이 인정에 소홀한 것 같아서 박씨부인(민촌의 조모 기계유씨-필자)은 작은아들(삼촌 민욱-필자)로 하여금 시체를 영거하게 하였다.

창길이는 시체를 고이 안고 앞에 서고 도가는 연장을 짊어지고 그 뒤를 따라갔다. 생시에 어머니를 그렇게 못 잊어 했으니 제 어미 곁에다 묻어 주라는 것이 조모의 분부였다. 그래 춘광이는 모친의 명령대로 하인들을 동독하여 형수의 무덤 옆을 깊이 파고 석희를 그 속에다 곱게 묻었다.

석희가 죽던 날도 석림이는 글방에를 갔다. 그러나 그는 웬일인지 왼종일 실심해서 아무것도 제대로 손에 잡히지 않았다.

그날 유선달은 아침도 안 먹고 진종일 밤새도록 술타령만 하고 있었다. 그는 방아다리 이생원 영칠이와 남서방 상원이를 상대로 해서 집에 있는 술을 죄다 말렸다. 그러고 나서

"술이 없다네…. 우리 주막으로 가세."

하고 유선달은 그들을 이끌고는 다시 아랫말 월성이네 술집으로 가서 밤을 새워 먹었다.

(……)

그리고 모친이 작고한 지 석 달 만에 꼬창이같이 말라 가며 죽던 석희가 생각난다. (『봄』, 83쪽·90쪽)

여동생은 그 후(모친이 죽은 후-필자) 두 달 만에 꼬창이같이 말라서 죽었다. 그 누이의 죽음을 나는 더욱 슬퍼하였다. (「과거의 생활에서」)

민촌은 더욱 말이 없어지고 침울해져 갔다.

"어려서는 말을 그렇게 잘하던 녀석이 왜 점점 꿀 먹은 벙어리같이 되

는지! …"

이런 말을 나는 가끔 할머니의 입에서 들었다. 사람이란 자꾸 변하는 것이란다. 어려서 성격이 반드시 커서와 같을 리야 없겠다마는 그것이 대개는 환경의 경우로 그리 되는 것이라 하겠다. 그렇듯 생기발랄하던 나는 두 죽음을 본 뒤로 마치 서리 맞은 가을풀이 되고 말았다. 울기 잘하던 동생의 그런 억척도 어디로 쑥 들어가서 동네 사람이 모두 이상하다 하였다. 나는 어머니 대신에 조모를 사랑할 수 있었다. 그러나 어쩐지? 나의 성격은 점점 침울해 갈 뿐이었다. (「과거의 생활에서」)

민촌의 부친도 어린 딸마저 잃고 나서 더욱 폭음을 한 모양이었다.

여북해야 모친은 운명할 때에 나보고 술을 먹지 말라는 유언을 하였으랴. 사실 나도 어려서 부친의 술심부름을 하기에 여간 골이 나지 않았다. 그래 나는 모친의 심중을 동정하는 동시에 나는 술을 안 먹는다고 심서(心誓)하기도 하였다. 나는 우리 집의 가난이 부친의 술 때문이라는 생각에서 나는 우리 집의 가난을 퇴치하기 위하여서 결코 술을 먹지 않으리라 하였다. 그리고 우리 집을 다시 재흥하여 도명(盜名)까지 썼던 분풀이를 한다고 별렀다. 그러나 부친이 술을 좋아함은 단지 중독에만 있지 않았다. 그는 자기의 잃어버린 시대의 여가를 오직 술로 해소하려는 침통한 심리가 숨어 있는 줄을 나는 물론 그때는 알지 못하고 모친에게 좌단(左袒)한 것이었다. (「나의 수업시대」)

민촌의 나이로 보아 그가 부친의 술심부름을 한 것은 모친의 사망 후(後)의 일이지 그 전(前)의 일일 수 없다. 따라서 그가 술을 먹지 않겠다고 생전의 모친과 '좌단(左袒, 남의 의견에 동의함)'한 것은 큰 의미를 지닐 수 없을 것이며, '술을 안 먹는다고 심서(心誓)'한 것은 모친 사망 이후의 일로 보아야 할 것이다.

이 글에서 취할 부분은 부친이 술을 가까이 하는 동기가 무엇인가 하는 것이다. 연이은 가정의 비운(悲運), 자신의 불운, 그리고 다해 가는 나라의 운명을 그는 술로 달래고 있었던 것이다.

'우리 집의 가난이 부친의 술 때문'임은 어린 민촌의 '생각'일 뿐, 보다 직접적인 가난의 원인을 그는 여기서 거론하지 않고 있는데 사실상 그것은 4년 후인 부친의 파산(1909년 가을)이었다. 부친이 금광에 손을 댔다가 크게 실패한 것이다.

모친의 사망 시점(1905년 3월)에는 그의 집안이 그렇게 가난하지 않았다. 민촌의 부친이 상처(喪妻)한 바로 그해 가을에 재취(再娶, 민촌의 서모)를 맞아들이고, 천안 읍내의 학교 설립을 주도하고 그 학교의 총무를 맡아보며, 그해 말경에 민촌이 그 학교에 입학하여 읍내의 친지 댁에 유(留)하며 학교에 다니는 내용이 『봄』에는 물론 회고에도 나온다. 『봄』에는 또 이듬해 추석에 부친이 소 한 마리를 잡아 온 마을에 큰 잔치를 벌이는 내용이 사실적으로 그려져 있고, 그 밖에 『봄』의 구석구석에 나오는 여러 사소한 내용들 그리고 작가가 무심코 썼을지도 모르는 군데군데의 많은 일인칭적(一人稱的) 표현들로 보아 풍요롭게 그려진 『봄』에서 사실(事實)이 아니라고 버릴 만한 부분은 거의 없다. 또 모친의 죽음 3년 뒤에는 조모의 수연(壽宴)을 위하여 민촌이 14세의 나이로 조혼(早婚)을 하게 되는데 이런 일련의 일들이 가난한 집에서 있을 법한 일인가!

민촌은 집안이 파산하게 되는 경위를 어느 회고에도 언급함이 없이 파산 전부터 집안이 가난했던 것으로 묘사했기 때문에 회고의 내용 상호 간에는 서로 상충되는 점이 많이 발견된다.

우선 그중 가장 앞선 것부터 검토해 보기로 하자.

모친 상사 후로 부친은 서울 출입을 폐하였다. 그 대신 술로 세월이었다. 따라서 집안 형편은 차츰 부채의 왕국으로 입적하게 되었다. 나는 쓸쓸한 가정에서 밤을 지내고 낮에는 글방에서 지냈다. 나는 그중 어렸지마는 글방에서도 다른 애들에게 돌리게 되었다. 그것은 나의 궁상이 더욱 그들에게 공세를 주었던 것이다. 나는 동냥글을 배웠다. 책은 물론 남의 책이다. 먹 한 자루와 붓 한 자루를 사 쓰지 못하였으니 종이 같은 것은 말할 것도 없다. 나는 남들이 다 쓴 뒤에 선생의 동정으로 그들의 분판을 얻어 썼다. 그들이 내버린 붓을 주워서 하루에 몇 줄씩 써 본 것이다. (「과거의 생활에서」, 1926)

민촌은 등단 초기의 이 회고에서 모친 사망 후 부친의 주벽 때문에 집안이 점점 어려워졌다고 분명히 쓰고 있다.

그런데 그로부터 11년 뒤에 쓴 회고에서는 모친의 생전에도 집안이 몹시 가난했던 것으로 그려져 있고 여러 가지 궁상이 아주 구체적으로 제시돼 있다.

내가 서당에 다닐 무렵에 부친은 유경(留京)을 하고 있었다. 집에서는 농사를 지었지만 머슴을 두고 짓는 농사가 무슨 소득이 그리 많으랴. 더구나 삼촌은 어리고 조모의 지휘로 하는 터이라 그런 살림이 구제될 턱이 없었다. 따라서 생활 형편은 점점 어려워져서 해마다 부채가 늘어가게 되었다.

그러므로 숙질은 나중에는 선생의 곡량(수업료)도 내지 못하게 되었다. 책은 토지를 얻어 부치는 친척의 집에서 얻어다 읽었다. 내가 아홉, 열 살 무렵에는 빈궁이 극도에 달하였다. 삼촌은 곡량을 낼 수가 없어서 공부를 폐지하고 말았다. 나는 그때 종이 한 장 붓 한 자루를 못 사 썼다.

다른 애들은 분판(粉板)이 제가끔 있고 그것도 부족해서 백지(사고지)를 사다가 쓰는데 나는 아무것도 없어서 그들이 글씨를 쓸 시간에는 우두커니 한편 구석에 비켜 앉았었다. 나는 그때 그들이 글씨 쓰는 것이 어찌도 부럽던지 몰랐다. 어떤 때 선생이 보기가 딱하던지 먼저 쓴 아이에게 붓과 분판을 빌려 주라고 하였다. 그렇게 나는 남의 것을 더러 얻어 썼다. 그러나 그것도 이따금 말이지 어떻게 남의 것을 이루 빌어 쓸 수 있으랴? 나는 나중에는 그들이 쓰다 버린 끝이 모질어진 붓을 주워다가 여름과 가을에는 감나무 잎사귀를 따 가지고 남몰래 글씨를 써 보기도 하였다. 선생님댁 울안에는 큰 감나무 두 주가 쌍으로 붙어 섰기 때문에.

그러고 보니 다른 애들은 은연중 나를 멸시하려는 눈치가 보였다. 선생에게 곡량을 내나 일 년 내 가야 붓 한 자루를 사나 모든 것이 제 것이라고는 하나도 없는 나를 좋아할 리가 없었다. 그런데 나는 또래 중에도 그중 나이가 어린 축이었다. 하루는 어떤 아이가 새로 산 붓 한 자루를 잃어버리고 발끈 야단이 났다. 그 혐의는 내게로 왔다. 아이들은 다른 애들의 책상 속과 책 속을 뒤지는 중에도 내 책 속을 유심히 더 뒤졌다. 물론 나는 안 가져갔으니 그 붓이 내게서 나올 리는 없었다. 나는 내 몸뚱이까지 자진해서 죄다 털어 보였다. 그래도 그들은 나를 믿지 않는 모양이었다. 그때는 지금과 같은 성하(盛夏)였다. 나는 그때 인상이 지금까지 또렷하게 남아 있다. 아이들은 점심때 쉬는 참에 호박잎에 화상을 그려 놓고 뽕나무 활로 그 화상의 눈을 쏘았다. 그것은 은연중 나를 지목하고 하는 방자였다. 또 한 패의 다른 애들은 앞개울로 나가서 미꾸리를 잡아 가지고 와서 바늘로 두 눈을 쪼아 가며 훔쳐 간 놈의 눈도 이렇게 멀어 달라는 미꾸리 방자를 하였다. 그것도 물론 은연중 나를 지목하고 하는 방자였다.

나는 그날 저녁때 집으로 혼자 돌아갈 때(그날 아침에 죽은 여동생 생각에-필자 추정) 눈앞이 캄캄하여서 몇 번이나 논둑길 밑으로 떨어질 뻔하였다. 두 눈은 눈물이 어리어서 마치 안개가 낀 것처럼 뿌옇게 되었다. 나는 목을 놓고 울었다. 어린 마음에도 그때 나는 가난의 설움을 절실히 느끼었다. 그리고 '어디 보자' 하는 자격지심이 북받쳐 올라서 후일의 분발을 심계하는 충격을 주었다. 며칠 뒤에 붓을 잃어버렸다는 그 아이는 다행히 그 붓을 찾았기 때문에 나는 죄 없는 누명을 벗게 되었다. 그 아이는 제가 둔 곳을 잊어버렸다가 제 집에서 다른 사람에게 그것이 발견되었다 한다.

나는 그렇게 외상 글을 열한 살 때까지 배웠다. 나중에는 전(田)선생에게 너무 염치가 없어서 이웃 동리로 동냥글을 배우러 다녔었다. 열한 살 먹던 해 봄에, 음력으로 3월 7일이었다. 모친은 장티푸스로 월여(月餘)를 앓다가 별세하였다. (「나의 수업시대」, 1937)

그는 월북 후에도 같은 내용을 또다시 썼는데 거기서는 모친이 죽자 집안이 갑자기 가난해진 것으로 그리고 있다.

나는 열 살까지 서당에 다니며 한문을 배웠다.

그런데 그 이듬해 봄에 장질부사의 전염병이 창궐하여 우리 집 식구들도 깡그리 그 병을 앓았었는데 맨 나중에 드러누운 어머니는 필경 세상을 떠나고 말았다. 일조에 모친을 여읜 나는 마치 광명한 천지가 별안간 암흑으로 변한 것과 같았다. 어릴 때에는 아버지보다도 어머니가 제일이라고 하거니와 정말 그것은 나에게도 그러하였다. 나는 뜻밖에 어머니를 잃은 절망과 비애 속에서 그날그날을 우울하게 보내었다. 나는 그 후부터 전에 없던 고독과 쓸쓸한 심정을 걷잡을 수 없었다. 어머니를 생각하고 남몰래 울기도 많이 하였다.

어머니가 상사난 후에 우리 집 살림도 말이 아니었다. 나는 선생에게 바치는 곡량을 그해부터는 낼 수가 없었다. (이하, 곡량의 면제, 붓과 분판을 빌려 쓴 이야기, 감나무 잎 글씨 연습, 붓의 분실, 도적 누명, 미꾸라지 방자, 붓의 재발견 등의 내용이 이어짐-필자) (「이상과 노력」, 1958)

'열 살까지 서당에 다니며 한문을 배웠다'고 하고 '그 이듬해' 모친 사망 후에도 계속 서당에 다닌 것으로 기술한 것은 논리적 모순이다(실제로는 그가 학교에 입학하는 1905년(11세) 초겨울까지 서당에 다녔다). 또 모친이 죽었다고 수개월 만에 갑자기 집안이 그렇게 가난하게 된다는 것도 무리한 논리다.

이러한 논리적 모순과 무리한 논리는 어디서 연유하는 것일까? 그것은 민촌이 자신의 어린 시절 가난했던 사정을 강변하려 한 데서 연유한다.

민촌은 '나의 외가가 부명을 듣던 만큼 나는 어려서 외가에 많이 있었'(「문학을 하게 된 동기」)다고 회고하고 있으며, 부잣집 큰고모댁도 그가 살던 중엄리에서 가까운 유량리에 있었다. 더구나 그의 부친이 그 집 전장을 관리(마름)하고 있는 터에, 그가 같은 동네의 소작인 자제들보다 더 가난하여 그네들로부터 놀림을 받았다는 것은 말이 안 된다. 즉,

방깨울 통안에서 제법 밥술이나 먹는 집은 안골 송첨지네와, 그래도 유선달 집뿐이었다. 그 밖에는 모두 조불여석이 아니면 겨우 끼니를 이어 가는 축들이다. (『봄』, 138쪽)

모친이 살았을 적에는 온 천하가 내 세상만 같았는데 그렇게 즐겁던 세상이 간 곳 없고 (……) (『봄』, 48쪽)

위에서 본 세 편의 회고 때문에 민촌의 생애는 크게 잘못 알려져 있다. 모친의 생전에 그의 집안이 과연 그토록 궁핍했는지 그가 글방에 다니던 모습을 보기로 하자. 이것이 과연 '붓 도둑'의 모습일까?

> 어려서 글방에 다닐 때 나는 동무들을 따라서 얼마나 이 마을(하엄리-필자)로 놀러 다녔던고? (……) 나의 조그만 발은 자글자글 끓는 저 돌자갈밭을 적여 디디며 딸기 넝쿨을 뒤지고 물고기를 잡기에 얼마나 헤매었던지! 딸기를 찾아다니느라고 발바닥에 가시를 찔려도 모르고 싸다녔다. 멍석딸기가 멀리서도 벌겋게 열린 것을 볼라치면 나는 한달음에 뛰어가서는 다른 놈한테 빼앗기지 않으려고 정신없이 따 먹었다. 그러다가 글 읽을 차례에 늦어서 선생님한테 호령을 만나기도 여러 번이었다마는—.
>
> 이 마을에는 그때의 글방 접장이 살았었다. 그때 그는 상투꼬부랑이하고 수염터가 시꺼먼 20여 세의 어른(『봄』에는 노인으로 나옴-필자)이었다. 만만한 우리 어린이들을 시켜서 연적(硯滴) 물 떠 오고 먹수건 빨라는 데 우리는 부애가 무척 났었다. 그는 지금도 이 마을에서 사는지? 아마 한 50 가까운 중노인이 되어서 아들 손자를 거느리고 있겠지!
>
> (……)
>
> 아래 윗동네 산과 내 또는 골짜기란 골짜기는 거의 내 발이 아니 간 곳이 없을 게다. 봄에는 꽃 꺾고 가재 잡으러 가고 나물 뜯으러 갔었다. 가을에는 상수리를 줍고 버섯 따고 나무 하러도 헤매었다.
>
> (……)
>
> 나의 지금 어렴풋한 기억으로도 열 살 안쪽의 나는 퍽이나 까불고 욕 잘하고 입이 영글었다. 일곱 살 먹어서부터 숙부와 함께 글방에 다닐 때에 나는 아이들에게서 배운 갖은 욕을 다 하고 그를 못 견디게 굴었다.

> 그래 그는 성가셔서 나를 따고 다니려 할라치면 나는 몸부림을 하고 떼를 써가며 기어이 따라다니려는 까닭에 그는 성화를 내었다. (「과거의 생활에서」)

> 서당에서 밤글을 읽다가 눈을 맞으며 새 잡으러 다니는 것이나 눈이 푸짐히 내린 뒤에 새탑새기를 만들어다가 덤불 속에 놓고 식전 저녁으로 통발에서 물고기를 따듯 새를 따러 다니던 것도 재미가 있었다. 눈구덩에 어푸러지고 얼음에 미끄러져도 추운 줄을 몰랐다. 팽이를 치고 끙개를 타고— 어린애들은 누구나 눈과 얼음을 좋아하지마는 나도 어려서는 눈을 좋아하고 얼음판에서 남만치 장난을 치고 놀았다.
>
> 그때 우리들이 얼음을 타기는 달음박질을 치다가 미끄러지는 것이 상기(上技)요 그렇지 않으면 끙개를 타고 번갈아 끌고 갔다. 그러므로 그들은 누구나 스켓 타는 것을 구경하지 못했다. (「노변야화」, 〈조선일보〉 1934. 1. 19)

민촌은 동료가 당한 일을 자신의 일로 원용했음이 분명하다. 붓 도둑으로 몰린 이 가련한 아이의 정체는 민촌의 장편 『신개지』의 '4. 얼크러진 실마리'에서 확인된다. 거기에서 그는 술장사를 하는 과부 '순점이'의 외아들 '경후'로 나오는데, 그가 바로 글방에서 그러한 억울한 일을 당하고 있다. 그의 생부(生父)는 모친의 서방이 아니었다. 그런저런 일로 해서 그는 동료들의 놀림감이 되었던 것이다.

필자는 또 이 사건이 모친과 여동생이 죽은 그해 여름에 터졌을 것으로 보는데, 그것은 그 사건이 그 전해 여름에 터졌더라면 그때에는 철없는 장난꾸러기가 동료들의 방자놀음에 함께 어울렸을 것이고, 적어도 그에게 그렇게 가슴 아픈 기억으로 남지는 않았을 것이라고 판단되기 때문이다.

아마도 여동생이 죽는 그날 그 사건이 터졌으리라.

민촌의 부자(父子)는 육친(肉親)을 연이어 잃는 허전함 속에 상심(傷心)하고 절망하여 경제적 궁핍보다는 정신적 황폐함에 시달리고 있었을 것이다. 벼슬길을 포기하고 나라의 장래를 걱정하며 좌절감에서 헤어나지 못하는 부친의 모습을 보며 민촌은 기울어 가는 집안의 장래를 헤아렸을 것이다. 그때 그는 자신과 세계를 성찰(省察)하며 동료가 당하는 아픔을 자기의 것으로 통감 —대리체험— 하고 가난하고 핍박받는 자의 편에 서서 그가 느끼는 아픔을 같이하였을 것이다.

어린 시절을 상민(常民)들 속에서 그들과 함께 지낸 민촌은 실제로 후에 오랫동안의 모진 가난을 몸소 겪으면서 '빈궁 소설가'로 알려질 정도로 가난의 실상을 많이 그렸고, 스스로를 그들과 동류(同類)로 인식하면서 항상 그들의 편에 섰는데, 그러한 그가 자신의 회고에서 어린 시절 동료의 가난 체험을 자신의 것으로 원용했다고 해서 소설가인 그에게 큰 흠이 되는 것은 아닐 것이다. 더구나 그 내용이 담긴 회고들이 문학을 지망하는 후학들에게 문학에의 길을 지도하고 용기를 북돋워 주는 취지의 글이었음에랴!

식민 통치가 장기화 가속화될수록 축재를 불온시하고 가난을 오히려 떳떳하다고 자위하는 풍조가 생겼는지, 여하튼 특히 카프계의 문인들이 앞다투어 자신의 가난한 사정을 고백체로 써내는 것이 한때 대유행이었었다. 현진건의 「빈처」(1921. 1), 「술 권하는 사회」(1921. 11), 최서해의 「탈출기」(1925. 3), 민촌의 「가난한 사람들」(1925. 5) 등이 그 대표적인 예로서, 식민지 현실을 타개하고자 했던 그들은 스스로 가난함을 강변하면서 핍박받는 민중의 편에 서고자 했던 것이다.

필자도 중 1, 2학년 시절의 작문 시간에 다른 아이들처럼 자신의 가난한 사정을 스스럼없이 써 댔던 것을 기억한다. 요즘 같으면 어림도 없는 일이다.

> 현대인의 빈궁이 그들 자기의 과실이 아닌 바에야 무슨 그렇게 빈(貧: 무[無])을 수치할 거야 없겠다. (「출가소년의 최초경난」)

> 그(포석-필자)가 아직 종교적 관념론에 사로잡혔을 초기에는 가난한 사람들의 운명을 숙명적으로 생각했었지만 맑스·레닌주의의 과학적 세계관을 터득하면서부터 그의 사상은 철저한 유물론의 편에 서게 되었다. 따라서 그는 가난을 죄악으로 보지 않았다. 그것은 사회계급적 모순으로 즉 인간이 인간을 착취 압박하는 제도에서 생겼다고 계급사회의 악현실을 저주하였다. (이기영, 「포석 조명희에 대한 일화」, 〈청년문학〉 1966. 9)

필자는 이 글을 쓰는 동안에 참고삼아 김소월(金素月, 1902~1934)의 전기 『약산(藥山) 진달래는 우련 붉어라』(계희영, 문학세계사, 1982)를 읽어 보았다.

그는 어려서부터 명석하였고 옛이야기 듣기를 좋아하였으며 판소리 춘향전 같은 것을 줄줄 외워 댔다 한다. 그의 조부(祖父)가 금광에 크게 성공하여 그는 어려서부터 비단옷에 싸여 자라났는데, 철이 나서부터는 왜놈들에게 나라와 부친(父親)을 빼앗긴 사실을 깨닫고 말수가 적어졌으며 무명옷만 입기를 고집하였고 짚신을 신고 다녔다 한다. 그리고 항상 약하고 가난한 자의 편을 들며 양반의 티를 내지 않았다 한다. 당시의 시대 상황이 의식 있고 양심적인 식민지 젊은이들의 행동 양태를 그런 방향으로 일정하게 몰고 간 것이 아닐까.

그는 그러나 너무 나약하였다. 일제에의 협력을 거부하여 굳이 스스로 알코올 중독자가 된 이 우울한 천재 시인은 젊은 나이에 스스로 목숨을 끊었다.

다시 어린 민촌의 이야기로 돌아간다.

모친의 죽음은 뜻밖에도 이 호기심 많은 시골뜨기 소년에게 경이로운 신문명을 접할 수 있는 계기가 되었다.

> 유선달이 가지고 온 행장 속에는 연필 토막과 백로지(洋紙)로 맨 공책 등속이 들었었다.
>
> 그것들은 그가 시골로 오기 전까지 다니던 무관학교에서 필기용으로 쓰던 것인 모양이었다. 그리고 그는 사발통만 한 몸시계 하나를 차고 왔다.
>
> 유선달은 그런 것들을 마치 자랑하듯 꺼내 보였다. 그리고 아들과 동생에게 배운 대로 읽혀 보이는 것이었다.
>
> 석림은 그런 것을 모두 처음 본다. 그가 글씨 쓰는 붓으로는 모필(毛筆)밖에 몰랐는데 나무때기를 깎아서 쓰는 연필이 있다는 것은 참으로 신기하지 않은가.
>
> (……)

아이우에오
까끼꾸께꼬
사시수세소
다디두데도

유선달은 가나(假名)를 이렇게 읽으며 석림에게 일러 주는 것이었다. 그는 가나의 발음을 정확하게 읽는 것보다는 언문의 발음을 표준해서 읽었던 것이다. 그래도 가나를 처음 배우는 석림은 부친이 읽는 것을 옳은 줄 알고 신기하게만 배우고 있었다. 그는 부친한테 두서너 마디의 인사하는 말도 배웠다. (『봄』, 60~61쪽)

나는 아버지가 서울서 무관학교에 잠간 다닐 때 배우다 말았다는, 백로지로 맨 일본말 베낀 책을 아버지한테 배워서 가나(假名)는 깨치게 되었다. ミナミカゼ(南風), キタカゼ(北風), 이런 것이 그 책 속에 씌어 있었다. 나는 그것을 처음 읽어 볼 때 우스워서 견딜 수 없었다.

그때 우리 동네에는 금점판이 벌어진 까닭에 금점파원 보는 일본 사람이 가끔 다녔다. 하루는 그 일본인이 지나갈 때에 우리들은 나서서 이런 말을 하였다.

"아나다 곤니찌와! 꼬끼껭요꾸고사리마스까. 미나미까제 기다까제…." ("당신 안녕하십니까! 건강하시죠. 남풍 북풍"–필자)

아는 대로 주서섬겼더니 그때 그는 우리를 돌아보며 허허 웃고 갔다. 이것이 나의 일본말의 처녀용(處女用)이었다. (「과거의 생활에서」)

부친은 내려오는 길로 나에게 백지 한 권과 붓 한 자루 먹 한 자루를 사 주었다. 나는 그것이 평생 처음인 만큼 여간 아끼지 않았다. 어떻든지 그 종이를 안팎에 새까맣도록 글씨를 쓰며 좋아하였다. (「나의 수업시대」)

부친의 일본어 발음과 일본어 실력은 사실 엉터리였는데, 그동안 서당에서 한문만을 배워 오던 민촌은 처음으로 소리글을 접하고 이를 신기하게 여겨 열심히 배웠던 것으로 보인다. 한자를 간략하게 줄인 것이

'가나'이므로 그는 이를 비교적 쉽게 익혔을 것이다.

그가 이때 가나를 얼마나 익히고 공부했느냐보다는 가나의 규칙적인 음운 체계를 터득했다는 것이 중요하다. 이때 터득한 일본어의 음운 체계는 약 반 년 후에 그가 한글을 깨우치는 데 크게 도움이 되었기 때문이다.

또, 『봄』에 의하면 부친이 가져온 회중시계는 '사랑 마실꾼들뿐 아니라 안으로도 구경꾼들이 들이밀리게 하였다.' 그들은 그 '신기한 조화 속을 입을 딱딱 벌리며 감탄하'였다. 삼촌 민욱은 그것을 개화주머니에 넣어 차고 온 동리로 다니며 자랑하였다. 민촌은 삼촌과 더불어 여러 날을 두고 부친에게서 시계 보는 법을 배웠는데 거기 씌어진 로마 숫자는 부친 자신도 알지 못하였다고 하였다. 민촌과 그의 삼촌은 시계의 뒤딱지를 젖혀 놓고 그 속을 들여다보기도 하였다. (『봄』, 61~64쪽)

한편 부친은, 『봄』에 의하면 아들 민촌의 서당 학습을 엄하게 지도하고 감독하였다. 자신은 개화꾼으로 자처하여 반상을 가리지 않고 어울리면서도 아들 민촌에게는 상민의 자식과 놀지도 못하게 하였다.

> 부친이 내려온 뒤로부터 석림이는 사랑에서 거처하였다. 그는 저녁마다 부친 앞에서 한 차례씩 글을 읽어야 하고 식전마다 전날 배운 것을 강(講)하지 않으면 안 되었다.
>
> (……)
>
> 이 장난에는 앞에서 막는 대장과 꼬리에 붙은 꼴찌말이 판을 잘 쳐야만 되는데, 대장은 원력이 세어야 하고 꼬리말은 행동이 민첩해야 된다.
>
> 석림이도 가끔 이 장난을 할 때는 꼬리말로 한몫을 보았다. 그러나 부친이 보는 데서는 그런 장난을 못한다. 유선달은 그 아들을 엄중히 단속

하여, 상놈의 자식과는 일체 놀지를 못하게 하였다.

유선달이 집에 있을 때는 저녁에도 잠깐 바람을 쏘이고 들어와서 글을 읽든지 글씨를 쓰지 않으면 안 되었다.

오직 상룡이와는 한 글방에 다니는 동무인 관계로 함께 노는 것을 허락하였다. 그래도 유선달은 상룡이와 자기 집 사랑에서 놀게는 할망정, 그 아들이 그 집으로 놀러 가지는 못하게 한다. (『봄』, 60·165~166쪽)

다른 한편 민촌은 처와 딸을 잃고 상심하여 폭음을 계속하는 부친에 대한 실망감을 날로 키워 갔던 것 같다. 그리하여 그는 부친을 미워하고 무시하게 되었다. 그의 무언(無言)은 육친을 잃은 슬픔 이상으로 부친에 대한 일종의 반항이었다. 그런 상황은 오랫동안 지속된 듯하다.

소위 양반의 집 부형들이 자질(子姪)들로 하여금 참으로 친애의 정을 솟게 하는 집안이 과거 현재에 몇 집이나 되었겠느냐마는 우리 집도 역시 엄부형(嚴父兄)의 위엄(威嚴)한 공기로 항상 저기압이 떠돌았다. 부친은 나에게는 위엄 그것밖에는 보이지 않았다. 모친을 일찍 여읜 고독한 나는 더욱이 부친 앞에서는 함구불언주의(緘口不言主義)였다.

"에이 빈충맞은 자식! 남의 자식같이 똑똑지도 못하고… 저런 것이 세상에 살아서 무엇에 쓴담! 엑— 못생긴 자식! 엑—"
하고 혀를 차며 부친의 타매하는 소리는 지금도 귀에 남아 있는 듯하다. 여기서 한 걸음 더 나가면 주먹이다. 대꾹지였다!

남의 자식이라도 그런 것을 보게 되면 답답해 죽을 일인데 하물며 자기 아들이 그 지경이고 보니 원체 분통이 터질 만도 한 일이겠다마는, 그러나 나는 그럴 때마다 반항심이 맹렬하여서 더욱 입을 함봉하였다.

'아버지는 얼마나 잘나서? … 술만 잘 먹으면 제일인가?'

하고 코웃음을 하며 나는 좀처럼 항복한 일이 없었다. 무서운 매가 내려질수록 입은 더욱 벙어리가 되었다. 그러면 으레히 나의 묵연(默然)한 것을 항복한 것으로 짐작하고 물러났지만 실상인즉 나는 항복한 것이 아니었다. 그래서 나는 더욱 그런 소리를 많이 듣게 되고 따라서 시육지 같으니 곰 같으니 구렝이 같으니 하는 별별 소리를 다 듣게 되었다. 그러나 나의 성미는 좀처럼 고쳐지지를 않는 데야. 고쳐지기는 고사하고 반동적으로 도리어 나의 그 증(症)이 증대(增大)해졌다. 그것은 나도 그러는 가운데서 어떤 쾌감을 갖게 되었다. 그들—아버지, 할머니, 서모, 숙부 등—에게 그런 소리를 듣는 나도 분하긴 분하였지마는, 나의 분한 것보다 그들의 분내는 맛이 더 고소하였다. 나는 그들과 적대 감정을 가진 까닭이었다. 이것을 눌린 자의 변태 감정이라 할는지는 모르지마는—

부친이 나를 미워한 것은 미련하고 고집 세고 벙어리같이 말 않는 까닭이었다. 그러나 미워한 정도는 아마 내가 더할 것이다. 나는 한 번도 "아버지!" 하고 정답게 불러 본 적이 없었다. 그때 나의 생각으로는 그까짓 아버지 같은 것은 아무짝에도 소용없는 없어도 좋은 것이다 한 것이 정직한 고백이겠다. 아버지라는 것은 욕하는 것! 무서운 것! 더구나 술 취한 아버지는 호랑이보다 무서운 것이라고밖에 생각되지 않았다. 무슨 일을 저지르고—대개는 장난에 팔려서 저물게 들어와서—꾸중을 만날 때,

"이놈! 어디 내일 아침에 보자!"

하는 한마디의 벼르는 말은 참으로 사형 선고같이 무섭게 들렸다. 나는 그날 밤에는 두 다리를 펴지 못하고 옴추리고 누워서 이 밤이 영원히 새지 말았으면… 하는 안타까운 마음에 사무치다가 에라! 죽기밖에 더 할까? 하고 두 눈을 꽉! 감았다.

(……)

하루는 나는 무슨 일로—무슨 일인지 그것은 기억나지 않는다—부친에게 톡톡한 꾸중을 만나게 되었다. 그때 나는 열두 살 때인가 보다(열한 살 때가 정당할 듯-필자). 부친은 나를 명하여 종아리채를 꺾어 오라 하였다. 나는 하릴 없이 뽕나무 회초리를 꺾어 가지고 등대하였다. 그때는 내가 할머니 다음으로 사랑하던 현숙한 고모(작은고모-필자)가 근친 왔을 때이다. 고모는 나를 위하여 만류하였다마는 부친은 듣지 않고 걷어서라 하였다. 나는 하라는 대로 걷어섰다. 웬일인지 부친은 나의 종아리를 한번 보더니 그만 물러가라 하였다. 그때 부친은 남모르게 눈물을 쏟았다 한다. 그것은 나의 종아리가 새다리같이 마른 것을 보고 그랬다 한다. 나는 그때도 아무 말이 없었다. 나는 모친의 사후로 어떤 억압 작용에 눌려 있었다.

(……)

나는 글재주는 좀 있었던 까닭으로 그 때문에 촉로(觸怒)하지는 않았다. 만일 그나마 없었던들 그야말로 큰일이 났을 것이다. (「과거의 생활에서」)

민촌은 월북 후에 서당학습의 맹목성과 사대성(事大性)을 주체사상의 입장에서 비판하였다.

만일 그때 서당 선생이 실학파(實學派)의 저서를 가르쳐 주었다면 나는 같은 한문이라도 그것을 파고들었을 것이다. 그러나 그들은 이단(異端)으로 금지된 그런 책은 아니 가르치고 남의 나라 역사인 통감(通鑑),사략(史略) 등을 가르쳤다. 그 후에 학교에서도 논어와 맹자(孟子), 중용(中庸), 대학(大學) 등을 배웠다. 당시 나와 같은 시골 소년들은 박연암(朴燕岩)이나 정다산(丁茶山)과 같은 실학파의 저서는 한 권도 읽지 못하였으며 그러한 우리나라의 학자와 애국자가 있는 것까지도 잘 몰랐다. 사대사상에 중독된 양반 통치계급은 자기 후손에게도 남의 나라 글만 가르쳤다. 그들은 자기의 주체를 찾지 못하였다. (「이상과 노력」)

5. 성장(成長)

두 혈육의 죽음과 부친에 대한 실망으로 민촌은 우울한 나날을 보내고 있었다. 어리고 활달했던 그는 종전처럼 물고기를 잡고 멱을 감기도 하고 밤늦게까지 아이들과 어울려 놀기도 하였지만 불현듯 모친과 여동생의 모습이 떠오르곤 하였다. 그는 점점 더 우울해져 갔다. 이때 이웃 소꿉동무가 접근한다.

> 석림은 웬일인지 미역을 감기가 싫어서 한동안 우두커니 동무들의 물쌈하는 것을 구경하고 있었다.
>
> 그것이 싫증 나자 그는 슬슬 물 아래로 냇둑을 타고 내려갔다.
>
> 얼마 동안을 무심히 내려가자니 별안간 빨래질 소리가 토닥토닥 난다. 그제야 그는 너무 내려온 줄을 깨달았고 거기는 뜻밖에 국실이가 혼자 앉아서 무슨 빨랜지 잠착히 하고 있었다.
>
> "넌 왜 혼자 다닌다니?"
>
> 별안간 인기척에 놀란 국실이가 얼굴을 반짝 젖히고 쳐다보며 묻는

말이다. 햇빛에 타는 그의 땀 배인 양 볼이 연시감처럼 볼고족족하다.

(……)

"넌 이담에 어디루 장가들래?"

"내가 아니…."

생각잖은 묻는 말에 석림은 부끄럼이 발갛게 타올랐다.

"양반집 각시한테루 가겠지."

소녀는 미소를 띄우며 또 한 번 석림을 본다. 그는 풀잎을 하나 뜯어서 잘강잘강 씹는 것이었다. 상긋한 풀 냄새가 맡아진다.

"건 왜 묻니?"

"물으면 어때. 너구 나구 친군데."

국실이는 넌지시 석림의 손목을 잡아 본다. 그것을 자기의 손과 마주 대본다.

석림은 국실의 동작이 수상해 보이었다. 그러나 손목을 잡힌 순간 이성의 살결에서 풍기는 따뜻한 감촉은 그에게도 아지 못할 정감을 자아냈다.

"제가 먼저 시집갈 것 아닌감."

석림은 부지중 서운한 생각이 든다. 사실 올 봄부터 혼인 말이 돌던 국실이는 미구에 어디로 또 시집을 갈 것이 아닌가. 그는 자기와 아무 상관이 없지마는 어쩐지 한 동리에 살던 처녀들이 뿔뿔이 시집을 가는 데는 남몰래 서운한 생각이 들어갔다. 작년 봄에도 임첨지의 딸 돼지가 타군으로 시집을 갔을 때 그러했다.

그는 더구나 석림이보다 한 살을 더 먹은 띠동갑이라 여름철이면 냇가에서 같이 미역을 감고 놀았다.

(……)

국실은 점점 쓸쓸한 모양을 짓는데, 별안간 저편 길 위에서 사람들의 지껄이는 소리가 들린다.

두 사람은 움찔해졌다. 일순간 뒤, 국실이는 제잡담하고 석림의 한 손을 이끌고 콩밭 고랑으로 살살 기었다. 그것은 행인의 목소리가 차차 개울 편으로 가까이 들려오기 때문에.

한참을 기어서 그들은 저편 밭둑 머리까지 나와 앉았다. 숨을 돌리고 가만히 돌아보니 주위는 아까와 같이 고요하다. 두 사람을 둘러싼 밭 속에는 다만 풀벌레 우는 소리가 처량히 들릴 뿐. 하늘에는 무수한 별들이 반짝인다….

그런데 정신이 나서 보니 그들은 어느덧 마주 붙어 앉았다. 그것은 엉겁결에 똑같은 위험을 서로 느낀 때문이던가.

두 사람은 오히려 가쁜 숨을 헐떡이었다. 콩밭 속은 이슬이 내려서 축축하다. 그들의 아랫도리도 이슬에 젖어서 후줄근하다. 그러나 엷은 옷 위로 두 사람의 살결이 맞닿은 체온은 따뜻하고 폭신한 촉감이 자못 심신을 황홀케 한다.

어스름 달밤은 더욱 그들의 심정을 안타까웁게 자아내지 않는가.

웬일인지 그들은 울고 싶었다.

아, 뜻 아닌 이 밤에 소년 남녀의 어린 가슴은, 마치 날 공부를 하는 새 새끼의 죽지처럼 동경하는 공중을 향하여 푸득였다.

국실은 무의식 중에 석림의 목을 끌어안았다. (『봄』, 98·103~105쪽.)

'국실'에 관하여서는 『봄』의 여러 곳에 나오고 그 사실적인 내용으로 보아 그녀는 실존 인물이었음이 분명한데, 따라서 회고에도 나올 법한데 회고에는 그녀에 관한 언급이 전혀 없고 다만 대단치 않은 다른 소녀가 가볍게 언급되고 있다.

우리 동네는 한 이십 호밖에 안 되는 조그만 촌락이었다마는 글동무라고는 나 외에 한 아이밖에는 없었다. 비교적 남녀의 장벽이 헐어진 민촌이었다마는 욕심날 만한 계집애도 없었다. 다만 나보다 두어 살 위 되는 계집애 하나가 우리 동네의 화형(花形)이었다. 그는 딸 형제만 둔 집의 맏이였다마는 형제가 모두 욕 잘하고 억설궂은 말괄량이라, 나보다 큰 애들도 그 집 애들과는 놀지 않았다. 그러나 나는 가끔 그 집에를 가고 싶었다. 그 집은 토민(土民)이었으므로 내가 놀러 가는 것을 영광으로 아는 듯하였다. 그 집 주인은 더욱 부친과 친한 술친구였다. 그러나 가석(可惜)할사! 그런지 미구(未久)에 그는 멀리 시집을 가고 말았다.

지금도 가만히 생각하면 그때 양자(樣姿)만은 환영(幻影)같이 나의 눈에 아련히 남아 있다. 나는 전람회에서 나체화를 볼 때 더욱 그의 모양을 연상케 하였다. 여름철 장마진 뒤에는 우리들은 빨개벗고 냇갈로 뛰어가서 물장구를 치며 놀았다. 그때는 계집애들도 나와서 따로 멱 감고 노는데 그 집 형제도 으레히 나왔었다. 그때 처음으로 가까운 거리에서 나 혼자 그의 드러난 나체가 옅은 물속에 뒤로 선 것을 가만히 엿보았다…. 맑은 시내에 석양이 비낄 때, 흰 살빛! 곡선미를 그리고 드러난 몸은 마치, 부조(浮彫)같이 물 위에 떴다…. (「과거의 생활에서」)

이 회고에 나오는 딸 형제만 둔 집의 맏이가 바로 『봄』에 나오는 임첨지의 딸 돼지가 아닐는지….

한편 민촌은 뜻밖에도 부친의 밀회(密會) 현장을 목격한다.

깜짝 놀라 자기로 돌아온 석림은 어떤 의심이 더럭 났다.

우물로 나가는 뒤꼍 싸리문께로 가서 가만히 한 귀를 기울였다. 남녀의 이야기 소리가 도란도란 난다. 혹시 삼촌이 아닐까. 그래 그는 울타리

틈으로 살며시 엿을 보았다.

그 집 뒤뜰에는 자리를 펴놓았다. 그 위에는 두 사람이 나란히 앉았다. 그 순간 석림은 깜짝 놀라서 한 걸음을 뒤로 무르춤했다. 그는 보아서 안 될 것을 공연히 보았다고 후회하였다.

남술의 처와 단둘이 앉은 사람은 뜻밖에도 감투를 쓴 그의 부친 유선달이었기 때문에. (『봄』, 90쪽)

부친의 연인— 그녀의 근본과 행실이 『봄』에 자세히 나온다.

남술의 처는 제 이름이 무엇인지도 모른다. 아니 이름만 아니라 그는 제 성도 모르고 부모가 누구인지도 모른다. 그래서 아직 초산도 못해 보았기 때문에 자식의 이름을 부를 수도 없는지라 마을 사람들은 누구나 남술의 처로 통칭해 부른다.

어느 해 흉년에 남술의 모친은 큰길가에 있는 논에서 독사풀을 뜯다가 길 가운데서 내버림을 받고 갈 바를 몰라 울고 있는 계집애를 불쌍해서 주워 왔다. 그 애를 키워서 민며느리로 삼았던 것이 지금의 남술의 처라는 것은 누구나 잘 아는 사실이다. 그러나 그는 비록 주워 온 계집일망정 어려서부터 위인이 영리했다. 남술이는 열 살 맏이나 되기 때문에 그들은 더 기다리지 못하고 그가 열세 살 때에 작수성례로 냉수를 떠 놓고 예를 갖추었다.

그런데 개똥참외가 더 달더라는 격으로 그가 일취월장 커 갈수록 어디서 생겼는지 모르게 딴 인물이 돋아났다. 나이가 차 가며 그의 동탕한 용모에는 차차 마을 청년이 침을 흘리게 되었던 것이다.

그런 눈치를 당자가 모를 리 없었다. 남술의 처는 차차 그의 남편이 눈에 차지 않았다. 그대로 그는 심술이 났다. 그는 남편에게서 부족한 것을

> 다른 사내한테 채우는 재주를 배우게 되었다.
>
> 그러나 그 재주는 아무리 비밀을 지켜도 싸고 싼 향내가 밖으로 풍기듯이 남이 먼저 알고 소문을 퍼쳐서 번번이 남편에게 경을 치는 것이었다.
>
> 그러나 남술의 처는 매를 맞고 나면 더욱 반항심이 솟아오른다. 그래저래 그는 아주 상습범이 되고 말았다. 그것은 홀로 있는 시어머니가 역시 반편이라 그런 며느릴 휘잡을 수는 없었다.
>
> 남술의 처는 시어머니의 못난 것을 보고 남편도 외탁을 해서 그렇다고 미워했다.
>
> 그래서 인제는 아주 씨가 먹어서 그들을 무서워할 것도 없이 드러내놓고 제말량으로 놀아났다.
>
> 남술의 처가 각시난봉이라는 소문이 도는 대로 그를 탐내는 사람은 근동에서 적지 않았다. 한때는 남서방과도 좋아지낸다는 풍문이 돌았다. 또 한때는 안골 송첨지의 큰아들 치백이와 상관되었다고 소문이 자자하였다. (『봄』, 79~80쪽)

부친은 마름의 직분으로 소작인들과 공론하여 전장(田莊)의 물방아 수선 공사를 시작하였는데 공사 중에 뜻밖에 남술이가 중상을 입는다. 그는 아름드리 물통나무를 험한 산비탈로 끌어내리는 작업을 앞장서서 하다가 실족(失足), 돌자갈 바닥에 떨어져 머리에 타박상을 당한 것이다.

남술이는, 『봄』에 의하면, '얼굴은 곰보라도 왕이때처럼 키가 크고 건장'했으며 '소도둑놈처럼 기운이 세'어 '남의 두 몫 일은 언제든지 하'는 이름난 일꾼이었는데, '무슨 일이나 꾀를 피울 줄 모'르고 '너무나 호인인 것이 병통'이라서 '아이들한테서도 놀림을 받았'고, '열피리처럼 팔팔한 성미를 가진' 그의 처는 '무골충같이 늘 시드럭부드럭한' 남편을 깔보았었다.

남술이가 부상을 당하여 눕자 남술의 처는 비로소 자신을 질책하며 남편에게 용서를 빌고 그를 '극진히 간호하'였다.

그리하여 남술이는 한 달 만에 병석에서 일어나 기동하였는데 그해 가을에 '독감을 앓다가 닷새 만에 그만 죽었다'는 것이다. (『봄』, 115쪽)

> 그는 실로 허무하게 죽었다. 지난날에 장사 소리를 듣던 사람이 그렇게 죽을 줄을 누가 알았으랴.
>
> (……)
>
> 그는 그 아내가 유선달과 살게 되든지 어디로 달아나기 전에 자기가 먼저 아내 앞에서 죽는 것이 차라리 행복하다 싶었다. 참으로 만일 그렇게 되어서 자기는 아내를 잃어버리고 생홀아비가 된다면 무슨 면목으로 세상을 대하고 또한 살 재미가 있을 것이냐. 사나운 노새 같은 아내를 자기는 좀체로 어거할 힘이 없었다. 그렇다면 남을 원망할 것도 없다. 오직 한 가지 애달픈 일이 있다면 그것은 자기가 죽은 뒤에 늙은 어머니의 홀로 된 신세가 어찌 될까 하는 그것을 염려할 뿐이었다. 남술이는 혼몽한 중에도 이런 생각을 하면서 마지막 숨을 넘기었다. 그 남편이 운명을 하자 아내는 진정으로 목을 놓고 울었다. 그는 정말 가슴이 벅차올랐다. 진심으로 그 남편을 서러워하였다.
>
> (……)
>
> 남술이의 장사는 유선달이 극진히 보살피었다. 그는 장비를 자담(自擔)해서 과히 초라하지 않게 장례를 치렀다. (『봄』, 115~117쪽)

'그해 겨울에' 부친은 마을 사람들에게 잔치를 베풀고 '남술의 처를 정식으로 아주 맞아들'이고 '집 한 채를 따로 사들고 나앉았다.' (『봄』,

118쪽)

이상이 '남술의 처'가 민촌의 서모가 되는 경위에 관한 『봄』의 서술이다.

그녀의 이런 근본을 아는 이가 집안에는 없는데, 필자가 조사한 민촌의 서모 지영자(池英子)는 그 부(父)가 호적에는 충주지씨(忠州池氏明伍)로 나오고 족보에는 청주지씨(淸州池氏相用)로 나온다. 또 호적에 그녀는 1887년 6월 18일생인데 족보에는 같은 해 6월 1일생으로 나온다. 생일도 본도 다르고 부친의 성명도 다르다. 이는 그녀에 관한 『봄』의 내용이 사실임을 말해 준다 할 것이다.

회고에서도 민촌은 모친의 '장사(葬事) 후 미구(未久)에 서모를 맞아들이게 되었'고 '나는 서모에게 학대받은 일은 그리 없었다'(「과거의 생활에서」)고 하였다. 또 민촌의 아우 풍영(豊永, 1900~1959)이 6세 때부터 서모 밑에서 컸다는 말씀을 그의 아들 종택(種宅, 1942~)은 확실히 기억하고 있다.

『봄』에 의하면 부친은 격식과 인습에 얽매이지 않고 파탈(擺脫)을 예사롭게 했으며 세인의 입방아도 두려워하지 않았다.

> 유선달은 그날 밤에 새집에서 신방을 차리고 큰집 식구들도 모조리 돌아갔다.
>
> 그러나 동리 사람들은 저희끼리 이날 일을 은밀히 수군거렸다. 만일 유선달이 틀지지 않았다면 그들에게 위엄을 세우지 못했을 것이요, 따라서 중구난방으로 지껄이는 그들의 비방을 막아낼 수가 없었을 것이다. 그러나 원체 인금으로 눌리는 터이라 그들은 도리어 유선달과 같은 호협한 양반이 아니고서는 감히 누구나 못할 짓이라고 제가끔 감복하기를 마지않았다.

그래서 그들은 남술의 처가 유선달과 같이 살게 된 것을 은근히 부러워하는 축까지 있었다. (『봄』, 122쪽)

서모의 새 시집살이 모습을 보기로 하자.

석림의 서모는 별안간 양반 살림을 하자니 힘이 든다. 그전에는 아무데나 가릴 곳 없이 쏘다녔고 제말량으로 자유껏 지냈는데, 인제는 상전 같은 시어머님과 층층의 양반 식구들한테 제가끔 절차를 차리며 행동을 조심하자니 그것은 정말 여간 큰일이 아니었다.

맨발로 다니던 발에도 버선을 신어야 하고 맘대로 쏘다니다가 별안간 내외를 하고 들어 앉았자니 이건 안팎으로 골을 치는 셈이 아닌가. 사람이 답답해서 못살겠다.

그는 유선달한테도 그전처럼 희영수를 마주하지 못하였다. 더구나 시어머니가 와서 있을 때는 말 한 마디, 발 한 자욱을 조심해야만 된다. 만일 상없이 굴었다가는 금방 추상같은 호령을 듣는 것은 물론이요 두고두고 옛 근본을 캐내는 데는 또한 질색할 노릇이다.

그는 날마다 이렇게 양반의 구속을 당한다. 낮에 실컷 그런 절제를 받다가 저녁에 잠자리로 들어가서야 비로소 자유의 몸으로 풀리는 것이었다. 유선달은 양반의 장벽을 그때만 터놓았다. 참으로 다 늙게 된서방을 만났구나 싶었다.

어느 날 밤에 유선달은 잘 자리에 술을 청해서 간단한 약주상을 참기었다. 그때도 그런 생각이 불현듯 나서 그는 술을 따르며 무심히 하는 말이

"전 양반 노릇 못하겠어요."

하고 유선달을 빤히 쳐다보았다.

"왜? 그게 무슨 소리야?"

유선달은 무두무미에 듣는 그 말이 잠시 아름하였을밖에.

"골치 아퍼서요…. 호…."

새집은 입을 가리며 웃음을 내뿜었다.

"흥! 네가 언젠 왼톨 양반이드냐." (『봄』, 122~123쪽)

다음은 민촌 집안 종들의 로맨스다. 그것은 황금과 도박, 그리고 죽음과도 얽힌 끔찍한 이야기다.

이를 시작하려면 먼저 그의 고향에서 벌어진 '금광' 이야기를 하지 않을 수 없다. 민촌은 후일 방랑 시절에 광산 노동도 하였고 스스로 탐광까지도 해 보았다. 금광은 또한 그의 고향을 황폐케 하였다. 또 이미 언급했듯이 그의 부친도 금광에 손을 댔다가 파산을 당하게 된다.

민촌 문학에서 '금광'이 차지하는 비중은 매우 크며 『봄』, 『두만강』, 『신개지』 등에 금점의 장면이 자세히 나온다. 『봄』에 나오는 금점의 시작에 이어 회고에 나오는 내용도 보기로 하자.

처음에 그(외지의 금점꾼-필자)가 긴 호미 같은 연장(벽채)으로 개울바닥을 파서 함지박으로 흙을 일어 보고는 금이 있느니 없느니 하는 소리를 듣고 마을 사람들은 그의 말을 미친 소리로만 들었었다.

개울 속에 금이 있을 말로면 자기네가 왜 지금까지 몰랐을까. 하나 실상인즉 금이란 어떻게 생겼는지 누구 하나 본 사람은 없었다.

그래도 금점꾼은 날마다 나가서 그 짓을 하더니만 급기야에 사금광(砂金鑛)을 발견했다. 그는 개울가로 묵새가 많이 흐르는 것을 보고 반드시 여기는 금이 있을 줄 알았다. 과연 시근을 보니 금티가 묻어 나온다. 이에 자신을 얻은 그는 품꾼을 사서 한 구뎅이를 파 보았다. 과연 거기에서는 대꼬바리만큼씩 한 재벽을 서너 개나 캐어냈다.

마을 사람들은 금뎅이를 처음 보고 그제야 모두들 놀래었다. 그들은 금이 어떻게 생긴 줄도 몰랐다가 과연 알고 본즉 땅속에 그런 보물이 묻혔는가 싶어, 저마다 잡아 보려고 허욕을 일으켰다.

신혈이 터졌다는 소문은 각처에서 금점꾼을 모아들게 하였다. 그래 정거장 뒤에는 금점파원이 나와 앉고 연상과 덕대가 모여들고 장사꾼과 노름꾼이 밀려와서 별안간 박작박작 사람의 사태를 내었던 것이다. 그 통에 방깨울 사람들은 질통을 져서 품을 팔고 짚신장사와 난가게를 벌이는 사람에, 떡장사와 술장사를 새로 내서 음식점들이 수두룩히 생기었다. 젊은 사람들 축에는 금점꾼으로 뽑혀 나선 사람들도 많았다. 우선 남서방 상원이와 경춘이, 차첨지 아들 치선이도 나섰다.

그리하야 일개 한적하던 촌주막은 갑자기 난장판같이 복잡해서 밤낮없이 사람들이 바글거리는 대로 그 속에서는 노름판이 벌어지고 술판이 벌어지고 싸움판과 주정판이 벌어져서 한데 어울려 아우성을 쳤다.

그리는 대로 금구뎅이에서는 연상과 덕대들의 감독 밑에서 굿복을 입은 금점꾼들이 개울 이편으로 양전옥답(良田沃畓)을 두더지처럼 파 올라갔다. 그대로 구뎅이마다는 금싸라기와 재벽이 쏟아져 나오고 황금은 다시 환산되어 눈이 꿈벅꿈벅하는 은전과 두돈 오푼 짜리 백동전이 마치 땅속에서 나온 돌자갈과 같이 시글시글 굴렀다. (『봄』, 139쪽)

우리 동네에도 한동안은 금점판이 벌어져서 각처에서 금점꾼이 모여들었다. 적막하던 농촌은 별안간 난장판이 되고 집 앞의 내벌판은 닭의 발목으로 헤집어 놓듯 하였다. 순박한 농촌에는 부허(浮虛)하고 음탕한 기분이 떠들어왔다. 북도(北道)의 귀 서투른 쌍간나위 하는 사투리가 들리고 날마다 술주정과 싸움이 벌어졌다. 나는 그때 금점꾼이 어떻게 무섭던지 몰랐었다. 그들을 만나면 붙잡고 시달리는 까닭이었다. 나는 글방에 갈 때에는 그들을 피하여 산으로 돌아다녔다. 동무들 중에는 그들에게 미동(美童)으로 뽑혀서 형님동생을 놓은 표적으로 팔뚝을 먹실로 떴다. 그 때문에 칼부림이 나는 별별 추태가 났었다. (「과거의 생활에서」)

신축년(1901년, 민촌 7세-필자)이면 내가 겨우 5~6세밖에 안 되던 때이다. 거금 근 40년 전에 금광을 시작했다면 북도의 운산금광보다는 뒤졌다 할지라도 남도로서는 직산, 양대 금광과 아울러 효시가 아니었던가 한다. 여하간 그때부터 파기 시작한 금광을 지금(1939년-필자)까지 계속한다면 산금지로는 성적이 좋은 편이라 할 것이다.

그러나 양대는 석금광인데 여기는 사금이었다. 하엄리의 냇갈에서부터 시굴하던 것을 나중에는 이 통안 상중하엄리와 무네미, 신촌의 두 계류 연변의 전답까지, 금이 잘 나는 데는 모조리 팠다. 텃논, 텃밭은 물론 집을 헐기까지 하고 금구덩이를 파 들어갔다. 그렇게 읍내까지 파먹었다.

이 동리에서 사금광의 발견은 아마 역사 이후로 전무후무한 황금시대라 할 것이었다.

한참 재벽(지금의 노다지 같은)이 쏟아져 나올 무렵에는 연상 덕대와 금점꾼이 모여들어서 하엄리는 가겟집이 즐비하게 들어앉고 거기에 따라서 남사당패 걸립패 연락 난장 등의 흥행물이 떠나지 않아서 그들은 금점꾼의 부듯한 주머니를 노렸던 것이다.

내가 수년 전(4년 전, 1933년 장편 『고향』의 집필을 위하여-필자)에 이곳을 오래간만에 다시 가 보니 옛날 살던 때와는 생판으로 면목이 달라졌다. 그때는 사금만 했었는데 근년에는 석금까지 쏟아져서 좌우의 산록을 버러지 집처럼 숭숭 굴을 뚫어 놓았다.

그리고 천변과 천변으로 연한 전답은 하나도 성한 것이 없었다. 모두 금점을 파먹은 구덩이와 흙과 버력을 싸 놓은 것뿐인데 그것도 한 번만 파먹은 것이 아니다.

실로 여러 번을 뒤집고 뒤집어서 이 잡듯 서캐 잡듯 금을 뒤져먹은 형적이 완연한데 마치 두더지가 쑤시고 달아난 밭고랑과 같다 할까. 동리의 미관으로 보아서는 여간 살풍경이 아닌 사력(砂礫) 천지였다.

그래도 금이 나니까 그들은 줄기에서 두더지가 될 수밖에 없었다. 본격적인 금점꾼이 많이 출입하고 금점이 지구적(持久的)이었던 만큼 자연 토민들도 금점 일을 배우게 되었다. 그리하야 그들은 두메 사람으로서 일조에 훌륭한 금점꾼이 될 수 있었다. (「교박한 천안 뜰 뒤」)

『봄』에 의하면 금점은 처음에 하엄리에서 시작된 것 같다. 그것이 나중에는 엄리 전체로 확산되었다. 금점꾼들은 한여름에 난장을 텄으며 송아지를 걸고 씨름판을 벌였는데, '이런 때에 남술이가 있다면 물론 판을 쳤을 것이다'(141쪽)라고 한 대목과 민촌의 부친이 '시골로 내려와서 두 번째 맞는 이 해의 추석을 잘 쇠고 싶었'(161쪽)던 이유가 '아랫말 금점꾼들에게 지기 싫은 생각이 은연중 생겼던 까닭'(161쪽)이라고 한 내용을 감안해 보면, 1901년에 하엄리에서 처음 발견된 사금광(砂金鑛)이 1906년쯤에는 크게 번창하여 그해 여름에 난장판이 서고 드디어는 살인극까지 벌어지기에 이른 것으로 보인다.

금점으로 인한 이 살인 사건은 1906년 늦여름에, 즉 민촌이 서당을 그만두고 천안 읍내에서 학교에 다닐 시절에 일어난 것으로 보이는데, 이는 그 전해에 연이어 터진 모친의 죽음, 여동생의 죽음 및 '남술'의 죽음과 함께 민촌 문학의 소중한 밑거름이 되었기 때문에 편의상 이를 여기서 취급한다. 살인 사건의 경과를 보기로 하자.

(노름판은 금점꾼 김운선과 오도령이 하숙하고 있는 국실네 집에서 벌어졌다-필자) 금점꾼은 창길이가 본격적인 노름꾼인 줄은 모르고 덤볐다가 도리어 큰코를 다친 셈이다. 그들은 분한 깐으로도 날을 밝힐 것이나, 밝기 전에 밑천이 떨어졌다. 그들은 오도령의 돈은 물론이요, 나중에는 주인(국실의 모친-필자)이 불전을 때 모은 돈까지 꾸어다 잃었다.

그중에도 더 많이 잃은 사람은 배도수였다. 김운선이는 그래도 제 밑천만 잃은 것뿐이었는데, 배가는 남의 돈까지 탈탈 털어서 죄다 잃었다. 그 바람에 창길이는 돈을 땄으나 배가는 몸이 바짝 달았다. 그렇다고 밤중에 돈을 주선할 수도 없는 형편이었다. 이에 그들은 오늘은 일을 안 나갈 셈 잡고 날이 밝거든 밑천을 장만할 테니 어디 산속으로 가서 다시 하자 하였다. 창길이는 그래서 구렁이 아래턱 같은 양은전과 눈이 부시는 백동전으로 그때 돈 수백 냥을 따 가지고 돌아갔다.

배도수는 날이 새기도 전에 아랫말로 김덕대를 찾아보러 내려갔다.

그는 무슨 볼일이 생겨서 오늘은 굿일을 못 나가겠다고 칭탈을 한 후에 급한 용처가 있은즉 돈을 좀 취해 달라고 해서 몇십 냥을 변통하였다.

(……)

배가는 창길이의 목소리가 떨어지기 전에 윗목 벽에 기대 세운 우멍낫을 움켜쥐고 일어섰다. 그는 바른편 손으로 낫을 높이 쳐들고 무서운 눈으로 창길이를 내려다본다.

창길이는 일순간 새파랗게 질리었다. 그는 본능적으로 두 손을 쳐들어서 막으려 한다. 만일 이때 창길이가 가자고 빌었으면 배가는 노염이 식었을는지 모른다. 그러나 창길이는 미처 그런 생각을 할 겨를이 없이 당황할 뿐이었다. 배가는 그 순간 창길이의 정수리를 기운껏 내리찍었다.

(……)

사실 그것은 제 식구인 가족이 보기에도 끔찍스럽고 무서웠다. 방안에는 피투성이가 되었는데, 송장은 눈을 흡뜨고 혀를 빼물고 그리고 두 주먹을 잔뜩 쥔 것은 아마 죽기에 애를 무등 쓰고 분통을 참을 수 없는 원한에 사무친 까닭이었던지!

그런데 도가는 아무도 염할 사람이 없는 것을 보자 주인이 시키는 대로 두말없이 대들었다. 그도 무시무시한 생각이 없진 않았다. 그러나 그보다도 창길이 처의 침통해하는 것을 보고 부지중 동정심이 끓어올랐다.

그때 그는 미망인과 함께 시체를 매만지고, 상처를 솜으로 씻어 냈다. 오그린 주먹도 두 사람이 간신히 펴놓았다.

창길의 처는 도가에게 이런 신세를 진 것을 언제나 잊을 수 없었다.

어느 날 밤에 도가가 싱그레 웃으면서, 그가 밖으로 나가는 앞길을 막았다. 밑도 끝도 없이

"덕만 어머니 우리 같이 삽시다."

하고 손목을 터억 잡는 것을, 창길의 처는 아무 말도 않고 가만히 그 손을 떼놓았다. 과히 싫어하지 않는 것 같은 눈치를 보자 도가는 적극적으로 덤비었다.

"선달님, 한 말씀해 주십시오. 말을 들을 듯 들을 듯하면서도 도무지 대답을 않습니다."

"그거야 늬끼리 할 일이지, 내가 아니."

하고 그때 유선달은 허허 웃었다.

"아니 선달님이 꼭 한 말씀만 하시면 일은 되는 일이래도요."

도가는 목이 말라 애원이다.

"허, 그거 참!"

사실 창길의 처는 그 뒤 유선달의 한마디 말이 떨어지기 무섭게 두말않고 허락하였다. 그리하야 도가는 창길이를 대신하여 그와 인연을 맺

게 되었다. (『봄』, 146~147·149·156~157쪽)

위와 같은 끔찍한 죽음이 민촌 문학에 자주 보인다. 모친의 죽음을 비롯한 이러한 여러 충격들이 어린 민촌을 성숙케 하여 그를 작가로 키운 바탕이 되었다.

6. 입학(入學)

민촌의 글들을 보면 그가 한글을 깨우친 경위와 시기가 서로 맞지 않는다.

> 나는 열한 살 때 국문을 깨치었다. 제 나라 글을 소위 암글이라고 천대하는 가증한 한학 선생—그중에는 국문을 모르는 선생도 나는 많이 보았다마는—이 국문을 가르쳐 줄 턱이 없으니 물론 그것은 선생에게 배우지는 않았다. 나는 서모한테 불과 한나절에 배웠다. 제 나라 글이라 그만치 쉬웠던지는 모르겠다. (「혜매이던 발자취」)

> 모친이 별세한 후로 나는 가끔 자기도 모르는 무슨 생각을 혼자 하기가 일쑤였는데 어느 날 낮에 집에서 글을 읽다가 우연히 반절을 깨쳤다. 그러자 한 동리에 사는 고담을 즐기는 최덕춘이란 사람이 백지 두 권을 사놓고 조웅전을 베껴 달라기에 나는 그것을 한글로 써서 한 권씩 나누어 가졌다. (「나의 수업시대」)

나는 글방에서 한문을 배웠었지만 어쩐지 머리에 잘 들어가지 않았다. 한문은 배울수록 모르는 새 글자가 자꾸 나오고 점점 더 어렵기만 하였다. 그런데 국문은 단번에 깨칠 수가 있었다. 그해(모친을 여읜 해-필자) 여름 어느 날 나는 할머니한테서 쉽게스리 국문을 깨쳤다. 국문을 배운 나는 고대소설을 읽기 시작하였다. (「이상과 노력」)

그(서모-필자)가 아이를 낳기 전 일이다. 심심해한다고 유선달이 반절을 가르쳐서 깨치게 되었는데, 어느덧 그는 이야기책에 재미를 붙였다. 그래서 틈만 있으면 지금도 책을 붙들고 앉는다.

국실이도 언문을 배운다고 틈틈이 놀러 왔다. 그 바람에 석림이까지 언문을 깨쳤다. 그는 불과 하루 동안에 그것을 배울 수 있었다.

석림은 처음에 서모가 국실이에게 일러 주는 것을 옆에서 들여다보았다. 몇 번을 안 읽어서 환하니 미립이 난다. 받침을 붙이는 것이 좀 어려웠으나, 그것도 한 줄을 배워 보니 여개방차였다.

국실이는 벌써 며칠 전부터 배우는데도 받침은커녕 원줄도 절반을 못 외었다. 그런데 석림이가 한나절에 깨치는 것을 보고 그들은 경탄하기를 마지않았다.

그렇지 않아도 그는 석림이의 글방 도령 태가 나는 해맑은 인물에 은근히 반했는데, 총명한 그의 글재주는 더욱 마음을 쏠리게 한다. (『봄』, 136쪽)

민촌의 회고는 모두 모친이 죽던 해에 그가 한글을 터득한 것으로 명기 또는 암시하고 있지만, 『봄』은 이를 그 이듬해의 일로 그리고 있다. 그때는 민촌이 이미 서당을 그만두고 학교에 다닐 시절인데 『봄』에 여전히 그가 '글방도령'으로 나오는 것을 보면 회고의 내용이 맞는 것으로 보아야 할 것이다.

『봄』에서 한글 해독 연도를 회고의 내용보다 1년 뒤인 것으로 묘사하고 마찬가지로 민촌의 학교 입학도 그렇게 한 것은 『봄』을 신문에 연재하던 중 서모에 관한 내용(출산 등)을 너무 앞으로 진전시켜 버렸기 때문이었을 것이다.

또 한글을 스스로 깨우쳤다고 하기도 하고, 서모에게서, 또는 조모에게서 배웠다고도 하는 등 회고마다 내용이 다르다.

회고와 『봄』의 내용을 종합해 본다면 민촌은 '모친을 잃은 그해(1905년, 11세) 여름에, 아직 서당에 다닐 시절에, 남술의 집에 놀러 갔다가 남술의 처에게서 한나절 만에 한글을 깨우쳤다'고 볼 수 있다.

서모는 민촌의 부친에게서 한글을 배워 그것을 민촌에게 가르쳐 준 셈이다. 민촌은 이미 한문을 5년 가까이 공부해 왔고 음절문자인 '가나'도 익힌 터이므로, 음소문자인 한글의 이치를 즉시 터득하였던 것이다. 앞서 본 것처럼 남술의 처는 '그해 겨울'에 민촌의 서모가 되는 것이다.

민촌은 한글을 깨우치자마자 곧 문학 ─ 고대소설 ─ 에 빠져들었다. 그 후 그는 신소설이 나올 때까지 고대소설을 두루 섭렵함으로써 부지중에 문학수업의 탄탄한 기초를 쌓는다.

> 나는 그때 조웅전 두 권을 책서(冊書)하는 중에 무의식중 한문보다 알기 쉬운 이야기책에 감동되었던 모양 같다. 그 뒤로 나는 고대소설을 탐독하게 되었고, 나중에는 그것이 이야기책을 잘 본다는 소문이 나게 되어서 엄친 앞에서까지 시험적으로(사씨남정기였던가 싶다) 읽어 보게 되었는데, 글공부에 방해되는 그런 책을 보지 말라고 걱정하실 줄 알았더니 의외로 꾸중을 안 들은 것이 다행이었다. 하긴 조모가 이야기책을 즐기시고 그래서 나에게 읽히신 때문에 부친도 그대로 두셨는지 모른다.

그 뒤로 나는 부친이 집에 계실 때에도 소설을 보게 되고, 해마다 가을을 접어들면 삼동 내 밤을 새워 가며 이야기책을 보기에 이 사랑 저 사랑으로 끌려다녔다.

우리가 어렸을 적만 해도, 더구나 시골의 농촌생활은 단조로워서 겨울 농한기에 그들의 유일한 오락물은 소설책 이외에는 별로 없었다. 그 밖에 있다는 것이 젊은 사람들은 윷을 놀았고, 노축들은 특을 하지 않으면 이야기책을 듣는데, 나는 윷보다도 소설책을 더 좋아했다. (「문학을 하게 된 동기」)

나는 국문을 깨친 뒤로 이야기책 보기에 재미를 들였다. 나중에는 이야기책 잘 보기로 소문이 나서 노인들한테 귀염을 받고 근동으로 뽑혀 다니기까지 하였다. 어느덧 부친까지 그들의 편이 되어서 심심하면 책 보라고 불러 대는데 속이 상했었다. 그러나 나는 이야기책을 보면 신이 났다. 그것은 남들의 책 잘 본다는 칭찬을 받기 위함만이 아니라 나 스스로 알지 못할 어떤 무엇을 느끼었던 것이다. 조웅전, 유충렬전, 춘향전, 심청전, 사씨남정기, 구운몽, 옥루몽, 삼국지, 까투리전, 별주부전, 태을선전, 무엇무엇 하는 갖은 책 중에는 아마 재독 삼독 사독 오독 내지 십여 독까지 한 것이 있을 것이다. 과연 나는 그때 얼마나 이야기책에 재미를 붙였던가? 밤을 새워 가며 그것을 정신없이 읽었다. 그 책 주인공과 같이 울었다 웃었다 하며 얼마나 감격하였던지 모르겠다. (「헤매이던 발자취」)

그 시절에 나는 고대소설에서 많은 영향을 받았다. 봉건적 사상이 담겨 있기는 하였지만 그래도 민족적—애국주의 사상을 섭취할 수 있었다. 그것은 나로 하여금 고대소설의 주인공들을 다시없는 이상적 인물로 생각하게 하였던 것이다. (「이상과 노력」)

말수가 적어진 아들이 소설에 낙을 붙여 씩씩하게 읽어 대는 모습은 부친에게 큰 위안이었을 것이다.

민촌의 고대소설 탐독은 단순한 흥미 차원이 아니라 어린 민촌으로 하여금 그것을 통하여 슬픔과 고통을 잊게 하고 그가 품어 왔던 여러 의문점과 문제에 대하여 나름대로의 소박한 해답을 주었을 것이다.

죽음은 대체 무엇이며, 가난한 사람도 없고 반상의 차별도 없는 세상은 있을 수 없는 것일까. 또 나라가 망해 가고 왜놈들이 밀려 들어오는 것은 무슨 까닭일까.—이런 것들이 대체로 어린 민촌의 의문이었을 것이다.

그는 회고에서 '솔직하게 말하면 나는 그때(합방, 1910년 8월 29일, 민촌 16세-필자)까지 이 세상이 어떻게 되는 셈인지 몰랐다. 그야 그런 문제를 모두 해석해 보려 하였지마는 쥐꼬리만 한 나의 지식은 그것을 허락지 않았다'(「헤매이던 발자취」)라고 쓰고 있거니와, 모친이 죽은 해(1905년, 민촌 11세)에도 그는 망국의 소문을 수없이 듣고 어렴풋이나마 그 한을 품고 있었을 것이다.

이런 복합적이고 혼돈스러운 문제의 그물망에 갇혀 그것을 풀어 보려고 애쓰던 어린 민촌은 고대소설에서 마침내 그에 대한 주술적인 해답을 발견하고 사색을 일단 멈춘 채 그 속에 빠져들었을 것이다.—고대소설에서는 죽은 사람도 살아 돌아오고 배고픈 자는 부자가 되며 탐관오리들은 가차 없이 처단되는 속 시원한 내용을 담고 있으며 모두가 행복하게 잘 살게 되는 내용으로 끝을 맺는다.

고대소설의 주인공은 모두 판에 박은 듯한 같은 것으로 그는 첫째 신출귀몰한 재주가 있고 초년에는 갖은 고생을 하다가 나중에는 출장입상 하는 대인물 대영웅이 되는 것이다마는 나는 늘 그들 주인공에다 스스로 빗대고 있었다. 그래서 '두고 보아라!' 하는 듯이 이다음에 그들을 놀래줄 것을 미리 흥미 있게 벼르고 있었다. (「혜매이던 발자취」)

평자 김흥식은, 민촌의 부자(父子)에게는 그들의 의식 심층에 가문(家門)의식에 근거한 영웅적 생애 감각이 내재해 있었다고 전제하고, 민촌을 에워싼 우울증의 참모습은 모친상(母親喪)에 그 원인이 있다기보다는 낙심한 부친의 흐트러진 처신이 몰고 온 자기정체성의 위기의식이라고 진단하면서, 민촌은 고대소설을 통하여 부친의 실패한 영웅적 생애의 경략(經略)을 그 자신의 과제로 삼게 되었다는 논리를 펴고 있다.

그 무렵 부친은 읍내에 학교를 설립할 것을 발기(發起)하고 나선다. 그 내용은 회고에는 물론 『봄』과 『두만강』에도 자세히 나온다. 그의 영웅적 경략의 의도가 교육운동으로 하향(下向) 변질되었다고나 할까.

부친은 그 후에(낙향한 후에-필자) 서모를 얻고 날마다 읍내 출입이 잦았다. (……)

부친(1873~1918)은 그때 군수 안기선(안막의 엄친)씨, 무관학교 출신인 심상만(이 아니고 심상면 沈相冕, 1865~1934일 듯-필자) 등과 천안사립영진학교를 창립하였다. 부친은 그 학교의 총무로 있었다. (「나의 수업시대」)

천안의 향토사학자 임명순 씨의 상세한 고증을 바탕으로 추정하면 이 학교를 1906년 2월 28일 자 〈황성신문〉이 '일어학교'로 보도한 것으로 보이고, 안기선의 군수 재임 기간이 1907년 7월 1일~1908년 9월 23일

(각각 대한제국 관보 3806호 및 4197호)이므로 학교의 창립 당시에는 안이 군수가 아니었으며 안은 1908년 봄에나 학교의 중창(뒤에 나옴)에 적극 협력한 듯한데, 부친 민창은 교주(校主) 심상면 밑에서 총무로서 학교의 창립 및 중창을 도운 것 같다(심상면이 이민창보다 8년 연배이고 또 재산가였다).

심상면과 심상훈(1854~1905) 대감과는 고조부가 같은 친척인데, 심상면이 민촌의 부친과 함께 심대감 댁에 머무르면서 무관학교에도 같이 다녔는지는 알 수 없다.

부친 등이 학교 설립에 나서게 되는 정치적, 사회적 배경과 그 개인적인 동기를 알아보자.

> 애국계몽운동은 교육운동 부문에서 특히 활발했다. 갑오개혁 이후 정부가 근대교육을 보급하기 위해 관립학교를 전국적으로 설립했다. 그러나 보호국 체제 아래서 관립학교가 옳은 민족교육기관이 되기 어려움을 안 민간 유지들이 민족교육을 확대하기 위해 사립학교 설립운동을 적극적으로 펴 나갔고 기독교 계통 학교도 증가해 갔다. '합방' 직전(1910. 7) 통계에 의하면 전국의 관공립 계통 학교가 153개교인 데 비해 사립학교는 2,082개교나 되어 관공립학교의 14배에 가까웠다. 사립학교 설립을 통한 근대 민족교육 보급이 애국계몽운동의 가장 중요한 활동의 하나였다. (강만길, 『고쳐 쓴 한국근대사』, 창작과비평사, 237쪽)

> 신학문을 학교에서 배우고, 반상을 타파하여야만 우리 조선도 문명한 나라로 될 수 있으며 왜놈의 세력을 몰아내고 자유 독립을 찾을 수 있다는 것이 그들의 공통된 생각이었다.
>
> (……)
>
> "별수 없네. 학교를 어서 세우는 것밖에… 자네나 내(민촌의 부친-필자)

나 의병운동을 하겠나? 직접 총칼을 들지 못하는 한, 일반을 각성시키는 교육사업이라도 해야 할 것 아닌가! 자네, 이조가 왜 망하는지 아나? 인재를 배양하지 않을뿐더러 인재를 등용하지도 않고 무능한 양반들이 정권을 떡자루 쥐듯 붙들고만 있다가 망한 거야! 그럼 자네는 무엇을 하려나? 아무것도 않고, 세상만 한탄하며 남의 비방만 하려는가?" (『두만강』 권1, 224·227쪽)

이후 『두만강』에서의 학교 설립 과정에 관한 묘사는 『봄』에서의 그것과 아주 흡사하게 전개된다. 『봄』의 그것을 보기로 하자.

박씨부인(민촌의 조모-필자)은 비로소 요즈음 그 아들이 뻔질나게 읍내 출입이 잦은 까닭을 알 수 있었다. 이 고을에도 쉬이 학교가 생긴다더니만, 인제 보니 학교설립운동이 요새는 구체화하게 되어서 그 일을 서둘기에 날마다 읍내를 드나든 것이었다.

이웃 고을에는 벌써 몇 해 전부터 학교가 생겼는데, 이 고장에는 여적 학교 한 개가 없다는 것이 고을 전체의 수치라고 그도 열렬히 주창하였다. 정거장에 사는 개화꾼으로 유명한 신참위(심상면-필자)와 함께 유선달도 앞잡이로 나섰던 것이다.

그래 그들은 이 고을 윤군수(안기선-필자)의 응원으로 사립학교를 세우자 한 것이다. 그들은 먼저 취지서를 꾸며 돌리고 읍내 부자들한테 의연금을 받아 낸 것이 수백 원이나 모집이 되었다.

학교 집은 옛날 관사 하나를 빌어서 우선 임시로 쓰게 하였다. 그 돈으로 중창을 하고 운동장을 닦아서 이달 이십일경에 개학을 하기로 한 것이다.

그리하야 학교 이름은 사립 광명학교(사립 영진학교-필자)라 하고 교주에는 신참위, 교감에는 채도사, 학감에는 조진사, 총무에는 유선달, 서기에는 그전에 통인을 다니던 오재철(나중에 『고향』에서 지주 안승학의 모델이 됨-필자)이라는 땅딸보가 각기 직책을 맡게 되었다. 읍내 부자들을 모두 평의원을 시켰다 한다. (『봄』, 231~232쪽)

민촌은 부친의 주관으로 세워진 이 학교에 입학한다.

그러는(고대소설에 한참 빠진-필자) 동안에 나는 소학교를 다니게 되었다. 상중하 동 백여 호에 학교에 다니는 애들이라고는 나 외에 불과 12인이었다. 나는 결코 행운을 타고나지 않았다마는 그들에게 비하면 행운일는지 모르겠다. 나는 열두 살 먹던 해 겨울에 비로소 우리 고을에는 사립학교가 창립된 것이었다. 이런 희한한 특전을 받은 영준은 일군에 20~30명이었다. 그 외에 많은 학령에 달한 아동들은 서당에도 통학치 못하는 가련한 농촌의 소년이었다. (「혜매이던 발자취」)

나는 열두 살 먹던 해 겨울에 그 학교로 입학하였다. (「나의 수업시대」)

어머니를 여의던 해 겨울에 읍내에는 사립 영진학교(寧進學校)가 설립되었다. 나는 개교하던 날 그 학교에 입학을 하였다. (「이상과 노력」)

'어머니를 여의던 해 겨울'과 '열두 살 먹던 해 겨울'의 접점은 1905년(11세) 말부터 1906년(12세) 초까지에 해당되는데, 『봄』에 민촌이 연말에 입학하는 것으로 묘사되어 있으므로 1905년(음) 말경(양력으로는 1906년 초)에 입학하였다고 보아야 할 것이다.

"기애를 학교에 넣어야겠어요."

하고 부친은 술냄새를 풍기면서 담배를 타려 묻다.

"학교엘 넣다니, 언제쯤 학교가 되기에?"

조모는 처음 듣는 이 말에 자못 놀라운 듯이 반문한다.

"이달 스무남께는 아마 개학이 될 것 같군요."

"스무남께면 그럼 얼마 안 남었게?"

(……)

그러치 않아도 호도 옴을 올려서 오랫동안 쉬느라고 서당에도 못 가는 터이다. 그만큼 다른 애들보다 공부가 뒤떨어지는 것이 초조하였다. 그는 통감 열째 권을 이 해 안으로 다 떼려 했는데 그만 앓느라고 그것이 틀리고 말았다. 그래 분해서 못 견딜 판인데 뜻밖에 학교에를 입학하게 된다 한즉 그것은 참으로 얼마나 반가운 일인가. (『봄』, 231~233쪽)

민촌의 입학을 다음 회고의 내용에 따라 1906년 말로 본다면 여러 가지로 무리가 따른다. 그 자세한 설명은 생략한다.

나는 열두 살(민촌의 착오, 열한 살이 맞을 듯-필자) 먹던 해 가을까지 통감 7권을 떼고 나서 글방은 그만두었다. 그것은 그마즉에 우리 고을 읍내에 새로 학교가 설립되려던 까닭이었다. 부친은 그 학교 총무로 선임이 되어서 읍내 출입이 잦았었다. 개교 일자는 점점 얄팍해졌다. 나는 그동안에 집에서 부친에게 통감 8권을 배우며 그날을 기다리고 있었다.

(……)

어느 날 아마 만추의 찬바람이 우— 하고 창밖에서 소리칠 때인가 보다. 읍내 출입을 했던 부친은 나의 새 옷감으로 옥양목을 바꾸어 왔다. 나는 그때 글방 애들과 S촌(상엄리-필자)으로 호도를 따 먹으러 갔다가 호도옴을 올려서 고생할 참이었다. 나는 앓는 중에도 서모가 분홍물을 들여서 나의 새 옷을 마르재는 것을 볼 때 나는 어떤 호기심에 가슴이 뛰었다. 저 옷을 입고 읍내 가서 학교 다닐 생각을 하니까 나의 마음은 금시에 하늘에나 올라간 것같이 즐거웠다. (「과거의 생활에서」)

술꾼으로만 알았던 부친이 결코 만만치 않은 일을 해낸 것을 알게 된 것도 어린 민촌에게 대견스러웠을 것이다.

처음으로 학교에 가는 도중 부자(父子) 간의 대화는 그들이 서로 화해한 모습을 보여 준다. 말수를 잃었던 아들에게 부친은 활발한 학교생활을 강조한다.

그들은 도중에 부친의 친구 '채도사'의 집을 먼저 방문한다.

석림은 부친의 뒤를 따라가며 처음 보는 읍내 일경을 둘레둘레 보고 길을 걸었다. 유선달은 집을 나설 때부터 그 아들에게 타이르던 말을 또 한 번 강을 한다. 그는 인제 목적지를 거진 다 왔으니 마지막으로 아들에게 주의를 시키자는 것이었다.

그가 아까부터 하는 말은 학도는 글방아이와 행동이 달라야 한다는 것이었다. 글방아이는 첫째 얌전해야 되지만 학도란 첫째 활발해야 된다는 것이었다. 그리고 학도는 병정과 같이 교련도 받는다는 것이었다. 서당에서는 오직 한문만 배우는 터이지만 인제 학교에 들어가면 일어, 산술, 지리, 역사 등의 신학문을 배우게 될 터인데, 그것은 지덕체 삼대 교육의 근간이 되는 신학문이라는 것이었다.

"그러하니 공부도 잘해야 되거니와 제일 활발하게 행동을 가지란 말이다…. 지금 채도사 집으로 가는 길이야. 그 어른을 뵙거든 인사를 똑똑히 여쭤야 해! 사람이란 인사성이 발러야 하는 법이다."

유선달은 이렇게 최후의 훈계를 하고 말을 끊었다.

"네!"

석림은 오직 황감하게 대답할 뿐이었다. (『봄』, 234쪽)

지역의 유지들로부터 의연금을 모집하여 설립된 천안(天安)의 사립 영진학교(私立寧進學校)는 '서당'티를 겨우 벗은 초등교육 기관으로서 그 시설과 재정이 형편없었다. 그래도 그것은 어린 민촌에게 다시없는 기쁨을 주었으며, 향후 그는 거기서 많은 것을 배우고 얻는다. 회고와 작품의 묘사를 보자.

어떻든지 흙내가 물씬물씬 나는 토방에서 선생님의 발샅을 휘비는 고린내 나는 서당에만 다니다가 처음으로 학교 구경을 하니 그야말로 촌계관청(村鷄官廳)이었다. 기와집 속에서 신기한 머리 깎은 사람에게 일어와 산술을 배우는 것은 더욱 신기한 일이었었다. (「혜매이던 발자취」)

광명학교는 불시에 설립되었기 때문에 모든 것이 미비한 중에도 제일 난관은 선생이었다. 그것은 상당한 학교 출신으로 전임 교사를 초빙해 오자면 많은 월봉을 지출해야 되겠는데, 이 학교에는 아직 기본 재산이 적립되지 않았다.

(……)

선생은 임시로 아무든지 대용할 수밖에 없었는데, 일어 교사에는 우편소 소장인 중산 씨를 명예 교사로 맞아들였다. 그것은 더 말할 것 없이 훌륭한 선생을 고른 셈이다. 더욱 월봉을 지불치 않게 되었은즉 학교의 재정을 위해서는 그보다 더 다행한 일이 없다. 산술 교사로는 세무서 주사로 와 있는 김주사를 청해 오게 되었다. 그러나 그는 낮에는 시간이 없기 때문에 야학을 하게 되었다. 그다음 한문 교사에는 전에 이방을 다니던 오죽사씨를 월봉 십 원에 초빙해 왔다.

끝으로 체조 교사가 문제였는데, 그것은 당분간 이 고을에서 개화꾼으로 유명한, 무관학교 출신이요 현재 이 학교의 교주로 있는 신참위가 특히 일주일에 세 번씩 와서 군대식으로 교련을 하기로 하였다.

그러고 본즉 그럭저럭 엉터리가 된 셈이다. 우선 이 네 가지 과목만 가르쳐도 학교의 명색만은 훌륭하였기 때문이다.

(……)

석림은 일어 선생에게서 비로소 가나의 발음을 정확하게 배울 수 있었다. 그는 부친한테 그전에 배웠던 '다디두데도' 같은 것은 물론이요, 탁음과 청음이 모두 틀린 것을 새로 정정해 배웠다. (『봄』, 239~241쪽)

학교란 것이 역시 반 서당식의 얼치기 학교였다. 거기에서도 한문을 가르쳤다. 오직 산술과 체조와 일어를 과목에 넣은 것이 서당에 없는 새로운 것이었다. (「이상과 노력」)

이 학교에서 한글과 국사 등의 과목을 가르치지 않고 일어와 한문을 가르친 것을 보면 애국계몽운동과는 거리가 있다 하겠다. 그것은 어려운 재정 형편에 마땅한 선생들을 구할 수 없었기 때문이기도 하였겠지만 우리는 여기서 민촌의 부친과 심상면 등 소위 개화꾼들의 의식의 한계를 엿볼 수 있다. 즉 그들은 민족의식의 고취보다는 일어 습득을 통한 신문명의 수입이 더 시급하다고 생각했던 것 같다. 또 그것은 기부금을 내주고 자제들을 입학시킨 지역 양반층의 수구적인 정서를 고려한 때문이기도 하였을 것이다.

임명순 씨는 일어교사를 맡은 경찰서장이 중산(中山)이 아니고 하산(下

山鑛之助)일 것이라고 추정하며 당시 우편소장은 우리나라 사람이었다고 밝히고 있다.

오늘날의 '천안초등학교'는 1911년 9월 1일 천안공립보통학교로 개교하였으며 그 전신인 '사립 영진학교'에 관하여는 기록이 없다(1911년 8월 23일 일제의 조선교육령에 따라 사립학교를 모두 공립으로 전환).

이와 같이 민촌은 그가 만 10세가 되는 이 해(1905)에 크고 작은 행·불행의 많은 일들을 겪었다.

그 과정에서 그는 생사에 관한 철학적 문제로부터 시작하여 경제적, 사회적 불평등의 문제 및 망해 가는 나라의 운명(정치·안보 문제)에 대하여 번민하였고, 고대소설이 제시하는 이상사회를 동경하게 되었으며, 따라서 그는 후일 자생적 사회주의자로 자라게 된다.

그는 또 그해에 학교에서 친구 홍진유(洪鎭裕, 1894. 10. 24.~1928. 5. 18)를 사귀게 되는데, 민촌이 나중에 홍으로부터 사상적으로 지대한 영향을 받을 뿐만 아니라 그의 누이동생과 함께 살게 된다는 점에서, 이 해는 가히 민촌의 운명을 결정지은 '숙명적인 한 해'라고 할 수 있을 것이다.

홍진유는 '장궁'이란 이름으로 『봄』의 뒷부분에 등장한다.

> 석림이가 입학한 지도 어언간 이십여 일이 지났다. 어느 날 이 광명학교에는 또 한 명의 신입생이 들어왔다.
>
> 신입생 장궁이는 어딘지 모르게 석림이의 시선을 끌게 했다. 아니 비단 석림이뿐만 아니라 전반 학도 중에 이채를 띄울 만한 존재였다.
>
> 그가 입학하던 날 여러 학도들은 그를 한가운데로 둘러싸고 서서 놀라운 시선을 일제히 집중하고 있었다. 그중에도 제일 감심하기는 석림이었다.

새 옷을 깨끗하게 입고 기름을 발라서 곱게 빗은 머리채를 매끈하게 따 늘인 것이 매우 몸태가 나서 읍내 사람들보다도 땟물이 빠져 보인다.

해맑은 얼굴이 약간 갸름하고 날씬한 키가 호리호리한 몸집에 걸맞는다. 체격도 똑바르다. 그는 날렵하고도 청강(淸剛)한 맛이 돈다. 그런데 석림이와 동갑이 아니면 한 살을 더 먹었을까 한 띠동갑이어서 나이도 걸맞으려니와 몸태까지 비슷한 데가 있었다. 그는 웃을 적마다 덧니가 나오는 게 그것이 도리어 귀인성 있어 보인다. 그럴 때마다 두 뺨에 샘을 판다.

그가 입학원서를 제출하자 서기는 수속을 밟아서 출석부에 그의 이름을 올렸다. 서기는 신입생을 직원들에게 인사를 시켰다. 그런데 장궁이는 처음 들어왔는데도 갑반(甲班)에 붙인다니 이상하다. 나중에 들은즉, 그는 서울에서 학교를 다니다가 그의 부친 장연상을 따라 이 고을로 이사를 왔다는 것이었다. 장연상은 방깨울(엄리-필자)에 신혈이 났단 소문을 듣고, 그전부터 연상질을 하다가 내려온 것이라 한다. (『봄』, 237~238쪽)

연상이라 함은 금점에 돈을 대 주고 채취된 금을 팔아 대금(貸金)을 회수하던 전주(錢主)를 가리키는 것으로 보인다.

'장궁'의 부친 장연상은 홍면후(洪冕厚, 1860~1918)이며 모친은 경주김씨(1870~ 호적: 金姓女, 1868년생)이다.

홍진유가 전학하여 오기 1년 전에 그들은 딸을 낳았는데 그녀가 바로 홍을순(洪乙順, 1904~월북)이다. 그 밑으로 아들 홍영유(洪永裕, 1909~월북)가 막내다(269쪽 가계도 참도).

다음은 민촌과 홍진유가 처음으로 교우(交友)를 시작하는 모습이다.

장궁이가 서울 사람이란 말에 학도들은 더한층 흥미를 끌리었다. 그는 어쩐지 첫눈에 들어서 그와 맘이 맞을 것 같았다. 그것은 장궁이가 서울 사람이라는 데 흥미를 더 느낀 것은 사실이나 다만 그런 것만도 아니었다.

(……)

그들은 외양도 근사하게 참하였다. 체격과 연치가 비슷하기 때문에 속 모르는 사람들은 형제간으로 볼 만도 하였다. 사실 어느 때는 그런 조롱을 받기도 하였다.

더욱 그런 것은 그들이 단둘이 체조를 할 때였다. 그들은 키도 똑같았기 때문에 체조를 시켜 놓고 보면 마치 한 사람이 행동하는 것처럼 자세와 행동이 꼭 들어맞았다. 그래서 선생에게 칭찬을 받기도 하였다. 석림은 장궁이한테 줄넘기도 배웠다. (『봄』, 238~239쪽)

을사늑약이 체결되자(1905. 11. 19) 황성신문은 방성대곡하고(11. 20) 시종무관장 민영환이 할복 자결하며(11. 30) 부친은 여전히 학교 일로 분주한데, 서당을 그만두고 학생이 된 민촌은 여전히 긴긴 겨울밤들을 고대소설로 지새운다. 그렇게 그해는 저물어 갔다.

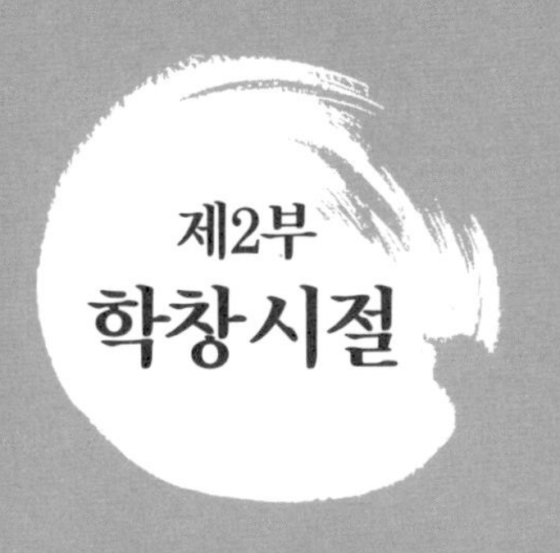

제2부
학창시절

12세부터 16세(1906~1910)까지

7.『봄』의 테마

지금부터 머지않은 과거에까지 우리나라에는 끔찍한 장례 풍속이 있었다. 민촌의 회고와 『봄』에 동시에 나와 있는 이 놀라운 기사를 보자.

> 나는 그때 혼자 통학을 하기가 곤란하였다. 중엄리에서 학교까지는 십 리 거리가 되고 하엄리 숲속으로 뚫린 고목 위에는 아총(어린애 송장을 짚으로 싸서 군데군데 올려놓았다)이 얹혀서 어른들도 해가 어슬핏하면 지나다니기가 무시무시하였다. (「나의 수업시대」)

『봄』에 그려진 이 풍장의 구습(舊習)은 마치 르포 기사(記事)와 같다.

> 읍내 앞 비선거리 숲속에는 냇갈 좌우로 버드나무 고목이 주욱 늘어섰다. 거기에는 지금도 애장(兒葬)이 군데군데 나무마다 얹혀 있다. 어린애가 죽으면 짚(藁草)으로 싸서 나무에다 얹어 놓았는데, 이런 풍속이 언제부터 생겼는진 모르나 이 근처에서는 어디를 가든지 동리마다 그런

것이 있었다. 그것은 대개 세민(細民)들이 하는 짓이다. 그들은 살아서도 사람 대접을 못 받는 대신 죽어서도 천대를 받지 않으면 안 되는 모양이었다. 왜 그런고 하면 그들은 아이뿐 아니라 어른들까지도 북망산으로 묻히는 수밖에 없었기 때문에.

그래서 어떤 나무에는 애장이 수십 개씩 근감하게 얹혀 있다. 나무 위에도 송장이 그렇게 얹혀 있으니 그 밑 덤불 속은 더 말할 나위도 없었다. 그런 데는 사실 해골바가지가 무데기로 쌓이고 그리하야 바가지짝 같은 해골들이 임자도 없이 이리저리 데굴데굴 구르는 것이었다.

그것은 나무 위에 얹혔던 송장이 매끼(동여 맨 사나끈)가 썩으면 그 밑으로 떨어지기 때문이다. 그러면 까마귀와 까치가 날아와서 쪼지 않으면 여우와 같은 산짐승이 냄새를 맡고 와서 내장을 파 먹는다. 어떤 때는 미친개가 나무 위로 올라가서 송장을 뜯어먹고는 피가 빨갛게 묻은 뼉다귀를 물고 돌아다니기도 한다. 그러면 부락민들은 미친개를 잡으려고 저마다 몽둥이를 들고 쫓아다니며 마치 무슨 난리나 난 것처럼 야단들이었다. (『봄』, 244~245쪽)

이런 미개한 문화는 일본인 선생의 조롱거리가 되고 결국 그의 지적에 따라 당국은 이를 시정하게 된다.

"선생님 저게 누구입니까?"

하고 손가락으로 가리켜 보였다. 책상 위에는 하얀 바가지짝 같은 것을 보자기를 깔고 얹어 놓았는데, 장궁이와 석림이도 중산선생의 방에 그런 것이 있단 말은 그전부터 들어 왔고, 그래서 실상은 그것을 구경하기 겸 놀러 가 보자고 같이 온 것이었다.

"저 사람은 나와 친구올시다."

중산선생은 천연히 웃으며 말하는데 그것은 정말로 사람의 해골이라 한다.

중산선생은 아침마다 세수를 할 때면 저 해골도 꼭꼭 세수를 시킨다 한다. 그것을 비누질해서 깨끗하게 닦아서는 수건으로 씻긴다는데, 마치 자기의 얼굴을 닦달하듯 한다는 것이었다.

그러나 눈알이 빠진 움푹한 안와와 앙상한 이틀을 앙당그려 물은 해골은 보기에도 무시무시해서 몸서리를 치게 한다. 중산선생은 그것을 지금도 품안에 끌어안으면서 친구 사람이라고 이마를 쓰다듬고는 껄껄 웃는다.

(……)

그러나 그들은 모두 중산씨의 그런 행위를 한갓 짓궂은 괴기벽으로만 돌렸지 누구 하나 깊은 의미를 붙여 보려고는 생각지 못하였다. 그것은 첫째 한 고을을 다스린다는 소위 성주란 위인부터 그랬은즉 다른 사람은 여무가론이다.

어떤 사람들은 그 말을 듣고 미친놈이라 욕하고 웃지 않으면 어떤 이들은 그런 변괴가 어디 있느냐고 도리어 해괴망측한 듯이 눈썹을 찡그리며 가장 점잖은 척하였다. 그것은 오랑캐나 할 일이지 동방예의지국 사람은 차마 못할 괴행이라고 흉을 보았다면, 그들의 무지를 족히 짐작할 수 있을 것 아닌가.

하나 중산선생은 그들의 야만적인 풍습을 도리어 비웃었다. 그가 백골을 주워다가 자기 방에 위해 앉힌 것은 무언중에도 그에 더 큰 항변이 없었고, 엄숙한 반성을 추궁함이 아닐까. 따라서 그것은 심각한 사회적 풍자로 볼 수 있었는데, 당시 한학에 중독이 된 썩은 선비들은 도무지 그런 줄을 모르고 한갓 해괴하게만 알았을 뿐이었다. 참으로 한심한 일이 아닌가.

(……)

신참위는 그제야 비로소 중산선생의 말에 크게 깨달은 바가 있어 무언 중 고개를 숙이고 사과하였다. 그 뒤에 신참위는 일부러 군수를 찾아보고 백골 일을 상의하였는데 미구에 아문에서는 별안간 전에 못 보던 명령이 내리었다.

그것은 차후로는 절대로 애장을 나무 위에다 얹지 못하는 동시에 현재 얹혀 있는 애장들과 또한 땅 위에 구르는 해골을 유무 없이 주워다가 북망산에 임자를 정하고 묻으라는—그래 집집마다 역군을 풀어내라는 것이었다.

그리하야 백골들은 중산선생의 은덕을 입고 저마다 땅속에 묻히게 되었다 한다. (『봄』, 244·246·248쪽)

어린 민촌은 사물을 비판적으로 바라보기 시작한다. 그는 봉건 양반 계층의 수구적인 태도를 개탄하고 일본인 선생의 합리적인 사고에 감복한다.

소위 양반의 집에서는 아직도 학교를 백안시할 때였다. 그래서 이 고을에도 학교가 생겼건만, 그들은 사숙(私塾)을 그대로 두고 한문을 가르쳤다. 제일, 체조를 하는 것을 보고 그것은 공부가 아니라 밥지랄이라고 타매했다. 그래 그들은 초립동이까지 정자관을 씌우고, 대문 밖을 얼씬도 못하게 단속을 하였다.

이만큼 완고한지라, 학도들이 총과 바랑을 메고 중산선생과 엄불려가며 알아듣도 못할 말을 씨부렁거리는 꼴을 볼 때는, 더욱 낯을 찡그리고 외면을 하며 돌아섰다.

"저게 도무지 무슨 꼴들이람! 세상은 참 한심하게 되어 간다."

> 그중에도 한학을 숭상하는 학자들은 자못 이렇게 통탄하기를 마지않았다.
>
> 그러나 중산선생의 안목으로 본다면, 그들은 한갓 산 백골에 지나지 못하였다. 죽은 백골한테는 오히려 동정이나 가려니와 산 백골들은 가증하기 짝 없어 보일 뿐이다. 그들은 시대의 변천을 오불관언하고 부질없이 수구만 하려 든다. 그러니 그야말로 당랑거철(螳螂拒轍)이요, 소위 공맹의 도학을 조박(糟粕)만 핥는 무리가 아닐까. (『봄』, 250쪽)

이 부분에서 우리는 어린 민촌의 반봉건(反封建) 의식이 개화된 선진 일본의 문명을 선망하는 자세를 노정하고 있음을 본다. 아직 그의 반제(反帝) 사상은 그 틀이 형성되기 전이다.

한 평자는 『봄』이 마름을 진보적인 의식을 가진 선진적 인물로 그렸는가 하면 일본인 교사를 미개한 조선인의 악습을 개량해 주는 선의의 인물로 묘사하고 있다고 지적하면서 소설로서 실패한 작품이라고 단언한다.

> 이 소설은 당대 현실을 규정하는 본질적 모순인 제국주의의 문제나 봉건 유제의 문제 중 어느 하나도 형상화하지 못했고, 그러한 모순과 그 극복의 방향을 제시할 만한 전형을 창조하는 데도 실패했다고 할 수 있다. (오성호, 「닫힌 시대의 소설」, 풀빛, 1989. 『봄』의 발문)

일찍이 카프 시절에 프로 문단을 주도하는 문제작을 줄기차게 내놓았고 특히 장편 『고향』(1933)에서 식민지 조선의 현실을 그림같이 형상화할 수 있었던 민촌은, 위의 평자도 인정하듯이, '강화된 사상 통제와 검열로 말미암아 작가의 세계관과 전망이 자유롭게 표현될 수 없었던 닫힌 시대'를 당하여 마음대로 작품을 쓸 수 없었다. 이때 그는 『봄』(1940)을 구상하였던 것이다.

민촌이 『봄』을 구상하게 된 배경과 동기는 북한의 조선작가동맹출판사에서 『봄』의 재판(1957. 4)을 낼 때 그가 쓴 그 책의 서문에 잘 나타나 있다.

—작가의 말—

나의 장편 『봄』이 단행본으로 출판되기까지는 실로 허다한 난관이 가로막혀 있었다. 그것은 우선 일본 제국주의의 탄압이 매우 혹독하였던 시기, 멸망 직전인 놈들의 최후 발악이 가장 악랄하였을 시기에 이 작품을 쓰게 되었다는 것을 말하지 않으면 아니 되겠다. 날로 가혹해지는 일제의 검열망 밑에서 현대물을 취급하기는 점점 곤란하게 되었다. 그것은 아무리 둘러서 쓴다 하더라도 진보적 사상이 담긴 작품은 도저히 발표할 가망이 없었다. 그러면 무엇을 어떻게 써야 할 것인가? 일제는 얼토당토않은 소위 '내선일체'를 떠벌리면서 조선 사람은 누구나 '일본 천황'의 신민이 되어야 한다고 강박하였다. 소학교에서는 아동들에게 조선말을 못하게 하고 한글은 연구도 못하게 하였으며 심지어 일본식 '창씨'를 강요하기까지, 실로 놈들은 언어도단의 만행으로써 조선 민족문화를 말살하려는 식민지 정책을 강화하였다. 이에 부득이 카프 작가들은 한때 붓끝을 역사물로 돌리었다. 내가 『봄』을 쓰게 된 동기도 바로 이러한 사정에 기인한 것이었다.

나는 이 작품에서 이조 말기의 암흑상을 통하여 장래할 새 시대를 암시하고자 하였다. 그것은 봉건 유제가 허물어지고 자본 문명의 개화사조가 날로 팽배함에 따라서 전국적 계몽운동이 맹렬히 전개되던 당시 조선의 한 모습을, 그중에서도 궁벽한 농촌에서 취재한 것을 작품화한

> 것이었으며 동시에 그것은 고목에서 새싹이 돋아나는 것 같은 인민의 봄을 묘사해 보려 한 것이다.
>
> 『봄』의 배경이 되는 방깨울은 사실 내가 커나던 동리라 해도 과언이 아니다. 주인공 석림이도 나의 유년 시기의 연배로 설정한 것인데 나도 『봄』에서 나의 어린 시절에 듣고 보았던 기억을 더듬어서 작중 인물과 사건을 구상하기에 노력하였다. 그러니 만큼 어느 의미로 보아서 『봄』은 나의 자서전적 소설이라고 말할 수 있겠다.

즉, 민촌은 자신의 성장 과정에서 직접 보고 겪은 일들을 꾸밈없이 그대로 원고지에 옮겨 놓기만 하면 그것은 자연히 봉건유제가 허물어지고 암흑상을 통하여 장래할 새 시기를 암시'할 수 있게 될 것이라고 생각하였다. 역사의 변증법적 발전을 확신하는 자세이다. 그래서 그는 그 제목을 처음부터 『봄』이라 하였던 것이다. 『봄』이 계속되어 3·1운동 이후의 소위 '문화공간'까지 그가 그려 낼 수 있었더라면 전반부의 산만했던 소재들은 자연스럽게 추슬러지고 '봄'의 도래가 암시되는 내용으로 귀결되었을 것이다.

그러므로 『봄』은 그 제목부터 저항적이다.

민촌은 소설의 형식을 빌려 '자서전'을 쓰면서 엄혹한 겨울의 한파에 몸을 움츠리면서도 파릇한 동아(冬芽)를 힘차게 움틔우고 있었던 것이다. 『봄』의 내용을 보면 봉건제도의 토대는 허물어지고 그 세도가들은 몰락하고 있었으며 '석림'은 어린 나이에도 반상(班常)의 차별에 의문을 품고 '평등'의 이념에 눈뜨고 있었다. 나아가 그는 신학문을 접하면서 합리적 사고를 익히고 있었다.

이렇게 민촌은 어릴 적의 사정을 당시에 느낀 대로 담담하게 써 나가면서도 그의 소매 속에는 일제에 대한 비수를 숨기고 있었던 것이다.

이러한 『봄』은 그 집필과 발표 과정에서 수많은 난관을 겪어야만 했다. 앞의 글은 이렇게 이어진다.

> 나는 『봄』을 〈조선일보〉에 연재하기로 동사 편집부와 예약이 있었다. 그런데 그 후에 약속한 예고는 내주지 않고 새삼스레 『봄』의 경개를 제출하라는 통지를 받았을 때 나는 그게 웬일인지 까닭을 알 수가 없었다. 나중에 알고 보니 그것은 〈조선일보〉 연재소설에 경쟁이 붙었기 때문이었고 그 바람에 『봄』은 밀려나고 말았다. 〈조선일보〉는 나의 『봄』을 싣겠다던 자리에 김남천의 『사랑의 수족관』을 연재하였다. 나는 『봄』을 어데다 발표할 곳이 없었다. 그 후에도 나는 『봄』의 집필을 계속하였다. 하여간 써 놓고 보자고 시작한 것은 끝내겠다는 생각이었다. 몇 달이 지나갔다. 다행히 『봄』은 '동아일보'에 연재할 기회를 얻었다. 한데 이 작품은 또다시 수난을 만났다. 그것은 『봄』이 채 절반도 발표되기 전에 '동아일보'가 일제 총독으로부터 돌연히 폐간 처분을 당하게 되었기 때문이다. 『봄』은 또다시 발표의 길이 막히었다. 그 후 일 년이 지나갔다. 인문평론사에서 원고 난으로 그랬던지 생각 밖에 나의 『봄』을 요구해 왔다. 나는 세 번째 이 작품을 '인문평론'에다 중단이 되었던 데서부터 연재하기 시작하였다. 그러나 『봄』은 몇 회를 발표하지 못하고 총독부 검열에 저촉되어 또 게재할 수 없게 되었다. 그때 나는 이 작품이 다시는 발표될 가망이 없어진 것으로 생각하였었는데 의외에도 『봄』은 소생할 수 있게 되었다. 그것은 서울에 대동출판사가 새로 생기면서 나의 『봄』을 단행본으로 내겠다고 요구하여 왔기 때문이다. 나는 먼지 앉은 광주리 속을 뒤지어 『봄』의 묵은 원고 뭉텅이를 끄집어내었다. 그것을 이미 발표된 부분은 추고를 하고 미완성 부분을 마저 써서 검열에 넣게 하였다. 그리하여 『봄』 제1부가 단행본으로 이 세상의 햇빛을 보기는 1942년 8월이

었다. 나의 장편 『봄』은 이와 같이 불우한 작품이었다. 사람으로 치면 기구한 운명을 타고난 혈혈 고아와 같다. 그것은 검열에서 발표에서 온갖 박해와 사회적 학대를 받아 왔다.

그러나 『봄』은 단행본으로 출판이 된 후에도 문제가 없지 않았다. 『봄』이 책으로 발행된 지 3일 후였다. 나는 종로경찰서 고등계에서 지급 출두하라는 호출장을 받았다. 웬일인지 몰라서 들어가 보니 형사부장 왜놈이 뜻밖에도 『봄』을 펴 놓고 한 대목을 가리키며 이것은 무슨 의미로 썼느냐고 읽어 보라는 것이었다. 나는 그 장을 읽어 보았다. 그것은 전 순검이 망건을 쓰고 상투를 쪼은 두상에 빨건 테두리를 친 마자기(제모)를 쓰고 홀태바지에 긴 칼을 차고 구두를 신은 맵시로 방깨울에 나타났을 때 동리 개들이 자지러지게 짖어 대는데 유선달이 읍내 친구들과 골패를 하는 데서 그가 개평을 뜯고 공술을 얻어먹고 있는 그 대목이었다. 전 순검은 실재적 인물이었다. 그때 순검들은 정말 그런 행동을 하고 다니는 것을 내 눈으로 직접 목도하였다. 나는 그것을 있는 현실 그대로 썼다. 그것은 조금도 과장이 아니었다. 그런데 왜놈들은 마치 내가 전 순검과 같은 인물을 억지로 만들어 내 가지고 일제의 경찰관리를 모욕하기 위한 의도에서 고의적으로 쓴 것이라고 나에게 자백을 강요하는 것이었다. 나는 너무도 놈들의 소위가 어처구니없어서 그 당시의 현실을 설명하고 이조 말기에 생긴 순검청의 순검들은 정말 그와 같이 행동한 것이 사실이었다는 것을 거듭 말하였다. 생트집을 잡으려는 놈들은 나를 취조실로 데리고 가서 고문으로 위협하였다. 그렇다고 나는 놈들이 강박하는 허위적 자백은 할 수 없었다. 『봄』은 이와 같이 끝끝내 말썽거리로 되었다.

그러나 나는 이 『봄』에 대하여 다소 애착을 가진다. 속담에도 병신 자식이 더 귀여웁다는 말이 있지 않은가. 과연 나는 병신 자식을 낳은 부모가 그 자식으로 하여 무등 애를 태우듯이 『봄』으로 하여 안타까운 일이 많았다.

북한의 이상태는 그의 『이기영의 창작 연구』(조선작가동맹출판사, 1959)에서 『봄』이 낡은 것과 새로운 것을 단순하게 대립적인 것으로 제시하는 것이 아니라 낡은 것 속에서 새로운 것이 싹트는 복잡한 과정을 복잡한 과정 자체로서 보여 주는 데서 리얼리즘의 심화를 이루었다는 입장을 취한다고 한다. 풍장에 얽힌 사연과 일본인 선생에 대한 민촌의 복합감정 등을 이르는 것이 아닐까?

『봄』이 중단된 경위도 같은 글에서 이렇게 나온다.

> 원래 나는 『봄』을 2부작으로 쓸 계획이었다. 그것이 여의치 못할 줄 알고 중지하였다. 제1부가 그와 같은 곡경을 치르고 났다면 제2부는 더 말할 나위도 없지 않은가. 우선 2부에서는 경술년 합방과 3·1독립운동 등을 취급해야겠는데 만일 그런 원고를 검열에 넣었다가는 발표는 고사하고 원고까지 뺏길 것이 뻔한 일이었다. 그들은 제 놈들이 검열에 통과시켜서 책으로 출판이 되게 한 것까지도 생트집을 잡고 시비를 거는데 어떻게 이런 사건들을 검열망에서 무난히 통과시킬 수 있겠는가. 그래서 나는 『봄』의 제2부를 쓰는 것은 아예 단념하고 말았다. 하긴 놈들은 내가 『봄』의 제2부를 못 쓰게 하기 위하여 미리 엄포를 놓았는지도 모른다.

평자 김흥식은 그의 「이기영 소설 연구」에서 『봄』에 관하여 '이 작품은 단순한 가족사 소설의 규모를 넘어 역사의 격변기에 있어서 시대의 교체 과정을 포착하고 있다'고 하면서 '이기영은 낡은 시대를 깨고 새로운 시대를 열어 가는 석림의 정신적 성장을 그림으로써 그 자신으로 하여금 작가의 길을 걷게 한 삶의 근원적 열정을 복원코자 작가가 그 자신의 존재 이유를 확인하려는 동기에서' 쓴 '변증적 회고체 자전 소설'로 규정한다.

그런데 민촌이 일본인을 합리적으로 그린 『봄』의 '중산선생' 부분은 북한에서 그대로 출판되기에 적합하지 않았다. 그 부분을 수정한 민촌의 변(辯)을 보기로 하자. '작가의 말'의 마지막 부분이다.

> 금번 조선작가동맹출판사에서 나의 『봄』을 재판하겠다 하여 나는 여러 해 만에 이 작품을 다시 읽어 보았고 불만족을 느낀 곳이 많았으나 나는 약간의 문구 수정과 첨삭을 가하는 데 그쳤다. 작품이란 한번 창작한 이상에는 근본적으로 개작하기 어렵고 만일 개작한다면 원칙과는 거리가 멀어질 것이다. 다만 '중산선생과 백골'이라는 소제목의 한 대목은 그냥 둘 수가 없어서 고쳤다. 그것은 『봄』의 초판에서 내가 중산이란 왜놈을 긍정적 인물로 취급하였는데 이는 순전히 일제의 검열 관계를 고려에 넣었던 까닭인데 만일 중산이를 부정적 인물로 취급하였다면 『봄』은 놈들의 검열에 걸리었을 것이며 따라서 단행본 출판 허가도 아니 났을 것이다. 그래 나는 그때 초판에서 자기의 의도와는 정반대로 중산이를 긍정적 인물로 표현했던 것인데 지금은 그것을 고치는 것이 좋겠다고 생각하였기 때문이다. 1957년 4월 상순 민촌생.

'순전히 일제의 검열관계를 고려'하여 '의도와는 정반대로 중산이를 긍정적 인물로 표현했'다고 한 것은 액면 그대로 받아들이기 어렵다. 그가 일제의 검열을 고려에 넣은 것도 사실이겠지만 어린 민촌이 '중산'의 합리적 사고에 적극 동조하였음도 부인할 수 없을 것이다. 후술되거니와 '중산'은 사회주의자였다는 소문도 있으며 후일 민촌이 일본에서 그를 찾아보았다는 전문(傳聞)도 있다.

한편 민촌의 서모는 양반집 큰며느리로서의 지위를 당당히 확립해 나아간다.

애초에 민촌의 조모는 '남술의 처'를 탐탁히 여기지 않았을 뿐만 아니라, 아들이 그녀를 재취로 맞아들일 때에도 이를 일시적인 바람기 정도로 치부하고 그녀를 집안 식구로 치지도 않았었다. 그러나 '새집'은 만만한 여자가 아니었다. 『봄』의 내용을 보자.

> (민촌의 서모가-필자) 시어머니의 성품은 그전부터 괄괄한 줄은 잘 알았다. 유선달이 아무리 자기한테 반했다 한들 그래도 제 씨를 더 위할 건 빤한 일이다. 그는 읍내를 갈 때에도 올 적 갈 적마다 큰집에를 들러 온다. 그가 외도에는 빠져도 어머니한테는 효도가 극진하다는 양반인데.
>
> 그런데 그의 모친은 아들의 심정을 잘 알면서도 공연히 건몸을 다는 것 같다.
>
> 한번 똥 눈 개를 보면 언제든지 저개저개 한다던가. 그들은 마구 놀던 사람이라고 아주 금을 놓는가 보다. 그것이 분하다면 분한 일이었다. 자기는 왜 일부종사를 못하였던가.
>
> 그들은 있는 말 없는 말을 보태 가며 유선달과 이간을 붙이려 들고, 그래 그들은 자기한테 빠질까 봐 은밀히 경계망을 펴는 것 같다. 하나 도대체로 사내가 계집한테 안 빠진다면 무엇 하러 같이 산다는 거며, 계집이 또한 그렇지 않다면 뭘 하러 놈팽이와 붙어산다는 거냐. 자기는 본시 그런 자옥이 못 되었기 때문에 본부를 싫어했고, 그런 까닭은 또한 난봉이 나게까지 한 것이다. 그러므로 자기도 만일 처음부터 의가 좋은 사내를

만났다면 결코 부정한 짓을 안 했을 것이다. 그런데 어찌하여 사내들은 제 계집을 두고 외입을 하는 것도 도리어 잘난 축으로 돌리고 여자는 그 남편이 진정으로 싫어도 죽도록 같이 살아야만 한다는가. (『봄』, 128쪽)

이러한 논리를 펼 수 있는 서모가 보통내기가 아님을 알 수 있다. 서모의 이러한 처지는 곧 자신의 의사에 반하는 조혼을 강제당한 민촌 자신의 입장과 일맥상통한다 할 것이다. 어린 민촌은 서모의 이러한 입장을 충분히 이해하고 또 동조하였을 것이다.

서모는, 『봄』에 의하면, 새집 살림 불과 두어 달 만에 입덧을 시작하였다.

"유선달이 아이를 뱄단다."

하는 소문은 한 입 건너 두 입 건너 퍼져서 또 한바탕 방깨울 통안을 짜그르하게 하였다. 그만큼 유명짜하던 그 여자의 행적을 잘 아는 촌사람들에게는 새로운 흥미를 끌어내는 이야깃거리를 제공해서 그들은 너나 할 것 없이 모두들 입장구를 쳤다.

(……)

누구나 가만히 생각해 보면 딴은 그렇기도 하다. 어디 그가 애 못 낳는 줄을 아는 사람이 한둘뿐이냐 말이다. 안팎 방깨울 통안이 그 속은 다 알고 있지 않은가. 미상불 그것은 당자가 생각해 본다더라도 삼신할머니가 망령이 나기 전에는 그런 주책없는 짓을 새삼스레 할 것 같지는 않았다. 그는 남술이와 철나서 산 지도 십여 년이 되지 않는가. 그리고 남술이가 고자가 아닌 줄은 누구보다도 그가 잘 알던 터이다.

하나 어디 또 그 하나뿐이었더냐. 남편 외에도 여러 남자와 교접이 있었는데 누구한테나 임신이 된 적은 없었다. 그런데 유독 유선달에게 와서만 늦게 잉태를 했다는 것은 아무라도 곧이를 듣기가 어려웠다. 그것은 유선달이 귀신같은 조화를 부리기 전에는 도저히 있을 수 없는 일이란 것이 차차 와전이 되어 갔다.

그래서 누가 먼저 그런 말을 했는지 괴를 뱄나 보다는 새 소문이 퍼지게 되었고 그 말이 자연 당자의 귀에도 들어갔던 것이다. 새집은 그 말을 들었을 때 질겁을 하도록 놀래었다. 날이 갈수록 배는 점점 불러진다. 그대로 그는 남모르는 가슴을 조이고 있었다. (『봄』, 129~130쪽)

그런데 모두들 두고 보라고 괴를 뱄다던 그는 십삭을 채우자 신기하게도 일개 옥동자를 탄생하였다. 그 바람에 주동이를 모고 있던 조방구니들은 일제히 코가 납작하게 되었다. (『봄』, 132쪽)

인제는 지나간 일이지만 대관절 멀쩡한 사람보고 괴를 뱄다고 떠들게 한 것은 어떤 년의 주동팍이냐?

그의 이와 같은 복수적 감정은 올챙이 적 생각은 못한다는 말을 들어도 좋다고, 인제부터는 그들에게 대항해 줄 필요를 느끼었다.

그의 태도가 이렇게 돌변해졌건만, 과연 마을 여자들은 누구 하나 찍소리를 못 내었다. 참으로 하잘것없는 인간들이다. 하긴 그들은 그의 등뒤에 있는 유선달의 위력이 무서워서 그러는 것이지만.

그 뒤로 마을 여자들의 입에서는 새로운 뒷공론이 떠돌았다. 그것은 상놈이 양반이 되니까 본래 양반보다도 더 무섭다는 것이었다. (『봄』, 135쪽)

필자는 어렸을 적에 '상놈이 양반이 되니까 본래 양반보다 더 무섭더라'는 이야기를 조모께서 마실꾼들에게 하시던 말씀을 들은 기억이 나는데, 바로 이분을 두고 한 말인 것을 깨닫게 된다. 민촌의 회고에는 서모에 관한 이러한 내용이 없다. 따라서 필자의 이 기억만이 『봄』에 쓰인 서모의 출산에 관한 유일한 근거인 셈이다.

서모가 낳은 이 아이는 1906년생일 터인데 호적과 족보에 보이지 않는다. 이 아이를 기억하는 이는 아무도 없다. 아마도 오래 살지 못한 것 같다. 풍영의 호적을 자세히 보면 서모는 또 한 아이를 낳아 잃은 것을 알 수 있다. 서모의 그 뒤 소생으로는 아들 제영(悌永, 1911~1960)과 두 딸 영임(永妊, 1913~1982), 영희(永姬, 1917~1940)가 있다. 부친이 파산(1909)한 뒤에 둔 소생들이다.

『봄』에 의하면 서모가 아들을 낳자 마을의 쑥덕공론은 점점 힘을 잃고 집안은 평온을 되찾았다. 조모도 서모를 내 집 사람으로 감싸 안기에 이르렀다. 어린 민촌은 읍내의 '채도사 집'에 머물며 학교에 다니다가 휴일이면 집에 돌아와 조모와 삼촌네들이 머슴네들을 거느리고 사는 '큰집'과 서모가 들어앉은 '새집'을 오가며 '국실이'와 눈을 맞추고 때로는 정담을 나누기도 하였다. 명절 때면 삼촌과 같이 큰고모댁을 찾아가 인사를 드리고 그 집 사랑에서 무시무시한 옛날이야기를 듣기도 하고 그 집 안방마님들에게 고대소설을 읽어 주며 '학도'의 신분을 한껏 뽐내기도 하였다. 부친은 여전히 학교 일로 읍내를 분주히 드나들며 술과 풍류를 즐겼으며 때로는 읍내의 친구들을 불러들여 민촌에게 술심부름을 시켰다. 삼촌 민욱은 형(민촌의 부친)을 대신하여 소작인들의 김매기를 감독하러 나가기도 하고 틈틈이 마을 여자들과 희영수를 놀기도 하였다. 금점은 여전히 성행하고 있었지만 살인 사건 이후로 금점꾼들의 몸가짐은 그런대로 조심스러워졌다. 간혹 칼 찬 헌병 보조원이 나타나 동네 개들이 자지러지게 짖어 대거나 홀태바지 입은 왜놈 십장이 통역과 함께 공사판의 인부를 모집한다고 와서 소란을 피우지 않았다면, 그것은 참으로 평화롭고 단조로운 전형적인 봉건 조선 농촌의 일상(日常)이었을 것이다.

그렇게 두어 해가 지나는 동안 마침내 어린 민촌에게도 운명의 올가미가 들씌워지려 하고 있었다.

8. 조혼(早婚)

민촌은 『봄』(1934)에서 자신의 결혼(1908)에 관하여 그 경위와 과정, 자신의 감상, 신부의 모습, 처갓집 사람들 등을 담담하게 서술하고 있다. 그가 다른 많은 글에서 '조혼'에 대하여 격한 감정을 표출하는 것에 비하면 놀라운 감정의 절제를 보여 준다 할 것이다.

> 석림은 열네 살 먹던 해(1908-필자) 봄에 장가를 들게 되었다.
>
> 그해 가을이 조모의 회갑이다(이에 따라 민촌의 조모를 1848생으로 추정-필자). 유선달은 그 모친의 수연(壽宴)을 더욱 경사롭게 하기 위하여 아들의 장가까지 들이고 싶었던 것이다. 물론 모친은 그것을 기뻐했다. 그러나 석림의 나이로 보아서는 아직 이르지 않은가도 생각해 보았었지마는 누구나 다 장가를 들이는 것이 좋다 해서 그리하였다.
>
> 석림의 혼인 날짜를 삼월 상순으로 정하자, 원근 친척들은 그날을 전기해서 모여들기 시작했다. 규수는 그전부터 말이 있던 이웃 고을 선바위 정씨네 집안이었다. (『봄』, 254쪽)

민촌의 혼인이 이루어진 데에는 조모의 회갑도 회갑이려니와 실심(失心)한 그를 종전의 활달한 모습으로 되돌릴 수 있지 않을까 하는 주위의 바람도 큰 몫을 하였던 것으로 보인다.

얼떨결에 일을 당한 민촌은 그네들의 기대를 충족시키지 못하였다. 그가 후일 그의 여러 작품에서 서로 낯도 모르는 남녀를 결합시키는 봉건적 '중매혼'을 줄기차게 비판해 온 것은 바로 자신의 이러한 조혼 체험에서 비롯된 것이다.

어린 민촌의 마음은 당연히 '국실이'에게 있었다.

> 국실이는 눈물이 글썽이는 눈으로 석림을 보며 웃다가 뒷걸음질을 쳐 나간다. 그러자 별안간 두 손으로 얼굴을 가리고 고개를 푹 숙이자 홱 돌아서서 쏜살같이 제집으로 들어갔다.
>
> 석림은 어쩐지 그때 가슴이 뭉클해졌다. 그는 무엇인지 국실이가 자기로 하여 마음을 상한 것 같았고, 그것은 또한 자기로서도 안타까운 무엇이 있게 하였다. 그리고 그때 속으로는
>
> '나는 아직 장가는 들구 싶지 않다. 그렇지만 장가를 든다면 국실이한테로 들었으면……' 하였다.
>
> 사실 석림과 혼인을 정한 색시는 당자끼리는 전연 아무것도 모른다. 아무것도 모르는 색시에게로 장가를 든다는 것은 얼마나 우스운 일이냐. (『봄』, 255~256쪽)

처가는 한양조씨(漢陽趙氏) 댁으로 장인은 조영완(永完, 1878~1943)이다.

민촌의 아내 조씨가 태어나서 자라난 아산군 배방면 세교리의 속샘말은 바로 민촌이 태어난 낭골에서 동북방으로 4킬로미터 정도 떨어진 야트막한 산의 중턱에 아늑하게 들어앉은 호젓한 마을이다. 안서동 중엄

리처럼 서남쪽으로만 시야가 트인 특이한 지형인데 그쪽으로 설화산이 제법 크게 보인다. 아산에서 유명한 설화산은 유량리에서도 보이며 단편 「민촌」과 회고에도 나온다.

> 그때는 아래 W촌(하엄리-필자)에 참나무 숲이 잔뜩 들어섰었다. 해가 이 숲속으로 지고 달이 성불사(成佛寺 상엄리 숲속의 작은 절-필자) 뒷봉에서 솟아올랐다. 병풍 속 같은 이 마을에 갇혀 있는 나의 어린 맘으로도 저으기 안타까운 무엇이 있었다. 나는 어쩌다 산정에 올라가서 멀리 설화산(雪華山) 쪽을 하늘가로 바라볼 때에는, 정말 말할 수 없는 상쾌(爽快)를 느끼었다. (「과거의 회상에서」)

민촌은 『봄』에서 속샘말의 동구에 있는 '십자바위'(마을 이름)를 '선바위'라 하여 묘사하고 있다. 혼행길에 가마를 타고 '선바위를 들어서니 신부집에서는 흑철릭을 입은 하인들이 등롱을 들고 동구 밖까지 마중을 나왔다'(『봄』, 262쪽)고 하였다.

민촌은 십자바위에 얽힌 전설을 『봄』에 옮겨 놓았다.

> 산이라도 말만 산이지 야트막한 언덕이다. 비봉산이 뚝 떨어져 내려서 평지로 쫙 펼쳐 나간 중간턱이었다. 바로 그 위에 선바위가 섰다.
>
> 선바위는 길쭉한 큰 바위가 외톨로 처박혔다. 그것은 옛날 장수가 비봉산 위에서 바위로 공기를 놀리다가 아래로 내던진 것이라는데, 그래서 동리 이름까지도 선바위라 한다고, 큰처남은 짜장 사실과 같이 이야기를 한다.
>
> 옛날 장수는 정말로 기운이 그렇게 세었을까. 하여간 그 바위는 이상스레 생겼다. 가까이 가 보니 바위의 정면에는 미륵보살이란 네 글자가

속샘말 동구의 십자바위

먹으로 씌어 있다. 그 밑에는 짚불을 놓기 위한 자리가 여기저기 자취를 남기었다. (『봄』, 327쪽)

필자가 현장을 답사해 보니 십자바위는 길쭉하게 서 있는 바위 위에 농구공 보다 조금 더 큰 바위가 올려져 있었는데 그 표면에 돋을새김의 가느다란 십자 무늬가 겨우 보였다. 이 하찮은 자연의 조화를 좇아 그 마을의 이름까지 '십자바위'가 되었다. 그처럼 둥글게 공깃돌처럼 생긴 바위가 마을의 동편 산 너머에 또 하나 있다고 한다. 『봄』에 쓰인 십자바위의 전설을 필자는 속샘말의 한 촌로(村老)로부터 겨우 확인할 수 있었다. 그들은 말하기를 왜놈들도 이 바위만은 철도 공사용으로 깨어 쓰지 못했다고 하였다.

이 결혼은 처음부터 민촌에게 내키지 않는 것이었기 때문에 그는 신부에 대한 호기심도 없었고 처남들도 심드렁하게 대하고 있다. 화장한 신부의 첫인상은 무서움이었고 외롭고 낯설기만 한 그는 모든 것에 서툴기만 하였다.

> 그날 저녁때, 유선달은 사돈과 먹은 술이 취하였으나 석림을 남겨 두고 먼저 회정하였다. 석림은 부친이 돌아간다는 데는 별로 서운한 생각이 없었다. 그러나 낯설은 처가에서 첫날밤을 치를 일이 어쩐지 호젓한 생각이 들게 한다. 그래 그는 자기도 집으로 가고 싶었다. 그는 누구보다도 할머니가 보고 싶었다.
>
> 석림은 어머니 대신 할머니를 사랑한다. 집에서도 할머니의 곁을 떠나고 싶지 않았는데, 더구나 타관에서 외로이 잘 생각을 하면 쓸쓸해서 도무지 견딜 수 없었다.
>
> 한데 처가에서는 석림의 이러한 심중은 모르고 참으로 무슨 경사나 난 것처럼 식구대로 좋아한다. 그들은 온갖 음식을 쉴 새 없이 들여오고, 처남들이 번갈아 와서는 말동무를 삼아 준다. 그러나 석림은 그들이 묻는 말도 대답하기가 싫고 공연히 실심한 생각만 들게 했다. 그는 음식도 먹기 싫고 아무와도 수작을 붙이기가 싫었다.
>
> (……)
>
> 그런데 녹의홍상으로 큰머리를 틀고 금봉채를 꽂은 신부가 연지곤지를 얼굴에 찍고 횟박을 뒤어쓴 것처럼 분을 하얗게 바른 것은 마치 왕신과 같이 무서워 보인다. 더욱 자기보다 훨씬 큰 신부는 문득 안참령집(큰고모댁-필자)에서 듣던 강생원의 이야기(『봄』, 192~230쪽에 나오는 옛날 얘기로 첫날밤의 기괴한 소동이 나옴-필자)를 생각케 하는 동시에, 과연 이 밤중에

그와 같은 무시무시한 일이 생기지나 않을까 하는 남모를 불안이 생겨서 석림은 어린 신랑의 조그만 가슴을 더욱 송두리째 태우고 있었다.

(……)

하나 반일을 가마 안에서 얼고 초례청에서 부대낀 피로가 일시에 내리눌러서 그는 졸음이 사르르 온다. 그는 색시를 쳐다보기도 싫었으나 불가불 옷을 안 벗길 수 없어서 벗기기 시작했다. 그것은 조모가 시키던 대로 기억을 더듬어 가며 한 가지씩 벗기곤 하였다. 그는 옷을 벗기고 나서 신부를 요 위로 안아다 뉘자니 똥깨가 무거웠다. 그래 "잡시다" 하였다. 촛불은 요강 안에 넣고 뚜껑으로 덮어서 껐다.

다분 참에 한숨을 늘어지게 자고 나 보니 어느덧 그 이튿날 식전이 되었다. 그런데 신부는 어느 틈에 나갔는지 일어나는 줄도 모르고 잤다. 그는 아마 어린 신랑에게 실망한 나머지에 첫날밤을 쓸쓸하게 지낸 것을 내심으로 원망했을는지? 그러나 신랑은 물론 그런 생각을 가질 만큼 큰 사람이 못 되었다. 그는 빈 방안에 자기 혼자만 누워 있는 것을 발견하고 깜짝 놀래어 일어났다. (『봄』, 262~263쪽)

민촌의 혼사에 사오십 명의 학도들이 모두 초대되었다.

학도들이 유선달 집 사랑마당으로 대들자 신참위는 구령을 다시 불렀다. 그것은 그들을 원진(圓陣)으로 발을 맞추어서 뼁뼁 돌게 하자는 것이었다. 그러자 그들은 다시 창가를 시작하였다.

학도야 학도야 청년학도야
벽상의 괘종을 들어 보시오
한소리 두소리 가고 못 오니

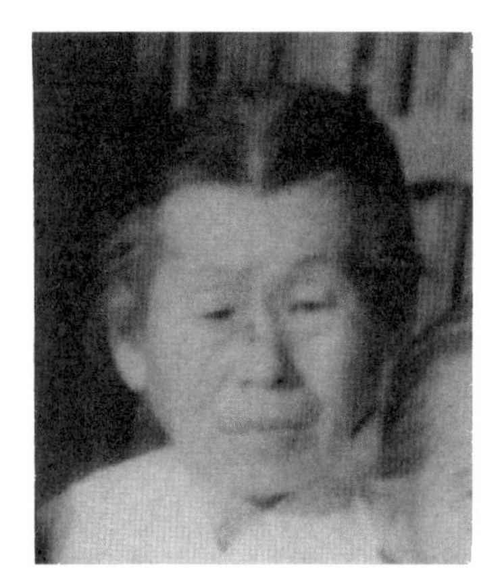

민촌의 배필 조병기: 노년의 모습이다.

인생의 백년 가기 주마 같도다……

마을의 남녀노소들은 안팎으로 그들을 삥 둘러싸고 경희(驚喜)의 표정을 지었다. 그들은 너도나도 구경하기에 아주 정신을 팔고 있었다.

바깥마당에서는 이와 같이 학도들이 한참을 돌고 나서 음식을 먹느라고 부산한데 (……) (『봄』, 267쪽)

『봄』에 의하면 당시 중엄리에 출현한 학도대는 마을 사람들에게 큰 파문을 일으켰다. 학도는 그들에게 선망의 대상이었으며 '학도가'는 그들이 처음 들어 보는 '창가(唱歌)'였었다고 유량리의 촌로들은 말한다. 그들은 민촌을 '학도 아저씨'로 기억하고 있었다. 또 해방 후에 유량리 향교말 출신의 '십룡이'라는 한 행려병자가 있었는데 그는 항상 학도가를 부르고 다녔다고 한다. 학도가가 그의 유일한 레퍼토리였으며 아이들이 그 노래를 시키면 그는 서슴없이 하였다고 한다.

민촌의 혼인 장면을 계속해서 보기로 하자.

> 신부가 폐백을 드리는데, 구경꾼들은 안마당이 터지도록 들이밀린다. 신랑보다 세 살을 더 먹은 신부는 키가 제 키를 다 크고, 금시 피어난 꽃봉오리처럼 얼굴이 탐스러웠다. 조모는 신부의 탐스런 용모가 우선 첫눈에 든다고 좋아하였다.
>
> (……)
>
> 국실이는 모친의 옆에 앉아서 열심으로 신부를 뜯어보았다. 자기와 나이가 비등한 신부는 키가 약간 커 보일까, 그것도 쪽을 찌고 긴 치마를 입어서 그런지 모른다. 동글납작한 얼굴 모습이 해사해 보이긴 보인다. 하나 이마가 숙붙고 주걱턱이 진 것은 결코 아리따웁게만 볼 수 없는 얼굴이었다. 꽃으로 치면 지금 한창 봉오리가 필 무렵이 아닌가. 더욱 분단장을 곱게 하고 채단옷을 입었으니 만일 저만큼 꾸민대도 미워 보인다면 그것은 천하의 박색일 것이다.
>
> 그렇다면 국실이 제 인물은 이 신부에게 조금도 밑지지 않을 것 같다. 자기도 신부처럼 꾸며 놓고 비단옷을 내리감는다면 지금보다는 훨씬 새 인물이 뛰어나 보일 상 싶었다. 아침마다 거울을 들여다볼 때면 미상불 어글어글한 눈매가 우선 마음에 들었다. 큼직한 눈이 안청이 해맑고 또릿또릿하다. 그래서 남들도 모두 눈이 잘생겼다고 칭찬한다. (『봄』, 264·268~269쪽)

필자의 기억에 조모(조병기 炳箕, 1893~1957)는 결코 키가 크지 않았다. 당시 어린 신랑이 숙성한 신부를 크게 본 듯하다. '이마가 숙붙고 주걱턱'이 졌다는 부분도 '국실이'가 뜯어 보는 소설적인 흠일 것이다.

이마가 좀 좁은 편이겠지만 주걱턱이 졌다 함은 말도 안 되며 턱이 길지도 않다. 그녀의 남녀 형제나 그 후손 누구도 주걱턱이 아닐뿐더러 그들 중에는 뛰어난 미남 미녀가 많았다. 필자의 형제들 중에도 주걱턱을 가진 사람은 아무도 없다.

단편 「오남매 둔 아버지」에서 민촌은 결혼 초기 아내 조씨의 모습을 '살이 통통하게 찌고 두 뺨이 볼고소롬하게 혈색이 도는 것이 퍽 이뻐 보였었'고 '퍽 숙성하여서 키도 다 크고 했'다고 회고하고 있으며 가난에 찌들어 지레 늙은 것을 안타까워하고 있다.

또 다른 작품에 나와 있는 조씨의 용모를 보기로 하자.

> 만일 그의 입모습만 좀 더 잘생기고 얼굴이 좀 갸름하였다면 꽤 어여뻐 보일 것 같다. 그렇다니 말이지 그가 처음으로 시집왔을 때는 지금 어렴풋한 기억에도 아리따와 보이었다. 그때 그는 열여섯 살! 그 동그스럼한 얼굴에 처녀의 살이 올라서 두 볼이 발그레한 게 마치 소담한 실과같이 탐스러웠다. 웃을 때는 그 두 뺨에다 샘을 파고 새까만 눈에 정을 실은 것이 지금도 보이는 듯하다. 그러나 그때 자기는 그가 밉지도 않았지마는 또한 이쁜 줄도 몰랐다. 그때 자기는 철모르는 어린아이로 아내가 무엇인지 모르고 지났다. (「가난한 사람들」)

처녀 적 이름이 '채봉'이었던 그녀는 3남 4녀의 만이로 남동생 셋은 그녀보다 각각 3살, 5살, 9살 아래였다. (376쪽 가계도 참조)

민촌의 아내 조씨는 필자가 초등학교 6년 때 사망(1957)하였는데, 키가 작고 가늘었으며 얼굴이 동그란 미인이었다. 사람들은 그녀가 곱고 얌전하며 바느질 솜씨가 좋았다고 하였다. 그녀의 막내동생 조필남(여)은 그녀가 아무것도 할 줄 모르고 시집을 갔다고 하는데, 아마도 시집에서 바느질을 배운 것 같다. 필자의 기억에 조모(祖母)는 살림을 알뜰히 했고 항상 주변을 깨끗이 하였다.

『봄』의 서술을 보면 조씨는 서모나 '국실이'와는 그 성격이 판이하여 항상 조신하는 태도로 시큰둥한 어린 신랑의 눈치만 볼 뿐 적극적이거나 사교적이지 못하고 앙칼지지도 못하였다. 부잣집에서 온실의 화초처럼 자라나서 무엇을 어찌할 줄 모르고 남편의 당돌한 말대꾸에 두려워 떨기만 할 뿐이었다. 『고향』에도 역시 그렇게 그려져 있다. 필자의 판단에도 그녀의 성격이 그러했으리라 생각된다.

『봄』에 나오는 그녀의 모습을 보자.

> 사실 그의 아내는 오히려 시집이 무엇인지 별다른 의미를 알 수 없었다. 시집 살림은 모든 것이 생소해 보이고 고적을 느낄 뿐이었다. 백지 모르는 남남끼리 내외라고 정해 놓고 시집을 살러 왔다는 것이 무슨 뜻인지 모를 일이다. 하나 시집이란 원래 그런가 보다 할 뿐, 그 역시 누구에게 물을 수도 없었다. 그래도 인제는 시집 식구들의 낯이 익어서 덜 외로웠다. 처음 올 때는 마치 어디로 잡혀가는 죄인처럼 모든 사람이 무서워만 보인다. 정든 고향과 부모, 동기간을 버리고 생판 모르는 남의 집으로 와서 남의 부모를 섬기고 산다는 것은 무슨 때문이냐? 그런 생각은 날이 갈수록 오직 친정이 그리웠다.
>
> 그것은 더욱 어린 남편을 가진 것이 마음을 시쁘게 하였다. 식전마다 망건을 쓸 줄도 몰라서 삼촌한테 지청구를 먹는 꼴은 참으로 민망해서 못 보겠다. 그것은 차라리 자기가 씌워 줬으면 싶었다.
>
> 그래도 그 남편과 한방에서 잘 때에는 어쩐지 남모르게 안타까웠다.
>
> 그들은 아직 서로 말도 하지 않는다. 남편은 왜 묻는 말이 없을까. 그는 자기가 먼저 말을 하고 싶어도 어찌 알는지 몰라서 두려운 마음에 못 한다. 어떤 때 남편이 옷도 벗지 않고 곯아떨어진 것을 보고 흔들면서 가

만히

"잘 주무서요."

해 볼라치면

"응…."

하고 그는 모로 돌아누우며 그냥 잠이 드는 것이었다. 그런 때는 그 옆으로 가서 쓸쓸하게 입은 채로 꼽치고 눕는다. 밤중까지 갖은 공상에 잠기다가 자기도 어느 틈에 잠이 들고 마는 것이었다. 하지만 어쩌다 새벽에 잠이 깨어 볼라치면, 마주 껴안은 것을 발견하는 것은 이상한 일이었다. 누가 먼저 그랬을까? …… 잠결에……누가 먼저 그랬을까? (『봄』, 322~323쪽)

한편, 『봄』에 의하면 민촌이 결혼하자 '국실이'는 자신의 집에 하숙하는 떠돌이 금점꾼 총각 '오도령'의 유혹에 기울었고 그들의 거듭된 밀회는 아찔한 순간으로까지 발전하는데(살인 사건 이후 '국실이'의 집에서 하숙하던 금점꾼들은 떠날 수밖에 없었으나 '오도령'은 몰래 '국실이'를 찾아오곤 하였음. 172~173쪽) 『봄』은 그 결말을 기술하지 않았다.

9. 새 시대

장가들어 어른이 된 민촌은 읍내에서 기숙해 오던 대신 집에서 통학하게 되었으며 상투 머리에 망건과 초립을 쓰고 다녀야 했다. 어린 양반 신랑의 이러한 차림은 상민 동급생들에게 좋은 놀림감이 되었다. 정자관을 쓰고 다니는 다른 양반 자제들도 아전이나 상민의 자제들로부터 시달림을 받기는 마찬가지였다.

> 노랑머리에 북상투를 짜고 초립을 쓰고 다니는 꼴을 지금쯤 보았으면 어떠할는지? (「헤매이던 발자취」)

초립을 가지고 공기를 놀리거나 나무 꼭대기로 팔매를 치는 것이었다. 어느 때 한번인가는 정병태가 초립을 훔쳐다가 오줌독에 담가서는 학교 마당가에 선 버드나무 상가지로 치뜨려서 까치집 속에다 얹히었다. 그날 석림은 아무리 초립을 찾아 헤매야 나오지를 않았다. 누구한테 물어도 일러 주는 놈이 없었다. 급기야 나중에 그런 줄을 알자 그는 정병태가 초립을 내려다가 물에 씻어 주는 것도 안 쓰고 맨상투 바람으로 집에까지 그냥 갔다. 정병태는 그 때문에 한문선생한테 종아리를 맞았다. (『봄』, 271쪽)

의관이란 예절의 근본이요 생명과 같이 중한 것인데 무엄하게 상놈의 자식들이 양반이 쓴 관을 가지고 장난을 친대서야 아무리 세상이 망해 가기로 그럴 법이 있느냐고, 그런 학교에는 절대로 자여질을 못 보내겠다는 것이었다.

신참위는 그런 사건이 생길 때마다 자기가 전 책임을 지고 그들에게 사과한다. 그러나 속으로는 그들의 완고한 생각이 여지없이 가긍해 보였다. 대관절 학교에 다니는 학도에게 정자관이란 게 어디 당하며 학교 내에 와서까지 양반을 따질 것이 무엇이냐고.

이것은 모두 학도들의 머리가 있기 때문이다. 만일 일제히 머리만 깎는다면 이런 골치 아픈 문제는 안 생길 것 아닌가. 사실 머리로 해서 학도들 사이에는 날마다 무수한 희비극이 일어난다. 반상 간의 충돌은 물론이요 같은 동류 끼리에도 아이놈들은 서로 머리꼬리를 꺼두르고 상투 꼬부랑이는 서로 상투를 꺼두르고 아이놈이 어른의 상투를 잡았다고 야단, 망건을 찢고 갓을 부쉈다고 싸움, 그런가 하면 한편에서는 정자관을 놀려 주고 초립동이를 놀려 주고 상제라고 방갓을 들고 조리를 돌리는 것이었다. 참으로 살풍경이다!

이 봉건제도의 유물인 머리꼬리가 오늘날 이와 같이 놀림감이 될 줄을 누가 알았으랴. 하나 어떤 한 시대가 판국이 전환되는 때에는 묵은 것은 으레 새것에게 부정을 당하는 법이다. 그것은 새 시대의 싹(芽)이었다. 이 싹을 먼저 트게 하는 사람을 선각자라 하지 않는가. 그런데 이 고을에서는 신참위가 그 역할을 하고 있었다. (『봄』, 274쪽)

마침내 학교 당국은 삭발령을 내렸다.

교직원들은 학생들의 상투를 자르려고 교실문을 차단하고 가위를 들고 대든다. 학생들은 도망하고 반항하고 울부짖고 온갖 북새통을 이룬다. 민촌은 그러나 '자청해서 제일 선등으로'(『봄』, 272쪽) 나서서 귀찮기만 한 자신의 상투를 잘라 버리게 한다.

이때가 민촌의 결혼 직후인 1908년 늦봄쯤으로 보인다. 그러므로 학생들은 2년 남짓 상투 혹은 변발을 하고 학교에 다녔던 셈이다.

> 학도들이 이와 같이 머리를 깎고 모자를 일제히 쓰고 나서니 정말로 인제는 학생다워 보인다. 그들도 비로소 학생의 기분을 느낄 수 있었다.
>
> 머리를 깎은 뒤로 석림은 동리 사람들에게 학도 서방님이란 칭호를 받았다. 국실이는 석림을 보면 외면을 하고 피신한다. 석림이도 전과 같지 않아서 그를 열쩍게 대하였다.
>
> 석림은 장가들 때 해 입은 연두 두루마기에 가죽신을 신고 다녔다. 그의 날씬한 키에 꼭 맞는 두루마기와 그 위에 새까만 모자를 쓰고 가죽신을 신은 버선 모양이 언제 보아도 국실의 시선을 끌게 하였다.
>
> (……)
>
> 석림이가 머리를 깎은 뒤로 아내는 한결 명랑한 태도를 보였다. 그도 무의식중에 새 시대를 동경하기 때문이었다. 사실 모든 사람들은 석림의 학도 생활을 우러러본다. 그것은 재래의 초립동이와는 누구나 대우를 다르게 하는 것 같다. 아내는 우선 그것만으로도 긍지를 느낄 수 있었다. (『봄』, 284·323쪽)

여기에 '국실이'가 『봄』에 마지막으로 등장한다. 그녀는 더 이상 회고에도 『봄』에도 등장하지 않고 있다가 해방 후에 북한에서 대하소설 『두만강』(1954년, 민촌 60세)에 '애순이'라는 이름으로 비로소 다시 등장한다.

『두만강』에 황풍헌이 금점꾼 안도령을 집에 부쳤다가 딸 애순이가 그의 씨를 배고는 결국 물에 빠져 죽는 내용이 자세히 나온다. 민촌의 결혼이 1908년(민촌 14세) 봄이므로 필자는 이를 그해 가을쯤으로 추정한다. 민촌은 자기가 그녀를 죽인 것이 아닐까 하는 죄책감에 평생 시달렸을 것이고, 이 풋사랑의 쓰라린 상처는 후일 그의 작품과 인품에 결정적인 영향을 끼쳤을 것이다.

『봄』의 서술 방식은 어린 시절의 기억을 순차대로 담담히 기록하는 것인데, 민촌은 부친의 파산(1909년 늦가을) 시점까지도 이 중대한 소재를 애써 노출시키지 않고 묻어 두었다.

『두만강』에는 애순이의 죽음과 그 뒤의 푸닥거리가 매우 상세히 묘사되어 있다. 여기에 그 넋두리의 일부만을 옮긴다.

> "넋이야 넋이로다 이넋이 웬넋이냐 물에빠진 넋이로다 누가물에 빠졌던가 이팔청춘 처녀라네 처녀가 왜빠졌나 짝사랑에 속았다네 만천하 동무님네 믿지마소 남자마음 백년가약 어제맺고 오늘은 딴여자와 죽자살자 일쑤라네 그중에도 금점꾼은 동에번쩍 서에번쩍 속모르고 믿을손가 타관사람 믿지마소 생때같던 이내몸이 천추에 한을품고 황천객이 웬일인가 아구지구 설운지구 나의청춘 아깝도다 우리부모 날기를제 애지중지 잘길러서 천상배필 님을만나 녹수원앙 금슬좋고 아들딸 많이나서 부모한텐 효도하고 동기간엔 우애있고 백년해로 살쟀더니 꽃봉오리 피기전에 된서리가 웬일인가? 금점판이 벌어지며 하늬바람 불더니만 농사도 흉년들고 동네색시 바람났네 그바람에 나도떠서 신세를 망쳤구나 안도령아 금점꾼아 전생차생 무슨업원 너와나와 서로만나 나는너를 믿었건만 너는나를 속였는고 살아도 같이살고 죽어도 같이죽자 단단상약

맹세터니 일구이언 웬일이냐 나는 죽어 원귀되고 너는살아 웬수로다 이 웬수를 언제갚나 두고두고 갚을세라 일부함원 오월비상 예로부터 일렀거니 이팔청춘 나의원한 억년간들 잊힐소냐 금점하면 강목치고 노름하면 본전잃고 장사하면 손재보고 배를타면 풍랑일고 말을타면 낙마하고 잘먹으면 설사하고 계집보면 눈빠지고 너할일이 무었이냐 후회한탄 뿐이로다 남의처녀 죽인벌을 영겁토록 받으리라….”

(……)

“아이구 어머니! 나는가오. 인제가면 언제오나, 기약할수 바이없네! 저승길이 유달러서 만신님께 몸을빌어 오늘이야 내가왔네. 아이구 어머님! 설운지고 못다살은 나의명을 동생에게나 이어주소. 청산에 저문날이 나의갈길 재촉하네. 저승길이 어데메냐, 지척이 천리로다. 노비나 풍족하게 만신님께 전해주오!” (『두만강』 제1부 ‘24. 애순이의 자살’, 171~184쪽)

다시 학교의 삭발령 사태로 되돌아가기로 하자.

이러한 세태의 변화는 기성 봉건세대들에게 매우 당혹스러운 일이었다. 그 때문에 민촌은 장가든 ‘어른’으로서 삭발을 하고 큰고모댁에 갔다가 낯선 어른에게 결례(缺禮)를 하여 서로 무안함을 주고받는다.

조모와 함께 가코지(유량리-필자)를 머리를 깎고 처음 갔을 때였다. 그날 안참령집(큰고모댁-필자)에는 마침 현학자(현병주 玄丙周-필자)라고, 도포에 큰 갓을 쓴 손님이 왔었다. 그전에 독선생을 앉혔던 선생이다. 석림은 도무지 그가 누구인 줄을 모른다. 그런데 현학자는 윗방 장지문 옆으로 앉은 석림이에게 서슴지 않고

“얘, 네 이름이 무에냐?”

하고 해라를 붙이는 것이다. 그때 석림은 자기도 모르게 분연히

"당신 눈에는 애들만 보이오?"

하고 내받았다. 영준(병희-필자)은 무색한 웃음을 웃으며 현학자에게 진작 인사를 못 시킨 걸 후회하였다.

"신랑이랍니다. 너 내려와서 절하구 뵈여라. 현선생님이시다."

석림은 그 바람에 황송해서 새로운 기분으로 다시 인사를 드렸다. 역시 미안한 일이었다. 그때 현선생은 자리를 고쳐 앉으며

"어, 그러신가. 참 근래 학도들을 보면 관동*을 분별할 수 없거던. 모르고 실수했소."

(……)

그래도 현학자는 일경에서 이름이 난 학자라 한다. (『봄』, 325쪽)

*관동(冠童): 어른과 아이.

삭발한 학생들의 머리에 모자를 씌워 그들의 면모는 일신되었으나, 사립 영진학교는 처음부터 재정난으로 인하여 정식 교사 대신에 무보수 명예 교사를 주로 썼기 때문에 선생이 자주 바뀌는 등 수업이 파행으로 진행되기 일쑤였다. 학생 수는 불어 가는데 운동장은 좁고 운동구라고는 철봉과 풋볼 한 개가 전부였다. 민촌의 부친 등은 대책을 마련키 위해 숙의를 거듭하였다.

그래서 현역 직원회를 연 결과, 오는 가을부터는 첫째로 신식 교사(教師)를 유급으로 맞아올 것과 교사(校舍)를 증축하고 학급을 증설해서 신입생은 지원하는 대로 언제나 받아들일 만큼 학교를 혁신 확장하기로 결의하였다.

그러자면 처음 설립할 때보다는 기부금을 다액으로 모집해야 될 것 같다. 그러므로 그 의안을 평의회에 제출하여 통과를 시킨 후에 즉석에

서 기부금을 거두도록 하자는 것이었다.

학교 창립 시에 다액의 기부를 한 군내의 모모한 재산가들은 이미 평의원으로 선정해 두었다. 그러나 이번에는 그때 빠진 사람들도 벼락감투 씌우듯 평의원을 새로 시키는 동시에 소집장을 함께 띄우기로 하였다.

(……)

정각이 되어 오자 이 고을 군수를 위시하여 인근의 유지 신사가 거의 다 한자리에 모이다시피 되었다. 군수는 통인에게 큰 쌈지와 장죽을 들려 가지고 왔다. 군수가 상좌로 앉고 그담으로는 연치를 따라서 차례로 앉게 되었는데 채도사, 조진사 등 학교 직원은 하나도 빠지지 않고 촌에 사는 사람들까지 왔다. 가코지 안참령집에서도 영준이가 참석을 하였다. 그들은 모다 근감하게 갓과 탕건을 쓰고 금귀양자와 옥관자를 붙인 사람도 있었다. (『봄』, 286·287~288쪽)

회고에도 이때의 상황이 조금 보인다.

그때만 해도 예전인가 보다. 군수(안기선-필자)는 긴 담뱃대와 큰 쌈지를 머리 딴 통인에게 들리고 다니었었다. (「헤매이던 발자취」)

민촌의 부친 등은 정해진 각본에 따라 회의를 진행시켰다.

신참위가 취지서를 설명하고 나자 유선달이 기침을 하고 일어섰다. 그는 교육이 필요한 것을 의미 깊게 열변을 토해서 만 좌중의 청중에게 어떠한 감격을 주자는 것이 목적이었다. 그가 무관학교를 다닐 때에 선생의 강연과 장관의 연설을 들어 보았다. 그리고 정치단체인 대한협회에도 회원이 되었었는데 그런 집회장에서 우국지사의 국채보상 연설을 듣기도 하였다. 대저 군중의 심리를 감화시키는 데는 일왈 연설, 이왈 연극, 삼왈 소설이라 한다. 유선달은 이런 말도 서울에서 들었다. 그러기 때문에 연설의 요령을 대강 짐작할 수 있었다. 이에 그는 자신을 가지고 연설을 시작했다.

(……)

유선달이 이와 같은 열변을 토하고 자기 자리에 주저앉자, 여러 사람은 참으로 긴장한 태도로 감격을 누르고 있었다.

(……)

군수가 이렇게 격려하는 말을 한 뒤에 신참위가 두 번째 일어섰다. 그도 유선달의 연설에 누구만 못지않게 감심하였다. 유선달이 그와 같은 웅변가인 줄은 참으로 몰랐던 만큼 은근히 놀라기를 마지않았다. 그는 지금 청중의 감격이 식기 전에 이 자리에서 의연금을 모집할 생각이 들었던 것이다. (『봄』, 290·292~293쪽)

민촌의 부친은 실제로 대한협회의 회원이었을까?

대한협회는 대한자강회(회장 윤치호, 1906년 3월 31일 조직)가 일제에 의해 1907년 8월 19일 해산당하고 그것이 같은 해 11월에 개조된 정치단체로서, 교육·산업의 발달을 통한 구국·독립을 표방하고 애국계몽운동을 벌였음을 볼 때 그 뿌리가 독립협회에 닿는 것으로 보인다. 부친의 다소 엉뚱한 일면을 볼 때 그가 서울에 있을 때 독립협회를 이미 익히 알고 이때(1908년 봄)를 전후하여 대한협회의 회원으로 가입하였을 가능성도 배제할 수 없다고 하겠다.

평의회의 회의 진행을 계속해서 보기로 하자.

유선달이 (서기에게-필자) 이백 원을 적으라는 데는 누구나 놀라지 않을 수 없었다. 그것은 유선달의 넉넉지 못한 생활을 번연히 잘 알기 때문이다.

그러나 유선달이 먼저 이와 같은 호담을 보인 것은 비단 재산가들의 보짱을 크게 울렸을 뿐 아니라 학교 직원들에게도 적지 않은 충동을 주었다. 만일 그가 먼저 말을 내지 않았다면 신참위가 적으려 했을 것이다. 그러나 그런 경우였다면 그는 고작 삼백 원 이상을 더 올라가지 못했을는지 모른다. 그런데 유선달이 이백 원을 부른 이상 그도 삼백 원을 적으랄 수가 없었다. 그것은 누가 보든지 유선달과 신참위와의 경제적 차이는 십 배 이상으로 추측할 수 있었기 때문이다.

(……)

그리하여 그 당석에서 받은 금액이 오륙천 원 숫자에 달하였다. 그것은 실로 예기한 이상의 큰 성적을 나타냈다. 오히려 창립 당시보다도 거의 배에 가까운 큰돈을 이렇게 한자리에서 걷을 줄은 누구나 의외로 생각하지 않을 수 없었다.

신참위는 그래 신이 나서 부르짖었다.

"여러분 감사합니다. 이와 같은 열성을 표시하시니 우리 광명학교는 인제 잘될 줄 압니다. 그럼 지금 적으신 금액은 직원회에서 다시 통지해 드리겠습니다마는 아무쪼록 속히 준비해 두셨다가 기한 내로 보내 주셨으면 고맙겠습니다. 그럼 이것으로써 폐회하겠습니다."

회의가 끝나자 그들은 일제히 일어섰다. 학도들은 그때까지 마당에서 놀고 있었다. (『봄』, 294·296쪽)

일장 연설을 한 민촌의 부친은 목이 컬컬하였을 것이다. 큰일 한 가지를 거뜬히 치러 낸 그는 남은 볼일을 볼 겸해서 돌아가는 길에 아들 민촌과 조카 병희를 이끌고 자신의 단골 술집인 '한참봉집'으로 찾아든다.

> 안주인이 술 한 주전자를 다 따르고 다시 한 주전자를 가지러 나간 사이에, 유선달은 아까부터 하려던 말을 가만히 꺼내었다.
>
> "너두 삼백 환을 만들자면 힘들겠지만 나 백 환만 더 돌려다구. 학교 재정이 시급한 만큼 아마 불원간 돈을 걷을 터인데, 한목 이백 환을 만들기가 나 역시 어렵겠다."
>
> "네, 주선해 봅지요."
>
> 영준이는 벌써 그럴 줄 알고 유선달의 청구가 다소 과다하였으나 한 잔 먹은 김에 두말 않고 쾌락하였다. 그러나 영준이가 한말로 승낙을 하게 된 것은 그도 유선달의 연설에 남몰래 감동되었던 인상이 오히려 남아 있기 때문이었다.
>
> 그들은 다저녁때까지 유쾌한 기분으로 술추렴을 하고 있었다.
>
> (……)
>
> 유선달은 영준이에게 백 원을 취하고 나머지 백 원은 가을에 갚기로 빚을 얻어 내왔다. 그것은 정거장 위 별말에 사는 금점 파원(派員)한테 집 문서를 잡히고 빚을 낸 것이다. (『봄』, 305·307쪽)

민촌은 『봄』에 대단치 않은 '한참봉집'의 내력을 별도의 장을 설정해서까지 자세히 기술하고 있는데, 왜 그랬을까? 아마도 『봄』이 중단되지 않았더라면 후일 민촌이 바로 그 집에서 가정교사를 하는 것으로 이어졌을 것이다. 이 점에 관하여는 후술하겠다.

이 해(1908) 여름, 민촌이 홍진유의 집을 방문하는 대목도 『봄』에 나온다. 민촌, 홍진유, 홍을순이 각각 14세, 15세, 5세였을 때이다. 민촌이 홍을순을 어려서부터 보아 왔음을 알 수 있다.

어느 날 석림이는 소나기가 저녁때까지 퍼부어서 집에를 못 가고 학교에서 자게 되었다. 그전에도 그럴 때에는 동근네 집(결혼 전에 기숙하던 채도사의 집-필자)으로 끌려가서 저녁을 먹고 같이 놀았다.

그런데 이날은 장궁이가 저의 집으로 가자고 한사코 끌어서 그리로 끌려갔다.

해가 저물며 비는 아주 개었다. 동쪽으로 하늘 한 구퉁이가 터지면서 밝은 달이 솟아 나온다. 비 개인 달은 유난히도 더한층 밝았다. 구름은 마치 달의 행로를 틔우려는 것처럼 뭉게뭉게 북편으로 돌려간다.

개울에는 물소리가 요란하다. 소나기 몇 줄기는 냇물을 탁류로 불리었다.

장궁의 집은 남산 밑 개울 건너 동리였다. 그들이 저녁을 먹고 학교로 다시 와 보니 벌써 마실꾼들은 한 패가 모여서 복습을 하는 중이었다. 그들은 맹꽁이와 합창을 하듯이 한 권씩 책을 들고 읽는다. (『봄』, 310쪽)

그해 늦여름 민촌은 처음 처가를 방문해서 장인으로부터도 무안을 당한다.

민촌은 후일 등단 후에도 그로부터 또다시 무안을 당하거니와 민촌이 장인의 인물 됨됨이를 어떻게 보고 있는지 알아보는 것은 민촌이 후일 아내 조씨를 멀리하는 것과도 관련하여 매우 중요할 것이다.

처가의 모습과 그 분위기도 함께 알아보기로 하자.

벌써 언제부터 조모는 재행을 가라는 걸 석림은 공부를 핑계로 가지 않았다. 그러나 인제는 하기휴가도 얼마 안 남았다. 조모는 석림이가 처가에 가기를 싫어한다고 늘 걱정이었다. 그것은 아직도 아내가 귀여운 줄 모르기 때문이라는 민망한 생각에서 더욱 그랬다.

석림의 아내 신씨(『봄』, 254쪽에서 규수가 정씨네 집안이라 하고 여기서 신씨라 한 것은 민촌의 착오이며 퇴고를 소홀히 한 또 하나의 예이다-필자)는 얼마 전에 근친을 갔다. 그것은 자기도 가고 싶었지만 친정에서 보내 달라고 편지를 하였던 까닭이다.

손부는 시집올 때보다도 더 커 보인다. 조모는 손부가 숙성해 가는 꼴을 볼수록 은근히 그들의 사이가 궁거웠다. 인제 그만했으면 아내가 귀여운 줄도 알 만한데 석림은 웬일인지 처가엘 가라면 질색이었다.

(……)

선바위는 신씨의 떼거지가 제일 많다. 촌락으로 오륙십 호의 대촌인데, 절반 이상이 신씨 가의 일문이었다. 석림이가 탄 가마가 처가의 큰사랑 앞에 놓였을 때는, 어느 틈에 모였는지 동리 사람들이 마당 안이 빽빽하도록 겹겹으로 둘러섰다. 그들은 더욱 석림이가 머리를 깎고 모자를 쓴 학생 모양이 새신랑보다도 신기하게 보여서, 이중으로 구경거리를 제공했기 때문이었다. (『봄』, 324쪽)

(……)

장인은 쇠뿔관을 쓰고, 그의 모친과 마주 아랫목으로 앉아서 사위에게 우선

"머리는 왜 깎었단 말이냐. 글방에서 공부를 하지 학교는 뭘 하러 들어가구."

하며 입맛을 쩍 다신다. 이렇게 책망 비슷한 말은 듣기에 불쾌하였다.

"글쎄 말이지. 학교는 단기드라도 머리는 깎지 말 걸 그랬구나. … 첫째 어른 애를 모를 테니."

처조모가 아들의 말을 받으며 딱해하는 모양이다. 그들은 모두 석림의 알대가리가 흉해 보일 뿐이었다.

석림은 처조모의 말을 듣고 속으로 웃었다. 그것은 지금 눈앞에 앉은

장인이란 양반에게서 바로 현(玄)학자를 연상할 수 있기 때문이다. 장인은 그렇지 못한 골샌님으로밖에 더 안 보이는데, 완고하기가 더해 보이는 것이 꼴 같지 않았다.

장인은 한 손으로 수염을 쓰다듬으며

"늬 아버지가 무관학교를 다녔다더니만 너두 학교를 보낸 모양이지. 그러나 내 생각에는 암만해두 불가한 줄 안다. 대관절 너 다니는 학교라는 데서는 뭘 배우는 거냐?"

"뭐 여러 가지를 배웁지요."

"일어, 산술, 체조… 그런 거냐?"

"네!"

"훙, 늬 어른은 금점한다지?"

"네!"

"그래 금 많이 난다데?"

"모르겠어요…."

장인은 코똥을 뀌며 빙그레한 웃음을 웃어 보인다. 석림은 장인의 묻는 말 어조가 차차 불쾌하게 들렸다. 그는 가만히 부친과 비교해 보았고, 부친은 누가 보든지 호협한 남자라 한다면 장인이란 작자는 누가 보든지 꽁생원이라 할 것 같다. 그는 제 털을 빼어서 제 구녕에 박는 어디로 보든지 빈틈이 없다. 그래서 규모를 짜내고 호리를 다투어서 오늘과 같은 치부를 했다. 첫인상부터 옹졸하고 인색하고 완고한 샌님 티가 골수까지 박여 보인다. 그러나 그는 도리어 실속을 못 차리고 술만 좋아한다는 유선달이 마땅치 않았다.

(……)

석림은 종시 자리가 불편하였다. 그는 교군꾼들이 점심을 먹고 돌아간다고 떠날 때는 자기도 그길로 가고 싶은 충동을 억지로 참고 있었다.

안식구들은 장인과 다르게 모두 다 친절히 대한다. 장모 이하로 여러 사람들은 진심으로 대접을 잘하려는 것 같았다. 하나 그들의 태도는 어딘지 모르게 빈 구석이 있어 보인다. 그것은 이 집의 가풍이 그런지 모르나, 도무지 대범하고 점잖은 데를 볼 수 없다. 모든 것이 잣다른 것만 같다. 같은 있는 집이라도 가코지(큰고모댁-필자)를 가 보면 온 집안의 공기가 훈훈하다. 그것은 마치 장설이 쌓인 겨울에 불을 많이 땐 방안과 같은 훈김을 주어서 따뜻하고 포근한 맛을 주는데, 이건 춥지도 덥지도 않은 밍밍한 바람이 흐리터분하게 먼지를 날리는 외딴집과 같다 할까.

그래도 아내는 연신 눈을 맞추며 엷은 미소의 그림자를 입술 위로 던지고 있다. 그는 친정에서 남편을 만나는 기쁨이 남몰래 더 컸다. 연신 윗방과 마루로 넘나들며 음식상을 보살핀다. 할 말이 많으나 할 수 없는 것을 안타까워하는 표정이었다. (『봄』, 322·324~327쪽)

곧 이어지는 다음 부분에도 아내 조씨의 성격이 잘 나타나 있다.

아내는 단둘이 만난 조용한 틈을 타서 시집의 안부를 묻기 시작한다. 시조모로부터 어린애들까지 일일이 물어보는 것이었다. 석림은 그대로 코대답만 하였다. 그래도 아내는 핀잔을 주지 않는 것만 다행히 알았다. 사실 그는 시집 식구들이 그동안 궁금하기도 하였지만, 그보다도 남편이 자기에게 대하는 태도를 시험해 보자는 것이었다. 숫된 처녀의 생각으로는 그 방법이 이밖에 없었다. 참으로 그는 무슨 이야기를 어린 신랑한테 물어야 할 것인가.

"개학날이 언제래요?"

"한 열흘 남었지."

"그럼 그동안 여기 계서두 괜찮지 않겠어요?"

"왜?"

"글쎄 말이어요…."

"난 내일 갈 테야."

석림은 자기 전에 담배 한 대를 피워 물었다.

"왜 그렇게 가실래요?"

아내는 깜짝 놀라며 묻는다.

"그저!"

"그렇지만 그렇게 빨리…."

아내는 울상을 짓는 표정과 아울러 끝에 목소리가 가늘어진다.

"당신 아버지가 싫여하니까…."

"그래서… 아이 참…."

아내는 변명할 말이 없었다. 그만큼 그는 부친이 야속하다. 부친은 참으로 사위를 미워하는가? 그럴 리가 없지 않으냐. 그러나 그는 부친을 대신해서 무엇이라고 사과할 수는 없었다.

그러면 남편은 자기도 그렇게 알 것 아닌가. 아내는 다시 더 아무 말도 하지 않았다. 남편의 그 말 한마디는 마치 건너지 못할 깊은 구학(溝壑)을 만들어 놓은 것 같다. 그런 생각은 은근히 겁이 났다. 처가와의 이런 간격이 커지면 어찌할까. 그는 어린 남편이라도 당돌한 이 말에는 일변 놀랍고 기가 눌리지 않을 수 없었다.

석림은 이틀 밤을 겨우 자고, 안팎식구들이 더 묵어 가라고 말리는데도 불구하고 오십 리를 걸어서 집으로 돌아왔다. (『봄』, 328~329쪽)

『봄』의 이 부분이 연재될 당시에 민촌은 '제2부인' 홍을순과 살림을 시작한 지 이미 20년이 가까운 때이다. 본처 조씨는 남편을 아주 포기하고 온양에 내려와 며느리와 손자까지 보고 새집을 장만하여 정착해 있

을 때이다.(376쪽 가계도 참조)

지난 일을 회상하며 아내에게 사죄라도 하려는 뜻인지 민촌은 이 글에서 아내 조씨의 심중을 깊이 헤아리고 있다.

위 글에서 민촌은 장인이 대금업(貸金業)을 하는 것으로 암시하며 이를 못마땅하게 보고 있는데 조필남 등의 기억은 이와 다르다. 즉 장인의 선대(趙鍾學, 1850~1915)부터 유산이 많았고 장인(永完, 1878~1943)은 그저 시골 선비로 글이나 좋아하고 농사나 관리했었다는 것이다.

큰처남은 누이가 출가한 후 곧 결혼하나 얼마 살지 못하였으며, 둘째 처남 병은(炳殷, 1898~1961)이 장성하자 장인은 그에게 집안 살림을 맡겼는데 바로 이분이 대금업을 했다는 것이다.

그 집안은 속샘말에서 오래 살아왔는데 그곳에는 도둑 떼가 수시로 나타났다 한다. 저녁 어스름에 동네 개들이 컹컹 짖어 대면 이내 떼거리가 몰려와 저녁을 해내라고 하였다 한다. 이웃 동네 사람도 가면을 쓰고 찾아오곤 했다는 것이다. 『두만강』의 한길주(큰고모의 남편으로 설정된 인물)가 의병을 맞는 장면을 연상시킨다(『두만강』 권2, 61쪽).

이렇게 도적이 심하므로 조씨의 친정집은 대처(大處)로 이사할 곳을 물색하여 구온양 읍내와 인접한 '좌부리'로 이사하였는데 그때는 그네들이 큰딸, 즉 민촌의 아내를 여읜 지 1, 2년 후쯤이라 한다. 그 집은 안팎 두 채이고 뒤란 채마밭도 넓었다 한다(지금은 그 터에 교회가 들어서 있다). 따라서 그네들은 1910년경부터 좌부리에서 산 셈인데, 그로부터 약 30년 후인 1941년경에 그들은 다시 구온양 읍내로 옮겼다.

민촌은 위 두 글에서 처갓집의 가풍과 장인의 인품을 싸잡아 무시하고 자기 집안과 부친의 우월함을 은근히 내비치고 있는데, 사실은 부친의 파산이 바로 코앞에 닥쳐 있었다.

10. 부친의 파산(破産)

이미 지적하였듯이 민촌은 세 편의 회고에서 집안이 가난하게 된 원인을 각각 부친의 서울살이와 그의 과음 및 모친의 죽음으로 돌리고 그의 집안이 파산하게 되는 경위에 관하여는 일체 언급을 하지 않고 있다. 그중에서도 그는 부친의 주벽(酒癖)을 가장 큰 원인으로 들고 있다.

> 부친은 귀향한 후에 다급한 생활에 몰리어서 일책을 얻어 쓰고 나중에는 집까지 뺏기게 되었다. 하긴 그가 규모 있는 생활을 했다면 그렇게 궁핍하지는 않았을 것이다마는 그는 원래 술을 좋아하고 친구를 좋아하기 때문에 사실 술값으로 나가는 돈이 일 년에 적지 않았다. 살림 비용보다도 오히려 술집을 그저 지나가는 법이 없고 외상 안 진 주점이 없고 또한 외상을 안 주는 주점도 없을 만큼 주객이었다. (「나의 수업시대」)

> 부친은 참으로 주객으로는 위대하였다. 상하귀천 없이 주붕(酒朋)이 있었다. 부친은 매사를 인(人)에게 후(厚)하였다마는 술에는 그것이 더하

였다. 그러므로 대개는 부친이 사 주는 친구였다. 술의 부채로 부친의 신용이 점차 타락(墮落)될 때에도 그들은 부친의 외상술을 얻어먹으며 부친의 흉을 뒷구멍으로 보았다. 그리고 부친 혼자 외상 술값에 졸리고 나중에는 집 문권(文券)을 일본인 빚노리에게 잡히게까지 되었다. 물론 사음(舍音)도 떨어졌다.

그러나 부친은 그들의 그런 심중을 모르는 바도 아니었다. 어떻든지 부친은 술에 대한 어떤 철학을 가졌던 모양이다. 다른 데는 무던히 결백하고 강직한 부친이 술에 대하여는 아주 허무적이었다. 만일 부친이 실속을 차려서 비록 술을 먹더라도 이기적으로 타산하였을 것 같으면 결코 말년의 궁경(窮境)을 치(致)지는 않았을 것이다. 소위 권도(權道) 수단으로 가정을 잘 부지하였을 터인데, 술을 대하면 부친은 만사가 부운(浮雲)이었다. 그는 술밖에 없었다. 술 먹고 글 짓는 것이 그의 제일 취미였다. 미상불 그가 얼근히 취한 기분으로 글을 읊고, 사령(辭令) 좋은 목소리로 억양 있게 토론할 때에는 호걸미가 있어 보였다. 그는 술 안 취하는 날이 없고 세상없어도 주막을 그저 지나가는 법은 없었다. 그래 술상을 벌리고는 지나가는 사람마다 퍼 먹였다. 나중에는 양식이 두 되만 되어도 한 되를 술집으로 보냈다. 이러느니만치 집안사람은 술로 속이 상하였다. 제일로 모친이 술로 부친을 미워하였다. 할머니가 부친의 술을 성화하였다. 나도 누구만 못지않게 부친의 술을 미워하였다. 그러나 모두 술은 먹었다. 부친은 점도록 조모와 술로 싸운 끝에도 그래도 기어히 술을 받아 왔다. 그리고 으레히 부친이 술을 먼저 권할라치면 조모는,

"이 웬수놈의 술을 또 먹어?"

하고 받아 마시며 실소(失笑)한 적이 많았다. 그는 다른 것은 도무지 탓할 것이 없는데 술 한 가지가 병이라고, 늘 아들을 위하여 동정하고 눈물을 흘렸다. 어떤 때는 당신이 주선하여 술을 구해 오기도 하였다. (「과거의 생

활에서」)

그러나 부친의 주벽이 집안 파산의 결정적 원인이라고 할 수는 없을 것이다. 아들의 혼인 비용, 학교에 출연한 과다한 기부금, 금점의 실패 등이 큰 빚이 되어 부친을 짓눌렀던 것이다. 『봄』의 설명을 보기로 하자.

유선달은 그러지 않아도 석림의 혼인 비용으로 빚을 많이 졌다. 그런데 학교 문제로 날마다 읍내 출입을 하는 대로 그에 따라 자연 객비가 많이 나게 되고 도처에 외상 술값을 진 데다가, 힘에 지나치는 일채를 얻기까지 해서 이백 원을 학교에 기부한 것은 더욱 목돈으로 빚을 지게 했다. 그는 그 많은 돈을 이 가을에 모조리 청장해야 된다. 하나 아무리 타산을 해도 빚을 갚을 도리는 터무니가 없었다. 그는 침식을 잊고 번민에 싸여 있었다. 그대로 화만 더 나서 술만 더 먹게 되고 그것은 다시 술빚을 늘려 가게 할 뿐이었다. 그래도 그가 금광만 하지 않았다면 대번에 거덜이 나지는 않았을 것이다. 이끝저끝을 둘러대서 어떻게 마감을 했을는지 모른다. 그런데 그는 너무도 쪼들리고 시달리는데 목돈이 생길 포수가 없으매, 한번 투기를 해 보자고 덤비었다. 일확천금의 허욕은 혹시 재수가 있으면 재벽을 주울는지도 모른다는 생각에서.

그래 그는 방아다리 이생원과 남서방을 시켜서 그전에 금점판을 막으려던 때와는 정반대로 몸소 금점을 하게 되었는데, 어찌 뜻하였으랴. 첫 구뎅이에 보기 좋게 강목을 칠 줄이야!

그 뒤 유선달은 앙심이 나서 빚을 또 내다가 금점을 했다. 그렇게 몇 차례를 한 것이 추석 전후까지 연달아 실패를 본 셈이었다.

인제는 금점을 더 하고 싶어도 밑천이 없어 못할 지경이다. 빚을 얻을 만한 자옥에는 깡그리 내서 썼다. 그는 장궁의 부친 장연상한테도 빚을 내었다.

가을—추수 때가 되자 각처에서 채귀는 족치었다. 그중에도 금점파원 ○○에게는 금액도 제일 많았지만 날마다 나와서 족치는 것이었다. 그는 잠채(潛採)하는 거랑꾼을 취체하기 위하여 날마다 방깨울로 출장을 나온다. 그길로 유선달 집에를 들르는 것이다. (『봄』, 332~333쪽)

유선달은 가외의 금전빚으로 형편이 아주 말 아니게 되었다. 안참령 집(큰고모댁-필자)에서는 올 봄에 석림의 혼인 때도 가을에 갚기로 돈을 취해 쓴 데다가, 학교의 기부금까지 백 원을 꾸어 쓴 것이 그대로 있다. 그 턱으로 한 푼을 갚기는 새려 도리어 올 추수의 수봉한 도지벼를 잘라 먹었다. 유선달은 우선 다급하니까 마름의 권도로 지주에게 실어갈 도지벼를 팔아서 급한 빚을 마감한 것이었다. 그만큼 유선달은 아무 경황이 없었다. 그는 매일 술만 먹고 빚쟁이와 싸움을 하기에 정신을 못 차릴 지경이다. (『봄』, 339쪽)

유선달은 빚쟁이에게 날마다 빚을 졸리는 통에 할 수 없이 큰집을 아주 처맡기고 말았다.

실상 큰집은 유선달의 소유도 아니다. 그것은 방깨울에 있는 안참령 집 전장과 아울러, 그 토지를 관리하는 마름 집으로 산 주택이었다. 그러나 유선달은 부득이 그 집을 내주었다. 그것은 당초에 빚을 낼 때에도 그 집 문서를 잡히고 얻었기 때문이다.

비록 초가집일망정 안팎채가 수십 간이다. 그만큼 큰집 식구들은 옹색하지 않게 넓은 집에서 살 수 있었는데, 대소가가 새집(부친과 서모가 새 살림을 차린 집-필자) 한 채로 합솔을 하니 너무나 협착해서 잠시도 견딜 수가 없다.

> 하지만 할 수 없는 일이었다. 안식구들은 안방과 윗방을 차지하고, 사내들은 사랑으로 몰려서 자도록 우선 주접을 하였다.
>
> 그래도 석림의 아내가 근친을 간 것은 불행 중 다행이었다. 만일 그마저 있었다면 서로 더한층 불편을 느꼈을 것이다. (『봄』, 334쪽)

『봄』에는 민촌이 처가에서 이틀 밤을 자고 돌아와 가을학기가 시작된 얼마 후 추수기에―아내가 아직 친정에서 돌아오지 않고 있을 때― 즉 민촌이 결혼한 그해(1908) 가을에 그의 집안이 파산하는 것으로 그려져 있다.

그러나 집안의 파산은 그 이듬해(1909) 가을로 보는 것이 옳을 것이다. 이는 뒤에 나오는 민촌 자신의 학교 중퇴와 졸업에 관한 회고에서도 알 수 있거니와 위의 내용에서도 이를 유추할 수 있다. 즉, 민촌의 부친은 그해(1908) 가을부터 빚 독촉을 받았을 것이다. 따라서 그는 그해 가을에 모친의 수연(壽宴)을 변변히 치를 수 없었을 것이다. 『봄』에는 물론 어디에도 그 수연에 관하여 나오는 바가 없다. 그때 그는 '우선 다급하니까 마름의 권도로 지주에게 실어갈 도지벼를 팔아서 급한 빚을 마감'하여 그해를 넘기고 금점도 여러 번 해 보다가 모두 실패하여 이듬해(1909년) 가을에 살던 집이 강제집행을 당하게 되었을 것이다(단, 앞 장에 나오는 민촌과 그의 장인과의 대화를 보면 민촌의 부친은 1908년 여름 이전에 이미 금점에 착수한 것을 알 수 있다).

삼촌 민욱의 큰며느리 강기준도 민촌의 아내 조씨로부터 '시집와서 이태 만에 집안이 망했다'고 들었다는 것이다. 따라서 조씨가 이듬해에 다시 친정에 다니러 갔을 때 시집이 파산했다고 보아야 할 것이다.

환갑도 넘긴 나이에 민촌의 조모는 천만 뜻밖의 일을 당한 것이다. 그녀는 아들을 원망한다.

(큰집을 집행당하여 내어주고-필자) 새집으로 이사를 하던 날 조모는 온종일 눈물과 탄식으로 지냈다. 그는 유선달이 너무도 술이 과하고 친구를 좋아하더니만 끝내 집안을 망쳤다고 원망하였다. 그는 큰아들이 똑 술 때문에 빚구럭에 든 줄만 알았다.

"걱정 말으셔요. 설마 어머님 생전에 굶으실까 그러셔요. 어떻게든지 살겠지요."

유선달은 그 모친이 너무도 시름없이 우수사려에 싸인 것을 보고 민망해서 말대꾸를 하였다. 그럴 때마다 조모는 부친을 반박했다.

"말은 늘 희떱지. 무슨 재주로 빚을 갚고 이 여러 식구가 살겠다구… 아이구 어쩔라구 정신을 못 차리고 밤낮 술타령만 하다가 끝끝내 이 지경이 되었는지…."

조모는 점도록 한숨을 내쉬며 눈물이 글썽거린다. 유선달은 뻐끔뻐끔 담배만 피우고 있었다. 그는 이래저래 화만 치밀었다.

그런 일이 있자 조모는 울화를 떨굴 겸 어느 날 가코지 큰딸을 보러 갔다. 영준(병희-필자)의 모자는 그 소문을 벌써 듣고 있었다. 그들도 유선달이 금점을 착수한다 할 때 불길히 알고 만류하였던 것이다. 친정을 염려하는 영준의 모친은 그대로 방관할 수도 없는 처지였다. 그는 다른 누구보다도 늙은 어머니가 불쌍하였다. 그래 그는 친정식구를 이웃으로 이사를 시키고 싶은 생각이 들어서 아들과 의논하였다. 영준이도 모친의 의견을 반대하지는 않았다. (『봄』, 334~335쪽)

병희의 양모(養母) 유씨부인(1859~1919, 父 致亨)과 민촌의 조모(1848~1918, 父 致鉉, 祖父 進士 殷煥)는 우연히도 같은 기계유씨단성공파(杞溪兪氏丹城公派)로 항렬도 같다. 위로 11대조를 동조(同祖)로 두고 있어 비록 가까운 사이는 아니나 이 점이 민촌의 큰고모가 친정식구들을 종갓집에 들이는 데 대한 주인마님의 거부감을 한결 덜어 주었을 것이다(『봄』에는 종갓집의 주인 유씨부인에 관한 언급이 아예 나오지 않는다. 민촌은 그녀에 관하여 회고에서도 거론을 하지 않고 있다. 이는 특기할 만한 일로 뒤에 설명이 나온다). 이때 종가댁의 여주인은 51세요, 민촌의 조모는 62세였다.

> 가코지(유량리-필자) 수십 호는 모두 안참령집(큰고모댁-필자)을 옹위하고 있는 이 집의 행랑들뿐이다. 그러므로 집 한 채를 비우기는 아주 용이한 일이었다. 바로 북편으로 이웃한 초가집 한 채가 있다. 그 집은 초가 일망정 새집으로 정갈하게 지어졌다. 한 가지 험점이 있다면 집이 작은 것이나, 그래도 방이 셋은 되니 용신할 만은 하다. 하긴 이 집보다 큰 안팎채도 있기는 하나, 그것은 구옥일 뿐 아니라 거리가 너무 멀다. 영준의 모친 생각에 기왕 친정식구를 이사를 시킬 바에는 바로 이웃지간으로 옮겨서, 무여 한 집속처럼 조석으로 대하고 싶었다. 그것은 더욱 모친의 왕래를 편하게 하기 위해서도.
>
> 그렇게 와서 한편으로 농사나 짓고 엄불려 살았으면 어떻게 생활의 근거를 잡을 상도 싶다.
>
> 그래서 며칠 뒤 토요일에 석림이가 부친의 명령으로 조모를 모시러 왔을 때에, 그들은 도리어 이사를 하게 하라고 유선달에게 답장을 썼다.
>
> (……)
>
> 이틀 뒤에 춘광이와 석림이는 가코지로 이사를 가고, 유선달만 방깨울에 그대로 남아 있었다. (『봄』, 335~336쪽)

엄리 앞을 가로막은 산줄기 너머에 있는 천안군 상리면 유량리(현 천안시 유량동 269번지), 지금의 둔턱골 탱자나무집이 큰고모댁의 저택이 있던 자리이고, 그 북편으로 이웃한 행랑채에 조모, 삼촌 부부와 그들의 어린 딸, 민촌 부부, 민촌의 동생 풍영, 이렇게 일곱 식구가 들게 된다. 부친과 서모네들을 엄리에 남겨 둔 채로(머슴네들은 큰집이 집행당할 때를 전후해서 자신들의 삶을 찾아 정처 없이 떠났을 것이다).

이로써 민촌은 엄리에서의 소년기를 마감한다.

회고에 다음과 같이 나온다.

> 부친은 집을 쫓겨나서 할 수 없이 친척의 집 행랑 한 채를 치우고 산 너머로 이사를 갔다. (「나의 수업시대」)

> 나는 숙부와 같이 유량리로 이사를 하여 갔다. (「이상과 노력」)

> 우리 집은 그때 빚에 집행을 당하고 식구가 사산하였을 때이므로 사실 내가 공부할 처지는 되지 못하였다. (「헤매이던 발자취」)

조선 말기 이후 식민지 시대를 거치면서 양반 중산층의 몰락은 민촌 부친의 경우 외에도 민촌의 주변에서 수없이 일어났다. 이미 본 바와 같이 신흥리 송현마을의 민촌의 큰댁(규서)은 갑오년 훨씬 전에 소작인들의 봉기를 불렀고, 목천의 작은고모댁(김진억)은 갑오농민전쟁 초기에 화를 입었으며, 후일 큰고모댁과 죽은 삼촌 민상의 처갓집 파평윤씨 댁도 후손들의 방탕으로 몰락하였다. 부유했던 민촌의 외가댁도 무슨 원인으로든 몰락하였을 것으로 추정된다. 그 외에도 민촌이 목격한 그러한 사례가 부지기수였을 것이다.

평자는 그 근본 원인을 다음과 같이 진단하면서 그 필연성을 논한다.

> 민촌 집안의 여지없는 몰락은 구한말·식민지 초기 중간계층(신분적으

로는 양반 하층, 경제적으로는 중간층)이 밟았던 여러 갈래의 길 중 하나를 전형적으로 보여 준다. 사상적으로는 주자학 이데올로기에서 자유롭지 못하였기에 새 시대에 적응할 수 없었으며, 경제적으로는 일본 제국주의의 엄청난 흡입력에 휘말려 들 수밖에 없었던 계층의 비극적 운명이었던 것이다. 이 같은 중간계층의 몰락이란 모티프는 민촌의 작품에서 여러 모습으로 변주되며 계속해서 나타난다. (정호웅, 「이기영론」, 『한국 근대리얼리즘 작가 연구』, 문학과지성사, 1988)

민촌의 부친의 경우는 어떠하였는지 『봄』에 그려진 그의 면모를 보자.

유선달은 원체 허울이 좋은 남자다운 기상을 가졌기 때문에 누구에게든지 좋은 인상을 주었다. 그것은 영준의 모친 말마따나, 돈 한 가지가 없어서 그렇지 사람이야 무등 착한 편이라 할 것이었다. 그래서 그들은 시대를 잘못 만났다고 한탄하며 그의 신세를 딱하게 여기기도 한다.

"선달은 옛날 시대가 그대로 있어야만 잘살 위인인데, 세상 판국이 달러지기 때문에 똑 저 고생이지. 시대는 그전과 달른데, 옛날 호기를 그대로 가지고 살자니 되나. 지금 세상은 먼저 돈을 알구 그담에 친구두 알아야 하는 걸, 선달은 첫째 돈을 모르는 사람이니…."

그는 친정어머니와 이런 이야기를 하며 큰동생을 한탄하였다. 사실 유선달은 그러하였다. 그는 지금도 무풍(武風)을 띠고 호협한 기개를 보이려만 들었기 때문에, 잣다른 금전은 돈으로 알지를 않았다. 친구를 만나면 흔연히 술을 내는 것은 물론이요, 모르는 사람이라도 딱한 사정을 목도하는 때는 그대로 방관하는 법이 없었다. 객지에 나서서 시장해 뵈는 사람에게는 음식을 사 주고, 외상 밥값에 졸리는 꼴을 보면 자기의 주머니라도 털어 주는 성미였다. 그래서 어떤 때 노수가 한 푼 없이 떨어진

때라도 그는 태연자약하게 유쾌한 기분을 띠고 낙천적으로 생각하기를

'사람이 돈에 구속을 당해서야 되나!'

하면서 도리어 그것을 남자의 본회(本懷)로 여기고 의기를 돋구는 것이었다. 설령 그걸로 과객질을 하며 주막마다 외상술을 먹을지라도.

유선달은 한편으로 이와 같이 득인심을 하면서도 다른 한편으로는 빚쟁이와 부자들한테는 같은 동류 간에도 손가락질을 받는다. (『봄』, 340~341쪽)

민촌의 집안이 망한 것이 그의 나이 15세 때였으므로 지금으로 치면 중학교 2학년쯤이다. 그보다 더 어린 나이에 그런 일을 당했더라면 그는 가난으로 심신이 찌들어 일제 식민지 치하를 굴종적인 삶으로 마감했을지 모른다. 아우 풍영이 바로 그런 경우다. 또 그보다 훨씬 후에 그의 부친이 파산했더라면 그는 경제적인 어려움을 모르고 자라나 삼촌 민욱처럼 평범한 인생을 살았거나 또는 작가가 되었더라도 문제의식이 없는 통속작가로 전락했을지도 모를 일이다.

그가 정신적으로 홀로 설 수 있는 성장기에 이런 일을 당하여 그는 사태를 정시(正視)하고 그 본질(本質)을 파악하려고 애썼으며 나아가 이를 극복하려는 의지를 다졌고 후일에 가서 이를 작품화하였던 것이다.

11. 반촌(班村)

민촌 등이 조모와 더불어 이사해 들어간 큰고모댁(전주이씨 근녕군파 창성군가)의 면모를 알아보자.

그 집안의 족보를 정리하고 관장하는 이병엽(1923~)에 따르면 그들의 선대는 조선 초기 왕자의 난을 피하여 그곳으로 내려와 정착하였다 한다. 그리하여 그들이 '이 터에서 십이 대를 살'(『봄』, 187쪽)아오는 동안 그전에 변(卞)씨가 많이 살던 마을이 나중에는 그네들의 집성촌으로 바뀌었다는 것이다.

그 집안은 장연공 대에 큰 재산을 이루었고 병희 대에 이르러서는 농사가 '종자 천석(種子千石)'이라 하였다 한다. 이병엽이 어릴 때(10세 전) 부친을 따라 그 집에 가 본 일이 있었는데 정주간에 쇠고기가 푸줏간에서처럼 척척 매달려 있어 놀랐다 한다. 유량동 일대가 전부 그 집 땅이었을 뿐만 아니라, 그 땅이 남으로 멀리 풍세면까지 이어져서 양자로 들어온 종손 병희는 평생 내 땅만 밟고 다녔다는 것이다. 필자가 어렸을 때 조모 조씨가 마실꾼들에게 아무개가 내 땅만 밟고 다녔다는 둥, 술집에 가서도 아무에게나 두루마기를 벗어 주었다는 둥 등의 말씀을 하신 것이 바로 병희를 두고 하던 말임을 깨닫게 하는 대목이다.

당시 유량리의 전주이씨 일가들은 모두 종가댁의 그늘에서 살았다 한다. 그러나 종갓집 주변(둔텍골)에는 행랑채만 있었을 뿐이고 일가들도 모두 마을을 달리해서 살았는데 타성받이까지 해서 백여 호가 유량리 내에 흩어져 살았다는 것이다.

지적도를 보면 유량동 269번지는 어림잡아도 3천 평이 넘는데, 이 집에 관한 묘사가 작품에 자세히 나온다.

우선 집의 규모는, 이병엽에 따르면, 안채 사랑채 해서 32칸인데 대청이 12칸이요 행랑이 또한 12채였다 한다.

> 한길주는 이 집을 ㄱ, ㄴ자형으로 지었다. 안채는 ㄱ자로 안방 삼 칸, 마루방 여섯 칸, 부엌 한 칸과 건너방 칸 반이다. 사랑채는 큰 사랑이 마루까지 4칸, 작은 사랑이 두 칸과 큰 대문이 두 칸으로 되었다. 그리고 사랑채 부엌에서 연달아 마방과 광을 붙여 지었다.
>
> 안채 부엌 뒤에는 일자로 딴채를 세웠다. 그 방들은 노비와 침모, 차집들의 거처로 되었다.
>
> 후원에는 장독대가 놓였다. 모과나무, 감나무, 배나무, 은행나무 등의 큰 과목들이 서 있고 비탈진 언덕에는 참대 수풀이 청청하게 우거졌다. 이 참대밭 위로는 높은 담장을 삥 둘러치고 기와로 담 위를 덮었다. 담장 뒤는 바로 산이다. 산에는 큰 소나무들이 또한 울창하게 들어섰다. (『두만강』 권1, 81~82쪽)

그들의 삶은 어떠하였는가?

먼저 고종사촌 병희(1890. 2. 12~1943)의 그것부터 보자.

원래 병희는, 『봄』이나 『두만강』의 묘사에 의하면 꽤 똘똘한 편이었다. 그러나 그는 두 청상의 치마폭에 둘러싸여 버릇없이 자라났고 나중에는 타락과 방탕의 길로 치달았으며 결국 종가댁의 살림을 송두리째 들어먹는다. 그의 타락 조짐은 『봄』에서도 보인다.

> 광명학교에서는 특히 일반 청년에게 일어를 보급시키기 위해서 하기 강습회를 열게 되었는데, 그것은 학교에 못 다니는 청년들을 위함이었다. 그래서 교사로는 역시 중산선생을 초빙하였는데 재학생 중에도 희망하는 사람은 강습회를 다니게 하였다.
>
> (……)
>
> 일어강습회에는 읍내의 청년 신사도 적지 않게 입학을 하였다. 안영준(병희-필자)이도 서산나귀를 타고 강습회를 다니기 시작했다. 그러나 그는 공부보다도 시간이 파한 뒤에는 친구들과 어울려서 술 먹기에 정신이 팔렸다. (『봄』, 308~309쪽. 이때는 1909년 여름으로 병희의 나이 20세였다-필자)

『두만강』 제1부(25. 한길주의 일가)에는 병희의 타락과 방탕의 과정이 자세히 묘사돼 있다. 그 시기는 3·1운동 이전이며, 1919년(병희 30세) 초에도 그는 '여전히 주색잡기에 미쳐 다니'는 것으로 묘사돼 있다. 그를 양자로 들인 종가댁의 유씨부인은 사람을 잘못 보아도 한참 잘못 본 것이다.

『두만강』에 병희 모자(母子)에 관한 묘사가 이렇게 나온다.

> 이씨는 경식(병희-필자)이가 장성하면서부터 그를 아들로서만 사랑할 뿐 아니라 친한 벗으로도 사귀었다. 그는 아들과 같이 바둑을 두고 골패

를 놀며 술을 마시었다. 그것은 아들을 귀동이로 키워서 응석받이를 만들었다. 이씨는 그의 며느리(병희의 처 여흥민씨-필자)가 무남독녀로 귀엽게만 자라나서 응석동이가 되었다고 흉보았지만 그 흉은 그대로 자기한테 들씌워지는 것인 줄을 모르는 모양 같다. 며느리가 무남독녀로 분수없이 커났다면, 그의 아들 경식이는 외독자로 또한 버릇없이 키워 놓은 후레자식이 되었다. 일후에 그가 부랑자로 된 것이 어찌 우연한 일이랴…. (『두만강』 권1, 92~93쪽)

『봄』에 그려진 병희 집안의 사는 모습은 당시 무위도식하는 양반 지주계급의 그것을 대표할 것이다.

이 모든 점으로 하여 안참령집은 이 통안의 군왕과 같이 산다. 그는 마치 옛날 무가(武家)의 집정장관처럼 일대 세력을 경내(境內)에 쥐고 있다. 안팎 하인과 행랑들이 조석으로 문안을 드리고, 일선 친척과 동리 양반들도 마치 이 집의 문객처럼 무시로 들랑거린다. 그들은 이렇게 함으로써 직접 간접의 이익을 보고, 또한 안참령집의 세력을 빌게 된다. 우선 근처의 전장과 원림이 대개 안참령집 소유인즉 나무 한 짐을 꺾고 땅 한 마지기를 얻더라도 그 집이 아니고는 붙들 수가 없다.

그래서 안참령집 사랑에는 무시로 사람들이 들끓는다. 동리의 마실꾼도 마실꾼이지마는 먼 데 일가와 친척들이 번갈아 가며 몇 달씩 와서 묵는다. 그러나 그들은 삼시로 술밥을 먹고는 하는 일이 별로 없었다. 혹 제사 때면 제사 참사와 제축문을 쓰는 것이 고작이요, 그 외에는 땅흥정을 붙이거나 타작관으로 추수를 보러 가는 것이 큰일이었다. 여느 때는 바둑 장기를 두지 않으면 영준이가 듣기 좋아하는 이야기를 서로 하고, 심심하면 노를 꼬아서 돗자리를 치는 것이 힘드는 일이라 할까. 그렇지 않으면 동리의 대소사를 의논하고 관혼상제를 예문(禮文)에 틀리지 않도록 따져서 일반에게 교화하는 것이, 마치 안참령집 사랑에서는 이 동리의 모든 정사를 관가 대신하고 있는 듯한 느낌도 없지 않았다.

그리는 대로 안에서는 삼시로 손들을 접대하기에 눈코 뜰 새가 없었다. 소위 양반의 살림에는 봉제사빈접객이 주장이라 하거니와 안참령집에서도 날마다 하는 일이 그 밖에 다른 일이 없는 것 같았다.

더욱 가을철이 돌아오면 긴긴 밤을 이야기책으로 새우다시피 한다. 그들은 밤참을 해 먹어 가며 닭을 두세 홰씩 울리기는 예사였다. 그렇게 돌려가며 이야기책을 보기에 온 동리의 고대소설은 있는 대로 얻어 들이고, 그것을 다 읽고 나서는 새 책을 사들인다. 살 수 없는 것은 얻어다가 책서를 해서 베끼기도 한다. 봄철과 여름에는 원근의 선비를 청해다가 관학정에서 시회(詩會)를 붙이고 주연을 열기도 한다. 그런 때는 유선달도 한몫 끼었다.

그것은 사랑에서뿐 아니라 안에서도 그리 한다. 영준의 모친도 할 일이 없는지라 밤마다 이야기책을 듣는 것이 다시없는 재미였다. 그들은 해마다 이렇게 되풀이해 가며 한 책을 몇 번씩 거푸 읽는다. 그래도 그들은 번번이 흥미를 느끼고 감심하기를 마지않았다. (『봄』, 337쪽)

민촌은 큰고모댁에서 밤마다 어른들에게 고대소설을 읽어 주어야 했다. 나중에는 신소설까지도….

그리로 이사를 간 뒤에는 나는 무시 저녁마다 사시를 물론하고 이야기책을 낭독할 명령 아래에 살고 있었다. 친척 되는 부잣집 할머니는 그 전에는 골패를 하면서 소일을 하다가 나를 만난 뒤로부터는 밤낮없이 이야기책을 보라는데, 질색할 노릇이었다. 그 집에서는 저녁마다 먹이를 차려 놓고 동리 늙은 마님들을 불러 앉히고는 이야기책 보는 소리를 같이 듣게 하였다. 그중에는 물론 조모도 끼어 있었다. 이렇게 안에서 한 축을 보고 나면 그다음에는 사랑에서 또 한 축을 보게 된다. 그때는 부친도 청중 한 목에 끼었다. 이렇게 밤을 새워 가며 이야기책을 보는 동안에 나는 고대소설을 거진 다 읽어 보았다. 그러자 신소설이 나기 시작하자 그들은 또 신소설에 반하기 때문에 나는 또 신소설을 그렇게 보았다. (「나의 수업시대」)

여기서 '친척 되는 부잣집 할머니'는 종가댁의 여주인 유씨부인을 가리키는데 민촌은 애써 그 점을 밝히지 않고 있다.

이 당시 민촌이 고대소설을 읽는 자세는 모친 사망 후의 그것과 달랐을 것이다. 모친 사망 후의 그것이 철학적이요 이상 추구적인 자세의 독서였다면, 집안 파산 후의 그것은 일가를 중흥해 보려는 좀 더 구체적이고 실천 지향적인 자세의 독서였을 것이다. 그는 자기도취에 빠져 고대소설의 주인공을 자기가 지향해야 할 이상적 인물로 생각하고 있었다.

나의 그런(집안을 다시 재흥시키고자 하는-필자) 이상은 자연히 고대소설의 주인공에 공명하게 되었다. 고대소설의 주인공은 대개 어려서는 극도의 간난 고초를 겪다가 우연히 도사를 만나서 공부를 잘하고 출장입상해서 나중에는 일가를 중흥하고 훌륭한 사람이 되지 않았던가. 나는 그와 같이 자기를 견주어 보며 감히 고대 영웅을 꿈꾸고 있었다. (「나의 수업시대」)

그런데 신소설은 그에게 또 하나의 경이(驚異)였다.

고대소설을 읽어 갈수록 나는 그에 대한 불만족을 또한 느끼었다. 그것은 봉건제도가 허물어지고 외래 자본주의가 침입하는 시대적 변천과 아울러 낡은 것에 대한 새것의 갈망이 부지중 솟구쳤기 때문이었다. 바꿔 말하면 고대소설의 주인공으로는 도저히 변천하는 새 시대에 적용할 수 없으며 또한 그들은 이 시대를 수습할 수도 없겠다는 생각이 들었다. '정미 7조약'(매국조약)을 맺고(1907년 7월-필자) 조선 군대를 왜놈들이 강제로 해산시킬 때에도 남대문 시위대를 위시한 조선 군인들은 영웅적으로 전투를 하였었지만, 일병이 숭례문(南大門) 문루 위에다 속사포를 걸어 놓고 사방으로 쏘아 대는 통에 할 수 없이 퇴각하지 않을 수 없었다. 만일 왜놈에게 그런 신예 무기가 없이 서로 육박전으로만 달라붙었다면 그까짓 쪽발이는 일당백으로 해내었을 것을 원통하게도 참패를 당하였다고 그때 전투에 참가하였던 조선 군인의 분통해하는 말을 나는 직접 그에게서 들었다.

내가 고대소설에 환멸을 느끼게 된 것도 조선 군인한테 들은 그 말에서 더욱 영향을 받았기 때문인지도 모른다.

그런데 신소설이 나왔다. 신소설은 종이로부터 활자와 표지에 이르기까지 고대소설과는 다른 새로운 것이었다. 내용에 있어서도 신소설은 새로운 맛이 났다. 가령 고대소설은 으레히 각설 이때 식으로… 그것도 중국의 고대소설을 모방하였거나 번역한 것이었기 때문에 조선 사람한테는 소설 내용이 그들의 생활과 거리가 멀었다. 더구나 그것이 고대소설이고 보니 현대인의 생활 감정과는 너무나 동떨어져서 맞지 않았다. 「춘향전」, 「심청전」과 같은 훌륭한 걸작들이 있으나 그 역시 옛날이야기기는 마찬가지였다.

한데, 신소설은 현대인의 생활, 특히 그중에도 봉건 양반의 몰락상과 서민 계급의 보통 인물들을 주인공으로 등장시켰다. 이것은 고대소설에

> 서는 도무지 찾아볼 수 없는 특징이었다. 나는 「치악산」을 처음 읽어 보고 커다란 충격을 받았다. 그것은 강동지의 부녀와 같은—양반에서 압박과 착취를 당해 오던 근로 인민을 주인공으로 하여 그들의 운명을 그린 것이 나의 생활환경과 연계가 있었기 때문이다. 나는 신소설을 읽기 시작한 뒤로는 고대소설을 집어치웠다. 그것은 나도 모르게 새것을 지향하는 시대적 충동이 있었던 까닭이다. 그전에는 고대소설의 주인공들을 자기의 이상적 인물로 삼았던 것이 인제는 신소설의 주인공들로 자리를 바꾸게 되었다. 그러나 사정은 나로 하여금 집을 떠나야 하겠다는 생각을 우선 가지게 하였다. (「이상과 노력」)

> 신소설에 반하기는 「목단화」, 「추월색」이었다. 고대소설의 주인공은 신소설의 주인공으로 변하였다. 양창곡이는 김영창으로 변하였다. (「헤매이던 발자취」)

신소설 「치악산」이 나오기는 1908년이다. 이것이 지방에까지 전파되기에는 꽤 시일이 걸린 모양이다. 왜냐하면 민촌은 1909년 가을 집안이 파산한 후 겨우내 집안의 마님들에게 고대소설을 읽어 주고 있었으며, 이듬해 초에 복교하기 직전 1909년 말을 전후해서 고대소설 대신 신소설을 그들에게 읽어 주었다고 보이기 때문이다.

따라서 민촌은 모친이 죽던 해인 1905년의 가을부터 4년 남짓 고대소설을 붙들고 있었던 셈이다.

민촌은 이 양반 동네에서의 더부살이가 거북스러웠고 그네들의 사는 모습에 곧 혐오감을 품기 시작하였다. 어른들에게 소설을 읽어 주기에도 진력이 났다.

> 유량리는 민촌이 아니라 양반이 많이 사는 '반촌'이다. 나는 양반들이 눈꼴 흘리는 모양을 볼수록 더욱 집을 떠나고만 싶었다. (「이상과 노력」)

그것은 그가 양반 동네인 '유량리'로 이사 와서 반상의 차별 구조를 실감할 수 있었기 때문이었을 것이다. 더욱이 그는 집안이 망하여 이 양반 동네에 얻어먹으러 왔으며 토박이 전주이씨 패거리들의 곱지 않은 눈초리들로 인하여 스스로 민촌(民村) 출신임을 곱씹지 않을 수 없었을 것이다.

그런데 그는 그네들의 무위도식하는 삶이 수많은 작인(作人)들의 노예적인 삶을 바탕으로 하고 있음을 꿰뚫어 보고 있었다.

> 이와 같은 안참령집은 일 년 열두 달 삼백육십여 일 동안을 어느 날 하루 부족함이 없이 세월 가는 줄 모르고 잘 먹고 잘 지낸다. 그들은 의식주와 일상생활에 있어 모든 것이 풍족하였다. 그들은 손톱 하나 까딱하지 않아도 안팎 종과 하인들이 말이 떨어지기가 무섭게 여율령 시행한다.
>
> 그러나 한편, 원근 각처의 많은 작인들은 이 집에 공물을 무시로 실어온다. 가을에서 봄내는 도지벼와 나무가리를, 여름 한철은 실과와 채소 등의 온갖 식용품을 선사한다. 그리는 대로 안참령집 곡광에는 곡식이 들여 쌓이고 찬광에는 음식이 썩을 만큼 푸짐하게 만들어져서, 가난한 이웃 농가에서는 오히려 굶주림이 있건만 쥐와 참새가 잔치를 하고도 남을 만큼이었다. 실로 이 집 식구가 금의옥식에 싸여서 호강을 만판 하는 반면에 수많은 작인들은 얼마나 헐벗고 굶주리며 노역에 허덕거리는가. 물론 그들은 피차의 환경에서 서로 그것을 당연히 알고 있었던 터이라 불평을 말하는 사람은 없었다. (『봄』, 338~339쪽)

그가 큰고모집의 더부살이에 염증을 느낀 것은 또한 두 집안간에 의(誼)가 상했기 때문이기도 하였을 것이다.

> 매가(妹家)에서는 친정의 큰집, 작은집의 온 집안 식구를 온통 먹여 살리는 셈이었다. 내년에 농사나 짓는다면 모르지만 지금은 몸들만 이사를 왔으니 일동을 대 주어야 한다. 그것은 당초부터 예산을 했던 것이지만, 그래도 한집 식구라면 모르는데 두 집안 살림까지나 무슨 수로 댈 것이며, 또한 그것은 무슨 턱으로 댄다는 거냐.
>
> 영준의 모친도 유선달의 배짱에는 적지 않게 애생이가 났다. 이사를 시킨 큰집 식구들은 우선 친정어머니와 어린 동생과 조카들이 있으니 살린대도 아깝지가 않겠다. 하지만 선달로 말하면, 소가 살림을 할뿐더러 방깨울 전장의 마름만 잘 보더라도 한집안 생활은 넉넉히 살 수 있다. 그런데 그렇게 거덜이 나게 된 것은 첫째는 살림에 규모가 없이 허랑하고, 둘째는 술을 과히 먹기 때문에, 말하자면 자작지얼이니 선달은 고생을 해도 싸다는 것이다.
>
> 이와 같이 유선달은 차차 매가에게까지 눈 밖에 나기 시작했다.
>
> 그렇지 않아도 일가집에서들은 춘광이가 이사를 온 뒤로 수군수군 뒷공론이 많았다. 그들은 일가는 안 살리고 외가만 위한다는 불평이었다.
>
> 이래저래 유선달과 안참령집 모자와의 사이에는 경제 문제로 의가 상할 지경이다. (『봄』, 339~340쪽)

이러한 환경의 급전(急轉)은 민촌에게 큰 타격이었을 것이다. 부친이 갑자기 온 집안 식구들의 천덕꾸러기가 되고 두 집안간에 불편한 기류가 형성된 것은 엊그제까지 상민들만이 사는 동네에서 남부러운 줄 모르고 자라온 그에게 견디기 어려운 정신적 시련이었을 것이다.

민촌은 후일 자신의 호 '민촌(民村)'에 관하여 이렇게 썼다.

나는 본시 별호를 가진 일이 없었다. 그런데 최근에는 나의 호가 아주 '민촌'인 것처럼 남도 부르고 나도 대답하게쯤 된 것은 나 스스로도 이상한 감이 없지 않다.

원래 '민촌'이란 유래는 나의 최초의 단행본 단편 창작집 중에 실은 소설 제목 「민촌」으로부터인 줄 안다. 나는 그때 단편집을 꾸밀 때에도 별로 적당한 제호가 없기 때문에 그중에 있는 '민촌'으로 대표했을 뿐인즉 물론 그것으로 내 호를 삼을 생각은 조금도 없었다. 그런데 그 후 수년을 지나서 〈조광(朝光)〉의 어떤 회석(會席)에서 벽초 홍명희 씨가 나에게 호의 유무를 문(問)할 때 없다고 답한즉, 그럼 '민촌'이라고 하자고 최초로 불러 준 일이 있었다. 그러자 그 석상에 같이 앉았던 전무길(全武吉) 씨가 미구(未久)하여 대조(大潮) 잡지를 시작한 후에 나의 호를 민촌이라고 까십을 낸 뒤로부터 하나둘씩 친구 간에 부르기 시작한 것이 금일에 지(至)한 것이다.

그런 만큼 나는 '민촌'에 대해서는 지금도 그리 감심(感心)하지 않는다. 더욱 '촌(村)' 자는 재래에 항다반 쓰는 자이므로 구식이라 재미없다. 내가 '민촌'을 쓴 동기를 생각하면 더욱 그렇다는 것이다. 나의 고향은 지금도 다소간 그런 잔재가 있지마는 소위 반상의 구별이 대단하였다. 그래서 동리로도 양반촌과 상놈촌이 따로따로 있었다. 나는 반촌에서 살았던 만큼 나 자신도 명색 양반 추열에 들었으나 그러나 갑오년 이후로 실각한 양반은 따라서 가난하게 되자 우리 집 역시 호기를 뽐내지 못하는 불우한 양반이었기 때문이든지 나는 어려서부터 상놈촌을 동정하였다. 상놈촌은 조그만 고개 하나만 넘어가면 있는데 다 같은 사람으로 이 사람들은 반촌인에게는 아이들에게까지라도 무조건하고 천대를 받는 것이었다. 그런데 그 상놈촌을 '민촌'이라고 부른다. 촌명부터 하대하자는 것이다. 나는 그들의 평민적 생활과 아울러 그들에게 동정하는 나의 민주적 사상을 거기다가 그려 보자 한 것인데 작품으로서 실패한 것은 지금도 유감으로 생각한다. 3월 12일. 이기영. (「'민촌'의 유래— 나의 아호(雅號) 나의 이명(異名)」, 〈동아일보〉 1934. 4. 2)

주위에서 그를 '민촌'이라고 호를 붙여 준 것은 그의 단편 「민촌」이 1926년에 발표되어 문단의 주목을 끌고, 이듬해에 단편집 『민촌』이 출간되자 그것이 주위 문우(文友)들의 뇌리에 크게 각인되었기 때문이다.

그런데 민촌은 등단(1924. 7) 이래 해방이 될 때까지 100여 편의 장·단편을 실명으로 발표하였는데, '민촌(民村)'으로 발표한 것으로 확인된 것은 「가을」(1934. 1)과 『봄』(1940)뿐이다. 『고향』(1933) 이후의 것들이다. 그 외에 '을록(乙祿)'으로 1편, '성거산인(聖居山人)'으로 2편, '이민촌(李民村)'으로 발표한 것이 2편뿐인데, '민촌생(民村生)'으로 발표한 것은 9편이나 된다.

여기서 '을록(乙祿)'은 아명(兒名)일 것으로 추정된다. 민촌의 아우가 '우록(又祿)'으로 올라 있다가 1923년 3월 10일 '풍영(豊永)'으로 정정 신고된 것으로 호적에 나오며, 서모가 낳은 아들 제영(悌永)도 '여록(勵祿)'이 정정된 것으로 나온다. 민촌의 경우에는 그러한 정정의 흔적이 없으나 동생들의 경우를 보아 그렇게 추정되는 것이다. 본래 항렬의 돌림자는 '영(永)'이다.

그 외의 필명은 '성거산인', '이민촌', '민촌생' 등 모두 출신지를 나타내고 있음이 주목된다. 특히 자신이 '민촌'의 출신임을 나타내고 있다. 『고향』 이후에도 소설에서나 비평 및 잡문에서도 실명을 주로 썼고 간혹 실명을 피할 때에도 '민촌'이라는 호보다는 겸허하게 출신지를 나타내어 '민촌생(民村生)'을 선호하였던 것이다.

나라 없는 식민지 백성이 이름 석 자도 송구한데 주제넘게 무슨 호(號)랴! 호, 자, 별호, 아호도 부족해 시호로까지 스스로를 주렁주렁 치장하는 것이 봉건 귀족의 취미였다. 식민지 시대의 문인 중 많은 이들이 호를 즐겼는데 그들은 일제 말기에 창씨개명도 서슴지 않았다.

집안의 파산이 민촌에게 가져다준 또 하나의 불행은 그가 학교를 일시 중퇴하지 않을 수 없게 되었다는 사실이다.

그해 가을 학기가 시작되면서부터 학교는 교사(校舍) 증축을 완료하고 정식 선생을 초빙해 오는 등 그 모습을 일신함으로써 민촌은 새로운 의욕에 북받쳐 향학열이 막 불붙기 시작할 때였다.

> 신선생이 새로 온 뒤로부터 사실 학생들은 활기를 띠우고 신학문의 바다로 헤엄을 쳐 나갔다. 석림이도 공부의 재미를 붙이고, 불피풍우 날마다 십 리 길을 왕복하였다.
>
> 그러나 석림은 공부에 대한 새 희망의 거보(巨步)를 채 떼기도 전에 뜻밖의 비운이 닥쳤다.
>
> 그것은 유선달의 살림이 일조에 몰락을 당하기 때문이다. (『봄』, 332쪽)

『봄』은 민촌이 집안의 파산 후에도 중퇴하지 않고 학업을 계속하는 것으로 그리고 있으나 이는 사실과 다르다.

> 나는 그동안에 학교를 다니었으나 집을 쫓겨날 무렵에는 일시 퇴학을 하였다가 이사를 한 뒤에 다시 다니기 시작하였다. (「나의 수업시대」)

앞서 보았듯이 『봄』은 학교가 새 모습을 갖춘 것이 민촌이 장가든 해(1908)의 가을이고 부친의 파산 시점도 그 당시인 것으로 묘사하고 있다. 그러나,

> 나는 1910년 봄에 읍내에 있는 사립 영진학교를 명색 졸업이라고 하였다.
>
> 그때 나의 가정 형편이 상급 학교에는 진학할 처지가 못 되었다. 나는 소학교나마 중도에 퇴학하고 집에서 농사를 짓다가 그 이듬해에 다시 복교를 하여 겨우 학교를 졸업했다. (「이상과 노력」)

가을에 중퇴하고 그 이듬해에 복교하여 졸업한 것이 1910년 봄이므로 집안의 파산 시점은 1909년 늦가을쯤으로 보는 것이 옳을 것이다. 따라서 학교가 중창을 완료하고 정식 교사를 초빙한 것은 그 직전 초가을쯤일 것이다. '평의회'에서 교사(校舍) 증축 등을 위한 기금 모금을 결의한 지 1년 반쯤 경과한 시점이다.

다음의 회고를 보아도 그가 가을, 겨울에 몇 달간 학교를 쉰 것으로 보는 것이 자연스럽다.

> 나는 이 특전(학생의 신분-필자)을 오래 계속하지 못하게 되었다. 중간에 나는 다시 농촌으로 끄잡혀 가게 되었다. 나는 어린 아우와 같이 나무하러 산으로 갔다. 짚신 삼는 견습도 해 보았다. (「헤매이던 발자취」)

그가 복학하여 졸업할 수 있었던 것은 이듬해에 가정교사로 입주할 수 있었기 때문이다.

그러는 동안에 행운은 다시 돌아왔다. 나는 다시 학교에 가게 되었다. 그것은 어떤 이의 호의로 그렇게 된 것이었다. 그 어떤 이라는 이는 자기의 자식의 공부 잘되기 위하여 나를 갖다 둔 모양이었다. 그러나 그것은 실패에 가까운 일이었다. 어떻든지 나는 그 덕으로 소학교나마 마치게 된 것이다. 만일 그렇지 않았다면 나도 내 아우와 같이 무식한 농군이 되었을 것이다. (……) 명색이 학교 졸업이지 실력으로는 아마 보통학교 3학년 정도도 부칠 것이다. 그나마 학교 경영이 곤란하여 교사가 한 달에도 몇 번씩 갈리고 기타에는 몇 달씩 휴교를 하다가 4년 만에 겨우 졸업장이라고 한 장을 타 들고 들어왔다. (「혜매이던 발자취」)

『봄』에 의하면 한참봉집은 그전에 '사랑에다 독선생을 앉히고 외손자 형제에게 글공부를 시키었었다'(『봄』, 298). 그들은 서당 공부 못지않게 왜말의 중요함도 깨닫고 외손자 형제를 학교에 넣으면서 똑똑하기로 소문난 민촌을 가정교사로 들이지 않았을까. 필자는 이와 같이 민촌이 가정교사로 입주한 집을 『봄』에 나오는 '한참봉집'으로 추정한다.

유량리로 이사한 후에 학교에도 못 다니고 집에서 밤낮 안방마님들에게 소설만 읽어 주는 아들의 장래를 걱정하여 부친이 그에게 가정교사 자리를 주선해 주었을 것으로 보인다.

민촌은 가정교사로 입주하면서부터 마나님들의 등쌀을 벗어나게 되었으며, 이것은 그에게 커다란 해방감을 안겨 주었을 것이다.

석림은 가코지로 이사를 온 뒤로 한동안은 날마다 통학을 하였다.

그러나 거의 이십 리나 되는 먼 길을 날마다 통래하기는 심히 고달팠다. 그것은 춥지 않은 때는 오히려 나았지만 겨울 한철에는 다닐 수가 없었다.

따라서 그는 한겨울 동안은 읍내에 기숙하지 않으면 안 되었다. 한 달에 쌀 서 말씩만 주면 어디든지 부칠 수 있다. 그것은 채도사 집에서도 다시 오라 하고 한참봉집에서도 부쳐 준다는 것이었다. 그전만 같아도 쌀 서너 말쯤은 문제가 없었다. 하나 지금은 그럴 형편도 못 된다.

(……)

그래서 가코지 식구들은 한 달에 얼마씩 요를 타서 먹는 것도, 먹는 것이 가시 같고 송구해서 못 견딜 판이었다. 거기에 또다시 석림이의 기숙쌀까지 보태 달랄 염치는 없다. 그것은 영준이의 생각에도 그러하였다. 한 달에 쌀 서 말이 하상 얼마나 된다고 아깝다 할 것은 없겠지만, 그렇게 일동일정을 대어 주다가는 나중에 어찌 될지 모른다는 일말의 불안과 아울러 불쾌하기 때문에 모른 척하였다.

(……)

석림은 날마다 새벽밥을 지어 먹고 가으내 학교를 통학하였다. 그러나 날은 차차 추워지고 해는 짧아서 하루를 다녀오자면 여간 고달프지가 않았다. 그래도 그는 이를 깨물고 매일 거르지 않았다. 다행히 아래뜸에서 올 가을부터는 동무가 하나 생겨서 갈 때에는 같이 가기가 드물었으나 돌아올 때는 동행을 할 수 있었다. 그들은 오후 서너 시에 파하면 날이 저물고 캄캄해야만 집에 당도하였다. (『봄』, 339~341쪽)

민촌이 집안의 파산 후에도 계속 학교에 다닌 것으로 묘사한 위의 내용은 이미 보았듯이 사실과 차이가 있다. 그는 학교 중퇴와 한참봉집에서의 가정교사 생활을 기술하려다가 이를 포기하고 서둘러 『봄』을 끝맺는다. 그는 『봄』을 서둘러 끝맺는 과정에서 약간의 무리를 범하고 있다.

즉, 그는 『봄』을 더 계속할 수 있는 상황이 아님을 감지하고, 하고 싶은 말을 우선 해야겠다고 생각했기 때문이었는지, 그때까지 줄곧 지켜

오던 관찰자의 차분한 시선을 거두고 갑자기 주관적 입장으로 돌아서서, 높은 톤으로 봉건 구습을 신랄하게 규탄하면서 『봄』을 끝맺고 있다.

신선생은 각국의 신화를 비교하면서 조선의 그것도 이야기하였다. 그는 신화를 읽어 보면 그 나라의 문화 정도를 알 수 있다 한다. 그런데 조선의 신화는 어떠한가. 대개 아무 의미가 없는 황당무계한 도깨비 이야기가 아니면 귀신 이야기뿐이다. 그렇지 않으면 도적놈 이야기와 요행수를 바라는, 모두 다 옛날 양반의 행악질하던 생활 속에서 우러나온 그 따위뿐이라는 것이었다.

도깨비감투와 금방망이를 얻으면 세상에 못할 짓이 없고 남의 재물을 훔쳐 와도 아무 눈에 뜨이지 않는다는 것은 서슬이 푸른 양반이 아니며, 또한 게으른 소금장수가 꿈에 신선이 현몽한 장소를 가 보았더니만 생금뎅이가 서기하는 것을 주워다가 당장 부자가 되었다는 것은 그런 생활의 환상이 아니냐고….

그것은 어른들의 이야기도 역시 그런 부류였다. 안참령집 사랑에 모이는 소위 유식한 양반들도 세상사와는 너무도 거리가 먼 한문 타령과 양반 이야기가 절반 이상이다. 그 밖에는 정감록을 되풀이하고 십승지(十勝地)의 피난처를 다시없는 이상향으로 점도록 지껄이면서, 짜장 세상은 어떻게 변해 가는지 모르는 화상들이었다.

석림은 가끔 큰사랑으로 놀러 가 보면 그들은 무시로 그런 이야기를 하고 있었다.

그것은 마치 암흑한 딴 세상에 사는 유령들 같았다. 그들의 생활은 깊이 들여다볼수록 모든 층계에 회색의 장막이 둘러씌웠다. 어디를 보든지 명랑하고 생기 있는 구석은 안 보인다. 그것은 있는 사람도 그렇고 없는 사람도 그렇게 보이었다. 그 속에는 모든 것이 묵고 곰팡 슬고 먼지가

> 케케로 앉은 굴속의 생활과 같다. 웬일일까? …
>
> 방안에는 요강과 타구가 널려 있는데 머리는 상투와 망건으로 겹겹이 결박을 하고 텁텁한 공기를 마시면서 정신적으로는 또한 고대소설의 태곳적 세상을 파고드는 그들! 그들은 참으로 그 속에서 무슨 신선한 생활을 찾아낼 것이냐?
>
> 그 속에서 먹고 자고 울고 웃고 늙고 앓고 죽고, 자식을 나서 죽이고, 또 낳고 하는… 주야장천 밤낮 그 짓을 되풀이하는 인생들은 참으로 무슨 의미로 살려는 것인가. 그것은 부자나 빈자나 한결같이 인생의 고해를 속절없이 허위대는 것만 같이 보인다. (『봄』, 342쪽)

다시 한 번 민촌 문학의 '목적성'이 서투르게 노정되었다.

이렇게 『봄』은 끝났다. 아니 중단되었다[단, 북한에서 출판된 『봄』에는 그 뒤에 친구 홍진유에 관한 한 개의 장(章)이 더 붙어 있다].

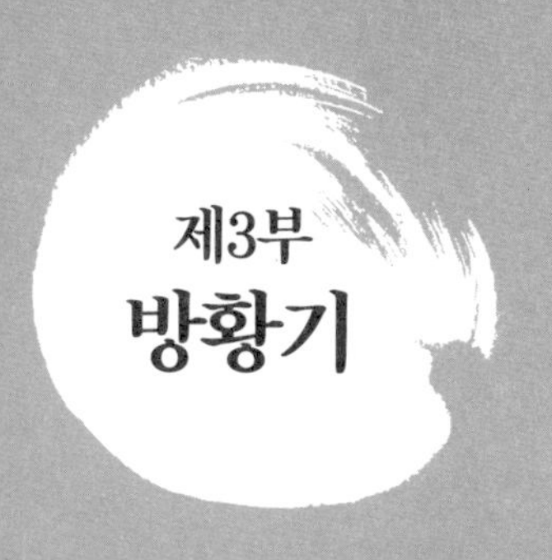

제3부
방황기

16세부터 30세(1911~1924)까지

12. 암흑(暗黑)

민촌이 학교를 졸업한 1910년(16세) 봄. 그는 방황하기 시작한다.

그렇게 나오고 보니(학교를 졸업하고 보니-필자) 무엇 하느냐 말이다. 그야말로 중도 아니요 속한도 아니었다. 명색 없이 머리 깎고 사포 쓰고 다니는 어정잡이가 되었다고 할머니는 늘 지청구를 하였다. "차차 철날 때도 되어 가니 집에서 살림살이나 거들고 하지 어디로 그렇게 쏘다니느냐"고. 그러나 나는 밥숟갈을 놓기가 무섭게 마실로 내빼었다. 나는 십리나 되는 읍내를 밤낮으로 오르내렸다. 그것은 우리 동네에서는 의기투합하는 동무도 없었음이다. 하기는 부친의 친구 되는 자질들이 이 동리에 많이 살았다마는 그때쯤은 학교라면 비상으로 알던 때이다. 서당에 다니는 그들과는 추축(追逐)되지 않았다.

(……)

소학교를 졸업하고 나와서 나는 미구에 잠업강습소에서 다시 6개월을 치렀다. 그것은 무슨 내가 양잠사가 되고자 해서 함이 아니라 집에서 할 일은 없고 놀기는 싫어서 들어간 것이다. 잠업학교를 마치고 나니 그 때 마침 토지조사국에서 기수를 채용한다는 광고가 크게 붙었다. 부친은 나를 명하여 응시해 보라 하였다. 완고한 부유들은 판임관이라는 바람에 마치 예전 과거나 보이는 것같이 떠들어 대었다. (「헤매이던 발자취」)

그의 꿈은 해외 유학이었다. 그래서 그는 동창생들처럼 군(郡)이나 헌병대 등에 취직하여 직장생활을 하는 것에는 관심이 없었으며, 잠업강습소에도 다녀 보고 측량기수 채용 시험에 응시도 해 보지만, 그것도 그의 뜻은 아니었다. 그것은 그가 학교를 졸업하기 수개월 전부터 탐독해 온 신소설의 영향이었다.

나는 신소설의 주인공들처럼 우선 해외에 유학을 하여 서양 각국의 문명한 공기를 마셔야겠다는 생각으로 가득 차 있었다. 그래서 고국으로 돌아와서는 나라의 독립과 자유를 위하여 활동하는 애국자로 훌륭한 사람이 되겠다고 몽상하였다. 그것은 나의 고향인 천안에 그냥 있다가는 아무런 발전도, 장래의 희망도 없을 것이라는 것을 잘 알고 있었던 까닭이다. (「이상과 노력」)

그러나 더부살이를 하는 민촌에게 있어 그것은 비현실적인, 그야말로 '꿈'에 불과한 것이었다.

나는 (학교 졸업 후-필자) 서울 유학은 아예 단념하고 해외로 도망갈 궁리를 하였다. 하나 그 역시 나에게는 어려운 일이었다. 당시 나의 처지로서는 단돈 1원을 마련할 길이 없으니 우선 여비를 어떻게 변통할 수 있느냐 말이다. (「이상과 노력」)

민촌이 측량기수 채용 시험에 응시하기 위하여 상경한 것은 합방(1910. 8. 29) 직후인 듯한데, 나라 잃은 그의 상심(傷心)은 컸다. 그는 그 시험에 낙방한다. 기수의 봉급으로 해외 유학 여비를 마련하려던 그의 계획은 수포로 돌아간다.

> 나는 그때 속으로 그들을 웃었다마는 아무려나 서울 구경도 할 겸 합격되면 고비(高飛)할 여비나 붙들어 볼까 하는 생각으로 귀가 송곳하였다. 이에 경장을 갖추어 가지고 철마의 등에 올라탔다. 장래의 영웅은 서울 구경도 처음이요 물론 기차도 처음이었다.
>
> 그때 서울을 대하는 감상은 불유쾌하였다. 어째서 그랬던지? 그것은 나도 모르겠다(일제에 대한 반감을 검열을 피해 이렇게 표현한 듯-필자). 나는 구경도 안 다니고 주인집에 들어앉았다.
>
> 그런데 급기야 시험을 본 것이 참혹하게 낙제를 하고 말았다.
>
> 나는 그길로 돌아와서 더욱 마음이 들떴다. 가 보도 못한 미국 영국이 꿈에 다 보이기까지 하였다. 나는 돈푼이나 생기면 술을 마시고는 천하사를 통론하였다.
>
> (……)
>
> 그해가 바로 ○○○ ○○○(조선이 합방당-필자 추정)하던 해이다. 나는 그 후 더욱 감개무량하였다. 술을 마시고 주먹으로 땅을 치며 천지간 무일장부의 탄을 발하였다. 술 있는 강산에 호걸이 많고 돈 없는 천지에 영웅이 적다고 한탄하였다. 그럴수록 나는 집에 들기가 싫었다. 위천하자(爲天下者)는 불고가사(不顧家事)라 한 말을 부르짖었다. 바야흐로 영웅이 일세를 진○하려는 듯이 나는 일대 웅비를 획심하였다. (「헤매이던 발자취」)

'합방'이 된 후에 나는 더욱 집을 떠나고 싶었다. (「이상과 노력」)

민촌이 잠업강습소에 다니면서 양잠 기술 및 제사 공정을 학습한 것과 토지조사국의 기수 채용 시험에 응시한 것은, 후일 그로 하여금 일제의 식민지 경제정책(섬유공업 육성을 통한 노동 착취와 토지소유 법제화를 통한 농지 수탈)의 본질을 꿰뚫어 볼 수 있게 하는 데 크게 도움이 되었을 것으로 보인다. 제사공장과 토지조사는 그의 여러 작품에 중요한 소재로 거듭 나타나고 있다.

부친이 아내가 죽자 벼슬을 포기하고 낙향하여 술독에 빠졌듯이 민촌도 자신의 처지를 비관하고 나라가 망한 것에 대하여 비분강개하고 있었다. 그는 죽은 모친과의 약속도 저버리고 폭음을 하며 주사를 놓았다. 그는 이제야 부친을 다소 이해할 수 있었을 것이다.

그는 또 자신의 주위에 사람이 없음을 한탄하였다.

> 나는 내 주위에서 나의 앞길을 지도해 줄 만한 사람이 없음을 슬퍼하였다. 나는 혹시? 하고 그런 이를 두루 찾아보았지마는 도무지 발견하지 못하였다. (「헤매이던 발자취」)

> 어느 누구도 시골 산골에서 자라난 나와 같은 소년들의 앞길을 인도하여 주는 선배가 없었다. 봉건 양반들은 케케묵은 완고한 사상으로 옛날이야기만 하였고, 나라가 멸망하여 가건만도 그들은 애꿎은 탄식과 '정감록의 계룡산' 타령만 하고 있었다.
>
> (……)
>
> 1910년에 조선은 필경 왜놈에게 최후의 멸망을 당하는 '합방'이 되었다. '합방조약'이 발표되던 당시 이왕(李王)의 유고(諭告)를 읽어 본 유생

들은 계룡산 신도(新都) 안에 다음과 같은 허황한 글귀—

四年七月李花落
六代九月海雲開
方夫人戈—庚戌
口或禾多—國移

등이 바윗돌에 새겨졌다고 수군덕대었다. 이것은 『정감록(鄭鑑錄)』에 있는 '비결(秘訣)'인 만큼 국운이 다하여 나라가 망하였으니 할 수 없는 일이라고 그들은 숙명론을 되풀이하며 오직 한탄을 할 뿐이었다. 그런가 하면 '일진회'—친일파들은 왜놈의 세력에 붙어서 자기 일문의 영화와 출세를 도모하여 이권과 상권을 얻으려고만 눈이 뻘겋게 날뛰었다. 이 자들은 개화(開化)에 빙자하여 매국 배족의 몰염치한 죄악적 행동을 하고 있었다. 이런 환경 속에서 사는 시골 소년들이 무엇을 배우며 그들의 장래를 지도할 사람이 누가 있었겠는가? (「이상과 노력」)

'합방' 후 서울의 모습을 처음 보고 그의 견문과 시야는 크게 넓어졌을 것이다. 그는 이제 세상을 더욱 비판적으로 바라보기 시작한 것 같다. 그리하여 그때까지 정답고 친근했던 주변의 여러 사람들이 모두 무지하고 고리타분한 인간들이라고 얕잡아 보고 그들을 혐오하기 시작한 것 같다. 아내를 비롯한 아낙들과 마님들은 물론 사랑에 모이는 마실꾼들이며 읍내의 장사치들, 그리고 처갓집 식구들까지 모두 그에게는 옹졸하고 이기적이며 나라가 망했는데도 정감록이나 지껄이고 있는 실로 답답하고 한심한 군상들로 새삼 비쳤을 것이다.

학교를 졸업하자 민촌은 '중산선생', '신선생'과도 헤어지게 되었고, 친구 홍진유도 멀리 떠나갔다.

홍은, 북한에서 출판된 『봄』의 말미에, 학교를 졸업한 그해 칠석 다음날 민촌이 삼촌과 함께 마을 앞 논두렁의 풀을 베고 있을 때 찾아와 마산으로 떠나겠다고 통보한다. 그의 부친은 금광에서 손을 떼고 연산으로 이사하여 농사를 지을 것이라고 하였다. 아마도 그의 부친이 금광에서 크게 실패한 것으로 보인다. 홍의 계획은 마산에서 광업을 하는 부친의 친구한테 찾아가서 서기를 보다가 여비가 마련되면 일본으로 건너가 공부를 하겠다는 것이었다. 이튿날 민촌은 천안역에 나아가 마산으로 떠나는 홍진유를 배웅하는 것으로 북한에서 출판된 『봄』도 끝난다.

부친은 어떠하였는가?

고대소설에 나오는 영웅과 같은 풍모를 지녔던 그는 1909년 가을에 파산을 당하고 엄리에 남아 있다가, 그 이듬해(1910)부터는 목천군으로 옮겨 거기서 서울 모 지주댁의 마름을 보고 있었다.

> 그 주인집(민촌이 측량기수 채용 시험에 응시코자 상경하여 묵은 집 -필자)은 적선방 무슨 동이라는 데 있는 집인데 바로 영성문 옆이었다. 그 집은 부친이 사음 보는 모 지주댁이었다. 부친은 그마즉에 어떻게 이 집 사음을 얻어 해 가지고는 서모와 따로 M군에서 별거하였었다. (「혜매이던 발자취」)

'M군'은 '목천군'을 말한다. 1917년 10월 15일에 태어난 그의 '오녀(伍女)' 영희(永姬)의 출생지는 '천안군 성남면 석곡리 189번지'(호적)로, 성남면은 일제가 1914년에 행정구역을 개편하기 전까지 목천군에 속하였다.

부친은 빚잔치를 어떻게 끝냈는지 목천군에 마름으로 정착하였다. 지주는 누구였을까? 작은고모의 시댁인 강릉김씨의 일족일까 하고 찾아보았으나 아닌 듯하다.

석곡리는 전부터 문화류(柳)씨의 집성촌이었다. 해방 전부터 '김동진'이라는 외지 사람이 석곡리 2구 앞의 꽤 넓은 전장을 가지고 지주 노릇을 하며 '방죽안'에 잠시 살았다 한다. 그는 해방 후 토지개혁 때 그 땅을 모두 마을 사람들에게 넘기고 아주 떠나 버려 지금은(1995년 필자가 현지 답사할 당시) 소식이 감감하다 하는데, 그가 무슨 김씨였는지조차 아는 사람이 없었다. 그들은 그가 벼슬하던 사람 같지는 않다고 하였다.

석곡리 2구 마을 앞 논 한가운데의 189번지에 당시의 마름 이민창이 살았을 것으로 보이는 퇴락한 빈집이 버려진 채 그대로 남아 있다. 그곳의 주민 류화룡 씨의 장남 류신열 씨의 소유로 되어 있다.

민촌의 부친은 결국 '마름'이 천직(天職)이었던 모양이다.

민촌의 아우 풍영은 그의 나이 9세 봄에 형이 결혼하였고 10세 가을에 집안이 망하였으므로 얼마간은 서당에 다녔으리라고 짐작된다. 그런데 필자는 조모로부터 이분이 어릴 때부터 공부를 하려고 하지 않았다고 들은 바 있으며, 민촌의 회고와 작품에도 그가 일찍부터 공부를 멀리한 것으로 나온다. 그는 할머니와 함께 큰고모댁의 행랑에 들었다가 얼마 후 부친을 따라 목천에 가서 살았던 것으로 보인다. 그의 호적을 자세히 살펴보면 어느 때부터인지는 몰라도 '충남 천안군 성남면 석곡리 189번지'에 거주했던 것으로 나온다. 부친이 그곳 목천에서 마름을 보면서 그에게 농사일을 가르쳤던 것이다.

일찍이 사표(師表)로서의 부친을 상실하고 나라와 스승, 친구마저 잃어버린 민촌은 이제 가족의 품을 벗어나려 하고 있었다. 그는 밥숟갈을 놓자마자 읍내로 내달았다. 그는 홀로 '암흑 속에서 광명을 찾아 헤매었으며 자기의 앞길을 몰라서 갈팡질팡 방황하고 있었다'(「이상과 노력」).

그는 왜 고향에 마음을 붙이지 못하고 그토록 집요하게 날고자 했을까? 그의 어린 시절로 잠시 되돌아가 보자.

> 동쪽으로 멀리 성거산맥이 꾸불거린 저기 수림 속으로 어렴풋이 보이는 것이 성불사인가 보다. 거기를 올라가 보면 서해 바다가 보이는 것은 산협에서 자라난 우리로는 일종의 경이를 느끼게 하였다. (「과거의 생활에서」)

> 부친의 말을 들어 보면 신기한 것은 그까짓 연필뿐 아니라 한다. 실로 서울에는 신기한 것이 무등 많다는 것이었다.
>
> 이곳 읍내 앞으로도 지금 한창 철도를 놓기는 하지마는 서울에는 전차까지 놓였다 한다. 대체 전차는 어떻게 생긴 것일까. 그리고 시골서는 볼 수 없는 별별 물건이 다 있다는 것이다.
>
> 석림은 그런 말을 들을 때마다 자기도 어서 커서 서울 구경을 하고 싶었다.
>
> "오냐, 너도 이담에 크거든 서울로 가자."
>
> 그는 모친이 살았으면 어머니를 조르며 응석을 부렸으리라. 하나 지금은 그럴 수가 없었다. 그래 그는 오직 마음속에만 그것을 새겨 두었다. 따라서 아버지가 시골집으로 내려온 까닭을 비로소 알 수 있는 것 같았다. 부친은 서울이 그렇게 좋기 때문에 집에 올 생각이 없었던 것이라고. (……)
>
> 불과 십 리밖에 안 되는 정거장에서는 기적소리가 자주 들린다. 바람이 치불 때에는 소리가 바로 지척에서 나는 것 같다.

그럴 때마다 석림이는 공연히 울적한 생각이 들어서 가슴이 멍쿨하였다.

저 차를 타면 어디까지 갈 수 있는가. 그는 멀리멀리 어디로 지향 없이 가고 싶은 충동을 느끼었다.

(……)

장궁이가 입학을 한 뒤로 시골 학도들은 그에게 서울 지식을 많이 듣게 되었다. 석림은 그의 부친 유선달한테 어른들끼리 이야기하는 것을 귓결에 들어 보긴 하였으나 이렇게 장궁이에게서처럼 자상히 들을 수는 없었다. 그는 조용한 틈을 타서 장궁이와 단둘이 학교 뒷산 잔등 언덕 밑으로 양지쪽을 찾아갔다. 거기서 서울 이야기를 잠착히 듣고 앉았을 때는 그것이 다시없는 행복감을 준다. 동시에 그것은 황홀한 희망의 날개를 끝없이 펼치게 하였다.

한동안 장궁은 여러 학도들의 중심인물이 되었다. 그들은 누구나 서울 이야기에 팔려서 하학시간만 되면 이야기를 하라고 졸라 댔다.

활동사진 이야기, 전차, 전등 이야기 하며, 나발 같은 유성기 속에서는 사람의 목소리가 천연스럽게 나오고 안경 같은 두 바퀴 자행거를 서울 사람들은 재주 좋게 타고 다닌다는 것이었다.

생전 처음 듣는 그런 이야기는 시골 사람들 그중에도 석림이와 같은 산골에서만 커난 사람에게는 마치 저 어디 멀디 먼 신비의 나라에서 가져온 딴 세상 이야기를 듣는 것 같았다. 참으로 신기하다. 그는 사실 신화를 듣는 때와 같이 묘망(渺茫)한 꿈속에 잠겨 있는 듯하였다. (『봄』, 60~61 · 68·239쪽)

민촌은 학교를 졸업한 이듬해(1911년, 17세)에도 건달처럼 읍내로 쏘다니며 함께 집을 나설 동지를 찾아 헛되이 헤매었다.

지금이나 그때나 나라는 사람에게 무슨 그다지 괄목할 만한 변천이야 있었으랴마는 시골구석에서 문견 없이 커 가느니만큼 넓은 천지를 동경하는 마음은 컸었다. 부자유하고 공허한 생활을 보내느니만큼 소위 '남아입지출향관(男兒立志出鄕關)'의 공명심이 발발하였다. 농(籠) 속에 갇힌 새가 저 넓고 푸른 하늘가를 바라보고 한번 운외(雲外)에 비상하고 싶은 충동이라고 할까? 그것은 백발삼천장(白髮三千丈)이라는 격의 한문자의 과장 식이다마는 어떻든지 나는 십오륙 세 시부터 밤낮 도망갈 궁리만 하였었다. 말하자면 공상 같은 막연한 이상에 늘 뛰었었다고 함직한 말이다.

그러나 이런 장거가 어찌 일조일석에 실현되랴? 옥연몽에 양창곡이와 들은풍월의 비사맥, 나파륜 같은 영웅으로는 자부하였지마는 혼자 나서기는 고적할 듯하여 동지를 얻으려고 동무들 가운데 암만 꾀어 보아야 도무지 한 놈이나 들어먹어야지. 그런 데다가 단돈 1원을 변통할 수 없는 그때 나의 주변으로는 덮어놓고 나설 수도 없었다. 그래도 과감하게 불우강개지탄(不遇慷慨之歎)을 연발하며 애오라지 운수불길만을 탓하였다. (「출가소년의 최초경난」)

당시에 그는 서점에서 점원 노릇도 하였는데, 그 주인과는 3년 전에 민촌이 결례(缺禮)를 하여 서로 무안함을 주고받은 사이였다.

내가 열대여섯 살 먹었을 때, 나의 시골인 천안 읍에서 선생(현병주-필자)은 흥남서시(興南書市)라는 서점을 경영했었다. 나는 그때 보통학교 전신인 사립학교를 다녔었는데 자연 책을 사러 다니는 관계로 선생을 알게 되었다.

나는 그때 교과서를 사는 것보다도 어른들의 심부름으로 고대소설을 많이 샀었다. 그 뒤로 내가 학교를 졸업하고 나서 하는 일 없이 놀게 되었는데 선생은 나를 어떻게 보았던지 서점에 좀 있어 달라는 것이었다. 나는 그렇지 않아도 촌집에서 놀기가 심심해서, 하여 날마다 읍내로 내려와 놀다시피 하던 차에, 잘되었다 싶어서 그리하기로 하였다. 더구나 다른 상점보다도 서점이라는 데 솔깃하였다. 나는 그때 재미를 붙이던 소설(문학)을 서점에 있으면 더욱 친할 수가 있다는 것이 기뻤고 사실 내가 그동안에 이나마라도 문학으로 나올 기초를 닦았다고 볼 수 있다. (「수봉선생」, 〈동아일보〉 1939. 2. 18)

민촌의 독서 방향에 다소간 영향을 끼쳤을 것으로 보이는 현병주(玄丙周, 1880~1939)의 인간적 면모는 어떠했을까. 같은 글에 이렇게 나온다.

선생이 일상 향념(向念)한 것은 구차한 현실적 방면도 아니요 그가 전공한 한학에 사로잡힌 부유(腐儒)의 심장적구(尋章摘句)도 아니었다. 오히려 연대의 현격을 느끼면서도 늘 새로운 공기를 접촉하고 싶어 한 선생이었다. 선생은 신학문에 대한 조예도 깊었다.

선생은 소시에 불경을 연구한 바 있다 한다. 그래 한때는 염세주의에 빠져서 산으로 들어갔었는데, 이 불교철학의 영향은 최근까지 남아 있어서 나와 토론을 하기도 하였다. (「수봉선생」, 〈동아일보〉 1939. 2. 18)

(민촌이 등단한 1925년을 기준으로-필자) 현씨는 몇 해 전에 나의 고향인 천안에서 서점을 내었었는데 영업에 실패한 후 전기 주소(서울 낙원동 284번지-필자)에서 신구 소설을 번안 편술하는 것으로 생애를 삼고 있었다. (「카프시대의 회상기」)

평자 김흥식은 현병주가 생계의 방편으로 신구소설을 번안하기도 한 번안작가였음을 그의 작품 『화원호접(花園胡蝶)』, 『단종애사(端宗哀史)』, 『홍도(紅桃)의 일생(一生)』 등으로 확인하였다. 김씨는 나아가, 집안이 한미했거나 신분상의 이유로 기성체제에 입신할 가망이 없었던 현병주가 구질서의 붕괴를 불가피한 추세로 인식하면서 새로운 문물의 수용에 적극적인 관심을 갖게 되었을 것이라고 추정하면서 신소설만큼이나 구체적이고 전향적이던 그의 신문물 수용 의욕이 영웅을 꿈꾸던 소년 민촌에게 친화력으로 작용하였을 것으로 보았다. 그러면서 김씨는 '이기영의 영웅소설적 생애 감각은 현병주를 매개로 하여 신문물 수용의 도정이라는 지평을 확보하게 되었'다는 논지를 펴고 있다.

현(玄)은 또 개성상인들의 부기법을 해설한 『사개송도치부법(四介松都治簿法)』을 편찬하기도 한 괴짜이기도 하다. 현선생은 소년 민촌에게 유일무이한 인생 상담역이었을 터인데, 그는 민촌의 무모한 계획을 부추기지는 않았을지라도 만류하지도 않았을는지 모른다.

민촌은 고립무원(孤立無援)인 자신의 처지를 이해해 주는 이 어른과 끝까지 교분을 끊지 않았다.

민촌이 현(玄)선생의 서점에 점원으로 일한 것은 1년 내외로 보인다.

그다음 해(1912) 봄에 민촌은 천안군청에 임시직으로 취직한다. 이는 해외 유학을 실현하기 위한 사전 준비의 일환이었다.

> 월급 십 원의 임시고(臨時雇). 그것은 18세 먹던 해 봄에 나는 군 임시고로 채용되어서 비로소 월급 십 원이란 돈을 받게 됨이었다. 과연 나는 그때까지 십 원이란 돈을 내 손으로 벌어 보지 못하였거니와 그렇게 많은 돈은 써 보지도 못하였다. 그래서 팔만계(八萬契)하는 사람들이 모두 내 이름을 빌어 갔다. 그것은 다른 까닭이 아니라 돈을 아주 써 보지 못

한 사람일수록 당첨이 잘된다는 미신이 있는 까닭이었다. (「출가소년의 최초경난」)

민촌이 가난뱅이라서 계꾼들이 그의 이름을 빌려 갔다는 것은 자신의 가난을 강조하기 위한 거짓으로 남의 경우를 원용한 것으로 보인다. 왜냐하면 그의 집안이 망한 지(1909년, 15세) 몇 년 되지 않았고, 그 후 그는 큰고모댁의 행랑채에서 적어도 의식주(衣食住) 걱정은 없이 지내고 있었기 때문이다. 취직 전에 그가 '돈푼이나 생기면 술을 마시고는 천하사를 통론하였'(「혜매이던 발자취」)고, 어른들의 심부름으로 고대소설을 사러 서점에도 자주 드나들었으며, 또 그 서점의 점원 노릇도 하였었다는 내용과도 상치된다.

13. 가출(家出)

민촌은 결국 해외 유학을 도모하여 집을 떠나는데 그것은 한낱 여러 차례의 가출(家出)로 끝나고 만다.

그는 여행의 동반자를 천안에서 구하려다 실패하고 마산에 있는 친구 홍진유를 택하였는데 함께 현해탄과 태평양을 건널 계획이었다.

> 나는 그해(졸업하던 해, 1910년-필자)부터 어디로 고비원주(高飛遠走)할 궁리를 먹었었다. 그의 유일한 반려는 K군(홍진유-필자)이었다. 멀리 떨어져 있는 K군과는 그때부터 기맥을 상통하고 있었다.
>
> (……)
>
> 나는 마침내 그것(앞길을 지도해 줄 만한 사람-필자)을 선배에게 실망하고 나의 동무에게 구한 것이다. (「혜매이던 발자취」)

마침내 민촌은 단돈 10원이란 월급을 받아 가지고 첫 직장(천안군청의 임시고)을 1개월 만에 팽개치고 줄행랑을 놓는다. 아내 조씨에게조차 알리지 않고 떠났을 것이다. 1912년(18세) 4월 초순, 방랑의 시작이다.

십 원이란 대금을 과연 벌벌 떨리는 손으로 받아 가지고 어느 날 아침에 아무도 모르게 남행차에 뛰어올랐다.

그때는 이른 봄이었다. 30리 밖을 나가 보지 못한 (측량기수 채용 시험에 응시 차 서울에 다녀온 일이 있었으므로 사실과 다름-필자) 나로서는 이렇게 먼 길을 떠나기는 생전 처음 일이다. 나는 마치 시집가는 처녀와 같이 좋고도 두려운 듯한 복잡한 감정에 지배되었었다마는 제일 누구 아는 이나 만날까 무서워서 차 한 귀퉁이에 잔뜩 끼어 앉았었다.

차가 경상도를 접어들자 우리 고장에서는 살구꽃도 아직 덜 피었는데 유녹도홍(柳綠桃紅)한 별천지에도 당목치 아니치 못하였지마는 영남 인사의 곧은 목으로 떠드는 말소리가 제일 신기하게 들렸다. 다행히 차중에서 아무에게도 발견되지 않고 나는 그날 저녁 때 낙동강을 두 번 건너서 마산 항에 도착하였다.

그때 마산에는 H군(홍진유-필자)이 있었다. H군과 서신으로 교섭하여 미리 약속을 해둔 까닭에 나는 H군을 찾아간 것이었다. 목적지는 제일착이 동경이요, 동경서 얼마 있다가 대만을 거쳐서 멀리 태평양을 건너가자는 프로그램이었다.

청산을 안고 돌고 녹수를 끼고 도는 이향정조(異鄕情調)의 신기한 느낌도 산촌 소년인 나의 조그만 가슴에는 무던히 컸다마는 낙동강의 곤곤장류(滾滾長流)를 보고 놀라던 나는 마산 부두에 총립한 상선 돛대를 쳐다보고 서해 탁랑을 멀리 바라볼 때는 두 번째 놀랐다. 나는 H군을 반가이 만나자 출향대지(出鄕大志)는 어디로 치워 버리고 가는 길로 구경하기에 정신이 팔렸었다. 2, 3일 동안을 이렇게 황홀 중에 보내다가 출발할 임시에 그동안 먹은 밥값을 갚고 나니 주머니에는 겨우 80전이란 돈이 남아 있었다. 그런데 H군은 어느 일본 사람 집에 있었는데 별안간 나간다고 돈 한푼 주지 않는다고 빈손으로 나온 까닭에 만리 원행을 앞에 놓은 두 사람의 여비라고는 80전뿐이었다. 사이지차(事已至此)에 한탄한들 내하(奈何)요, 차를 탈 생각은 생의도 못하고 결국 도보하기로 작정한 후에 길을 떠났다. H군은 화복에 굽 높은 게다를 신고 나는 솜바지 저고리에 겹두루마기를 입고 짚신을 신었었다.

부산까지 가자면 이틀 길이 단단하다는데 거기까지 갈락 말락 한 여비를 생각할 때는 차차 전도에 대한 불안이 생겼다. 나는 하여간 숙지를 이루었다는 시원한 마음과 미래의 희망을 동경하는 대화에 황홀하여 다리 아픈 줄도 배고픈 줄도 모르고 길을 걸었다. 창원 읍내를 지나서 수로왕릉을 바라보며 푸른 잔디 방석에 붉은 꽃으로 수놓은 초원을 밟아 갈 때 보이지 않고 지저귀는 종달새 소리가 개인 하늘 위에서 아름답게 들리었다. 먼저 팬 보리 이삭이 산들바람에 나부끼고 푸른 대숲이 우수수 흔들리는 것이라든지 백사청송이 내 가슴속을 뚫고 가는 남국 춘일의 정취야말로 나그네의 마음을 즐거웁게 하였다.

어느덧 일모서산할 때 김해 읍으로 향하는 중간산로를 돌아들자니 노방에서 웬 총각 대방이 화투 석 장을 가지고 야바위 노름을 하고 있었다.

"자! 여기 있소! 광짜만 제끼면 오곱이야! 오곱! 사람에 눈이 보배요! 자! 여기 있소!"

하고 주워섬기는데 하는 것을 가만히 보니 내 생각에도 곧 따먹을 듯싶었다. 그러나 나는 만일을 염려하여 대들 용기는 없었다. 그런데 H군이 이것을 보더니만 장담을 하매 당장에 해 보자고 권하는 바람에 나도 귀가 솔깃하였다. (「출가소년의 최초경난」)

이어지는 내용에 따르면 그들은 차비를 벌 욕심으로 이 야바위 노름에 달려들었다가 가지고 있던 돈 80전을 단번에 털려 버렸다. 이에 홍진유가 야바위꾼의 멱살을 잡고 달려들었으나 그는 용케 빠져 달아나 버리고 말았다.

이 꼴을 당한 뒤에 우리들은 아주 기가 꺾이었다. 아까까지의 호언장담이 어디로 들어가고 갑자기 다리는 더 아프고 배는 더 고파서 촌보를 옮길 수 없었다. 김해 읍내를 가까스로 들어오니 밤은 캄캄하게 깊었는데 우리는 어디로 갈지 앞길이 캄캄하였다.

두 놈은 덮어놓고 주막으로 들어갔다. 그래 뱃심 좋게 저녁을 시켜 먹고는 내일이야 어떻든지 하루 종일 피로한 몸을 잠나라로 몽유하였다. 그러나 그 이튿날 식전에 벼락같이 식채 독촉을 당하는데 두 놈은 눈을 멀뚱멀뚱 뜨고 아무 대답도 못하였다. 나는 생전에 처음으로 채무 독촉을 당하므로 겁이 여간 나지 않아서 나중에는 두루마기를 벗어 주려 하였는데 H군이 벌떡 일어나더니 밖에 좀 나갔다 올 터이니 기다려 달라 하였다.

그때 나는 H군의 심중을 엿보아 알았으나 어디 가서 무슨 변통이 있을 것은 믿지 못하였었다. 그래서 다만 이 일이 어찌 될까? 하는 불안을 느끼고 있는 중에 조금 후에 H군은 소안(笑顔)을 보이고 들어온다. 그리고 군은 웬 봉투 1매를 던져 준다. 나는 그때 무의식적으로 반가왔다. 그 봉피에 '촌지(寸志)'라고 쓰인 까닭이 무슨 수가 생긴 줄 알았다. 나는 얼른 그것을 뜯어 보았다. 그때의 기쁨이라니! 1원 돈에 그 같은 희열을 얻어 보기는 또한 생전에 처음이었다. 나중에 H군에게 그 돈의 출처를 캐어 보니 군은 당지(當地) 학교조합에 가서 사정을 말하였더니 무엇을 봉투에 넣어 주더라는 말이었다. 이에 식대 20전을 주고 나니 오히려 80전이 남게 되었다.

“결국 20전을 얻은 셈일세그려!”

우리들은 다시 이렇게 세상사의 기묘함을 은근히 놀래었다. 이 같은 데 처세의 묘가 있는 줄 알고서.

그래 우리는 다시 생기가 나서 낙동강 지류를 건너서 귀포로 들어가 아침 겸 점심을 먹고 그날 부산에 당도하였다. 다시 부산을 보는 나의 눈은 세 번째 놀라지 않을 수 없었다. 20전은 불과 2일에 우리의 주머니를 탈출하였다. 그 이튿날부터 부산의 시가를 방황하여 우리는 무슨 직업을 구하려고 이 집 저 집의 점두(店頭)를 기웃거렸다. 넓은 부산 천지에는 우리 두 소년을 용납할 곳이 없었다.

한 달이 지나갔다. 나는 어느 치과의원에 서생으로 채용되었다. 하는 일은 식전에 일찍 일어나서 실내 소제를 하고 구강 소제한 타구를 부시는 일과 조역하는 일이었다. 그런데 H군은 그나마 구하지 못하고 여관에서 쫓겨나서는 몇 끼를 굶고 공원에서 잔다고 하루는 나 있는 곳을 찾아왔다. 이렇게 되어서는 아무것도 안 되겠다고 우리들은 다시 상의를 한 후에 나 있는 곳에는 H군을 대신 있게 하고 나는 돈 1원을 취해 가지고는 성주 있는 어떤 아는 이(이분은 누구일까?-필자)한테로 일본 가는 여비를 구하려고 그날 저녁때 부산을 떠나 도로 올라왔다.

그러나 그것은 보기 좋게 실패하였다. 이것이 원인으로 나는 마침내 ‘도로 우경(右便) 앞으로’ 하고 말았다. 나는 그때 다시 부산으로 내려갈 용기가 없었다.

이것이 H군이 나보고 박지약행(薄志弱行)이라고 타매한 것이다마는 과연 그때 나는 H군과 같이 못 간 것을 지금껏 한탄해 마지않는다. 그때 H군과 같이 들어갔더라면 지금보다는 훨씬 배운 것이 많았을 터인데 하고.

그 후 한 달 만에 H군은 일본으로 건너갔다는 말을 들었다.

나는 그해 가을에 '티푸스'에 걸리어 두 달을 죽다 살아났다. 그 후에도 두 번이나 달아나다가 중간에서 붙잡히고 난 뒤에는 갈수록 자기의 못남을 애닯아하였다마는 이것이 내가 넓은 세상을 처음으로 구경한 생전 처음으로 겪어 본 최초 경난이다.(「출가소년의 최초경난」)

이렇게 민촌의 첫 번째 해외 유학의 시도는 여비의 부족으로 참담한 실패로 끝나고 말았는데, 홍진유는 1912년 중반쯤(19세)에 도일하였음을 알 수 있다. 홍은 당초의 계획대로 부친 친구의 광산에서 서기를 보지 못하고 떠돌다가 마산의 어느 일본인 가게에서 잡일을 하고 있었던 것이다. 그의 부친이 금점에 실패하지 않았다면 그가 도일 자금을 마련키 위해 그토록 고생하진 않았을 것이다

민촌은 같은 이야기를 북한에서도 썼다.

나는 어떻게든지 해외로 나가 보려는 공상을 실현하기 위하여 남모르는 고심을 하였다. 그 후 나는 차비를 겨우 변통해 가지고 마산으로 도망을 쳤다. 그때는 4월 초순이었다. 나는 그때까지 100리 이내인 도 소재지 공주밖에 더 멀리는 나가 보지 못하였다(사실과 다름. 당시 도청 소재지였던 공주에는 언제, 또 왜 갔었을까? 응시, 취직 등을 위한 서류 발급 차?-필자). 기차도 멀리 타 보지 못하였다. 그런데 마산까지 기차로 여행을 한다는 것은 나의 생전 처음이다.

마산에는 소학 동창의 친한 동무가 있었다. 나는 그 동무와 부산까지 가서 어떻게 여비를 또 벌어 가지고는 동경으로 건너갈 작정이었다.

그러나 나는 그 동무와 함께 부산으로 가기는 갔으나 역시 뜻과 같지 못하여 집으로 되돌아오지 않을 수 없었다. 나는 그때 부산에서 천안까

지 1원 돈을 가지고 하루 한두 끼씩 굶으며 도보로 내처 걸어 올라왔다.

집에서 그 후 1년간 농사를 짓다가 나는 또다시 방랑의 길을 떠났다. 그길로 나서서 나는 남조선 일대를 정처 없이 동서로 표박하였다. (「이상과 노력」)

이를 다음의 글과 비교해 보면 그 후 계속된 민촌의 여정(旅程)을 어느 정도 추적할 수 있다.

나는 여행을 좋아한다.

내가 18세 적에 몰래 도망질을 쳐서 경상도 일폭(一幅)을 헤매인 뒤로부터 나는 방랑의 나그네 정조에 맛들였다.

(……)

내가 마산, 부산의 항구와 대구의 도회지를 처음 볼 때 얼마나 어린 가슴을 놀래였던가! 나는 비로소 세상의 넓음을 알게 되고 실사회의 견문을 넓힐 수 있었다. 여행의 취미를 여기서 알았던 것이다.

스무 살 먹던 해 겨울이었다.

나는 무전여행의 양행(洋行)을 중도에서 실패하고 돌아와서 그해 가을에 장질부사를 앓고 난 후 무료한 세월을 집에서 보내고 있다가 한번 맛들인 방랑성을 단념할 길이 바이 없어 이번에는 충청도의 서해안을 돌아다녔다. 그럭저럭 1년이 지난 겨울철에 나는 구도(舊島)에서 기선(汽船)을 타고 서해의 탁랑(濁浪)을 헤치면서 인천항에 상륙하였다. 인천도 그때가 초면이다. 나는 그 길이 두 번째의 상경(上京)이다. (「노변야화」, 〈조선일보〉 1934. 1. 27)

이상의 내용을 정리해 보면 민촌은 1912년(18세) 4월 초순 '무전(無錢)

의 양행(洋行)'을 도모하다가 실패하고 (약 2, 3개월 만에?) 돌아와 그해 가을에 장질부사를 심하게 앓고 난 후 이듬해(1913년, 19세)에 다시 충청도의 서해안으로 길을 떠난 것으로 보인다. 그는 '홍성, 서산, 해미 등 내포(內浦)'(「이상과 노력」)를 떠돌다가 그다음 해(1914년, 20세) 초 '스무 살 먹던 해 겨울'에 기선을 타고 인천을 거쳐 서울로 간 것 같다.

그렇게 상경(上京)한 민촌의 그 후 행로를 보자.

> 지금 청진동 소학교 앞 근처에 여관을 정했다. 그때 나는 막연히 취직을 바라고 올라왔다. 하루 이틀 지나갈수록 여관 밥값에 주머니가 딸린다. 나는 차차 불안을 느끼고 날마다 진고개를 헤매었다.
>
> 하루는 어디를 가 보니 길가에 필생 모집 광고가 붙었다. 나는 만심(滿心) 환희하여 계기응시(屆期應試)하였다. 그때도 실업군이 많았던지 수십 명이 시험을 치렀다.
>
> 며칠 뒤에 나의 숙소에는 행인지 불행인지 필생의 입격(入格) 통지가 왔다.
>
> 나는 즉시 통지서를 들고 그 집으로 출두하였다. 가등(加藤) 모(某)이든가 목탄상회를 하는 집이다. 입격자는 4인에 불과하였다. 그들 역시 나와 같이 막연히 상경한 시골 실업 청년들이다. 일본인 영솔자(領率者)를 따르는 일행 5인은 그날 밤에 경부열차를 잡아타고 경남도 김천역에서 하차하자 일본 여관에 투숙하였다.
>
> 이튿날 아침에 우리 일행은 다시 승합마차를 타고 상주 읍내까지 진종일 갔다. 눈이 풀풀 날리는 음랭한 날인데 진땅이 얼어붙어서 울퉁불퉁한 노면을 달리는 마차 바퀴는 덜커덕거리는 소음과 아울러 궁둥이가 들까불리는 대로 오장(伍腸)이 뒤누어서 죽을 지경이었다.
>
> 상주부터는 초면(初面) 강산이다.

일행은 상주 읍내로 들어가서 과거의 기생 ○○ 비슷한 비봉(飛鳳)이 집에 하숙을 정하였다.

우리는 그 집에서 한 달 동안을 묵삭으며 군청 출입과 촌간(村間)으로 마치 관리와 같은 행색으로 출장을 나갔다.

그러면 우리의 하는 일이 무엇이었던가? 지금 생각하면 우스운 일이다.

그때는 토지조사의 사정 공시가 있었다. 그런데 경상도 일원을 특허를 맡아 가지고 필생을 파견해서 사(査)한 지적도를 복사한 도면을 일필(一筆)에 얼마씩 소유자에게 매도하자는 것이 우리 주인의 목적인 모양이었다. 나중에 알고 보니 그것은 특허도 아무것도 없는 것이었다.

그래서 우리들은 의기양양하게 도본(圖本)을 팔며 돌아다녔다. 한 필에 5, 6전 내지 10전 받았다. 영솔자는 일본 여관에 투숙하고 있으며, 우리의 사무를 감독하고 있었다. 무지한 농민 중에는 원매자가 많이 있었다. 일종 야마시의 'テサキ'(사기꾼의 '앞잡이'-필자)에 불과한 행위를 하며 돌아다니는 생각을 하면 지금도 얼굴이 붉어질 노릇이다.

미구에 이 일에 특허가 없다는 것이 탄로 났다. 우리가 영주로 들어갔을 때는 그곳 룸펜들이 각자 간판을 붙이고 나서는 바람에 우리의 사업은 대타격을 받게 되었다. 마침내 우리는 사산(四散)하고 말았다.

(……)

나는 그 뒤에 풍기, 순흥으로 들어가서 소백산 중 비로사(毘盧寺)에서 한여름을 보내며 작일의 모리지배가 금시(今時)로 도인이나 된 것처럼 백운심처에 유유한 한일월(閑日月)을 보냈었지마는 (……) (「노변야화」, 〈조선일보〉 1934. 1. 28)

그 이후의 여정은 정확히 확인되지 않는다.

나는 고향에서 얻지 못한 지기를 타관에서 구해 보려고 하였다. 나는 홍성, 서산, 해미 등 내포(內浦)와 경상, 전라도 등지를 수년간 떠돌아다녔는데, 농촌 광산과 수리조합 제방공사장에서 날품을 팔고 광석을 캐기도 하였다. 경상북도 풍기군 금계바위에 중석광 신혈이 터졌다는 소문을 듣고 쫓아가 보기도 하였다. 그때는 벌써 중석을 다 캐낸 뒤여서 나는 소백산 줄기로 망치를 차고 다니며 일시는 탐광을 하여도 보았다.

(……)

나는 몇 번이나 집을 뛰쳐나갔으나 역시 별수가 없었다. 그러는 동안에 나는 여기도 기웃 저기도 기웃하며 정처 없이 돌아다녔다.

내가 소년기에 마음을 잡지 못하고 방랑 생활을 한 것은 무슨 난봉을 피우기 위해서가 아니라 내 딴은 장래에 대한 엉뚱한 공상을 품고 그를 실현하기 위하여 역경과 싸우려 한 것이다. 한때 나는 광산을 찾아 헤매었지만 그것도 무슨 일확천금을 꿈꾸어서 졸부가 되려고 한 것은 아니었다. 실상은 궁여지책으로 해외에 나갈 여비를 어떻게 좀 만들 수 있을까 해서였다.

그러나 그것은 나의 어리석은 생각이었다. 나는 어디를 가나 겨우 입에 풀칠을 하였고, 어떤 때는 그나마도 끼니를 이을 수 없었다. 나는 도처에서 가난한 농민들의 굶주리는 형편과 노동자들의 비참한 생활을 목도할 때마다 치솟는 민족적 격분을 금할 수 없었다. (「이상과 노력」)

위 글은 해방 후 북한에서 쓴 것이다. 해방 전의 것을 보기로 하자.

그 후(첫 번째 해외 유학 시도 실패 후-필자)에도 나는 두 번이나 도망하려다가 번번이 실패를 거듭하고 말았다. 이것부터 나는 못난 위인이라는 것이 폭로되는 일이었다마는 나는 어찌하여 그것을 되풀이하였는지 모

아버지 민촌(위)과 아들 종원(아래): 서로 구별이 안 될 정도로 닮았다.

르겠다. 나는 마치 꿩의 병아리를 잡아다 가둔 것처럼 어떻든지 달아나려고만 들었다. 나는 그 후로 이곳저곳으로 방랑하였다. 일시는 노가다패의 통역도 되어 보고 일시는 중석광에 헛바람도 맞아 보았다. 공부는 할 수 없으니 일확천금이나 꿈꾸어 보자는 수작이었다. 이러느라고 전라, 경상도를 휘돌아다녔다.

나중에는 유성기를 들고 전라도로 약장사를 갔다가 그만 부친한테 붙들려 왔다. 집에 와 보니 나의 둘째로 낳은 아들이 엎치락뒤치락하더니 그러는 동안에 어느덧 나의 청춘은 가고 말았다. (「혜매이던 발자취」)

그 후 '두 번'의 가출 시도라 했으니, 그 첫 번째는 1913년(19세)에 충청도의 서해안으로부터 인천, 서울을 거쳐 상주에서 도본 행상을 하고 풍기, 순흥을 거쳐 소백산의 산사에서 한여름을 보낸 것을 가리킴이요, 그 후 일단 귀향하였다가 다시 가출하여 이곳저곳으로 방랑하면서 노가다패의 통역도 되어 보고 중석 탐광도 해 보다가 실패하여 나중에는 전라도에서 유성기 약장수를 하던 중 부친한테 붙들려 온 것이다. 크게 보아 세 번의 가출이었던 것으로 보인다.

> 그(민촌의 조모-필자)는 성호(민촌-필자)가 하도 돌아다니니까 자기 생전에 증손을 못 볼까 봐 겁이 나서 아들(민촌의 부친-필자)을 성화같이 졸라서 붙들어 오게 하였더니 과연 그 후에 난 것이 지금 일곱 살 먹은 아이다. 그래 그 애는 전라도에 가서 붙들어다 난 아이(종원 種元, 1917. 11. 18~1986. 4. 5, 필자의 선친임-필자)라고 근동에 소문이 자자하였다. (「가난한 사람들」)

그가 부친에 의해 붙들려 온 시점은 아들 종원의 출생 시점으로 보아 1916년 말 전후일 것이다.

그렇게 붙들려 온 민촌에게 부친과 삼촌은 물론 읍내 친구들도 은근히 면서기로라도 취직할 것을 권하였다. 그러나,

> 나는 죽어도 월급 몇 푼에 목을 매어 그 짓을 하고 싶지는 않았다. 그럴 말로면 애당초에 집을 도망치지도 않았을 것 아닌가? 남이야 뭐라고 비웃든지 간에 나는 내 주장을 굽히고 싶지는 않았다.
>
> 나는 가난한 집안에 붙어 있기도 싫었거니와 식구들의 주지러운 식량을 축내는 것도 마음이 편치 못하였다. 그러나 어디로 갈 것이냐? 나는

갈 곳도 없고 작심을 할 만한 아무것도 없었다. 나의 심정을 이해해 주는 사람은 식구 중에도 없었고 친구 중에도 없었다. 내가 아는 모든 사람들은 그저 어떻게든지 물질적으로 살기 위하여 영영구구하고 있는 것 같았다. (「이상과 노력」)

그는 취직자리를 찾는 대신 예수교로 발길을 돌린다.

그마즉에 비로소 우리 고을에는 예수교가 들어왔다(임명순 씨는 천안 읍교회의 개설 연도를 1917년으로 비정하고 있어 민촌의 기억과는 약간의 차이가 있다-필자). 나는 들어오던 길로 바로 예배당에 쫓아갔다. 그때 처음으로 목사의 설교를 들을 때 그 말에 어떻게 감격했던지 나는 대뜸에 예수를 믿기로 작정하였다. 인간에 이런 곳도 있던가 하고 대뜸에 경복하였다. 이제야 비로소 인간 행로의 정문을 들어섰구나 하고 나는 진작 못 믿었던 것을 한탄하였다. 나는 과거의 모든 죄를 개과천선하고 예수님의 제자가 되고자 열심으로 예배하게 되었다. (「헤매이던 발자취」)

나는 고향에 돌아와서 전에 없던 예수 교회당이 읍내에 생긴 것을 알았다. 어느 주일날 아침에 나는 우정 예배당을 찾아갔다. 나는 그때까지 예수교의 내막을 전혀 알지 못하였다. 그런데 목사의 설교를 처음 들어보니 마디마디가 착하고 옳은 말 같았다. 네 이웃을 네 몸과 같이 사랑하고, 속옷이 없는 사람을 보거든 겉옷까지 벗어 주라고 하였다. 가난한 사람을 동정하고 선행을 하면 하느님이 기뻐하신다는 것과, 남의 눈에 든 티끌을 보기 전에 네 눈에 든 대들보를 빼라는 말들이 나의 귀에는 매우 신기하게 들리었었다. 나는 그날 예배가 파하자 당장에 예수를 믿겠다고 자원해 나섰다.

그 후부터 나는 주일 예배는 물론 3일, 5일 밤 기도회에도 한 번 지각이 없이 예배를 보러 다녔다. 내가 사는 유량리에서 읍내까지는 거의 십 리 상거나 되는데, 나는 무서운 줄도 모르고 북망산 앞을 지나가는 읍내를 갔다가 밤중에도 혼자 돌아왔다.

목사와 교회 직원들은 나를 독신자라고 칭찬하며 기뻐하였다. 나는 그때 다른 신자들처럼 자기도 신앙이 두터워져서 그런 줄만 알았었다. (「이상과 노력」)

그때까지 한문과 왜글, 왜말에 통달하고 고대소설, 신소설을 섭렵해 왔던 민촌은 이렇게 기독교에 매료되었다. 그는 새로운 학문과 지식에 목말라 있었다. 아니 난세를 제도할 수 있는 도리(道理)를 찾았다는 기쁨에서였는지 모른다.

잡아다 가둔 '꿩의 병아리'는 다시금 우리를 뛰쳐나간다.

나는 미구에 어느 예수교 여학교 교사로 가게 되었다. 나는 또 미구에 속장이 되고 권사가 되었다. 단 위에서 소리를 벽력같이 지르며 청중을 노호하기도 하였다. (「헤매이던 발자취」)

나는 남감리파 교회의 권사의 직책까지 맡아 보았(……)

나는 서울 부근 농촌의 교회 부속 소학교에서 한 1년간 교편을 잡고 있었(……) (「이상과 노력」, 1958)

'서울 부근 농촌의 교회 부속 소학교'는 뒤에 나오는 논산의 '영화여학교'를 말함일 것이다. 해방 후 13년이 경과한 시점에서 서울과 평양 간의 격리감(隔離感)이 논산을 '서울 부근의 농촌'이라는 표현을 불렀을 것이다.

그러나 그의 신앙생활은 '수년간' 지속되었을 뿐이었다. 후술되거니와 그는 1918년 늦가을에 그 학교에서 교편을 놓는다. 그는 곧 3·1운동의 격랑에 휩쓸렸고 1922년 봄 도일(渡日)하여 일본에서 사회주의를 접하고 신앙생활을 청산한다.

> 나는 여기서도 환멸을 느끼기 시작하였다. 교회의 공기도 바깥 사회만 못지않게 부패하였음을 발견하였다. 유명한 교역자들이 모두 바리새교인인 줄 알게 될 때 나도 바리새교인이 되었다. 그들이 가롯 유다가 되는 대로 나도 가롯 유다가 되었다. (「혜매이던 발자취」)

> 나는 차차 교회에서도 모순과 허위적 위선을 발견하기 시작하였다. 성경의 교리란 게 논리적으로 모순되는 것은 고사하더라도 목사를 위시한 소위 교역자(教役者)란 자들의 행실이 그야말로 양의 털옷을 입은 승냥이와 같았다. 한번 그 속을 알게 된 나는 날이 갈수록 예수교에 대하여 환멸과 반항심을 가지게 되었다.
>
> (……)
>
> 교회는 허위와 위선으로 가득 차 있으며 소위 선교사란 자들은 종교의 탈을 쓰고 침략의 마수를 뻗치고 있는 제국주의의 앞잡이들이었다. 나는 날이 갈수록 예수교의 위선적 흑막이 더욱 똑똑히 보이어서 마침내 교회를 떠나고 말았다. 나뿐 아니라 속을 모르고 믿었던 당시 청년들도 교회를 차차 멀리하였다. (「이상과 노력」)

그는 자신의 종교 생활 체험을 후일 몇몇 작품의 소재로 삼았다.

나는 이 유명한 전도사를 모델로 하여 단편소설 「최전도사」를 써서 〈집단〉(카프 기관지)에 실으려다가 그만 원고째 압수를 당하고 말았다.

나는 「외교원과 전도부인」을 위시하여 「박선생」, 「비」 등과 장편 『어머니』의 반종교 소설을 썼는데 그것들은 내가 교회생활을 체험한 경험 중의 산물이다.

나는 소년 시절에 사회에서 방황하다가 예수교에서 진리를 찾으려고 입교(入敎)하였었는데 수년간 교회 생활의 결과는 목적한 바와 정반대로 교회는 실사회보다도 더 험악한 죄악의 소굴이요, 위선과 협잡의 복마전이라는 것을 알고 새삼스레 놀래었다.

그러나 만일 내가 작가로서 예수교에게서 소득이 있다면 그것은 이상에서 말한 일련의 반종교 소설을 쓴 것이다. (「이상과 노력」)

14. 줄초상(初喪)

민촌이 교회 일로 객지 생활을 하고 있을 무렵,

> 1918년, 제1차 세계대전 중에 전쟁감기라는 유행성 감기(스페인 독감-필자)가 크게 창궐하던 해 겨울이었다.
>
> 나는 그때 논산 영화여학교의 교원으로 있었는데, 조모의 위독 전보를 받고 집으로 돌아왔다. (「이상과 노력」)

조모가 위독해지자 부친은 큰아들 민촌에게 전보를 치는 등 여러 준비를 서둘렀을 것이며, 풍영은 물론 서모가 낳은 세 자녀까지 이끌고 달려왔을 것이다(그네들은 목천에서 9년 가까이 산 셈이다).

조모는 1918년 11월 7일 향년 71세로 큰딸네의 행랑에서 사망하여, 22년 전 민촌이 태어난 이듬해에 죽어 천안의 미략골에 묻힌 남편 규완(奎琬, 1846~1896)과 합장되었다(이미 언급한 대로 '미략골'은 지금의 천안시 쌍룡동 미라리로 지금은 광명아파트가 자리하고 있다).

그런데,

> 부친은 조모의 장례를 치르고 돌아와서 병석에 드러눕더니만 그길로 다시 일어나지 못하였다. (「이상과 노력」)

1918년 11월 21일, 부친 민창은 그때 46세였다. 모친을 제대로 모시지 못했던 불효막심한 자신을 내심 얼마나 한탄하였을까? 남술이가 병석에 누워 차라리 죽기를 바랐던 것처럼 그도 병석에 눕자 무의식적으로 그렇게 삶의 끈을 손에서 놓아 버리고 모친을 따라 죽기를 바라지 않았을까? 그는 엄리의 북향받이 산소로 13년 전(1905)에 죽은 아내와 딸을 찾아가 함께 묻혔다. 앞서 본 바와 같이 천안시 안서동의 상명대학교 천안캠퍼스의 본관과 서로 마주 보는 자리이다.

아들 병희가 양자로 든 전주이씨 일파의 종가댁에서 이 줄초상의 장례를 치르는 민촌의 큰고모는 매우 난감하였을 것이다.

두 친상을 계기로 민촌은 교원직을 사임한다.

> 어느 해 유행감모(流行感冒) 통에 조모와 부친상을 일시에 당하게 되었다. 나는 그렇지 않아도 ○○이 들먹거렸지마는 이에 교원 생활을 집어치우게 되었다. (「헤매이던 발자취」)

필자가 만난 논산 제일감리교회의 이철 목사는 교회 설립 100주년(1995년) 기념사업으로 100년사를 쓸 자료를 준비하고 있었는데, 그에 의하면 영화여학교는 1909년경에 시작되어 미국의 선교단체에서 보내

오던 지원금으로 운영되었으나, 1917년경부터 미국 내의 불황으로 그 지원이 끊겨 국내 신도들의 성금으로 지탱하다가 결국 1918년 말경에 폐교되었다고 하였다. 민촌이 그 학교에 사표를 낸 시기와 거의 일치한다. 교사(校舍)는 따로 없이 예배당을 사용하였고, 학생 수는 40명 정도로 많을 때는 70명까지도 되었다고 하였다.

부친 민창이 모친을 따라 죽지 않고 조금만 더 살아서 3·1운동을 맞이하였더라면 그는 그때 어떤 역할을 하였을까?

민촌은 자신의 작품 속에서 살아 있었을 선친의 모습을 상상하였다(『두만강』 제2부 35, 36장 및 제3부 4장). 소설 속의 부친은 3·1운동을 맞아 마을에서 만세운동을 주도하고 의병과 합세하여 주재소를 습격, 순사부장을 처단하였고, 결국 왜놈들에게 잡혀 사형을 당하는데, 그는 끝까지 당당하게 처신하였다.

평자들은 『봄』의 그를 '얼치기 개화꾼'으로 치부하여 이중성을 가진 그러한 개화 양반의 몰락은 필연적이라고 지적하며 그가 '특별한 반상타파 의식이나 농민들의 집단의식을 제고하는 준비 작업 같은 것과는 거리가 먼 것'(이상경, 『이기영, 시대와 문학』, 풀빛, 1994, 271쪽)을 아쉬워한다.

줄초상의 상주(喪主) 민촌은 위험한(!) 불장난을 했다. 그가 부친의 혼백을 아궁이에 불사르고 제사도 지내지 않았음은 필자의 집안에 전해오는 유명한 구전(口傳)이다.

> 나는 부친의 장례 후에 그의 혼백을 저녁불 때는 아궁이 속에 처넣어서 태워 버렸다.
>
> 이 거동을 보고 숙부와 집안 식구들은 대성통곡을 하며 인제는 집안이 망하였다고 온통 난리가 났었다. 그러나 나는 끝까지 그들을 반항하

고 초상 상제가 제사를 지내지도 않았다.

그것은 내가 광신앙이라기보다도 미신 타파의 견지에서 한 행동이었다. 나는 신소설을 읽고 잡지와 신문을 구해 보는 중에 어느덧 새로운 것을 동경하는 개화사상을 가지게 되었다. 나의 그러한 지향은 이제까지 봉건 전제 도덕에 짓눌렸던 구습에 대한 일종 반발력을 치솟게 하였다. 나는 유교적 상제(喪祭)의 예법은 허례와 미신의 화신(化身)이라는 사상을 가졌기 때문에 그와 같은 짓을 한 것이다. 하여튼 나는 자기가 옳다고 생각하는 것을 실행하였을 뿐이었다. (「이상과 노력」)

민촌이 학창 시절에 미신에서 벗어나게 되는 계기는, 『봄』에 의하면, 새로 부임한 '신선생'의 가르침이었다고 한다. 신선생은 '도깨비불이니 귀화(鬼火)니 하는 것'을 '인화(燐火)작용'으로 설명하면서 '미신과 인습을 타매하였다'(『봄』, 341~342쪽)는 것이다.

(이하 필자의 추정임) 이래저래 상심이 컸던 종가댁의 여주인 유씨부인은 이씨의 친정 식구들을 행랑에 들여 9년 동안이나 먹여 살려 온 터에 그네들의 초상까지 두 차례나 내 집에서 치렀다. 이제 두 망자(亡者)의 혼백을 모실 상청(喪廳)만은 절대로 내 집에 허(許)하지 않을 작정이었다. 종가댁에 사돈집의 상청을 차리다니 말이 되는가! 민촌이 이를 눈치채지 못했을 리 없다 — 민촌에게는 다른 방도가 없었다. 그의 불장난은 불가피했던 것이다. 주인마님은 마침내 꼬투리를 잡았다.

'처자식도 모른 채 객지로 싸다니며 난봉이나 피우더니 할미와 아비가 죽자 혼백을 불사르고 제사도 지내지 않는 이런 천하의 불상놈과는 내 집에서 함께 살 수 없다. 당장 나가라! …'

삼촌 민욱의 단정치 못한 행실도 그녀의 심사를 거슬렀을 것이다. 그녀는 병희의 생모 이씨(민촌의 큰고모)에게 친정 식구 어느 누구에게도 쌀 한 톨 주지 말 것을 엄명하였다. '병희가 저렇게 된 것도 다 그들 때문이 아닌가!'(추정 끝)

그네들이 종가에서 쫓겨나는 내용이 회고나 작품에 없으므로 필자가 그 부분을 추정하여 본 것이다. 이렇게 그네들은 향교말 맞은편의 벌말(유량동 383번지)로 옮겼다. 풍영이 그해 12월 목천으로부터 이거해 온 호적지다.

유씨부인에 대한 이런저런 섭섭한 감정이 민촌으로 하여금 그의 회고나 작품에서 이 여인에 관한 언급을 애써 피하게 하였던 것으로 짐작된다.

이제 민촌이 벌지 않으면 그의 처자는 굶을 수밖에 없게 되었다.

벌말로 나앉은 그는 우선 군청에 취직하여 근무(1919. 1~1921. 8)하였으며 거기서 다시 은행(1921. 9~1922. 4)으로 옮겼다. 3·1운동이 진행되던 시기이다.

> (줄초상으로 교원생활을 집어치우게 되자-필자) 그 대신으로 소위 단가(單家)라는 무거운 짐을 지게 되었다. 나는 기어이 월급 몇 푼에 목을 매게 되었다. 나는 죽기보다 싫은 이 짓을 3년 동안을 하였다. 이것이 직업으로서는 나의 가장 오래 가진 것이다. 원수는 외나무다리에서 만난다고 그중 하기 싫은 짓을 그중 오래 하게 되었다. 군(郡)에서 은행으로 넘어갔다. 주머니 세간이 쌈지로 이사를 간 셈이었다마는 그래도 새로운 기분을 느껴 보려 함이었다. (「헤매이던 발자취」)

나는 기미년 전해에 부친상을 당하고 아우와 단가살림을 하게 되었다. 나는 친상을 당한 후로 군(郡) 고원을 다니다가 호서은행으로 전임하였다. (「나의 수업시대」)

나는 집안의 구차한 형편을 차마 방관할 수도 없어서 부득이 취직을 하였다. 천안에 예산 실업가 성씨네의 호서은행 지점이 생겼다. 나는 그 은행의 서기로 채용되었다(호서은행: 1913년 예산에 설립. 1919년 천안지점 개설-필자).

나는 은행 창구 안에서 당좌예금 출납의 장부를 맡아 보았다. 금전과는 인연이 멀던 내가 날마다 숫자상으로는 몇 천 원, 몇 만 원을 장부에 기입하고 있었다. 그것은 스스로 생각해도 가소로운 일이었다.

내가 은행에 취직하자 가족들과 나를 아는 사람들은 행운이 터졌다고 나의 전도를 축하하였다. 나는 그들의 말이 불쾌하게 들리었다. 그것은 이 세상의 행복을 오직 금전의 유무로 타산하려는 것 같았기 때문에—

누가 취직을 하게 되면 우선 월급을 타게 된다고 그 사람을 부러워하였다. 이는 비통한 일이었다. (「이상과 노력」)

민촌의 사촌 두영(1928~)은 '천안군청(天安郡廳)'의 휘호가 민촌의 글씨였다는 말을 누구한테선가 들은 일이 있다고 전하는데, 사실 여부를 떠나 민촌이 명필이었음을 시사한다.

2년 8개월간의 군청 근무와 약 7개월간의 은행 근무로 그는 비교적 유족한 삶을 살았던 것으로 보인다.

그(민촌-필자)가 은행소에 다닐 때에는 한 달 월급이 근 40원씩이나 되어서 월급 타는 돈으로 소작료를 치르는 까닭에 —농사 진 것은 고스란

1970년 월북 화가 정종여의 작업실에서 병풍 글씨를 쓰는 민촌(《월간중앙》 2000. 10)

히 남아서 그대로 양식을 하므로— 남의 빚 한 푼 지지 않고 오히려 돈냥이나 밀리게 되었다. 그래 아우는 그를 조용히 만날라치면 벙글벙글 좋아하는 모양으로 그를 대하며 소를 한 마리 사 놓자거니 장리변을 좀 놓자거니 하고는 아주 살림에 재미가 나서 더욱 일을 부지런히 하던 그 아우였다.

과연 그때 그는 술도 안 먹고 노름도 않고 참 예수교꾼으로 착실한 사람이라는 소문이 났을 뿐 아니라 월급을 타는 대로 꼭꼭 모으는 까닭에 동리 사람들도 이 동리에서 살 사람은 그들밖에 없다고—형제가 그렇게 지악하게 벌어들이면 몇 해 안 가서 셈평이 펴겠느니, 벌써 돈 천이나 조히 밀렸을 걸!— 하고 뒷공론이 돌아서 어떤 이는 장변을 좀 놓으라고 조르기도 하고 논을 얻어 달라는 축에 어떻게 살 도리를 지시해 달라는 축에 가난한 사람들은 그를 모두 올려다보기 시작하였다. (「오남매 둔 아버지」)

그런대로 삶이 안정되자 민촌네와 그 아우는 벌말을 떠나 향교말 근처의 각골로 이사를 한 것 같다. 인창영(1915~ 천안시 유량동 벌말)은 민촌의 부부와 그 아들 종원(1917~1986)이 각골 외딴집에서 살았음을 확실히 증언하고 있다. 그것은 유량리의 다른 여러 노인들도 기억하는 바이다. 따라서 벌말에는 삼촌 민욱의 가족만이 남아 거기서 오래 살게 된다.

인씨는 자기가 어릴 적에 민욱의 자녀들과 늘 같이 놀았다고 회고하며 자기의 선친과 민욱은 형님아우 하며 한 이웃에서 가깝게 살았다고 하였다. 이때의 인연으로 훗날 인창영 씨의 누이동생이 서모가 낳은 아들 제영의 아내가 된다. 인씨는 나중에 민욱의 큰아들 훈영(1916~1982)과 수원에까지 서로 왕래하며 지냈다.

한편 또다시 과부가 된 민촌의 서모 지영자는 자신의 길을 개척해 나선다. 일찍이 남매를 낳아 잃고도 다시 삼남매(아들 제영 8세, 딸 영임 6세, 딸 영희 2세)를 거느린 이 33세(호적과 족보의 출생 연도 1887년을 기준으로)의 겹과부는 여전히 젊음과 매력을 지니고 있었던지 어떻게 양반 지주인 조씨(편의상 이름을 밝히지 아니함)를 만나 그의 첩이 되었고, 조씨는 자신의 이웃 동네에 집 한 채를 마련하여 그녀와 그 소생들을 들어앉혔다. 아산시 ○○면의 성짓말(가명)이다.

그 집에는 오늘날까지도 제영의 후손이 살고 있다. 그들은 매우 번성한 편인데 할머니가 과부가 되자 친정에 돌아왔고 그래서 그 이웃 조씨의 첩이 되었다고 알고 있으며, 그들이 진외가로 믿어 의심치 않는 지씨 집안과는 지금도 가깝게 지내고 있는 터이다.

이름도 성도 모르던 민촌의 서모가 어떻게 '지영자'가 되었으며 그 집이 과연 서모의 친정인지 알아보기 위하여 필자는 여러 가지로 조사를 하였다. 그 결과 필자는 그녀에 관한 『봄』의 내용이 정당하다는 확신을 갖게 되었다.

그렇다면 그 지씨 집안이 어떻게 그녀의 친정, 즉 제영의 외가가 될 수 있었을까? 앞으로 돌아가 서모의 옛 시어머니인 남술의 모친을 보기로 하자.

> 남술의 처가 서모로 들어오던 날 부친은 이웃 사람들을 청해 놓고 술잔을 나누며 즐기었다.
>
> 한편 생때같던 아들을 잃은 뒤로 며느리마저 빼앗긴 남술의 모친은 청승맞게 빈집을 지키고 혼자 있었다. 그야말로 이 세상에서 다시 무엇을 바라고 살아가랴마는 모진 목숨을 생으로 끊지 못할 뿐! 어서 바삐 죽었으면 하고 자기를 저주하기 마지않았다.
>
> 유선달은 그 정상이 참혹해서 첩장모와 같이 함께 살아도 좋다고 들어오기를 청해 보았으나, 노파는 그것을 굳이 사양하였다.
>
> 그러나 그는 조금도 유선달을 원망치는 않았다. 그는 며느리의 행실을 이왕부터 잘 안다. 그뿐외라 자기와 같은 천인으로서는 누구나 상부를 하게 되면 팔자를 고치는 게 상례로 되어 있다. 아들이 죽은 바에야 그 며느리가 후부를 해 갈 것은 이미 정한 노릇인데 더구나 삼십 전의 새파란 계집이랴고(민촌의 착오: 지씨를 1887년생으로 볼 때 그녀는 이때 초산도 안 해 본 19세의 과부다-필자). (『봄』, 120쪽)

심지어 그전 시어머니(남술의 모친-필자)까지 (민촌의 서모에게-필자) '안

에서'라고 공대를 바치지 않는가. (『봄』, 124쪽)

서모의 이 옛 시어머니(남술의 모친)는, 며느리가 재가한 후에도 그 마을에서 계속 살아가는 것으로 『봄』에 나오는데, 딸같이 키워 온 자신의 며느리에게 공대까지 바쳐 가며 그 동네에서 지내다가 어느 날 어디론가 떠났을 것으로 짐작된다.

갑자기 양반집 며느리가 된 민촌의 서모는, 가까이 지내던 옛 짝패들과도 소원해지고(국실이마저 물에 빠져 죽고!) 고적한 나날을 보내던 터에, 이렇게 홀연히 사라진 남술어미의 행방을 수소문해 보았을 것이다. 어쨌거나 자기를 어려서부터 길러 준 어미와 같은 시어미가 아니던가.

필자는 다음과 같이 상상을 계속해 보았다.

홀로 된 남술어미는 알음알음으로 어떻게 주선이 되어 어느 '지씨' 집안의 행랑에 들어 그 집에서 조석과 빨래를 해 주며 살았다. 주인집 '지씨 형제들은 지주 조씨의 이웃에 살고 있었는데, 꽤 넓은 제 땅을 가지고 농사를 짓'고 있었기 때문에 그 동네에서 조씨가 넘보지 못하는 유일한 집이었다(제영의 장녀 '종순'의 증언).

한편 서모는 시어미와 남편의 줄초상을 치른 후 목천으로 돌아갈 수 있는 처지도 아니어서 삼촌네들과 함께 우선 큰고모가 주선해 준 벌말의 오막집에서 잠시 지낼 수밖에 없었는데, 아이 셋을 거느리고 삼촌과 의붓아들(기영과 풍영)에게 계속 얹혀 지낼 수는 없는 노릇이었다. 그래서 생각 끝에 옛 시어미를 무작정 찾아가 보기로 하였다. 마침내 그녀는 아이들을 이끌고 나섰다.

지주 조씨는 마침 아들이 하나뿐이라 후사가 걱정이 되어서, 그렇지 않아도 어디서든지 애를 더 낳아 와야겠다고 벼르던 참이었는데, 애들이 주렁주렁 달린 젊고 어여쁜 웬 아낙이 난데없이 지씨의 행랑에 들락

날락하는 것을 우연히 보고 마음이 동하였다. 그는 그 연유를 묻고는 중간에 청을 놓아서 민촌의 서모에게 성짓말에 집을 사 주어 그곳에 들게 하였다.

그녀는 그 후 친정집처럼 지씨 형제의 집에 자주 오가며 '하나는 오빠 삼고 하나는 동생 삼았다'(실제로 그들은 그렇게 지냈다: 종순의 증언).

민촌의 서모와 조씨의 만남을 달리 추정할 수도 있겠다. 즉, 조씨가 씨받이를 물색하던 중 마침 아이 잘 낳는 젊고 잘생긴 양반집 과부가 났다는 말을 듣고 사람을 놓아 본즉 과연 유량리 벌말에 깜찍한 물건이 아이 셋을 데리고 오도 가도 못 할 딱한 처지에 있다 하는지라, 그들에게 '살 집도 마련해 주고 양식도 대 주며 손을 낳아 주면 재산도 떼어 주겠노라'(종순의 증언)는 언질을 주어 그들을 데려오게 하였다.

데려다 놓고 본즉 과연 쓸 만하였다.

그런데 관(官)에서 누구도 빠짐없이 민적을 올리라고 야단이었다. 조씨는 그네들을 자신의 민적에 올리기가 꺼림칙하였다. 서모가 이에 유량리로 천안군청으로 다니며 자신과 자녀들의 민적을 풍영의 민적에 올릴 때 이름도 성도 모르는 자신의 이름과 출신을 어찌해야 좋을지 몰랐다.

조씨는 이때 민적을 새로 올리는 이웃 지씨 형제에게 부탁하여 그 집을 그녀의 친정집으로 하도록 하였다. 일가친척이 없던 그들도 대환영이었다. 그렇게 해서 민촌의 서모는 '지영자(池英子)'가 되었고, 그 뒤로 그녀는 지씨 집을 실제로 자신의 친정집인 양 드나들었다.(추정 끝)

서모와 민촌네들의 호적은 줄초상 후에 만들어졌던 것으로 보인다.

민적법은 1909년 3월에 공포되었는데 일제는 그 법의 시행(호적 제정)

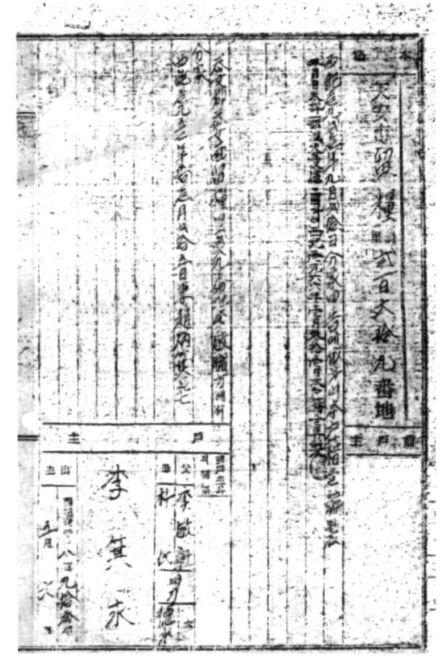

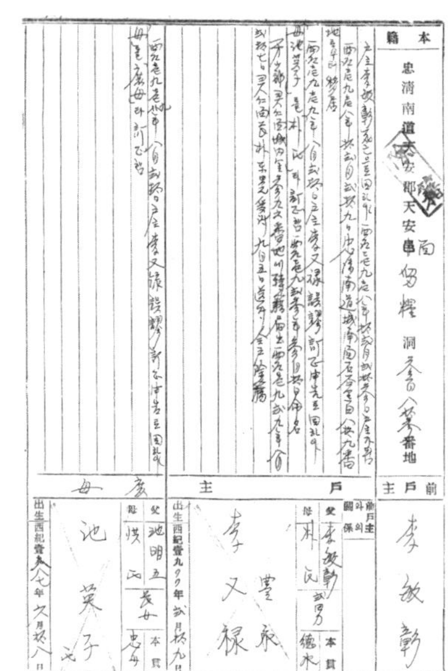

민촌과 그의 아우 풍영 및 서모 지영자의 호적

을 서두르지는 않았던 것 같다. 처음에는 군(郡)을 벗어난 거주지 변동이 있는 주민의 호적을 먼저 만들기 시작한 것으로 보인다. 그것도 1910년대 후반에 가서 그렇게 한 것 같다.

왜냐하면 민촌의 부친이 파산을 당하고 1910년에 목천군으로 이사하였을 때에 그의 호적은 만들어지지 않았다. 그 후 1918년에 그가 죽고 풍영이 목천으로부터 천안으로 서모네들과 함께 이사 오면서 풍영의 호적이 만들어졌다. 이때 전 호주를 이민창이라 하고 그의 사망으로 인하여 1918년 12월 23일 이우록(李又祿, 풍영의 아명)이 호주가 되었다고 적혀 있다.

한편 민촌의 호적은 훨씬 뒤에(1921. 9. 20) 만들어지는데, 이상하게도 분가에 의하여 호주가 되었다 하고 전 호주와의 관계도 공란으로 남아 있다. 전 호적을 '유량리 269번지 이민직(李敏職)'이라 했는데, 큰고모댁의 주소가 쓰인 것도 부당하고 '이민직'도 가공인물이 아닌가 생각된다. 적어도 덕수이씨 정정공파의 족보에는 없는 이름이다. 자신의 출생 연도까지 다르게(1895년을 1893년으로) 올린 것은 일제에 대한 거부감 때문이었을까? 그가 천안군청에 취직하여 다니면서도 호적을 만들지 않고 버티다가 뒤늦게 그나마 엉터리로 만든 것은, 일제가 호적 정리 작업을 강화하였거나 그렇지 않으면 민촌 자신이 은행에의 취직 또는 도일(渡日) 수속 등에 필요했기 때문이었는지 모른다.

이상의 여러 호적에 관한 사항에 관하여는 필자로서 자신이 없다. 전문가의 해석이 요청된다.

한편 종가댁의 여주인 유씨부인은 민촌가의 줄초상 후 7개월밖에 더 살지 못하였다(1919년 7월 1일에 61세로 사망). 민촌이 벌말에 살면서 천안군청에 다닐 때이다. 그녀의 죽음은 병희의 타락과 방탕에 따른 화병 때문이 아닐는지 ….

이병엽 씨가 들은바, 병희는 거만하기 짝이 없어서 웬만한 집안 어른들도 그를 쉽게 면회할 수 없었으며, 그들이 문상을 와도 병희는 그들을 상청(喪廳)에 들이지도 않고 뜰에서 절을 하게 하였다는데 그것은 이때를 말함일 것이다.

이제 민촌의 큰고모 덕수이씨가 종가댁의 여주인이 되었다. 그녀도 민촌네들에 대하여 유씨부인의 방침을 따랐을 것으로 보인다. 며느리를 위시한 집안 식구들의 눈치도 있었겠지만 친정 식구들에 대하여 일정하게 선을 긋고 사는 것이 민촌의 가출을 억제하는 데 효과적이라고 생각했음 직하다. 민촌이 그런대로 월급쟁이를 하면서 자신의 가족을 보살

민촌의 제2부인 홍을순가의 가계도

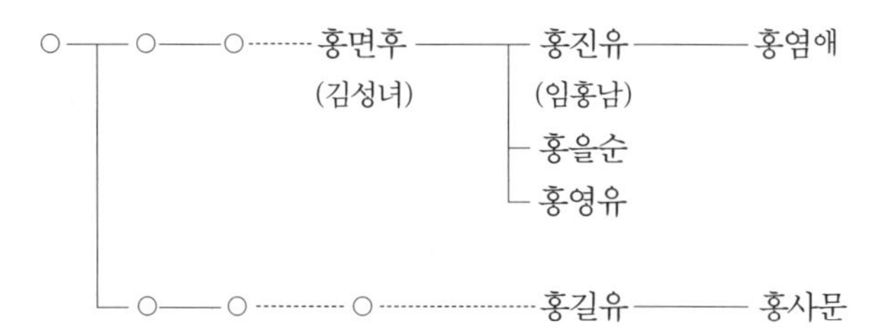

핀 것은 큰고모의 이와 같은 방침 때문이었을 것이다.

큰고모는 이에 성공할 것인가?

한편, 1912년 봄에 민촌이 처음 가출하였을 때 혼자 일본에 건너간 친구 홍진유의 삶은 어떠하였는가?

> 내가 논산 영화여학교에 있을 때였다. 하루는 뜻밖에도 마산에 있던 친구가 나를 찾아왔다. 웬일이냐고 물으니 그는 작년에 동경에서 돌아왔다고 하며 자기 집은 연산에 있다고 하였다. 연산 읍내는 논산읍에서 불과 30리, 한 정거장 사이였다. 그 후부터 우리는 일요일마다 만났다.
>
> 그 이듬해가 바로 1919년이었고 3·1독립운동의 첫 인민 봉기가 일어났다. (「이상과 노력」)

이 내용으로 보아 홍진유가 일본에서 돌아오기는 1917년이다. 일본에서 약 5년(19~24세) 동안을 그는 어떻게 지냈을까?

단편 「고난을 뚫고」에 홍이 이 당시에 죽을 고비를 여러 차례 넘기며 일본에서 온갖 고생을 다 하던 이야기가 꽤 과장되어 상세하게 나온다.

아산시의 사학도 장승순 씨에 의하면, 홍은 1912년 6월경 도일하여 오사카에서 철공소 인부로부터 시작하여 도쿄에서 전기회사 인부, 상회 고용원 등으로 전전하며 밤에는 삼전영어학교를 1년 정도 다녔고, 신문 배달을 하면서 중앙대학 법과(中央大學 法科)를 2년 반 정도 다니다가 부친의 병환 소식을 듣고 귀국하였다고 한다.

홍은 귀국하는 대로 곧 민촌을 찾았을 것이나 1918년에야 비로소 논산의 '영화여학교'에까지 민촌을 찾아와 서로 일요일마다 교우한 것이다. 이때 민촌은 15세의 홍을순을 자주 보았을 터이고 그네들의 곤궁한 삶을 지켜보았을 것이다. 그런데 민촌은 그해 11월에 조모가 죽자 사표를 내고 고향인 천안으로 돌아갔다.

홍진유의 호적에 그의 부친 홍면후는 1918년 12월 19일 사망한 것으로 나온다. 홍도 민촌과 거의 같은 시기에 각자 부친상을 당한 것이다.

부친을 잃은 홍은 기미년(1919년, 26세)을 어떻게 보냈을까?

> 자기가 감옥에 들어가는 족족 가정의 비극이 생기던 것이었다. 그가 맨 처음으로 그 속에 들어가기는 아마 기미년 만세 통이었던가 보다. 그때의 비극은 철모르는 누이에게로 떨어졌다. (「고난을 뚫고」)

홍이 기미년 만세 통에 무슨 일을 했는지 또 옥고를 얼마나 치렀는지는 알 수 없다. 다만 그가 감옥에 들어가 있는 동안 그의 여동생 홍을순이 방년 16세의 처녀로 논산의 지주에게 팔려 간 것이 확인된다(1919년).

필자는 홍의 모친 김씨가 삼남매를 데리고 충남 연산군 신암리 120번지에서 살 때에 한동네(130번지)에서 살았다는 홍사문(洪思文, 1913~ 논산시 연산면 연산리 367-8) 씨를 쉽게 만났다. 필자는 무작정 신암리를 찾아가 그

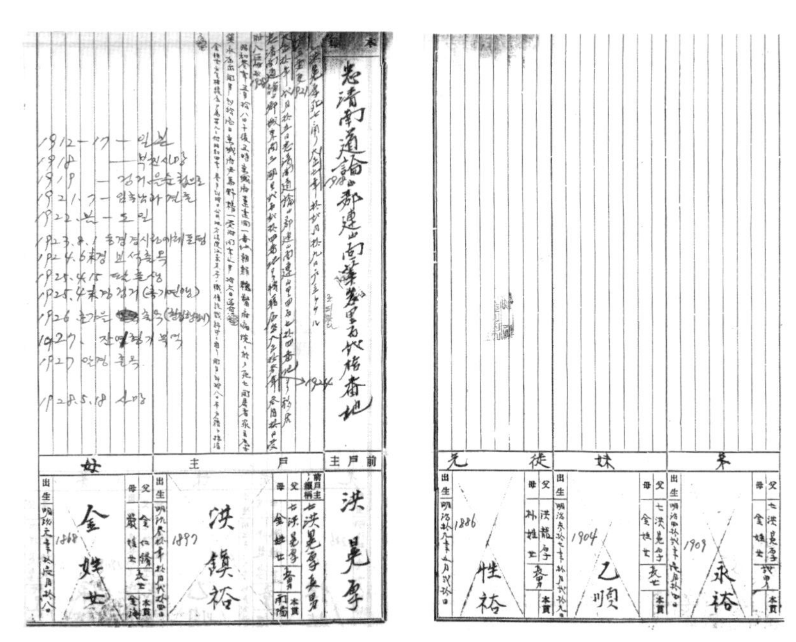

홍진유의 호적(사건 정리를 위한 필자의 경솔한 메모가 적혀 있다)

마을의 홍씨를 찾았는데 자기가 바로 남양홍씨라고 나서며 족보도 선뜻 보여 주는 사람이 있었다. 그는 홍진유의 9대조에서 갈라진 19촌 조카였다. 그는 처음에 홍진유와의 촌수도 모르고 홍면후에 관하여는 전혀 모르고 있었으며 그 과부가 김씨인 줄도 모르고 있었다. 그러나 그는 그들 네 식구를 생생하게 기억하고 있었다. 그는 김씨의 두 아들 이름을 칭하기도 전에 한자로 썼는데 달필이었다.

그의 부친 홍길유(洪吉裕)는 신암리에서 '마름'을 하였는데, 지주는 논산시 성동면 정지리(城東面 定止里, 일명 '낫말')의 갑부 노봉식(盧奉植, 1897~1967)이었다 한다. 노는 그의 선대부터 대단한 부자로 저택과 기물이 호화찬란하였다 하며 나중에는 서울의 서대문 근처에 소실을 두고서 그곳 왕래를 자주 하였고 거기서 죽었다는데, 젊었을 때에 그는 마름 홍길유를 통하여 김씨의 딸(홍을순)을 자신의 소실로 들이게 하였다 한다. 그의 중매로 김씨의 딸이 지주 노봉식의 첩으로 팔려 갔다는 것이다. 아들 홍진유가 잡혀가자 살림이 어려워진 김씨가 딸을 내주었으며, 그 후 김씨는 '앞냇갈 다리목'으로부터 지주 노봉식이 사 준 신암리 120번지의 집으로 이사하였다 한다.

이상의 이야기는 홍사문 씨가 부친 홍길유에게서 들었다는 내용이다. 홍진유네와 어린 시절에 한동네에서 살았었다는 홍사문 씨는 당시 그 동네에 홍씨라고는 그렇게 딱 두 집밖에 없었기 때문에 잘 기억한다고 하였다.

홍사문 씨는, 노봉식이 과부 김씨에게 쌀과 돈을 대 주었으며 자신이 어릴 때에 김씨의 집에 자주 놀러 가면 김씨가 한여름에도 쌀밥을 해 주어 잘 먹곤 했다고 말하였으며, 홍진유가 감옥에서 풀려 나와 일경의 감시 속에 지낼 때 하루는 홍진유와 자신의 부친 홍길유가 심하게 다툰 것도 기억하고 있었다. 홍진유가 홍길유에게 자신의 누이를 왜 상놈에게 시집보냈느냐고 따지고 대들었다는 것이다.

홍진유의 가족은 이때 신암리에서 지주 노봉식의 땅을 부쳤을 것으로 보인다. 후일 그가 재판을 받을 때 서류상 직업이 '농(農)'으로 나옴이다.

딸이 지주에게 팔려 가는 내용은 민촌 문학에 많이 등장하는 중요한 소재다. 민촌은 1924년 7월에 등단하였고 그 이듬해 여름부터는 홍을순과 살림을 시작하였는데, 1925년 12월 13일 작으로 돼 있는 중편 「민촌」은 홍을순의 경우와 꼭 같지는 않지만 '(……) 그리하여 열여섯 살이나 먹도록 곱게 곱게 키워 논 남의 외동딸을 박주사 아들은 다만 벼 두

섬으로 빼어 갈 수 있었다'는 내용이다.

홍진유는 1922년(29세) 봄쯤 다시 일본에 건너가는데, 그전에 그는 결혼을 하였다. 신부는 임홍남(林弘南, 1900~?, 父 林元佑의 서자, 논산군 논산면 본정 71번지 호주 林準相의 妹)이며 1921년 7월 5일 혼인한 것으로 홍의 호적에 나온다.

홍진유가 그녀와 결혼하게 된 것은 우발적이었다.

> 설사 이쪽에서 먼저 걸었다손 치더라도 욕심을 채운 뒤에는 훅 불어 새면 그만일 것인데 더구나 그것은 그 여자가 먼저 대든 것이 아니었던가? 그러나 그가 다른 데로는 죽어도 시집을 안 간다는 바람에, 그 여자가 눈물을 흘리고 섧게 우는 꼴을 볼 때 그는 허락하지 않을 수 없었던 것이다.
>
> (……)
>
> 그가 두 번째 일본을 가게 될 때 그들이(가족 및 아내가-필자) 가지 말라고 눈물을 흘리고 만류할 때에는, 아니 그보다도 청승맞은 누이가 시름없이 안산을 쳐다보고 섰는 그 누이가 (……) (「고난을 뚫고」)

홍은 신혼의 아내와 헤어지는 것보다도 첩으로 팔려 간 자신의 누이가 더 안쓰러웠던 모양이다. 민촌이 그렇게 묘사하고 있다.

15. 봄은 아니 오고

민촌이 3·1운동을 맞이한 것은 그가 조모상과 부친상을 연이어 치른 후 가족의 부양을 위하여 고향에서 직장 생활을 겨우 시작했을 때이다. 이에 그는 오랜만에 울적한 심정을 떨쳐 버리고 심기일전하여 운동에 참여한다.

운동의 기운이 퇴조하는 소위 '문화공간'기에도 그는 청년회 활동에 참여하고 신문에 투고도 하는 등 일시적이나마 꽤 활달한 삶을 산다.

우선 3·1운동 이전 천안의 모습을 민촌의 회고를 통하여 알아보자. 여기에 나오는 많은 내용들이 그의 주요 작품 『봄』, 『고향』, 『신개지』, 『두만강』 등에 상세히 재현되고 있음이다.

> 천안(天安)군은 옛날에 환성(歡城), 녕성(寧城) 등이라고도 하였는데, 이 이름들을 글자대로만 해석해 본다면 이 고을에 사는 사람들은 즐겁고 평온한 생활을 할 것처럼 생각키게 한다.
>
> 미상불 한때는 이 고을이 번창해서 읍내가 3,000여 호에 달하였다 하

며, 그래서 향교가 읍내 동쪽으로 근 10리 상거의 동안 뜬 태조봉 밑에 자리를 잡은 거라든가, 김때(金垈) 거리의 유적이 그 중간 평지에 있는 것을 보면 이 통안에 인가가 널려 있었던 것이 입증된다. 그런데 임진 병란에 왜놈들이 불을 질러서 잿더미로 된 후 완전 복구를 못하였기 때문에 천안이 소읍으로 작아진 모양 같다.

1910년에 강도 일제는 조선을 완전히 강점한 이후 행정구역을 변경하여 합군(合郡)을 하였는데, 직산(稷山)과 목천(木川)을 천안군에 부속시켰다.

원래 천안은 교통이 편리하고 지리상 요충으로 된 곳이다. 그것은 천안이 3남 대로를 끼고 앉아서 내포(內浦)와는 큰길이 통하고, 인근 각 군의 물화집산지(物貨集散地)로도 되어 있었다. 그리고 군내 특산물로는 광덕 나비초(담배)와 호도 그리고 성환 참외도 유명하다.

천안삼거리가 이름난 까닭은 삼거리에서 경상도로 내려가는 길과 전라도로 내려가는 길이 엇갈리었기 때문이다.

이 세 갈래의 국도를 끼고 있는 천안삼거리는 연락부절하는 인마의 통래로 물상객주와 주막이 번창하였었다. 그중에도 과거를 볼 때에는 경상도 선비와 전라도 선비들이 서울로 올라갈 적과 서울에서 내려올 적마다 여기서 서로 만나고 헤어지고 하였기 때문에 자연히 이야깃거리가 많게 되었다.

삼거리 큰길 좌우편과 냇둑으로 심은 능수버들은 해마다 봄철이 돌아오면 천사만사가 늘어져서 푸른 장막을 드리웠는데 선비들은 거기에다 나귀와 말을 매 놓고 천렵을 한다, 글을 짓는다, 풍악을 잡히고 주연을 벌인다 하여 봉건 양반들이 태평세월을 만났을 당시에 천안삼거리는 정말 그들의 환락장이 되었던 것이다.

그러나 갑오년 농민전쟁을 치르고 뒤이어 경부선 철도가 개통되면서 자본주의가 침입하게 되자 번창하던 삼거리의 옛날 모습은 간 곳이 없어지고 능수버들도 망가지고 말았다.

이러한 시대적 변천은 내가 소년 시절에 다음과 같은 가사로 흥타령이 고쳐 불려지는 것을 들었다.

천안 삼거리 흥 능수버들은 흥
기차 바람에 흥 낙지발 됐다네 흥!

(……)

일제는 천안군의 지리적 중요성을 인식하고 '합방'도 되기 전에 의병운동을 '진압'할 목적 밑에 헌병 분대를 읍내 화축관(華祝館)에 설치하였다. 그것은 바로 경부선 철도가 개통되기 직전이었다. 이 화축관은 이조의 어느 왕이 온양온천으로 내려올 때 임시 숙소로 지었던 전각이다. 그래 2층 문루도 짓고 문루 앞에 홍살문을 세웠었는데 왜놈들이 홍살문은 뜯어 버리고 문루 기둥에다 '천안헌병분대'의 간판을 붙였다. 그리고 그 앞에는 보초를 세워서 오고가는 통행인들을 일일이 감시하게 하였다.

(……)

헌병대에서 보조원을 뽑게 되자 우리와 같이 공부하던 학생 중에도 읍내 아전의 자식 몇 사람이 시험을 보고 보조원으로 들어갔다.

그리하여 천안은 옛날 봉건 양반들이 득세할 무렵에는 삼거리가 유명하였던 대신 일제의 세력이 침입한 후에는 천안 읍내와 정거장에 왜놈들이 들끓기 시작하였다. 헌병대 문루 앞을 지날 때마다 화축관 마당에서 왜놈 헌병들은 악귀 같은 격검옷을 입고 게목을 깩깩 지르며 격검을 하느라고 죽도(竹刀)를 휘두르는 것이 들여다보이었다.

그러면 헌병 보조원들은 그것을 '견학'하느라고 삥 둘러서기도 하고,

다른 한패는 격검을 배우느라고 땀을 뻘뻘 흘리며 들뛰는데, 상투를 틀고 망건을 쓴 두상에다가 빨경 테의 헌병 제모를 쓴 그들의 꼬락서니야말로 정말 꼴불견이었다.

그것은 그들이 아전의 자식이었던 만큼 비록 '보조원'으로는 다닐망정 머리는 깍지 말라는 부형의 명령으로 당분간 그런 꼴을 하고 다녔던 것이다.

공주(公州) 갑부 김 모는 철도가 개통되기 전에 천안 읍내 뒤뜰의 황무지와 박토를 매 평 2, 3전씩에 수만 평을 사두었다. 당시 지주와 연고자들은 마치 횡재나 하는 것처럼 얼른 그 땅들을 팔아 버렸는데, 거기에 정거장이 들어앉았다.

그리하여 김 모가 매수한 땅들은 일약 수십 배로 지가가 폭등되었다. 새 지주 김 모는 그 땅을 집터로 빌리고 세금을 받아서 당년에 큰 이득을 취하였다. 왜놈들은 뇌물을 받아먹고 친일파 거두에게는 이와 같이 이권을 비밀히 알려 주기도 하였다.

왜놈들이 독판을 치면서부터는 조선 사람들은 읍, 촌을 막론하고 해마다 생활의 파탄과 몰락의 일로를 걷게 되었다. 오직 처지가 좀 나아진 사람이 있다면 그것은 친일세력에 붙어서 이권이나 말직의 한 자리를 붙잡은 극소수의 친일 분자뿐이었다.

(……)

나는 만 17세 되던 해 봄에 출가하여 4, 5년간 방랑 생활을 하다가 고향으로 돌아왔다(1912년 4월 초순의 첫 번째 가출부터 1916년 말쯤 전라도에서 붙들려 오기까지를 말함-필자).

그동안에 천안은 몰라볼 만큼 외관이 달라졌다.

우선 첫눈에 뜨이는 것은 내포로 가는 서쪽 큰길, 차돌고개 옆으로 경남철도를 부설한 레루가 뻗어 나갔다. 그리고 내가 6개월간 다니던 동편

말 — 잠업전습소 자리— 그전에 뽕나무밭이었던 데는 제사공장이 들어앉고, 높은 굴뚝에서 검은 연기가 뭉게뭉게 솟아올랐다. 읍내와 정거장에는 전화와 전등이 가설되었다.

그런데 조선 사람의 생활은 말이 아니었다. 우리 집을 비롯하여 빈민들은 더욱 빈궁의 최하층으로 빠져 들어가고 있었다.

옛날 천안삼거리로 유명하였던— 능수버들이 늘어졌던 삼거리 안말, 구룡 앞뜰에는 동척 이민, 왜놈들이 번쩍번쩍하는 함석지붕을 이어서 지은 수십 호의 새집들로 이사를 하였다. 자작농 창정이란 구실 밑에 땅을 거저 얻은, 이름만 농민인 왜놈들은 그 땅들을 조선인 빈농들한테 고율의 소작을 주어서 실상은 지주와 같이 소작료만 받아먹고 호강스레 살았다. (「내가 겪은 3·1운동」, 1958)

고향에 돌아와 보니 그동안에 많은 것이 달라졌다. 읍내와 정거장은 몰라볼 만큼 새집들이 즐비하게 늘어섰다. 전에 없던 신작로가 생겨났다. 그리고 경남 철도를 부설하는 철둑이 서쪽으로 차돌백이 고개를 뚫고 나갔다.

읍내와 정거장에는 왜놈들이 등쌀을 놓았다. 몇 명 아니 되는 장사꾼을 빼놓고, 조선 사람은 모두 변두리로 쫓겨났다. 그들 중에는 기어들고 기어나는 오막살이를 의지하고 겨우 연명해 가는 사람들이 많았다. (「이상과 노력」, 1958)

고향 '천안'이 민촌 문학에서 갖는 의의에 관하여 평자의 연구가 나와 있다.

철도와 제사공장은 '신개지' 천안의 두 상징물이며, 이기영의 소설에서 주요한 사건과 갈등을 구성하는 축으로 작용하게 된다. 요컨대 경부철도가 지나가고 근대적인 제사공장이 우뚝 선 천안은 작가 이기영에게 식민지 자본주의의 구체적 모습을 보여 주면서 그 본질의 포착을 가능하게 하는 문학의 '요람'이 되었고, 작가 이기영은 그러한 천안을 고향으로 함으로써 식민지 자본주의의 본질과 그 구체상을 함께 포착할 수 있는 가능성을 가지게 된 것이다.

농촌이 전원적인 목가풍의 농촌도 아니고, 극도의 궁핍 속에서 헤어날 길 없는 절망적인 농촌도 아니고, 자본주의화가 진행되면서 궁핍이 가속화되는 한편으로 그 현실의 모순을 타개하고자 하는 새로운 힘이 그 속에서 성장하고 있는 역동적인 공간일 수 있었던 것은 도시와 농촌의 관계, 그리고 식민지 자본주의하의 농촌을 동시에 파악할 수 있게 하는 고향 천안의 지리적 특성과도 긴밀히 관련되어 있다.

그리고 이기영은 유소년기 고향에서의 체험을 온갖 삶의 과정과 연관시켜 고찰함으로써 현실의 본질에 접근하려는 노력을 기울였다. (이상경, 『이기영, 시대와 문학』, 72쪽)

천안에서의 3·1운동 진행 상황과 당시 민촌 및 그 주변 인물들의 활동 상황도 회고를 통하여 보기로 하자.

천안에서는 3월 3일에 첫 운동이 일어났다. 그날은 천안 읍내 장날이었다. 서울에서의 3·1봉기의 소식은 당일로 천안에도 전파되었다. 그것은 천안 읍내와 부근에 사는 서울 통학생들이 수십 명이나 되었고, 또한 장사꾼들과 서울로 볼 일을 보러 갔던 사람들이 서울의 3·1 시위 행렬을 목격하고 밤차로 내려와 전지전파한 것이 비밀리에 광범위로 선전되었던 것이다.

그래 3월 3일 읍내 장날에 서울 통학생들을 중심으로 장판에서 '조선 독립만세'를 고창하자 만세판의 장꾼들이 이에 호응하여 만세 소리는 별안간 천지를 진동케 하였다.

그날 밤에 천안군은 각처에서 독립만세 소리로 들끓어 올랐다. 그것은 장꾼들이 제가끔 자기 집으로 돌아가서 3·1운동이 일어난 것과 읍내에서 시위행진을 한 소식을 알리자 동리마다 수많은 군중이 횃불을 켜 들고 산 위로 올라가서 밤을 새워 만세를 불렀기 때문이다.

내가 살던 유량리에서도 각 부락에서 독립만세를 불렀는데 그들과 같이 만세를 부르며 산 위로 올라가 보니 읍내를 둘러싼 동서남북에서 무더기 무더기로 봉화를 켠 것이 마치 하늘의 별처럼 무수한 불빛을 비추었다. 그것은 내가 유년 시절에 보던 쥐불 싸움을 연상케 하였다.

천안 읍내의 장은 바로 군청과 헌병대 앞에서부터 서게 되었다. 그날 장꾼들은 헌병대 지척에서 독립만세를 불렀건만, 워낙 기세가 드높으니까 헌병 놈들도 감히 손을 못 대었다. 그보다도 왜놈들은 학생들이 장꾼들과 합류할까 무서워서 보통학교를 무장경찰대와 형사대가 포위하고 있었는데, 그래 소학생들은 흥분하여 교실에서 독립만세를 부르며 들뛰었다. 사실 3·1운동의 폭발은 조선인민의 민족적 감정을 최고조로 격발시켰다. 그것은 조선인민이 왜놈에게 박해를 당하고 억눌렸던 그만큼 누구나 다 조국의 광복을 염원하는 독립사상이 강렬하였다. 그래 놈들의 탄압이 무서워서 입 밖에 내지 못한 사람들도 마음속으로는 모두 다 만세를 부르고 있었다.

그러니 방방곡곡에서 밤마다 부르는 '독립만세'를 어떻게 제지시킬 수 있겠는가? 왜놈들은 약이 올랐지만 군중의 기세가 수그러질 때까지 참을 수밖에 없었으며 겉으로는 방관하는 체하였으나 이면으로는 보조원과 순사를 내세워서 비밀조사를 진행하고 있었다.

그러자 직산, 양대(良垈) 금광의 노동자들이 궐기하였다. 원래 양대 금광은 이조 정부의 궁내부 직영 광산이었는데 우수한 금광인 줄 알게 되자 왜놈들이 강탈해 버렸다. 이 석금광에서는 수백 명의 광부가 굴속에서 광석을 캐내었다. 그들은 저렴한 임금으로 노예와 같이 왜놈들에게 혹사를 당하였다. 뿐만 아니라 그들은 인종차별까지 당하여 무쌍한 압제와 학대를 받아 왔다. 그것이 일상적으로 쌓이고 쌓여서 불평 불만이던 차에 3·1운동의 소식을 듣고 마침내 그들은 폭동을 일으켰다.

처음에 그들은 임금 인상과 대우 개선의 경제 조건을 쳐들고 파업을 단행하였다. 한데도 회사 측에서는 단호히 이를 거절하였을 뿐만 아니라 금광 분견소의 헌병들과 함께 파업을 무력으로 탄압하려 하였다. 이에 격분한 수백 명 광부들은 일시에 광산사무소와 헌병 분견소를 포위 습격하였다. 유리창을 들부수고 돌팔매질로 답새는 바람에 왜놈들은 질겁을 해서 뿔뿔이 도망질을 치고 숨었다.

이 급보를 받은 천안 헌병대에서는 수십 명의 헌병과 보조원들이 응원대로 출동하였다. 그중에는 나와 같이 사립학교에서 공부하던 헌병 보조원 놈도 끼어 갔었는데 이 헌병 놈들은 적수공권으로 있는 광부들에게 실탄 사격을 하여 수명의 사상자를 내었다. 이에 더욱 격분한 광산 노동자들은 석전질로 놈들과 대항하여 장시간 탄투를 계속한 결과 왜놈들에게도 중경상자를 내게 하였다.

그러나 놈들은 살인귀와 같이 실탄으로 마구 쏘아 대는 통에 노동자들은 맨손으로 끝까지 저항할 수가 없었다. 날이 저물자 광부들은 할 수 없이 헤어지고 말았다.

이와 같은 반일 폭동은 목천 아우내(竝川) 장터에서도 그 며칠 후 장날에 일어났다. 시장 부근 농촌에 사는 농민 김구응(金球應)은 자기 부락 사람들과 장꾼으로 가장하고 들어와서 장판이 어울릴 한낮 때에 장꾼들에게 선동 연설을 하고는 선두에 서서 군중들과 같이 몽둥이를 휘두르며 헌병 분견소를 대거 습격하였다. 격투가 벌어지자 왜놈 헌병들은 총질을 하여 김구응을 즉사케 하였다. 이 소식을 들은 그의 노모는 헌병대로 달려가서 아무 죄도 없는 내 자식을 죽인 원수를 갚는다고 호미로 왜놈 헌병을 찍으려는 것을 잔인무도한 왜놈은 그 어머니까지 총살을 하였다. 이 광경을 본 군중들은 조금 전에 헌병소를 습격하였던 군중들과 합세하여 수백 명이 돌팔매를 던지며 함성을 지르고 일시에 달려들었다. 그 바람에 포학한 왜병 헌병 놈들도 더는 총질을 못하고 쫓기어 달아났다. 격분한 군중들은 사무실로 뛰어들어서 유리창과 방 안의 세간을 몽둥이로 들부수고 공문서를 발기발기 찢어 버렸다.

그때 다른 한패는 도망치는 놈들을 쫓아가며 돌팔매질을 하여 부상을 입혔다.

직산, 양대 금광 노동자들의 3·1봉기를 실탄 발사로써 일제에게 '충성'을 보인 헌병 보조원 오가는 보조원 감독으로 승차되었다. 월급도 좀 올라갔다.

허나 내가 다니던 소학 동창 중에는 이런 반역자만 있지는 않았다.

그해에 3·1운동이 퇴조할 무렵에는 해외로부터 독립단이 많이 들어와서 무장활동을 하였는데 나의 동창생 양윤환(楊潤煥)은 '혈복단'에 가맹한 후 비밀히 활동을 개시하였다. 그의 집은 삼거리 안말 구룰에 있었는데 그는 아산 둔포(牙山 屯浦)의 금융조합을 밤중에 습격하여 조합 이사인 왜놈을 권총으로 쏘아 죽이고 현금 수천 원을 노획하여 독립운동 자금으로 쓰게 하였다. 평소의 행동으로 보아 주목하여 오던 천안 헌병대에서는 형사대로 하여금 그의 행동을 은밀하게 조사하게 하였다.

구룰 동리는 우리 동네와 근거리에 있다. 그의 동리에서도 3·1운동이 일어나자 밤마다 독립만세를 고창하였다. 나는 혈성단(血誠團)의 격문을

> 가지고 비밀히 독립운동의 기금을 모집하러 다녔는데, 그해 여름에는 진남포(남포)에까지 갔다 온 일이 있었다. 수개월 후에 그는 체포되어서 드디어 사형을 당하였다. 그러나 해외에서 잠입하였던 독립단원은 끝내 붙잡지 못하였다. (「내가 겪은 3·1운동」, 1958. 3)

민촌이 북한에서 해방 13년 만에 과거를 모처럼 회고한 이 글이 약 반세기 후에 천안의 향토사학계에 커다란 논쟁거리가 될 줄을 민촌은 꿈에도 몰랐을 것이다. 민촌이 기억하기에 천안에서 만세운동이 처음 터진 1919년 3월 3일 천안 읍내 장날은, 일제 헌병대의 총독부 앞 일일보고에 나타난 1919년 3월 14일 목천보통학교 만세시위보다 무려 11일이나 앞선다 하여 한때 천안의 향토사학계를 흥분의 도가니로 몰아넣었다. 이 책의 초판(2006)에 실린 바로 위의 인용문 때문이었다. 임명순 씨는 그날이 장날이 아니었으며, 당시에 서울에 통학할 수 있는 열차편이 없었고, 공주의 갑부 김 모는 천안이 아니라 대전에 땅투기를 한 것이었고, 경남철도 부설도 1921년 이후의 일이라는 점 등을 상세히 고증하고 이를 논리적으로 전개하여 민촌의 주장을 가볍게 배척하였다. 필자는 위의 내용을 민촌이 고의로 창작하였으리라고는 생각지 않는다. 아마도 당시 또는 그 후에 그러한 풍문이 사실(事實)처럼, 또 사실(史實)처럼 떠돌았을 것이다. 민촌은 그러한 풍문의 진위를 규명해야 할 사가(史家)가 아님을 임씨는 인정하고 있다.

임씨는 또 1921년 11월 11일에서야 천안 읍내에 전화가 개통되고(〈동아일보〉 1921. 11. 8. 보도), 전기는 더 늦게 1923년 4월 28일에서야 전등회사가 허가되어(〈동아일보〉 1923. 5. 4. 보도) 동년 10월 20일 점등(〈동아일보〉 1923. 10. 23. 보도)하였다고 민촌의 착오를 지적하였다. 분단 13년(1945~1958)이라는 서울과 평양 간의 격리감이 민촌의 시공(時空) 감각을 무디게 하였던 것이다.

임씨는 나아가 민촌의 동창생 '양윤환'이 독립유공자로 추서된 장두환(張斗煥, 1894. 9. 5~1921. 4. 28)일 것으로 추정한다. 민촌과 비슷한 연배의 구룰 사람이기 때문이다.

임씨는 또한 민촌이 입장(직산, 양대 금광)의 노동자 궐기에 대하여 '임금 인상과 대우 개선의 경제 조건을 쳐들고 파업을 단행하였다'고 기술함으로써 독립만세운동을 격하한 측면이 있다고 지적하면서, 그 증거로 직산금광(주)의 고용인 4명이 '독립만세를 부르면서 (……) 안녕질서를 방해'한 죄목으로 이들 피고들을 징역형에 처하는 일제의 판결문을 발굴하여 제시한다. 민촌은 입장의 독립운동이 임금투쟁으로부터 촉발되었음을 밝힌 것뿐인데, 이를 굳이 '독립운동의 격하'로 보는 것이 타당한지 의문이 든다. 이에 대하여 임씨는 북한에서는 독립운동을 실패한 것으로 보며 그것보다는 노동자의 임금투쟁을 부각시키는 경향이 있다고 지적한다.

이때의 체험과 견문이 그의 작품에 귀중한 소재가 되었음은 물론이다. 횃불을 켜 들고 산에 올라 만세를 부른 경험은 중편 「서화」에 변용되어 나타났고, 금광 노동자들의 파업 투쟁, 군중들의 헌병 분견소 습격, 동창생들의 비밀 활동과 반민족 행위 등도 『두만강』에서 여러 모습으로 되살아났다[단, 독립운동의 기금을 모집하는 비밀 조직 활동을 한 혈성단의 '나'는 전후의 문맥으로 보아 '그'(즉 동창생 양윤환)의 오식(誤植)으로 봄이 타당할 것이다].

3·1운동에 대한 그의 감상과 당시 그의 개인적인 삶도 알아보자.

> 3·1운동! 그것은 나에게 새 희망을 불러일으켜 주었다.

(……)

그런데 위대한 사회주의 10월 혁명의 직접적 영향 밑에 3·1독립운동이 전국적 규모에서 일어났다는 것은 얼마나 감격한 일인가!

이것은 양심 있는 조선 사람은 누구나 바랐던 것으로서 이날이 오기를 고대하여 마지않았던 것이다.

그러던 차에 3·1운동이 폭발하였다. 정말 나는 그때 광명의 서광을 바라보는 것 같았다. 그런 생각은 비단 나 한 사람뿐만 아니었다. 조국의 광복을 염원하는 양심적 조선 사람은 누구나 다 그와 같은 공통한 감정을 지니고 있었다. 그중에도 가장 박해와 착취를 많이 당한 노동자, 농민들이 그러했으며 그들의 자제인 청소년들이 그렇게 생각하였다.

3·1운동은 일제의 야만적 탄압에 의하여 실패되었다. 그러나 3·1운동의 실패는 조선인민의 해방운동에 커다란 교훈을 남기었다.

이 운동이 실패한 후에 국내에는 향학열이 갑자기 고조되었다. 그것은 선진적 신문화에 대한 일반적 지향이었으며, 봉건과 일제를 반대하는 민주주의 사상이 대두함을 의미하는 것이었다.

일제는 3·1운동을 포악하게 무력으로 내리눌렀다. 그러나 그들은 삼천리강산을 진감시킨 조선인민의 혁명적 기세에 경악 실색하였다. 이에 질겁한 일제는 기만적이나마 일시 회유 정책을 쓰지 않을 수 없었다. 그것은 '무단정치'를 소위 '문화정치'로 간판을 개칠한 것이었다.

그 바람에 부르주아 신문인 〈동아일보〉와 〈조선일보〉 등이 발간되고, 잡지들도 창간할 수 있게 되었다. 물론 이것은 조선 인민에게 출판의 자유를 허여한 것은 아니었다. 출판물은 일제의 가혹한 검열과 단속을 받았다.

동경 유학생들이 발간하던 잡지 〈학지광〉과 서울에서 발행하는 문학잡지 〈태서문예신보〉 등을 나는 우편으로 주문하여 읽었다. 다른 한편으로 청년회에도 들어서 문화계몽사업을 참가하였다. 그마즉에 서울과 동경에서는 청년 학생들이 강연대, 음악단, 연극단을 조직하여 지방으로 순회하였었다. 나의 고향인 천안에서도 그들의 왕래가 빈번하였다.

그럴 때마다 우리는 그들을 열렬히 환영하였다. 청년회에서는 소인극(素人劇)을 상연하기도 하였는데, 나도 한두 번 출연한 적이 있었다. 또한 그마즉에는 웅변대회와 토론회를 수시로 열었는데 한번은 '사업 성공을 위하여는 금전이 제일이냐? 학문이 제일이냐?' 하는 문제로 웅변대회가 열리었었다. 그때 나는 '학문'의 편에서 열변을 토하였다. 나는 토론에서 학문 제일을 내세우고 금전을 여지없이 공박하였는데 그것은 내가 무산자의 처지에서 계급적 압제와 박해를 받아 왔기 때문에—돈과는 인연이 먼 가난뱅이 편을 들어서—금전의 죄악 면만을 더욱 폭로하고 싶었던 것이다.

(……)

나는 용기를 내어 〈동아일보〉에 투고를 하기 시작했다. 시사 문제에 대한 단평과 창가를 지어 보낸 것이 더러 발표되기도 하였다. 그런 때 나는 무등 기뻤다.

〈동아일보〉에 권덕규의 '가명인두상(假明人頭上)에 일봉(一棒)'이라는 사대사상에 중독된 유생(儒生)들을 규탄한 글이 실리었었다. 이 글이 한번 발표되자 경향 각처의 유생들이 모여들어서 동아일보사를 습격한 사건까지 있었다. 그러나 청년들은 권씨의 편에 가담하여 완고한 유생들을 타매하는 투서를 빗발치듯 하였다. 그때 나도 '가명인 두상에 갱가일봉'이라는 투서를 하였으나 발표는 되지 않았다. 그것은 일제의 탄압으로 그런 글은 못 싣게 되었기 때문이다. 왜놈들은 완고하고 썩어 빠진 유생들을 비호하였다. (「이상과 노력」)

민촌이 시평과 창가를 〈동아일보〉에 투고할 때에는 등단 전의 무명 시절이었고 또한 일제의 식민지 치하였으므로 익명이나 가명 또는 '성거산인' 등의 출신지명을 썼을 것으로 추정된다.

필자가 당시의 〈동아일보〉를 뒤져 보았으나 그의 투고문을 찾는 데는 실패하였다. 대신에 당시 천안의 분위기와 청년들의 활동상을 가늠해 볼 수 있는 몇 개의 기사를 발굴하였다.

이들 기사에 의하면 1920년 1월에 청년들을 중심으로 천안에 구락부가 조직되었고, 그 구락부는 수시로 강연회, 연극, 토론회 등을 개최하였다. 이들 기사를 통해서 당시 민촌의 사회생활을 엿볼 수 있고, 『고향』의 주인공 '김희준'의 청년회 활동도 그 실제성을 확인할 수 있었다.

이들 기사는 또한 『고향』의 시대적 배경을 알 수 있는 자료들이다. 그 중 하나를 인용한다. 민촌의 이름(李箕永)이 나온다.

> 천안구락부 토론회(天安俱樂部討論會)
>
> 천안구락부에서 제1회 토론회를 본월 20일 하오 3시에 개(開)하였는데 담임(擔任)한 연사의 토론이 료(了)한 후 속론으로 가편(可便)에는 金鳳濟 兪光濬 李憲永 李箕永, 부편(否便)에는 宋昌漢 李軒求 林慶鎬 李鎔復 제씨가 호상 반복 논전한바 비평한 결과 가편에서 득승하였고 남녀 참청자가 무려 4백여 명에 달하였다더라. (〈동아일보〉 1920. 8. 24)

임명순 씨도 나서서 민촌의 기고문을 찾아 〈동아일보〉를 뒤져서 1920년 8월 12일~8월 17일 사이에 연재된 '조선인의 경제적 방면의 결함'이라는 제하의 천안 K생이 쓴 장문의 글을 찾아내어 필자에게 알려 오므로 필자가 이를 복사하여 해독을 시도하였으나 역부족(力不足)이었다. 이 글이 과연 민촌의 것인지는 알 수 없다.

그 당시에 민촌은 이광수의 『무정』을 읽고 그 참신한 문장에 매료되어 그 후 문학잡지를 구독하는 등 문학에 깊은 관심을 갖게 된다.

> 그러다가(신소설을 읽다가-필자) 춘원의 『무정(無情)』을 읽어 보고 나서 비로소 나의 신문학에 대한 동경은 절정에 달하게 되었는데 그때 내 나이는 이십 전후였다. 『무정』을 읽은 이후로 나는 신소설도 집어치우고 전혀 춘원, 육당의 작품을 애독하게 되었다.
>
> 그러나 시골구석에 있는 나는 자연 떨어지게 되어서 〈붉은 저고리〉는 말만 들었지 그 뒤에도 읽어 보지 못했고 〈청춘〉, 〈학지광〉 등을 주문해서 본 것이 고작이다. (「문학을 하게 된 동기」)

> 이러는(신소설을 읽는-필자) 동안에 나는 은연중 문학을 동경하게 되었는데 그때 춘원과 육당의 참신한 문장이 나의 가슴을 충동시킨 것은 말할 것도 없다. 나는 『무정』, 『개척자』도 그때 읽어 보았다. 그 후에 나는 동경으로 가서 비로소 『사닌』을 처음 읽었다. 그것을 읽어 보고 나는 더욱더 문학을 동경하였다. 나는 동경에서 영어학교를 다녔지만 그것은 문학을 위한 준비 공작에 불과한 것이었다. (「나의 수업시대」)

> 내가 신문학에 뜻을 두기는 춘원, 육당 등의 작품에 공감함이 컸었던 20여 세의 시절이었다. 그러나 편간(編間)에서 더구나 아무런 지도가 없는 나로서는 나 혼자 열중하여 그야말로 천방지축 방향이 없이 날뛰기만 하였다. 나는 문학을 한다고 대언장담하였지만 그때 한참 청년층에 인기를 끌고 있던 〈청춘〉이라든가 〈태서문예신보〉니 〈학부형〉이니 하는 잡지를 몇 권을 사 보는 데 불과하였으니 말하자면 요샛말로 문청(文靑)도 못 되는 아무것도 아니었던 것이다. (「실패한 처녀장편」)

> 나는 그 무렵에(1920년 4월 1일 〈동아일보〉 창간 후 그 지면에 민촌이 투고할 무렵에-필자) 작가가 되어 보려고는 생각도 못하였었다. 그러나 어떻게 자기의 생각하는 바를 글로 표현하였으면 하는 염원은 간절하였었다. 그것은 내가 보고 들은 생활 경험—나의 주위에 있는 가난한 근로인민들의 억울한 처지와 그들의 비참한 정황을 어떻게 표현할 수 없는가 하는 발표 의욕이었다.
>
> 그것은 나로 하여금 자기의 사상을 표현하고 싶은 충동을 걷잡을 수 없게 하였다. 나는 그전에 고대소설과 신소설을 탐독해 왔었는데 3·1운동을 계기로 현대 문학예술을 지향하게끔 되었다. (「이상과 노력」)

이광수의 『무정』은 〈매일신보〉에 1917년(민촌 23세) 1월 1일부터 6월 14일까지(민촌이 전라도에서 부친에게 붙들려 와 신앙생활에 몰두한 시기임) 연재되었고 그 뒤에 단행본으로 출판되었다. 민촌은 이를 언제 보았을까?

부친의 사망(1918. 11. 20. 민촌 24세) 후 혼백을 불사른 것이 '신소설을 읽고 (……) 미신 타파의 견지에서' 그리하였다고 쓴 것을 보면 그때까지도 『무정』을 읽지 않았던 것으로 보인다.

'3·1운동을 계기로 현대 문학예술을 지향하게끔 되었다'는 것은 아마도 그가 논산에서 올라와 줄초상을 치른 후 3·1운동 직전에 『무정』을 읽었음을 말해 주는 것일 것이다. 그 직후에는 그것을 읽을 겨를이 없었을 터이니까. 그렇다면 민촌은 1910년(16세)부터 신소설을 접하기 시작하여 가출과 방랑을 거듭하면서 약 9년간 신소설을 가까이했다고 볼 수 있다.

그는 신소설을 탐독하면서 '은연중' 문학을 동경하게 되었다지만 그것은 나중의 일이고, 처음에는 그 주인공들처럼 해외 유학을 하는 것이 1차 목적이었다. 그 후 그가 『무정』 등의 참신한 문장에 매료되고 나아가 동경 유학 시절에 『사닌』을 읽고 큰 감명을 받았지만, 그렇다고 그것을 계기로 그가 문학의 길을 걷기로 결심했다고 단정할 수는 없다. 그것은 그의 유학 생활과 작가가 되는 과정에서 밝혀질 것이다.

그때 민촌은 직장 생활을 하면서 위와 같이 바깥일에 여념이 없었지만, 아내 조씨와 자녀 종원, 화실에게는 가장 오붓하게 오랫동안 삶을 같이한 귀중한 기간이었다.

이 시기의 가족 모습이 『고향』에 보인다. 『고향』의 시대적 배경이 1920년대 초임을 거기에 그려진 주인공의 청년회 활동과 함께 가족 상황으로도 알 수 있다.

> 아내는 밤이 깊도록 자지 않고 앉았다. 그동안에 어린아이가 새로 생긴 아내는 오히려 산티를 벗지 못하고 얼굴이 부숙부숙하다. 그는 윗방에서 갓난이(화실 花實, 1921년 8월 25일생-필자)를 끼고 자다가 빈대가 몹시 물어서 일어나 앉았다.
>
> (……)
>
> 인제 달포를 지난 아이는 배안엣머리가 반지르하고 얼굴에는 젖살이 포동포동 몰렸다. 그는 어린아이가 볼수록 귀여웠다.
>
> (……)
>
> 그렇게 쉽게 낳을 수 있는 것을 여태 못 낳고 생으로 늙지 않았나? 남들은 인제 금실이 좋아졌다고 부러워하는 소리가 미상불 해롭지 않게 들렸다.
>
> 그러나 남편은 여전히 집안일에는 등한한 것 같았다. 인제는 자식도 커 가고 하니 살림이나 약빠르게 해서 부모처자를 잘 건사해야 할 것이 아닌가? 남들은 지악하게 벌어도 못살겠다는 이 세상에서 그는 무슨 일

인지 월급 자리로 취직을 하래도 하지 않고 번둥번둥 노는지 모르겠다. 그리고 그 빌어먹을 놈의 청년회인지 무엇인지 읍내 건달패에게 밤낮 미쳐 다니는 것이 얄미웠다.

(……)

그는 마침내 남편을 원망하고 애달픈 신세를 한탄할 뿐이었다.

그는 지금도 이 생각 저 생각에 시름없이 앉았다. 남편은 참으로 무엇에 미쳤는가? 남들의 말과 같이 그는 과연 별인인가? (『고향』, 163~164쪽)

그는 과연 별인(別人)이었는지,

그런(민촌이 은행에 다니며 잘살게 된-필자) 판에 그는 그 월급 자리를 내던지고 별안간 일본으로 공부 간다고 하루아침에 왜고리짝을 메고 달아나 버렸다. (「오남매 둔 아버지」)

거기서(은행에서-필자) 다시 미만(未滿) 일 년(약 7개월-필자)에 나는 비로소 오래 벼르던 현해탄을 건너게 되었다. 어떻든지 그때는 유쾌하였다. (「헤매이던 발자취」)

1922년(28세-필자) 4월 초에 나는 은행을 그만두고 일본 동경으로 건너갔다.

그때 가족들이 울고불고하며 만류하였으나 나는 그들의 반대를 박차고 예정대로 길을 떠났다. (「이상과 노력」)

왜 그랬을까? 아마도 3·1운동의 기운도 퇴조하고 그가 기대했던 봄—인민의 봄—이 올 듯하다가 말았기 때문에 이에 실망한 민촌이 다시 유학의 꿈을 키웠던 것으로 보인다. 또 여비도 마련되었겠다….

> 외래자본에 의하여 민족 경제가 여지없이 파멸을 당하고 인민들이 식민지 노예로 전락되어 가는 환경 속에서 근로인민들은 대중적 실업과 기아선상에 헤매게 되었다. 뜻이 있는 사람은 이러한 악현실을 제거하기 위하여 불공대천의 원수인 왜놈들을 조국의 강토에서 몰아내야 하겠다고 절치부심할 것이 아닌가!
>
> 내가 취직을 한 것은 물론 절박한 가정 형편을 차마 볼 수 없어서 호구지책을 취한 것이었지만, 나는 언제까지 죄악적이며 구복의 노예가 되는 그 짓을 하고 싶지는 않았다. 그때 나의 생각은 가족의 생계를 일시 돌보아 주고, 다른 한편으로는 나의 종래 계획을 준비하려는 데 목적이 있었다. (「이상과 노력」)

민촌이 일본으로 떠날 차비를 마치고 하직 인사 겸 병석(病席)의 큰고모를 찾아뵙는 것은 그녀의 의중을 탐색하기 위함이었는지도 모른다.

> 고래등 같은 안팎채의 기와집이 여전하건만 솟을대문을 들어서니 찬바람이 휘— 돈다. 사랑문들이 첩첩이 닫겨 있고 빈집처럼 주위가 쓸쓸하다. 창복(민촌-필자)은 왕년의 번화하던 큰집 살림을 회상하고 자못 감개무량함을 금할 수 없었다. 지금 그는 사랑 대문을 열고 안으로 들어가며 큰기침을 곤두세웠다.
>
> "에헴— 헴—"
>
> 안채에도 죽은 듯이 인기척이 없다.
>
> 다만 부엌에서 삽살개 한 마리가 주둥이를 내밀고 콩콩 짖는다. 창복이는 댓돌로 올라서자 신발을 벗고 안방으로 들어갔다.

그제서야 머리를 좁은 끈으로 동이고 아랫목에 누웠던 이씨부인(큰고모-필자)이 이불을 걷어치우며 겨우 일어나 앉는데, 끙끙 앓는 소리를 한다. 그는 형용이 초췌하여 얼른 몰라볼 만큼 피골이 상접하였다.

창복이는 큰어머니에게 절을 하고 그 앞에 꿇어앉으며

"아니 어데가 편치 않으셔서 누워 계십니까?"

하고 근심스레 문병을 하였다.

"응, 넌 지금 내려오는 길이냐? … 집에도 다들 무고하구…."

이씨부인은 가냘픈 목소리로 이렇게 묻는데

"네— 별고 없습니다. 형님(병희-필자)은 어데 출입하셨나요?"

창복이가 대꾸하는 말이다.

"아이구— 응! … 네 형이야… 어데 제집에서 사는 사람이냐! … 술에 미쳐서 밤낮없이… 읍내에 가 파묻혀 있지…."

"형님은 지금도 그러시나요! 참…."

창복이는 입맛을 쩍 다시며 민망한 태도를 짓는다.

"창복아! 집안이 이렇게 망할 줄을 어찌 알았단 말이냐! … 패가망신을 해도 유분수가 있지… 아이구 분하고 원통하여라!"

"? …"

창복이는 큰어머니에게 무슨 말로 위로를 해야 할는지 몰랐다. 다만 그는 어안이 벙벙해 있을 뿐이었다.

사실 이씨는 그 아들로 하여 심화병이 골수에 깊이 들었다. 인제 그는 아주 절망에 빠졌다. 절체절명에 빠진 이씨는 오직 죽을 날을 기다리고 있으며 애오라지 자기의 신세를 한탄할 따름이었다.

그때 뒷방에서 젖먹이 어린애를 끼고 낮잠을 자던 경식의 처— 박씨(여흥민씨-필자)가 안방의 인기척에 잠을 깨었다. 박씨는 어린애를 추켜 안고 안방으로 들어왔다.

"아이구— 학도 서방님이 언제 내려오셨대여…."

박씨가 이렇게 말하며 웃목으로 앉으려 하는데 창복이는 몸을 일으켜서 말 인사를 하였다.

"아주머니 그간 안녕하셨어요."

그전 같으면 박씨는 창복이에게 대하는 태도가 여간 도도하지 않았을 것인데, 인제는 집안 살림이 말이 아닌지라 그의 우월감도 어디로 쑥 들어갔다. (『두만강』 권5, 79~81쪽)

이것이 민촌과 큰고모의 이승에서의 마지막 대면(對面)으로 보인다.

그가 유학을 떠나게 되면 남은 가족의 생계가 큰 문제인데, 그럼에도 불구하고 그는 마침내 '모든 것을 불계하고'(「실패한 처녀장편」) 동경행을 결행하기에 이른다.

그가 떠날 당시 아내는 임신 중이었다.

16. 동경 유학

민촌의 동경 유학은 주도면밀한 사전 계획의 실천이었다.

그와 홍진유는 각각 비슷한 시기에 친상(親喪)을 당하고 서로 멀리 떨어져 3년 남짓 3·1운동 이후의 기간을 보내면서도 상호 간의 교감(交感)을 계속 유지하였던 것으로 보인다. 민촌은 홍에게 자신의 청년회 활동 등을 전하였을 것이고, 홍은 민촌에게 자신이 투옥됐었던 경위와 여동생이 지주에게 팔려 간 소식 및 자신의 결혼 소식 등을 전하였을 것이다. 나아가 서로 비관적인 시국 전망도 나누다가 마침내 함께 도일하기로 다시 의기투합했던 것으로 보인다.

> 나는 당시 연산에 살고 있는 친구와 연락을 취하고 있었다. 여비가 마련되자 나는 우선 그 친구를 동경으로 떠나보내었다. (「이상과 노력」)

> 나는 은행에서 약간 저축된 것으로 전후를 불계하고 도동(渡東)한 것인데 (……) (「나의 수업시대」)

민촌이 도일하기 2개월 전(1922. 2. 20-호적)에 23세의 노총각 풍영(豊永, 1900~1959)이 결혼한다. 필자는 이 혼사를 큰고모가 주선하였을 것으로 본다. 왜냐하면 풍영의 아내 홍귀홍(洪貴弘, 1904~1948)은 아산군 배방면 세출리 출신으로 그곳은 바로 민촌이 태어난 '낭골'에 속하는 마을인데, 당시 민촌의 집안에 낭골과 연고를 가진 사람은 거기서 태어나고 자라서 거기서 유량리로 시집온 큰고모밖에 없었기 때문이다.

맏누이로 자랐고 일찍이 청상이 되어 집안의 형세에 유달리 관심이 깊었던 그녀는 친정 식구들과 일정한 선을 긋고 살면서도 미욱한 그들을 음으로 양으로 보살펴 주었던 것이다. 그리하여 자신의 머지않은 죽음을 예감하고 죽기 전에 서둘러 친정 조카 풍영을 중매하여 혼사까지 치러 주었던 것으로 보인다.

민촌은 여기서 확신을 얻었던 것 같다. 자신이 처자를 내버려 두고 일본에 유학을 가서 몇 년을 지내고 오더라도 큰고모가 그들을 굶게 내버려 두지는 않을 것이라고….

> 내가 집을 떠나면 그들의 생활난이 목전에 바로 부닥치게 된다. 아우의 식구와 아울러 5, 6명이나 되기 때문이다.
>
> 집안일은 미거한 동생에게 떠맡겼다. 일찍부터 귀농한 아우는 다행히 농사일을 할 줄 안다. 나는 아우에게 소작 몇 마지기의 전답을 얻어 주고 떠나 버렸으니 내 깐으로는 그것이 여간 용단이 아니었던 것이다. (「실패한 처녀장편」)

필자는 어려서 민촌이 은행의 한 달치 봉급으로 볏섬(쌀섬?)을 한 마차 가득 실어 왔다고 조모가 마실꾼들에게 하는 말씀을 곁에서 들은 바 있다. 20가마라던가? 믿을 수 없는 일이었다. 이제 생각하니 민촌이 월급쟁이 3년간의 저축을 찾아 그중 상당 부분을 양가(兩家)의 식량과 아우의 농사치 마련을 위해 큰 '용단'으로 넘겨주고 동경으로 떠났음을 알 수 있다.

민촌이 이때를 전후하여 약간의 토지를 매입한 것으로도 보인다. 김흥식 교수는 천안시의 구본 토지대장에서 '이기영' 명의의 땅(유량동 산 95번지 田 1918步)을 발견하였다. 그 토지대장이 작성된 것은 1922년 11월 25일이고 그 땅의 사정(査定) 일자는 1919년 1월 11일로 나와 있다.

아우 풍영에 관한 같은 내용이 작품에도 나온다.

> (아우를-필자) 비록 가르치지는 못하였지마는— 하기는 못 가르친 것이 집안 형편으로 보아서는 도리어 다행하다 할는지도 모르겠지마는— 그는 미련하고 고집 세고 무식한 대신에 노동은 썩 잘하였다. 그래 남의 논댓 마지기를 얻어 준 것뿐인데도 봄과 가을로 나무장사를 한다 삯품을 판다 하여 잣딴 농사를 지어 가지고도 윈 집안 식구를 제 손으로 먹여 살린 것이다.(「오남매 둔 아버지」)

그는 일본에 건너가서 앞서 떠난 홍진유와 합류하여 동경의 한 셋집에서 자취를 하면서 고학(苦學)을 시작한다.

> 뒤늦게(28세-필자) 공부를 간다고 아무 기초 지식이 없고 아울러 학자(學資)가 없는 나로서야 공부를 한다기로 오죽하랴마는(……) (「혜매이던 발자취」)

> 동경에서 나는 먼저 건너온 동무를 만나서 동거하였다.
>
> 우리는 동경 교외인 '이께부꾸로(池袋)'에 셋집 한 채를 얻어 가지고

자취 생활을 하였다. 나는 '간다구'에 있는 사립 정칙영어학교에 입학한 후 전차로 통학하였다(장승순 씨에 의하면, 도쿄의 정칙영어학교는 주로 고학생들을 위한 비인가 야간학교로 조선인 노동자들이 많이 다녔으며 후일 흑기연맹의 주동자들인 박렬, 금자문자, 신영우, 서상경, 홍진유 등과 민촌 이기영이 그 학교에 다녔다고 한다). 한 달이 못 되어서 나는 가지고 갔던 밑천이 다 떨어졌다. 나는 고학을 하지 않으면 아니 되었다. 같이 간 동무는 노동판을 쫓아다녔다(장승순 씨에 의하면, 홍진유는 이때 인쇄공장 등에서 일하며 고학하였고 노동운동에 참여하였다).

나는 구직을 하던 끝에 '간다구 진보쪼(神田區眞保町)'에 있는 '홍문사(弘文社)'를 찾아가서 필생으로 채용되었다.

'홍문사' 주인은 이층의 방 한 간에서 신문 광고로 필생들을 모집하여 돈벌이를 하고 있었다. 그것은 일종의 대서업인데 각 상점과 회사의 광고 봉투를 쓰는 것을 주문 맡아다가 백 매를 쓰고 매 25전씩 받아서 5전씩은 제가 떼먹고 20전씩을 필생들에게 내주는 것이었다. 봉투는 한 시간에 백 장을 쓰기가 힘이 든다. 그런 것을 10시간 써야만 20원 벌이가 된다. 나는 '홍문사'에서 글씨 품을 팔아 가며 영어학교의 야학을 다녔다.

그래도 한 달에 30원 벌이는 되어서 내내 필생으로 고학을 하였다. 하긴 어느 날—10시간 이상 서역(書役)을 하고 저녁때에 이층에서 내려오다가 현기증으로 졸도를 하여 그만 층계 밑으로 굴러떨어진 적도 있었다. (「이상과 노력」)

나는 그해 봄에 들어가서 우선 영어를 전공하기로 결심하고 정칙영어학교에 입학하였다. 처음에는 주학을 하다가 가졌던 돈이 떨어지매 할 수 없이 야학으로 바꾸었다. 낮에는 사자생(寫字生)의 필경을 하기에 시간의 여유가 없었다. 그러고 보니 명실공히 고학생이 된 셈이었다. 그래 일 년을 그렇게 넘기고 이듬해 봄이 되었다. 나는 2학년으로 진급하였다. 그동안에 국어(일본어-필자)로 번역된 태서의 소설을 읽어 보기 시작했다. 그럴수록 나는 신문학에 대한 동경이 컸었다. (「실패한 처녀장편」)

민촌이 이때 전공으로 영어를 택한 것을 보면, 그가 구미 유학의 꿈을 그때까지도 버리지 않고 있었거나, 적어도 구미 선진국에 대한 커다란 선망을 여전히 품고 있었다고 보아야 하겠다. 영어를 얕보고 덤볐겠지만 그가 어려서 한문과 일어를 배우듯 영어가 그렇게 쉬운 것이 아님을 그는 깨달았을 것이다. 시간도 없고 돈도 궁했던 때문인지 그는 전공인 영어보다도 일본어 번역판 서양 근대 문학—그중에도 러시아 소설에 탐닉하게 된다. 나아가 사회주의 사상도 접한다.

같이 간 친구(홍진유-필자)는 노동자들과 사귀어서 마침내 직업적 사회운동자로 나섰다.

하루는 그가 얻어다 주는 사회주의 서적—'자본주의의 기구'라는 팜플렛을 나는 처음 읽어 보았다. 그 후 맑스주의 서적을 탐독하였다.

나는 더욱 계급의식에 눈을 뜨게 되었다. 그와 동시에 나는 처음으로 현대 세계문학 작품들을 섭렵하고 러시아 문학을 알게 되었다. 나는 푸쉬긴, 고골리, 톨스토이, 투르게네프, 체홉, 고리끼의 작품 등을 읽었는데 그중에도 고리끼의 작품은 더욱 애독하였다. (「이상과 노력」. 단, 민촌이 고리끼의 작품을 접하기는 동경에서 귀국한 뒤의 일이다. 후술된다-필자)

민촌은 이렇게 동경 유학 시절에 홍진유 및 러시아 문학을 통하여 사회주의 사상을 흡수한다.

> 이때까지 갈팡질팡 헤매던 나는 미궁에서 벗어나 인간의 새 세계를 발견한 듯했고 세상 진리를 어느 정도 체득한 것 같았다. 그렇지만 이 시기에 나의 과학적 세계관 형성이 아직 미숙하고 낮은 수준에 있었던 것은 더 말할 나위가 없었다. (……)
>
> 참으로 쏘비에트 문학은 나의 인생관과 세계관을 확 바꿔 놓게 하였다. 나는 그때까지 계급사회의 모순을 분명히 해명하지는 못하였다. 이 세상이 옳지 않은 것은 알았지만 무슨 까닭으로 그렇게 되었는지 과학적, 이론적으로 그 원인을 해명할 수 없었다. 그것은 마치 운애가 낀 먼 산을 바라보는 것과 같이 유심론의 너울이 가리어서 나의 심안에 계급사회의 윤곽이 뚜렷이 보이지 않았다. 그랬던 것이 쏘비에트 문학—프롤레타리아 문학작품과 사회주의 서적을 읽어 감에 따라서 나는 계급의식에 눈을 뜨게 되었다. (「이상과 노력」)

민촌은 이렇게 소비에트 문학과 사회주의 서적이 그의 '인생관과 세계관을 확 바꿔 놓게 하였다'고 하였는데, 바꿔 놓았다기보다는 그가 그동안 지녀 왔던 '아직 미숙하고 낮은 수준에 있었던' 그것을 확고히 해주었다고 보아야 할 것이다.

어린 시절의 여러 체험을 통하여 이미 휴머니스트요, 반봉건주의자였던 그는, 고대소설을 통하여 이상주의자, 영웅숭배주의자가 되었으며, 나아가 빈부와 계급의 차별이 없는 평등사회를 구현하려는 자생적 사회주의자가 이미 되어 있었다. 그는 사회주의 서적과 러시아 소설을 통하여 식민지 조선의 사회·경제적 착취구조를 파악하고 사회주의의 이념을 확고히 하는 동시에 반제국주의자가 되었을 것이다.

그의 사회주의 사상성 확보는 강의실에서 이론 서적을 통하여 얻어진 것이 아니다. 부친이 상인의 볼기를 치는 것을 목격하면서부터, 또 모친을 잃은 어린 마음이 글방에서 가난하고 핍박받는 자의 편에 서서 그의 아픔을 자기의 것으로 여기면서부터 그의 세계관이 형성되기 시작하였으며, 그 후 그의 부친이 파산하고 그가 민촌과 반촌을 넘나들면서 몸소 보고 겪은 신분과 재산의 불평등 구조 및 식민지 백성의 참담한 현실이 그의 사상성을 다졌다. 이렇게 볼 때 그는 사회주의자이기 이전에 이미 휴머니스트였으며 휴머니즘이야말로 그의 사상의 밑바탕을 이룬다 하겠다. 이것은 그를 '사회주의 작가'라는 협애한 틀 속에 영원히 가두어 둘 수 없는 이유이기도 하다.

홍진유는 그 후 '불령사(不逞社) 사건'으로 체포되었다.

이 사건은 베일에 가려져 있다가 뒤늦게 해금되어1925년 11월 25일자 보도(동아일보)로나 그 내용이 밝혀지는데, "박렬(실명 박준식 朴準植) 등 15인이 1923년 4월경에 '대중의 반역'을 표방하고 과격한 무정부주의 선전과 주의상 필요한 사회운동과 폭력적 직접 행동을 목적한 '불령사'라는 비밀 결사를 조직하고 그 실행에 착수하였었는데 그해 8월 1일 동경 경시청에 체포되었다"는 것이다. 관련 15인은 박렬(朴烈), 金子文子(日人), 홍진유(洪鎭裕), 崔圭悰, 陸洪均, 徐東星, 鄭泰星, 小川武, 金重漢, 張祥重, 徐相庚, 河世明, 野口品二, 栗原一男, 韓晛相이다.

이 사건은 그 뒤로도 박렬의 당당한 자세, 그의 애인 금자문자와의 옥중 결혼 등으로 일명 '박렬 사건'으로 더 유명해졌으며, 오랫동안(6년 이상) 숱한 화제를 뿌리며 세인의 관심을 집중시켰었다.

민촌의 유학도 뜻하지 않은 일로 좌절된다.

한데 어찌 뜻하였으랴?— 그것은 나로서도 실로 천만의외였거니와 금의환향을 기대하고 있는 향리 지구(知舊)들에게야말로 더욱 실망을 크게 하지 않을 수 없게 되었다. (……)

관동대지진 통에 나는 학(學)을 폐하고 그해 가을에 할 수 없이 고향에 돌아왔다. 사자생(寫字生) 노릇을 하며 고학을 하였는데 그 집도 불에 타서 망했기 때문이다. (「나의 수업시대」)

민촌은 『두만강』에서 주인공 '한창복'을 내세워 자신이 겪은 동경대진재를 사실적으로 묘사하고 있다.

(1923년-필자) 9월 1일 정오— 열두 시경에 뜻밖에도 관동대지진이 폭발하였다. 그때 한창복은 대학 개학식에 참가하고 나오는 길에 간다구에 있는 어느 음식점으로 점심 요기를 하러 혼자 들어갔다가 지진 소동을 만났다.

별안간 지층이 들썩하더니만 상하동(上下動)으로 큰 지진이 시작되는데 창복이는 처음에는 그게 웬 영문인지도 몰랐다. 뒤미처 2층집이 마구 흔들리며 삐걱삐걱 요란스런 소리를 내었다.

얼마나 '강진'이었던지 식탁 위에 올려놓았던 그릇들이 펄쩍 뛰어올랐다가 상 밑으로 떨어진다. 그 바람에 그릇들은 맞부딪쳐서 웽강뎅강 소리를 내며 깨어졌다.

(……)

한창복은 엉겁결에 밑층으로 뛰어 내려와서 큰 길거리로 내달렸다. 행길에는 폭풍에 불리어 숱한 기왓장이 떨어져 깨졌다.

삽시간에 동경 시내는 대혼란의 수라장으로 변하였다. 각처에서 일어난 불이 목조 건물에 붙는 대로 화염이 충천하게 서려 올랐다. 불길은 오가던 전차에까지 화재를 일으켰다. 그래 승객들은 전차 속에서 아우성을 치며 서로 앞을 다투어 뛰어내리느라고 차창 유리를 들부수며 야단법석이 났다. 시내 각처의 목욕탕에서는 그때 목욕을 하던 사람들이 미처 옷 입을 새도 없어서 벌거벗은 채 행길 거리로 뛰어나오는 소동을 일으켰다.

활활 타 번지는 대로 전차는 앙당한 철재만 남은 것이 마치 유령과 같이 무섭게 보였다. 폭풍에 휩싸인 불길은 사방으로 번져서 큰 파도와 같이 넘실거리며 뒤덮여 밀려왔다. 각처에서 몰려오는 피난민들은 갈팡질팡 불길을 피하여 이리 몰리고 저리 몰리고 하는데 어느덧 구단사까 밑 궁성호수의 주변은 인산인해를 이루었다.

피난민들은 제가끔 보따리를 한두 개씩 들었다. 그것들은 필시 불이 타는 집에서 뛰쳐나올 때 귀중품들을 꺼내어 온 것임에 틀림없었다.

불의의 재난을 당한 동경 시민들은 일조에 떼거지로 되어 어찌할 바를 모르고 갈팡질팡하였다.

창복이도 군중들 틈에 싸여서 동경 역전으로 밀려나갔다. 그것은 등 뒤로 불길이 파도처럼 몰려오는데 오직 불이 안 붙은 곳은 동경 역전 부근뿐이었기 때문에. (『두만강』 제3부 '7. 동경대진재')

이어 『두만강』에 의하면, 동경 시내는 80여 곳에 큰불이 나고 많은 건물이 주저앉았으며 난민들이 몰려서 한 곳에서만도 15만 명이 타 죽고 깔려 죽고 물에 빠져 죽었다는 것이다.

민촌은 점심부터 굶은 채, 교통이 두절되어 하숙집에도 못 가고 그날 밤 빈 승용차에서 잤다. 이튿날부터는 자경단 등 일본의 우익단체들이 '조선인을 닥치는 대로 대학살'하므로 이케부쿠로의 하숙집에 가려던 생각을 단념하고 히비야 공원의 육모정에 자리 잡고 결상에서 잠을 자며 시청에서 배급하는 주먹밥을 받아먹고 지냈다. 죽창과 철창대를 거머귄 청년들이 조선인을 찾아 공원 속도 뒤지는데, 민촌은 일본인 행세를 하여 이 위기를 가까스로 넘긴다.

특히 그는 가족을 찾는 이재민처럼 다음과 같이 쓴 성명 패를 만들어 어깨에 둘러메고 다녔다.

> 나까무라 요시꼬(어머니)
> 나까무라 이찌로(형)
> 나까무라 도미꼬(형수)
> 나까무라 사브로(남동생)
> 나까무라 사도시(조카딸)

회고에도 그 상황이 나온다.

> 삼 년 전 관동진재 통에—낮에는 그런 생각을 할 틈도 없었다마는—저 일비곡 공원(日比谷公園) 안 제2연못 옆 육모정 벤치 위에서 말없이 깜박이는 성진을 바라보며 미구에 닥쳐올 것 같은 '죽음의 공포'를 자실히 느껴 본 일도 있고 (……) (「출가소년의 최초경난」)

민촌은 지진 속을 헤치고 겨우 살아남아 귀향한다.

> 구사일생으로 살아난 나는 동아일보사 제1회 구조선 구한국 군함인 홍제환(弘濟丸)을 타고 귀향하였다.
>
> 우리 일행은 태평양 연안을 휘돌아 나오는데 폭풍까지 만나서 일주일 만에야 간신히 부산에 상륙할 수 있었다.
>
> 나는 여러 해를 별러서 모처럼 해외 유학을 간 노릇이 불과 일 년 남

짓하여 되돌아오게 되었다. 그때 내 꼴은 『고향』의 주인공 김희준이보다도 더 초라하게 빈손으로 돌아왔다. 그러나 집안 식구와 친구들은 진재 통에 죽은 줄만 알았다가 살아 나온 것이 천행이라고 모두 기뻐하였다. (「이상과 노력」)

나는 할 수 없이 그달(9월-필자) 30일에 동아일보사의 제1회 구조선 홍제환을 타고 태평양 연안을 돌아서 일주일 만에 부산에 상륙하는 이재민의 한 사람으로 고토(故土)를 밟게 되었던 것이다.

이에 나는 동도(東都)에 부급(負芨)한 초지는 여지없이 깨어지고 만 셈이다. 그러나 '이재민'이란 덕택에 동정을 사서 다행히(?) 면목을 세웠다 할까— 나는 그때 동도에 건너갈 때보다도 친불친간 많은 인사의 출영을 역두에서 받았었다. 친척 중에서는 조치원까지 멀리 마중을 나온 이도 있었다. 그들은 모두 나를 재생지인으로 알고 희한히 여기는 마음에서 그랬던지 모른다. (「실패한 처녀장편」)

임명순 씨가 제공한 1923년 9월 23일 자 〈조선일보〉 복사본은 '진재지방 조선동포'가 '안전'하게 '보호'받고 있다고 전하면서 '조선총독부'가 제공한 약 천 명의 조선인 명단(제1보)을 게재하고 있는데, 그중에 '李箕永(28) 천안 천안면 유량리'라고 나온다.

민촌은 후일 북한에서 이때의 감상을 이렇게 썼다. 과격한 느낌을 주지마는 식민지 시대에는 어림도 없을 표현이다.

토쿄에서 나는 '불령선인'이라고 무고한 조선 사람을 6천여 명이나 야수적으로 학살한 사실을 직접 목격하였는데 조선 땅에서까지 왜놈들과 친일 주구들이 제 세상이라고 주인 노릇을 하는 반면에 대다수인 조

> 선 인민들—노동자, 농민들은 헐벗고 굶주리는 경상을 차마 볼 수가 없었다. 세상이 이렇게도 불공평하고 악착스러울 수가 있는가? 이놈의 세상을 그냥 두고서야 어떻게 살아갈 수 있는가? 하는 공분을 느낀 나는 (……) (「한설야와 나」)

민촌은 유학 시절에 유학생들의 활발한 사교 모임에 가까이하지 못하고 경황없는 나날을 보냈을 것으로 보인다. 민촌은 도일한 지 거의 일 년이 지난 1923년 2월에야 유학생 모임에서 포석 조명희(1894. 8. 10~1938. 5. 11)를 처음, 그것도 단 한 번 만났다. 조명희는 동양대학 동양철학과에 학적을 두고 유학생 사상단체인 '흑도회'와 연극운동단체인 '동우회'에도 참여하여 적극 활동하고 있었는데 그는 그 직후 귀국하였다 한다.

> 내가 포석을 처음 알기는 일본 동경에서 고학을 할 때 어느 집회장소에서였다. 그러나 나는 동경에서 그를 다시 만나지 못하였다. 그것은 포석이 그해(1923년) 봄에 서울로 돌아오고 나도 동경대지진을 만나서 그해 10월에 귀국하였기 때문에 우리들은 다시 만날 기회가 없었다. (이기영, 「조명희 동지를 추억함」, 〈조선문학〉 1962. 7)

조명희의 조부는 청주목사(清州牧使)를 지냈고 부친은 인동부사(仁同府使)를 지냈으며 백부 두 분은 대원군 시절에 이조판서를 지냈다. 그의 집안 조카 조벽암의 회고(「그에 대한 일화 몇 가지」, 〈조선문학〉 1962. 7)에 의하면 그는 '아주 명랑한 성격이었'고 기개가 '활달하고 억세었으며', 여섯 살에 글방에 다니기 시작하여 석 달도 못 돼 천자문을 떼는 등 신동으로 불렸고, 열 살쯤 동네 아이들과 산에서 칡을 끊어 짚신을 삼아 산골로 몰려온 의병들에게 제공할 때에는 꼬리를 빼는 아이들을 설복하였으며, 농민전쟁의 창의문(倡義文)을 술술 외우고 다녔고, 열다섯(1908년?)에는 의병이 패하자 분에 못 이겨 아이들을 모아 군사훈련을 한다며 산과 숲을 누비고 달렸는데 한때는 그 수가 무려 70~80명이나 되었다 한다. 그는 14세에 16세의 규수 여흥민씨(민식 閔植)와 마음에 없는 조혼을 하여 늘 부인과 떨어져 살 궁리만 하였다고 한다.

조벽암의 회고는 포석이 20세(1913년?) 서울의 중앙고보 유학 시절에 '중국의 북경사관학교로 가려고 평양까지 왔다가 같이 갈 동무를 기다리는 사이에 여관비에 쪼들려 서울 아는 사람에게 편지를 한 것이 탄로나 집으로 다시 붙잡혀 돌아오게 되'었다고 이어진다. 그 후 포석은 '낮에는 농사를 짓고 밤에는 늦도록 책을 읽으면서부터 우울해지고 과묵해졌으며 사색적인 성격으로 변했다'고 한다.

민촌은 훨씬 더 전부터 모친의 죽음 및 부친의 폭음 등으로 성격이 우울해지고 과묵해졌었는데, 민촌이 삼남지방을 방랑하던 시절에 포석은 충북 진천의 집에 잡혀 있으면서 시(詩)와 신비주의 철학에 빠져 있었다.

> 포석도 중학 시절에 자기의 앞길을 찾지 못하고 방황한 것은 나의 경력과 비슷한 점이 있다. 그는 한때 외국소설과 '영웅전기'를 탐독하던 끝에 서울에서 다니던 중학교를 그만두고 장차 '영웅'이 되겠다는 생각으로 북경사관학교를 찾아가다가 평양에서 그의 형님에게 붙잡히게 되어 그만 '영웅'의 꿈이 깨어졌다고 한다. (「조명희 동지를 추억함」, 〈조선문학〉 1962. 7)

다른 자료에 의하면 그는 3·1운동(1919) 당시 체포되어 투옥되었다가 그해 가을에 도일(渡日)하여 학생극 활동을 한 것으로 나온다. 고학을 하였다(?)고도 하나 꽤 활달한 4년 가까운 유학생활이다. 별로 궁색해 보이지 않는다. 그런데 어느 연구에 '경제적인 어려움으로 졸업을 앞두고 귀국'하였다거나 '동양대학 철학과에 들어갔으나 학자금과 생활비를 댈 수 없어 닥치는 대로 막노동을 하'였다 함은 무엇인가? 필자는 이를 그의 집안도 민촌의 경우처럼, 혹은 홍진유의 경우처럼, 갑자기 파산을 맞았거나 집안 내의 재산다툼이라든가 혹은 어떤 일로 파산에 준하는 사태를 맞았던 것으로 추정하는 바이다.

이때 만일 포석의 집안이 무탈하여 포석이 계속 동경에 머물렀다면 그도 무사히 지진을 이겨 내고 살아 돌아올 수 있었을는지 장담 못 할 일이다.

그 외에 민촌이 동경에서 사귄 지기(知己)는 없어 보인다. 민촌의 동경유학은 이렇게 속절없이 끝났다.

17. 고향의 현실

민촌이 귀향하였을 때 아내 뱃속의 아이는 전해에 태어나 한 달 만에 태독으로 죽었고, 딸 화실(3세)도 3개월 전에 홍역으로 죽었으며, 아내는 '중병을 앓고'(「가난한 사람들」) 난 뒤였다. 일곱 살짜리 아들 종원만 살아 있었다.

본처 조씨의 소생

성별	이름	출생일	사망일	출생지	비고
여	?	1912 (?)	?	유량리 행랑채	어려서 사망한 것으로 추정됨
남	種元	1917. 10. 4.	1986. 4. 5.	상동	필자의 선친
여	花實	1921. 8. 25.	1923. 7. 5.	유량리 각골	민촌 일본 유학 중 홍역으로 사망
여	?	1922년 민촌 유학 중 출생		상동	출생 1개월 후 태독으로 사망
남	震宇	1924.10. 25.	1926. 6. 30.	상동	민촌 귀국 후 1년 뒤에 태어남

조필남(민촌의 막내처제)도 맏언니(민촌의 아내)로부터 5남매를 낳아 다 죽이고 아들 종원만 키웠다는 말을 들었다고 하거니와, 그 내용은 다음과

같이 작품에도 나온다.

캄캄 절벽! 지척을 분별할 수 없는 그믐밤에, 게다가 철 아닌 궂은비까지 축축히 내리었다.

공동묘지에는 도깨비불이 웅기중기 켜 있는데 이 산말랑이 공동묘지 한 복판으로는 K촌(유량리-필자)에서 이 고을(천안-필자) 읍내로 가는 조그만 산길이 내리뚫렸다.

이 무덤 저 무덤에서는 유령들이 벌떡벌떡 일어나서 무덤 밖으로 나왔다. 그들은 지금까지 좁은 무덤 속에 찡겨 있다가 널찍한 세상에 나오는 기쁨이 여간이 아니다. 무당 죽은 넋! 밑애비 죽은 넋의 잡탕패들은 깨우는 소리를 뚝딱! 뚝딱! 내면서 백골춤을 추기 시작하였다. ―애총(兒塚)들은 속살거리고 여총(女塚)들은 새새거리고 목매달아 죽은 귀신은

"우― 후― 후― 후―…."

하는 뒷심 없는 소리로 울음 운다. 달걀귀신은 때골! 때골! 굴러다니고 머리 푼 귀신은 소복을 하얗게 하고 또 드립다 웃는다.

"해!해!해!해!해!해!해!해! …해!해! …."

지금 살았으면 열다섯 살 먹은 색시 귀신도 지금 무덤 밖으로 나와서 아버지가 그중 귀애하던 동생 귀신을 휘파람 쳐 불렀다. 그들의 삼형제는 죽어서도 나란히 묻혔다. ―낳은 지 한 달 만에 죽은 막내 동생 귀신은 왼편 맨 끝으로 묻혔다.

"휘― 휘― 휘―"

"휘― 언니 일어났수?"

하고 동생 귀신이 대답하였다.

"휘― 오냐 잘 잤니!"

그러자 맨 끝에 있는 막내동생 귀신이 안타까운 듯이 부르짖으며 좇

아 나온다.

"휘— 언니! 나는 다시 인간에 살고 싶어! 어머니와 같이 살고 싶어! …."

하고 그는 목 맺혀 울기 시작하였다.

"휘— 동생아! 우지 마라! 인간에 살고 싶기는 우리도 마찬가지다! 우리도 어머니와 같이 살고 싶단다!"

언니 귀신들은 이렇게 동생 귀신을 달래었다.

"휘— 어머니는 지금까지 너를 생각하고 후회하신단다. 상약을 잘못 써서 네 병이 덧쳐 가지고 그로 인해 낫지 못하고 네가 태독으로 죽지 않았니? 무지한 사람들은 그래도 네 명이 그뿐이란다. 굶어 죽었어도 명이 그뿐이란다! 과연 무지가 너를 죽였다. 인간의 무지가 너를 죽였다!"

"휘— 나는 네 살 먹어서 언니를 따라오지 않았소. 그때 아버지는 일본 가서 계실 때 그놈의 못된 병(홍역)이 나를 그렇게 죽였다오. 그러나 나를 죽인 것은 '가난'이라오. 그때 아버지나 집에 있어서 약이나 잘 썼더라면 나도 그렇게 죽지는 않았을걸…."

하고 아버지가 그중 귀애하던 작은동생 귀신이 또 뼈마디로 한숨을 취쉬고 내리쉬고 하였다.

"휘— 그래도 언니들은 아버지의 얼굴이나 보고 아버지 품안에도 안겨 보았지— 나는 아버지가 어떻게 생겼는지 한 번도 보지도 못하고…."

막내동생 귀신은 이렇게 부르짖으면서 더욱 섧게 운다. 그래 언니 귀신들도 동자 없는 눈으로 시꺼먼 눈물을 마주 흘렸다.

"휘— 나보고 아버지 품안에 안겨 보았다고 하니? 그것은 백주에 거짓말이다. 나는 아버지한테 볼기짝을 맞기는 여러 번 하였어도 안겨 본 일은 한 번도 없다!"

하고 작은동생 귀신은 이빨이 앙당한 입으로 쌩끗 웃었다.

"휘— 그래도 언니들은 나보다는 인간에 오래 살았지 무얼! 나는 아버지한테 맞아 죽더라도 아버지의 얼굴이나 한번 보았으면! … 아버지의 얼굴도 못 볼 자식이 어째서 생겨났는지요! …"

"휘— 그게 모두 다 인간의 모순으로 생기는 불행이란다."

"휘— 그렇지요! 그게 모두 무지해서 생기는 불행이지요. 어머니와 아버지가 그렇게 만나지 않고 서로 사랑하고 서로 이해하는 사이일 것 같으면 우리들도 아버지의 귀염을 받고 우리도 이렇게 속히 오지 않았을는지 모르지요. 그런데 가난한 집안에서 조혼(早婚)을 시켜 놓고 한편은 구식인데 한편은 신식이니 어찌 서로 갈등이 안 나겠소!"

"휘— 큰언니! 작은언니! 참 그래요! 무지가 나를 죽였어요! 사람이란 일상 제 생각만 하고 남 사정은 모르는 까닭에 서로 갈등이 생기고 거기 모순이 생기는 게여요. 그래 입으로는 인도주의를 노래하는 자가 빈민굴을 내려다보며 저 혼자만 잘 먹고 앉았고 짐승보다는 낫다는 인간이 짐승만도 못한 아귀 인간을 보고도 오히려 그의 피를 빨아 먹으러 드니—" (「오남매 둔 아버지」, 〈개벽〉 1926 .4)

앞 장(章)의 인용문에서, 민촌이 일본에서 돌아올 때 조치원까지 마중 나왔다는 그의 친척은 고종사촌 '병희'를 말한다. 「가난한 사람들」에서는 그가 '육촌 형'으로 나오는데 민촌에게 육촌 형이라고는 없다.

다음의 묘사를 보면 그가 바로 '병희'임을 알 수 있다.

(이 작품은 민촌이 귀국한 후 반년여가 지난 1924년 6월 2일 시점에서 민촌가의 어려운 형편을 그리고 있다. 민촌의 아내가 큰집에 가서 쌀 한 말을 꾸어 달라자 병희의 아내가 '우리는 육촌 때문에 못 살아'라는 등의 악담을 퍼부었다는데-필자) 과연 우리 집에서 큰집 신세를 얼마나 졌는지? 그 집은 부자요 우리는 가난하니

까 물론 다소의 은혜를 입은 것은 사실이었다마는 그래도 우리 집으로 하여서 못살 지경은 아니겠다. 한 동리 간에서 한집안에서 자기네만 포식난의(飽食煖衣)하기가 양심에 괴로와서 돈 푼 쌀 말 밥 그릇을 주었기로니 그걸로 못살겠다 함은 너무나 심한 말이 아닐까. 노름해서 한 자리에 수천 원씩 내버리고 요릿집에 가서 하룻밤에 몇백 원씩 없애는 것은 밖으로 잘살게 하는 짓이요 뭇구리하고 살풀이하고 불공하고 녹음에 정성드린다고 곡식을 섬으로 퍼내고 비단을 필(疋)로 끊어 없애는 것은 안으로 잘살게 하는 것인데 다만 분전승량(分錢升糧)을 집안간에 동정한 까닭으로 그래 못살겠다 함인가? 그럴 터이면 당초에 주들 말든지! 아무리 구걸을 하더라도 아니 주면 강탈을 당할 리는 없지. 육촌이야 굶어 죽든지 사촌이야 얼어 죽든지 자기네만 잘살면 그만이 아닌가? 소유권이 신성불가침한 법률로 제정된 바에 호리(毫釐)라도 뺏길 염려는 없다. 언제 우리에게 무엇을 뺏겼는가? 언제 우리가 무엇을 구걸하였는가? 또 언제 우리가 그 집 담구멍을 뚫었는가? 못살게 했다는 소리가 웬 소리냐고 그는 입속으로 부르짖었다…. 처음에는 무슨 자선이나 하는 듯이 주고 나서 나중에는 공치사를 할 걸 왜 누가 당초에 주라던가? 무슨 마음으로? 그는 있는 자의 비루한 심리를 다시금 구역질하고 싶었다.

작년 진재 통에 죽은 줄 알았던 내가 살아왔다고 내가 돌아오던 날 그 형님은 근 백 리나 되는 원로로 일부러 마중을 나왔다. 내가 살아온 것을 천행으로 알고 나의 생명을 무한히 사랑하는 진정인 듯이 나의 손을 만지고 또 만지고 다시 만져 주던 그때 그 형님! 지금도 그때 인상이 그대로 눈에 박혀 있다. 아! 그 형님 댁에서 나의 목숨을 이어 갈 쌀 한 말의 외상을 거절하고 도리어 전은(前恩)을 내세우며 갖은 모욕을 끼얹어 내쫓다니? 그것은 무슨 모순인가? 그때 그 사랑이 쌀 한 말 값만 못하단 말인가? 쌀 한 말 값이 대체 얼마나 되기에? 일 원 오십 전! 싯가 일 원 오십 전이 아닌가? 아! 그러면 나의 생명은 일 원 오십 전어치도 못 되는 셈일까? 아, 형님! 형님! 하고 성호는 마음속으로 슬피 울었다. (「가난한 사람들」)

이 글에서 우리는 종손 병희가 노름과 향연 그리고 굿거리와 불공 등으로 재산을 마구 탕진하면서도 민촌네에게는 꽤 인색하였으며, 또 민촌의 큰고모가 이 작품에 전혀 보이지 않는다는 것을 알 수 있다.

종가댁의 족보에 그녀가 1929년 5월 17일 사망으로 나오는데 이는 사실과 다르다. 또 『두만강』(권5, 275쪽)에는 그녀가 아들의 방탕으로 전에 자신의 집에 머슴 살던 자에게 집까지 팔린 줄 알게 되자 곡광의 대들보에 목을 매달아 죽는 것으로 나오는데 이것도 사실이 아니다.

병희의 둘째며느리 강씨(1909~ 천안시 원성동)는 전혀 그러한 이야기를 듣지 못했다는 것이다. 강씨에 의하면 그녀가 시집왔을 때(1928년), 시아버지 병희의 생모 덕수이씨는 이미 여러 해 전에 죽고 없었다 한다.

그녀가 행랑어멈들로부터 들은바, 덕수이씨는 인심이 후하고 착하였다고 하며 며느리 민씨(驪興閔氏)가 못돼서 그런 착한 시어미를 잘 모시지 않아 서로 사이가 좋지 않았었다고 하였다. 덕수이씨는 늘 술을 담가서 동네 여인네들에게 베풀었다는 것이다. 누가 종가댁에서 쌀말이나 고깃근이라도 훔쳐 갔다고 고자질을 하면 이씨는 오히려 고자질한 자를 나무랐다고 하며 사람들이 곳간의 물건을 축내도 눈감아 주었다 하였다.

일찍이 청상이 된 터에 부모와 남동생을 사별하고 외아들 병희마저 방탕의 길로 빠져 어미의 뜻대로 어찌할 수 없게 되자, 그녀는 말년에 인생을 달관하고 물욕을 버린 듯하다. 또는 친정 식구들을 조금씩 돕자니 일가붙이들에게도 후하게 하지 않을 수 없었는지 모른다.

큰고모는 종가의 집안이 망하기 전에, 적어도 1923년 이전에 아마도 민촌의 일본 유학 시절에 사망하였을 것으로 보인다. 왜냐하면 민촌은 1933년 여름에 장편 『고향』을 쓰기 위하여 '십여 년 만에'(「문예적 시감수제」, 〈조선일보〉 1933. 10. 25) 천안에 갔을 때 '10여 년 동안 발을 들여놓지 않던 천안'(「나의 이사 고난기—셋방 10년」, 〈조광〉 1938. 2)이라고 하였는데, 그사이에 큰고모가 사망하였다면 서울의 민촌이 그때 고향에 내려가 문상하지 않았을 리가 없었을 것이기 때문이다.

민촌이 일본에서 돌아왔을 때(1923년 가을) 민촌가의 살림이 매우 어려웠던 점과 1923년 초에 그의 삼촌이 가난을 못 견디고 일본으로 품팔이 노동꾼으로 나선 점을 감안해 본다면 민촌의 큰고모는 1922년(5월 17일?)에 사망하였을 것으로 추정된다. 민촌이 도일 전에 찾아본 병석(病席)의 큰고모가 결국 그 자리에서 일어나지 못하고 한 달여 만에 죽었을 가능성이 크다. 죽기 석 달 전에 그녀는 풍영을 장가들였던 것이다. 민촌의 어린 두 딸이 태독과 홍역을 치를 때 약도 제대로 못 써 보고 죽은 것도 그녀의 보살핌이 없었기 때문이 아니었을까?

민촌이 일본에서 돌아왔을 때에는 이미 병희의 처 여흥민씨가 종가댁의 여주인으로 버티고 있은 지 오래였다. 그래서 쌀 한 말의 소동이 난 것으로 보인다.

『두만강』에서 보면 민씨의 성품과 행실이 꽤 고약하게 그려져 있다. 그녀 쪽에서 본다면 민촌이나 그의 삼촌 민욱이야말로 처자식도 모르고 아비와 할미의 제사도 안 지내고 싸다니기만 하는 건달에 불과하였을 것이다. 종갓집의 이 새로운 우먼파워는 민촌이 유학을 하든 민욱이 일본의 노동판을 싸다니든 말든 고향에 남아 있는 그들의 처자녀들에게 매우 쌀쌀하게 대하고 쌀 한 톨 도와주지 않은 것 같다. 병희의 처 여흥민씨야말로 단편 「가난한 사람들」을 낳게 해 준 장본인인 것이다.

「가난한 사람들」에서 병희 집안이 뭇구리, 살풀이, 불공을 해대는 것이 1924년 초쯤으로 추정되는데, 이는 1923년 무렵에 그 집안이 한번 크게 휘청했기 때문이라고 볼 수 있겠다. 이는 병희가, 생모마저 1922년에 세상을 뜨자, 마음껏 방탕하여 재산을 크게 축냈기 때문일 것이다.

이병엽(1923~ 유량동)의 전문(傳聞)에 의하면, 병희는 읍내의 기방과 요정에 출입하며 계집질과 술타령으로 지새다가 어른들이 죽자 집안으로 기생과 술친구들을 불러들여 그 집에는 항상 사람들이 들끓었다는 것이다. 『두만강』의 내용과 일치한다.

전술한 바와 같이 민촌은 부친에 관하여 '부친이 술을 좋아함은 단지 중독에만 있지 않았'고 '자기의 잃어버린 시대의 여가를 오직 술로 해소하려는 침통한 심리가 숨어 있'(「나의 수업시대」)었다고 나름대로 심리분석을 하고 있다. 그런데 민촌의 작품 어디에도 병희의 주벽에 관하여는 어떠한 심리분석이 없는 것으로 보인다. 굳이 찾는다면,

> '관청'에 다니는 나리들은 자기의 '직위'를 무상의 영예로 알았다. 비록 왜놈의 밑에서 종질을 할망정 조선 인민들 앞에서는 그래도 '관리'라고 뽐낼 수 있었다.
>
> 그들은 새 시대의 총아였다. … 주사나리니, 서기나리니 하는 존칭을 듣고, 월봉 몇십 원씩을 받는 것은 그들밖에 없다.
>
> 헌병대, 순검청, 군청, 재판소, 세무서, 금융조합 등은 지방의 최고 권력기관—세력기관이다. 그것은 생활상 이해관계가 있는 촌사람들이 공사간(公私間) 그들에게 청이 많았고 또한 일반 시민과 장사꾼들은 이권을 얻기 위하여 그들에게 뇌물을 먹인다. 대서쟁이들은 영업 허가와 토지 등기를 빨리 내기 위하여 재판소 서기와 군 주사에게 요리를 먹였다. 제사술로 조금 담근 것이 밀주로 발각되고, 산에서 서까래 재목을 찍다

가 걸린 촌사람들은 당자를 석방시키려고 군 직원과 순검나리를 또한 찾아다녔다.

이 바람에 그들은 더욱 우쭐해졌다. 그들은 서로 뽐내었다. 경식이(병희-필자)는 그들이 부러웠다. 그래 그는 친구로나 그들을 사귀어서 그들 틈에 끼우는 것을 만족히 생각하였다. 다른 한편 읍내 관리들은 경식이가 부자집 양반의 아들이라는 점에서 사귈 필요를 느끼었다. (『두만강』 제1부 19. 한경식과 '시대의 총아'들)

민촌은 병희가 그 큰 재산을 들어먹은 근본 심리를 캐려 하지 않고 막연히 읍내 관리들이 부러웠기 때문인 것으로 피상적인 관찰만 하고 있다.

병희의 몰락은 재산의 탕진에서보다 그 관리 부실에서 찾아야 할지 모른다. 일제의 관리를 매수하거나 자신의 어떤 콤플렉스를 감추기 위함이었는지도 모른다. 또는 그가 속임수로 전답을 빼앗기거나 부당하게 수탈당하자 그때마다 울화가 치밀어 이성을 잃고 술을 퍼마셨는지도 모른다.

일제는 측량기사를 양성하여 전국의 토지를 측량하고 그 소유관계를 법제화하는 과정에서 까다로운 조건으로 지주·소작관계를 신고케 함으로써 많은 토지를 수탈하였다. 따라서 지주들이 소유 토지를 빼앗기지 않고 제대로 유지하기 위해서는 일제의 관리를 매수하는 등 고도의 관리기법이 필요하였을 것이다. 이를 소홀히 또는 서툴게 하여 송사에 휘말리고 빼앗고 빼앗기는 토지가 얼마나 많았을 것인가?

모르긴 해도 세상 물정 모르는 병희에게는 자신의 방탕으로 탕진한 재산보다는 부실한 관리로 수탈당한 토지가 훨씬 더 많았을는지 모른다.

삼촌 민욱은 누이의 종갓집에서 행랑살이를 시작할 무렵 조카인 병희보다 반년쯤 위인 21세로 병희와 같은 또래인데도 병희의 눈에 들지 못했던 것 같다. 병희가 재산을 허투루 관리할 당시에 그가 잘만 했더라면 종가의 파산을 막을 수도 있었을 터이고 나아가 만석의 전장을 총괄하여 관리할 수 있는 길을 틀 수도 있었을 터인데, 하다못해 그 땅의 일부라도 빼돌리지 못한 것을 보면, 그는 앞을 내다보는 안목이 없이 당시의 행랑살이를 그저 무덤덤히 받아들이고 일상의 안일만을 추구했던 것 같다. 그보다 6세 아래인 민촌이 집안의 파산과 행랑살이에 반발하여 밖으로 쏘다니며 자신의 출세와 일가의 중흥을 모색했던 것과 큰 대조를 이룬다 하겠다.

인창영 씨에 의하면 민촌네들이 큰고모의 행랑채에서 나와 벌말에서 살 적에도 민욱은 농사를 짓거나 일을 하지 않고 빈둥빈둥 돌아다니기나 했다는 것이다. 양반이라서 일을 배우지도 않았고 또 양반은 일을 하지 않는 것이 그때에는 당연하였다는 것이다. 큰고모가 살아 있을 동안에는 그럭저럭 그렇게 지낼 수 있었을 터이지만, 여흥민씨가 종가의 여주인이 된 뒤로는 사정이 달라졌다. 끼니조차 때우기 힘든 가난에 봉착하였을 것이다.

그의 작은아들 두영은 부친 민욱이 일본에 가서 1~2년 지내다가 지진 전에 귀국하였다고 들었다 한다. 『두만강』에서 보면 민촌의 향리 사람들이 일본의 노동시장에 팔려 가 1923년 2월 10일부터 대판과 동경에서 노동을 하다가 돈도 못 벌고 그해 6월 말에 귀국하는 것으로 나온다. 지진(1923. 9. 1) 전이다.

> 그들은 음력 정초에 다른 일행들과 함께 일본 노동시장이 돈벌이가 좋다는 바람에 다섯 사람(김덕성, 맹개불, 이춘실, 류성관, 강서방 이들 5인 중 한

명은 바로 삼촌 민욱을 그 모델로 하였을 것이다-필자)이 고향을 떠나왔었다.

(……)

장마철에 그냥 눌러 있다가는 공연히 돈도 못 벌고 갈 수도 없게 될는지 몰라서 그들은 차차 조선이 가까운 데로 노동판을 찾아갔다. 그러다가 6월 말경에는 조선으로 아주 돌아오고 말았다. 그들은 공연한 허행을 한 것이 생각할수록 기가 막혔다. (『두만강』 권5, 97·117쪽)

그들은 일본에서 민촌과 홍진유도 만나는 것으로 『두만강』에 그려져 있다. 두영도 부친(민욱)이 일본에 가서 민촌을 만났다고 들었다 한다.

두영이 전하는 또 한 가지는 천안에서 경찰서장을 하던 일본인 선생(두영은 이를 경찰서장으로 알고 있었음)이 진보적 사상을 가졌다 하여 나중에 본국으로 소환되어 갔는데 민촌이 그를 동경에서 찾아보았다는 것이다. 그가 지진 당시 민촌을 숨겨 주었다고도 하였다. 확인이 불가능하다. 나중에 북에 계신 필자의 삼촌이나 고모들에 의해 밝혀질까?

삼촌 민욱이 양반 체면도 버리고 상민들과 어울려 일본의 노동판에 갈 수밖에 없었던 것은 바로 누이(민촌의 큰고모)의 그늘이 없어졌기 때문이었을 것이다.

1923년 9월 23일 자 〈조선일보〉는 '진재지방 조선동포'가 '안전'하게 '보호'받고 있다고 전하면서 '조선총독부'가 제공한 약 천 명의 조선인 명단(제1보)을 싣고 있다. 그중에 李箕永(28) 천안 천안면 유량리라고 나온다(임명순 제공)

귀국하여 마주친 고향의 현실을 민촌은 이렇게 회고했다.

농촌 사람들의 생활 형편은 더욱 말이 아니었다. 땅을 빼앗긴 빈농들

> 은 영세한 소작지에 실낱같은 명맥을 걸고 살았다. 우리 집 처지도 그들과 다를 것이 없었다. 삼촌과 동생이 지주의 박토 마지기를 얻어 부쳐서 근근이 입에 풀칠을 하는 모양이었다. 나는 소년 시절에 공상하던 것을 실현해 보려고 아무리 발버둥질을 쳐 보았으나 뜻과 같지 못하고 허송세월만 하였다. 몇 해 만에 고향이라고 돌아와 보니 내남없이 사는 꼴들이 그 모양이다. (「이상과 노력」)

> 집에 돌아와 보니 친지간의 그렇던 환영도 잠깐이요 나는 다시 악착한 현실에 부닥치게 되었다. 물론 집안 꼴은 말이 아니(……) 소작답을 지은 농사는 단량도 못 되고 아우가 나무를 해다 팔아서 근근히 호구를 해 가는 형편이었다. (「실패한 처녀장편」)

민촌의 막내처제 조필남은 자신이 어릴 적에 민촌이 좌부리 집으로 찾아와 사랑에서 장인에게 동경에서 죽다 살아난 얘기를 하던 것을 똑똑히 기억하고 있다. 민촌이 친정에서 지내고 있는 아내를 데리러 왔을 것이라고 조필남은 어렴풋이 추정한다. 그 내용으로 보아 그것은 민촌이 귀국한 직후인 1923년 10월(조필남, 8세) 무렵일 것이다.

떠들썩했을 진재민의 귀국 소식을 그의 아내가 놓쳤을 리 없고 따라서 그녀는 시동생인 풍영네들과 함께 유랑리 각골의 집에서 남편을 기다렸을 것이다. 그렇다면 귀국 후 궁지에 처한 민촌이 아내를 데리러 간 것이 아니라 생환 인사를 핑계로 장인에게 어떤 도움을 청하러 갔을 터인데 그로서는 몹시 민망했을 터이요, 처가의 식구들은 그런 사위를 뻔뻔하다고 여겼을 것이다.

민촌이 귀국하여 처갓집을 찾은 것을 보면, 필경 연산에 있는 홍진유의 집도 찾았을 것이다. 적어도 편지 연락이라도 했을 것이다. 홍진유가

지진 이전에 동경 경시청에 체포되었으므로 지진 통에 죽지는 않았을 것이라는 등의 안부를 홍의 모친 김씨에게 전하였을 것이다.

또 풍영이 첫딸 순희(1924. 10. 20~1982)를 유량동 283번지(호적)에서 낳은 것을 보면 그는 민촌이 일본에서 돌아온 때를 전후하여 각골의 민촌 집으로부터 분가한 것 같다. 인창영 씨가 각골에는 분명히 민촌 가족만 살았다고 하며 그가 풍영을 기억하지 못하는 것은 아마도 그 때문일 것이다. 그럼에도 불구하고 풍영은, 「가난한 사람들」에서 보면, 당시에 민촌의 가족뿐 아니라 삼촌 민욱의 가족까지 농사를 지어 생계를 대고 있었다. 민촌이 도일 전에 땅을 마련해 주고 또 소작료도 일부 지불해 주었기 때문일 것이다.

민촌은 귀국한 후 가족의 생계를 위하여 또다시 취직하지 않을 수 없는 절박한 입장에 처한다.

> 나는 다시 취직하지 않으면 그들을 기아선상에서 구원할 도리가 없었다. 따라서 나의 주위에 가까이 있는 모든 사람들은 나에게 취직하기를 다시 권고하였다. 우선 자리가 없으니 임시로 면 고원이라도 다니라는 것이었다.
>
> 나는 그들의 말을 옳게 들었다. 사실 옳게 듣지 않을 수 없는 형편이었다. 그러나 나는 곰곰이 생각할수록 다시는 그 짓을 못할 것 같았다. (「실패한 처녀장편」)

18. 습작과 등단

민촌은 고민 끝에 취직을 단념하고 마침내 집필을 시작한다. 그때의 가정 형편과 민촌의 심경을 보기로 하자.

> 아무리 불의의 재앙으로 할 수 없이 나온 것이라 할지라도 한번 결의를 한 이상 중도에서 좌절한다는 것은 남의 조소는 고사하고 첫째로 내 마음부터 허락지 않았기 때문이다. 그러나 나의 주변으로는 또다시 유경(遊京, 도쿄를 가리킴-필자)할 수는 없었다. 그래서 아기뚱한 생각으로 장편 하나를 써 보기로 하였다. 이렇게 작정한 나는 아우가 나무를 해다 팔은 돈을 오히려 축을 내게 되었다. 양지를 사다가 두껍게 공책을 2, 3권 매 놓고 연필을 날카롭게 깎았다. (「실패한 처녀장편」)

민촌은 그의 여러 글에서 자신의 습작 시절을 매우 상세히 회고하고 있다.

어떻든지 그해 겨울 삼동을 엎드려서 연필로 초잡아 놓은 것을 다시 원고지에 부서해 놓고 보니 대매 5~6백 매의 장편이 되었다.

제목 『사(死)의 영(影)에 비(飛)하는 백로군(白鷺群)』이었다. 나는 그때 자부심이 컸었다. 무슨 대작이나 한 뒤인 것처럼 넘쳐흐르는 환희를 걷잡지 못하였다. 그만큼 나는 그것을 나 혼자만 읽어 보기는 오히려 아까웠다. 나는 어려서부터 이야기책을 잘 보는 축으로 뽑혀 다니던 것을 기화로 어느 날 밤에는 동네 사랑으로 그것을 가지고 가서 마실꾼들을 모아 놓고 밤을 새워 낭독하였다. 나와 친척이 되는 주인은 일부러 밤참을 준비해서 청중을 고군하기까지 하였다.

그때 그들은 나의 소설을 모두 흥미 있게 듣고 있었다. 그들은 내가 지었다는 소설에 더욱 소설 이상의 흥미를 느꼈는지 모르나 나는 그런 것을 개의할 것 없이 무상의 기쁨을 맛보았을 뿐이었다.

그러나 도대체 『사의 영에 비하는 백로군』이란 무슨 의미인가?

지금 생각하면 도무지 웃음밖에 안 나온다. 그리고 왜 그러한 제목을 붙였을까?

그것은 그때 나는 중서이지조(中西伊之助)의 『赫土に芽ぐるも』를 열독한 바 있었다. 그것이 인기의 작품이었던 만큼 또한 취재가 조선이라는 점에서 나는 더욱 경도하였던 듯싶다. 따라서 무의식중에 나는 그것을 본뜨고 싶었던 모양이다. '死の影に飛ぶ鷺の群.' 이렇게 번역을 해 보아도 마음에 들었다. 상징적으로 제목을 붙여 보자 한 것이다. 나는 이 장편에서 선희(鮮嬉)라는 여주인공을 통하여 동경 유학생과의 연애 갈등을 취급하는 일방, 신구의 사상 충돌과 내가 체험한 동경과 진재 등의 실화를 넣어 가며 불행한 주인공의 운명을 그려 보자는 것이었다.

그 이듬해 봄이 되었다. 나는 그 장편 원고를 싸 가지고 서울로 치달렸다. 철이 없으면 겁이 없다는 말이 옳은가 보다. 나는 대담히도 그것을 조선일보로 가지고 가서 아주 자신 있게 신문에 연재해 주기를 청하였다. 그때 조선일보는 지금 수표교 건너 좌측 골목 안에 있는 어느 여관인가 본데 목제 가옥이었던가 싶다. 나는 대뜸 편집국장에게 면회를 청하였다. 지금 생각하니 그때 편집국장이 바로 홍덕유 씨였던가 싶다. 나는 그 원고 한 질을 꺼내 보이고 찾아온 뜻을 말했더니 편집국장의 말에 두고 가면 읽어 보아서 일주일 내로 가부를 통지한다는 것이었다. 그러나 나는 물론 실어 줄 줄로만 믿고 있었다.

그 뒤 일주일이 지나도록 신문사에서 아무 기별이 없었다. 나는 웬일인지 몰랐다. 2, 3일 더 기다리다가 나는 화가 나서 신문사를 쫓아가 보았다. 그런데 의외에도 편집국장은 원고 뭉텅이를 도로 내준다. 자기네의 신문에는 지금 지면이 없은즉 동아일보사로나 달래 보라는 것이다.

나는 그때 대단히 불쾌하였다. 작품을 몰라보는 사람들이라고 속으로 경멸하였다. 그러나 작품이 덜 되어서 못 신겠다고 하지 않는 바에야 트집을 잡아서 시비할 수도 없는 일이었다.

그래 나는 원고를 찾아 가지고 분연히 돌아섰다. 그래도 오히려 나의 자신은 꺾이지 않았다. 나는 그길로 당시 동아일보 편집국장이던 홍명희 씨를 조선도서회사 2층으로 방문하였다.

나는 또다시 그 원고를 내놓고, 선생의 고평을 청하였다. 그리고 신문에 게재할 수가 있다면 더욱 좋겠다는 부탁을 잊지 않았다.

그 뒤 한참 만에 계동 댁으로 두 번인가 방문하였다. 처음 번에는 바빠서 아직 못 읽었다는 대답을 들었었고, 그다음 번에는 대충 읽어 보긴 했지만, 역시 바빠서 정독을 못했노라고 평을 주저하는 것같이 보였다. 원래, 사불박절(辭不迫切)하여 남의 단처를 말하기 꺼려 하는 씨의 눈치쯤이야 아무리 미거한 나였기로 모를 리가 없었다. 나는 비로소 짐작이 나서 바로 원고를 찾아 가지고 돌아서 나왔다.

그때 나는 크게 실망하지 않을 수 없었다. 비로소 머리가 숙여짐을 깨달았다.

나는 야심이 만만하던 그 작품이 별안간 휴지와 같은 생각이 나서 금방 똥개천에 집어 처넣고 싶었다. 그때 나는 마치 전당잡힐 헌옷 보따리를 들고 가는 것 같은 생각이 나서 오고가는 사람의 눈치를 보아 가며 되도록 그것을 감추어 들고 걸어갔다. 그때 나는 막막하였다. 삼동 내 쓴 원고를 서울로 가지고 가면 당장에 신문지상으로 발표되는 일시대에 나의 문명은 사해를 떨치고 따라서 소득도 상당하여 대성공을 할 줄 알았는데 그것이 일조에 휴지가 되어 버렸으니 계획은 두 번째 수포로 돌아가고 만 셈이었다. 나는 다시 고향을 내려갈 면목이 없었다. 그러나 자! 어떻게 한단 말인가. 면식이 없는 서울에서 척푼이 없는 내가 무엇으로써 일신지책인들 보존할 수 있으랴. 일이 이렇게 될 줄 알았으면 나는 차라리 문학이니 무어니 다 집어치우고 작년에 이재민으로 나왔을 때 국으로 면 임시고원이라도 다닐 것을 잘못했다고 후회하였다. 그랬다면 지금쯤은 면서기 한자리라도 걸렸을는지 모르겠다는 구구한 이해타산까지 해 가면서 나는 초조하였다.

그러나 그때는 벌써 모든 것이 후회막급이었다.

나는 일야초사(日夜焦思)하면서 유일의 지인인 그전에 교회 일을 같이 보던 모(某) 목사댁에서 외상밥을 먹으며 갈피를 못 잡고 있었다. 때로는 극단의 생각까지 없지 않았다. 내가 그때 그 잘난 원고를 끼고 서울로 올라올 때 나의 주머니 속을 잘 아는 고향 친구들은 동정금까지 거두어 주며 나의 성공을 빌지 않았던가! 나는 그런 생각을 할수록 더욱 실패한 몰골을 쳐들고는 그들을 다시 대할 수 없었던 것이다. (「실패한 처녀장편」)

그래도 나는 문학을 해 볼 야심으로 귀향하는 즉시로 그해 삼동을 들어앉아서 장편 『사(死)의 영(影)에 비(飛)하는 백로군(白鷺群)』이란 일천 수백 매의 소설을 썼다. 그것을 역시 친척의 집에서 마실꾼을 모아 놓고 낭독하였다.

나는 그것을 짊어지고 그 이듬해 봄에 큰 자신이나 있는 듯이 상경하였다. (……) 나는 두 번째 사절을 당하자 그때는 실망하였다. 나는 그때 생각하였다. 나는 첫째 나의 환경부터 문학을 허치 않는데 소질까지 없는가 싶어서. 사실 그때 나는 기로에 헤매었다. (「나의 수업시대」)

소설의 제목을 어째 『암흑』이라 붙였느냐 하면 그것은 나 자신이 암흑 속에서 헤매기도 하였지만 나의 주위 환경에 있는 사람들의 생활이 모두 다 암흑으로 보였던 까닭이었다.

하긴 맨 처음에는 『암흑』이라 하지 않고 '죽음의 그림자에 날으는 백로떼'라는 긴 제목을 붙였었다. '죽음의 그림자'란 암흑을 상징한 것이요, '백로떼'란 것은 백의동포를 상징한 것으로서, 말하자면 '암흑'을 좀 더 심각하게, 그리고 제목에도 예술성을 부여하자는 것이 나의 소견이었다.

그러나 다시 생각해 보니 너무도 허무주의에 빠진 것 같아서 『암흑』으로 제목을 하였다. (「처녀작을 어떻게 썼는가」)

초고를 다 쓴 다음 마을 농민들이 모인 사랑으로 가서 '내가 이야기책을 한 권 지었는데 들어 보시오.' 하고 낭독을 하였더니만 '하 그것 참 우리네의 억울한 사정 말을 다 하였네….' 하면서 재미있다고들 하였다. 여기서 용기를 얻은 나는 다시 정서를 한 원고 뭉텅이를 싸 들고 서울로….
(「한설야와 나」)

> 수류운공(水流雲空)—어언간 세상은 제멋대로 변하고 부질없이 헛나이만 먹었다. 그러나 나의 용기는 오히려 남았다 할까. 폭호빙하(暴虎憑河)의 용(勇)은 그해 삼동을 칩거하여 대매 8백 혈 장편소설을 썼더란 말이다. 그것을 짊어지고 익춘(翌春) 조조히 낙양의 지가를 올리러 왔겠다. 한데 또 실패! … 당시의 자부하던 영웅아가 일시는 자살까지 하려 들었다. (「헤매이던 발자취」)

민촌은 시기를 달리하여 쓴 여러 회고에서 습작물의 매수를 8백 혈, 일천수백 매, 5~6백 매 등으로 서로 다르게 적고 있다. 필자는 이미 민촌이 자신의 회고를 쓸 때 퇴고를 소홀히 하였다는 점을 지적한 바 있거니와, 여기서 우리는 그가 매번 회고를 쓸 때마다 앞서 쓴 자료를 참조하지 않았다는 것을 확인할 수 있다.

평자 김흥식은 그의 「이기영 소설 연구」에서 민촌의 '이 처녀작은 많은 부분이 소재의 평면적 나열에 그친 일종의 견문기와 유사했'을 것으로 추정하면서 '이기영이 작가로 입신하기에는 아직 형상화 능력이 미숙하고 사상 내지 세계관의 체계적 정립도 미비된 상태에 머물러 있었음을 말해 준다'고 하였다.

애써 쓴 원고가 휴지가 되었을 때 차마 죽지도 못하고 시골로 내려가지도 못하면서 외상 밥을 먹으며 지내던 '유일한 지인인 그전에 교회 일을 같이 보던 모 목사댁'은 바로 '동대문 밖 용두리에 사는 아는 집'이다. 그 목사는 여관을 경영하고 있었다.

> 어언간 십여 일 서울에 체류하는 동안에 나는 인사동 도서관에 다니며 문학작품 그중에도 러시아 고전문학과 고리끼의 작품들을 많이 읽었다. 그때 나는 동대문 밖 용두리에 사는 아는 집에다 기식을 하고 날마다

문안으로 드나들었다. (「이상과 노력」)

> 나는 그런 기로에 서서 그날부터 인사동 도서관을 다녔다. 날마다 용두리(동대문 밖)에서 드나들며 소설책만 읽었다. 그때 제일 많이 읽은 도스토예프스키의 작품과 투르게네프, 고리끼, 알스따시에프 등에 몰두하였는데 나와 제일 먼저 지면한 포석과 최승일 씨를 거기서 자주 만났었다. (「실패한 처녀장편」)

바로 1년 전에 동경의 한 유학생 모임에서 안면을 튼 조명희를 서울에서 다시 만났을 때 둘은 서로 매우 반가웠을 것이다. 지진에서 살아나온 이야기 등으로 서로의 안부와 근황을 주고받았을 것이다. 그러나 둘간은 아직 소원한 사이였다.

> 내가 첫 번째로 서울에 갔을 때에는 포석의 소식을 몰랐었다. 또한 그때 나의 형편은 그의 주소를 알아볼 계제도 못 되었다. 왜냐하면 포석은 이미 시인으로 알려졌지만 나는 일개 무명한 백면서생이었던 만큼 그와 가까이할 수 있는 아무런 조건이 없었기 때문이다.
>
> (………)
>
> 하긴 도꾜에서 귀국한 그는 희곡 『김영일의 죽음』(1920년 발표-필자)을 써서 여름방학 동안에 지방 순회공연을 하였었지만 그 후 포석은 희곡은 다시 쓰지 않고 시를 썼다. 그중에도 서정시를 많이 썼다. (이기영, 「추억의 몇 마디」, 〈문학신문〉 1966. 2. 18)

포석이 이때 인사동 도서관에 자주 간 것을 보면 그때까지도 아직 취직을 하지 않았던 것으로 보이는데 아마도 그 후에,

포석은 1923년에 도쿄에서 귀국한 이듬해에 조선일보 학예부 기자로 취직하였다. 그러자 그는 뚜르게네브의 장편소설 『전야』를 번역하여 조선일보에 연재하였다. 그때 포석의 월수입은 상당한 셈이었다. 월급이 얼마였는진 모르나 몇십 원은 되었을 게고 번역료가 또한 40여 원이나 되겠으니 말이다.

한 달에 근 100원의 수입이라면 적은 돈이 아닌데 아마 포석의 경제생활에서 그 무렵이 가장 살림이 푼푼했을 줄 안다. 사실 그는 독채 전셋집을 얻어 살았다. (이기영, 「포석 조명희에 대한 일화」, 〈청년문학〉 1966. 9)

평자 김흥식은 그의 「이기영 소설 연구」에서, 당시 조명희가 타고르의 도제에서 고리끼의 도제로 전향을 시도하고 있었음(조명희, 「생활기록의 단편」, 〈조선지광〉 1927. 4)을 밝히면서 민촌이 이때(인사동 도서관에 다닐 시절) 고리끼의 작품을 접한 것은 조명희의 인도에 의한 것일 가능성이 많다고 하였다.

내가 고리끼의 이름을 알기는 거금 10여 년 전 관동대진재를 치르고 돌아오는 이듬해(1924년-필자) 문학의 길을 다시 밟기 위하여 턱없는 주머니를 짜 가지고 상경하였을 때 잠시 도서관을 다니는 무렵에 비로소 알고 그의 작품을 읽어 본 일이 있었다. (이기영, 「고리끼에 대한 작가적 인상초」, 〈조선중앙일보〉 1936. 6. 22)

그것(고리끼의 소설을 애독한 것-필자)은 고리끼의 유년 시대의 역경이 나의 그것과 방불한 점이 있는 것 같아서 공감을 불러일으켰던 줄 안다. 물론 나는 고리끼만큼 그렇게 심각한 생활 체험을 유년 시대에 겪어 보지는 못하였었지만, 그러나 나도 어린 시절에 어머니를 여의고 가난에 찌들려 지낸 것이 고리끼의 처지와 비슷한 데가 있어서 계급적 공통성을 느끼게 하였으며 그의 고상한 인도주의 정신에 감동을 받았던 것이다. (「이상과 노력」)

진퇴유곡에 처한 민촌은 열람실에서 우연히 현상문예 모집 광고를 접하고 급히 단편을 하나 써서 투고하였는데 다행히 그것이 가까스로 당선되었다.

하루는 신간 〈개벽〉 잡지를 뒤지던 중 단편소설 현상모집 광고가 난 것을 발견하였다. 그의 모집 기간이 아직도 근 10일이 남아 있다. 나는 즉시 주인집으로 달려가서 창작의 붓을 들었다.

그때 나는 비상한 결심으로 집필을 하였다. 그것은 내가 처녀작 장편소설에 실패한 만큼, 나의 장래가 결정되는 기로에 섰기 때문이었다. 나는 이렇게 생각하였다—이번 현상소설에 투고를 하여서 다행히 당선이 되는 경우에는 작가로 지향하겠지만 만일 낙선이 된다면 그것은 문학의 소질이 없기 때문이니 아예 단념할 것이라고! 정말 나는 그런 결심 밑에 투고를 하였다.

한데 뜻밖에도 「오빠의 비밀편지」가 3등으로 당선되었다. 나는 그때 어찌도 기뻤던지 모른다. (「이상과 노력」)

나는 그 무렵에 모집 기한을 넘기지 않고 단편 하나를 써서 개벽사로 현상 투고하였다. 그런데 행인지 불행인지 그것이 의외에 삼등상으로 입선되었다. (……) 「오빠의 비밀편지」—이것이 말하자면 나의 처녀장편을 실패한 뒤의 처녀작이라 할까. 나는 그때 이 오죽잖은 작품이나마 당선이 되었다는 것을 여간 기뻐하지 않았다. (「실패한 처녀장편」)

데뷔작 「오빠의 비밀편지」는 어떤 작품일까?

민촌의 문학적 출발은 「오빠의 비밀편지」(〈개벽〉 1924. 7)에서 비롯된다. 〈개벽〉지 현상문예에 최석주의 「파멸」(2등)에 이어 1등 없는 3등으로 입선한 작품인데 선자는 아이러니컬하게도 민족주의 문학을 명실공히 대표했던 염상섭이었다. 남성우월의식에 젖은 오빠가 두 처녀와 동시에 연애하는 비밀을 여자라는 이유로 눌려 지내던 동생이 폭로한다는 것이 이 작품의 내용이다. 구성, 언어 구사 등에서 동시대의 염상섭, 현진건, 김동인 등에 현저히 미치지 못하며 의미 맥락도 불분명한 이 작품에서 주목하는 것은 약자인 동생이 강자인 오빠의 허위를 폭로, 패배시킨다는 점이다. 강자와 약자의 대립이란 민촌 문학의 원형질이 드러나 있는 것이다. (정호웅, 「이기영론」)

이기영은 그 무렵 잡지 읽기를 통해 당시 문단의 현장감각을 파악하고 자신이 첫 창작에 실패한 까닭, 그런 실패를 되풀이하지 않을 요령을 찾고 있었던 것 같다. 일주일 만에 써서 3등으로 당선, 그해 7월호 〈개벽(開闢)〉에 발표된 「오빠의 비밀편지」는 남녀평등과 자유연애를 다룬 작품이며, 그것은 그가 자신의 체험적 진실보다는 당시 문단의 통상적 기준에 맞추려고 애쓴 결과로 보이기 때문이다. 도스또옙스키의 도제 염상섭은 그러한 주제에는 당대의 고수였는데, 그가 바로 심사를 맡았다. 품은 뜻에 비해 볼품없는, 나이 서른의 등단이었다고 할 수 있을 것이다. (김흥식, 「이기영 소설 연구」)

김씨는 같은 글에서, 당시 문단의 통상적 기준은 신교육 세대의 내면적 진실을 묘사하는 것이었는데, 민촌은 문단의 주조를 의식했으나 신교육 세대의 생활 감각에 어두웠기 때문에 여주인공을 신교육 세대답게 처리하지 못함으로써 선자 염상섭에게 탐탁지 않게 보였을 것으로 분석하고 있다.

「오빠의 비밀편지」가 창작되는 과정을 보자.

민촌은 응모작의 소재를 찾아 이리저리 고심하던 중 우연히 여관집 가정에서 벌어진 일을 접하고 이를 소재로 하여 작품을 구상하였던 것이다.

> 나의 주인집에는 장남한 아들이 있었다. 아들은 전문학교에 다니는데 그 밑으로 딸 형제가 있었다. 십육칠 세 되는 딸은 고등여학교를 다니고 막내딸은 보통학교 1년생짜리였다.
>
> 한데 그들은 저의 부모보다도 오빠를 더 무서워하였다. 그것은 외아들이요 전문학교에 다니는 그가 이 집에서 독판을 치기 때문이다.
>
> 그 바람에 여동생들은 오래비 앞에서 기를 펴지 못하는 것 같았다.
>
> 나는 편지를 단서로 주인공을 붙잡았다.
>
> 그 소재는 우연히 구한 것이다. 처음에는 『암흑』 속에 썼던 '이민 열차' 부분만을 떼어 주제 사상을 천명해 보려 하였으나 짤막한 단편으로 꽉 짜일 것 같지 않아 고민하는 중에 여관방 문 밖에서 주인이 자기 딸더러 "도경아! 오빠가 벗어 놓은 빨래를 내 오너라." 하는 소리가 들리고 곧 이어서 딸이 빨랫거리를 들고 나오면서 "이건 무슨 편지야?" 하는 말에서 '오빠의 편지'를 단서로 작품을 구상하게 되었다.
>
> '편지'에서 힌트를 얻은 나는 주인집 아들을 원형으로 하여 주인공의 성격을 부각해 보려고 하였다.
>
> 그것은 내가 직접 간접으로 보고 들은 청춘 남녀들의 생활을 주인집

아들에게서 한 개 전형으로 찾아낼 수 있을 것 같은 생각이 들었던 까닭이다.

전도사의 가정에서 태어난 이 집 아들은 주일마다 예배당에 다니고 아침저녁으로 기도를 드린다. 그러나 그것은 일종의 습관적 형식에 불과하였다.

아직도 청춘 남녀들 중에는 시대착오적인 남존여비의 사상을 가지고 여성을 희롱하려는 가짜 연애꾼들이 있는가 하면 또한 신여성과 여학생들 중에는 물질적 허영심에 들떠서 불순한 애정관계를 맺거나 첩이 아니면 윤락의 길로 떨어져 신세를 망치는 폐단이 없지 않았다.

봉건의 가부장적 전제 밑에 얽매여 살던 청년 남녀들은 신문명의 개화 사조가 밀려드는 대로 불합리한 조혼에 대하여 우선 반기를 쳐들었지만 자유연애주의는 또한 풍기 문란의 폐단을 가져왔던 것이다.

이런 봉건 유습과 청년 남녀들 간의 불순한 애정 관계를 사회적 문제로 취급해 보려는 것이 그때 나의 착상이었다.

(.........)

나는 이 작품을 쓰기 위하여 주인공의 원형인 그 집 아들에게 학생들의 생활을 구체적으로 여러 가지 들어 보았으며 또한 청년 남녀가 은밀히 만나기에 적당한 장소를 선택하기 위하여 삼청동 솔밭으로, 청량리 숲속으로 온종일 쏘다녀 보기도 하였다.

그 결과 나는 동소문 밖의 우이동으로 가는 영도사 근방의 야산에서 작품에 나오는 그런 잔솔밭을 찾아내었다. 그것은 청년 남녀들이 대낮에도 자옥맞이를 하기가 십상 좋을 그런 비밀 장소를 마련하기 위해서였다.

(......)

이 단편에서 당시 나의 기본 사상인 사람은 사람답게 살아야 된다는 인도주의 정신이 명확히 표현되지는 못하였다. 그러나 맨 밑에 깔린 사상은 그것을 말하려고 하였다. (「처녀작을 어떻게 썼는가」, 〈청년문학〉 1964. 12)

「오빠의 비밀편지」와 관련하여 그의 여성관을 알아볼 수 있는 민촌 자신의 글이 있다. 그가 등단 직전에 〈동아일보〉에서 「여인상의 네 가지 전형」이란 글을 읽고, 그 내용에 대하여 독자로서 투고한 반박문이다.

모 씨가 신여성을 기생이나 귀부인과 함께 싸잡아 비판하면서 '여인은 여인 스스로가 남자에게 굴복하였다'고 결론을 내린 글에 대하여 민촌은, 여성이 선천적으로 노예근성을 가졌다고 보는 것에 반대하면서 구래의 남성 본위의 제도가 여성의 의식을 마비시켜 놓은 것일 뿐이라고 주장한다.

여자는 선천적으로 약점이 있다. 임신과 육아는 여자의 불가피한 사업인데 차가 약점으로 남자에게 보이며 피등은 여자를 규방으로 구입(驅入)하고 자기네 세상의 독무대를 만들어 놓은 것이다. 재래의 모든 제도가 남자 본위인 동시 그런 ○○를 할 때 여자의 동의를 구치 않은 것은 총명한 씨가 더 잘 알 터이다. 어느 누가 자기를 박해하라는 속박을 자원할 리가 있으랴? 여자를 약자로 취급하여 갖은 학대로 불구자를 만드는 것은 다만 여자에게만 기 해가 미치지 않을 것이다.

씨는 "여인이 이 모양 됨은 모름지기 자락(自落)이면 이었지 결코 남자 때문에 그렇게 되지는 않았다"고 주장하려는가? 소위 '삼종지도'니 '칠거지악'이란 노예 도덕은 누가 만들어 놓고 남자는 축첩을 하거나 외입을 하여도 허물없는데 여자는 청상과부가 되어 개가하는 것도 부정절(不貞節)을 저주(詛呪)하는 것은 누가 그렇게 하였는지?

씨의 말은 마치 약한 풀 위에 큰 돌을 눌러 놓고 이 풀은 스스로 돌 밑에 눌려 있기를 즐겨 한다 함과 일반이다. 태서의 부인을 동물원에 갇힌 사자에 비한다 하면 조선의 여자는 농조(籠鳥)와 같아서 일견 현상에 만족하는 것 같지마는 인습의 노예가 되고 무지로 개성이 자각치 못하여 신경이 마비된 까닭이다. 그렇다고 어찌 스스로 즐겨 한다 하랴. (「'여인상의 네 가지 전형'을 읽고」, 〈동아일보〉 1924. 5. 19)

여성을 논하면서 식민지 피압박 민족인 조선인의 위상을 빗대어 그리고 있는 민촌은 이미 저항적인(resistant) 문학 지망생이었다.

「오빠의 비밀편지」에 관한 한 여성 평자의 논평을 보기로 하자.

우리는 이기영이 세부 묘사의 정확성을 위해 실제 인물과 장소에 대해 질문도 하고 답사도 하는 등 사실에 충실하면서 작품을 구성하고자 하는 노력을 기울이는 성실한 작가로서의 출발을 하고 있음을 알 수 있다.

그리고 소품이기는 하지만 이기영이 처음부터 여성해방의 문제에 특별한 관심을 기울이고 있었음도 보여 준다. 여성해방의 문제는 근대 문학의 중요한 주제이다. 특히 우리나라에서는 이것이 조혼의 문제와 맞물리면서 유학생 출신의 남자와 신여성의 자유연애에 대한 구여성과 봉건 관습의 갈등이 중요한 소재로 되었다.

그 소설화 방향은 작가들의 개인적 처지와 그들의 입장에 따라 달라지지만 많은 남성 작가들이 자유연애를 이야기하면서도 한편으로는 신여성들의 경조부박함을 비난하는 소설을 쓰고 있는 데 비하여 이기영은 늘 매우 적극적인 여성 인물을 긍정적으로 그리려는 노력을 보여 주고 있다. 대표작 『고향』에서 고등교육을 받은 여성 갑숙이를 너무 이상화하여 비판을 받기까지 할 정도였으며, 농촌 여성의 경우에도 인습이나 환경에 수동적인 여성보다는 그런 것들을 박차고 자기의 앞길을 개척하려 노력하는 여성들을 더 많이, 애정을 가지고 그려 내고 있다. 그런 이기영의 여성관 혹은 작품적 경향의 출발점에 「오빠의 비밀편지」가 놓여 있다는 점에서 작가가 우연이라고 말하지만 그것은 우연이 아니다.

(……)

이기영은 (「'여인상의 네 가지 전형'을 읽고」라는 글에서-필자) 자의식 없이 시류를 좇는 일부 신여성은 비판하지만 그것을 여성의 본성으로 보는 시각에는 철저히 반대한다. 자아 각성의 기회가 없었을 따름이라는 것이다. 이런 입장에 서 있었기에 「오빠의 비밀편지」에서부터 여성에 대한 부당한 처우를 비판하고 남성의 허위의식을 폭로하는 작품을 쓰게 되었으며, 이후 그의 작품의 여성들은 지식인층이든 농민층이든 모두 자기의 생활 속에서 자기를 찾아 나가는 주체적 의지를 가진 인물로 그려질 수 있었을 것이다.

이렇게 하여 이기영은 작가로서 서게 되었다. (이상경, 『이기영, 시대와 문학』, 83~85쪽)

민촌이 이러한 여성관을 갖게 된 데에는 민촌이 어렸을 적에 죽은 친모 박씨와, '남술의 처' 즉 그의 서모, 조혼의 아내 조씨, 그리고 금점꾼의 씨를 배고 자신의 몸을 물에 던져 죽은 그의 풋사랑 '국실이'의 영향이 컸을 것이다.

이렇게 그의 긴 방황(彷徨)은 끝났다.

달리 생계 수단이 없었던 민촌은 이제 상경하여 잡지사의 일을 보며 글을 마구 써 댄다. 그에게 있어 문필은 도락이 아니고 생존의 수단이었음이다. 또 그것은 뜻을 펴지 못한 한 경세가(經世家)가 식민지 치하를—

무엇인가를 외치면서—살아가는 삶의 한 방식이기도 하였다.

신문학의 개척자 육당 최남선(1890~1957)이 서울 삼각동 그의 집에서 최초의 잡지 〈소년〉을 창간한 것은 1909년으로 그의 나이 20세 때의 일이다. 춘원 이광수(1892~1950)는 〈소년〉이 〈새별〉로 바뀐 뒤에 거기에 투고하기 시작한 동경 유학생이었고, 그가 『무정』을 쓴 것은 1917년으로 26세 때의 일이다.

민촌(1895~1984)은 처음부터 문학을 지망한 것이 아니었으므로 등단(1924년, 30세)이 늦었으나 이들 세 사람은 서로 비슷한 연배임을 알 수 있다.

그중에서 혹독한 시절을 거치는 동안 민촌만이 지조를 지켰으며, 그러면서도 그가 가장 장수(長壽)하였고 육당, 춘원이 개척한 신문학을 충실히 이어받아 이를 한껏 발전시킴으로써 국문학사에 커다란 자취를 남겼다.

제4부
작가 시절

30세부터 90세(1924~1984)까지

19. 신여성(?)

민촌이 시골집에서 응모작의 당선을 통보받은 것은 그해(1924) 6월쯤 일 것이다. 당선작이 〈개벽〉 7월호에 실렸음이다.

> 나는 응모 투고를 한 후 시골집으로 내려갔다가 당선된 것을 알고 다시 서울로 올라왔었다. 당시 포석 조명희는 〈조선지광〉에 관계하고 있었는데 나는 토쿄에 있을 때부터 그와 알게 되었다. 그래서 나는 먼저 포석을 찾아가서 만났다. 그도 나의 처녀작이 당선된 것을 기뻐하면서 조선지광사에 일하도록 주선하여 주었다. 내가 서울로 올라오게 된 동기는 이러하다.
>
> 물론 그때까지 나는 조명희 외에 기성 작가라고는 아는 사람이 아무도 없었다. 서울에 올라와서야 최서해, 이상화, 송영, 이익상, 이적효 등과 자주 접촉하게 되었다. (「한설야와 나」)

〈조선지광(朝鮮之光)〉은 1922년 11월 1일 장도빈(張道斌)이 창간, 뒤에 그 발행인이 김동혁(金東爀)으로 바뀐 카프의 준기관지적 성격을 띠는 100쪽가량의 '사회평론잡지'로서 민촌은 그 편집부 기자가 된 것이다.

그런데 등단 후 단편 「가난한 사람들」(〈개벽〉 1925. 5)이 발표될 때까지 근 1년간 그의 글은 어디에서도 발견되지 않는다. 민촌이 이 첫 작품에 비상한 노력과 정열을 쏟았겠지만 〈조선지광〉 편집부의 업무가 매우 과중하기도 했던 것으로도 보인다.

당시 그는 어디서 어떻게 기식하였을까?

> 낙원동 284번지(오늘날의 '낙원상가' 자리임-필자)는 서울 8대가 중의 하나인 고가였다. 좌우에 행랑채가 붙은 솟을대문을 들어서면 겹겹이 여러 채로 된 수십 간의 기와집이 근감하게 벌려 섰는데, 그것은 당년의 으리으리한 정승 판서들의 생활을 말하는 것 같았다.
>
> 그러나 이 집은 일찍부터 일본인의 소유로 넘어갔다. 그 후에 칸칸이 쪼개어 사글세를 놓아 먹으라고 수선을 하지 않아서 집 꼴이 아주 말이 아니었다. 기왓골에는 풀이 나고 사개가 뒤틀려서 옛날 대가의 모습은 찾아볼래야 볼 수 없고 오직 셋방살이를 하는 빈민들과 함께 참새와 쥐의 소굴로도 되게 하였다.
>
> 나는 이 집의 두 칸 방에서 역시 셋방살이를 하는 현병주라는 이를 알게 되어서, 서울에 올라가면 의례히 그를 먼저 찾았다. (「카프시대의 회상기」)

> 선생(현병주-필자)은 서점에 재미를 못 보고 천안을 떠났었다. 거금 30년 전에 더욱 시골에서 서점이 잘될 리가 없었다. 선생은 그 뒤로 방랑 생활을 하다가 다시 서울에서 근거를 잡았다. 나는 선생이 경성에 계신 줄을 알고 수차 찾아가 뵈었다. 나도 서울로 동경하고 선생 역(亦) 나를 유의하였으나 선생은 그때 살림도 하시기 전이라 객지에서 생활이 곤란하신

터에 나까지 몸 둘 여유가 없었다.

그러다가 필경은 선생이 살림을 시작하게 되자 나는 다시 선생과 같이할 기회를 얻었다.

대정 13년경(1924년-필자) 내가 관동진재를 겪고 그 이듬해에 상경하였을 때 나는 한때 선생 댁에 유하면서 신문학 공부를 시작했다. 내가 〈개벽〉 지상으로 처녀작을 발표한 이후로 『민촌』에 수집된 단편은 거의 선생 댁에서 쓴 것이다.

그때 일을 생각하면 지금도 눈에 선하다. 지금은 집장사의 손으로 헐려서 새집들이 한 부락을 이루고 들어앉았지만 낙원동 284번지의 왕년 모 대가인 이 집은 어느 일본 내지인의 소유로 되어 월세방으로 쪼개 놓았다. 그중의 한 채에 선생이 들었었다. 아랫방을 안방으로 쓰시고 윗방이 선생의 거소였다. 나는 선생과 함께 윗방에 있으면서, 책상을 마주 놓고 창작에 열중했다. 담 너머에서는 유치원의 피아노 소리가 아침마다 들려온다. 나는 피아노 소리를 들으며 소설을 구상하는 것이 어찌도 유쾌했던지 모른다. (「수봉선생」, 〈동아일보〉 1939. 2. 18)

이렇게 민촌이 현선생 댁에서 독신 생활을 막 시작했을 무렵 동경 감옥에서 1년 가까이 미결수로 갇혀 있던 홍진유가 풀려나온다. 〈동아일보〉(1924. 7. 1)는 불령사 사건 관련자 15인 중 한현상 외 4인이 수일 전에 보석 출옥하였다고 보도한다.

풀려난 홍은 귀국하는 길로 모친과 아내를 찾아 연산으로 달려갔는데,

미결수로 두 해 동안 갇혀 있다가 그리운 고국이라고 나와 보니 사랑하는 아내는 그사이에 다른 사내를 사랑하지 않았던가.

그때 만일 그 사내가 달아나지 않았다면 그는 그의 비루한 이기심을

미워해서도 그의 목에 칼을 박았을 것이다. 그것은 그가 감옥에 들어간 사이에 소위 동지란 자가 그의 사랑하는 아내를 유혹하였다는 증오보다도 그를 유혹한 후에 헌신짝 버리듯 한 그 심사가 더욱 가증하기 때문이었다. (「고난을 뚫고」)

홍의 아내는, 결혼 6개월여 만에 남편이 일본으로 떠나(1922년 봄) 동경 경시청에 잡혀 들어가자(1923. 8. 1), 시집을 뛰쳐나와 '동지'와 놀아났는데, 홍이 동경에서 풀려나오자(1924. 7) 그 사내는 달아났다는 것이다. 홍과 그의 아내가 당초에 같은 운동권에 몸담고 있었음을 시사한다.

「고난을 뚫고」에 의하면 홍은 오갈 데 없는 아내에게 생활비를 대 줄 수 있는 형편도 아니어서 할 수 없이 같이 살았다. 그렇게 산 지 9개월 만에 그의 아내는 딸 염애(焰愛)를 낳는데(호적 1925. 4. 15), 홍은 '그게 참으로 자기의 혈육인지 아닌지도 모른'(「고난을 뚫고」)다고 하였다.

그런데 홍은 곧 서울에서 다시 검거된다(1925년 4월 말). 동경에서 풀려나온 지 10개월 만이다.

흑기연맹(黑旗聯盟)—무정부주의자 연합 기관을 새로 발기—

경향 각지에 있는 무정부주의자들은 오래전부터 연합 기관을 설치하려고 각 방면으로 분주 중이던바, 재작 24일 정오에 시내 낙원동(樂園洞) 284번지에서 흑기연맹 발기회를 열었다는데 창립총회는 래월 3일에 열기로 하고 준비사무소는 시내 정동 1번지에 두기로 하였다 하며 발기인 씨명은 아래와 같다더라.

郭撤, 韓晒熙, 李昌植, 李哲 外 5人 (〈동아일보〉 1925. 4. 26)

이어 1925년 5월 1일 자 보도에는 종로서에 검거돼 있는 흑기연맹사건 연루자 10인에 대한 취조가 진행 중이라 하였고, 1925년 9월 18일에는 李復遠(24), 韓昞熙(23), 郭胤模(24), 申榮雨(23), 李昌植(25), 徐廷愛(28), 洪鎭裕(홍진유 29), 徐千淳(25)에 대하여 경성지법의 공판에 부한다는 예심종결 전문(全文)이 보도되었는데, 여기에 홍진유의 주소가 '논산군 연산면 화산리(論山郡連山面華山里) 120'으로 나온다. '화산리(華山里)'는 '신암리(莘岩里)'의 오식이다.

홍이 오랫동안 왜경에 쫓긴 사정을 홍사문(1913~)은 잘 기억한다.

어릴 적에 자기 집 사랑에는 늘 왜놈 순사가 와서 홍진유가 나타나기를 기다렸다고 한다. 필자가 그에게 홍이 좌익이냐고 물었더니 '무정부주의자'라고 못 박았다. 부친(홍길유)에게서 그렇게 들었다는 것이다.

홍사문은 그가 어느 날 학교에서 돌아와 보니 사람들이 홍진유가 잡혀 갔다고 하였는데, 홍이 그렇게 잡혀간 뒤로는 그의 처도 달아나고 모친과 동생 홍영유도 마을을 떠났으며 노봉식의 첩으로 갔던 홍을순도 노의 집을 나가 그 뒤 아무도 그네들의 소식을 모른다는 것이었다. 홍사문은 홍을순이 노의 본처 윤선희의 구박과 시기를 견디다 못해 그 집을 나갔다고 알고 있는데 실제로 그녀는 오빠의 옥바라지와 구명 운동을 위하여 민촌에게로 달려간 것이다.

홍을순은 그때 민촌 부부의 금실이 좋지 않다는 점을 염두에 두었는지도 모른다. 여하튼 그녀는 우선 조선지광사로 민촌에게 달려가 그와 상의했을 것이다. 또는 이 모든 일들이 민촌이 보도를 보고 홍진유의 구속 사실을 그네들에게 알려 줌으로써 시작되었는지도 모른다.

몸 바쳐 항일운동을 하던 분신과도 같은 친구가 투옥되고, 가난에 쫓겨 첩으로 팔려 갔던 그의 누이가 첩살이를 청산하고 자신에게 달려와 오빠의 옥바라지를 하겠다고 나섰을 때, 민촌은 이 운명의 힘을 거역할 수 없었을 것이다.

홍을순은 우선 현선생 댁에 머물렀을 것이다. 그녀가 거기서 면회다 탄원이다 하면서 민촌과 함께 경찰서로 법원으로 뛰어다니며 여러 달을 지내는 동안 그들 사이는 깊어졌을 것이다. 이에 민촌은 노봉식에게 돌아가기를 완강히 거부하는 홍을순과 장래를 약속하고 그녀와 동거하기에 이른 것으로 보인다. 그 과정을 홍진유도 지켜보았다.

> 정순이는 그의 누이였다. 그도 지금은 서울서 산다. 그의 친구 S와 동거하는 터이다. 그것도 그가 지난번에 감옥에 들어간 사이에 생긴 일이었다. (「고난을 뚫고」)

민촌이 등단 이듬해인 '1925년 여름에 서울로 아주 올라왔다'(「이상과 노력」)고 한 것은 홍을순과의 살림을 시작한 것을 뜻하는 것일 게다. 홍과 살기로 작정한 그는 고향 천안에 내려가서 의아해하는 아내 조씨를 뒤로한 채 자신의 짐을 꾸려 총총히 상경했을 것이다.

민촌이 단편집 『민촌』에 수록된 단편들을 거의 현선생 댁에서 썼다고 하였으므로 그들이 거기서 살기는 1926년 5월 19일(단편집 『민촌』에 실린 「외교원과 전도부인」이 쓰인 날짜) 이후까지일 것이며, 그들 사이의 첫딸 을화의 출생지(1926년 10월 18일 출생)가 호적에 '경성부 익선동 124번지'로 나와 있으므로 그 어간 즉 1926년 여름쯤 해서 셋방을 옮겼음을 알 수 있다. 선생 댁에서 1년쯤 살림하기도 불편했을 터인데 출산까지 거기서 할 수는 없었을 것이다.

한편 포석 조명희는,

> 그런데 포석은 불과 1년 이내에 조선일보 기자를 그만두었다.
>
> (……)

포석의 말에 의하면 학예부에는 족제비 같은 인간이 하나 있었는데 일제에 대해서는 아첨하고 동료 간에는 교만하게 굴며 중상과 이간을 일삼기 때문에 참다 못해서 그자의 비행을 폭로 규탄하고 당장 신문사를 그만두었다는 것이다. (이기영, 「포석 조명희에 대한 일화」, 〈청년문학〉 1966. 9)

포석이 비록 재질이 뛰어나나 성질이 저래 가지고는 적자생존의 법칙에 따라 추악한 인간사회에서 오히려 자기가 먼저 도태되기 마련이다.

그 후 노모와 아내, 그리고 4남매를 거느린 포석은 살림이 매우 궁색하게 되어 셋방을 전전하면서 손수 광주리를 메고 나가 과일장수를 하는가 하면 집에서 팥죽 장사도 하였다.

그가 도태되는 과정을 보자.

그는 동경에서 귀국한 후 한때 조선일보에 입사하여 뚜르게네프의 장편 『처녀지』를 동보에 번역 연재하는 동안은 그냥저냥 지냈었으나, 신문사를 나온 후에는 생계가 망연하였다. 그는 생각다 못하여 봉동에서 팥죽 장사를 시작하였었는데 선비의 이런 장사가 물론 잘될 턱이 없었다. 그때 나는 포석과 한집 속에서 같이 셋방살이를 하였다. (「카프시대의 회상기」)

포석이 궁여지책으로 팥죽 장사를 할 때는 한집 속에서 같이 살았다. 나는 그 집 건넌방 한 칸에서 살았고 포석도 바깥채 두 칸 방에서 팥죽 장사를 했었다. (이기영, 「추억의 몇 마디」, 〈문학신문〉 1966. 2. 18. 포석은 이때 배고픈 노동자들에게 팥죽을 많이 퍼 주고 또 외상도 주었기 때문에 곧 망했다고 하였다-필자)

포석과 나는 비록 늦게 사귀었지만 우리의 동지적 우정은 매우 깊었다. 내가 포석과 같이 서울에서 셋방살림을 한 후부터는 하루도 그와 떨어지지 않았으며 한집에서 살기도 두 번이나 하다가 서로 방세가 밀리어 집주인에게 쫓겨나곤 하였다. (「조명희 동지를 추억함」, 〈조선문학〉 1962. 7)

홍진유가 검거되고 반년 만에 흑기연맹사건의 첫 공판이 열렸는데(1925. 10. 27) 그날 방청객이 많아 법정은 큰 혼잡을 이룬 것으로 보도되었다. 이때 민촌과 홍을순도, 그리고 모친 김씨와 동생 홍영유도 연산에서 올라와 방청하였을 것이다. 홍진유의 아내도 6개월 된 딸을 업고 올라왔을 것이다.

10월 29일에는 맹원들 각자에게 징역 1년이 구형되었다는 보도가 있었고, 11월 17일 공판에서 그들은 각각 징역 1년씩 언도받아 서대문형무소에서 복역하게 되었다.

민촌의 단편 「민며느리—금순의 소전(小傳)」에 홍진유의 가족 이야기로 보이는 부분이 있다. 이 부분의 소설적 시점은 1926년으로 홍이 흑기연맹사건으로 복역할 때이며 홍을순이 민촌과 동거할 때이다.

> 황선달(홍진유의 부친-필자)은 벌써 육칠 년 전에(1918. 12. 19-필자) 죽고 지금은 그의 미망인 김씨가 작은아들 하나만 데리고 단둘이 산다.
>
> (……)
>
> 연전 ○○○○○○○ 갔던(홍진유가 동경에서 체포된 일-필자) 큰아들이 무슨 일로(흑기연맹사건으로-필자) 또 작년 봄에 잡혀간 뒤로는 더욱 살기가 극난하여, 지난여름부터는 할 수 없이 일본으로 공부(苦學) 간 작은아들이 나와서 지금 같이 사는 터이다. (「민며느리」)

홍사문은 홍영유도 일본에 갔었다고 필자가 묻지도 않은 말을 하였는데, 그것은 그 집안이 이산(離散)하기 전의 기억이다.

그는 왜 일본에 갔었을까? 동경에 갇혀 있는 형도 면회할 겸 고학 또는 노동을 하러 간 것일는지. 여하튼 형은 1924년 여름에 풀려나 귀국하고 동생은 그대로 일본에 머물렀던 것 같다. 왜냐하면 위의 「민며느리」에 귀국한 형이 다시 검거되자(1925년 4월 말) 동생이 모친을 모시기 위하여 그해 여름에 귀국한 것으로 나오기 때문이다. 홍사문의 기억과 일치한다.

홍사문은 또 자기가 12세(보통학교 3학년) 때쯤 17, 18세쯤 되었을 홍영유가 칠판을 걸어 놓고 아이들 몇 명을 모아 공부를 가르쳤고 자신도 거기서 배웠다고 하는데, 그 시기가 불확실하여 그것이 홍영유의 도일 전인지 또는 귀국 후인지 모르겠다고 하였다.

한편 홍진유의 아내는 남편이 1년의 형을 받고 복역하게 되자 다음해(1926) 봄 딸 염애를 업고 다시 달아났다.

> 김씨는 무시로 큰아들을 생각하고 지금도 눈물로 세월을 보낸다. 그것은 손자까지 난 큰며느리가 올 봄 어느 날 밤에 간 곳도 모르게 어디로 두 살 먹은 복남이까지 업고 달아난 것이 더욱 그의 가슴을 아프게 하였다. (「민며느리」)

> 그다음 셋째 번으로 들어간 것이 삼 년 전 ○○사건(흑련사건-필자 추정) 때였다. 그때의 비극은 무엇이었던가? 그 아내는 또다시 다른 사내를 사랑하였는데 그가 곧 정군이 아니었던가? (「고난을 뚫고」)

흑기연맹의 맹원들은 언도일로부터 만 1년을 복역하고 1926년 11월 17일 아침 모두 만기출소하나(〈조선일보〉 1926. 11. 18), 홍진유는 「고난을 뚫고」에 의하면 감옥에서 중병을 얻어 형기를 못 다 채우고 1926년 초가을에 형집행정지를 받고 조기 출소한다.

> 그가 두 번째(세 번째임. 민촌의 착오이며 그가 퇴고를 소홀히 하는 또 하나의 예이다-필자) 감옥에 들어간 사이에 그 여자가 정군과 사랑하게 되고 지금까지 정군이 그를 버리지 않았음을 볼 때 그는 얼마나 다행하였는지 모르겠다. 그가 정군과 우정을 변치 않은 것도 실로 정군의 이러한 행동이 있기 때문이라 하겠다. 만일 그렇지 않고 그도 그전 남자와 같이 그 여자를 버렸을 것 같으면 그가 아무리 친한 동지라도 그는 그의 얼굴에 침을 뱉고 다시는 대면하지도 않았을 것이다.
>
> 그렇다고 하지마는 한 가지 놀랄 만한 일은, 자기와는 제일 친한 동지—아직 장가도 들지 않고 동정으로 있는—본집에를 가려 해도 부모가 장가가라는 성화 받기 싫어서 도무지 안 간다는 그 정군일 줄이야! (「고난을 뚫고」)

「고난을 뚫고」에 의하면 이 중환자의 출옥은 홍씨 가족에게 감당할 수 없는 부담이었다. 홍을순의 첩살이 청산으로 지주 노봉식으로부터 소작도 떼였기 때문일 것이다. 따라서 홍진유가 가까스로 건강을 회복할 즈음에는 그네들은 집을 팔고 뿔뿔이 이산하지 않을 수 없는 형편이 되어 버린다. 이때(1926년 말경) 동생 홍영유는 다시 도일한다. 아마도 오사카의 노동판을 찾아간 것으로 추정된다.

> 김종(홍진유-필자)이가 서대문형무소에서(형집행정지로-필자) 나오기는 작년 초가을이었다. 그때 그는 실 같은 목숨이 겨우 붙어 나왔었다. 그래 한때는 모두 다시는 여망 없이 꼭 죽는 줄만 알았더니 천행으로 그는 다시 살아났다. 그때나 지금이나 약은 고사하고 영양할 도리가 없는 처지

였다마는 워낙 명을 모질게 타고나서 그런지 그는 신기하게도 회생하였다. 그때 그가 다 죽은 송장으로 두 해 만에 나와 볼 때 그때 그의 집안은 과연 어떠한 형편에 있었던가? 늙은 모친과 어린 동생은 그나마 생활을 부지할 수가 없어서 제각기 풍비박산할 지경이었다. 어떤 자의 충동으로 농사라고 지어 먹던 것마저 떨어져서 모친은 동냥을 하고 어린 동생은 나무를 해서 그날그날을 지내는 동안에 엄동은 닥쳐오고 더구나 중병인으로 자기가 나오고 보니 그들은 참으로 어찌해야 좋을지를 몰랐다. 그래 그해 겨울에 할 수 없이 그들은 오막살이를 팔아 가지고 제각기 유랑의 길을 떠나지 아니하지 못하였다. 모친은 가난한 친정 동생에게로, 아우는 일본 대판으로, 자기는 감옥에서 그대로 죽을 것을 공연히 나왔다고 후회하였다마는 그것은 그의 모친도 그러하였다. 그들은 참으로 부모형제간에 오래간만에 만나는 반가움보다도 쓰라린 눈물이 먼저 그들의 앞을 가리었었다. (「고난을 뚫고」)

「고난을 뚫고」에 의하면, 홍이 지병을 극복하고 소생하자 그는 다시 잡혀 조기 출소에 따른 나머지 형기를 마치고 1927년 말경에 마지막으로 출소한다. 이때 복역한 잔여 형기는 약 3개월 미만으로 추정된다.

그는 출소 즉시 상경하여 여동생이 있는 민촌의 집에 묵으면서 '정군'과 함께 사는 그의 전처를 만나 보기도 하고, 남에게 팔려 간 어린 딸 '염애'의 소식을 묻고 찾아가 먼발치에서 그 모습을 훔쳐보기도 한다.

○○감옥에서 형집행정지를 당한 나머지를 마저 때우고 나온 김종(金鍾)이는 그길로 바로 서울로 올라왔다. 장근 일 년 만에 올라와 보지마는 (……) (「고난을 뚫고」)

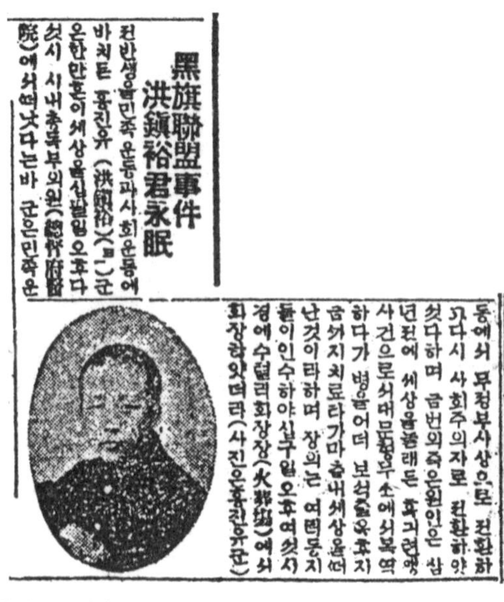
黑旗聯盟事件
洪鎭裕君永眠

전반생을민족운동과사회운동에
바치든 홍진유(洪鎭裕)(三一)군
은한만흔이세상을십팔일오후다
섯시 시내총독부의원(總督府醫
院)에서떠낫다는바 군은민족운
동에서 무정부사상으로 전환하
고다시 사회주의자로 전환하얏
섯다하며 금번의죽은원인은 삼
년전에 세상을놀래든 흑긔련맹
사건으로서대문형무소에서복역
하다가 병을어더 보석출옥후지
금까지치료타가마츰내세상을떠
난것이라하며 장의는 여러동지
들이인수하야십구일오후여섯시
경에수렴리화장장(火葬場)에서
화장하얏더라(사진은홍진유군)

홍진유 군 영면 (〈동아일보〉 1928. 5. 20)

〈동아일보〉에 1928년 1월 15일부터 2월 24일까지 연재된 단편 「고난을 뚫고」는 홍진유가 건강을 회복하여 다시 운동을 시작할 수 있기를 기원하는 내용이다. 그러나 그는 그 뒤 얼마 더 살지 못하였다.

—黑旗聯盟事件 洪鎭裕君 永眠 (흑기연맹사건 홍진유 군 영면)

전반 생을 민족운동과 사회운동에 바치던 홍진유(31) 군은 한 많은 이 세상을 18일 오후 5시 시내 총독부의원(總督府醫院)에서 떠났다는바, 그는 민족운동에서 무정부사상으로 전환하고 다시 사회주의자로 전환하였었다 하며 금번의 죽은 원인은 3년 전에 세상을 놀래는 흑기연맹사건으로 서대문형무소에서 복역하다가 병을 얻어 보석 출옥 후 지금까지 치료타가 마침내 세상을 떠난 것이라 하며 장의는 여러 동지들이 인수하여 19일 오후 6시경에 수철리 화장장에서 화장하였더라.

보도에 홍이 31세로 된 것은 호적(1897년 10월 24일생)에 따른 것이며 실제로는 민촌보다 한 살 많은 띠동갑(1894년 10월 24일, 족보)이라 했으니 35세로 죽은 것이다.

필자가 철이 좀 들었을 때 선친(종원)에게 한번은 진지하게 이것저것 여쭌 적이 있다.

그에 의하면 작은할머니는 할아버지(민촌)가 일본에서 공부할 때 같이 '하숙'하던 친구의 여동생인데, 그 친구는 '지독한 빨갱이'였고 그 여동생은 신식 공부를 한 신여성인데, 한 번 결혼했다가 실패한, 말하자면 이혼녀라는 것이었다. 그리고 그 여자의 친정은 '공주'라고 하였다. 민촌의 막내처제 조필남도 홍씨가 '한 번 소박맞은' 여자라고 하였다.

필자의 선친은 '연산'을 '공주'로 잘못 아신 것이다.

그런데 금점꾼이었던 그녀의 부친이 1910년(홍을순, 6세) 무렵 사업에 실패한 것으로 추정되고, 미구하여 그네들이 벽지나 다름없는 연산면으로 내려갔으며, 거기서 그들이 넉넉히 살지도 못하였으므로 홍을순이 정규 교육을 조금이라도 받았는지는 매우 의심스럽다.

홍진유는 민촌의 작품 속에서 누이를 이렇게 회상하고 있다.

> 누이는—그도 잘 가르쳤더라면 여자로서의 똑똑한 사람이 되었을 것이다! 그도 지금 자기의 그런 신세—첩 된 신세를 한탄하고 그리는 때마다 자기를 원망할 것이 아닌가? 그가 그렇게 된 것도 또한 자기에게 책임이 있겠다. (「고난을 뚫고」)

1989년 '세계청년학생축전' 때 북한을 방문하여 민촌의 미망인 홍을순과 인터뷰한 미국 주재 안동일 기자의 취재기 『갈라진 45년 가서 본

반쪽』(돌베개, 1990, 165쪽)에 그 당시 홍씨의 나이가 85세라 하였으니, 홍씨의 호적상 출생년도 1904년이 정당함(민촌과 9세 차이)을 알 수 있다.

민촌이 학교를 졸업할 당시(1910년, 16세) 홍을순은 7세였고, 1918년 논산에서 민촌이 홍진유와 교우할 때에는 민촌이 24세, 홍을순이 15세였으며, 그다음 해에 홍이 첩으로 팔려 갔는데 그들이 살림을 시작한 1925년 여름에는 각각 31세, 22세였다.

민촌이 '아내' 홍씨의 면모에 관하여 쓴 기록이 있다.

> 나는 신변잡사는 되도록 안 쓰자는 생각을 가졌다. 신변잡사를 써서 안 된다는 말은 아니다. 다만 나 같은 사람의 신변잡사는 붓으로 쓸 만한 거리가 못 된다는 의미에서, 말하자면 노출하기가 싫다는 것이다.
>
> 나는 더욱 아내의 말은 하고 싶지 않다. 나도 그런 사람이거니와 내 아내란 사람 역시 남한테 드러내 놓고 자랑할 만한 위인이 못 된다. 그래서 나는 지금까지 내 일에 관한 것은, 그것도 불행히 내가 문필을 가지고 놀기 때문에 직업상 약간의 씩둑꺽둑한 말을 썼지만, 아내에 대한 잡문은 한 번도 써 본 일이 없는 줄로 기억한다.
>
> (……)
>
> 그렇다면 나의 아내는 그전이나 지금이나 마찬가지로 곤궁한 생활을 하는데 그는 오늘날까지 어른 아이의 수다 식솔을 자기의 한 손으로 치다꺼리해 왔고 내가 할 일도 그에게 맡기는 적이 많다. 나는 귀찮은 살림살이에까지 머리를 썩이기 싫어서 집에서는 그 잘난 원고를 쓴다고 가만히 들어앉았기가 일쑤요, 시끄러워서 마음이 삭갈리게 되면 문 밖으로 나가 버린다. 죽거리라도 벌어다 줄 적에는 그래도 무엇하지만 그나마 못하면서 그럴 때는 미안한 적이 많았으되, 나는 그대로 내 습관을 지켜왔다.

한 가지 그에게 미덥게 뵈는 것은 암만 궁해도 남한테 치사한 짓은 하기 싫어하고, 상식적으로 사리를 밝힐 줄 알아서 남한테 무례한 짓은 하지 않기 때문에 어디를 가든지 이사를 그렇게 자주 다녀도 인심을 별로 잃지 않은 것만은 내 다행하다면 다행한 일이다.

그 대신 남한테도 무례한 꼴을 그대로 당하는 순하기만 한 성미도 아니다. (「나의 곤경 시대의 아내를 말함-아무리 이사를 자주 다녀도」, 〈여성〉 1938. 4)

삼촌 민욱의 차남 두영은 홍을순이 보통 키에 명랑 활달하며 활동적이나 약간 몸이 비대한 편이라 하고 보통 얼굴이지 미인은 아니라 하였다. 민욱의 큰며느리 강씨도 홍이 예의 바르고 자상하고 사람은 그만이라고 하는데 공부를 많이 한 것 같지는 않고 언문자나 아는 정도일 것이라 하며 썩 미인은 아니라고 하였다.

민촌의 제2부인 홍씨의 소생

성별	이름	출생일	거주지	출생지	1989.7 평양축전 당시
여	乙華	1926. 10. 18.	평양	서울 익선동 124번지 (해방 전 서울에서 결혼)	
남	平	1929. 4. 14.	평양	서울 청진동 223번지	광산기사, 채취공업위원회 간부
남	建	1932. 10. 23.~12. 16.		서울 누상동 116번지 (경성의전부속병원에서 사망)	
남	?	1935~1936. 10.		민촌의 옥고 중에 태어나 뇌막염으로 사망	
남	種革	1937. 10. 30.	로마	서울 창성정 10번지	외교관(대사?), 로마 주재
남	種倫	1941. 3. 6.	평양	상동	과학자, 평양과학자연구소
여	乙男	1944. 3. 21.	평양	상동	작가, 남편은 문학가 김용한

*이종혁(李種革)은 현재 북한의 아태평화위원회 부위원장이다.
*아들의 이름에 평등, 건국, 혁명 등의 '이데올로기'를 박은 듯하다. 딸 이름의 '乙'은 민촌의 아명 '乙祿'에서 취한 것일까? 본래 이 항렬의 돌림자는 씨 종(種) 자이다.
*창성정은 지금의 창성동이며 효자동과 인접해 있다.

50년대의 민촌과 그의 가족이 평양에 있는 자택에서 찍은 것으로 보임
(〈한국일보〉 구주판 1989. 11. 5)

당시 다른 많은 문인들의 경우처럼 민촌이 조강지처를 버리고 동경 유학 시절에 신여성을 만나 연애를 즐긴 것이 결코 아니었음이 확인된다.

세 번째 아이 건(建)에 관한 민촌의 글이 있다.

안동일 기자의 취재(1989년) – 민촌의 미망인과 그의 아들, 딸, 며느리, 손자(추정)

나는 그해(1932년-필자)에 어린애까지 낳아서 식솔을 또 하나 불린 데다가 그 자식이 태독(胎毒)으로 나올 때부터 병까지 앓아서 필경에는 단독(丹毒)에 걸려 가지고 55일 만에 죽고, 또한 손위의 큰놈이 동시에 눈병이 생겨서 그날의 호구도 무책인데 우환까지 쌍나발을 부는 곡경으로 지날 판이다. 그러니 집세를 또박또박 자그만치 9원씩이나 낼 돈이 어디 있으랴? 그때 일을 「돈」 속에다 졸작(拙作)을 하고 끝끝내 흉을 잡히니 우스운 일이다. (「나의 이사 고난기-셋방 10년」, 〈조광〉 1938. 2)

네 번째 아이는, 민촌의 글 「무로변기」(〈조광〉 1937. 1)에 의하면, 1935년경에 태어나 1936년 가을쯤 —민촌이 『인간수업』의 연재를 끝내고 1936년 8월부터 한 달간 휴양차 마산에서 지내고 상경한 지 얼마 되지 않아—두 살 때에 뇌막염으로 죽었다. 민촌이 옥살이할 때에 태어나 출생신고가 안 된 것으로 보이는 이 아이는 작품에 이렇게 나온다.

> 그다음 동생은 아버지가 안 계실 때에 낳았다. 어머니는 해산할 곳이 없어서 하마터면 도중에서 해복할 번하였다는 것이다. 그때는 ○○동(누상동?-필자)에서 살았었는데 한 대문 안에서 두 아이를 한 달에 낳는 것이 아니라고, 집주인이 사위를 했다 한다. 그래 어머니는 할 수 없이 친정 사촌오빠가 홀아비살림을 하는 동관 앞까지 가다가 까딱했더면 전차 속에서 애를 낳을 뻔하였다던가.
>
> 어머니는 그 집 문턱을 들어서자마자 일변 진통이 심해지며 바로 순산을 하였다고 한다.
>
> 이와 같이 가엾게 낳은 두 동생은 마침내 죽고 말았다. 한 애는 50일 만에 단독으로, 또 한 애는 두 살 만에 뇌막염으로. (「공간」, 〈춘추〉 1943. 6)

사전적 의미로만 본다면 홍을순은 민촌의 '첩'일 것이다. 그러나 필자는 그녀를 그의 '제2부인'이라 부르고자 한다. 민촌이 결국에는 본처 조씨와 그 소생을 버리고 홍씨와 해로하였음이다. 그것은 분단으로 인하여 어쩔 수 없이 그렇게 된 것이 아니었다. 아무도 해방과 분단을 예상치 못했던 일제 말기에 민촌은 연고가 전혀 없는 강원도의 산골로 홍씨네들만을 데리고 소개(疏開)하여 갔던 것이다.

20. 조강지처

단편 「가난한 사람들」에는 고향집에서 응모작 「오빠의 비밀편지」의 당선 통보를 기다리는 민촌의 초조한 모습이 잘 나타나 있다. 「가난한 사람들」의 끝에 '1924. 6. 2 작'이라 표기한 것은 아마도 「오빠의 비밀편지」의 당선 통보를 받은 날을 기념하기 위한 것으로 보인다. 「가난한 사람들」이 다음 해 〈개벽〉 5월호에 발표되었음을 볼 때 그것이 실제로 쓰인 것은 그 무렵(1925년 4월)일 것이다. 비장한 각오로 쓴 응모작의 당선을 기다리는 시기에 그렇게 장황한 소설을 쓸 수도 없었으려니와 원고료 한 푼이 아쉬운 시절에 완성된 작품의 발표를 그렇게 늦추었을 리도 없다.

「가난한 사람들」은 어쨌든 민촌이 제2부인 홍씨와 동거하기 전에—홍이 논산에서 첩살이를 하고 있을 당시에—쓴 것인데, 거기서도 민촌은 아내 조씨를 매우 부족하게 여기고 있었다.

그는 조씨의 소극적인 성격과 안일한 소농적 삶만을 추구하려는 소아(小我)적 자세(장편 『고향』에 잘 나타나 있음)를 싫어하였고, 시국의 변천을 모르는 장인의 완고한 봉건적 사고방식과 그 생활 태도를 또한 혐오하였다.

그는 「가난한 사람들」에서뿐 아니라 다른 여러 작품에서도 조혼은 타파하여야 할 봉건적 악습이고, 자신은 조혼의 억울한 희생자이며, 따라서 자기는 이혼할 권리가 있다고까지 일관되게 주장하고 있다. 물론 조씨가 동의할 리 없다.

> 자기는 속죄제(贖罪祭)에 바쳐지는 어린양 모양으로 할머니의 수연에 희생이 된 모양이다. 그래 조혼당한 청년들이 지금 한참 떠들며 이혼 문제를 일으키는 조건과 같은 '나는 내 자의로 혼인한 게 아니라 재래의 악습인 조혼이란 강제 혼인을 당하였으니 나는 이혼할 권리가 있다. 이혼이 많은 죄악이라 하면 그 책임은 사회가 짊어질 것이다'라고들 하는… (「가난한 사람들」)

그는 아내를 미워하고 구타까지도 서슴지 않았다.

> 물론 싸우기도 많이 하였다. 별안간 그의 뺨따귀를 불이 번쩍 나게 후려치기도 하고 머리채를 휘어잡고 실컷 뚜드려 준 후에 방문을 걸어 잠그고 밖으로 내쫓기도 하였다. 그때 아내는 물에 빠져 죽는다고 울며 나가더니 이웃집에 가 자고 그 이튿날 식전에 도로 들어왔었다. 어떻든 자기도 그로 하여 속이 무척 상하였지마는 그도 자기로 하여금 여간 애를 태우지 않은 모양이다. 그의 머리가 그렇게 미인 것도 자기가 일본으로 달아난 동안 작년에 중병을 앓고 나며 빠진 게란다. (「가난한 사람들」)

암담하던 시절 민촌은 자신의 울분을 아내에 대한 폭력 행사로 풀었던 것인가? 그러나 그는 자신의 신세를 한탄하고 아내를 미워하면서도 한편으로는 그녀의 참혹한 몰골이 자신에게 귀책하는 것으로 가책을 느끼며 그녀에 대한 동정심을 떨치지 못하고 있었다.

> 그는 될 수 있는 대로 아내를 학대하였다. 그는 아내가 언제든지 밉게 보였다. 아니 그전에는 그리 미운 줄도 몰랐더니 차차 나이가 들수록 그가 미웠다. 벌써 삼십이 가까운 그는 아편장이 얼굴같이 누렇게 들뜬 데다가 이마는 벗어지고 머리는 빠져서 가름마가 신작로같이 타졌다. 게다가 정배기가 미인 것은 마치 산말랑이에 있는 공동묘지 막다른 길목의 뗏장 떠간 잔디밭같이 보기 싫다. 그런데 엉성한 옷을 촌티 나게 입고 매떨어진 말을 멋없이 하는 더구나 그 두더지발 같은 손을 볼 때에는 그만 있는 정까지 떨어질 지경이다. 그것은 억센 노역으로 그렇게 되었다마는.
>
> '저걸 아내라고 데불고 산담.' 하고 그럴 때마다 그를 저주하였으나 그래도 어떻든지 지금까지 산 모양이요, 그보다 더 큰 울분도 참고 있지마는 무엇보다 자식을 넷이나 난 것을 생각하면 그가 미우니만치 자기 자신을 주장질하고 싶었다.
>
> 하긴 그의 나이가 아직 삼십도 못 된 바에 그렇게 늙어 보이지는 않겠지마는 영양부족, 산고, 노역, 병고, 빈고에 아주 찌들어서 그만 이렇게 지레 늙은 모양이다. (「가난한 사람들」)

따라서 민촌이 홍을순과의 운명적인 만남이 없었더라면 아마도 그는 그럭저럭 아내 조씨와 해로하였을 것이다.

또 그가 홍을순과 살림을 시작한 후에 바로 아내 조씨와 그 소생들을 저버린 것도 아니었다. 그가 그 후에도 고향에 다니며 그들을 보살폈음이 단편 「오남매 둔 아버지」에 잘 나타나 있다. 후술된다.

거기에는 그가 1925년 여름에 장인을 찾아뵈러 가서 다시 한 번 그로부터 무안을 당하는 장면도 나오는데 이것도 또한 그가 홍씨와 동거를 시작하기 전의 일로 추정된다.

> 작년 여름에 오래간만에 처가에 가서 장인한테 듣던 말이 또 생각났다-나중에 알고 보니 그는 청한지직(淸閑之職)이라는 향교 직원(鄕校直員)이란 벼슬을 얻어 한 것이 감투 쓴 이유인 모양이었다.
>
> "-위국자는 불고가라 하였지마는 위국자도 불고가한 이는 흔치 않다. 그것도-저 대국의 손일선(孫逸仙=孫文-필자)이나 같이 된다면 모르겠지. 그래도 가정에는 죄인을 면치 못하는 것인데 하물며 그렇지도 못하면서 공연히 안고수비만 하면 무슨 소용 있니? 그래 서울 가서 무엇했니? 무슨 책장사 한다지? 얘기책 장사! 그까짓 얘기책 장사해서 돈을 벌겠니? …"
>
> 그때 자기는 아무 말도 하지 않았다. 만일에 말을 꺼냈다가는 모양 수통한 두발부리가 날 것 같으므로. 그저 속으로 감투 쓴 양반의 말씀이 너무도 무식하구나! 하였다. (「오남매 둔 아버지」)

「오남매 둔 아버지」는 민촌이 삼촌 민욱으로부터 다음과 같은 내용의 편지를 받는 데서부터 사달이 시작된다. 홍씨와 약 반년 남짓 동거해 오던 때이다.

> 요사이 추운 겨울에 객지에서 몸이나 성하게 있느냐? 집에는 그저 우환이 떠나지 않아서 도무지 경황이 없다. 그런 데다가 뜻밖의 일이 생겼다. 득철이(풍영-필자)가 이달 초생에 저의 양외가로 이사를 갔단다. "형님 식구가 제게 무슨 아랑곳이냐고"-그래 농사는 제가 지었으니까 제

모가치라고—나도 없는 사이 곡식을 사(팔아) 가지고 갔다는구나. 그러니 무서운 엄동은 닥쳐오는데 시량(柴糧)이 턱이 없으니 어쩌잔 말이냐? 병든 형수와 어린 조카들을 굶어 죽어도 모른다고 그렇게 하고 간 그놈의 소위를 생각하면 여간 괘씸하지 않다마는 네가 그렇게 집안 살림을 불고하고 돌아다니는 것은 큰집 식구를 제게 덤테기를 씌우는가 해서 저도 속이 상하여 그리 한 모양이다. 인제 와서야 그런 말 저런 말 해야 무슨 소용이 있느냐마는—

그러면 너도 인제는 그만 내려와서 굶으나 먹으나 집에 있게 하여라. 집안 식구들은 굶어 죽이고 너 혼자만 공부를 잘하면 무엇하는 게냐? 커가는 자식들도 가르쳐야지 형옥이(종원, 1917~1986, 필자의 선친-필자)란 놈이 올해 벌써 열 살이 아니냐? 그것들의 노는 꼬라구니가 제일 보기 싫다. 너도 인제는 생각이 있을 듯하기에 길게 말하지 않는다. 수란하야 이만 그친다. (「오남매 둔 아버지」)

풍영이 1926년 봄에 위와 같이 떠났음은 그가 1929년 8월에 아산군 영인면 성내리 396번지(쇠재)로 전적한 사실로 확인된다. 삼촌 민상(敏常, 1876~1891)의 부부가 신혼 초기에 차례로 죽자 후일 풍영이 그들의 양자로 입계되었는데, 따라서 풍영의 양외가라 함은 바로 이 죽은 숙모의 친정인 것이다.

쇠재는 파평 윤씨(坡平尹氏)의 집성촌으로 이들은 덕수이씨와 많은 혼맥을 맺어 왔었다. 당시 쇠재의 큰 지주 윤영권(尹永權, 1851~1930, 정6품 通訓大夫 行 中樞院 主事 判任官)은 딸 셋을 두었는데 불행히도 아들이 없었다. 그의 맏사위가 족보에 '이민옥(李敏玉)'으로 나오는데, 그 본관이 표시돼 있지 않음은 윤의 첫딸이 시집가서 일찍 죽었음을 시사한다 할 것이다. '이민옥(李敏玉)'은 이민상(李敏常)의 오기(誤記)일 것이다. 그의 둘째, 셋째

사위의 이름에는 본관이 명기돼 있으며 공교롭게도 셋째 사위 또한 덕수이씨이다.

정신 못 차리는 형 민촌의 그늘을 하루빨리 벗어나고자 했던 풍영은 백방으로 얻어 부칠 땅을 수소문하다가 자신이 양자 입계되어 제사를 모시는 죽은 삼촌 민상(敏常)의 장인인 윤영권에게까지 자신을 의탁해 보려 하였던 것이다.

풍영은 형수와 조카들을 버려 둔 채 자신의 가족만을 데리고 쇠재로 이사하여 그 후 거기서 윤영권의 땅을 부치며 산 것으로 보인다.

민촌은 삼촌의 편지를 읽고 아우 풍영과 관련하여 자신의 과거를 이렇게 회상한다.

> 그게 벌써 재작년 봄이었다—그가 동경 지진 통에 나와서 그해 겨울을 나고 그 이듬해 봄에 그의 집을 떠나오기는—. 그래 그길로 올라와서 동경에서 하다 만 공부를 고학해 보려고 지금까지 허덕거리게 된 것은.
>
> 지금 생각하면 삼 년 동안을 자기도 자기지마는 그들이(집안 식구) 어떻게 살아왔는지? 그것은 무슨 기적같이 생각되었다. 그는 삼 년 동안에 겨우 돈 십 원(原稿料)을 보내 준 것밖에 없었다. 그동안은 오로지 그의 아우가 혼자 벌어서 그들을 먹여 살렸다는 사실이 그는 그렇게 생각되지 않을 수 없었다.
>
> 그의 아우(풍영, 1900~1959-필자)는 지금 스물다섯 살(실제로는 이때 28세-필자)이었다. 부친이 살아 계실 때에(사실은 큰고모가 살아 있을 때인 1922년 2월 20일-필자) 다행히 장가는 들여 주어서 지금 네 살 먹은 딸(순희, 1924. 10. 20~1982-필자)을 낳아 가지고 아주 귀여워 죽겠단다.
>
> 그때 그 일(민촌이 동경 유학을 떠난 일-필자)은 비단 아우뿐 아니라—왼 집안 식구와 동리 사람들까지 적지 않게 놀랜 모양이다마는—그래도 그

의 아우의 생각에는 일본으로 유학을 갔으니 공부하고 돌아오는 날이면 원님 노릇을 하든지 도 장관 노릇을 하든지 무슨 수가 있을 줄만 알고 꼭 믿고 기다렸더니 급기야 삼 년 만에 나온다는 것은 지진 통에 죽을 것을 살았다고 가지고 들어간 이부자리까지 모두 태워 버리고 벌거벗은 알몸뚱이만 튀어나왔다.

그러나 기위 그렇게 나왔으니 무슨 월급자리나 다시 붙들어서 그전같이 지낼 줄 알았더니 그는 무슨 별수나 있는 듯이

"그런 데는 인제는 다시 안 다니겠다."

하면서 무엇을 써 가지고는 그 이듬해 봄에 서울로 올라가더니만 수는 무슨 수! 동전 한 푼 안 생기는 것을 공연히 나무 팔아서 공책 사 대고 왜붓 사 댄 것만 알 손해가 난 것뿐이다.—나중에 알고 보니 그게 이야기책을 꾸민 것이라는데 일본 가서 삼 년 동안이나 공부한 것이 기껏 이야기책 짓는 법을 배워 왔는지, 그런 이야기책을 꾸며서 글쎄 무슨 돈을 벌겠다고 하는지 모르겠다 하였다.

"내 참! 형님도 딱하시어! 동리 사람들이 모두다 비웃는데 남부끄러워서 세상에 사람이 살 수가 있어야지! 이야기 잘하는 이는 궁하다는 옛말이 맞지 뭘! 삼 년 만에 돈 십 원! 그까짓 것 가지고 살 수 있나…."

하는 아우의 코웃음 하는 모양이 그의 눈앞에 보이는 듯하였다. 그래 이제나저제나 하고 형이 돌아오기를 기다리다가 인제는 그만 낙망이 되고 의가 상해서 '형님 식구가 제게 무슨 아랑곳이냐'고 그렇게 달아난 것이다.

"응! 잘 갔다! 제야 어디를 가든지 제 식구 감내는 넉넉히 하겠지. 언제는 내가 셈평이 펴서 저를 따로 살릴 수가 있을 터인가? …."

하고 그는 속으로 다행하다는 생각을 하였다. 이러한 느낌은 별안간 눈물이 핑— 돌게 하였다. 그는 다른 집안 식구들에게도 그랬지마는 아우

를 위하여 깊이 생각하기는 이번이 처음이었다.

'저인들 여북해야 그런 짓을 하였을까? 도무지 내가 잘못이다. 참으로 형이래야 형 노릇 한 것이 무엇인가? 저에게 공부를 한 자 시켰는가? 형제가 우애 있게 살아 보았나? (아우가 미워서 그런 것은 아니라도)… 오냐! 네나 잘 가서 잘 살아라! 나는 네가 그렇게 갔다고 조금도 책망할 말이 없다.'

그는 이렇게 자기의 허물을 뉘우칠수록 새록새록 아우에게 잘못하였다는 여러 가지 과거사가 마치 거울 앞으로 내박히듯이 새 기억을 일으켰다.

'아, 그 아우는 얼마나 나보다도 불행한 운명을 타고났는가? 일곱 살 먹어서 어머니를 여의고 서모의 슬하에서 (서모가 악인이라는 말은 아니지마는) 눈치밥을 먹고 자라난 천덕꾸러기가 아닌가? 그때부터 나무지게를 지고 나서게 된 그 아우가 아니던가? 그의 가녀린 손으로 억새에 손을 벼 가며 해온 나무로 짓는 밥을 먹고, 나는 방안에 편히 앉아서 글을 읽었다! … 그런데 나는 그 아우에게 무엇을 주었는가? 아무것도 저를 위하여 해 준 것은 없다!'

하고 그는 결코 자기의 마음이 착하여서 이처럼 아우를 생각하는 것이 아니라는 것을 그의 양심(良心)에 물어보았다. 그리고 또한 이번에 이런 일이 생기지 않았으면 이같이 아우를 동정하지 못하였을 것이라는 자기의 불순(不純)한 마음씨를 스스로 부끄러워하였다.

'나는 대체 그를 무식하다고 멸시할 수가 있을까? 세상 사람들은 또한 그를 무식하다고 흉볼 수가 있을까? 그것은 마치 불한당(不汗黨)들이 노동자의 피와 땀을 빨아먹고 뻔뻔하게 놀면서 자기네를 먹여 살리기에 겨를이 없어서 배우지 못한 그네들을 무식하다고 욕하는 것과 마찬가지다. 모순이다! …. 그러나 나는 일부러 아우를 고생시키려 함은 아니다.

그것은 지금 아우에게 천억만어로 변명한다 하여도 그는 그것을 이해하지 못할 것임을 나는 슬퍼할 뿐이다! 다만 내가 이렇게 돌아다니는 것은 결코 내 한 몸만 편하자는 그런 소위가 아니라는 말을 하고 싶다. 그것은 온 세상 사람이 모두 그렇다고 말할지라도.' (「오남매 둔 아버지」, 〈개벽〉 1926. 4)

그네들에게 '결코 내 한 몸만 편하자는 소위가 아'님을 도대체 어떻게 납득시킬 수 있단 말인가! 민촌으로서는 당시 투옥돼 있는 친구 홍진유의 유족을 버려 둘 수도 없는 처지였다.

편지를 읽고 깊은 회한에 잠겼던 민촌은 당장 시골집으로 내려간다. 소설의 내용상으로는 기왕에 굶어 죽게 된 목숨인 처자를 자기 손으로 직접 죽이기 위해서이다.

다음은 그렇게 대면한 부부간의 대화 장면이다.

"…서방님이 그렇게 가신 뒤에 얘 외삼촌(조병은 또는 조병주-필자)이 나와서 돈 백이나 주고 간 것으로 그동안은 지나왔지요! 나무는 어찌 비싼지 사서 땔 수가 있어야지… 그래 형옥이(종원-필자)하고 나하고 뒷동산에 가서 해다 때고…."

"아— 형옥이를 나무를 시켜!"

하고 그는 깜짝 놀라는 듯이 묻는다.

"그럼 어찌해여! 얼어 죽을 수는 없고… 인제 당신이 내려오셨으니 내년 봄에나 학교에 넣도록 하오!"(실제로는 이때 종원이 학교에 다니고 있었음-필자)

아내는 부숙부숙한 얼굴에 엷은 미소를 띄우며 이런 말을 천연히 하는 데는 그는 기가 막히지 않을 수 없었다.

그는 이런 말을 쑥 하였다.

"나는 또 갈 터이야!"

이 말 한마디에 아내의 얼굴은 별안간 새파랗게 변하였다. 그의 목소리는 떨리고 말소리에는 울음이 섞여 나왔다.

"어디로 또 가… 그럼 무엇 하러 왔소? 이번에 또 갈 터이면… 아니 우리 삼모자를 모두 죽이고 가오! 내 죽어도 못 가게 하든지 내가 쫓아가든지 할 걸! 못 가! 가긴 어디로 가…."

하고 아내는 이를 박박! 간다. 두 눈에서는 눈물이 텀벙! 텀벙! 쏟아져 그의 야윈 볼 위로 굴러떨어진다.

"그러지 않아도 죽이러 왔다. 너들도 죽이고 나도 죽고!"

그는 서릿발같이 냉랭한 태도로 조금도 서슴지 않고 이렇게 말하였다. 훌쩍거리는 아내는 별안간 울음을 내놓았다. 그 바람에 어린애도 따라 운다.

"… 아! 아! 하느님 맙시사! 내가 무슨 죄가 있어서 여태 알뜰히도 고… 고생을 짓시키다가 인제 와서는 또 죽이겠다고? … 시집온 지가 근 이십 년 되니 옷 한 가지를 하여 주었나? 잘 먹이기를 하였나! 자식을 다섯이나 났으니 그것들을 하나나 키워 주었나? … 흑! 흑! 흑! … 그것들은 제 신세 좋게 잘들 죽었지! 세 년들이 그저 다 살았어 보아! … 자식 둘 남은 것도 주체를 못하여서 못 가르치고 못 먹이다가 나중에는 그것들까지 죽이겠다고… 글쎄— 그것들이 무슨 죄가 있기에! … 아! 어미 애비 잘못 만난 죄로… 아! 아! 아! 아! …."

"듣기 싫어! 이게 무슨 청승맞은 소리냐? … 이 당장에 뒤어지지 못해서!"

하고 그는 소리를 버럭 내질렀다.

"죽여! 죽여! 자! 어서 죽여!"

아내도 마주 악을 쓰며 대들었다. 어린애(진우--필자)는 더욱 놀라서 저의 어머니를 꼭 붙들고 기겁을 하며 운다. 자던 애(종원-필자)도 일어나서 비죽! 비죽! 울기 시작하였다. (「오남매 둔 아버지」)

민촌은 위와 같은 내용의 소설을 쓴 지 약 3개월 후에 차남 진우(震宇, 1924년 10월 25일생)가 죽었을 때 다시 고향에 내려왔었음이 확인된다. 호적에 진우가 '1926. 6. 30. 오전 5시 본적에서 사망 동일 호주 신고'라고 나온다.

민촌의 서울 새살림은 이즈음에 공개되었으리라. 진우의 죽음에 상심한 민촌이 홍을순과의 동거 및 그녀의 임신 사실을 털어놓고 조씨에게 별거를 선언하였을 것이라고 추정한다면 그것은 억측일까.

조씨(趙炳箕, 1893~1957)는 이제 열 살 먹은 아들 종원과 단둘이만 남게 되었는데 그때 그녀의 나이 서른넷이었다. 그녀는 열여섯에 철모르는 어린 신랑에게 시집와서 남편이 철도 나고 살림에 재미를 붙이게 될 날을 기다리며 열여덟 해를 허송하나 끝내 소박을 맞은 셈이다.

종원(種元, 1917. 10. 4~1986. 4. 5, 필자의 선친)은 유량리의 큰고모댁 행랑채에서 태어나 거기서 돌을 지나고 바로 줄초상(1918. 11)이 나자 벌말을 거쳐 각골로 옮겨 살았다. 작품에 나오는 그의 모습을 보기로 하자. 민촌이 응모 작품의 당선 통보를 받기 직전의 일이다.

그의 가슴이 뜨끔하며 번개같이 알려진 것은 일곱 살 먹은 아들이 학교에 가지 않고 시름없이 마당 한편 구석에 선 것을 보았다. 그것은 아침을 못 해 먹었다고 증명함이었다.

성호(민촌-필자)는 얼굴이 화끈화끈하며 싸리문 안을 들어서니 아내는 여덟 달 된 배를 불룩 내밀고 으례껀의 무슨 소리를 바라는 눈치로 자기를 유심히 쳐다본다. 그는 아내의 시선이 무서워서 얼른 방으로 들어섰다. 아내는 벌써 싹수가 글렀던지 어느덧 표정을 고치어서

"아침은 어떻게 하셨소?"

하는 말이 유달리 은근하고 부드러웠다. 그것은 자기가 어디서 아침을 얻어먹었는가 못 먹었는가를 매우 염려해 주는 다정한 말이었다. 성호는 분명히 아침을 굶었지마는 부러 아내의 동정을 보려고 짐짓 꾸며 대기를

"나는 먹고 왔소마는 집에서는 아침을 못한게요구려!"

하는 무책임한 말을 던져 보았다. 아내는 아색(餓色)이 현저하게 드러난 누런 얼굴에 이마는 주름살을 그의 치마주름같이 잡고 쑥 들어간 두 눈을 헤멀거니 뜨고서 힘없이 앉은 양은 입으로 훅 불어도 픽 쓰러질 것 같다. 무엇을 생각하는 것처럼 그는 눈을 내리깔고 한 곳을 노려보더니 성호의 말이 떨어지자 별안간 그 야윈 입술 위로 해죽이 시들은 꽃 같은 미소가 떠오르며

"나는 당신도 굶은 줄 알았더니, 어디서?"

하고 눈이 되록한다. 그는 무슨 만족을 느끼는 듯이 그 눈동자가 변으로 빛난다. 성호는 이 의외의 대답과 표정에 그만 망연자실하였다.

(……)

아내는 밖으로 나가더니 뽕 바구니를 갖다 놓고 뜰 위에서 뽕닢을 다듬는다. 누에는 지금 아기잠을 자고 났다. 아들이 배가 고파서 무엇을 달라고 저의 어머니의 눈치를 보다가 암만해도 참을 수가 없는 듯이

"어머니! 응!—"

하고 무엇을 조른다. 그 소리가 떨어지자마자 별안간 아내가 이를 악물고 저주하는 소리와 아들을 패는 툭탁 소리가 들린다.

"번연히 아침을 못한 줄을 알면서 밥이 어디 있다고 조르니? 글쎄! 응! 복은 못 타고난 것이 처먹을 줄은 퍽 약빠른가베!"
하고 뚜드리며 악쓰는 사이로
"아이고 어머니… 으으! 으! 아이고 아이고 아! 아!"
하는 아들의 힘없이 우는소리가 처량히 들린다. 그는 다시 얼굴에다 불을 담아 붓는 듯한 아찔아찔 뼈가 저린 느낌을 느끼었다.
"이러고는 도저히 살아 있을 게 아니다!"
하는 어떤 무서운 생각을 먹었다. 그는 주먹을 불끈 쥐고 이를 악물고 벌벌 떨었다. 악! 소리를 치며 달려들어 아내를 패고 아들을 며부치고 누구든지 닥치는 대로 때리고 죽이고 싶었다. 지구에다 불을 싸지르고 그들이 타 죽는 꼴을 보고 싶었다. 동경지진 같은 대지진이나 나고 활화산이 툭툭 터져서 이 아귀들이 몰사하는 거동을 보고 싶었다. 그래 악마의 홍소를 웃고 싶었다.
"아 그래도 못 그쳐? 응! 그래."
하고 아내는 아들을 주장질하며,
"울지 말고 어서 뽕 다듬어. 복 못 탄 놈은 일이나 부지런히 해야지. 내일부터는 나무나 해라. 그까짓 학교에는 다니면 우선 밥이 입으로 들어간다디? 아, 그래도 못 다듬어? 그래도? 응? 일하기 싫거든 나가 뒤어져라! 죽으면 밥 안 먹어도 될 터이니!"
하는 도끼눈에 주먹질을 하는 독살이 눈에 곧 보이는 듯하다. 폭력의 공포에 떠는 아들은 그만 기가 질리어 울음을 꿀떡 삼키고 뽕을 다듬는지 아무 기척이 없다. 그 뒤에는 오직 죽은 듯한 정적이 계속하는데 어디서 우는지 멀리 뻐꾹새 우는 소리가 처량히 들려온다.
"어머니! 이것도 다듬어?"
하는 아들의 천진스러운 상약한 소리가 흘러나오자

"오냐, 그것도 다듬어라!"

하는 모친의 따뜻한 온정에서 나오는 소리가 또 뒤미처 들린다. 아들은 다시 흑흑 느끼는 한숨을 애처로이 내쉬었다.

성호는 고대 모자가 뚜드리고 맞고 저주하고 통곡하던 것과 지금 이 따뜻한 정으로 대화하는 양을 대조해 보고는 인정의 변화가 무상함을 다시금 느끼었다. 숙우(宿雨)가 개인 맑은 아침과 같다 할는지! 애연(哀然)하고도 아름다운 어떤 야릇한 정서를 느끼게 한다. (「가난한 사람들」)

이 글은 전기(傳記)인 만큼 필자는 지금까지 온갖 시시콜콜한 이야기까지 민촌의 글을 옮겨 실었다. 민촌이 소설가가 아니고 다른 분야의 위인이었다면 그렇게 하지 않았을 것이다. 그러나 그의 모든 체험이 작품의 소재가 되고 그의 인격을 형성하였을 것이므로 그가 실제로 겪었다고 여겨지는 부분은 아무리 사소한 것이라도 또 부끄러운 것이라도 필자로서는 버리기가 아까웠다. 이 책의 트리비얼리즘(trivialism)을 인정한다.

그러나 「가난한 사람들」의 끝부분은 민촌이 실제로 겪지 않은 픽션(fiction)임이 분명함에도 불구하고 필자는 굳이 이를 여기에 옮겨 싣고 그 이유를 밝히고자 한다.

별안간 아내가 벌떡 일어나더니 갓난애를 번쩍 들어 마당에다 패 며 부치고는 부엌으로 우르르 들어가더니 식칼을 들고 밖으로 뛰어간다. 갓난애는 깩 하더니 그만 사지를 바르르 떨며 숨이 끊어진다. 그의 으서진 머리에서는 빨간 피가 흘러내린다. 아내는 한걸음에 달려들어 고리대의 산 멱을 푹 찔렀다. 고리대는 비척비척하더니 무서운 신음성을 발하며 장나무 토막같이 황하고 자빠진다. 아내는 머리를 풀어 산발하고 피 묻은 식칼을 휘두르며 저편 길로 껑충껑충 뛰어간다. 그러자 제수도 벌떡 일어나더니 아이를 들어서 마당에다 며내친다. 그리고 지게에 꽂힌 낫을 빼 가지고 한달음에 내닫더니 목에서 선지피가 철철 흐르는 빚쟁이 송장의 배를 두어 번 콱콱 찍고는 낫을 휘두르며 또 동세를 쫓아간다. 피가 탁 튀어 공중으로 뿌려 헤치는 바람에 그의 얼굴은 피투성이가 되었다. 삼촌과 숙모는 눈을 홉뜨고 또 그들을 쫓아가는 모양! 아이들은 모두 기절하여 눈을 뒤어쓰고 뒤처졌는데 안마당의 두 영아의 송장은 마치 털 안 난 참새새끼 떨어져 죽은 것같이 처참하게 한 아이는 모가지가 부러지고 한 아이는 창아리가 터졌다. 문 앞에는 구렛나루 난 무서운 송장이 눈을 흘기고 이를 앙당그려 물고 피를 동이로 쏟고 누웠다. 저기서는

"미쳤다! 미쳤다!"

하는 동네 사람들의 고함치는 소리가 들린다. 성호는 정신이 아찔하여 그만 그 자리에 혼도(昏倒)하였다. … 이것은 그의 무서운 환상이었다.

"아! 그렇다! 이 세상은 악마가 사는 세상이다. 그래 살려면 악마가 되어라! 저 잘 살려고 남을 못살게 구는 놈들의 악마 이상의 악마를 쳐 죽여라! 그렇다! 죽여라! 죽어라! 아귀가 아귀를 죽여라!"

하고 그는 두 주먹을 불끈 쥐며 다시 일어섰다. 이를 악물고 으악! 소리를 질렀다. 복수의 감정이 무럭무럭 타올랐다. 어느덧 밤은 어둑어둑한데 원촌(遠村)에서 개 짖는 소리가 은은히 들려온다. 그는 다리에다 힘을 주어 다시 걸음을 내걸었다.

별안간 난데없는 천둥소리가 우루루 하더니 번개불이 예서 번쩍 다시 제서 번쩍 눈앞이 환하였다가 도로 캄캄한 뒤에는 또 우루루 딱 하는 천둥소리는 미구에 저쪽에서 쏘나기가 몰려오는 것이다. 복마전 같은 거먹구름이 온 하늘을 삽시간에 덮어 오더니 조금 있다가 우박 같은 빗방

울이 후닥닥 후닥닥 와— 하고는 큰 비가 퍼붓는다. 그는 다시 정신을 차리어서 두 주먹을 휘두르며

"그렇다! 퍼부어라! 폭풍우다! 벼락쳐라! 지진(地震)해라! 죽어라! 죽어라!"

외치고는 광자(狂者)와 같이 펄펄 뛰며 암흑을 뚫고 나간다.

폭풍우! 암흑! 뇌성벽력! 우- 와-! 우루루! 번쩍! 1924. 6. 2 작

'경향소설은, 박영희(朴英熙)에 의하면, 주제의식을 좀 더 분명하게 부조하려는 의도에서 살인, 방화, 폭행, 절규 등등의 결말처리법을 곧잘 쓴다는 것이다. 이러한 결말처리법은 작가가 품고 있는 주제의식이나 관념을 의도적으로 과장하려 한 결과로'(曺南鉉, 『한국현대소설약사』, 어문각 1986), 이러한 도식성은 1925년을 전후하여 식민지 조선 문단에서 크게 유행하였으며 경향소설 및 프로문학의 한 단점으로 지적되고 있다.

이는 독자들도 그러한 감정을 공유하고 있었음을 시사하는데, 왜놈들에게 멀쩡한 나라를 통째로 빼앗기고 온갖 시달림을 다 겪어 온 민족 구성원 내부에 형성된 극히 자연스러운 울분의 집단 정서일 수도 있겠다. 후일의 시각으로 그러한 정서를 어찌 재단하랴!

민촌의 아내는 그동안 친정에 자주 다니고, 가서 오래 묵어 오기도 하였지만, 이제 소박을 맞은 몸으로 친정살이를 하러 가기에는 썩 내키지 않았을 것이다. 친정에서는 오라고 야단이었겠지만, 그녀는 종원의 전학 문제 등으로 차일피일 미루었을 것이다.

친정오라비 조병주는 누이가 소박을 맞은 것을 알고 매부를 만나 따져야겠다고 두 번이나 상경하여 민촌을 찾아갔으나 민촌이 이리저리 피하여 번번이 허탕을 치고 내려왔다 한다. 그들은 종원의 교육을 아비에

게 맡겨야 한다고 성화하여 조씨는 종원을 데려다 남편에게 떠맡겼으며, 그래서 종원은 서울의 '수송보통학교'에 다니게 되었는데, 그때는 진우가 죽은 후일 것이므로 빠르면 1926년 가을(3학년 2학기) 무렵일 것이다.

이때는 민촌이 서울에서 현선생 댁으로부터 익선동으로 셋방을 옮겨 첫딸 을화(1926. 10. 18)를 낳았을 즈음이다. 식구(食口)가 갑자기 둘이나 불었다.

바로 이때쯤 민촌은 자신의 어린 시절의 회상기 「과거의 생활에서」를 써서 〈조선지광〉(61호, 1926. 11)에 실었다. 자신이 근무하는 출판사에서 펴내는 잡지이다. 거기서 그는 '어떻든지 지금 처지는 무엇이든지 써야 할 판'이요 '쓰는 것이 중대한 사명이요, 본직이 된 셈이니까 그야말로 괴를 그리든지 개를 그리든지 쓸 수밖에 없다'고 하면서 어린 시절의 성장 과정과 그 환경을 서술하고, 중혼(重婚)의 자신을 이렇게 자평(自評)한다.

> 차차 커 갈수록 나는 점점 더 부친을 미워하였다.
>
> "자식을 낳기만 하면 자식인가!"
>
> 하고 그에 대한 불평이 컸었다. 나 같으면 전실 자식을 두고서 첩을 안 얻겠다고 부친을 원망하였다. 그런데 지금 나는 어떠한가? 그때 부친을 미워하던 행실을 내가 그대로 되풀이하는 데는 나 자신을 웃지 않을 수 없었다. 인간이라는 것이 이렇게도 이기적으로 생긴 것인가? 하고…(「과거의 생활에서」)

친정 동생들이 딱한 처지에 놓인 맏누이를 끔찍이 알고 무엇보다도

민촌의 본처 조병기가(家)의 가계도

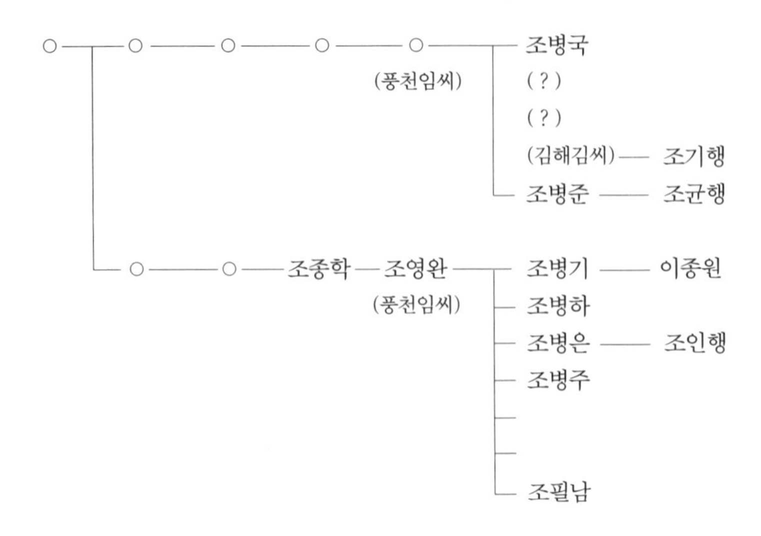

친정 부모 두 분이 모두 건재한 것이 조씨에게는 든든하였을 것이다. 그녀의 부친 조영완(趙永完, 1878~1943. 1. 17)과 모친 풍천임씨(1874~1946. 2. 21)가 해방 전후까지 비교적 장수를 누렸음이다.

하나 남은 아들과도 생이별하게 된 조씨는 어떻게 해서든 남편 가까이 지냄으로써 남편과의 연계를 끊지 않으려고 애썼던 것 같다.

그녀에게 마침 서울에서—남편 가까이에서—지낼 수 있는 기회가 마침내 왔다.

조씨 집안의 큰집으로 친정아버지 조영완의 9촌 조카가 되는 조병국(趙炳國, 1887~1937)이 아산시 탕정면 모종리에서 큰 부자로 살고 있었는데, 첫째부인과 둘째부인으로부터 아무 소생을 얻지 못한 그는 어린 조카를 서울에 유학시키고 있었다. 셋째부인 김해김씨(1905~1986)가 나서서 장조카 조균행(均行, 1917~1982)을 양자로 들일 셈으로 서울 인사동에 집을 마련하여 그를 '교동보통학교'에 입학시키고 시어미 풍천임씨(1867~1956)를 그곳에 가 계시게 하였던 것이다. 그런데 임씨가 장손자 균행을 데리고 있자니 일해 줄 사람이 필요하였고 이럭저럭 주선이 되어 민촌의 아내 조씨가 그 집에 가서 조석과 빨래를 해 주며 약 10년을 지내게 된다(1926~1936).

필자는 선친 종원으로부터 그가 서울의 수송보통학교를 다녔고 거기서 야구도 배웠으며 학교가 파하면 꼭 모친이 계신 인사동 집에 들러서 부친(민촌)의 집으로 갔다는 말을 들었다.

조씨는 매일 들르는 아들을 통하여 남편의 소식과 그 집의 살림을 낱낱이 파악하고 있었다. 또 조씨 자신도 이 핑계 저 핑계로 남편의 집을 자주 찾아갔던 것으로 보인다. 을화가 '큰어머니(조씨)가 자기는 딸이 없다고 나를 딸처럼 귀여워해 주셨다'(제영의 큰딸 종순의 증언)고 말했음이다. 시앗의 딸이 과연 예뻐 보였을는지 모르지만, 조씨는 어떻게든 그 집에 자주 찾아가 남편과의 연계를 끊지 않으려고 애썼던 것으로 보인다.

조씨는 민촌이 경찰이나 감옥에 갈 적마다 홍씨를 찾아가 그 소식을 묻고 서로 위로하면서 민촌의 안위를 함께 걱정하였을 것이다. 필자의 형 상렬은 조모로부터 할아버지가 왜놈의 경찰서 드나들기를 밥 먹듯 하였다고 말씀하시던 것을 기억하고 있다.

민촌은 1, 2차 카프사건 당시 두 번 다 검속되어 장기간 영어 생활을 하였다. 그 밖에도 그는 작품에 대한 검열 등과 관련하여 일제의 감시를 우심하게 받았을뿐더러 친구 홍진유와의 관련 및 그의 구명 운동을 위해서도 경찰 출입이 잦았을 것이다. 홍진유의 사망 직후에도 이런 기사가 보인다.

—종로서에 체포된 六氏 無事放免—

수일 전에 부내 종로서 고등계의 손에 검거되었던 김동혁 씨 이하 일곱 사람은 그동안 취조를 받다가 23일 정오에 金東赫, 金復鎭, 李箕永, 金小翊, 鳴載賢, 權庚得 등 제씨는 무사석방되고 그 밖에 李某만 아직 취조를 받는 중이라는데 그 같은 검거를 보게 된 내용은 아직도 절대비밀에 부쳐진다더라. (〈동아일보〉 1928. 6. 25)

김동혁은 〈조선지광〉의 발행인 겸 편집인이었고, 김복진은 김기진의 형으로 이때 풀려났다가 한 달 뒤인 8월에 제3차 조선공산당 재건운동과 관련하여 투옥되는 것 등으로 미루어 당시에 조선지광사에 근무하던 민촌도 조사를 받은 듯하다.

그렇다면 두 달 뒤 포석 조명희의 '망명'도 '제3차 조선공산당 재건운동'과 관련이 있을 것으로 추정된다. 카프의 거두로 최연장자(1894년생)이며 그 방향 전환을 주도한 것으로 보이는 포석은 일제의 가혹한 검열과 탄압으로 1928년 8월 21일 소련 연해주로 망명한다. 그는 3·1운동 당시 투옥됐던 전과가 있고, 단편 「낙동강」(〈조선지광〉 1927. 7)과 같은 사상성 짙은 작품 등으로 인하여 일단 검거되면 작가로서의 경력이 일천한 민촌의 경우처럼 쉽게 풀려날 가망이 없었기 때문이었을 것이다. 또는 그가 실제로 공산당과 관련을 맺고 있었을 가능성도 배제할 수 없다. 그는 처자와 노모를 포함한 여섯 식구를 남겨 둔 채 그동안 열정을 다했던 카프의 문학활동도 접고 고국을 떠날 수밖에 없었다.

카프 작가들의 생활이란 말이 아니었다. 어쩌다 몇 원씩 생기는 원고료로 생계를 삼을 수는 도저히 없었다. 포석은 1928년에 해외로 망명하였지만 그가 떠나기 전까지의 가정 형편은 비참하였다. (「카프시대의 회상기」)

어느 날 저녁에 포석은 나를 찾아와서 내일 보이지 않거든 떠난 줄 알라고 귀뜸을 하였다. 그것은 자기 집 식구들한테도 비밀에 붙이고 있었기 때문이다. 포석은 그 이튿날 떠나고 말았다. (그렇게 떠난 포석은 그 후 감감 무소식이었다. 해방이 되어도 소식이 없다–필자) (이기영, 「추억의 몇 마디」, 〈문학신문〉 1966. 2. 18)

1933년 12월 21일 자 〈조선일보〉에는 종로서에서 프롤레타리아예술동맹 간부 이기영(李箕永), 신생각(新生閣) 서점 주인 홍영유(洪英裕), 전 형평사 간부 鄭喜燦, 李汗을 돌연 검거하여 취조 중(取調中)인데 그 이유는 밝혀지지 않았다고 보도되었다. 이는 후술되는 1차(1931), 2차(1934)의 카프사건과는 다른 별도의 사건이다. 더 이상 알려진 것이 없다.

홍영유는 이름의 한자 표기가 다르긴 하지만 민촌과 함께 검거되었다는 점, 민촌이 전에 서점의 점원 노릇을 했었다는 점, 민촌이 잡지사(〈조선지광〉은 그 2년 전인 1931년 11월에 통권 100호를 끝으로 폐간됨)에 근무하며 카프의 출판부장을 맡고 있었다는 점 등을 고려하면, 홍영유(洪永裕, 1909년 1월 14일 월북)가 오사카에서 돈을 벌어 와 민촌과 상의 끝에 서점을 열었던 것 같다.

필자가 선친(종원)으로부터 들은바, 민촌 주변의 누군가가 해방 직후에 경찰관 한 명을 쳐 죽이고 월북했다고 하였는데, 그가 바로 이 홍영유가 아닌가 한다. 그가 자신을 괴롭힌 자에 대하여 분풀이를 하였거나 또는 형을 위한 복수를 했는지도 모른다.

그런데 조필남에 의하면, 당시 민촌의 살림이 궁하여 간장 종지만 놓고 밥을 먹기도 한다 하여 민촌의 아내 조씨가 이를 친정에 전하니, 친정 남동생들이 그렇다면 종원을 데려오라고 하여 종원은 '온양공립보통학교'(혹 배방공립보통학교인지도 모름)로 옮겨 거기서 졸업을 하게 된다. 종원이 외가로 내려간 때가 언제인지는 모르되 조필남에 따르면 그는 서울에서 오래 있지 않았고 구온양에서 학교를 많이 다녔다고 한다. 조필남은 종원보다 한 살 위요, 조병은의 아들로 종원의 외사촌이 되는 조인행(趙仁行, 1919~1992)은 종원보다 두 살 아래라, 셋이 소학교를 좌부리 집에서 같이 다녔다 한다.

민촌의 아내 조씨는 아들 종원이 외가로 내려간 뒤에도 여전히 서울(인사동)에 남아 조균행, 조기행과 그들 조모(풍천임씨)의 뒷바라지를 하였을 뿐만 아니라 나중에는 민촌의 외조카 조인행의 뒷바라지까지 떠맡아야 했다.

종원이 구온양에서 소학교를 졸업한 것은 1930년 봄으로 보인다. 그는 외가의 주선으로 구온양 읍내의 양복점에서 양복 기술을 배웠고 그 후 온양온천으로 나아가 양복 기술자로 혼자 벌어먹을 수 있게 되었다고 조필남은 말한다. 그런데 필자가 선친 종원으로부터 직접 들은 바는 그가 소학교를 졸업하자 부친(민촌)이 '앞으로는 기술이 있어야 먹고살 수 있다'고 하여 그가 주선해 주는 서울의 양복점에 가서 먹고 자고 청소까지 해 주면서 양복일을 배웠다고 하였다. 한때는 서울로 도망을 쳐서 영등포에 있는 OB맥주공장 앞의 도로공사장에서 막노동도 며칠 해 보았다는 선친의 말도 필자는 잊지 않고 있다.

이를 종합해 보건대, 선친은 소학교 졸업 후 구온양에서 양복일을 2~3년 배우던 중 자기보다 2년 뒤에 졸업한 외사촌 조인행이 서울의 제1고보에 합격하여 유학을 하게 되자 그보다 못지않게 공부를 잘했던 자신의 신세를 한탄하고, 친손주와 차별하는 외할아버지와 외삼촌의 처사를 못마땅하게 생각하여 어느 날 가출을 결행한 것으로 보인다. 그길로 서울의 공사판에서 고생을 실컷 하고 나서 겨우 아버지 '민촌'에게 찾아가 서울의 양복점에 다시 취직하여 그 기술을 더 배운 것으로 추정된다. 종원은 그렇게 양복점에서 숙식하고 지내면서 누상동의 부친과 인사동의 모친을 자주 찾아뵈었을 것이다.

한편 제1고보에 합격한 조인행은 큰고모(민촌의 아내)가 밥을 해 주는 인사동 집에서 하숙을 하며 거기서 졸업을 하였다.

또 조병국의 셋째부인 김해김씨는 순조롭게 생산을 하여 그 아들 조기행(趙埼行, 1927~1995)도 어려서부터 인사동 집에서 유학을 하였다. 그런데 그의 사촌형 조균행이 대동상업을 졸업하고 백부 조병국에게 일본 유학을 시켜 달라고 졸라 대자, 조병국은 "지진도 무섭고 조선인 차별이 심한 일본에 가는 것은 죽으러 가는 것과 마찬가지"라면서 인사동 집을 처분하고 모두 내려오게 했다는 것이다(1936). 이상은 조필남과 조기행의 증언이다.

조씨의 식모살이는 이렇게 끝났다.

그녀는 그 후 친정에서 그리 멀지 않은 온양온천에 터를 잡고 정착한다.

이상에서와 같이 민촌은 봉건적 가족 관계의 질곡 속에서 또 친지와 자신에 대한 일제의 압제 속에서 작품 활동을 해야만 했음을 알 수 있다.

21. 카프와 그 수난

앞서 본 바와 같이 민촌이 등단하자 문단에서 그를 이끌어 주고 지도해 준 최초의 작가는 포석 조명희(1894~1938)였다. 그들의 친교는 두터웠으며 민촌은 문단의 선배인 그로부터 문학적으로 많은 영향을 받았다. 그는 포석을 통하여 여러 다른 문우들을 사귀었고 또 그들을 통하여 자연스럽게 카프(조선프롤레타리아예술동맹 KAPF: Korea Artista Proleta Federatio)에 가담하게 되는데, 이는 그들의 영향 때문이라기보다는 민촌 자신의 성향이 누구보다도 더 카프 지향적이었기 때문이라고 보아야 할 것이다.

> 그것(카프에 가맹한 것-필자)은 내가 처녀작을 발표한 후 뒤이어서 〈개벽〉에 「가난한 사람들」(1925. 5)을 발표하였는데 포석 조명희의 반연으로 당시 '카프' 관계자들과 알게 된 것이 결연을 맺게 하였다.
>
> 나는 '카프'에 가맹하는 데 조금도 사상적 주저를 하지 않았다. 그것은 내가 무산자에 속하였던 계급적 의식이 나로 하여금 그렇게 생각하도록 하였다. (「한설야와 나」)

따라서 민촌의 사상적 지향에 관한 다음의 평은 적절하지 않을 것이다.

> 이기영(李箕永)은 조명희와의 만남에서, 사회주의 사상을 접하면서 자신의 정신적 방황을 마감하기에 이른다. 곧, 사회주의 사상을 통해 그는 식민지사회의 모순된 현실에 접근하고 더 나아가서는 이광수류의 계몽주의와는 다른 길을 발견했다. 그것은 본질적으로 '사회주의를 통해 사회적 전망을 모색'하는 일이었다. 그는 이러한 사회의 모순구조를 농촌사회 속에서 발견하였다. 이것은 자신의 성장과정에서 축적된 체험과도 긴밀히 관련된 것이기도 했다. 李箕永이 '농촌작가'로서 자신의 위상 수립은 그의 다양한 체험 위에서 사회주의 이념을 구현시킨 결과라고 할 수 있다. (권유, 『이기영 소설 연구』, 태학사, 1993)

이미 본 바와 같이 민촌이 사회주의 사상을 본격적으로 접하게 된 것은 동경 유학 시절에 친구 홍진유를 통해서이고 러시아문학을 통하여 그 깊이를 더하였다. 포석 조명희와는 사상을 같이하는 문우를 처음 만났다는 데 의의가 있는 것이지, 그로부터 민촌이 '사회주의 사상을 접하면서 자신의 정신적 방황을 마감하기에 이른다'고 한 것은 정당하지 않을 듯하다.

포석은 동양 신비주의 철학도로 출발하여 희곡에 이어 서정시도 썼으며(1924년 시집 『봄 잔디밭 우에』 발간), 그가 사회주의자로 전향한 시점은 그의 최초의 단편 「땅 속으로」(〈개벽〉 1925. 2)가 발표된 시기가 말해 준다고 볼 때 그의 사회주의 학습 경력은 민촌에 비해 결코 길지 않다. 사회주의에 관한 한 오히려 민촌이 포석을 지도했을 수 있다. 민촌의 회고 여러 곳에서 이 점을 시사하고 있다(권씨의 표현 '농촌작가'도 문학사적으로 정리된 바에 따르면 적절한 표현이 아니며 이를 '농민작가'라고 해야 옳을 것이다).

민촌의 문단활동은 곧 카프활동이라 해도 과언이 아니다. 그는 등단 1년 후 카프가 창건되면서부터 그 맹원이 되었으며, 카프의 해산(1935. 5. 21) 이후에도 끝까지, 북한에서도, 카프의 문학정신을 견지하였던 것이다. 김윤식은 그의 「이기영론」에서 '정규의 근대적 교육을 받은 바 없는 이기영이 자기 나름의 투철한 세계관과 그것에 알맞은 소설적 기술을 습득하기까지에는 카프 조직에의 가입과 그 조직이 가르치는 큰 힘의 도움을 받았다고 보는 것이 자연스럽다'고 쓰고 있다.

'카프'는 어떤 단체인가? 국문학사를 보자.

> 3·1운동 이후 일어난 사회운동과 더불어 프롤레타리아문학도 민족해방투쟁의 일익을 담당하면서 힘차게 대두되었다. 1922년 11월에 '본사는 무산계급의 해방문화의 연구 및 운동을 목적으로 함'이라는 강령을 들고 송영, 이적효, 김영팔, 박세영 등 신진 작가들이 '염군사'를 조직하였다. 이들은 처음부터 자연주의나 퇴폐주의를 반대하고 자기들의 문학 활동을 당시의 프롤레타리아해방운동과 긴밀하게 연관 지으면서 활동했다. 이와 더불어 1923년에는 '백조'로부터 탈퇴한 이상화, 김복진, 김기진, 박영희 등이 예술을 위한 예술을 배격하고 인생을 위한 예술을 건설한다는 기치 아래 '파스큘라'를 결성하였다. 이 두 단체는 1925년 4월 조선공산당이 조직되자 그해 8월에 조선프롤레타리아예술동맹을 결성한다. 이때 이 두 단체에는 속하지 않은 채 당대 조선사회의 현실에 깊이 뿌리박은 창작 활동을 하고 있던 이기영, 조명희, 최서해, 한설야 등도 카프 조직 건설에 참여하게 된다. (김재용, 「카프문학의 이론과 쟁점」, 『민족문학운동의 역사와 이론』, 한길사, 1990, 33쪽)

을사늑약(1905)과 경술국치(1910) 이후 전국 각지에서 우후죽순처럼 일어난 의병운동이 일제의 무자비한 탄압으로 점차 진정되면서 합법적인 공간에서 실력양성을 통한 국권회복을 목표로 하는 각종 사상운동, 문화운동, 교육운동, 종교운동 등이 치열하게 모색되었다. 그 과정에서 수많은 단체들이 생성소멸·이합집산하였으며 3·1운동(1919) 이후에는 합법공간이 다소 넓어져(소위 '문화공간') 농민운동, 노동운동, 형평운동, 언론운동까지 활발한 기세로 타올랐다. 이런 상황에서 카프의 태동은 오히려 늦은 감이 있다 하겠다.

문학의 전위성(前衛性)은 과연 타당한가? 통속소설(『무정』, 1917)로 시작된 조선의 근대 문학이 아직도 낭만주의, 퇴폐주의의 숲을 몽유(夢遊)할 즈음 뒤늦게나마 참담한 민족 현실을 직시한 일부 문인들이 자각하여 펜으로써 이를 타개하고자 떨쳐 일어나 '카프'로 뭉쳤다. 이는 일제의 눈에 합법을 가장한 불온 단체임이 명백하다.

그러나 그들의 역량은 그 혈기에 미치지 못하였다. 즉 카프의 초기 작품들은 빈부의 대립과 그 갈등을 핍진하게 묘사하고 있으나 가난이 개개인의 차원을 넘어선 사회구조의 문제라는 추상적 인식에만 그치고 그 모순의 본질에 다가가지 못하는 한계를 가지고 있었다. 민촌의 경우에도 마찬가지였으며 그러한 그의 초기 작품 활동과 그 경향에 대한 반성이 그의 회고에 나타나 있다.

그는 카프의 운동에 적극 참여하였으며 그 지도에 따라 자신의 한계를 단계적으로 극복해 나아갔다.

> 그 후(카프에 가맹한 후-필자) 일련의 단편들을 발표한 것이 「외교관과 전도부인」(〈조선지광〉, 1926), 「쥐 이야기」(〈문예운동〉 1926. 1), 「천치의 논리」(〈조선지광〉 1926. 11), 「민촌」(〈조선지광〉 1925. 12) 등이었다.

그러나 이 작품들은 의연히 소위 '신경향파' 문학에 속하는 것들이었다. 주지하는 바와 같이 '신경향파' 작품은 노동자와 농민들의 계급투쟁이 아직 자연생장적으로 일어나던 초기의 운동을 반영한 것이었는바, 그것은 작가의 세계관이 아직 과학적으로 투철하지 못하였던 데도 원인이 없지 않았다.

'카프'는 맹원 작가들의 이와 같은 약점을 퇴치하고 맑스·레닌주의 사상으로 무장시키기 위하여 비밀 강좌를 수시로 열었다. (「이상과 노력」)

1925년 봄에 〈조선지광〉에 한설야의 평론이 처음으로 발표되었다. 이 논문은 당시 반동문학의 두목격인 이광수와 노자영 등의 문학을 비판한 것으로서 주목을 끌었다. 이 글을 보고 포석은 "됐소. 패기 있는 신진이 나왔소! …" 하며 의미 있는 미소를 띄었다. 그 후 얼마 안 되어 설야가 서울 청진동에 있는 조선지광사에 나타났다. 그는 후리후리한 키에 양복을 조촐하게 입고 있었다. 그때 조명희, 최서해, 나 세 명이 그를 만났다. 조명희와 나는 두루마기를 입고 있었다.

(……)

포석이 말을 이었다. "이광수도 더 쳐야 하며 김억이도 쳐야겠소." 하며 그는 정열적으로 이야기를 이끌었다.

(……)

나는 「가난한 사람들」, 「농부 정도룡(農夫 鄭道龍)」(〈개벽〉 1926. 1~2), 「민촌」 기타 일련의 작품을 썼다.

그러나 카프 창건 직후에 프롤레타리아문학의 발전의 길은 그리 순탄하지 않았다. 당시 우리들은 우익 부르주아 반동 작가들, 소위 '순수문학'파들, '해외문학'파들과 싸워야 하였을 뿐만 아니라 맑스주의의 탈을 쓴 아나키스트들과도 싸워야 하였고 이들과 타협한 대열 내에 잠입한 기회주의자들과도 투쟁하지 않으면 안 되었다. (「한설야와 나」)

프롤레타리아문학운동은 하나의 정치운동으로서 그것은 처음부터 식민지 현실에 무감각한 기성 문단을 공격하고 나섰다.

이에 대하여 김동인, 염상섭 등은 정치적 목적을 위해 문학을 '도구화'하는 것에 반대하고 카프 작품들의 '도식성'을 비난하면서 예술의 독립성과 초월성(예술지상주의)을 부르짖었다. 사회주의문학에 반대하여 형성된 '국민문학파'는 민족문학을 지향한다 하여 시조부흥운동을 일으키고, 한때는 문단에 민요조 서정시 창작이 성행하기도 하였다.

카프가 조직을 재편성하여 자체 투쟁 역량의 강화를 도모하자 양 진영 간의 이러한 대립은 더욱 심해졌다. 민촌의 회고에 자세히 나온다.

> '카프'는 1927년(9월-필자)에 조직을 개편하였는데, 그때 '카프'의 강령도 고쳤다. 그것은 예술의 '볼셰비키화'를 위한 재조직이었다. 이로써 '카프'의 조직체는 더욱 강화되었으며 새 강령은 구체적으로 맹원들에게 행동 방침을 지시하였다.
>
> '카프'는 조선 무산계급 해방투쟁 전선의 일익으로서 노동자, 농민들을 위한 문화적 혁명운동을 담당하게 되었으며 '카프'가 재조직되면서부터 그의 운동은 더욱 활발하게 전개되었다.
>
> '카프' 안에는 출판, 문학, 연극, 미술, 음악, 영화 등 각 부서를 두었었는데 나는 출판부의 책임을 맡아 보았다.
>
> '카프'의 조직을 강화하고 '카프' 작가들이 사회적으로 진출하게 되자, 부르주아 작가들은 '카프'작가들을 공격하여 나섰다. 그들은 해외 문학예술에서의 사상성, 계급성을 부정하려는 것이었다. (「이상과 노력」)

1970년 황해제철소를 방문한 민촌이 노동자들과 대화하고 있다(《월간중앙》 2000. 10).

카프의 재편성과 신강령 채택은 프로문학으로 하여금 객관적 현실적 요구에 상응한 계급적, 전투적 기능을 제고하는 데 목적이 있었다. 그런데 신강령의 성문화에서 문구의 표현을 일제의 법에 저촉되지 않는 '합법성'의 범위 내에서 목적 지향을 투철히 내세우는 문제는 용이한 것이 아니었고 작성자들의 고충도 여기에 있었다. 설야는 신강령 작성에서 중요한 역할을 하였다.

'카프' 재편성 후 나는 카프의 출판부 책임을 지고 있었고 설야는 카프 기관지를 속간하는 사업에 전력하였다. 그 후 카프 기관지 〈집단〉은 대중적 성격을 띠운 것으로서 광범한 독자망을 가지게 되었다. 그리하여 국내에는 물론 널리 외국에까지 배포망이 확대되어 독자 대중의 인기를 끌었다. 일제 당국이 '집단'을 폐간시킬 때는 중국 동북지대는 물론 북경, 상해 등지와 일본에도 지사가 설치되어 있었다.

(……)

카프 재편성 후에 그 조직은 비단 서울뿐만 아니라 지방에도 확대되었고 선진 청년문학도들이 다수 망라되었다. 또한 문학, 연극, 영화, 음악 각 분야에 걸쳐 프로문예운동이 확대되었다. 창작 분야에서 획기적인 발전이 이루어졌다. 그것은 작품의 사상성뿐만 아니라 예술성에서도 사회주의적 사실주의 제 특성을 보다 훌륭히 재현한 것이었다. (「한설야와 나」)

카프의 프로문학이 그 저항성과 고발성으로 식민지 정서를 적극 대변하여 독자층의 저변 확대에 크게 성공했음을 알 수 있다. 이 당시 그의 창작 자세와 성과를 보기로 하자.

나는 노동동맹의 사상을 주제로 하여 「원보—일명 서울」(〈조선지광〉 1928. 5)이란 단편을 썼는데 이것도 단순한 시대사상의 요구를 표현하려는 작가의 사상적 지향만으로 씌어진 것은 아닙니다. 나는 서울 거리에서 원보와 석봉이 같은 인물들과 원보의 비참한 운명과 같은 현실을 목격하고 그들이 아파하는 가슴을 나도 가슴으로 느꼈습니다. 그것이 작품 '원보'로 형상화되었습니다.

「제지공장촌」(〈대조〉 1930. 4)도 나의 생활 기록의 ○○이었습니다. 그때 나는 작품을 써야만 생활을 하게 되었는데 원고료라는 것은 아주 보잘 것이 없고 그나마도 발표할 기회가 없었습니다. 그래서 임시 구급책으로 나는 제지조합에 가서 일했습니다. ○○○당시 사회주의자들은 노동자들 속으로 들어가자는 구호로 대중 속에 들어갔습니다. 나는 제지공장에서 노동자들의 생활을 체험하면서 그들에게 계급의식을 선전하였습니다. 이 경험에 기초하여 「제지공장촌」을 썼습니다. (「작가의 학교는 생활이다」)

「원보」 및 「제지공장촌」은 '목적의식기'의 대표작으로 꼽히며 카프의 '방향전환론'을 성공적으로 작품에 구현했다는 평을 받았다.

그가 이렇게 카프의 문학운동을 선도(先導)할 수 있었던 것은 그가 카프의 핵심 간부였으며 또 카프의 기관지라 할 수 있는 〈조선지광〉의 편집장이었으므로 의무감을 가지고 또 의식적으로 카프의 지도 방침을 충실히 작품에 구현하려고 노력하였기 때문이다.

> 막연한 문학의 계급성이라든지 '힘 있는 문학' 대신에 '프로문학'을 주장하고 계급투쟁의 무기로서의 문학을 주장하는 것은 1927년 카프의 방향전환의 핵심을 보여 주는 것이다.
>
> 이때부터 이기영은 카프의 중심 작가로서 카프의 문예정책이 전환되거나 새로운 창작적 지침이 나올 때 누구보다 그것을 충실히 수용하여 작품을 썼고 또 그 작품들은 프로소설사의 중요한 자리를 차지하게 되었다. 그리고 때로 카프의 문예이론이 새로운 돌파구를 찾지 못하고 막혀 있을 때 이기영의 소설이 창작의 새로운 경지를 열게 됨으로써 이론의 발전에 기여하기도 했다. 이런 성과들은 작가로서 타고난 재능과 폭넓은 체험이 밑바탕이 된 위에서 이기영이 프로 작가로서의 자의식이나 의무감을 가지고 성실하게 노력한 결과로 이룩한 것이다. (이상경, 『이기영, 시대와 문학』, 94쪽)

마침내 양 진영 간에 맹렬한 교전이 벌어졌다.

> 국민문학파는 계급제일주의에 대한 민족제일주의, 정치제일주의에

대한 문학제일주의의 입장을 고수하고 민족문학의 이념을 적극적으로 표방했다. 사회주의문학 비평가들은 이러한 국민문학파의 활동을 부르즈와적 국수주의, 몰지각한 복고주의, 관념적인 조선주의 등으로 매도하면서 경직된 논리를 바꾸지 않았다. (이형기, 「신문학 80년 개관」, 『한국문학개관』, 어문각, 1986, 77쪽)

중요한 것은 우리들 자신의 사상·예술적 준비 정도의 미약성으로 말미암아 당시 앙양되고 있는 노동운동이 문학 앞에 제기한 현실적 요구에 원만하게 대답을 주지 못하는 문제였다. 그것은 우리의 아픈 점이었다. 부르주아 반동 작가들은 우리들의 작품이 예술적으로 보잘것없다고 하면서 '도식주의'라고 비난, 중상하였다.

이때에 우리들은 손을 들고 있지는 않았다. 우리 동무들 중에는 "원수가 당장 달려 붙는데 어느 해가(奚暇)에 칼자루까지 아로새겨 화려하게 장식할 수 있겠는가! 우선 칼날을 벼려서 원수들의 가슴을 찔러야 한다"는 말이 나왔다.

이 말은 정당하다. 대중을 부르주아 반동 작가들에게 내맡길 수는 없지 않은가? 그래서 카프 작가들은 문학예술의 '볼셰비키화'와 그의 사상·예술성의 제고를 위하여 노력하였다.

이런 환경 속에서 설야는 평론 활동을 전투적으로 전개한 작가였다. 그의 평론 '계급문학에 관하여', '프로예술의 선언', '계급전개와 계급문학', '무산문예가의 입장에서' 등을 비롯한 그의 일련의 평론들은 정말 원수들의 가슴에 칼을 찌르는 셈이었다. 그것은 동시에 프로작가들의 사상·예술적 수준을 높이며, 카프의 재편성을 위한 사상 이론적 준비에 커다란 기여로 되었던 것이다. (「한설야와 나」)

드디어는 이광수가 공산주의자를 악의적으로 저열하게 묘사한 작품을 내놓기에 이르렀고, 민촌이 이에 대응하여 이광수를 극렬하게 매도하는 평문을 쓰고 나아가 그의 타락과 변절을 묘사한 작품을 내놓는다.

> 이에(부르주아작가들의 공격에-필자) 대하여 '카프' 작가와 평론가들은 그들을 대항하여 맹렬한 이론투쟁을 전개하였다.
>
> 나는 주로 창작활동을 하였으나 몇 개의 평론을 쓰기도 하였다.
>
> 그것은 이광수를 상대로 한 「소인의 발호시대」(〈조선지광〉), 「혁명가의 아내와 이광수」(〈신계단〉 1933. 4) 등이었으며 김동인을 평한 「적막한 예원(藝苑)」의 일절을 읽고」(〈문학건설〉 1932. 12)와 함일돈을 비평한 「반동적 평론가를 매장하라!」(〈대조〉 1930. 8) 등이었다.
>
> 이광수에 대하여는 그의 작품 『혁명가의 아내』를 반박하기 위한 소설 『변절자의 아내』(〈신계단〉 1933. 5)를 써서 〈형상〉 잡지에 연재할 것을 계획하였었다.
>
> 그러나 『변절자의 아내』는 제1회를 발표한 것뿐으로 일제의 검열에 걸리어 중지를 당하고 검열에 넣었던 원고까지 압수를 당하였다.
>
> 일제의 검열망은 '카프' 작가에 대하여 더욱 혹심하였다. 그 당시 '카프' 작가들이 자기의 작품을 발표하기 위하여는 이중삼중의 난관이 가로막혔었다. 그중에도 제일 큰 난관은 검열이었다. (「이상과 노력」)

한편 카프 내부에서도 조직의 재편성 이후 자체의 진로에 관하여 극심한 이론 투쟁이 전개된다.

이러한 논쟁을 치르면서 카프는 신진 소장파들의 손에 그 주도권이 넘어가는데, 카프의 볼셰비키화를 주장하고 나선 임화, 김남천, 권환, 안막 등이 그들이다. 민촌은 일단 그들 소장파의 노선에 동조한 것 같다.

이러한 과정에서 카프는 조선의 문단을 완전히 주도하게 되었고, 따라서 카프의 맹원이 아닌 다른 많은 작가(소위 '동반자 작가')들로 하여금 카프의 작품 경향을 모방한 수많은 작품을 내놓게 하였다.

한편 세계 공황(1929)의 여파로 궁지에 몰린 일본 독점자본주의가 만주사변(1931)으로 전단을 열어 대륙 침략을 시작함으로써 조선에서는 그동안의 기만적인 '문화정치'가 끝나고 파시즘이 시작되었다.

> 날이 갈수록 카프에 대한 일제 경찰의 탄압은 혹심하여 갔다. 카프의 회관이 견지동 시천교당 앞 2층집 중에 있었는데 종로경찰서의 형사들은 날마다 사무실로 찾아와서 성가시게 굴었다. 그 집에는 비단 카프만이 있지 않았다. 노총, 청총 등—사회단체의 간판들이 거의 다 한 건물 속에 붙어 있었는데, 그래 형사대는 밤낮없이 이 집을 감시하고 있었다.
>
> 놈들의 성화에 견디다 못하여 카프 서기국은 정상적으로 일을 할 수 없어 나중에는 사무실 문을 채워 버리고 비밀회합을 가졌다. 그것은 카프맹원의 주택으로—예하면 8판동의 안막, 사직동의 윤기정 집 내실에서 회합을 여러 번 가졌다.
>
> 그 무렵에는 두 사람 이상만 모여도 비밀회합으로 몰리었기 때문에 이런 방법을 취하지 않고서는 서로 의사를 교환할 수도 없었다.
>
> (……)
>
> 그 당시 일제 경찰은 각 서에 '검은 수첩'을 만들어 두었는데 카프 맹원들도 '요시찰인' 중에 들어 있었다. 놈들의 사상 취체가 혹심할 무렵에는 맑스주의 서책은 물론 쏘련 문학작품들도 금지물로 되었다. 그런 것이 발로되는 경우에는 '독서회' 사건으로 검거 투옥을 당하였다. 그래 캄풀라쥬를 하기 위해서 책 표지를 갈기도 하였는데, 나는 숄로호프의 〈고요한 돈〉을 '정야곡(靜夜曲)'이라고 마치 연애소설처럼 표지를 갈아

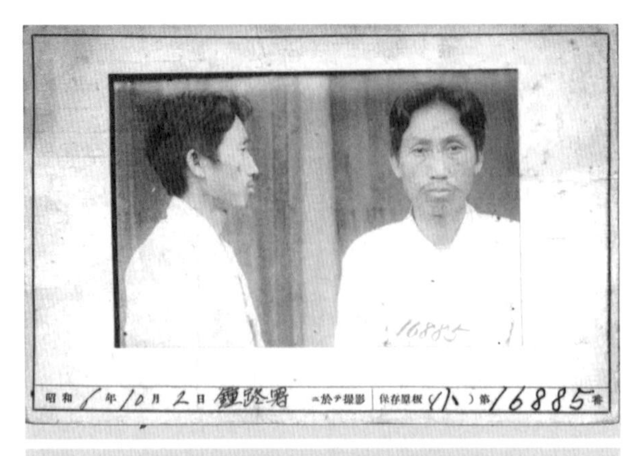

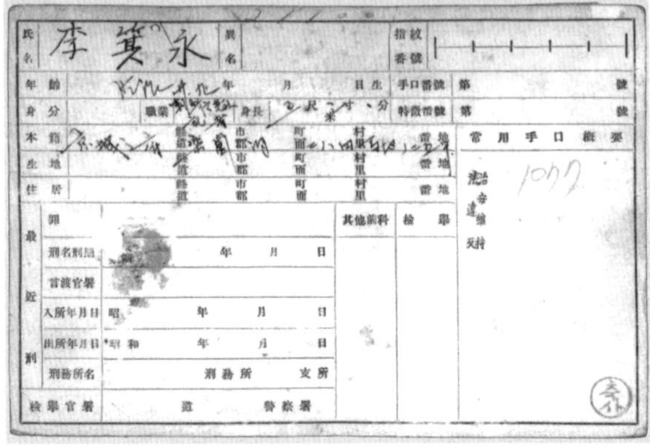

이기영 일제감시대상인물카드

붙여서는 몰래 읽었다.(「카프시대의 회상기」)

카프에서는 작가들을 각종 크루쇼크에 망라시켜 맑스·레닌주의 이론과 미학을 학습하게 하였는데 조명희, 한설야, 송영 등은 나와 같이 크루쇼크의 모임에 참가하는 일이 많았다.

크루쇼크의 모임은 비밀 회합이었다. 우리는 경찰이 주목하지 않는 부잣집들—팔판동, 사직동, 삼청동 등의 누구누구네 집 뒤 골방이며 혹은 인왕산, 세검정, 북한산, 우이동 등 으슥한 골짜기에서 모임을 가졌었다. 크루쇼크에서는 맹원들이 맑스주의 서적, 맑스주의 미학에 관한 저작 등에서 필기해 온 자료를 가지고 토론(그때는 이론투쟁이라 불렀다)도 하고 이미 발표된 작품들에 대한 비평도 하였고 앞으로 쓸 작품의 플롯을 의논하기도 하고 탈고된 원고를 합평하기도 하였다. (「한설야와 나」)

카프의 조직 강화에 대한 대응으로 파쇼 일제의 탄압이 이미 1928년 초부터 그 강도가 심해진 사실을 다음의 논문으로도 알 수 있다.

작금(昨今) 1년 이래로 극도로 재미없는 정세에 있어서 우리들의 연장으로서의 문학은 그 정도를 수그려야 한다. (김기진, 「변증법적 사실주의」, 〈동아일보〉 1929. 3)

이 글은 임화, 한설야 등으로부터 맹렬한 반박을 받는데, 임화는 〈조선지광〉(1929. 8)에서 '(김기진은) 마르크스주의적 혁명적 원칙을 포기하고 무장해제적 의견을 토했다'고 규정하고, 일제 관헌의 가혹해진 검열 때문에 수그러드는 것은 '무한한 퇴각을 의미한'다고 주장하면서 '역경에 대해서는 역경으로 항상 공세를 취하여야 한다. 검열 문제에 문학예술을 맞추라는 것은 무장을 해제하라는 말이나 마찬가지다'라고 공격하였다.

소장파들의 이러한 좌익모험주의는 마침내 일제로부터 된서리를 맞는다.

뒤늦게 카프의 실권을 잡은 극좌파(임화, 김남천, 안막 등)가 한창 기세를 올리기 시작할 무렵, 세칭 '제1차 카프사건'이 일어났다. 1931년 6월 박영희, 김기진, 임화, 이기영, 안막, 송영, 윤기정, 김남천을 위시한 카프 맹원 70여 명이 종로경찰서에 검거된 것이다.

그 사건의 동기는 당시 동경에서 이북만 등이 중심이 되어 출판한 잡지 '무산자(無産者)'를 임화, 안막 등이 국내에 들여와 비밀리에 배포한 것이 발각되어 그들이 먼저 검거된 데서 비롯되었다. 이 사건을 발단으로 종래의 카프의 비밀활동이 드러나게 되고 강령도 문제가 되었으나, 그중에서도 가장 중요한 문제거리가 된 것은 '무산자'를 배포했다는 것으로서 김남천, 김삼규, 고경흠 등이 검찰에 송치되고 나머지 맹원들은 기소유예 판결을 받았다.

그해 10월에 모두 석방되고 사건이 일단락되기는 했으나 결국 이 사건은 카프의 프로문예운동에 적지 않은 타격을 안겨 주었다. (이기봉, 『북의 문학과 예술인』, 사사연, 1986, 50쪽)

1931년 9월18일 사건 (만주사변-필자)을 일제가 만주에서 조작하던 해 봄이었다. 카프 지도층은 서울 종로경찰서에 총검거를 당하였다. 나도 그 무렵에 검거되었었는데, 사건과 함께 경성지방법원 검사국으로 넘어가서 서대문형무소에 수감되었다가 10월 중에 우리들은 불기소로 전부가 석방되었다. (「카프시대의 회상기」)

일제의 탄압 국면에서 카프의 내분은 결국 그 분열과 해체로 이어지는데, 임화 등의 소장파가 카프를 지나치게 정치적 편향으로 몰고 가는 것에 반대하여 박영희는 1933년 10월 7일 카프에 퇴맹원을 제출하고 나아가 그 사유를 글로써 발표하면서 끝내 카프를 탈퇴하고 말았다. 그러자 그에 동조하여 탈퇴자가 속출하였고 제2차 카프 검거사건이 겹쳐지면서 김기진까지 전향하게 되었다.

이 과정에서 민촌은 특유의 침묵으로 일관한 듯한데 크게 보아 '비해소파'의 범주에 들었던 듯싶다. 왜냐하면 박영희의 문제를 계기로 카프가 새로이 방향 전환을 모색하고 조직을 정비할 당시 민촌이 문학부 집행위원회 위원의 1인으로 선출되기 때문이다. 그러나 소모적인 내부 논쟁만을 거듭하는 와중에서 나중에는 '이기영 씨도 명부에 오른 채 있으나 감정은 카프를 떠났'(S.K.생, 「최근 조선 문단의 동향」, 〈신동아〉 1934. 9, 150쪽)던 것으로 보인다.

그러던 중 제2차 카프사건이 터졌다. 1차 사건이 있은 지 3년 만이다.

> 이 사건은 일명 '신건설 사건(新建設事件)'(1934. 5)이라는 것으로서 그 동기는 카프의 연극부 산하단체인 '신건설'이 서울 용산지역에서 배포한 '삐라'를 가진 학생이 전주(全州)에서 피검됨으로써 발단이 되어 '신건설' 단원이 먼저 검거되고, 그것이 카프맹원의 검거로 비화된 것이다. 이때 피검된 인원은 제1차로 이기영과 백철, 송영, 그 후로 박영희 등을 합하여 80여 명에 달했다.
>
> 이 사건이 있은 후 경찰의 카프맹원들에 대한 탄압이 더욱 강화되고 사상 전환의 강요가 가혹하게 진행되었다. (『북의 문학과 예술인』, 50쪽)

> 일제 경찰은 어떻게든지 카프의 조직을 파괴하려고 획책하였다. 그것은 마침내 1934년에 전라북도 검찰부에서 손을 대게 하였다. 그해 봄에 카프 산하 극단인 '신건설'에 관계한 학생이 금산(錦山)군 자기 고향으로 내려갔었는데, 금산경찰서에서는 그 학생을 검거하여 사건을 날조하기 시작하였다.
>
> 그것은 놈들이 수년 전에 불기소처분을 한 카프사건을 서울에서는 다시 취급할 수가 없으니까 지방 경찰로 하여금 마침 '신건설'에 관계가

있는 서울 유학생이 금산군에서 검거된 것을 기회로, 고문을 들이대어서 사건을 조작하게 된 것이었다. 그 사품에 카프 중앙은 물론, 각 지부의 맹원들과 카프에 가맹하였다가 탈퇴한 사람들까지 전라북도 경찰부의 수배로 총검거를 당하였다.

(……)

호소가미(細上)를 텃구렁이와 같다면 양가는 족제비와 같다 할까? 이자들이 서울로 카프 간부들을 검거하러 올라왔을 때 우리 집으로도 나를 잡으러 왔었다. 그때 송영도 창의문 밖에 살았었는데 그날 밤에 나와 함께 검거되었다. 우리는 그길로 서대문경찰서 유치장에로 가서 하룻밤을 자고 이튿날 낮차를 타러 남대문정거장에로 나갔었다. 그런데 생각밖에 윤기정이 검거되어서 역시 그 차를 타러 나오는 길이라 서로 만나게 되었다.

(……)

나는 그 전해에 쓴 장편 『고향』(1933. 11. 15~1934. 9. 21-필자)을 〈조선일보〉 지상에 연재 중이었는데, 1934년 8월에 검거되어 송영, 윤기정 등과 함께 전라북도로 묶여 갔다.

전주경찰서 유치장에는 벌써 우리가 가기 전에 만원이었다. 하여튼 카프에 명단이 올랐던 사람은 거의 다 검거되어서 놈들의 말과 같이 일망타진을 당한 셈이다. 단지 임화만 그때에 검거되지 않았었다.

유치장이 좁아서 정읍경찰서로 옮겨 갔다가 거기서도 오래 있지 못하고 나는 혼자 진안(鎭安)경찰서로 호송되었다.

진안은 구석진 산골 읍내였다. 놈들이 나를 단독으로 그곳에다 격리를 시킨 것은 내가 카프의 출판부 책임자로 있었다는 것을 중요하게 보는 모양 같았다. 진안군은 전주에서 근 백 리를 산속으로 들어가는데 곰티고개라는 준령을 넘어가야 했다.

산골 유치장에는 갇힌 사람들이 그리 많지 않았다. 가을철 적막한 감방 속으로는 두견새 우는 소리가 대낮에도 들려왔다. 그 두견새의 우는 소리는 더욱 산중의 쓸쓸함을 느끼게 하였다.

나는 진안경찰서 유치장에 40일간 있다가 전주경찰서로 다시 돌아왔다.

그때는 10월이었다. 장근 2개월간의 유치장 생활은 사람 꼴이 아니었다. 놈들은 갇힌 사람들에게 세수물도 제대로 안 주고 머리를 깎아 주지도 않았다. 세 때씩 주는 음식은 썩은 보리밥에다 반찬이라고는 간국에 쩔은 갈치 한 토막뿐이었다.

그러나 날이 지나갈수록 유치장 생활도 몸에 배어서 익어 갔다. 나는 세브란스의전 학생 장병창 군과 한 방에 같이 있었는데 그 동무의 신세를 많이 졌다. 그것은 나의 팔에 종기가 나서 차차 크게 번져 가는데, 의학 지식이 있는 장군의 간호와 처치를 받고 차도를 보게 되었다.

전주로 돌아온 나는 본격적인 놈들의 취조를 받기 시작하였다. 나를 심문하던 자는 호소가미라는 전북경찰부 형사부장이었고 통역으로는 역시 형사부장인 양성순이란 자였다.

능구렁이 같은 호소가미는 내가 카프에 가맹한 동기를 묻고 나서 카프를 재조직할 때 새로 고친 강령 속에 있는 '역사적 필연'이란 구절을 추궁하는 것이었다.

놈들은, 맑스주의가 사회발전의 법칙을 유물사관적으로 천명한 이 '역사적 필연'을 카프의 강령으로 만들게 된 것은, 카프가 공산주의 운동에 직접 가담하려는 목적으로 조직을 개편한 것이 아니었느냐고 들이족쳤다. 그 밖에 다른 것으로는 놈들이 트집을 잡을 만한 구실이 없었기 때문이다.

호소가미는 이렇게 말하였다.

"카프는 10년 동안 문학 예술을 무기로 삼아서 그대들의 말과 같이 공산주의 운동의 일익적(一翼的) 임무를 담당하여 왔다. 카프를 합법적 단체라고 하지마는 직접적이거나 간접적이거나 카프가 공산주의를 선전한 것만은 틀림이 없었다. 즉 공산주의 사상을 문학 예술을 통하여 선전한 것만은 사실이 아닌가?"

"카프는, 시대적 양심과 진보적 사상을 가진 사람들이 선진 문학 예술을 섭취하기 위하여 합법적으로 조직한 문화단체이다."

내가 이렇게 말하니까 그때 호소가미는 웃으면서 다음과 같이 대꾸하였다.

"그대들이 걸려든 것은 조금도 억울할 것이 없다. 아니 그래 요새 일을 모르는가? 공산당에 들겠다고 단지 명단에만 올린 것이 드러나도 2, 3년씩 징역을 살게 되는데, 10년 동안이나 카프 속에 숨어서 공산주의 운동을 하였으니 생각해 보라구. 도리어 그대들은 진작 검거되지 않은 것을 행운으로 알아야 할 것이다."
하는 말에 나도 무심히 웃어 버렸다. 나는 더 우기지를 않았다.

놈들은 이렇게 카프를 옭아 넣어서 '치안유지법', '보안법', '출판법' 위반 등의 죄명 등으로 기소하여, 전주지방법원 검사국에로 그해 연말에 송국하였다.

카프 관계자들은 200명이나 검거되었었다. 그러나 대부분이 석방되고 나중에는 핵심적 역할을 한 사람들만 수십 명이 남아 있게 되었다. 하기는 다소 관계가 깊은 사람들 중에도, 금력과 권세가 있는 집 자식들은 살짝 빼놓았다. 계급투쟁을 부정한다는 놈들이 이렇게 실제에 있어서는 부르조아 지배 계급을 위하여 봉사를 하면서도, 입으로만 법률의 공정함을 떠벌리는 놈들의 허위가 가소로웠다.

(……)

유치장에 있다가 감옥으로 넘어가니 좀 살 것만 같았다. '사상범'의 미결감은 대개 독방이었다. 다다미 서너 잎을 깔은 독방이라도 혼자 있기 때문에 비좁을 것이 없었다. 진종일 꿇어앉았는 것도 처음에는 대견하더니만 차차 습관이 되어 갈수록 견딜 만하였다. 깡조밥에 메주콩을 섞어서 다식을 박듯이 판에 박은 조밥덩이를 3시로 한 덩이씩 주는 것도, 먹을수록 구수한 맛이 났다. 다른 동무들은 배가 고파서 못 견디는 모양이었으나 원래 양이 적은 나로서는 겨우 견디어 갈 수 있었다.

나는 그전부터 소화불량과 신경쇠약증으로 집에 있을 때는 적은 분량을 먹었고, 그나마 소화가 잘 안 되어서 식후에는 늘 껄— 껄— 하였다. 그리고 신경쇠약은 불면증이 심하여져서 사회에 있을 때는 매우 건강이 좋지 못하였다. 그런데 여러 달 동안 유치장에 있다가 감옥으로 넘어온 뒤로는 다소 정신적으로 긴장이 되어서 그런지 좀 괜찮은 편이었다. (「카프시대의 회상기」)

마침내 카프는 해체되기에 이른다. 민촌 등 2차 사건의 연루자들이 수감돼 있을 때이다.

1935년 여름에는 경성(京城) 경찰부에서 김남천을 여러 차례 소환하여 카프 해산계 제출을 강요했다. 마침내 1935년 5월 21일 당시 문학부 책임자 김기진의 이름으로 카프의 해산계를 제출하고 말았다. 카프 활동은 1925년 8월에 시작된 이래 10년으로 끝을 맺게 된 것이다. 그리고 이때를 전후해서 1920년대 한반도에서 프로문학의 이론적 지도자로 활동한 팔봉 김기진, 회월 박영희를 비롯하여 거의 대부분의 카프맹원들은 일제에 사상 전향을 서약하고 말았다. (『북의 문학과 예술인』)

'1920년대 말부터 1930년대 초까지 사실상 한국 문단을 주도했던 카프의 직접적인 붕괴 원인은 일제의 거듭되는 탄압이었고, 또 하나는 주동맴 버였던 박영희, 김기진의 전향이었다.' (『학원세계대백과사전』)

달리 학벌이나 배경이 없이 오로지 카프에만 의존해 온 민촌에게는 카프 내부의 고질적인 파벌 싸움에 넌더리가 났을지라도 카프의 해산은 누구보다 가슴 아팠을 것이다.

1935년 10월 말부터 시작된 공판에서 '뼈 위에 가죽을 씌운 듯 바짝 마른 모습으로 공판정에 나타난 민촌은, 예술의 정치성 혹은 사상성은 시인하나 예술의 정치도구화는 반대한다고 자신의 입장을 밝혔다.'(김남천, 「프로예맹 공판견문기」, 〈조선중앙일보〉 1935. 10. 30). 그것은 당시 일반화된 인식이었는데, 김윤식은 그의 「이기영론」에서 '카프의 볼셰비키화에서 한 발자국 물러나겠다는 의지 표명 없이는 막바로 유죄 판결이 내려질 상황에서 이러한 발언은 당연한 것인지도 모른다'고 하였다.

민촌은 또 민족주의 사상은 없느냐는 재판장의 질문에 "전연 없는 바는 아니지마는 막연한 감정을 가졌을 뿐이고 행동 여하에까지는 생각한 적이 없었다"고 대답한 다음, 공산주의 사상의 전향의 질문에는 "원래 전향을 할 만한 사상을 못 가졌다"고 말하자 재판장도 의외라는 듯 눈이 동글해졌다(〈동아일보〉 1936. 2. 13)고 하는데 어쨌든지 그는 용케도 사상전향을 회피하였다.

> 마침내 우리들은 1935년 말에 판결 언도를 받게 되었다. 카프사건은 최고형으로 세 사람이 2년 징역의 언도를 받았는데 나도 그중에 한 사람으로 끼워 있었다.
>
> 그러나 우리들은 모두 3년간 집행유예를 받고 출옥하게 되었다. 왜놈

> 검사는 우리의 판결이 헐하다고 부대 공소를 하였다. 그래 몇 사람들은 출옥 후에 다시 대구지방법원으로 내려갔다. 대구에서 다시 재판을 받았으나 제1심의 원판결과 같이 되었다(1936. 2. 20-필자). 우리들은 대구 구경만 잘하고 서울로 돌아왔다. (「카프시대의 회상기」)

민촌이 비록 명시적인 전향을 회피하였다고는 하나 형을 받고 집행유예로 풀려났다는 것 자체가 전향이나 다름없다는 지적을 하는 자들도 있는데, 그 후 그의 작품 활동이 파행적인 면모를 드러내는 것도 사실이다. 이러한 논리로 민촌을 먹칠함으로써 그들은 크게 자위(自慰)할 수 있었을 것이다.

같이 운동을 했음에도 임화는 두 번 다 투옥을 면했으며, 김기진은 일찍 풀려났고, 박영희는 가장 먼저 자진하여 공개적으로 전향을 선언했음에도 그렇지 못하였다. 이것이 일제의 계산된 분할 통치전략의 일환이었는지는 모르되 카프 구성원들 내부에 알력과 반목의 기류가 형성된 데에는 그것도 한 원인으로 작용하였는지 모른다.

어쨌든 민촌과 한설야, 안함광 등은 문학사에서 비전향자로 분류되는데, 이들은 해방 후에 임화, 김남천 등의 전향자가 주축이 된 '문학건설본부'에 대항하여 '프롤레타리아예술동맹'을 만들어 문단의 주도권을 놓고 쟁탈전을 벌인다.

카프의 소설들은, 특히 그 목적의식기(볼셰비키화 시기 포함)에 도식화, 유형화로 흐름으로써 그것이 그들의 가장 큰 단점으로 지적되었는데, 이에 대한 반성으로 유물변증법적 창작방법이 도입되었다. 이는 사물을 정적, 고정적으로 보지 않고 제재를 다양화하면서 주제의 적극성을 살리자는 것이라 한다. 민촌은 이 작법을 「양잠촌」(〈문학건설〉 1932. 12), 「박승호」(〈신계단〉 1933. 1) 등의 작품에서 시도함으로써 나중에 『고향』의 '김희준'과 같은 인물을 그려 낼 수 있는 기량을 길렀다고 하는 것이 평단의 중론(衆論)이다.

이후의 경과(經過)는 이를 한 평자의 연구 성과를 인용하는 것으로 대신하고자 한다.

> 이기영은 장편소설 작가이다. 살기도 오래 살았지만 작품도 많이 썼다. 대략 헤아려서 단편소설이 100여 편이고, 장편소설이 13편이다. 거기에 미완의 장편소설까지 합치면 20여 편쯤 된다. 장편소설 중 『땅』이나 『두만강』은 대하소설로 부를 만큼 양이 많다. 어떤 작가는, 가령 이태준 같은 작가도 단편과 장편을 많이 썼지만 그의 특장이 드러나는 것은 단편소설에서이다. 그리고 우리 근대 문학사에서 장편소설로써 자기를 세운 사람은 그리 많지 않다. 그러나 한 시대의 전체상을 포괄하는 서사문학으로서 소설의 면모는 장편소설에서 대표적으로 드러난다. 단편소설은 깔끔하게 잘 만들어 내지만 장편소설을 쓰게 되면 구성이 엉성하거나 미약하고 묘사된 세계가 빈약하여 좋은 성과를 내지 못하는 작가도 있다. 이에 비하면 이기영은 장편소설이 자기의 본령인 작가이다. 호흡이 길고 스케일이 큰 작가라는 말이다. 서툴러서 발표할 기회를 얻지 못했지만 처음 쓴 작품이 장편소설 『암흑』이었으며, 프로문학에서 최초로 시도된 장편소설도 비록 연재하다 중단되기는 했지만 이기영의 『현대풍경』이다. 그리고 프로소설사에서 획기적 의의를 가지는 중편소설 「서화」는 처음에는 장편소설의 초두로 기획되었다. 우리나라 근대 문학사에서 최고의 리얼리즘 소설로 꼽히는 장편소설 『고향』이 또한 이기영의 작품이다.
>
> 1933년 카프는 당시 소비에트에서 논의되고 있던 사회주의 리얼리

즘론을 계기로 새로운 전환을 맞이했다. 1927년 이후 노동자계급 당파성에 입각한 문학운동은 그 부분적 성과에도 불구하고 정치주의적 편향을 심하게 드러내어 도식성을 면하지 못한 상태였다. 그런데 유물변증법적 창작방법론을 거쳐 사회주의 리얼리즘론을 계기로 문학을 단순한 계급적 심리의 반영으로만 바라보던 과거의 태도를 지양하고 미적 반영론을 수용하게 됨으로써 노동자 계급 당파성에 입각하여 문학을 올바르게 파악할 수 있는 길이 열리게 되었다.

당시 논자들 사이에 이 이론을 둘러싸고 논의가 시작되었으나 무엇보다도 이러한 전환을 가장 웅변적으로 보여 준 것이 이기영이 〈조선일보〉에 1933년 5월 30일부터 7월 1일까지 연재한 중편소설 「서화」이다. 「서화」는 카프 제1차 검거 때 옥중에서 구상한 어린 시절 고향 이야기인데, 그 이전 이기영 자신을 포함하여 카프 작가의 농민소설이 보여 준 도식성을 벗어남으로써 문단의 주목을 받았다. 「서화」를 어떻게 평가할 것인가 하는 문제로부터 과거의 경향에 대한 반성과 비판이 촉발되었고 이를 토대로 카프문학은 새로운 전환을 시작하였다. 그것은 이기영의 『고향』과 한설야의 『황혼』 등의 작품 산출로 이어졌다.

이처럼 미적 반영으로서의 리얼리즘에 대한 인식이 확고해지면서 카프 전체가 제대로 된 새로운 방향 전환을 모색하던 시기에 이기영은 그것을 선도하였다. 이 시기에 그가 쓴 작품은 카프문학운동의 최고봉을 이루었다. 그러나 객관적 상황이 엄혹해지면서 이기영은 감옥 생활을 하게 되고 『고향』에서 획득된 새로운 인식과 방법을 더 발전시킬 기회를 상실하게 된다 (이상경, 『이기영, 시대와 문학』, 135~136쪽).

22. 『고향』의 난산(難産)

민촌이 2차 카프사건으로 검거될 무렵, 〈조선일보〉에 연재되고 있던 그의 장편 『고향』(〈조선일보〉 1933. 11. 15~1934. 9. 21)은 독자들의 인기리에 200회를 넘어서고 있었다. 『고향』과 함께 농촌계몽소설로 알려진 이광수의 『흙』은 『고향』보다 앞서 〈동아일보〉(1932. 4~1933. 9)에 발표되었고, 심훈의 『상록수』는 『고향』보다 늦게 〈동아일보〉(1935. 9~1936. 2)에 연재된다.

민촌은 오로지 생활고를 타개하기 위하여 『고향』을 썼다고 토로하고 있다.

> 나는 서울 살림 10여 년에 이사도 수없이 했다. 1년에 한두 차례는 물론 한 달에 몇 번씩도 했다.
>
> (·········)
>
> 방세를 미처 못 내서 쫓겨나기는 비일비재니 더 말할 것 없고 한번은 가주(家主)한테 재판을 당한 일까지 있었다. 나는 그때가 나의 과거 생활

중에서 가장 절박한 시기였다.

바로 소화 7년(1932-필자) 봄이다.

나는 〈조선지광〉이 폐간(1931. 11-필자)된 뒤로는 그나마 잡지기자를 실직하고 있다가 〈중외일보〉의 처녀장편(『현대풍경』이 150회까지 연재되던 중-필자)이 신문이 휴간(1931. 11-필자)되는 바람에 역시 휴재(休載)하게 된 후로부터 나는 다소간에 일정한 수입이 딱 끊기고 말았다.

그래서 살림을 시작한 뒤에 비로소 처음으로 왼채집 월세 9원 짜리를 얻어 들었는데 지금 생각하면 나는 더구나 그렇게 절박한 시기에 있어서 비싼 왼채집을 얻어 든 것이 첫째 실책이었다.

그러나 그때는 하도 급박한 사정이라 그날그날의 조처보다 장래 생활이 암담한 생각이 나서 궁여의 일책으로 그 집을 이용하여 하다못해 학생 기숙(學生寄宿)이라도 해 보잔 노릇이 도리어 반대의 효과를 내어서 평생 처음 재판까지 당해 보았다. 왕년에 포석은 팥죽 장사를 시작했다가 실패한 일이 있었거니와 나의 그때 일도 포석과 동교이곡(同巧異曲)이라 할는지?

(……)

그 이듬해 여름까지 나는 집세를 미뤄 내려오다가 최후의 일책으로 신문소설의 장편을 쓰기로 결심하였다.

나는 바로 그 전에 〈조선일보〉에 중편 「서화(鼠火)」(〈조선일보〉 1933. 5. 30~7. 1-필자)를 써서 오래간만에 목돈을 만져 보고 우선 집세 한 달치를 주고 나서는 식솔을 하나라도 덜기 위하여 빙모(聘母)는 시골 친가로 내려가시게 하였다.

그러나 나의 장편 결심도 말하자면 부실한 것이었다. 그만큼 나는 용기가 잘 나지 않는 것을 일시 가족을 위안시키기 위한 한 방편에 불과한 것을 했다(빗나간 화살이 올바로 맞춘 셈이라 할까?).

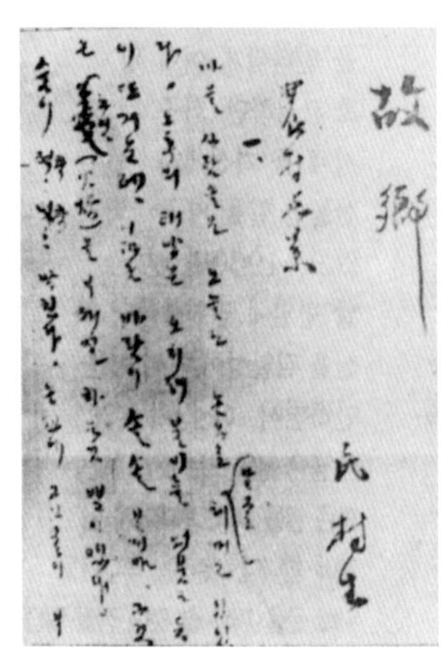

故鄕

民村

『고향』의 친필 원고

> 그렇다는 것은 나는 어느 신문사에서나 예약이 있어서 장편을 쓰려 한 것이 아니었다. 나는 그런 촌탁은 받은 일이 없지마는 배운 것이 소설 쓰는 것이어서 소위 고료를 얻는 수밖에 없으므로 좌우간 한 편을 써 가지고 어느 곳이나 '押シ賣リ(강매-필자)'를 해 볼 작정이었다.
>
> 그만큼 나는 아무 자신이 없었다. 그러나 그때 나는 그밖에 별수가 없으므로 역시 (제1단 학생 기숙에 이어-필자) 제2단(第二段)의 무모한 짓을 한 것이다.
>
> 그래 나는 당장 호구의 거리가 없는 집안 살림을 H군(홍진유의 동생 홍영유-필자)에게 무턱으로 맡겨 놓고 집을 떠나서 10여 년 동안 발을 들여놓지 않던 천안으로 (……) (「나의 이사 고난기-셋방 10년」, 〈조광〉 1938. 2)

민촌은 어려운 살림에도 불구하고 셋방을 전전하면서 장모와 처남까지 장기간 부양하고 있었음을 알 수 있다. 여기 나오는 학생들을 위한 하숙업은 『고향』과 『두만강』의 소재가 되기도 한다.

당시 그가 얼마나 절박한 상황에 처해 있었는지 또 다른 글을 보기로 하자.

> 그때 나의 생활 형편은 정말 말이 아니었습니다. 집세를 4, 5개월분이나 물지 못하고 보니 셋방살이를 쫓겨나게 되었습니다. 나는 우선 가족을 아사지경에서 구원하기 위해서도 수입이 있어야 되겠는데 내 재주라고는 글을 쓰는 것밖에 없으니 하여튼 무엇이든 간에 작품을 써야만 연명할 수 있었습니다.
>
> 궁한 처지에서 나는 장편소설을 써 보자고 결심하였습니다. 그때까지 나는 주로 단편소설을 써 왔고 간혹 중편소설을 썼습니다. 장편으로서는 〈시대일보〉에 연재된 『현대풍경』을 썼지만 신문이 일제의 탄압으로 정간되는 바람에 중단되고 말았습니다.
>
> 나는 소설 『고향』을 쓰기 위해서 고향인 천안으로 내려가려고 여비를 변통했는데 겨우 돈 2원을 구했습니다. 천안까지의 차비가 1원 53전과 마꼬(담배) 한 갑 값을 제하고 나니 일금 40전이 남았습니다. 나는 이 돈 40전을 아내에게 주면서 어떻게든 살아가라고 부탁을 하고는 천안으로 떠났습니다. 그날이 바로 내일인 7월 17일이었습니다. 나는 지금도 그 날짜를 잊지 않고 있습니다. (「작가의 학교는 생활이다」)

그때 그는 고향 친구 '변상권'의 도움을 크게 받았다.

그는 후일 『고향』의 단행본 초판 한성도서판(1936)의 앞머리에 '변상권 군의 후의를 사(謝)한다'고 썼을 뿐만 아니라, 북한에 가서는 그가 바로 『고향』의 주인공 김희준의 원형이었다고까지 주장하였다.

천안은 나의 고향이다. 나는 그때 성불사로 올라가서 40일 동안 묵어 가며 쓴 것이 졸작 『고향』의 일편(一篇)이었다.

『고향』이 만일, 문학적으로 다소의 의의(意義)가 있다면 그것은 오로지 변군의 도움이다. 변군의 물질적 도움이었다. (「나의 이사 고난기」)

그때 고향에는 변상권이라는 나의 친구가 살았습니다. 그는 진보적인 지식청년으로서 농촌에서 계몽운동을 하며 농민들에게 계급의식을 선전하고 있었습니다. 그가 바로 『고향』의 주인공 김희준의 원형이었습니다.

변상권 동무도 집이 구차했습니다. 나는 그에게 신세를 지며 소설을 쓸 작정으로 그를 찾아갔었습니다. 나는 그의 주선으로 그곳에서 5리 상거되는 성불사에 기숙을 하면서 『고향』을 쓰기 시작하였습니다. 이 성불사란 바로 소설 『고향』에 나오는 일심사입니다.

내가 먹을 식량으로 변 동무는 보리쌀 몇 말을 절간에 가져다주었습니다. (「작가의 학교는 생활이다」)

『고향』의 배경은 1921년 전후로서 그때는 민촌이 '고향'에서 직장 생활을 하며 가족(아내 조씨와 남매)과 함께 살 때인데, 동경에서 공부하다가 초라한 꼴로 귀향한 '김희준'의 아내와 어린 딸 등의 면모가 민촌 자신의 경우와 일치함은 이미 본 바와 같고 당시 민촌이 천안에서 청년회 활동을 한 것 등도 감안해 보면, 『고향』의 주인공 '김희준'의 모델은 바로 민촌 자신임이 분명하다. 오랜만에 고향에 돌아와 바라보는 놀랄 만큼 변한 천안의 모습은 회고의 그것을 빼닮았으며 '네 살 먹은 아들'(종원, 1917~1986-필자의 선친)과 서로 서먹해하는 장면은 그 실감을 더한다. 민촌이, 북한에서, 변을 내세워 '김희준'의 모델이라고 주장한 것은 자신의 본처 조씨의 존재를 감추기 위함이 아니었을까?

『고향』의 집필 기간을 알아보자.

> 필자(민촌 자신을 가리킴-필자)는 지난여름 동안 시골에 묻혀 있었기 때문에 한동안 문단 소식을 듣지 못하고 지냈다. 산간에 칩거한 탓으로 신문이나 잡지를 얻어 볼 기회조차 없었다. (「문예적 시감수제」, 〈조선일보〉 1933. 10. 25~10. 29)

> 나는『고향』을 집필하는 중에 집세의 지불 명령이 왔다는 통지를 H군(홍영유-필자)으로부터 받았다.
>
> 14일 동안에 여러 달 밀린 집세를 융통할 도리는 물론 없었다. 그러나 나는 초조하였다. 변군이 기왕 내려온 길에 추석이나 쇠고 가라고 붙잡는 것을 나는 음력 7월 그믐께까지 붓끝을 휘몰아서 원고가 탈고되는 대로 분분(忿忿)히 싸 들고 상경하였다. (「나의 이사 고난기」)

> 나는 어떤 날은 원고지 한 장도 못 썼지만 구상이 잘 떠오르는 날은 100매 이상을 쓴 적도 있었습니다. 그래서 40일 만에 약 2,000여 매의『고향』 초고를 탈고하였습니다. (「작가의 학교는 생활이다」)

민촌은 1933년 '여름 동안'(7월 17일부터 8월 말까지 약 40일간) 고향에 내려가 상엄리 산속의 성불사(成佛寺)에서『고향』의 초고를 쓴 것이다. 그는 쫓기는 마음에 일사천리로『고향』을 썼으며 그것을 그렇게 비교적 쉽게 쓸 수 있었던 연유를 이렇게 밝히고 있다.

> 어떤 소설을 쓸 것인가? 나는 이 문제에 대해서 별로 고심하지 않았습

니다. 그것은 내가 그전부터 오랫동안 『고향』과 같은 고향 사람들의 소설을 쓰고 싶은 충동을 느꼈으며 구상해 왔기 때문입니다.

누구나 자기의 고향을 사랑합니다. 나 역시 고향을 사랑했습니다. 고향을 사랑하는 마음은 언제나 고향을 향해서 그리워한다는 것만을 의미하지는 않을 것입니다. 고향 사람들의 생활과 ○○ 대하여 심각한 관찰을 가지며 고향이 어떻게 변모되어 가는가에 대하여 늘 생각하고 관찰하게 되는 것입니다. 그리고 고향 사람들과 함께 울고 함께 웃는 심정으로 그들의 미래에 대하여 생각하는 것입니다.

이렇게 자기 고향에 대하여 깊은 사랑을 가지고 생각해 오는 과정에 나는 작가로서 자기가 고향 사람들에게 호소하고 싶은 말을 소설로 형상화하였을 뿐입니다.

나의 고향은 농촌이며, 그것도 다름 아닌 조선 농촌의 하나입니다.

(……)

내가 고향에 내려가서 소설 『고향』을 쓰는 것은 퍽 유리하였습니다. 소설을 쓰다가 막히면 주인공의 원형인 변 동무를 찾아가서 같이 미역을 감고 물고기를 잡아서 천렵을 하며 막걸리 잔을 나누면서 하루를 유쾌하게 휴식을 하고 돌아와서 붓을 다시 들게 되면 막혔던 실마리가 풀리곤 하였습니다. 혹은 마을 농민들과 모닥불 곁에서 밤 가는 줄 모르고 이야기를 나누기도 하였습니다.

(……)

이와 같이 『고향』을 창작하는 과정에 나는 그 구성과 사건 전개에서는 별로 막히는 데가 없이 비교적 단시간 내에 일사천리의 기세로 썼습니다. 왜 그렇게 될 수 있었는가? 그것은 내 자신의 체험 세계를 형상화하였기 때문이며 고향의 심정, 농촌 실정과 농민들의 사상 감정과 그들의 고충을 어느 정도 잘 알고 있었기 때문입니다. (「작가의 학교는 생활이다」)

그런데,

그 원고 보따리를 싸 가지고 나는 8월 말에 서울로 올라와 내 집을 찾아가 보니 식구들이 살던 방에는 다른 사람이 벌써 들었었습니다.

(……)

그동안 나의 식구들은 방세를 못 물어서 쫓겨나 다른 집 행랑채 문간방을 얻어서 살고 있었습니다. (「작가의 학교는 생활이다」)

그동안에 집안 식구가 지낸 이야기를 들으니 한심하였다. 여름 장마통에 집이 온통 새어서 식구들은 마루에다 테이블을 놓고 그 위에서 간신히 우로를 피하였다 한다. 집세가 밀렸으니 집을 이어 달랄 염치도 없거니와 이어 줄 리도 만무한 일이었다. 결국 지불명령 기일이 지나자 할 수 없이 가족은 집을 비우고 나와서 이웃집의 호의로 일시 방 한 칸을 빌어 가지고 이사를 하였다고―. 나는 그때 변해진 새집을 다시 찾아가서 그들을 만나 보고 그 말을 들었다.

다행히 죽으란 법은 없다 할는지 『고향』이 그해 안으로 조선일보에 게재하게 되었다. 나는 그때 작품이 발표된다는 기쁨보다도 당분간 생활의 길이 열린 것이 중하(重荷)를 푼 것 같았다. 그로 말미암아 집안 식구들도 비로소 수미를 펴는 것이 호주로서의 기쁨이었다. (「나의 이사 고난기」)

서둘러 쓰인 『고향』의 초고는 매 회씩 민촌 자신의 추고를 거쳐 〈조선일보〉에 연재된다.

나는 (천안에서 상경한-필자) 그 이튿날 식전에 『고향』 원고를 싸 들고 그때 사직동에 살고 있던 〈조선일보〉 편집국장을 찾아갔습니다. 나는 그에게 사정을 말한 후 신문에 연재할 수 있으면 실어 달라고 하였습니다. 그는 소설 원고를 보고 나서 1주일 내외에 좌우간 통지할 테니 원고를 두고 가라고 하였습니다.

며칠 뒤에 조선일보사에서는 내 소설을 신문에 연재하겠다는 통지가 왔습니다. 그때 나는 한숨을 돌려 쉬었습니다. 그런데 또 한 가지 문제는 검열망에서 통과가 될 것인가 하는 걱정이 없지 않았습니다. 초고를 몽땅 총독부에 들여보냈다가는 검열에 통과되기는커녕 원고를 송두리째 압수당할 것이 뻔하였습니다. 그래서 나는 신문사 원고용지(75자)에다 1회분 20여 매씩 새로 추고를 해서 써 보내었습니다. 검열관 놈들은 전후 관계는 생각지 않고 당일치만 읽으니까 웬만한 것은 통과되었지만 그러나 일제를 정면으로 규탄하는 구절은 우회적 표현을 하여도 용허되지 않았습니다. (「작가의 학교는 생활이다」)

『고향』의 초고는 끝부분이 완결되지 못한 미완의 원고였다.

그는 『고향』의 초고를 '약 2,000여 매'라고 하였는데 실제로 『고향』의 완결분은—연재 중에 삭제당한 부분이 적지 않았음에도 불구하고—줄잡아도 2,500매를 넘는다(200자 원고지 기준).

미완의 『고향』은 연재되는 도중에 큰 수난을 겪는다.

이기영은 그때 조선일보에 『고향』이라는 장편소설을 쓰고 있는 중이었으므로 만일 자기가 나보다 먼저 붙잡혀 가게 되거든 『고향』의 원고를 나더러 계속해서 써 주는 동시에 신문사에서 주는 원고료를 자기 집에서 찾아가도록 해 달라는 부탁이었다. 그래서 나는 이것을 승낙하였었다. 그러자 과연 이기영이 먼저 붙들려 가고(9월 하순경) 나는 12월 7일에

> 검거되었었는데 이 동안에 나는 이의 집으로부터 『고향』의 신문 절취첩을 가져다가 처음부터 읽어 보고서 그 소설을 끝맺어 주기에 신문 횟수로 35, 6회를 매일 계속해서 집필하였던 것이다. 나는 병원에 누워 있었고 내 원고는 이의 처남이 날마다 신문사에 날라 갔었으므로 신문사에서도 내가 쓰는 것임을 알지 못했다. 그 후 이것이 상, 하 두 권으로 출판되었을 때, 이때 나는 이더러 『고향』의 최종 35, 6회분을 본인이 다시 집필하여 고쳐 가지고서 출판하라 하였건만 이는 그럴 필요를 느끼지 못한다고 하고서 그대로 단행본을 내놓았다. 그런 까닭으로 지금도 『고향』의 말단은 내가 쓴 대로 그대로이다. (김팔봉*, 「한국문단 측면사」, 『사상계』 1956. 12, 202쪽)
>
> * '김팔봉'은 카프의 맹원 '김기진'이 해방 후 사용한 이름임.

민촌은 『고향』의 끝부분이 이렇게 김기진에 의해 대필(代筆)된 사실을 종내 밝히지 않고 북한에서 이를 은폐하였다.

> 이렇게 초고를 추고하여 신문에 연재하다가 1934년 여름에 카프 제2차 검거사건으로 체포되었습니다. 그래서 『고향』의 마지막 부분은 추고도 못한 채 신문에 게재되었으며 특히 원터 마을 농민들의 소작 쟁의를 지원하는 제사공장 노동자들의 제사공장 파업 장면은 적지 않게 삭제당하였습니다.
>
> 해방 후에 『고향』이 다시 출판될 때에 그 부분을 보충하라는 일부 동무들의 권고도 있었지만 나는 해방 전 작품의 원형을 그대로 살렸습니다. (「작가의 학교는 생활이다」)

안타깝게도 노·농동맹의 실력 행사를 다룬 대단원이 훼손되었다. 이

상경은 그의 『이기영, 시대와 문학』에서 최초로 『고향』의 훼손과 수정에 관하여 성의 있는 고찰을 시도하였다.

그런데 김씨의 대필은 초고의 수정 차원을 넘는 것이었다. 그는 같은 내용의 회고를 13년 후에, 그리고 18년 후에 거듭 되풀이하거니와 그 내용은 김의 대필이 마지막 추고 정도에 그칠 것이라는 평단의 추정을 확실하게 뒤엎고도 남는다.

> 두 번째 카프 검거 사건은 1934년 5월부터 전라북도 경찰부에 의해서 개시되었고 8월까지 안 잡혀간 사람이라곤 폐병을 앓고 누워 있는 임화와 1차 검거 때 감옥에 들어가 복역하고서 나온 김남천과 민촌 이기영 그리고 8년 복역하고서 그해 2월에 출옥한 김복진과 나뿐이었는데, 그 때 민촌은 조선일보에 『고향』이라는 장편소설을 연재해 오던 중이었다. 그래서 민촌은 언제 자기가 잡혀갈는지 알 수 없으니, 만일 자기가 먼저 잡혀가거든 그 소설을 계속해서 나더러 써 달라고 부탁하는 것이었다. 그래야만 자기 가족생활이 유지되겠다는 것이었다. 그러나 나는 "남이 쓰던 소설을 내가 어떻게 뒤끝을 맡아 가지고 결말을 짓겠느냐"고 그의 청을 물리쳤건만, 그는 두 번 세 번 간청하기에 승낙했다. 그는 신문에 게재된 부분을 날더러 전부 읽어 보고서 사건과 인물을 내 맘대로 처리해 달라고 부탁까지 했다.
>
> 그랬는데 며칠 있다가 과연 민촌이 먼저 붙잡혀 가지고 전라북도로 압송됐다. 그리고 그다음 날 민촌의 처남이 스크랩북을 내게 가져왔다. 나는 그 소설을 읽어 보고서 민촌이 쓰다가 남겨 놓은 원고에 잇대어 그 다음을 계속해 썼다.
>
> 그때 나는 대학병원에 입원하고 있었기 때문에 드러누워서 하루에

> 2~3회씩 써 가지고 민촌 처남으로 하여금 조선일보사에 갖다주도록 했다.
>
> 이렇게 사십여 회를 더 써서 그 소설을 완결한 후 나는 병원에서 퇴원하였다. 나중에 이 소설책이 한성도서에서 단행본으로 출판될 때에 나는 민촌더러 끄트머리 부분을 다시 고쳐 써 가지고 책으로 내놓으라고 권고했건만 그는 자기가 고쳐 쓸 필요를 느끼지 않는다고 그냥 출판해 버렸다. (김팔봉, 「나와 카프문학시대」, 〈대한일보〉 1969. 6. 17)

> 그해 9월까지 서울서 전주로 안 잡혀간 사람이라곤 나와 형님과 이기영 세 사람뿐이었고 임화는 폐병으로 집에서 신음하고 있었다. 나는 9월 초에 병원에 외과수술을 받고 입원하고 있었는데 (……) 하루는 이기영이 그때 조선일보에 집필 중이던 『고향』을 만일 자기가 나보다 먼저 전주로 붙잡혀 가거든 그 소설을 계속해서 나더러 써 달라고 조르기 때문에 하는 수 없이 승낙했었다.
>
> 아니나 다를까 그는 내가 입원하고 있는 동안 전주로 붙잡혀 가고야 말았으며, 『고향』의 뒤끝은 40회가량을 내가 써서 완결시킨 일도 있었다. (김팔봉, 「편편야화」, 〈동아일보〉 1974. 5. 17~7. 5)

『고향』의 마지막 36회분의 시작은 '34. 경호' 편의 '이 바람에 경호는 오랫동안 참고 있던 분한 생각이 (……)'로 시작되는 1934년 8월 8일 자의 연재분(217회)이다. 그로부터 그해 9월 21일 자의 마지막 연재분(252회)까지는 전체의 약 1/7에 해당한다. 또 40여 회(전체의 약 1/6)를 김기진이 더 썼다면 '33. 재봉춘'부터, 또는 그 이전부터 김씨가 이어 썼는지도 모른다.

'9월 하순경'에 민촌이 '붙들려 가고' 그해 8월 8일부터 『고향』을 이어 썼다는 김씨의 기억에는 문제가 있다. 필자가 조사한 민촌의 검거 시점은 그해 8월 25일이다(〈조선일보〉 1934년 8월 26일 보도). 아무래도 아귀가 맞지 않는다. 이상하다. 김씨는 8월 26일 이후의 20여 회분만을 대필했을지도 모른다.

전문가라면 문체(文體)의 차이를 식별하여 양인의 글을 구분할 수 있을 것이다. 예컨대 『고향』의 종반부에는 왜말에서 유래하는 속어도 종종 튀어나오는데 이는 그 전반부나 또는 민촌의 다른 작품에서는 좀체로 나타나지 않는 현상이다. 또 두 사람의 철자법과 띄어쓰기 습관을 비교함으로써도 그 구분이 가능할 것이다. 그러나 그러한 수고를 들이지 않더라도 갑자기 글의 속도감이 떨어지고 장황해지며 전체적으로 지리멸렬해지는 것을 웬만한 독자라면 다 느낄 수 있을 것이다.

『고향』의 전반부 민촌의 글은 짧고 빠르게 전개되며, 관념을 그대로 표출하지 않고 구체적으로 형상화하되 결코 장황하지 않은 서술로 상황을 적확히 묘사하고 있는 데 반하여, 『고향』의 끝부분에서는 사건의 전개가 느려지고 관념이 그대로 표백(表白)되는 경우가 많이 나온다.

김씨의 대필 부분에 확대경을 들이댈 필요가 있다.

23. 실종된 테마

『고향』이 당시의 독자들을 사로잡은 것은 작가가 식민지 조선 농촌의 실상과 농민들의 삶을 충실히 묘사함으로써 독자들에게 마치 TV 드라마를 보는 듯한 환상을 불러일으켰기 때문이었을 것이다.

농촌계몽소설의 범주에 속하는 이 소설은 그러나 기존의 봉건 도덕률을 넘어서지 못한 결정적인 흠이 지적될 수 있을 것이다.

애초에 『고향』은 소작인과 마름과의 갈등을 주요 모티프로 설정하였다. 그런데 다소 엉뚱하게도 농민운동을 지도하는 주인공 김희준이 조혼의 아내와 서로 맞지 않아 가까이 지낼 수 없는 애매한 상황이 또 하나의 모티프로 설정된다. 이를 봉건사회의 두 가지 대표적인 폐습—봉건적 소유관계인 '소작제'와 또 하나의 악습인 '조혼'—을 이 작품의 테마로 삼았다고도 볼 수 있겠다.

다소 관계가 없어 보이는 이 두 개의 모티프는 작가의 역량에 따라 장편(長篇)의 내용을 보다 풍부하게 하면서 조화롭게 매듭지어질 수도 있었을 것이다. 그런데 첫 번째 모티프는 김희준이 지도하는 소작쟁의가 성공하여 그런대로 매듭이 지어지지만, 두 번째 모티프는 김희준 부부의 갈등이 소설의 중간부에서 심화되면서 실종되고 만다. 두 사람 간의 이혼을 예고하는 듯싶은 대목이 여러 군데 나오므로 나중에 그들이 이혼을 하는 것이 소설의 흐름으로 보아 자연스러웠을 터였다. 김희준이 옥희와 치정(癡情)에 빠지지 않고 동지적 협력을 통하여 소작쟁의를 승리로 이끄는 것으로 끝을 맺기 위하여서는 당연히 사전에 김희준은 아내와 화해하거나 아내의 입장을 이해하여야 했을 것이다. 김희준이 아내와는 점점 멀어지면서 옥희에 대한 정염(情炎)을 자제한다는 것은 매우 부자연스럽다.

김윤식은 그의 「이기영론」에서 위에 나온 김팔봉의 첫 번째 글을 인용하면서 '35, 6회를 김팔봉이 썼다면 그것이 이기영의 구상대로였는지 아닌지는 크게 문제되지 않는데, 『고향』이 단행본(한성도서, 1936)으로 나올 때 작가도 고치지 않았기 때문이다'라고 쓰고 있다.

필자는 그렇게 생각지 않는다. 전체의 6, 7분의 1이 결코 적은 부분이 아니거니와, 그보다도 작가가 잔뜩 벌여 놓은 사달을 모두 아울러서 마무리 짓는 장편의 끝부분은 소설 전체의 성격을 규정짓는 매우 중요한 부분이기 때문이다. 『고향』이 가장 크게 비판받는 포인트도 쟁의의 마무리 부분으로서, 쟁의의 승리가 농민의 강화된 역량에 의해서 쟁취된 것이 아니고 마름 가정의 스캔들을 묻어 둔다는 서약을 대가로 하여 얻어진다는 끝부분의 내용이다. 『고향』의 예고편이라고 할 수 있는 민촌의 단편 「홍수」(〈조선일보〉 1930. 8. 21~9. 3)의 끝부분과 비교해 볼 때 참으로 어이없는 끝맺음이다.

『고향』은 민촌의 구상대로 마무리되지 않았을 가능성이 매우 크다. 전혀 뜻밖의 방향으로 마무리 지어져 출옥한 민촌이 그것을 보고 그만

질겁했을지도 모른다.

필자는 그 이유를 밝히고자 한다.

이미 본 것처럼 민촌은 그의 다른 여러 작품에서 조혼은 악습이고 자기는 강제적인 조혼의 억울한 피해자이며 따라서 자기는 이혼할 권리가 있다고까지 주장해 왔다.

그가 『고향』을 집필하기 직전에 발표한 그의 야심작 「서화」(〈조선일보〉 1933. 5. 30~7. 1)의 주 테마도 바로 '조혼'이었다.

> "(……) 가정이란 대개 결혼을 기초로 한 것으로 볼 수 있는데 오늘날 우리 사회의 결혼제도란 것이 대체 어떠한 것입니까? 이미 여러분께서도 잘 아시는 바와 같이 소위 이성지합(二性之合)이 백복의 근원이라는 인간대사를 부부가 무엇인지도 모르는 젖내가 물씬물씬 나는 어린것들을 조혼을 시키거나 그렇지 않으면 당자에게는 마음도 없는 것을 부모가 강제결혼을 시키는 것이 오늘날 우리 사회의 결혼제도 아닙니까! 그러나 한번 머리를 돌이켜서 저 문명한 나라를 볼 것 같으면 거기서는 청년남녀가 제각기 서로 뜻에 맞는 배필을 골라서 이상적 가정을 세우는 것이올시다. 어시호 신성한 가정이 될 수도 있겠습니다. 그래 결혼이란 당사자끼리 할 것이지 거기에 제삼자가 전제(專制)할 것은 아닙니다. 그러므로 우리 사회의 불합리나 결혼제도에는 따라서 많은 폐해가 있는 줄 압니다. 남자는 첩을 두고 외입을 합니다. 여자는 본부를 독살하고 음분도주하지 않습니까! 이것이 모두 강제결혼과 조혼의 선물이올시다. 그러므로 아까 둘째 조목으로 보고한 사실이란 것도 그 근본을 캐고 보면 결국 우리 사회의 결혼제도가 결함이 있는 데에서 생기는, 반드시 생기지 않을 수가 없는 폐해올시다. 그렇다면 이와 같은 제도에 희생된 사람들에게는 오히려 '동정'할 점이 많이 있을 줄로 저는 압니다."

원준이는 이 불의의 공격에 어쩔 줄을 몰랐다. 그는 다시 일어서서

"그러나 우리는 이 제도를 일조일석에 고칠 수는 없습니다. 그렇다면 우리는 종래의 습관을 복종할 의무가 있을 줄 압니다."

"그것은 말이 되지 않습니다. 우리가 만일 우리의 생활상에 어떤 잘못을 발견할 때는 우리는 그 즉시로 그것을 고쳐야 할 의무가 있을 줄 압니다. 만일 그렇지 않다면 우리는 그 잘못을 영영 고치지 못하고 말을 것이외다."

"그렇지! 그게 옳은 말이지."

청중에서 누가 부르짖었다. 그는 돌쇠에게서 그날 밤에 개평을 얻은 남서방이었다. (「서화」)

'그 즉시로 그것(조혼의 폐습)을 고쳐야 할 의무가 있'다는 것은 '조혼의 피해자는 하시라도 재혼할 수 있'다는 논리일 것이다.

「서화」의 성공으로 자신을 얻은 민촌은 내친 김에 장편 『고향』에서 다시 한 번 조혼을 주제로 하여 봉건폐습을 철저히 규탄해 보겠다고 벼르고 『고향』의 집필에 착수했는지 모른다. 즉 「서화」에서 논리적으로 이혼과 재혼의 정당성을 설파하여 성공을 거두었으니, 『고향』에서는 그 실례(實例)를 독자에게 제시하여 그 정당성을 얻어 보고자 의도했을 수 있다. 실제로 민촌은 북한에서 '전에 『고향』을 쓴 일이 있는데 이것은 1부, 2부, 3부로 쓰려고 하였으나 일본 제국주의 검열기관으로는 도저히 통과하지 못하겠기에 붓을 대지 못하고 있었습니다'(〈중성〉 1946. 2, 40~41쪽) 라고 하였다.

그런데 김기진 씨는 『고향』을 이어받아 수십 회만을 더 연재하고 끝을 맺었을 뿐만 아니라 끝부분에서 —필자가 추정하는 민촌의 의도와는 정반대로!— 기존의 봉건 도덕관념에서 한 치도 벗어나지 못하는 우(愚)

를 범하였다.

옥희는 지금도 희준이를 사랑한다. 만일 그에게 아내가 없다면 그는 벌써 희준이에게 그것을 하소연하였을는지 모른다(그것은 희준이가 먼저 했을는지도 모르지만).

그러나 그는 차마 아내 있는 희준이를 빼앗을 수는 없었다.

다만 나 좋자고 남을 해롭게 하는 것은 죄악이다. ―그것은 어떠한 경우라도 그렇다― 그는 그것을 인도주의적이라고는 생각하지 않았다.

그것은 정당한 윤리관념에서 나온 도덕이 아니면 안 된다.

(……)

그와 같이 자기(김희준-필자)도 지금 만일 옥희를 육체적으로 사랑한다면, ―고상한 동지애의 최고봉에서 추잡한 연애로 떨어진다면, 그것은 곧 삼각관계의 추태를 연출하여서 보기 싫은 인간의 꼬라지―갈등―의 또 한 장면을 벌여 놓을 것이 아닌가?

(……)

희준이는 괴로운 듯이 눈을 아래로 깔았다. 그렇다! 역시 옥희를 사랑하지 않는 것이 좋다. 그래야만 내가 정당하게 주의에 사는 사람이 된다.

(『고향』, 553~554·587쪽)

위와 같은 관념의 일출(溢出)은 차라리 '웅변'일지언정 소설의 표현일 수 없다. 참으로 성의 없는 마무리라고 할 수 있을 것이다.

어쨌든 김은, 그가 의도하지는 않았을지라도 '정당한 윤리관념'과 '도덕'으로 민촌과 그의 '제2부인' 홍을순을 호되게 단죄하는 꼴이 되어 버렸다. 민촌은 그때 홍과 8년째 동거하며 그 소생으로 남매까지 두고 있었음이다.

민촌은 애초에 서로 어울리지 않는 김희준의 부부가 각자의 편익을 위해서 이혼을 하는 것으로, 또 나아가 옥희는 자신으로부터 처녀를 빼앗은 경호의 구혼을 물리치고 전부터 사모해 오던 김희준과 결합하는 것으로 구상했었을는지 모른다. 대의를 위해 동지적 결속을 강화하고 효과적인 투쟁을 전개하기 위해서 한쪽은 농민의 지도자요 다른 한쪽은 노동자의 중심인물인 이 두 사람의 결합이 바람직한 것으로 이야기를 전개한 다음, 강화된 결속력으로 소작쟁의에 임하여 그것을 당당히 승리로 이끌면서 그들 둘이 결혼하는 그러한 환상적인 대단원을 상정했었을는지 모른다.

만일 『고향』이 이와 같이 주인공 김희준으로 하여금 봉건적 조혼을 당당히 깨고 처녀성을 잃은(!) 혁명적 동지와 재결합하게 하는 것으로 끝을 맺었더라면 이는 기존의 봉건 도덕관념을 뛰어넘는 혁명적인 신도덕론(새로운 모럴)의 제시일 것이다. 그 『고향』은 가난한 청년 인동이와 부잣집 신부 음전이와의 격에 맞지 않는 중매혼을 파탄으로 이끌고, 어린 신랑에게 중매로 시집간 방개로 하여금 옛 애인 인동이에게 달려오게 하여 그들 둘을 재결합시키며, 그것을 정당화하는 것으로 전개하였을 것이다(실제로 그렇게 전개하지 않고, 「서화」에서처럼 그런 암시를 주는 것으로 끝맺는다 해도 문학적 효과는 같을 것이다).

그렇게 하는 것이 민촌의 기존 작품 경향과 일치하며, 결혼에 관한 그의 평소 지론과도 일치하는 것이다. 중반부 이후까지 『고향』은 확실히 그런 방향으로 가고 있었다. 그런데 종반부에 가서 기존 도덕률이 갑자기 강력하게 고개를 쳐들면서, 그런 방향으로 나아가던 사건의 전개가 그만 '정당한 윤리관념'과 '도덕'으로 철저히 봉쇄되고 말았다. 희준이 부부, 인동이 부부, 방개 부부의 갈등 관계만 제시되었을 뿐, 거기에 대한 작가의 처방이 없다. 암시적인 처방조차 없다. 민촌은 황당했을 것이다.

김흥식은 그의 「이기영 소설 연구」에서 '김희준이 조혼처를 버리지 못하고, 인동이와 방개가 부부로 맺어지지 못하게' 된 것은 '작가의 역량 탓이 아니라, 현실 자체가 도달한 단계가 그런 것이기 때문'이라고 지적하고 그러한 '윤리의 완강한 힘이 평균적 현실의 논리로 통하는 단계였'기 때문에 작가는 '그렇게밖에 그릴 수 없다'고 하였다. 나아가 그는 '현실 자체가 성숙하기까지 (……) 실패를 실패로 그리되, 실패할 수밖에 없는 내력을 속속들이 내비치는 가운데 그 실패를 넘어설 전망'을 그린 것이 바로 『고향』의 미학이라고 하였다.

김씨의 이러한 지적은 대필된 『고향』에서 첫 번째 모티프 즉 소작인과 마름과의 관계에서만 정당하다 할 수 있을 것이다. 봉건적 혼인제도에 관한 한 『고향』에는 그런 미학이 없다. 그 미학은 이미 「서화」에서 이룩된 것이었는데도….

그렇다고 민촌이 후에 필자가 추정하는 민촌의 의도대로 그것을 뜯어고쳤다가는 사건과 인물을 맘대로 처리해 달라고 부탁했던 김기진 씨에 대한 예의도 아니겠거니와, 대필 사실이—일제 검열 당국에!—드러나 김씨에게 어떤 누가 끼쳐질지도 모를 일이었을 것이다. 그런데도 독자들의 반응은 대단하였고 문단에서도 평이 좋았다. 그러니 민촌이 이를 어찌 뜯어고칠 수 있었겠는가? 그가 야심을 가지고 설정한 두 번째 모티프(조혼)가 완결되지도 못하고 두 개의 모티프가 조화롭게 매듭지어지지도 못한 채 어정쩡하게 끝난 이 소설을 민촌은 그대로 단행본으로 낼 수밖에 없었을 것이다.

한성도서에서 상·하권으로 나온 『고향』(1936. 10/1937. 1)은 같은 회사에서 나온 이광수의 『흙』과 비교해서 두 배 이상 팔렸다 한다(신산자, 「문단지리지」, 〈조광〉 1937. 2).

『고향』이 북한에서 1955년에 다시 간행될 때에도, 희준이가 아내와 이혼하고 옥희와 재혼하는 것으로 고쳐 그리기에는 이미 『고향』은 너무 유명해져 있었다. 또 민촌은 그렇게 함으로써 자신의 중혼(重婚) 경력을 건드리고 싶지 않았을 것이다. 그것은 이미 헤어진 아내 조씨에게도 못할 짓이었을 것이다.

대필로부터 연유한 『고향』의 이러한 약점들을 매스컴은 그냥 두지 않았다. 『고향』 이후 민촌은 여러 신문과 잡지사로부터 글 청탁을 많이 받는데 그중의 하나가 「동경하는 여주인공」(〈조선지광〉 1939. 4)이다. 이 글은 '내 작품의 여주인공'이라는 부제가 붙어 있고 '내가 쓴 장편의 여주인공을 말해 달라 한다'로 시작되는 것으로 보아 청탁자가 『고향』의 '옥희'를 꼬집어 주문한 것이 분명하다.

> 나는 여주인공에 대해서는 웬일인지 특별히 이상화하는 경향이 있다. 같은 이상적이라 할지라도 여주인공에는 좀 더 농후를 짙게 하는 전형으로 화하게 만들고 싶어 한다. (「동경하는 여주인공」)

이어서 그는 자신이 여주인공을 이상화하려는 경향을 모친의 때 이른 죽음과 자신의 조혼(早婚) 체험에서 비롯된 것이라고 장황하게 설명하면서, 부자연스럽게 '이상화된' 옥희를 자기가 아니라 남이 쓴 것이라고 밝히지 못하고, 김기진 씨의 '옥희'를 두호하기 위하여 구차한 변명을 지어 대기에 급급하였다.

어쨌든 민촌은 이렇게 일제의 탄압으로 『고향』에서 미처 그리지 못했던 것을 후일 북한에서 『땅』 제1부(1949)에 마음껏 그렸다. 『땅』에는, 왜놈에게 대들었다가 6년이나 징역을 살고 나온 곽바위가 (그동안에 모친은 죽고 아내는 개가하였음) 해방 후 농민지도자로 성장하여 지주의 첩살이를 거부하고 투신자살을 기도했던 전순옥과 결혼하는데, 전순옥은 그 후 여맹위원장이 되기에 이르며, 조혼이나 매매혼 같은 봉건적 멍에를 벗어던지고 자유로이 연애하고 서로 인연을 맺는 여러 경우가 나온다.

민촌은 『고향』의 초고를 가지고 상경하여 그것이 연재되기 전에 〈조선일보〉에 「문예적 시감수제」라는 제하에 4회에 걸쳐 당시의 문단을 평하였다.

그는 '여러 해 만에' 농촌을 가 보고 농촌이 전보다 더 피폐화해 가고 있음을 구체적으로 해설하면서 도회의 '대다수의 시민 역시 기아선상에' 있음을 지적한 다음, 근래의 창작물들에서 '이와 같은 절박하고 긴장된 현실과는 아주 상관없이 (……) 추상적 몽환적 인물들이 백일몽을 행하고 있'다고 비판하고 '그들은 현실을 이렇게도 부정할 수 있을까?' 하고 통탄한다.

이는 문예적 시감이 아니라 문단 밖에서 기성 문단을 향하여 발하는 한 우국지사(憂國志士)의 탄식이라 할 것이다. 식민지 시대의 기성 문학—그것은 문학적으로 논평할 가치도 없는 쓰레기일 뿐이라는 투다.

> 실로 자연주의 이후의 —○○시대(암흑시대?-필자)를 걸어오는 동안 금일까지 그들의 문학적 유파는 얼마나 살길을 찾으려고 헤매었던가? 낭만주의, 표현주의, 신즉물주의, 심리주의, 데카당, 다다이즘, 악마파, 고전파… 그 외에도 주워치자면 한량이 없을 것이다. 그러나 그것들은 하나도 건실한 생명을 갖지 못하고 미구에 사라지고 말았다. 그것들은 발전과정으로서 족생(簇生)한 것이 아니라 마치 다 죽어가는 환자에게 최

후로 이 약 저 약을 여러 의사가 각기 처방해서 써 보는 것과 같다. 저마다 좋다는 약을 써 보아도 환자의 용태는 점점 위독을 가할 뿐! 아무리 초조해야 그들의 문학을 살릴 길은 없다.

현실을 완전히 부정한 그들의 문학은 회고적 심리주의에 환상을 붙여 본다. 그러나 그것은 의지를 떠난 우발적 심리묘사에 그칠 뿐이다. 거기에는 생활의 편영(片影)도 없다.

(……)

참으로 이상하지 않은가? 그들의 눈에는 조선의 현실이 어째서 이런 것 밖으로는 더 보이지 않을까? 정말로 보이지 않는 것일까? 일부러 눈을 감는 것인가? 넌센스도 이래서는 너무 심하다.

진정한 문학은 오직 진실한 인간 생활을 대표하는 문학에서만 볼 수 있다면, 그것은 종래의 기성 문학에서는 도무지 구할 수 없는 일이다. 그것은 창작 방면에 있어서도 혹은 타락한 신변잡사이거나 그렇지 않으면 오히려 추잡한 연애 갈등의 치정 관계를 묘사함에 종시하거나, 또는 소위 신흥문예파적 넌센스 문학 내지 몽환적 심리주의 등에 현실적 색맹을 되풀이하고 있지 않은가? (「문예적 시감수제」)

민촌이 이렇게 기성 문학을 격렬하게 매도할 수 있었던 것은 연재 예정인 『고향』이 식민지 조선 농촌의 문학적 형상화에 성공할 수 있다는 자부심이 안받침되어 있었기 때문일 것이다.

민촌에게 있어 '작가로서의 삶을 지탱해 주던 두 지주'였던 '카프'와 〈조선지광〉이 각각 형해화되거나 폐간된 시점에 『고향』과 같은 걸작이 나올 수 있었다는 것은 아이러니가 아닐 수 없다. 이는 민촌이 조직의 구속에서 벗어나 조직이 요구하는 작품이 무엇이냐에 구애받지 않고 비교적 자유로운 상태에서 그의 문학적 재능을 마음대로 펼칠 수 있었기 때문이었으리라 생각된다. 이렇게 볼 때 민촌을 '카프 작가'라는 울타리 속에 가두어 놓을 것이 아니라 그 범주에서 끄집어냄이 옳다고 지적한 김흥식 교수의 주장(2005년 11월 26일 천안예총 주최 '민촌 이기영 문학 심포지엄'에서)이 그 타당성을 갖는다 하겠다.

실로 『고향』은, 박영희가 카프를 탈퇴하면서 퇴맹사유서에서 '다만 얻은 것은 이데올로기며 상실한 것은 예술이다'라고 전향을 선언하면서 우익문단에 동조하여 다음과 같이 지적한 프로문학의 단점을 일거에 극복한 쾌거였다.

> 우리들의 문학은 무한히 전개되어 있는 우주의 삼라만상, 모든 계급의 인간의 일상생활을 위요(圍繞)하여 일어나며 있는 모든 사회적 현상을 자유로 광범하게 형상하여 가지 않으면 아니 된다. 프로레타리아문학은 분노하고 투쟁할 뿐만은 아니다. 프로문학은 웃고 울고 슬퍼하고 오뇌하고 연애할 수 있으며 또 창공에 빛나는 월색과 유유히 흐르는 하천의 물결을 노래할 수 있고 봄날의 밭 위에서 우는 종달새의 소리에 귀를 기울일 수 있는 것이다. (박영희, 「최근 문예이론의 신전개와 그 경향」, 〈동아일보〉 1934. 1. 2~1. 11)

『고향』이 갖고 있는 여러 단점은 그것이 우심한 탄압과 검열망을 뚫고 중앙 일간지에 끝까지 연재되었던 측면과도 함께 검토되어야 할 것이다.

『고향』만큼 불리한 여건을 돌파한 작품은 흔치 않을 것이다. 『고향』은 검열 때문에 일제의 식민통치를— 그것이 가장 강력하게 현실을 규정짓고 있었음에도— 거의 언급하지 못하였으며, 연재되면서부터 수정과 삭제를 강요당하였고, 마지막 부분이 대필(代筆)되었다. 식민지 시대에 상처투성이가 된 이 작품은 그럼으로써 더욱 문학사적으로 소중한 작품이라 할 것이다.

후세의 한 사가(史家)가 조망한 당시의 국문학을 여기에 소개한다.

> 3·1운동을 전후하여 국내에는 새로운 문학 활동이 일어나 〈창조〉, 〈폐허〉, 〈백조〉 등의 동인지가 발간되었다. 이들 동인지를 중심으로 하는 문학 활동은 식민지체제 아래서의 민족적 울분을 적극적 저항주의로 표현하지 못하게 된 조건 때문에 대체로 민족적 현실과는 일정한 거리를 둔 자연주의, 낭만주의 문학을 지향했다. 또한 민족의 현실적 조건에 관심을 가졌다 해도 그것을 저항주의적 측면에서가 아닌 낭만과 상징, 그리고 퇴폐와 탐미적인 방향에서 표현하는 경우가 많았다.
>
> (……)
>
> 낭만주의 및 자연주의 문학에 반발하면서 민족이 처한 현실적 고통과 특히 날로 영락해 가는 민중생활에 관심을 기울인, 이른바 신경향파 문학이 대두했다. 1920년대의 중반 이후로 접어들면서 민족해방운동전선에 나타난 사회주의 사조에 영향받고, 이 시기에 의식면에서 큰 성장을 보이고 있던 농민·노동자들의 동태에 자극되어 나타난 이 새로운 문학운동은 자연히 식민통치에 대한 저항문학으로 발전했다.
>
> (……)
>
> 그러나 신경향파 문학의 현실인식이 피상적이었고 도식적 빈부 대립의 형상화와 같은 즉자적 표출에 한정되어 문학적 형상화에서는 미흡했다는 평을 받기도 했다.
>
> 신경향파 문학운동은 '카프(KAPF)'의 결성(1925)을 계기로 본격적인 프롤레타리아문학운동으로 나아가서 기관지 〈문예운동〉을 발간했다. 카프문학은 민족적 현실에 대한 인식이 더욱 심화되고 문학의 대중화

논쟁 등을 통해 문학적 형상화에 대한 이해에서도 진일보했다. 이기영(李箕永, 1895~1984)의 장편소설 『고향』은 식민지 현실의 문학적 형상화에 성공한 대표적 작품으로 평가되었다.

(……)

한편, 국민문학파는 카프운동의 계급주의 일변도에 반발하여 '계급 이전의 민족'을 내세웠다. 그러나 '계급 이전의 민족'이란 비역사적, 추상적 민족에 불과한 것이었고, 이것이 국민문학파의 문학이 복고주의적 방향으로 나아갈 수밖에 없었던 이유이기도 했다. 식민통치 아래서 옳은 의미의 민족주의문학의 방향은 민족의 과거를 회상, 찬미하는 데 있는 것이 아니라 식민지배를 벗어나기 위해 저항하는 데 있는 것이었다.

1930년대 이후 일본의 침략전쟁이 만주사변, 중일전쟁, 태평양전쟁으로 확대되면서 저항성 있는 문학 활동은 철저한 탄압을 받았다. 카프는 1차(1931)와 2차(1934) 검거를 통해 해체되었고, 민족적이고 저항적인 작가들이 탄압을 피해 지하로 숨어들어 갔다. 반면, 친일문학운동이 적극적으로 조장되어 많은 친일 문인들을 만들어 냈다.

(……)

식민지 시대의 문학은 민족적 현실을 외면하고 순수문학을 지향하여 퇴폐주의에 빠지거나 식민통치의 도구로 전락하는 경우가 많았다. 민족문제에 관심을 가졌다 해도 저항성이 결여된 경우 대체로 복고주의에 빠지게 마련이었다. 식민지 시대의 민족문학이란 무엇보다도 식민지 지배를 깨뜨리는 데 이바지하는 문학이 되지 않을 수 없었고, 따라서 그것은 저항문학이 될 수밖에 없었다. (강만길, 『고쳐 쓴 한국현대사』, 창작과비평사, 1994, 194~197쪽)

24. 광란(狂亂)의 시대

카프가 해체(1935. 5)된 후 각급학교에 신사참배(1935. 9)가 강요되었다. 중일전쟁(1937), 태평양전쟁(1941)으로 침략전쟁은 확대되었으며 이에 식민지 조선은 더욱 심한 파쇼 통치 체제의 광란(狂亂) 속으로 휘말려 들어갔다.

일제는 조선 주둔 군·경의 병력을 날로 증강시켜 반도를 완전 장악하고 사상통제를 강화해 나아갔다. 조선사상범보호관찰령(1936. 12)에 이어 조선사상범예방구금령(1941. 3)을 공포하였다. 조선어 교육을 폐지하고(1938. 4) 창씨개명(1940. 2)을 단행하였다. 태평양전쟁이 본격화되자 그들은 20만 이상의 조선 청년을 전쟁터로 몰아넣었고, 백만이 훨씬 넘는 조선인을 징용으로 동원하였으며, 부녀자 수십만을 정신대(1944. 8)로 끌어갔다.

식민지 문단의 전위(前衛)에 섰던 민촌은 이런 광란의 시대를 맞이하여 출옥(1935. 12. 9) 직후 한 미치광이 지식인을 주인공으로 한 장편 『인간수업』(〈조선중앙일보〉 1936. 1. 1~7. 23)을 연재하기 시작하였으며, 거기서 그는 풍자적 수법으로 이념적 세계관의 지속을 우회적으로 형상화하려고 의욕적으로 시도하였다. 이는 계급주의 운동이 더 이상 허용될 수 없는 여건에서 새로운 작법으로 상황을 돌파해 보려는 작가의 고육지책이었다.

그는 전주의 미결감에서 『돈키호테』를 차입하여 읽고 『인간수업』을 구상하였다.

> 이러한 옥중생활에서도 기쁜 일이 있었다. 그것은 사회에서 보내 준 편지와 차입을 받든가 누가 면회를 오는 때이다. 나에게는 면회를 올 사람이 없었지만 편지와 차입은 간혹 받았다. 그중에도 친구들이 서적을 보내 줄 때는 정말 기뻤다. 밖에 있는 동무들은 나의 건강을 염려해 주고 서적을 보내 주었다.
>
> (……)
>
> 차입을 해 주는 책은 대부분이 불교에 관한 것과 『성경』 같은 것이었다. 사회과학 서적은 더 말할 것 없고, 세계문학전집에서도 사상성이 높은 것은 차입을 허락하지 않았다.
>
> 나는 『돈키호테』를 읽고 나서 연필과 종이를 요구하였다. 그러나 놈들은 그것도 허락하지 않았다. 그때 나는 창작적 충동을 받고 장편을 하나 써 보려 했던 것인데, 간수를 아무리 졸라 보아야 그런 전례가 없기 때문에 아니 된다고 거절을 당하였다.
>
> 나는 출옥 후에 『인간수업』을 썼는데 그것이 감옥에서 생각했던 것처럼 잘되지 못하였다. 만일 그때 지필을 넣어 주었다면 나는 그 작품을 보다 낫게 썼을 것이다. 그것은 고요한 감방에서 긴장된 정신으로 쓸 수 있었기 때문이다. (「카프시대의 회상기」)

『인간수업』은 호평을 얻지 못하였다. 체험과 관찰을 바탕으로 한 사실주의 문학이 본령인 민촌에게 있어서 상상과 풍자를 바탕으로 하여 작품을 써 나간다는 것은 처음부터 그에게 어울리지 않는 작업이었는지 모른다. 이를 두고 그가 불리한 상황을 돌파하지 못한, 즉 작가로서의 기량 부족을 노정하였다고 보는 평자도 있다.

그것은 그러나 근로인민의 참상을 지식인이 직접 체험해 본다는, 말하자면 '노동 브나로드' 소설이라고 할 수 있겠는데, 일제의 식민체제를 정시(正視)하면서 자신의 반성과 아울러 지식인 전체의 반성과 분발을 은연중 촉구하고 있다는 점에서 여전히 민촌의 뚝심을 엿볼 수 있는 작품이다.

평자들이 『인간수업』의 다음 부분을 인용함으로써 마치 그가 일제의 생산체제에의 협력을 고취하고 있는 것처럼 그 작품을 폄훼하는 것은 그 작품의 전체 내용으로 보아 매우 부적절하다고 하겠다.

> "(……) 나는 이주일 동안 노동의 세계에 투신해 봄으로써 비로소 인생의 진리를 발견하였네. 나는 그전에는 다만 막연히 인간수업을 한다고 떠돌며 사모관대를 하고 돌아다닌 것이 지금 생각하면 부끄럽기 마지않네. 그런 짓을 한 것은 참으로 어린애 장난이 아니면 어릿광대 같은 짓으로 엄숙한 현실을 철없이 모독한 것이 후회되네. 따라서 나는 종래와 같이 일시 기분적으로 지금도 위선을 하려는 것은 아닐세. 나는 이제야 비로소 현실을 똑바로 보았네. 그리고 나의 갈 길을 찾았네. 나는 비로소 자주독립한 인간이 되고 싶단 말일세. 착한 현실은 인류의 노동과 창조에서 축적된 문화적 현실이 아닌가? 이 한 일을 보더라도 나는 모든 진리가 노동에 있는 줄 아네. 배우고 쉬고 노는 것도 결국은 노동의 재생산을 위함인 줄 아네. 왜 그러냐 하면 인생의 참된 행복을 가져오는 것이

노동에 있고 또한 악한 현실을 착하게 만들 수 있는 것이 노동에 있기 때문에 (……)" (『인간수업』)

민촌은 『인간수업』을 연재하는 중에도 여전히 '봄'을 기다리고 있었고,

봄. 봄은 해마다 온다. 해마다 오는 봄이건만 봄을 기다리는 마음은 언제나 초조하다. 지리하다.

그것은 왜 그럴까? 겨울에 대한 염증이다. 고난이다! 참으로 겨울은 너무도 지리하다. 그래서 성급한 사람은 더 기다리지 못할 것이다. 그래 그들은 겨울에 목매달아 자살할는지도 모른다.

봄은 왜 이리도 오기가 어려운가? 참으로 봄은 언제 오려는가? 봄은 고난을 뚫고 나오기 때문이다. 만일 봄에게도 사람과 같은 의사가 있다면 그는 얼마나 통혈의 싸움을 줄기차게 하는지 의식할 것이요 따라서 고난을 뚫고 나가는 곤란을 통각(痛覺)할 수 있지 않은가! 그렇다. 봄은 겨울과 결사적 항쟁을 하고 있다! 봄을 기다리는 마음! 그것은 난사(難事)일는지 모른다. 고통일는지 모른다. 그러나 기다리는 마음에는 미래가 있다. 희망이 있다. 동경이 있다. 기대가 있다. 포부가 있다. 이상이 있다. 사람에게 기다림이 없다면 그것은 고목사회(枯木死灰)와 무엇이 다르랴? 오직 현재에 만족하는 사람이라면 그것은 얼마나 가련한 사람인지 모를 것이다. (「춘일춘상-고난의 배후서」, 〈조선중앙일보〉 1936. 4. 2)

그 후로도 민촌은 '일상생활이나 신변 체험을 다룬' 단편 「적막」(〈조광〉 1936. 7), 「설」(〈조광〉 1938. 5), 「수석」(〈조광〉 1939. 3)에서도 '포기할 수 없는 이념이나 혹은 최소한의 윤리에 대한 다짐을 덧붙'(이상경, 『이기영, 시대와 문학』)임으로써 독설가 채만식으로부터 다음과 같은 야유까지 받는다.

> 석양 때 골목 밖에서 동네 아이들이 장님 잡기를 하고 놀았다. 그러다가 하나씩 둘씩 혹은 저녁밥을 먹으려 혹은 애기라도 업어 주려 뿔뿔이 죄다 흩어져 가 버렸다. 그리고는 장님이 되었던 아이 하나만 시방 눈을 가린 채 혼자서 더듬더듬 더듬고 돌아다닌다. 이 혼자 남아서 눈을 더듬는 아이를 민촌에, 다른 아이들을 과거 경향문학 시절의 지도이론에, 이렇게 비유를 한다고 그것이 악담은 아닐 것이다. (채만식, 「3월 창작 개관」, 〈동아일보〉 1939. 3. 7~3. 14)

김홍식은 민촌의 이러한 대응 자세에는 '대작 『고향』을 쓴 계급문단의 영수 격 작가로서의, 그리고 전향자 박영희 이외로는 카프맹원들 가운데에서 신건설사 사건의 유일한 실형 선고자로서의 자존심이 깔려 있다고 볼 수도 있겠'다고 하면서 '그러한 자존심에서 격발된 투지가 드러나지만, 다른 일면으로 전망 자체는 다분히 비관적'임을 지적하고 있다.

평자 이미림(李美林)은 이 시기에 일제의 검열을 피하면서 우회적으로 현실을 그리려 한 민촌의 노력을 평가한다.

> 그는 지식인의 내면적 희화화, 여성문제, 농촌의 세태묘사, 만주개척문제, 풍속의 변화, 자전적 소재에로의 침잠이라는 주제의식을 풍자소설, 통속소설, 세태소설, 전향소설, 가족사·연대기소설의 형식을 빌려 시도했다. 이와 같이 끊임없는 창작의 실험 과정은 자기만의 문학을 찾고자 하는 시행착오를 거듭하였고 표현 제한의 압력을 극복하기 위한 노력으로 보여진다. 『인간수업』, 『신개지』, 「환상기」, 『대지의 아들』, 『봄』 등이 모두 총체성 미달이라는 부정적 평가에서 알 수 있듯이 문학적 형상화와 미약한 주제의식의 결과는 검열과 제약의 상태에서 창작되어질 때의 한계로서 나타난다. 그러나 현실을 객관적으로 파악하려고 한 점,

외면적으로는 개화로 인해 화려해지는데 농민들은 왜 점점 더 살기 어려워지는가라는 사회구조적 모순을 우회적으로 제시하고 있는 점, 전향 이전에 발표한 소설에 나타난 문제적 개인의 모습보다는 훨씬 소극적이지만 오히려 리얼리티의 효과를 보여 주는 자연발생적인 주인공들의 설정, 농촌 풍경의 상세한 디테일의 묘사 등은 전망의 부재와 사상성의 위축으로 인한 적극성을 보여 주지 못하지만 결코 작가 스스로 체제 순응을 지향하지는 않고 있다는 점을 증명한다. 또한 여성문제라든가 만주 이주 개척 과정에서 우리 민족의 피의 기록과 같은 비중 있는 주제를 검열을 피하면서 그려 내고 있다는 점은 단순히 세태묘사나 통속, 그리고 어용문학으로 비판할 수만은 없을 것이다. 작가는 비록 실패했지만 풍자라는 문학적 기법의 수용과 소년의 시점으로 우회적으로 현실을 그리는 등 동원할 수 있는 모든 문학적 장치를 통해 검열을 피해 나가려고 했다. 그는 통속을 앞세우면서 인습의 질곡을 극복하는 여성상을 제시하려 했으며, 한일합방 이전으로 시대 배경을 멀리하면서 풍속의 변화를 통한 봉건과 근대화의 과도기를 파악하였고, 멀리 만주로 배경을 옮겨 투쟁을 통해 정착하는 땅(조국 혹은 고향)을 잃은 조선인의 열악한 현실을 간접적으로 제시하면서 민족의식을 보여 주었다. (이미림, 『이기영론, 월북 작가에 대한 재인식』, 깊은샘, 1995, 82~83쪽)

그 후 정국이 전시체제로 들어가면서 식민지적 억압기제는 더욱 강화되고 민촌은 서서히 제도의 틀 속에 매몰되어 가게 되는데, 어떤 평자는 이를 두고 민촌이 '이념적 파탄의 징후를 노정'한다고 보았다.

권유는 『고향』 이후 민촌이 해를 거듭할수록 제도권에 포섭되어 결국 '친일 작품'까지 쓰게 되는 과정을 추적하였다.

> 李箕永의 소설에 있어서 전망이 좌절을 보이고 이념적 축을 상실하게 되는 이유로, 일제 식민지정책이 군국주의로 선회하고 국내 정세가 악화되는 것이 주된 계기로 작용한다. 더구나 한 개인의 문제 이전에 사회 전체에 해당된 이 좌절의 요건에는 또한 사회주의적 이념의 포기를 강요하는 억압기제의 대두가 포함된다.
>
> (……)
>
> 이 기간 곧, 1935년에서 1937년에 이르는 시기는 李箕永의 문학에 커다란 영향을 끼친 시기라고 생각해 볼 수 있다. 즉, 1935년 카프의 해산과 더불어 신사 참배가 시작되고, 1937년에는 중일 전쟁의 발발과 함께, 국내 상황은 전시체제로 전환되고 있기 때문이다. 카프의 해체는 작가 집단의 문화적 대응과 이들 간의 교호(交互)를 통해 구축한 문화운동의 전선이 붕괴되는 것을 뜻한다. 이로 인해 작가는 이제 개인으로서 역사의 격랑을 헤쳐 나가야 하는 사회적 부담을 안게 된다. (권유, 『이기영 소설 연구』, 태학사, 1993, 131쪽)

권씨는 '이기영의 이념적 실천과 그것의 작품을 통한 모색은 이미 『고향』에서 통합의 극점을 이룬다'고 전제하고, '이념의 실천적 측면에서 『고향』의 세계를 「맥추」(〈조광〉 1937. 1~2)가 다시 한 번 보여 주'는데 이 작품은 '소작쟁의를 통한 저항이 제도권에서 합법화되는 양상을 드러'낸다고 지적한다.

또한 도시에서 좌절하는 지식인의 빈궁한 삶의 양상을 그린 「돈」(1937. 10), 「생명선」(1941. 3~8)과 '식민지 말기적 빈궁 양상을 무지한 빈민들의 삶을 통해 그려' 낸 「산모」(1937. 6), 「노루」(1938. 1), 「나뭇꾼」(1937. 1) 등이 모두 '『고향』의 이념적 토대가 관성(慣性)을 이루면서 그 여력을 보여 주는 흐름'이라고 분석하고, 나아가 「십년 후」(1936. 6), 「적막」(1936. 7) 등의 작품에서 민촌의 '계급주의적 세계관이 약화된 양상을 보이'고 있다고 평하고 있다.

나아가 권씨는 아래의 글들을 민촌의 대표적인 전향문학 또는 친일 작품으로 지목하여 자세히 해설하고 있다.

「전선기행을 읽고」, 〈조선일보〉 39. 10. 16. 서평
「만주와 농민문학」, 〈인문평론 2〉 39. 11. 기행
『대지의 아들』, 〈조선일보〉 39. 10. 12~40. 6. 1. 장편
「동천홍(東天紅)」, 〈춘추〉 13~26, 1942. 2~43. 3. 단편
「광산촌(鑛山村)」, 〈每日新報〉 43. 9. 23~11. 2. 단편

임종국 씨도 그의 『친일문학론』(평화출판사, 1966)에서, 부록에 위의 「광산촌(鑛山村)」 외에 다음과 같은 민촌의 친일문학 사례를 제시하고 있다.

「문학(文學)의 세계(世界)」, 〈每日新報〉 42. 6. 18~23. 평론
「그 전날 밤 공연을 보고」, 〈每日新報〉 43. 9. 11~12. 극평
「일평농원(一坪農園)」, 〈每日新報〉 43. 7. 11~13. 수필

모두 1939년 이후의 글들이다. 당시의 상황을 보기로 하자.

일제는 1939년 12월 '창씨명에 관한 조선인 씨명에 관한 건'을 공포하고 1940년 2월 11일부터 창씨개명(創氏改名)을 실시하였는데, 이광수는 그 첫날 자신의 씨명을 '향산광랑(香山光郎, 가야마 미쓰로)'으로 계출하고 그해 2월 20일 〈매일신보〉에 '창씨(創氏)와 나'라는 장황한 취지문을 발표하였다.

1941년 8월 총독부는 전국 총 호수의 87.4%가 창씨하였다고 발표하

였다.

'합방' 후 조선 민족에 대한 일본어 교육을 계속 강화하면서 일본어를 '국어'(國語, 코꾸고)라 부르게 하고, 우리말을 '조선어'라 하여 일부 가르쳤으나 중일 전쟁 도발 후 이것마저 모든 학교 교육에서 폐지했다(1938. 4).

일본어 상용을 강제하여 소학교 학생들에게까지도 일본어 '상용카드'를 발급하여 '조선어'를 사용하면 벌을 받게 했다.

침략 전쟁이 궁지로 몰리면서 일본의 조선민족 말살정책도 그 횡포를 더해 갔다. 조선 사람을 일본식의 성과 이름으로 바꾸게 한 소위 '창씨개명(創氏改名)'을 단행하기에 이르렀다. 이 같은 횡포에 항의하여 죽음을 택하는 조선인도 있었다. 하지만 창씨개명을 하지 않으면 각급학교의 입학이 허가되지 않았고, 각종 행정기관에서 사무 취급을 거부당하는가 하면 심지어는 식량과 기타 물자의 배급(配給) 대상에서 제외되었으며, 조선식 성명으로 우송된 화물의 수송이 금지되는 등 일상생활 전반에 걸쳐 막심한 탄압을 받았다. 이 때문에 주어진 기한 안에 약 80%의 조선인이 창씨개명에 응하지 않을 수 없었다. (강만길, 『고쳐 쓴 한국현대사』, 35쪽)

민촌이 이에 어떻게 대응하였는지 보기로 하자.

일제가 패망할 무렵이던 1940년대에 이르러서는 놈들의 발악이 단말마적 절정에 달하였었다. 놈들은 유치원 아동과 소학교 학생에게도 조선말을 못하게 하였으며 소위 일본식 '창씨'를 전체 조선 인민에게 강요하는 언어도단에까지 이르렀었다.

나는 그때 '창씨'로 하여 무등 애를 먹었다. 그것은 내가 끝내 창씨를 하지 않았기 때문이다. 창씨를 않는다고 '사상보호관찰소'의 책임 보호사 왜놈이 나에게 질문을 할 때마다 나는 이런저런 구실로 핑계를 대었다. 나중에는 그가 서면으로 '창씨'를 하지 않는 이유를 보고하라는 것도 나는 묵살하여 버렸다.

다른 한편 학교에서는 집의 아이들을 선생들이 족쳤다. 다른 아이들은 '창씨'를 다 하였는데 저희만 하지 않았다고— 철모르는 자식들은 마치 월사금을 못 낸 때와 같이 징징거리었다. 나는 너무도 화가 나서 한번은 '이놈의 새끼들! 뭐라고 창씨를 할 테냐? 개자식이라고 성명을 고쳐달라려무나!' 하고 애꿎은 그들에게 야단을 쳤다. (「이상과 노력」)

조선사상범에 대한 일제의 보호관찰령(1936) 및 예방구금령(1941)은 그전까지의 '보안법이나 사상범 취체법보다 훨씬 더 무시무시한 법이었다. 그건 말뜻 그대로 사상범을 예방하기 위하여 아무런 행동을 하지 않은 사람도 의심스럽거나 위험하다고 생각하면 체포해서 감옥에 가둘 수 있는 법이었다.' (조정래, 『아리랑』 11권, 해냄, 170~171쪽)

우선 그 내용을 보기로 하자.

남차랑(南次郎 총독-필자)은 치안유지법(治安維持法) 위반자에 대한 보호관찰을 국가사업으로서 강력히 전개했으니, 이는 민족운동자 좌익운동자들의 조직을 분열시킴으로써 그들의 예기(銳氣)를 꺾고 반도 황민화의 목적을 실현하자는 것이었으며 이리하여 공포 실시된 것이 조선사상범보호관찰령(1936. 12. 12)이라는 것이었다.

조선사상범보호관찰령은 치유법(治維法) 위반자 중 집행유예의 언도가 있은 경우, 취소할 필요가 없음으로써 공소가 제기되지 않은 경우,

또 형이 집행 종료 또는 가출옥된 경우에 보호관찰심사회의 결의에 의하여 본인을 보호관찰에 부할 수 있음을 규정한 것이며, 필요시에는 보호관찰심사회의 결의 전에도 이를 행할 수 있는 것이었다.

보호관찰이란 재범의 위험을 막기 위하여 그 사상과 행동을 관찰하는 것이었으며, 본인을 보호관찰소 보호사(保護司)의 관찰에 붙이거나 또는 보호자에게 인도 혹은 보호단체 사원 교회 병원 기타에 위탁함으로써 실행했으며, 그 기간은 2년, 단 보호관찰심사회의 결의로써 연장할 수 있었고, 피보호자에 대하여 거주 교우 통신의 제한 기타 적당한 조건의 준수를 명할 수 있는 것이었다.

(……)

한편 민족주의자 좌익운동자 중 비전향자에 대해서는 조선사상범예방구금령(1941. 2. 12. 공포, 3. 10. 시행)을 공포하여 검사의 청구에 기한 재판소 결정으로 예방구금에 붙이었으니, 예방구금에 회부된 자는 2년간 예방구금소에 수용됨으로써 반황국사상(反皇國思想)을 청산하고 충량한 황국신민이 되도록 필요한 교화 훈련을 받는 것이었다.

예방구금의 기간은 재판소 결정으로 연장할 수 있었으며, 예방구금 중 피구금자가 도주할 시는 1년 이하 또는 3개월 이상 5년 이하의 징역으로 처벌되는 것이었다. (임종국, 『친일문학론』, 평화출판사, 1963, 23쪽)

이러한 억압기제를 무기로 하여 그들은 조선의 지식인을 강박하는 한편, 각종 단체를 만들게 하여 친일 활동에 내몰았으며 일제와 전쟁을 찬양·고무하고 조선 청년을 전쟁터로 내모는 데 그들을 앞장세웠다.

민촌의 경우를 보자.

조선문인협회(朝鮮文人協會)는 1939년 10월 중순경 이광수, 김동환, 이태준, 박영희, 유진오, 최재서, 김문집 등 7명이 모여 조선 문인의 정동연맹(精動聯盟) 가입 문제 등 기타를 상의한 데서 남상(濫觴)한다. 즉 이들은 외 10수명의 찬동을 얻고 10월 20일 발기회를 열기로 협의했는데, 이때 염원시삼랑(鹽原時三郎) 학무국장은 1939년 10월 19일 오후 이광수, 김억, 김상용, 정지용, 최재서, 정인섭 등 문인 10여 명을 조선호텔로 초대하여 간담회를 마련했던 것이다. 그리고 이 자리에서 염원은 '당국과 조선 문단인 간에 접근이 적은 것을 유감으로 생각한다'고 전제하면서, '문학이 일반 대중에 미치는 영향이 크니 당국과 긴밀한 연락을 가짐으로써 적극적으로 시국에 협력 활동'해 달라고 요청하는 한편, '조선문학의 활발한 발전을 위하여 문예가협회의 결성 및 문학상 설정 등이 필요하다'는 취지를 역설하였다. 이럼으로써 조선문인협회의 결성은 당국의 알선에 힘입은 바 많았으며, 적어도 염원이 이 회의 탄생에 있어 산파 역할을 담당했다는 것만은 확실하다.

이리하여 조선문인협회의 발기인회는 1939년 10월 20일 정국신사 임시대제일(靖國神社臨時大祭日)을 기하여 남미창정(南米倉町) 정동연맹 회의실에서 이광수 외 15명의 참석하에 개최되었다. 먼저 궁성요배(宮城遙拜)와 전몰 장병의 영령에 대한 묵도를 마친 후 조선문인협회 취지서를 발기인을 대표한 이광수가 낭독하였다. 그리고 협회의 규약은 기초위원을 선정하여 일임하기로 하고 수일 중 회의를 재소집하여 대회 날짜 등을 협의키로 결정하였다. 조선문인협회의 발기 취지는 현역 문인의 대동단결과 정동연맹 가입, 그리고 비상시국하의 문필보국(文筆報國) 등이었으며, 선정된 회칙 기초위원은 이광수, 유진오, 박영희, 최재서, 정인섭의 5명이었다.

이어 1939년 10월 22일 정동연맹 2층 회의실에서 이광수, 박영희, 정인섭, 최재서, 김문집, 박태원 등 10여 명과 신도요(辛島驍), 진전강(津田

剛) 등 일인 수명의 참석으로 개최된 결성대회 준비회는 기초위원이 작성한 성명서를 통과시키고 회칙을 심의 채택했으며, 대회 날짜를 결정한 후 회장을 내정하였다. 내정된 회장은 이광수, 명예총재에 염원, 대회 준비위원으로 진전강, 김문집, 박영희가 임명되었다.

드디어 1939년 10월 29일 오전 10시 40분 부민관(府民館) 중강당에서는 박영희 사회로 조선문인협회의 결성대회가 개최되었다. 염원(鹽原) 학무국장을 대리한 팔목신웅(八木信雄), 천도(川島) 정동연맹 총재를 대리한 정교원(鄭僑源), 경무국 도서과장을 대리한 정수남(井手男) 외 내선(內鮮) 백여 문인이 참석한 결성대회는 경과보고 및 규약을 통과시킨 후 김동환이 성명서(朝鮮文人協會發起聲明書)를 낭독하였고 회장으로 이광수를 추거(推擧)하였다. 이때 이광수는 등단하여

"이번 이 협회의 창립은 새로운 국민문학의 건설과 내선일체의 구현에 있다. 인류는 유사 이래 국민생활을 떠나 생활한 일이 없고 문학도 국민 생활을 떠나서 존재할 수 없다. 반도문단의 새로운 건설은 내선일체로부터 출발되어야 한다"는 취지의 취임사를 발표했으며, 당시 명예총재로 염원 학무국장을 추대한 후 간사 10명을 지명 인준하였다. 이어 팔목(八木) 학무과장의 인사 및 정교원(鄭僑源) 최린(崔麟) 등의 내빈 축사를 끝마친 결성대회는 김용제(金龍濟)의 답사와 신도(辛島)의 폐회사, 이광수의 천황폐하(天皇陛下) 만세 3창으로 폐막하였다.

이날 선출된 역원은 명예총재 鹽原時三郎, 회장 이광수, 내지인 간사에 百瀨千尋, 杉本長夫, 辛島驍, 津田剛, 조선인 측 간사에 김동환, 정인섭, 주요한, 이기영, 박영희, 김문집의 6명이었다.

이리하여 1939년 11월 8일 본정통(本町通) 명치제약(明治製薬) 2층에 집결한 이광수, 이기영, 유진오, 박영희, 김동환, 정인섭, 주요한 외 일인 6명에 의하여 첫 사업으로 회원들의 자작 위문문을 넣은 위문대(袋)를

모집하자는 건과 문예의 밤을 개최하자는 건이 결의되어 1939년 11월 17일 회원들로부터 수집한 위문대 백여 점을 20사단 사령부를 통하여 (……)

이상과 같이 일치(日治) 말엽에 국민문학건설과 총력전 수행을 위하여 혁혁한 공적을 수립한 문인협회는 1943년 4월 조선배구작가협회(朝鮮俳句作家協會), 조선천류협회(朝鮮川柳協會), 국민시가연맹(國民詩歌聯盟)의 3개 단체와 함께 발전적 해산을 한 후 동 17일 조선문인보국회(朝鮮文人報國會)로 재출발하였다.

*조선문인협회 발기인 명단(1939. 10. 20)

이광수, 정지용, 김동환, 김기림, 최재서, 辛島驍, 이태준, 백철, 津田剛, 임화, 임학수, 이하윤, 김상용, 김억, 김동인, 김기진, 김문집, 박영희, 방인근, 김소운, 김형원, 박태원, 유진오, 함대훈, 이극로, 이기영, 정인섭, 김용제, 전영택, 조용만: 佐藤淸는 교섭 중. (『친일문학론』, 96~110쪽)

위의 내용을 뜯어본다면 협회의 발기인회(10. 20)와 결성준비회(10. 22)에는 민촌이 참석치 않은 것으로 보이고, 내선(內鮮) 100여 문인이 참석한 가운데 민촌이 조선인 측 간사 6명 중 1인으로 선출되는 협회의 결성대회(10. 22)에는 민촌의 참석 여부가 불확실하며, 협회의 첫 사업일(11. 8)에는 민촌도 분명 참석하였다. 매번 불참의 핑계를 대기가 쉽지 않았을 것이다.

조선문인협회의 여러 활동이 관련 인명과 함께 『친일문학론』에 수없이 열거되는데 민촌의 이름은 위에 세 번 거론된 것 외에 더 이상 없는 듯하다. 또 협회는 1941년 8월 12일 임원 개편 때 다수의 간부와 간사를 선출하였으나 거기에도 민촌의 이름은 보이지 않는다.

조선문인협회가 발전적으로 해산되어 결성된 조선문인보국회(報國會,

1943. 4. 17)도 거창하게 출발하여 8·15(1945)까지 온갖 호들갑을 다 떠는데, 민촌의 이름은 1943년 6월 17일 보국회의 진용이 크게 확대되면서 소설희곡부회의 상담역의 1인으로 명단에 오를 뿐, 보국회의 여러 사업에 더는 거명되지 않는다.

민촌은, 자기는 소학교도 제대로 못 다녔기 때문에 일본말이 서툴다는 핑계로 순회강연이나 출정 독려의 연설을 끝내 거절하였다는 이야기가 필자의 집안에 전해 내려온다. 회고에 이렇게 나온다.

> '사상보호관찰소'에서는 나를 이용하기 위하여 여러 방면으로 강박하였다. 그러나 나는 일어를 잘 모르기 때문에 글도 쓸 수 없고 강연도 할 줄 모른다고 종시 거절하였다. 나는 소학을 마친 것뿐이어서 그들은 나의 말을 수긍하였는지 모른다. (「이상과 노력」)

> 그 당시 일제 경찰과 검사국에서는 '검은 수첩'에 등록해 놓고 나도 역시 '요시찰인'으로 감시를 하는데 그런 구속을 받는 것이 참을 수 없었다. 어디 좀 출입을 하자면 경찰서 고등계에 계출을 해야 하고 외지에 나가면 형사들이 으레 뒤를 달았다. 더구나 놈들이 위협을 하면서 일어로 글을 쓰라, 강연을 하라고 성화를 먹이는데 나는 도대체 일본말을 모른다고 잡아떼었다. 창씨개명을 하라는 것도 응하지 않았다.
>
> 그러니 놈들의 비위를 거슬리게 되어 그대로는 서울에 배겨 있을 수 없다고 생각하였다. 이에 나는 농촌으로 들어갈 것을 생각하고 강원도 금강산으로 이사를 한 것이다. (「땅에 대한 사랑」, 〈문학신문〉 1963. 3. 5)

임종국 씨는 그의 노작(勞作)을 끝맺으면서 친일 문인들을 몇 가지 유형으로 분류해 보고 있다.

그 유형 중의 하나가 이광수(李光洙)처럼 조선민중을 위해서 황민화운동을 해야 한다는 제 나름의 신념이었다. 독립운동을 해도 성공 못 할 바에야 천황의 신민이 되어 희생을 막자는 것이겠지만, 그러나 이는 도대체가 어불성설이다. 즉 이를 증명하기 위해서 필자는 이광수에게 묻고 싶은 말이 있으니, 독립이라는 것이 그렇게 떡 먹듯이 쉽게 되는 물건인 줄 알았더냐는 질문이 바로 그것이다. 그리고 혁명에는 희생이 불가피하게 따르는 것이다. 그 희생을 막기 위해서 조선이 황민화해야 한다는 것은 교각살우(矯角殺牛)다. 즉 소뿔을 바로 하려다 소를 죽이는 결과가 된다.

다음, 친일 행동을 하지 않았더라면 아마도 일제의 법률에 의해서 처형되었으리라고 생각되는 몇 문인이 있었다. 즉 탄압에 못 견디어, 그 탄압을 면하기 위해서, 차마 죽지는 못할 생명에의 미련이 호신책으로 천황귀일을 부르짖게 한 작가들이 이 유형이다. 이 유형에 속하는 작가들에 대해서 필자는 그 무렵의 망국의 한을 되새기면서 일국의 동정심을 표명하겠다.

(.........)

다음, 끝까지 지조를 지키며 단 한편의 친일 문장도 남기지 않은 '영광된 작가'들도 적지 않았다. 복강(福岡) 감옥에서 옥사한 시인 윤동주, 폐허파에서 변영로, 오상순, 황석우, 조선어학회에 관계하면서 시와 수필을 쓴 이병기, 이희승, 젊은 층으로 조지훈, 박목월, 박두진들의 청록파 3시인과 박남수, 이한직의 문장 출신, 제일 먼저 붓을 꺾었다는 홍로작과 김영랑, 이육사, 한흑구, 이들의 친일 문장을 필자는 현재 조사한 범위 내에서 단 한 편을 발견하지 못했다. 비록 지조를 지켰다는 이야기지만 이들의 이름이 이 같은 책에서 언급된다는 사실 자체가 그들에게는 하나의 모욕일 것이다. (『친일문학론』, 466쪽)

임종국 씨의 이런 결론에는 약간의 무리가 따른다.

지명도가 떨어지는 젊은 작가나 순수와 자연을 외치는 시인들은 두 차례 이상 피검 복역한 바 있는 카프계의 원로들에 비하여 '지조'를 지키기가 쉬웠을 것이다. 또 '술 익는 마을마다 타는 저녁놀…' 이렇게 그 시대에 풍요를 노래한 자들에게까지 영광의 월계관을 씌워 줘서야! 임 씨의 연구 업적은 훌륭하며 그 의의 또한 지대하나 그에 대한 천착이 이루어졌어야 했다.

위에서 친일문학으로 지목된 민촌 관련 사례들을 일부 인용해 보자.

> 황군의 전투 노고와 그에 대한 감루, 감사와 일본정신을 실천적으로 파악하려 한 선무공작 등 ―전지의 현실을 북지의 광막한 평야와 황진만장인 대륙적 자연의 배경에 비치어서 충실히 묘파한 점은 총후의 국민으로서는 누구나 읽어야 할 시국 인식의 양서인 동시에 또한 전쟁문학으로서도 훌륭한 수확을 조선 문단에 끼친 줄 안다. (『전선기행』*을 읽고)
>
> (*『전선기행』은 박영희의 저작임-필자)

권씨는 이 글에 대하여 '이러한 진술은, 이미 그(민촌)의 이념도 일제의 군사적 위세 밑에서 일본의 전시체제 문화로 흡수되고 동화되었으며, 그동안 지속했던 이념의 해체를 보여 준다'고 썼다. 필자는 경악했다. 박영희에 대한 측은함과 이런 글을 써야만 하나 하는 민촌의 자괴감이 짙게 배어나는 이 서평을 권씨는 곧이곧대로 받아들여 이를 축자번역(逐字飜譯-verbatim translation)하고 있는 것이다!

> 이런 대륙적 신흥 기분은 실로 만주가 아니고 볼 수 없는 광경이라 하

겠으나 그중에도 만주의 농촌개발은 장대한 자연과 투쟁 중에서 위대한 창조성(수전 개척)을 띠어 있고, 그만큼 그것은 장래의 농민문학을 개척함에 있어서도 위대한 소재와 정열을 제공할 줄 안다. 과연 만주에 있어서 신흥농촌 건설사업은 동시에 농민문학 즉 대지의 문학을 건설할 훌륭한 재료가 될 수 있으리라 생각한다.

나는 실제로 그들이 대륙적 풍토와 싸워 가면서 농촌을 건설하려는 노력과 고투의 생활을 좀 더 구체적으로 써 보고 싶었으나 (……) (「만주와 농민문학」)

지평선과 하늘이 맞붙은 들 가운데 느릅나무 한 주가 우뚝 섰다. 나무 밑에는 조그맣게 검은 벽돌로 지은 당집이 있다. 넓은 농장 안에는 길찬 벼가 쪽 고르게 들어섰다. 바람이 지나칠 때마다 벼이랑이 굼실거린다. 저편 강기슭 일변으로 푸른 물감을 칠해 놓은 것 같은 버들밭이 우거졌다. 거기에 연달아서 갈대꽃이 부옇게 피었다. 그것은 마치 유록장 옆에 백포장을 친 것 같아서 이 고장이 아니고는 볼 수 없는 일대 장관을 이루었다. 그 밖에는 붉은 이삭이 팬 고량밭이 둘러 있다.

만국지도와 같은 그 위에 팔월의 태양이 내리비친다.

(……)

실로 단체적 행동의 체험은 그들로 하여금 전에 맛보지 못하던 쾌락을 주었다. 혼자 즐기는 것이 여럿이 즐기는 것만 못하단 말과 같이 그들은 공동생활의 새로운 흥미를 느끼었다. 그것은 비록 며칠 동안이 아니라도 공통된 정신 밑에서 진실한 생활 체험을 얻을 수 있었다. 거기에는 아무런 불의가 없었고 욕심이나 심술이 없었다. 왜 그러냐 하면 생활의 정신이 같기 때문에… 그들은 한 가지 목적을 달하기 위해서 제각기 지혜를 짜내고 힘을 합치고 게으름뱅이를 정리하고 약한 자를 붙들어 주고 장상을 공경하고 어린 사람들을 우애할 수 있었기 때문에… 그들은 조금도 사욕이 없었다. 만일 이 같은 정신으로 집에 돌아와서 왼 동리 사람들이 힘을 합칠 것 같으면 참으로 못할 일이 무엇일까. (『대지의 아들』)

그는 동쪽 하늘을 바라보았다. 훤하게 날이 밝아 오며 동천이 붉으레 해진다. 장엄한 여명이다. 아침 노을이 물들어 가는 동쪽 하늘은 점점 더 붉은 빛이 더해 간다. 아니 그것은 노을이 아니다. 욱일(旭日)의 광휘(光輝)가 대지를 밝혀 옴이었다. 이 새봄의 쾌청한 아침해는 만물에게 은총을 베풀기 위하여 또 한 날의 등극함이 아니냐. (「동천홍」)

전쟁은 파괴인 동시에 건설을 가져온다. 그것은 엄청난 소비인 동시에 거대한 생산력을 갖게 한다. 따라서 전쟁의 규모가 크면 클수록 국력을 집중하게 된다. 금차 대동아전쟁과 같이 일억 국민이 총동원이다. (……) 오늘날 전시하에 증산을 목적으로 활동하는 산업전사로서의 영예가 크다 하겠지만 그 밖에도 광부의 생활은 긍지를 가질 수 있다. 그것은 광부는 한갓 인부가 아니라 국가사회를 위한 훌륭한 생산자라는 점이다. (「광산촌」)

권씨는 이들 민촌의 작품을 해설하면서 그의 만주에 대한 시대적 인식의 바탕에 강한 친일적 요소가 기록으로 확인된다고 쓰고 있다.

일제는 1938년 일본 국가총동원령의 한반도 적용법령을 발표하며, 그 이듬해 1939년에는 선만척식회사(鮮滿拓殖會社)에서 만주로 조선농민을 이주시키는 정책을 적극적으로 추진하여, 충남도민 약 삼천 명을 수송하고 있음을 볼 수 있다. 이어 일제는 1940년에는 강력한 경제통제

> 정책을 추진하여 민족동화정책인 황국신민화에 박차를 가한다. 이 일련의 사회정세는 이미 민족말살이라는 차원에까지 이르고 있다. 유민의 삶은 일제의 통제경제와 수탈정책으로 인한 병참기지화에 기인한 것이라면, 이들에게 남겨진 마지막 피난처는 '만주'였던 셈이다.
>
> 그러나 李箕永의 만주에 대한 시대적 인식은 이미 그 바탕에 친일적 요소를 강하게 피력하고 있었다는 것을 기록에서 확인할 수 있다. 그는 「만주와 농민문학」에서, 새로운 농민문학의 성격을, '생생한 소재와 웅장한 스케일과 위대한 창조성을 장래할 농민문학'으로 긍정적으로 바라보며 '대지의 문학'으로 규정짓고 있다. 이는 일제의 수탈정책에 희생되는 빈농의 삶을 드러낸 이전의 농민문학과는 다른 시각 차이를 보여 주는 것이다. 李箕永은 만주의 농촌을 조선의 농촌과는 다르게 경이의 눈으로 바라본다. (권유, 『이기영 소설 연구』, 태학사, 150~151쪽)

민촌은 1939년 7월 1일 총독부의 시국 인식 간담회에 참석하고 약 달포가 지난 8월 18일부터 2주 남짓 만주를 여행하였다. 그는 곧 그 여행기로 「대지의 아들을 찾아」(〈조선일보〉 1939. 9. 26~10. 3)와 권씨가 주목한 「만주와 농민문학」(〈인문평론〉 1939. 11)을 썼다. 이미 본 바와 같이 그사이(10월)에 그는 조선문인협회의 발기인 명단에 들고 그 간사가 되며, 11월 8일에는 실제로 협회의 활동에 참여한다. 가히 그 당시의 분위기를 짐작할 만하다.

두 글은 우선 그 논조가 일제 당국에 답안지 제출하듯 쓴 글임을 알 수 있다. 그러면서도 그 전체적인 내용은 '선조의 분묘가 있는 정든 고향을 떠나 (……) 소작농도 할 수 없어 바가지를 차고 국경을 넘어 바람 거친 만주로 들어'온 이주 농민들이 논농사를 개척하여 많은 소출을 내는 이유를 그의 남다른 농촌 지식으로 소상히 밝히고, 그러면서도 '다수가 오히려 생활의 안정을 얻지 못하고 사처에 방황하고 있는 것은 무슨 까닭인가?'라고 물으며, 기왕에 이주한 이상 그들이 자작농으로 정착할 수 있는 길을 나름대로 제시하면서 조심스럽게 그 개척민들이 각성하기를 촉구하고 있다. '만주 입식(入植)의 농가는 거개 요족(饒足)한 생활을 누릴 수 있을 것으로 말이 너무 풍을 띠어서 독자는 나를 아주 만주 바람이 들었나 의심할는지 모르나 그것은 또한 그렇지 못한 사정이 있다'고까지 썼다.

그런데 권씨는 필자가 지적한 위의 두 가지 점을 애써 외면하고 반공 글짓기 대회의 모범답안에서 보는 것 같은 몇 줄의 문구를 꼬투리 잡아 화려한 상상의 나래를 편다.

권씨는 이어 쓰기를 민촌이 일제의 논리를 따라 '만주의 원주민에 대하여 문화적으로 우월감을 느끼고 있'다고 하면서, 민촌이 '한국 농촌의 빈궁한 현실을 만주개척을 통해 극복할 수 있다고 믿'는 것은 이념의 파탄 증상과 긴밀히 연관된다고 주장한다.

그는 민촌의 이념 파탄이 현실과 이상의 괴리로 인해 생성되었다고 단정하고, 이러한 식민지 제도권으로의 급속한 편입과 적응은 '이전까지의 사회주의적 리얼리즘문학의 모델을 나름대로 수립해 나가는 가운데에서 식민정책의 현실 논리와 결합할 수 있는 어떤 요소가 있기 때문일 것'이라고 추정한다. 즉 그는 민촌 문학에 '이미 제국주의의 논리와 친화 작용이 지속될 가능성과 여건이 구비되어 있었'음을 논증하려 하고 있다.—민촌의 문학이 이념의 변질을 보일 수 있는 가능성을 두 가지 내포하고 있었는데, 그 하나는 사회주의 이념에 투철한 인물을 창조하려는 그의 지향이 제국주의와 마찬가지로 한국 농촌보다는 만주를 매력적으로 보게 되는 것이요, 또 하나는 '그의 문학에 흐르고 있는 집단주의가 제국주의 혹은 군국적 파시즘의 국가주의와 친화'력을 갖고 있다는 것이다.

권씨는 「만주와 농민문학」에서 민촌이 '사회주의적 이념과 결합되었던 한국 농촌의 현실적 고려로부터 만주개척으로 쉽게 전환해 가는 사상적 변질의 징후'를 발견하고, 민촌이 그 글에서 '대륙 경략의 주체적 지위를 획득한 한국인의 창조성을 높이 평가하고 그것이 이주 동포의 개척사라는 점에 대해 감격'하면서도 그것이 '어떠한 사회적 정치적 맥락을 갖는 것인지에 대해서는 침묵하고 있'는 것이 '제국주의의 대륙 경략' 논리와 정확하게 일치한다고 주장하면서 '이미 李箕永의 전향은 움직일 수 없는 증거'라고 단언한다. 나아가 권씨는 '사상적 전향 혹은 체제로의 흡수를 강요하는 회피할 수 없는 전시체제의 억압적 현실에서 李箕永은 파행적 면모를 드러내'는데, 이념의 공동화(空洞化)로 인해 그 내적 불안이 그의 눈을 외부 세계로 돌리게 하여 그 시선이 닿은 곳이 바로 '만주'였다고 주장한다. 그리하여 장편 『대지의 아들』은 만주를 '풍성하고 희망찬 땅'으로 묘사하고 식민지 제도의 합법성을 수용하고 있다고 그는 지적한다. 위와 같이 권씨는 민촌 문학이 전향 문학으로 변질될 수 있는 내재적 속성을 가지고 있다고 주장한다.

나아가 권씨는 민촌이 「동천홍」과 「광산촌」에 이르러 '작품 경향이 노골적인 친일문학으로 접어드는'데, 이러한 점이 '작가의 내면적 황폐화'에서 비롯된 것인지 아직 단정할 수 없다고 하면서 이들 작품이 '적극적이고 자발적으로 일제의 이념에 찬동하는 면이 드러난'다고 하였다.

권씨 논리의 억지와 비약에는 혀가 내둘린다. 필자는 일일이 대꾸하고 싶지 않다. 다만 권씨는 민촌이 그 후에도 일제에 협력하는 데에 극히 소극적이었고 창씨개명을 하지 않고 끝까지 버티다가 해방 1년 반 전(1944. 3. 30)에는 급기야 붓을 꺾고 농촌에 은둔한 그의 처신까지 그러한 논리에 따라 그럴싸한 해석을 내놓는다면 더욱 가관일 것이니 그렇게 해 보시기 바란다.

권씨는 만주 이주민의 실태에 관한 인식이 부족한 듯하다.

그들은 일제의 가혹한 식민정책에 따라 죽지 못해 고향을 등진 사람들이다. 그들이 중국인 지주에게 고율의 소작료를 착취당할 뿐만 아니라 처자(妻子)까지 빼앗기는 박해를 받은 것은 다른 카프 계열의 작품에도 많이 나오는 내용이며, 일제의 관헌과 마적떼로부터 지독한 시달림을 받았음도 상식에 속하는 일이다. 더구나 청산리전투(1920) 이후로 그들은 곳곳에서 일제로부터 집단 학살을 당하기도 하였다. 민촌이 이러한 사실과 정황을 몰랐을 리 없다.

민촌이 만주에서 이들 이주민들이 개척한 벼농사의 황금벌판을 며칠 둘러보고 ―그 표피적 현상에 감탄하여― 권씨의 표현대로 '한국 농촌의 빈궁한 현실을 만주개척을 통해 극복할 수 있다고 믿'었다고 한다면 권씨는 민촌에게 속은 것이다. 사물의 표피밖에 볼 줄 모르는 자는 바로 권씨인 것이다.

민촌은 당시에 작품의 소재를 찾기 위하여 만주를 한가롭게 여행할 수 있는 여건이 아니었다. (조선일보 협찬의 형식을 취하긴 했지만 실제로는) 일제가 넉넉한 여비를 주어 민촌으로 하여금 만주를 돌아보게 했을 것이다. 그는 짤막한 기행문 두 편과 도식적인 연재소설 한 편으로 그 빚을 갚았고, 일제는 그의 그러한 가식적(假飾的)이고 형식적인 전향(?)만을 성과로 얻고도 그런대로 만족한 듯한데(권씨 같은 독자들에게는 민촌의 그런 글도 먹혔을 것이므로), 권씨는 이를 들어 '李箕永의 전향은 움직일 수 없는 증거'로 보고 있는 것이다.

「만주와 농민문학」 및 장편 『대지의 아들』은 관제 문학이었다. 권씨가 민촌의 전향을 단정적으로 말하고 또 그것을 필연적이고 운명적인 것으로 논하는 것에 대하여 필자는 동의할 수 없다. 그의 억지 논리보다는 '민촌이 일제에 굴복(屈服)하여 결국 그들이 요구하는 글을 쓰게 되었다' 라고 보는 것이 옳을 것이다.

당시 일제는 '신체제 국민생활'에 적절한 보다 명랑한 분위기를 작품 속에 구현하도록 요구하고 있었다. 그들은 작가들을 무단 납치하여 자기들이 요구하는 글을 당장 써내도록 하기도 하였다 한다. 그들은 갖은 교활한 수단(협박, 조건, 미끼)을 동원하여 작가들을 강박했을 것이다. 보호관찰대상 사상범으로서 예방 차원에서 언제라도 다시 구금될 수 있는 민촌은, 창씨개명을 회피하며 부일 협력에도 소극적인 자세로 일관하면서, 글로써 당국에 협조하라는 이 요구에 결국 굴복한 것 같다. 그리하여 그는 노동과 생산을 장려하는 내용의 소설 형식만 갖춘 행진곡풍의 교설(敎說) ─소위 '생산소설'(「동천홍」, 「광산촌」 등)─ 들을 썼다. 그것은 차라리 '군가(軍歌)소설'이라 불러야 옳을는지 모른다.

일제는 그런대로 '봐라! 민촌도 전향했다!'라고 과시할 수 있었을 것이고, 일찍이 민촌을 '청한강직지사(淸寒剛直之士)' (「이기영 검토」, 〈풍림〉 제6호 1937. 5)로 보았던 평자 박승극 등은 '아, 민촌까지도!' 하고 탄식했을 것이다.

리얼리티가 결여된 채 도식적인 갈등 구조만 설정하여 당국의 구미에 맞는 언사를 척척 채워 넣은 이 글들이 과연 민촌 문학의 진면목일 수 있는가? 이는 『전선기행』의 내용을 근거로 박영희를 파악하려는 것과 같다 할 것이다. 박영희가 『전선기행』을 쓸 정도까지 일제에 굴복한 것은 부인할 수 없는 사실이다. 그러나 그것은 박영희가 그만큼 박약했다는 것을 말해 주는 것이지 『전선기행』의 내용이 그의 진면목은 아닌 것이다.

민촌의 생산소설 집필은 그가 약 20년 전에 동경에서 지진을 맞이하여 며칠간 일본인으로 위장함 —가족을 찾는 것처럼 왜글을 써서 목에 걸고 다님— 으로써 죽음을 모면한 상황과 유사하다 할 것이다. 평자 이미림(李美林)은 '이기영의 전력을 고려할 때 이 시기의 작품은 살기 위한 보신책의 방편이지 노골적인 친일 색채로 해석할 수는 없을 것'이라고 하였다. 이상경 교수는 일제가 강요한 생산소설과 관련하여 카프 작가 '이기영이 자기의 일관성을 유지하면서 전시체제하에서 작품 활동을 해 나갈 수 있는 방법'은 '노동의 기쁨을 강조하고 기술 개발과 자연 정복을 통해 생산력을 제고시키는 측면만을 부각시키고 생산 수단의 소유 관계라든지 분배의 문제 등에 대해서는 언급을 회피하는 것'이었고, '생산소설을 쓰면서도 이기영은 그 생산물이나 노동을 전쟁에 동원할 것을 주장하는 글을 쓰는 데까지는 나아가지 않고 있'음을 지적(2005년 11월 26일 천안예총 주최 '민촌 이기영 문학 심포지엄'에서)하였다.

그는 그렇게 구명도생하면서 안으로는 분노를 되새기고 밖으로는 절필과 도피의 기회를 노리고 있었다. 그는 「광산촌」을 연재하면서 다른 한편으로는 두메산골로 이사(移徙)할 공작을 취하고 있었던 것이다.

25. 절필과 은둔

민촌의 아내 조씨가 인사동 하숙집에서의 식모살이를 벗어나 좌부리의 친정으로 돌아오게 되자(1936년-조씨 44세, 종원 20세), 친정아버지 조영완은 외손자 종원의 결혼을 주선하였다.

필자가 선친 종원에게서 들은바, 군의관이 임질이라고 판정해서 일본군 징집을 면했다고 하면서 그럴 리가 없는데 그런 판정을 받았다고 이상하다고 하였다. 아마도 외할아버지 조영완이 손을 쓴 것으로 추정된다.

종원의 큰아들 상렬(祥烈-필자의 형)이 태어난 시점(1938년 음력 11월 20일)으로 보아 조씨는 인사동에서 내려오자 바로 아들의 결혼을 서둘렀던 것으로 보인다. 종원이 이제 어엿한 기술자로 밥벌이를 하게 되었음을 말해 준다 하겠다. 모종리의 부자 조병국의 아들 기행(1927~1995)에 의하면 당시 양복기술자는 수입이 좋아서 웬만한 월급쟁이 빰쳤다고 하였다.

종원은 모친을 모시고 신혼살림을 아산군 온양읍 온천리 73번지의 셋방에서 시작했다. 상렬의 출생지가 그곳이다(호적).

종원은 결혼 전에 함흥에서 일한 적도 있었다. 필자가 선친한테서 그렇게 들었으며 '함흥라사'라고 쓰인 골판지 양복 케이스가 오랫동안 어린 시절의 우리 집에 있었던 것을 필자는 기억한다. 조기행은 함흥이 당시 공업도시로서 근대화가 빨라 서울 못지않게 인총이 많았고 양복점 수입이 좋은 데였기 때문이었을 것이라 하였다. 그는 또 종원이 일류 기술자가 되어 지금의 미도파(당시에는 '丁子屋') 양복부에 취직해서 결혼한 후에도 서울 '효자동'의 민촌 집에서 다녔으며, 모친과 아내가 있는 온양 집에는 가끔 다니러 왔을 거라고 추정하였다.

그들은 온천리 셋집에서 몇 년 살다가 용화리 68번지(호적)로 셋집을 옮겼는데, 거기서 종원의 아내가 둘째아이를 낳고 산후 여독으로 아이와 함께 죽었다(1942. 11. 16). 종원이 홀아비(26세)가 되었다. 조씨가 3년 반 된 손자를 키워야 했다. 외가에서 종원에게 객지 생활을 그만두고 모친을 모시라고 성화하였을 것이다. 마침내 종원이 서울에서 내려와 온양읍 용화리 16번지에 새집을 사서 3대의 세 식구가 한 살림을 하게 된 것이 1943년경으로 보인다. 그것은 조병국이 인근에 먼저 터를 잡고 대궐 같은 집을 짓고 살고 있었기 때문이었다. 그의 아들 기행의 나이 13세(1939) 때의 일이라 한다.

한편 민촌의 아내 조씨의 친정댁도 이미 밝혔듯이 1941년경에 좌부리에서 구온양 읍내로 다시 이사하였는데 필자는 그 집을 자세히 기억한다. 넓은 터를 돌담으로 반듯하게 둘러싼 솟을대문 집인데 안채, 건너채, 사랑채, 광채가 죽죽 뻗었고, 장판방처럼 말끔했던 추수를 앞둔 사랑채 앞마당이 인상적이었으며, 안채 마당에는 둥근 정원이 여유 있게 자리하고 있었고, 4각 우물은 옛날의 석조 유적을 연상케 하였다. 구온양에서 가장 큰 집이었다. 조병은이 대금업으로 큰돈을 모아 집을 늘려 간 것으로 추정되는데, 조필남은 한사코 그게 아니라며 조병은도 그의 조부로부터 내려온 재산을 축내지 않고 그저 유지나 한 정도라고 주장한다.

종원은 당시에 비교적 수입이 좋은 첨단(!) 기술자였으므로 모친 조씨와 어린 아들 하나를 부양하는 데 별 어려움이 없었던 것으로 보인다.

조필남에 의하면 대동아전쟁[일본이 '태평양전쟁(1941. 12. 8~1945. 8. 15)'을 일컫는 말] 때에 여름방학만 되면 홍씨가 소생을 모두 이끌고 조씨 집에 내려와서 한 달 내내 지내고 갔다고 한다. 조씨가 서울 인사동에 있을 때 홍씨의 집을 자주 찾아가 서로 가까이 지낸 대갚음일까.

본처 조씨는 홍씨와 그 아이들을 잘 대접해 보냈다고 한다. 조씨는 아이들이 헛헛해할 거라면서 식량난으로 모두들 허덕이는 판에 인절미까지 해서 먹였다고 조기행은 말한다. 기행은 또 그때 홍씨의 아들 평과 함께 물고기를 잡으러 다니기도 했다고 회고한다.

조씨가 시앗과 그 소생들을 후대하는 처사를 친정에서 힐난하면, 조씨는 '내 팔자가 세어서 그렇지 홍씨야 뭐 나무랄 게 있느냐'고 했다는 것이다. '사실 홍씨가 사람은 좋더라'고 조필남은 말한다.

민촌이 내금강으로 소개(疏開)해 간 것이 1944년 3월이므로 그들이 조씨에게 폐를 끼친 것은 두 번쯤으로 보이는데 그보다 더 되었을지도 모른다. 조기행도 두 번이 더 될 거라고 말한다.

1943년 7월 온양읍 용화리 16번지 이종원가의 식구들을 따져 보자.

민촌의 아내 조씨(51세), 아들 종원(27세), 손자 상렬(祥烈 5세, 필자의 형)의 세 식구와, 민촌의 제2부인 홍을순(39세), 그들의 딸 을화(18세), 아들 평(15세), 종혁(7세), 종륜(3세) 등 다섯 식구를 합해서 모두 여덟 식구이다.

조기행은 그가 평과 고기를 잡으러 다닐 때 평이 제2고보 1학년생으로 기억하고 있으며 조보다 한 살 위인 을화가 나중에(해방 전) 서울에서 결혼한 것까지 기억하고 있는데 신랑이 누구인지는 미상이다.

본처의 식구들이 이렇게 집을 마련하고 경제적으로 안정된 생활을 하게 되자 민촌은 '절필과 은둔'을 서두른다. 전쟁 중의 일제가 승승장구한다고 한참 떠벌리던 때이다.

> 대동아회의란 작년(1943년) 11월 5일에 만주국, 중화민국, 필리핀공화국, 타이국, 버마국의 대표들이 동경에 모여 일본천황을 배알하고, 5일과 6일 이틀 동안 제국 의사당에서 도조 수상을 의장으로 하여 대동아 백년의 평화와 번영을 논의한 회의였다. 그건 다름 아닌 황군이 영국, 미국, 네덜란드 등의 아시아 식민지국가들을 해방시키고 새롭게 대동아공영권을 실현시켰음을 일본이 온 세상에 과시한 것이었다. 그 소식을 조선에서도 신문과 방송을 총동원해 대대적으로 알렸음은 물론이었다.
>
> (……)
>
> 여류 문사들도 이미 친일의 대열에 가담했고, 미술가며 음악가들도 적극적인 친일 활동을 전개하고 있는 판이었다. 그리고 종교계며 교육계 등 모든 분야에 걸쳐서 지식인들은 친일의 깃발을 들고 있었다. 그건 다 작년 11월의 대동아공영권 성취라는 것을 계기로 벌어진 사회의 급격한 변화였다. (조정래, 『아리랑』 12권, 131·138쪽)

이렇게 남들이 모두 친일의 대열에 합류하는 판에 민촌은 오히려 그간에 더럽힌 붓을 꺾으려 하고 있었다.

그의 전황(戰況) 판단이 남달랐기 때문이었을까?

대부분의 지식인들은 일본이 전쟁에 이기고 있으며 따라서 암흑은 오래 지속될 것으로 믿고 있었다. 따라서 누구도 가까운 장래에 조국의 독립이 올 것이라고는 생각도 못하였으며 더구나 남북의 분단을 예상했을 리 없다. 민촌의 경우도 마찬가지였을 것이다.

그러나 그것이 아무리 요원해 보인다 할지라도 제국주의는 언젠가 반드시 그 자체의 모순에 의하여 멸망할 것이라고 그는 굳게 믿고 있었을 것이다. 그것이 바로 맑스·레닌의 이론이 가르치는 바이기 때문이다. 또 그는 그것이 아니더라도 생산소설을 써 가며 일제에 협력하는 자신을 스스로 용납할 수 없었을 것이다. 그래서 그는 붓을 꺾고 농촌에 숨어들 결심을 하였을 것이다.

그가 절필을 결심하고 일가친척들을 멀리 피함으로써 그들과 영영 헤어진다고 생각할 때 그의 마음은 매우 착잡하였을 것이다. 아무도 모르게 이사 준비를 하는 그에게 아내 조씨와 아들 종원이 가장 마음에 걸렸을 것이고 그 외에 그가 신세졌던 많은 사람들이 또한 그의 마음을 심란케 하였을 것이다.

민촌은 경제적으로 주위의 도움을 많이 받았고 따라서 집안 상호 간의 왕래가 꽤 빈번하였다. 따라서 민촌은 그들의 삶을 대체로 파악하고 있었음이 틀림없다. 민촌이 회상하였을 고향 사람들—그들의 삶의 궤적과 또 그들과 민촌가 사이에 어떠한 접촉과 교류가 있었는지 알아보자.

먼저 그의 어릴 적 친구나 마찬가지였던 삼촌(민욱)을 보자.

그의 큰며느리 강씨는 시아버지가 일본의 노동판에 다녀온 뒤로 몇 해 동안 만주를 떠돌았다고 알고 있다. 고향 사람들의 이목을 피하여 외지에 나가 '양반'을 숨기고 돈을 벌어 보자는 심산이었을 것이다.

그런데 그는 만주에서 돈을 벌기는커녕 고생만 잔뜩 하고 겨우 고무신 깁는 기술을 배워 왔다고 한다.

고무신을 깁는 이 기술자는 고향에 돌아오지도 못하고 아무 연고도 없는 수원에 자리를 잡았다. 오랫동안 소식이 없어 죽은 줄만 알았던 남편으로부터 수원으로 올라오라는 기별을 받은 그의 아내 김씨는 뛸 듯이 기뻐하였다. 그런데 그녀가 유량동 벌말을 하직하고 아이들을 데리고 수원에 올라가 보니(작은아들 두영이 2세 때, 즉 1929년쯤) 남편이 조원동의 한 술집에 방을 한 칸 얻어 놓고는 매향동의 재판소 추녀 밑에 좌판을 벌이고 고무신을 꿰매며 살더라는 것이었다.

당시에는 판사들도 고무신을 꿰매 신었다던가. 재판소 직원들에게는 거저 고무신을 고쳐 주었더니 그들이 한번은 여러 가지로 묻더라는 것이었다. 처자는 어디 있고 큰아들은 몇 살이고 등등…. 아들이라고 공부를 못 시켜 까막눈이라고 했으나, 그래도 데려와 보라고 해서 그동안 수원에서 나무장사와 품팔이나 하던 큰아들 훈영(勛永, 1916~1982)을 데려다 보였더니, 그가 한자를 제법 알고 있는지라 그들이 그를 법원의 고원으로 취직시켜 주었다는 것이다. 그 뒤에도 그들은 또 작은아들 두영(斗永, 1928~)도 보이라고 해서 보였더니 그도 한자를 좀 아는지라 재판소에서 그를 또 고원으로 채용하였다는 것이다(77쪽 사진 참조). 그 후 훈영은 우편소로 옮겼는데, 유량리의 전주이씨들은 '덕수이씨들은 워낙 똑똑해서 어깨너머로 글을 깨우쳐 우편소에도 취직하고 재판소에도 취직한다'고 난리가 났었다고 한다(유량리의 촌로들은 민촌을 일러 '그분이 세상을 잘못 만나서 그렇지 제대로만 만났더라면 대통령도 하셨을 분'이라고도 하였다. 그들이 말하는 또 한 가지는 민촌이 3·1운동 당시 장꾼들에게 전단을 나누어 주다가 일경에게 잡혀 두 눈의 시력을 잃고 상엄리의 절 성불사에 40일간 머물며 간병을 받아 겨우 눈을 떴다는 것이다. 신화(神話)의 형성 과정을 보는 듯하다).

작은고모는, 그분의 손부(孫婦) 신화순에 의하면, 남편의 첩들에게도 잘한 착한 부인이었다는데, 시아버지가 파산한 후 동면의 죽계리, 장송리 일대로 수차례 이사를 다니며 후반생을 매우 어렵게 살았다 한다. 살기가 극난하여 아들 형제가 객지로 돈벌이를 나섰는데 큰아들 석기(錫起, 1908~1941)가 인천(仁川)에서 목수 일을 하다가 객사하였다 한다. 큰아들을 묻은 후 그녀는 석기의 맏딸 남숙(金南淑 1930. 7. 20~)을 데려다가 당시 수원에 살고 있던 남동생 민욱에게 맡겼는데, 그것은 손녀의 정신대 공출도 피하고 식솔도 줄이기 위한 것이었다 한다. 그런데 이렇게 떠난 남숙은 다시 돌아오지 않았다(42쪽 가계도 참조).

민욱의 큰며느리 강기준에 의하면 민촌의 제2부인 '홍씨'가 수원에 내려와서, 몇 달 동안 수원에서 지내던 남숙을 서울로 데려갔다 한다. 아이들을 돌보게 하거나 잔심부름이나 시키기 위함이었을 것이다. 민욱의 작은아들 두영(1928~)은 민촌이 남숙을 서울에서 데리고 있다가 해방 전에 함께 월북하였다고 한다. 그는 남숙이가 갸름한 얼굴에 야무지게 생기고 매우 똑똑하였다고 기억하고 있다.

두영은 남숙의 모친 청주이씨(1908~1957)가 딸을 찾아 전쟁 후에도 수원의 자기 집에 다녔다고 한다. 신화순도 시어미인 남숙의 모친이 해방 후에 딸을 찾아 죽기 전까지 수원에 다녔는데 돌아와서는 번번이 울었고 울다가는 다시 찾아가곤 했다고 전한다(42쪽 가계도 참조).

민욱의 큰며느리 강기준은 시누이 수남(壽男, 1924~)이 시집갈 때(1942년으로 추정됨) 수원의 조원동 집에 민촌이 아이(1941년 3월생인 종륜으로 추정됨)를 업은 부인 홍씨와 다녀갔는데, 그들이 돌아갈 때 뜰에서 잠깐 인사를 하였다고 한다. 강씨는 민촌의 그때 인상이 키가 크고 늘씬하며 훤하게 잘생겼더라고 말한다. 강씨와 두영은 홍씨가 수원에 내려와 남숙을 데려간 것도 이때쯤으로 기억한다.

두영은 '소화19년'(1944)으로 기억하는데, '효자동'(창성동이 맞을 듯) 초가집으로 민촌을 찾아갔다 한다. 모친과 함께 갔는지 부친과 함께 갔는지 모르겠다고 하였다. 민촌이 그때 병객 비슷하게 누워 지내고 있어서 이상하게 생각했다고 한다. 그때는 민촌이 강원도로 소개(疏開)해 가기 직전인데 이런저런 상념으로 착잡했기 때문이었을까?

두영은 또 자신이 재판소에 다닐 때 유리를 잘못 밟아 발을 다쳐 누워 있는 동안 민촌의 장남 평(平)이 내려와서 며칠 놀다 갔다고 회고한다. 평은 수원에 자주 놀러 왔다고 하였다.

민촌의 외조카 조인행(1919~1992)에 의하면 그가 제1고보에 다닐 시절(1932~1937)의 어느 때인가 민촌의 댁을 방문했었는데 누상동의 허름한 초가집이었다고 한다. 비가 오면 샐 것도 같았다 하였다. 방에 쓰던 원고가 있어 요즘은 무엇을 쓰고 계시냐고 물었더니 잡문이라고 하면서 이런 건 쓰지 말아야 하는데 생활에 쫓겨 할 수 없이 쓴다고 하더라는 것이다.

그리고 종원과 함께 심부름을 하였는데 춘원 이광수의 집에 가면 쌀을 한 말 줄 것이니 가져오라고 해서 쌀 한 말을 짊어지고 왔다는 것이다. 믿어지지 않아서 필자가 두세 번을 다시 확인해도 그렇다는 것이었다. 더 확인할 길이 없다.

동생 풍영(1900~1959)은 그의 양외조부 윤영권이 죽은 후(1930) 그에게서 부쳐 먹던 땅도 떼이었는지 나중에는 쇠재에서 어렵게 살았다고 그곳 촌로들은 전한다.

윤이 죽자 작은마누라와 양자(윤병언 尹炳彦, 1893~?) 사이에 재산다툼이 벌어져 재산이 양분되었는데, 그들도 각각 자손이 없이 양분된 재산을 모두 털어먹었다고 한다.

어쨌든 풍영은 언제부터인가 쇠재를 떠나 처가의 동네인 배방면 세출리(낭골)로 옮겨 와서 거기서 해방 전부터 오래 살았으며 거기서 죽었다. 그의 아들 종택(1942~)은 작은누이 종애(種愛, 1938~ 미국 이민)도 세출리에서 태어났다고 전한다. 그러므로 풍영이 쇠재에서 산 것은 10년 내외로 보인다.

고종사촌 병희는 방탕을 계속하였다.

병희(炳羲)가 양자 가고 그 자리에 병의(炳義)라는 분이 양자로 들어왔는데(62쪽 가계도 참조), 그의 아들 이갑재(1924~ 천안시 원성동)는 종가댁(병희)에서 툭하면 소를 잡아 천안 읍내의 유지들을 40~50명씩 불러 잔치를 하면서도 일가들은 무시하였다는 기억을 갖고 있다. 과장도 있겠지만 결국 그는 그 큰 재산을 그렇게 몽땅 날려 버렸다는 것이다. 『두만강』에서처럼 병희가 의적을 맞았다거나 하는 것은 전혀 근거가 없어 보인다. 나중에는 서책은 물론 족보—옛날에는 족보가 종가댁에만 있었다 한다.—까지도 실제로 팔아 넘겨 후일 집안에서 족보를 복원하는 데 애를 먹었다고 한다.

이갑재는 또 자기가 5~6세 때(1929년 전후)의 일을 기억하고 있다. 즉, 병희의 처 여흥민씨(驪興閔氏)는 아이들을 데리고 청주의 친정으로 가고, 병희는 이갑재 자신과 동갑인 다섯째 아들 익재를 데리고 그의 집에 와서 며칠 묵으면서 그의 부친 병의에게 얼마 안 되는 산뙈기를 팔아 내놓으라고 졸랐다는 것이다. 병희는 그렇게 아들 하나를 데리고 이 집 저 집 연줄을 찾아다녔다 한다.

말년에 그는 실제로 구걸도 하였으며, '쇠일'(아산시 배방면의 중리, 신흥리, 수철리 일원)에 있는 둘째아들(정재)의 처갓집에서 죽었다는데 정재의 미망인 강씨(1909년~ 천안시 원성동)는 이를 시아버지의 나이 54세(1943년) 때로 기억하고 있다. 족보에도 병희의 묘는 신흥리에 있고 여흥민씨의 묘는 청주에 있는 것으로 나온다.

병희는 아무것도 할 줄 모르고 늘 사람을 시켜 전장을 팔아 오게 하였다는데, 그러는 중간에서 이리저리 속임당하고 떼이고 했다는 것이다. 그가 세상 물정을 그렇게도 모르니 집안이 망하지 않을 수 있었겠느냐는 강씨의 말이다. 병희가 친구들에게 짚이는 대로 집문서와 땅문서를 나누어 주었다고 하는 이병엽의 전문(傳聞)은 여기서 연유하는 것일 게다.

병희는 아들 6형제와 끝으로 딸 하나를 두었으나 일찍 죽은 이가 많아 그의 후손은 번성치 못한 편이다. 큰아들은 어려서 보약을 많이 먹어 일찍부터 반편이 되었다는 것이다. 이 부분에 관한 『두만강』의 묘사(권5, 81~82쪽)도 그 집안 어른들의 회고와 일치한다.

민촌과 동향(同鄕) 출신으로 그의 사표(師表)요 정신적 지주(支柱)였던 현병주 선생이 별세한 것은 민촌이 조선문인협회에 연루되기 1년 전쯤으로 보인다. 민촌이 통절히 애도한다.

> 수봉거사(秀峯居士) 현병주(玄丙周) 선생은 나와는 벌써 유명(幽明)이 다르다. 선생이 세상을 떠나신 후로 어느덧 신년을 맞이하니 재세시(在世時)의 선생을 사모하는 추회(追懷)가 새로운 동시에 선생을 위하여 애도하는 슬픔이 더욱 간절하다. 오호(嗚呼)! 선생은 왜 좀 더 수명을 누릴 수 없었던가?
>
> (……)
>
> 내가 선생을 처음 알기는 근 30년 전에 속한다. 30년은 1대가 된다. 이렇게 따져 보니 나는 장구한 교분을 가져 보기도 선생밖에 없다.
>
> (……)

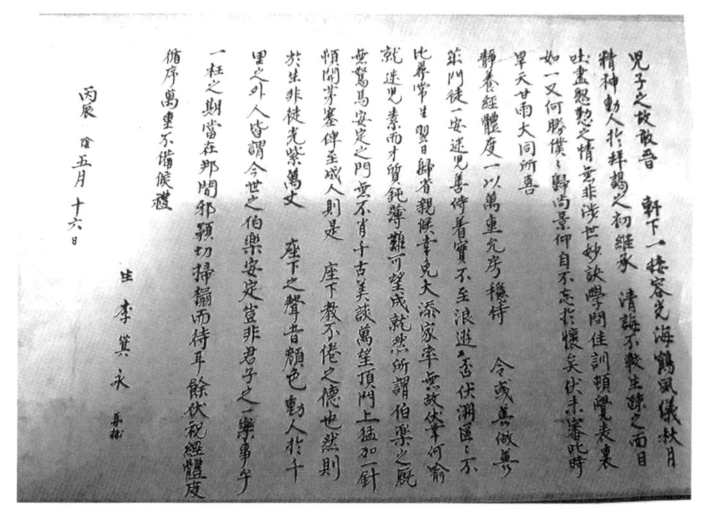

兒子之故敢晉　軒下一接容光海鶴風儀秋月
精神動人於拜謁之初継承　清誨不斁生蹟之面目
吐盡懇懃之情無非涉世妙訣學問佳訓頓覺表裏
如一又何勝僕僕歸尚景仰自不忘於懷矣伏未審此時
旱天甘雨大同所喜
靜養經體度一以萬重允序穩侍　令咸善做善
築門徒一安迷兒善侍着實不至浪遊遊否伏溯區區不
比暑常生 照日歸省親候幸免大添家率無故伏幸何喻
就迷兒素而才質鈍薄難可望成就然所謂伯樂之厩
無駑馬安定之門無不肖千古美談萬望頂門上猛加一針
頓開茅塞俾至成人則是　座下教不倦之德也然則
於生非徒光紫萬丈　座下之聲音顏色動人於千
里之外人皆謂今世之伯樂安定豈非君子之一樂事乎
一枉之期當在那間邪頫切掃榻而待耳餘伏祝經體度
循序萬重不備候禮

丙辰 陰 五月 十六日

生 李箕永 再拜

1916. 5. 16(음). 민촌이 소백산 비로사에서 지낼 때 쓴 것으로 보이는 현병주 앞 문안 편지
(백석대학교 민경삼 교수 소장)

지난가을에 선생이 위독하시단 기별을 듣고 위문을 가니 선생은 매우 원기가 좋으시며 그동안 꼭 죽을 줄 알고 절명시(絶命詩) 한 수를 지었다고 내보인다.

人生必死去 來從自然至
死蔣何處去 應從自然至

그러나 나는 선생이 회춘하실 줄 알았는데 (……) (「수봉선생」, 〈동아일보〉 1939. 2. 18)

서모 '지영자'는 성짓말에서 조씨의 남매(男妹)를 낳았다. 그러므로 그녀는 일곱을 낳아 그중 5남매를 키운 셈이다. 지주 조씨는 본처 소생의 외아들이 잘 컸기 때문인지 지씨 소생의 남매를 데려가지 않았다 한다. 대신 해방 후에 일본인이 버리고 간 전답을 지씨에게 넘겨주어 지씨의 큰아들 제영(李悌永, 1911~1960)은 제법 큰 농사를 지었다 한다. 조씨가 당초의 약속을 지킨 셈이라고 제영의 장녀 종순은 말한다.

제영은 유량리의 교동인씨 인삼만(印三萬, 1916~1989)과 혼인하였는데, 이미 밝혔듯이 그녀는 바로 인창영(1915~ 유량리 벌말)의 누이동생이다. 제영은 후에 아들 종열(種悅, 1935~)과 딸 종순(種順, 1937~) 등 3남 2녀를 두었고, 지씨는 1943년 10월 6일에 57세로 죽었다.

이때 수원의 민욱이 '성짓말' 상가(喪家)에 문상 갔던 것을 며느리 강씨가 기억하고 있다. 민욱과 지씨는 비슷한 또래이며 지씨가 '남술의 처'였던 시절에 민욱이 그녀를 많이 놀려먹기도 한 것이 『봄』에 나온다.

민촌도 서모를 문상하였을 것이다. 그는 어릴 때부터 조혼의 희생자인 서모를 자기와 동류로 인식하여 그녀의 처지를 동정했을뿐더러 그녀의 활달하고 적극적인 성격을 좋아하였다. 그녀는 적극적으로 자기의 활로를 개척한 야생초였다. 그 점 또한 민촌과 비슷하였다.

민촌이 서모를 문상치 않을 수 없었을 이유가 또 있다.

즉 강씨에 의하면 민촌의 제2부인 홍씨가 성짓말 제영의 집에 자주 다녔다고 한다. 강씨(1943년 당시 22세)가 홍씨(1943년 당시 40세)와 같이 간 것만도 두 번을 확실히 기억한다고 하였다. 한번은 홍씨가 5~6세 된 아들의 손을 붙들고 강씨와 함께 갔다 한다. 종혁(種革, 1937~)을 말함일 것이다. 홍씨는 을화(1943년, 18세)와는 더 자주 갔었을 것이라고 강씨는 말한다.

제영의 딸 종순(1943년, 7세)은 홍씨의 자녀들이 겨울방학 때마다 내려와서 자기 집에서 한 달씩 지내고 갔다고 회고하며 을화, 평, 종혁의 기억이 생생하다고 한다.

을화는 그때 유치원 선생이었으며 파마를 하고 까막 치마에 연분홍 저고리를 입고 있었다고 하였다. 한 달을 지내고 돌아갈 때 을화는 온양의 큰어머니(민촌의 본처 조씨)를 뵙고 가겠다고 다른 동생들보다 2~3일 먼저 떠났다고 하였다. 민촌이나 홍씨가 큰딸에게 '돌아올 때에는 꼭 큰어머니를 뵙고 오너라'라고 일렀음 직하다. 을화는 큰어머니 조씨는 물론 오빠 종원에게도 깎듯이 하였을 것이다. 필자의 부친 종원은 을화가 해방 전에 서울에서 결혼을 하였으므로 부친 민촌과 함께 월북을 하지 않고 남한 어딘가에 살고 있을지 모른다고 은근히 기다렸던 적이 있었음을 필자는 형 상렬에게서 들은 바 있다.

당시 일제 말기에는 민촌의 친아우 풍영도 '낭골'에서 살고 있을 때인데, 민촌의 가족이 풍영의 집 대신에 이복동생 제영의 집을 가까이한 것은, 교통이 더 편리한 점도 있었겠지만 제영이 훨씬 풍족하게 살았기 때문이며, 또 서모 지씨가 그때까지 살아 있었기 때문이었을 것이다.

천안역에서 열차에서 내려 십 리도 더 걸어야만 하는 먼 길을 무엇 때문에 그렇게 자주 갔었느냐고 필자가 강씨에게 물으니 '그때는 전시에 식량난으로 모두가 어려운 형편인데 성짓말에 가면 하다못해 감자 부스러기라도 한 짐 들고 올 수 있었기 때문'이라는 것이었다. 돌아갈 때마다 제영의 처 인씨가 감자, 콩 등을 몸소 머리에 이고 천안역까지 날라 주었다는 것이다.

종순은 7세 때(1943년) 모친(인삼만)과 같이 서울 민촌의 집에 한 번 갔었는데 그때 민촌이 옥색의 옷감(자미사)을 사 주었다 하며 그것을 그대로 두었다가 시집갈 때 혼수로 치마저고리 두 벌을 해 입었다고 회고한다.

이렇게 그들은 전시의 식량 사정이 어려운 동안, 여름방학은 큰어머니의 집에서, 겨울방학은 할머니(지씨)의 집에서 보낸 것이다. 홍씨의 소생들은 그 추억을 잊지 못하고 있다.

종륜 씨는 4살 때 평양으로 왔기 때문에 이남에 대한 기억이 별로 없지만 외갓집이 있는 아산(외갓집이 아니라 큰어머니 조씨의 집 또는 지씨 할머니의 집일 수밖에 없다-필자)에서 어린 시절 뛰어놀던 기억은 자주 얘기를 들어서 그런지 몰라도 생생하다고 했다. (안동일, 『갈라진 45년 가서 본 반쪽』, 돌베개, 1990, 173쪽)

이렇게 볼 때 민촌이 붓을 꺾고 은둔(1944. 3)한 시점은 서모의 죽음(1943. 10. 6)과도 일정한 관련이 있을는지 모른다. 시점이 서로 그럴듯하게 맞아떨어진다.

민촌은 은둔지로 왜 하필 강원도 회양군(淮陽郡)의 병이무지리(竝伊武只里-필자의 지도상의 목측: 동경128.02, 북위 38.38, 금강산의 내금강 지역)를 택하였을까?

그는 가능한 한 본처와 거리를 두어 관계를 단절하려고 소개지(疏開地)를 북쪽으로 정했는지 모른다. 거북스러운 조씨와 처가 사람들의 눈총을 피하고 싶었을 것이다. 그는 모든 것을 단념하고 모든 이의 시선을 피해 죽을 때까지 농사나 지으려고 작정했을 것이다. 어린 시절의 거창한 꿈은 무산되고 어느새 조강지처를 버린 패륜아가 되었으며 더구나 펜을 굴려 일제를 찬양하기까지 하였으니 어디서 무슨 낯을 들고 다니랴!

당시 일제는 전시의 폭격에 대비하여 '소개(疏開)'를 권장하기도 하였다는데, 민촌의 경우에는 붓을 꺾고 은둔하는 것도 내 맘대로 할 수 없었다.

놈들의 야만적 탄압이 날로 극심하여 감에 따라서는 나는 아무래도 서울에 그냥 있다가는 어느 코에 걸릴지도 모르는 위험을 느끼었다.

더구나 제2차 '카프' 사건으로 검거되었던 '카프' 작가들은 조금만 잘못했다가는 걸려들 판이었다.

나는 생각다 못하여 붓을 꺾고 농촌으로 깊이 들어갔다. 1944년 3월에 나는 강원도 내금강 병이무지리(竝武里)로 전 가족이 소개를 하여 가서 8·15 해방 전까지 2년 동안 자수로 농사를 지었다. (「이상과 노력」)

나는 해방 전 일제 말기인 1944년 3월 30일 서울에서 강원도 회양군 내금강 병이무지리—벌말로 이사를 하였다.

그것은 오래간만에 나로 하여금 농촌생활을 다시 하게 하였다.

(……)

내가 농촌으로 가겠다니까 ○○지방법원 검사국 검사놈은 "당신같이 그런 흰 손을 가지고 어떻게 농사를 짓겠는가?"고 물었다. "나는 원래 농민이다. 중년에는 농사일을 안 하였지만 농사를 지을 수 있다"고 대답하니 그자는 마지못해 승낙을 하면서 "지방에 가도 경찰에 거취를 알려야 한다"고 오금을 박는 것이었다.

(……)

나는 한 친구의 주선으로 금융조합의 '자작농 창설 기금'을 얻어내서 몇 마지기의 논과 밭뙈기를 장만(대금은 10년 연부 반환을 하게 되었다)하고 농사를 시작했다. (「땅에 대한 사랑」, 〈문학신문〉 1963. 3. 5)

그는 붓을 꺾을 수 있었던 것만으로도 후련했을 것이다.

붓을 너무 늦게 꺾었다는 아쉬움이 남지만 그가 문필 생활을 청산하기까지에는 당국과의 타협이 필요했을 것이다. 그는 창씨개명과 시국강연을 회피하는 대신 생산소설을 쓰는 것으로 그 대가를 치렀고 그 대가를 치른 다음 절필과 은둔의 보상을 얻었는지 모른다.

민촌은 홍씨와 그 소생들뿐만 아니라 작은고모의 손녀 김남숙(1930. 7. 20~)까지 거느리고 내금강으로 향하면서 이들 가족 친지의 면면을 떠올리며 마음속으로 그들에게 사죄를 하고 용서를 빌며 회한의 눈물을 흘렸을 것이다.

이제 그의 회고를 통하여 그의 은둔 생활을 보기로 하자.

벌말에는 양씨와 이씨 문중이 세력을 잡고 있었다. 양계민이란 지주는 『땅』의 고병상의 모델이다. 가장 인색하고 탐욕스런 자로서 세력을 쓰며 농민들을 갖은 방법으로 착취하였다.

이자들은 처음부터 내가 이사를 오는 것을 마땅치 않게 생각하였다.

그것은 빈농층들도 처음에는 역시 호감을 보이지 않았다. 그들은 내가 서울서 왔다 하고 소설을 쓰는 사람이라니까 자기들과는 층이 지는 마치 딴사람으로 여기는 모양 같았다.

(……)

동리 사람들은 우리 집과 품앗이도 같이 하려 하지 않았다. 내가 그들과 같은 한몫의 일을 하지 못할 것처럼 생각한 모양이다.

나는 꾹 그대로 참으며 식구끼리 봄 파종을 시작하였다. 하루는 나와 아내가 텃밭에서 김을 매는데 이웃집 노인이 밭뚝길로 지나가다가 나의 옆으로 다가오더니만 "김매기가 힘듭내다." 하면서 내 호미를 달라고 해서 순식간에 한 이랑을 매어 나갔다. 나는 그 노인과 담배를 한 대 같이 피우며 이야기를 나누었다. 이것이 동기가 되어 마을 사람들과 친하게 되었다. 나는 점차 그들 속에 휩쓸리기 시작했다. 농민들은 생일날이나 잔칫날에 나를 꼭 초청하곤 하였다. 그런 좌석에서는 음식을 먹는 거나 이야기꺼리를 하는 것도 그들과 호흡이 맞아야 한다. 왜냐하면 조금이라도 까다롭게 보이면 곧 교만하다는 오해를 받게 되기 때문이다. 그래서 나는 그들이 하는 대로 막걸리도 마시고 이야기도 하면서 그들의 분위기에 같이 싸였다.

농민들은 나의 그런 태도를 매우 좋아하였다. 날이 갈수록 나를 다정하게 대해 주었다.

마을 사람들은 점차 나에게 자기의 심중을 토로하였다. 왜놈들이나 관청에 대한 불평 불만도 털어놓고 생활의 곤궁한 점에 대해서도 허물없이 이야기하였다. 징병이나 징용 영장이 나오면 어떻게 해야 좋으냐고 물어보기도 하였다. 그럴 때 나는

"이래도 죽고 저래도 죽을 바에야 뛰는 게 상수지요. 왜놈들이 몇 날이나 기승을 부리겠소. 나 같으면 산속에 들어가 도토리를 주워 먹고살더래도 징병 징용에는 안 끌려가겠소."

라고 말하면 상대방은 머리를 끄덕이는 것이었다.

그 당시 농민들은 너무도 볶여서 정말 살 수가 없었다. 타작마당에서 지주에게 소작료며 장리쌀이며 빚을 죄다 물고 나면 빗자루만 들고 돌아서야 할 판인데 군청과 면사무소 관공리들은 초가을부터 공출 소동을 일으키고 쌀 항아리의 밑창까지 바짝 긁어 가는 판이었다. 그래서 농민들은 열흘에 한 번씩 말휘리 면사무소에 나가서 배급을 타서 먹게 되었는데 그 배급이라는 것이 말이 아니다.

나도 배급을 타러 말휘리 면사무소에 다녔지만 정말 화가 나서 참을 수 없었던 적이 한두 번만 아니었다.

배급계를 담당한 면서기 놈은 제멋대로 ○을 보아 가며 배급표를 내어주며 배급소로 쌀을 타러 가면 "쌀이 떨어졌소." 하고 문을 닫아 버리기가 일쑤였다.

혹은 쌀을 내주다가 볼일이 있다고 문을 닫는데 그것은 핑계요, 실상은 술추렴을 가는 것이다. 그렇게 되면 당장 끼니를 이을 수 없어서 근

백 리 길을 걸어온 산골 농민들은 굶으면서 하루 종일 기다리든가 빈 자루를 메고 돌아가야 한다.

설사 배급을 준다 하여도 잡곡이나 대두박을 1인 1일 2홉 5작을 주니 그야말로 간에 기별도 안 되는 분량이다. 여북하면 배급을 타러 나왔다가 빈손으로 집에 돌아가는 길에 목을 매어 죽는 사람들까지 생겼으랴(『땅』에 고 서방이 목매 죽은 이야기는 이런 사실을 반영한 것이었다).

공출에 대해서 말한다면 미잡곡의 공출, 징병과 징용, 유기 공출을 비롯하여 멀구, 다래, 시당나무 잎, ○○, 도토리 등 무려 33항목의 공출이 있는데 마지막에는 '여자 정신대'라는 '처녀 공출'까지 생겼다. 이렇게 농민들은 달달 볶였다. 그 당시 내가 농촌에서 겪은 이야기를 하자면 한이 없다. 나의 중편소설 「농막선생」은 바로 나 자신의 체험이며, 나의 생활이 반영되어 있다. (「땅에 대한 사랑」, 〈문학신문〉 1963. 3. 5)

그의 절필과 은둔은 어떤 뜻을 갖는가? 다시 한 번 『아리랑』을 인용한다.

"(……) 조선의 모든 지식인들에게 주어진 이 시대의 사명감은 무엇이겠습니까. 그건 열 번 백 번 말해도 똑같이 조국을 되찾기 위해 몸 바치고 투쟁하는 것 아닙니까. 그러나 그 적극적인 투쟁이 여의치 못하거나 자신이 없으면 차선책으로 소극적 투쟁은 해야 합니다. 지식인의 소극적 투쟁이란 무엇입니까. 자기가 갖춘 지식으로 벌어먹기를 거부하고 단념하는 것입니다. 그리고 가장 낮은 데로 내려가 노동을 하면서 벌어먹는 것입니다. 식민지 지배자들은 식민지 지식인들의 협조를 전혀 얻을 수 없고, 일반 대중들은 유명한 지식인들이 자기들과 똑같은 노동을 하면서 살아가는 것을 확인하는 상황, 그 이중적 파급 효과가 얼마나 크겠습니까. 박영효 최린 이광수 최남선 같은 사람들이 친일을 하지 말고 그렇게 했으면 어떻겠느냐구요. 그러나 불행하게도 조선의 지식인들에게는 그런 결단력이 전혀 없습니다. 왜냐하면 앞에서 지적한 사회적 사명감의 인식 부족과 함께 노동을 천시하는 봉건적 양반근성이 골수에 박혀 있기 때문입니다. 그런 지식인들은 그들의 알량한 지식을 이용해 이미 구구한 변절 이유들을 마련해 놓고 있습니다. (……)" (『아리랑』 11권, 104쪽)

붓을 꺾거나 친일 문장을 전혀 남기지 아니한 문인들이 적지 않았지만 민촌의 절필을 다른 문학 호사가(好事家)들의 그것과 동일 평면상에 놓고 비교할 수는 없을 것이다.

26. 북한에서

내금강의 병이무지리 벌말에 은둔해 있던 민촌은 해방을 맞이하여 즉각 활동을 개시한다.

이기영은 1944년 3월 30일 강원도 내금강 병이무지리로 이사하여 농사를 짓다가 그곳에서 해방을 맞았다. 1945년 8월 15일 해방을 맞고도 이기영은 서울로 돌아오지 않고 철원에서 강원도 인민위원회 교육담당의 일을 보았다. 가족은 병이무지리에 둔 채 철원에 나와 자취를 하면서 북한에서의 문학조직 문제 등을 비롯한 제반 문학운동의 문제를 해결하기 위해 수차 서울을 방문하여 여러 문학가들과 토론과 회의를 가지기도 하였다.

1945년 9월 24일에 이기영이 상경했다는 소식이 조선문화건설중앙협의회의 기관지로 나온 〈문화전선〉 창간호(1945. 12)에 보이는데 이는 조선프롤레타리아예술동맹의 결성(1945. 9. 17)에 관련되어 있는 듯하다. 1945년 12월 초에는 한재덕, 한설야와 더불어 상경하여 문학단체의 합동으로서 조선문학가동맹의 결성에도 관여한다. 그리고 이때 '조선문학의 지향'과 '문학자의 자기비판' 같은 좌담회에도 참석했다. 해방 직후 이기영은 분주한 활동을 한 것이다.

(……)

이처럼 분주하게 여행하여 온 서울에서 문학단체의 합동이 여의치 않게 되자 이기영은 1946년 3월에는 평양에서 북조선예술총연맹의 결성을 주도하였다. 이때 북한에서는 토지개혁법령이 발표되는데 이기영은 그 당시 북한사회가 일제시대 내내 지켜 온 자신의 정치적, 문학적 지향과 잘 들어맞는다고 생각했기 때문에 굳이 서울로 돌아올 생각을 가지지 않았던 것 같다. (이상경, 『이기영, 시대와 문학』, 311~312쪽)

위와 같이 이상경 씨가 민촌이 해방 직후 자신의 근거를 북쪽에 두고 서울에 수시로 왕래한 것으로 보는 것은 민촌의 글 「동지애」 등에 근거한 듯하다.

나는 8월 15일 조선이 해방된 이후에 나 같은 사람도 일에 휩싸여서 평생 샌님으로 안방에 칩복(蟄伏)했던 몸이 벌써 집을 떠난 지가 달포가 훨씬 넘는다.

아니 집을 떠났을 뿐 아니라 철원에 나와서 자취 생활을 하고 다시 철원에서 평양으로, 평양에서 철원을 다시 거쳐 서울로 온 지도 벌써 20일이 가까워 온다.

처음에는 객지가 귀찮고 불편하고 괴로운 생각이 나고 어린것들이 보고 싶고 하였지만 (……) (「동지애」, 〈우리문학〉 1946. 2)

해방 후에 다시 붓을 들었다. 1946년 8·15 해방 1주년 기념사업의 하나로 나는 연극대본 〈해방〉 전 2막(〈신문학〉 1946. 4-필자)을 썼는데 그것을 철원극장에서 상연하였다. 이것이 나의 해방 후 첫 작품이었다. (「이상과 노력」)

다음은 1960년대 초 귀순, 월남한 문인 한재덕의 회고를 바탕으로 쓰인 글로 보이는데, 이에 의하면 민촌은 해방 직후 서울에서 주로 활동하였고 서울에서의 활동이 여의치 못하자 1945년 11월 하순쯤 자진 월북하는 것으로 나온다.

평양의 이 '프로예맹'은 공산당이 만든 북한 최초의 예술 단체였다. 따라서 그것은 오늘의 '조선문학예술총동맹'의 모체가 된 셈이다. 한재덕, 고일환 등의 '프로예맹'은 조직을 확대하기 위해 공산당 조직망에 편승하여 북한 각 주요 도시에 지부를 만들었다.

(……)

그러나 그렇게 '프로예맹' 지방 책임자로 결정된 사람들 가운데는 당시 그 지방에 있지 않은 사람들도 많았다. 예를 들면 평북의 이원우, 함남의 한설야, 강원도의 이기영 등은 서울에 가 있었다. 이 가운데 이기영은 일제 말기에 잠시 강원도 철원에 은거해 있었을 뿐이다. 충남 천안 출신인 이기영의 활동무대는 어디까지나 서울이었다. 한재덕, 고일환 등은 그런 사정을 누구보다도 잘 알고 있으면서도 그 사람들의 작가적 명성을 조직에 이용하려 했던 것이다.

(……)

1945년 8·15 해방과 함께 '한청'빌딩에서 결성된 '조선문화건설중앙협의회' 의장은 임화가 차지했다. 그러나 이 단체는 출범과 함께 내분이 일어났다. 임화가 중심이 된 김남천, 이태준, 안회남, 김기림, 박태원, 조벽암, 이용악, 이원우, 이서향, 민병균 등의 계열과 이기영, 한설야가 중심이 된 박팔양, 한효, 이동규, 송영, 엄흥섭, 이찬, 이북명, 박영호, 김북원, 홍순철 계열과의 대립이었다. 임화, 김남천 일파가 전 예술계의 지배권을 장악하려고 한 이면에는 그들 개인적인 야심도 작용되었지만 전 예술계를 공산당에 예속시키기 위한 정치적 복선이 있었던 것이다. 따라서 이들은 처음부터 프롤레타리아문학예술을 지향한다는 간판을 뚜렷이 내걸지 않았다.

임화, 김남천 등의 그런 방식에 대해서 한설야, 이기영 계열은 처음부터 공산주의적 이념을 표면에 내세우자고 주장했다. 이들은 임화가 '문건(文建)'의 목표로 내세운 '민족문화 건설'에 불만을 품고 있었다. 마침내 한설야, 이기영 일파가 이 단체를 탈퇴하여 프롤레타리아예술을 건설한다는 명분을 내걸고 따로 '프롤레타리아문학동맹', '프롤레타리아연극동맹', '프롤레타리아음악동맹', '프롤레타리아미술동맹' 등의 조직을 발족시키고, 9월 17일 이를 연합하여 '프롤레타리아예술동맹'이라는 간판 아래 임화의 '문건'과 조직적으로 대립하기에 이르렀다. 임화 계열의 문건에서 기관지 〈문학건설〉을 발간하자, 한설야 계열의 '예맹(藝盟)'에서는 기관지 〈예술동맹〉의 발간을 서둘렀다. 그러나 이렇게 '문건'과 '예맹'이 대립하게 되었지만 그 근본적인 이념에 있어서는 동질의 것이었다. 다만 '문건'은 그 세력을 확충시키기 위한 한 방편으로 공산주의를 직접적으로 내세우지 않는 데 비해서 '예맹'은 그것을 솔직하게 내세운 데 지나지 않았다. 일종의 전략전술적 차이만이 있을 뿐이었다. 그리고 그 같은 대립에는 양 계보 간의 미묘한 사감도 얽혀 있었다. 결국 이 대립의 근본 원인은 서로 문화 예술계를 지배하려는 주도권 쟁탈에서 비롯된 것이다. (……)

그러나 시간이 경과할수록 '프로예맹'은 불리한 상황으로 빠져들었다. 8월 20일(1945) 이른바 박헌영의 '8월 테제'가 나오고, 9월 중순 그가 이른바 장안파 공산당을 누르고 남한 공산주의 세력의 주도권을 장악하게 되자 임화, 김남천 계열은 재빨리 박헌영에게 달라붙었고 박헌영 역시 이기영, 한설야 계열의 '프로예맹' 쪽보다는 임화, 김남천, 이태준 등이 중심이 된 '문건'을 더 신임하는 태도를 취한 것이다. 단체에 망라된 작가 예술인들이 수적으로도 '문건' 쪽은 '프로예맹'보다는 우세했다.

그런 상황에서 마침내 공산당은 두 단체의 무조건 통합을 지시했다. 조직의 일원화를 생명으로 하는 그들 공산주의 사회에서, 동일한 이념하의 그 같은 조직의 분열을 묵과할 리가 없는 것이다. 무조건 통합의 경우 '프로예맹'은 '문건' 측에 굴복하여 흡수당하는 꼴이 되고 만다. '프로예맹'의 중심인물인 한설야, 이기영, 박팔양, 한효, 송영 등은 진퇴양난이었다. 그들은 심각한 고민에 빠졌다. (이기봉, 『북의 문학과 예술인』, 41~42·52~54쪽)

한편 같은 책에 의하면, 1945년 11월 중순, '평남프롤레타리아예술동맹' 위원장이자 〈평양민보〉 편집국장 한재덕은 당시 서울의 박헌영 계열이 소집한 '전국청년단체총동맹' 결성대회의 평남 대표로 참석하기 위해 평양을 떠난다. 그는 김일성을 찾아가 출발 인사를 하는 자리에서 '남조선 청년들에게 장군님의 고매한 애국심과 영웅적인 투쟁 경력을 널리 알리고 오'겠다고 서약하였고, 김은 그에게 서울에 가서 이기영, 한설야, 임화 등을 만나면 그들에게 자신의 안부와 함께 한번 만나 보고 싶다는 뜻을 전해 줄 것을 당부한다.

"예. 잘 알갔습네다. 꼭 만나서 장군님의 뜻을 전하갔습네다."

한재덕은 다시 한 번 허리를 굽히고 나서 김일성 곁을 하직했다. 한재덕은 김일성이 자기 이외의, 그것도 서울에 있는 문화 예술계 사람들에게 관심을 두고 있다는 사실이 마음속으로 불만스러웠지만 어쩔 수 없는 일이었다.

그러나 한재덕이 서울에 당도했을 때, 김일성이가 만나서 안부를 전하라던 한설야, 이기영 등은 서울에 없었다. 자칭 혁명시인 박세영만을 만날 수 있었다. '프롤레타리아예술동맹'을 만들어 '문학건설본부'의 임화, 김남천, 이태준 계열과 팽팽히 맞섰던 한설야, 이기영 등은 두 문학 단체의 무조건 통합을 지시한 박헌영 일파의 태도에 불만을 품고 서울을 떠나 평양으로 향한 것이다. 그러나 같은 주동 멤버인 박세영은 사태를 관망하다가 경우에 따라서는 통합에 참가하여 적진을 교란시킬 임무를 맡고 서울에 남았다. 한설야, 이기영 등의 평양행에는 안막, 최승희 부부도 동행했다. 남북 분단 후 문화 예술계에서는 이들이 최초의 월북자였다. 이들이 서울을 떠난 것은 공교롭게도 한재덕이 평양을 출발한 일자와 비슷했다. 따라서 38선상 어느 지점에서 남과 북으로 서로 엇갈린 것이다.

한설야, 이기영 등이 박헌영의 무조건 통합 지시를 외면한 것은 '문건' 측과의 통합은 이름이 통합일 뿐, 그것은 약세인 '프로예맹'이 '문건' 측에 흡수당하고 마는 꼴이 되기 때문이었다. 따라서 한설야, 이기영 등은 자신들이 만든 '프로예맹'에서 손을 떼고 서울을 떠난 것이다. 그것은 8·15 후 몇 달 동안의 패권 쟁탈전에서 마침내 패배의 쓴잔을 들고 만 꼴이었다.

한재덕이 며칠 동안 계속된 '전국청년단체총동맹'결성대회에 참석하여 실컷 김일성 선전을 하고 있을 때, 공교롭게도 한편에서는 '문건' 측과 '프로예맹' 잔류자들이 통합추진위원회를 구성하고, 이어서 12월 13일 통합총회를 열고 '조선문학동맹'을 발족시켰다. 한재덕은 박세영과 함

께 이 총회에도 참석했다. (『북의 문학과 예술인』, 145~146쪽)

민촌의 월북이 북한의 자료에 나오듯이 김일성의 부름에 의한 것이 아니라 자진 월북이었음을 알 수 있다.

같은 책에 의하면 민촌은 월북하여 김일성을 접견하고 한재덕이 만든 '평남프롤레타리아예술동맹'을 접수하여 그 조직을 확대 개편한다.

> 소련군 사령부를 나온 김일성은 그날 저녁 비서 문일을 시켜서 한설야, 이기영을 자기 집으로 불렀다.
>
> 그 두 사람은 이미 12월 초 평양에 들어온 즉시로 김일성을 찾아 인사를 드리고, 남한의 문화 예술계의 동향과 자신들의 월북 동기를 자세히 보고한 바 있었다. 그 자리에서 한설야와 이기영은 지금 남조선의 문화 예술계를 병들게 하고 있는 것은 봉건적인 반동세력(민족진영)의 파괴공작이 아니고, 오히려 혁명의 동지를 가장한 박헌영 일파의 반동세력과 타협하려는 투항주의적이며 종파적인 행동으로 빚어진 해독이라고 (……)
>
> 한설야는 이 '북조선공산당' 중앙위원회 문화부장이라는 감투를 얻어 썼고, 이기영은 '평남프롤레타리아예술동맹'을 접수하여 북한지역의 문화 예술 중앙기구로 발족시켜 그 명칭을 '북조선예술총동맹'으로 바꾸었다. 당시 한설야는 나이 마흔여섯이었고, 이기영은 쉰이었다 .
>
> (……)
>
> 그것이 다시 '북조선문학예술총동맹(약칭 文藝總)'으로 개칭되면서 '문예총'은 본격적으로 그 활동을 개시하였다. 초대 위원장에는 이기영, 부위원장에 안막, (……) 평양시 지부장에는 한재덕이가 임명되었다.
>
> (……)

1946년 2월 중순, 전년(45년) 연말께 서울에 갔던 한재덕이 평양에 돌아왔다. 그는 그동안 많이 변해 버린 평양 정세에 아연했다. 더구나 그는 오랜 객고와 질병(장티푸스)으로 사색이었다. 간신히 김일성을 만나 서울의 정세(주로 문학가동맹 결성 경위)를 보고하고는 병석에 누워 버렸다.

이윽고 3월 20일 이기영을 중앙위원장으로 하는 '북조선문학예술총동맹'이 발족했다. 그 산하단체로는 북조선 문학가동맹(위원장 이기영), 연극동맹(위원장 박영호), 음악동맹(위원장 이연상), 무용동맹, 사진동맹, 미술동맹 등 7개 동맹이 조직되었다.

당시의 이 '문예총'과 그 산하 각 동맹의 기구와 임무는 현재(80년대)의 그것과 별로 큰 차이가 없다. 그리고 그것은 당시 소련 군정 제7부의 지도하에 한설야, 이기영, 안막 등이 소련의 '프롤레타리아작가동맹'을 교조적으로 모방하여 만들어 낸 것이다. (『북의 문학과 예술인』, 167·176·179~180·181쪽)

민촌, 한설야 등과 임화, 김남천 등의 분열을 다룬 위의 『북의 문학과 예술인』에 의하면 민촌 등은 해방 공간에서 문단의 주도권 다툼에 패하여 자진 월북하며, 북에서 김일성에게 박헌영 일파의 반동적·종파적 행동을 까바치는 것으로 나온다.

민촌의 월북 동기를 이렇게 본다면 그것은 단견일 것이다. 문단의 주도권 상실이 무슨 큰 대수인가? 그것이 문학의 본령이 아닐뿐더러 거기에 생사가 걸린 것도 아니고 큰 이권이 걸린 것도 아니며, 당의 지시에 따라 일단 통합을 하더라도 상황의 변화에 따라 또는 내부의 이론투쟁을 거쳐 그 주도권을 얼마든지 되찾을 수도 있을 것이다. 당시의 민촌에게 그만 한 패기와 자신감이 없었을까?

민촌 등의 월북은 이를 문단 내부의 틀 속에 한정해서 볼 것이 아니라 당시 정국의 큰 흐름에 비추어 보아야 할 것이다. 즉 미군정은 조선인의 자치의 싹을 짓밟고 점령군으로서의 자기정체성을 점차 노골화하면서 친일 관료, 식민 경찰, 일제 군인 등을 재고용함으로써 지하로 잠적했던 반민족 친일분자들이 하나둘씩 기어 나와 다시금 세력을 펴기 시작하였던 것이다. 그들은 서로 똘똘 뭉쳐 (나중에는 북에서 밀려 내려온 세력과도 연대하여) 반일세력에 대항하기 시작한다. 나중에는 오히려 이들이 판을 주도하며 마구 테러를 자행하기에 이른다. 이제는 거꾸로 반일세력이 생사를 걱정해야 할 판이 된다. 당시에 이렇게 사태가 전개될 것을 예측하기는 어렵지 않았을 것이다. 민촌 등이 김일성 노선(친일세력의 제거, 후일의 토지개혁 등)에 동조하여 월북한 측면에는 이런 재미없는 사태의 전망이 크게 작용했던 것으로 보인다. 단순히 문단 내의 파벌싸움에 패하여 월북했다고 한다면 다른 많은 비카프계 문인들과 그 외의 수많은 양심적 인사들의 월북을 어떻게 설명할 것인가?

'북조선문학예술총동맹'은 어떤 성격의 단체인가?

이는 민간단체라기보다는 사실상 정부 조직의 일부로서 그 조직이 방대하고 그 맹원들에 대하여는 절대적인 권한을 행사한 것으로 보인다.

> '문예총'의 하층 조직인 각 동맹은 모두 '상무위원회'와 '감사위원회'가 있다. 이 상무위원회가 각 동맹 최고 집행기관이고, 감사위원회는 상무위원회의 모든 사업을 검열하는 것이다. 이와 마찬가지로 '문예총'도 중앙위원회가 구성되고 이것이 다시 중앙상무위원회와 중앙감사위원회로 나누어져 있다. 이 상무위원회가 공산당과 직접 연결되었음은 물론이다.
>
> 그리고 지방조직으로 각 도에 '문예총' 도지부가 설치되었고 주요 도

시에는 시(市)지부가 조직되었다. 다시 '북조선직업총동맹' 문화부와 공동으로 '직장예술서클'이 조직되었는데 이것은 직장뿐만 아니라 각 학교, 각급 '민청'(民靑), 각급 '여성동맹'에도 '예술서클'이 조직되었다.

이 비전문 문학 예술인들은 각기 '직장서클' 안에 문학서클, 음악서클, 연극서클, 무용서클을 지도하고, 때로 '문예총'에서 전문 예술가를 초청하여 서클 운영을 의뢰하는 일도 있었다.

'문예총' 산하 각 동맹에는 또 '서기국'(書記局)이 있어 모든 사업을 계획하고 집행 검열할 뿐 아니라, 맹원의 통솔, 동원, 사상지도 등 온갖 사무를 본다. 이 밖에 각 동맹에는 전문분과위원회가 구성되었다. 여기에는 1명의 부위원장, 그리고 약간 명의 위원들이 있다. 이 위원들이 북한 문학예술을 좌우하고 있음은 물론이다.

그리고 이 '문예총' 조직 밑에 또는 그 감독 밑에 여러 개별적인 단체가 있다. 이 단체들은 대개가 국립, 도립, 시립으로 된 국영 단체들이다. 때로는 형식상 개인단체로 되어 있는 것도 있다.

그 단체들을 일별하여 보면 다음과 같다. 연극부문에는 '국립극장'이 있고 각 도에 '도립극장' 주요 도시에는 '시립극장'이 있다. 이 극장과 동명의 극단이 각 극장에는 상설기관으로 되어 있다.

음악 부문에는 '국립예술극장'이 있는데 여기에는 동명의 극단으로 그 속에 국립 합창단, 오페라단, 교향악단, 고전악단, 무용단 등이 있다.

영화 부문에는 제작면에 국립촬영소가, 배급면에 국립영화관리위원회가 있다. 이 밖에 소련 영화 배급기관으로 소련 국립인 '소비에트 영화사'가 있으나 이것은 '문예총'과는 아무 연락이 되어 있지 않다.

무용 부문에는 개인단체로 '최승희 무용연구소'가 있어 주로 고전무용을 가르쳤고, 그 밖에 '정지수(鄭志樹) 무용연구소'가 있어 주로 신흥 발레에 주력하였다.

미술 부문에는 국립미술제작소라는 게 있어 이것은 주로 선전미술—공산주의 수령들의 초상화를 비롯하여 각 행사 때의 가두장식, 기념식장 장식, 플래카드 제작 등을 하였다.

사진 부문에는 국립제작소가 있어 선전적인 사진을 항시 촬영하여 선전용으로 분배하였으며 화보도 만들었다. (『북의 문학과 예술인』, 181~183쪽)

민촌은 '문예총'의 중앙위원장직을 약 38년간 종신 역임하였다.

2002년 7월 어느 날 필자는 몇몇 국문과 교수들의 주선으로 85세의 러시아 교포 정률(본명 정상진, 1918~) 씨를 접견하였다. 그는 연해주 출신으로 소련에서 어문학을 전공하고 문필활동을 하다가 1945년 소련군으로 북한의 해방전쟁에 참여하고, 문예총부위원장(1946~1948)과 김일성종합대학 외국문학부장(1948~1950)을 거쳐 문화선전부 부상(1952~1955)을 역임한 자로 건국 초기 북한문학사의 산증인이었다.

계간지 〈통일문학〉 창간호(2002. 7)부터 수회에 걸쳐 그의 회고록이 연재되었다. 그 일부를 여기에 옮긴다.

이기영 선생님은 내가 상상 속에서 그리던 분임이 틀림없었다. 진짜 소박하시고 양심적이고 성실한 분이라고 믿어졌다.

"정률 동무, 포석 조명희 선생님을 만나 본 적이 있습니까? 참 몹시 가까운 친구였으며 진실한 전우였습니다. 포석은 해방되면 꼭 귀국하실 분인데 지금까지 소식이 없으니 좀 알고 싶어서…."

이기영 선생님이 이렇게 묻는 것이었다.

그러나 진실을 알려 드릴 수가 없었다. 그래서 그저 1938년에 병사하셨다고 간단히 말씀드렸다. 포석 선생님은 1928년에 소련에 망명하여

정률 씨와 필자

재소 고려인 문학 건설에 힘쓰다 1937년 8월에 소련 안전기관에 체포되어 일제 간첩 혐의로 총살당한 조선 작가이다(그가 망명한 지 10년 후인 1938년 5월 11일의 일이다. 민촌의 표현대로 '전 인류의 꿈의 나라, 빈부의 차이가 없는 자유와 평등의 나라, 백여 민족들이 친목하게 사는 친선의 나라'로 사모하여 찾아간 '세상 유일한 태평천국'이 자행한 일이다. '말과 실천이 다른 공산주의는 바로 이런 것'이라고 정률은 비판한다.-필자).

정률은 거기서 김일성 우상화와 월북·납북 문인들의 무자비한 숙청이 모두 한설야와 그의 조역자인 홍순철, 안함광, 엄호석 등의 소행임을 고발하고 있다. 한설야는 자신의 출세를 도모하기 위하여 자기보다 우수한 작가들을 짓밟았다고 하였다. 이태준, 임화, 김남천, 이광수, 김동환 등의 문인과 최승희 등의 예술인들을 그가 충분히 구원할 수 있었는데도 불구하고 이들의 운명에 관하여 무관심한 채 이들에 대하여 문학예술인들의 모임에서 악담을 퍼부었다는 것이다.

다음은 필자와 정률 씨와의 문답 내용이다.

문예총위원장이라는 직책은 선출직이 아니고 어느 날 갑자기 당이 정하여 하달하는 것으로 그렇게 하는 것이 북한의 생리라는 것이었다. 자신은 부위원장으로서 위원장 밑의 직책이었지만 사실은 소련의 하수인으로서 모든 행정을 도맡아 하였고 위원장은 그저 결재만 하였다고 하였다. 자신은 주요 인물에 대한 동향을 소련군 당국에 보고하였고 당시에 북한의 모든 행정이 소련의 재가 없이는 이루어지지 않았다고 하였다. 민촌은 출근도 거의 하지 않았고 자기가 매번 자택에 찾아가 결재를 받아 오곤 하였다는 것이다. 그렇게 1946년부터 1955년에 북한을 떠나기까지 10년간 민촌을 모셨다는 것이다. 민촌은 부하들을 매우 사랑하였고 회식 자리에서 먼저 일어설 때에는 술값을 더 내놓고 가곤 하였다고 하였다. 주량이 대단해서 군악대장인 소련군 중령이 술 마시기 시합을 하자고 대들었다가 큰코다친 일화를 소개하기도 하였다. 그렇게 술을 많이 해도 말수가 적어 평소나 다름없이 묻는 말에나 대답할 뿐 거의 말이 없었다는 것이다. 수차례 거듭된 문인들의 숙청에 관한 자신의 의견이 없지도 않았을 터인데도 일체 함구하였다는 것이다. 이태준, 한설야 등이 연회석에서 늘 여자들을 희롱하고 즐겨도 민촌은 여자들에게 눈길 한 번 주는 법이 없었다고 하였다. 부인 홍을순 여사는 잘생긴 분이 아니라고 하였다. 민촌의 조강지처가 따로 있어 그 후손으로부터 큰절을 받으리라고는 꿈에도 몰랐다고 하였다. 한설야가 이태준, 김남천 등에 대하여 아주 부정적으로 말하는 것을 한설야와의 대화에서 직접 들

1952년 평양 주변 이기영 선생의 전시 산간 자택에 함께 자리한 문인들. 뒷줄 왼쪽부터 정률, 전동혁, 기석복, 보르세꼬(프라우다 조선 특파원)에 이어서 앞줄 왼쪽부터 통역, 박길용 부인, 이기영, 박길용(조소친선협회 부의장)의 모습(정률 씨 제공)

었는데 한이 민촌에 대하여는 어쩌지 못한 것은 민촌이 워낙 고정한 분으로 소문이 나 있었기 때문이라는 것이었다.

자기가 민촌 같은 분을 10년씩이나 모실 수 있었던 것은 가장 큰 영광이었으며 그를 가장 존경한다고 하였다. 민촌은 노동당에 가입하지 않았는데 왜 당원이 되지 않는지를 물으면 자신은 천직이 글쓰기로 글만 쓰면 됐지 당원이 될 필요성을 느끼지 못한다고 대답하였다고 하였다.

우리의 문단이 형성된 지 한 세기가 가까워 오는 동안 수많은 문인들이 배출되었고 그중에는 훌륭한 작품들로 이루어진 호화장정의 어마어마한 전집이 나온 경우도 적지 않지만 이렇다 할 '평전'이 나온 경우는 얼른 떠오르지 않는다. 필자가 어려움을 모르고 이 일에 그렇게 오랫동안 매달려 올 수 있었던 원동력은 민촌의 문학도 아니요, 그의 생애도 아니요, 바로 그의 인품이라는 점을 자각(自覺)하게 된다.

민촌의 북한 생활은 작가로서의 한가한 생활이 아니었다. 그는 작가이기 이전에 공인(公人)으로서 온갖 스케줄(연설, 방송출연, 해외출장 등)로 늘 바쁜 일정을 보냈던 것으로 보인다.

북한의 자료에서 인용한 것으로 보이는 그의 약력(略歷)을 보자.

이기영(월북 소설가)

1946년 문예총 중앙위원장

1947년 조·쏘문화협회 중앙위원장

1948년 최고인민회의 상임위원

1955년 노력훈장 수훈

1957년 최고인민회의 부의장, 조·쏘친선협회 중앙위원장, 인민예술가 칭호 및 국기훈장 1급 수훈

1960년 장편소설 『두만강』으로 인민상 수상

(『북의 문학과 예술인』, 242쪽)

필자가 초등학교 5학년 때인 1956년이었을까? 집안의 어떤 어른(누구인지 전혀 기억이 나지 않는다)이 필자에게 '어제도 너의 할아버지가 방송에 나오더라'고 해서 어리둥절한 일이 있었다.

필자는 그때까지 할아버지에 대한 관심이 전무하여서 그저 필부(匹夫)로 살다가 오래전에 죽은 사람이려니 생각해 왔었는데, 할아버지가 북한의 대남방송에 자주 나오고 전에는 매일 나오다시피 했다는 것이다. 필자는 물론 그것을 한 번도 들어 본 일이 없었다. 그때만 해도 일제 진공관

라디오가 매우 귀한 때라서 필자는 그것을 구경도 몇 번 못한 때였다.

민촌의 위와 같은 행각이 문인으로서의 '외도'였을까?

이상사회를 구현하기 위하여 고대소설의 영웅을 좇던 소년 민촌의 꿈은 아직 '작가'가 아니었다. 신소설을 읽던 청년기에도 그의 꿈은 해외에 유학을 하여 서양 각국의 문명을 배우고 귀국하여 나라의 독립과 자유를 위하여 활동하는 애국자가 되는 것이었다. 유학의 꿈이 좌절되자 작가의 길을 택한 민촌은 문학을 하면서도 그의 목적은 항상 이상사회의 구현이었다.

즉 그의 문학은 방편일 뿐 그 자체가 목적이 아니었다. 따라서 그의 작품에는 목적의식이 심하게 노출되어 그 문학성이 크게 손상되는 일이 많았다. 평자들은 이 점을 질타한다.

이제 민촌은 방편으로서의 문학을 떠나 직접 실천의 장(場)으로 이상사회의 구현에 팔을 걷고 나선 것이다.

평자 조남현은 그의 연구서(『이야기꾼, 리얼리즘, 이데올로그-이기영』, 건국대학교 출판부, 2002)에 다음과 같이 쓰고 있다.

> 이기영의 삶과 작품을 살펴보고, 외연을 긋고, 기본 정리를 하고 나서 이제야 이기영에 대해 여러 가지 질문을 할 수 있게 되었다. 이기영에 있어 문학과 정치는 어떤 관계를 갖는 것일까, 북한에서 이기영은 과연 무슨 생각을 하고 지냈던 것일까, 이기영이 일제 통치하에서 상대방에게 싫은 소리를 할 줄 알면서도 당파를 초월하여 존경받는 문인이 될 수 있었던 이유는 무엇일까, 이기영은 또다시 태어난다고 할 때에도 소설가가 되겠다고 할 것인가 등을 포함하여 여러 질문을 던질 수 있을 것이다.

민촌은 은둔지 병이무지리에서의 생활 체험을 바탕으로 장편 『땅』

(1948)을 썼다(『땅』의 제2부는 『조국해방전쟁편』으로 1958년에 발표됨).

『땅』 제1부는 일제하의 농민과 머슴 등이 반봉건 지주 소작관계의 질곡에서 '해방'되어 땅을 분배받고 감격하여 새 삶을 개척해 가는 힘찬 모습을 그리고 있다. 구약(舊約)의 주요 개념인 '희년(喜年)'의 사상이 거기에 구현되어 있다.

> 너희는 또 일곱 해를 일곱 번 해서, 안식년을 일곱 번 세어라. 이렇게 안식년을 일곱 번 맞아 사십구 년이 지나서 일곱째 달이 되거든 그달 10일에 나팔소리를 크게 울려라. 죄 벗는 이날 너희는 나팔을 불어 온 땅에 울려 퍼지게 하여라. 오십 년이 되는 이해를 너희는 거룩한 해로 정하고 너희 땅에 사는 모든 사람에게 해방을 선포하여라. 이해는 너희가 희년으로 지킬 해이다.
>
> (……)
>
> 너희와 함께 사는 너희 동족 가운데 누가 옹색하게 되어 너희에게 몸을 팔았을 경우에 너희는 그를 종 부리듯 부리지 못한다. 너희는 그를 품꾼이나 식객처럼 데리고 살며 일을 시키다가 희년이 되면 자식들과 함께 집에서 내보내어 자기 지파로 조상의 소유지를 찾아 돌아가게 해야 한다. (『구약성서』 레위기 25장)

민촌이 청년 시절에 신앙생활을 할 때 이 '희년'의 사상을 알고 있었을까? 오늘날에도 교단에서는 이 사상을 쉬쉬하고 있거니와 당시의 선교사나 교역자들도 이를 설파하지 않았던 것 같다. 민촌의 어느 글에도 이 소중한 어휘가 한 번도 쓰이지 않았음이다.

민촌은 부지중에 희년의 사상을 『땅』에 그렸던 것이다.

이상경 교수는 『땅』이 '고상한 리얼리즘'을 바탕으로 쓰였기 때문에

'시각의 과장'이 일어나 혁명적 낭만주의에 떨어졌다고 비판하고 있다. '고상한 리얼리즘'이란 1947년 노동당이 작가들로 하여금 '조선 사람의 영웅적 노력과 투쟁과 승리와 영광을 고상한 사실주의적 방법으로 그' 릴 것을 주문함으로써 그 후 북한의 문학이 영웅적 인물의 투쟁을 그려냄으로써만 낡은 것과 새로운 것의 교체를 그릴 수 있다는 전제하에 긍정적 모범을 통한 감화 교양을 문학적 사명으로 삼아 주류로 제도화된 새로운 문학관—무슨 말인지, 원!—이라 한다.

대하소설 『두만강』 제1부(1954)는 천안이 무대이고, 제2부(1957)는 함경북도 무산을 무대로 시작하여 나중에는 천안과 서울, 만주 등으로 주인공들이 오가며 그 영역이 넓어진다.

거기서 그는 일제의 조선침탈과 기층민중의 저항을 그렸다. 이미 밝혔듯이 『봄』과 중복되는 내용도 많이 나온다.

그는 이 작품으로 1960년에 인민상을 수상하였다.

그는 그쯤으로 『두만강』을 끝맺으려고 했던 것으로 보인다. 제2부의 마지막 장의 이름도 '여명'이었다. 더 이어 갈 준비도 없었던 것으로 보인다. 그 정도로 해서 『두만강』은 비교적 손색없는 작품이었다.

그런데 제3부(1961)가 문제였다.

독자들의 성원에 떠밀려 『두만강』을 이어 쓰기 위해 그는 제2부의 내용을 몇 군데 고쳤으며 동북지방을 순회하며 항일무장투쟁 전적지를 견학하고 투쟁담을 수집했던 것으로 보인다. 이렇게 쓰인 제3부는 긴장감과 속도감이 떨어지고 우연성이 남발되며 비현실성이 강화되고 있다. 또 봉건 구습의 타파와 사회주의 사회의 건설을 고창하는 등 목적의식이 심하게 노출되어 문학작품으로서의 예술성이 크게 훼손된 것으로 보인다. 민촌이 그의 문학을 문학 자체로서보다 방편으로 여겼던 점을 여기서도 보게 된다.

해방 후에는 마땅히 항일문학이 이 땅에 범람했어야 했다. 그러나 도서관이나 대형 서점에도 별도의 코너가 없었음은 물론 '항일문학'이라는 용어조차 생소한 실정이다. 도쿄 시내의 서점에는 근래에 '혐한(嫌韓) 코너'가 생겼다는 말도 들린다. 일제로부터 혹독한 시련을 겪은 우리 민족이, 일제에 대한 민중의 저항을 그려 낸 『두만강』 정도의 작품마저 갖지 않았더라면 그야말로 우리는 배알도 없는 민족이 될 뻔하지 않았겠는가? 이제까지 우리 문단에 일제 40년을 반추(反芻)하고 그에 대한 증오감을 불태운 뚜렷한 작품이 『두만강』 외에 얼른 떠오르지 않는 것은 부끄럽기 짝이 없는 일이다. 『두만강』은 그 점에서만이라도 큰 의의가 있다 하겠다.

이상경은 『두만강』이 여러 긍정적 주인공들을 비현실적으로 지나치게 이상화시킨 '성급하고 실용주의적인 도해로서의 문학'이라고 비판하고 있다.

그녀는 여러 해 동안 민촌을 체계적으로 파고든 끝에 그 각고(刻苦)의 성과물을 내놓으면서 '맺음말' 중에 이렇게 썼다.

> 이기영은 20세기의 한반도 역사의 우여곡절들을 거치면서 90세의 수를 누렸고 방대한 소설작품을 남겼다. 그의 시대와 문학을 추적하는 일은 곧 그 한반도 역사의 우여곡절과 그에 대한 한 인간 혹은 한 시대정신의 대응을 탐구하는 것이 되었다. 그 대응은 때로는 격렬하고 때로는 어쩔 수 없는 감내 혹은 도피였으며 때로는 헌신과 열광이기도 했다. 어떤 경우는 냉엄한 시선으로, 어떤 경우는 못 본 척하며 어쩔 수 없이, 어떤 경우는 맹목과 조급함으로 자기의 시대를 예술적으로 재현한 한 작가의 성취와 못 미침에 대한 연구는 우리의 시대와 문학을 비춰 보는 또

> 하나의 거울이 될 수 있을 것이다.
>
> 이러한 이기영 소설의 변모 과정을 전체적으로 살펴볼 때 『고향』이 최고의 리얼리즘적 성취를 이룩했으며, 일제하 식민지 자본주의 현실의 객관적 반영이라는 기준에서 우리 근대 문학사를 본다면 여러 가지 부분적인 결함에도 불구하고 우리 근대 문학사 속에서 이기영의 『고향』과 『두만강』을 능가하는 소설은 아직 창작되지 않았다고 할 수 있다. (이상경, 『이기영, 시대와 문학』, 1994, 414쪽)

'일제하 식민지 자본주의 현실의 객관적 반영이라는 기준에서' 『두만강』을 능가하는 소설이 바로 근래에 나온 조정래의 『아리랑』(2003년)일 것이다. 조씨는 많은 자료를 폭넓게 고증하여 식민지 시대의 민중투쟁을 더할 나위 없이 훌륭하게 그려 냈다. 『아리랑』은 그 시대를 『두만강』과 같은 시각으로 보고 있다. 우리가 시각 교정을 하는 데 반 세기가 걸린 셈이다.

『아리랑』은 『두만강』과 함께 아직도 이 땅에 강고히 버티고 있는 친일무리들에 대한 준엄한 논고인 것이다. 이 땅의 반민족적이고 반통일적인 파쇼·수구 세력의 뿌리는 바로 그들이다.

민촌은 부친의 '야심' 및 자신의 '이상과 꿈'을 이루었을까?

그는 해방 이듬해 조선 인민의 사절단으로 소련을 방문(1946. 8. 10~10. 7)한 것부터 시작해서 이런저런 일로 여러 차례 소련을 여행하였고, 그 밖에 노르웨이와 동독, 체코 등 동구권 국가도 방문하여 그들 선진국의 문명과 제도를 시찰·견학하고 이를 북한 당국에 소개함으로써 여러 가지 시책에 반영하여 입안·추진케 한 것으로 알려져 있다.

필자의 중학 시절에 교과서에 실린 나다니엘 호손의 단편 「큰바위 얼

애국열사릉에 있는 민촌의 묘

굴」이 연상된다. 어린 시절 늘 마을 앞산의 큰바위 얼굴을 쳐다보며 자라난 소년은 노년기에 이르러 어느새 그의 모습이 큰바위 얼굴을 닮아 있었다. 민촌은 어린 시절부터 줄곧 영웅을 좇으며 살았다.

그는 죽어서 '고향'에 돌아오지 못하였다.

임종(1984. 8. 9)을 당하여 그는 중엄리 앞산의 북향받이 차디찬 땅에 묻힌 어머니와 여동생 그리고 아버지를 떠올렸을 것이다. 그리고 아내 조씨와 장남 종원도 떠올렸을 것이다. 그리고 그의 풋사랑 '국실이'도… .

그는 평양 신미리의 '애국열사릉'에 묻혔다.

그가 유물론자(唯物論者)가 아니었다면 명부(冥府)에서 홍진유와 조명희를 만날 것을 기대했었으련만….

후기

민촌은 자신의 분신(分身)과도 같은 친구 홍진유(洪鎭裕)가 세 번째로 일경에 구속되자 그의 구명운동을 하는 과정에서 그의 여동생 홍을순(洪乙順)과 동거하게 되었다. 그렇다고 민촌이—항간에 알려진 대로—조강지처를 버린 것은 아니었다. 그는 처자(妻子)를 나름대로 돌보며 상호 간 왕래를 오랫동안 지속하였는데, 자신도 언제 또다시 투옥될지 모르는 긴박한 상황이 지속되고 큰아들이 스스로 벌이를 하게 되자, 능력 없는 가장으로서 본처 쪽에 계속 폐를 끼칠 수가 없었으므로, 절필을 하면서 제2부인과 그 소생만 거느리고 멀리 은둔하였다. 본시 그는 소아(小我)적인 일상(日常)에 안주하려는 아내 조씨와 성격이 맞지 않았고, 봉건사상에 찌든 완고한 장인을 또한 혐오하던 터였다.

편하고 쉬운 삶을 박차고 대아의 삶으로 일관했던 민촌은 일제와의 투쟁에서 자신의 전 인격을 송두리째 내던지고 적빈의 맨몸으로 동지의 유가족을 보살폈다고 볼 수 있다. 제2부인 홍을순은 학식을 갖춘 신여성이 결코 아니었으며, 미인도 아니었고, 지주에게 팔려 첩살이를 하다가 뛰쳐나온 이혼녀였던 것이다.

필자는 애초에 민촌의 행실을 두호하기 위하여 이 작업을 시작한 것이 결코 아니었으며, 오히려 작업을 하는 과정에서 위와 같은 사정을 인지하고 조부 민촌에 대한 여러 가지 오해를 풀 수 있었다.

필자는 또 자신의 성과 이름도 모르는 민촌의 서모가 들풀 같은 끈질긴 생명력으로 지혜롭게 거친 세파를 헤쳐 간 비상한 여인—그녀는 민촌 문학의 활력소였다.—이었음이 자랑스러웠고, 민촌의 남다른 조국애, 민족애 그리고 민중정신이 그의 선친으로부터 유래하는 것임도 알게 되었다.

반면에 그가 여러 편의 '생산소설'들을 남겼음을 발견하고 놀랐으며, 최근 어떤 이가 이를 이념의 파탄에 따른 '자발적 친일'로 해석하려는 경향을 보고 더욱 놀랐다. 이는 기성 평자들이 해방 후에 즉시 했어야 할 가장 중요한 임무를 방기한 때문이라고 생각된다. 그것은 문인들의 친일성을 엄정히 가리는 일이었다.

친일 여부는 매우 미묘한 사안이라 함부로 거론할 것이 못 된다고 주장하는 이들도 있다. 후일 임종국 씨가 외롭게 시작하여 식민지 문인들의 친일성을 규명한 노작(勞作)을 내어놓았으나 이는 친일 작품과 행위를 인쇄물에서만 발굴하여 제시한 단순 작업의 결과물일 뿐으로, 그로부터는 잘못된 결론이 도출될 위험성이 다분하다. 그런데 임씨의 이러한 성과조차 평단에서는 거들떠보지 않았고 따라서 그에 대한 비평과 심층 연구가 더 이어지지 못하였기 때문에 오늘날의 젊은 평자들이 민촌의 「동천홍(東天紅)」을 높이 쳐들고 '친일 작가'라고 부르짖는 어이없는 사태가 연출되고 있는 것이다.

당시를 살았던 원로 문인들은 누가 변절했고 누가 그렇지 않았는지를 다 알고 있었다. 민촌은 카프를 대표하는 작가였으며 조선 문단 전체로 보아도 가장 명망 있는 원로급 작가였기에 다른 누구보다도 일제의 탄압을 우심하게 받았다. 그런데도 그는 일제에의 협력을 끝내 거부하였다. 그 후 강요된 침묵으로 전도(顚倒)된 시대를 거치는 동안 일제 말기의 상황에 관한 생생한 기억과 증언은 차츰 자취를 감추었다.

식민지 시대 문인들의 반민족 전력이 단죄되지 아니함으로 인하여 오늘날 그 후과(後果)가 어떠한가?

민촌 이기영 연보

*민촌 출생 이전을 '민전'이라 표기함.

?		큰고모, 천안 유량리의 전주이씨 이우상에게 출가
1881(민전 14년)	8월	상엄리에 우봉이씨 이판서의 산소 조성됨
1886(민전 9년)		부친 민창(14세), 밀양박씨(18세)와 결혼
1890(민전 5년)	2. 4.	큰고모(22세), 남편(24세)의 사망으로 청상이 됨
	2. 12.	큰고모의 유복자 병희 출생
1891(민전 4년)		작은고모(13세), 목천군의 김진억(12세)에게 출가
		신혼의 삼촌 민상(16세) 부부, 돌림병으로 사망
1892(민전 3년)		부친(20세) 무과 급제
?		부친 유경(留京)

〈1894(민전 1년) 1. 10. 갑오농민전쟁 발발〉

1894(민전 1년)	가을	부친(22세), 벼슬자리를 구하기 위하여 다시 상경
	8. 10.	조명희 출생
	10. 24.	홍진유 출생
1895(1세)	5. 6(음).	회룡리(낭골)에서 민촌 출생(모친 27세, 부친 23세)
?		병희(6?세), 전주이씨 창성군가로 양자 입계

〈1895(1세) 8. 25. 을미사변〉

1896(2세)	1. 27.	조부 규완(51세) 사망
1896	3. 13.	동학 잔당 천안 읍내 습격
1897–8(3~4세)		천안군 북일면 중엄리(엄리–현 안서동)로 이사

1899(5세) ?		부친(27세?), 이판서댁 산지기 송포수의 볼기를 침
1900(6세) ?		부친(28세?) 상경, 한때 심상훈 대감댁의 문객으로 지냄
1901 – 5(7~11세)		서당 학습(하엄리, 훈장 전후식)
1903(9세)		삼촌 민욱(15세), 광산김씨 김영순(17세)과 결혼
		부친(31세)이 내려와 혼례식을 보고 다시 상경
1905(11세)	3. 7(음).	모친 밀양박씨(37세), 장티푸스로 사망
		부친(33세), 문객 생활을 청산하고 서울에서 낙향
	6월경	여동생(3세) 사망
	한여름	서당에서 붓 도난 사건이 발생한 때로 추정됨
		마을의 상민 '남술', 공사장에서 중상을 입음
		한글 해독, 고대소설 탐독 시작
	가을	'남술' 독감으로 사망
	겨울	부친(33세), '남술'의 처(19세?)와 재혼
		작은고모 시가로 돌아감
		부친(33세) 등의 발기로 지역 유지들로부터 기부금을 출연하여 설립된 천안 사립영진학교에 첫 회 입학, 동급생 홍진유와 친교
1906(12세)	늦여름	집안의 하인 '창길', 노름하다가 금점꾼에게 살해됨
		서모(20세?), 아들을 출산(그 아들은 오래 살지 못한 듯)
1908(14세)	봄	한양조씨 조병기(16세)와 결혼
	늦봄	학생들, 일제히 삭발하고 교모를 착용
		학교, 중창을 위하여 다시 기부금을 출연
		삭발 치림으로 큰고모(40세)댁을 방문, 초면의 현병주 선생과 서로 무안을 주고받음
	늦여름	처가를 방문하여 장인(31세)으로부터도 무안당함
	가을	풋사랑 국실이의 자살
1909(15세)	초가을	학교의 중창 완료
	늦가을	부친(37세)의 파산, 학교 일시 중퇴
		천안군 상리면 유량리(현 천안시 유량동) 269번지의 큰고모(41세)댁 행랑채로 조모(62세)와 함께 이사
	말	신소설 탐독 시작
1910(16세)	봄	가정교사로 입주하여 학교 졸업
	?	부친(38세), 서모(24세)와 함께 목천군 석곡리 189번지로 이주하여 마름 노릇
		잠업강습소 6개월 수료
	여름	홍진유(17세), 마산으로 떠남

〈1910(16세) 8. 29. 한일합방〉

1910(16세)	가을	토지조사국 기수 채용시험에 응시하여 낙방
1911(17세)		천안의 서점 '흥남서시'에서 점원 노릇

1912(18세)	3월	천안군청에 임시고로 1개월 근무
	4월 초순	가출하여 마산, 부산까지 다녀옴(약 2~3개월?)
	6월(?)	홍진유(19세) 도일
	가을	장티푸스를 심하게 앓음
1913(19세)		충청도 서해안으로 길을 떠나(2차 가출) 홍성, 서산, 해미 등의 내포를 돌아다님(노가다패의 통역, 날품팔이?)
1914(20세)	초	서산 구도에서 증기선을 타고 인천에 상륙하여 상경
		서울에서 어느 일본인을 따라 경북의 상주, 영주로 내려가 특허품 행상, 사기로 드러나 해산
		풍기 순흥으로 들어감(광부, 중석 탐광?)
	한여름	소백산의 비로사에서 지냄. 그 후 귀향한 듯
?		3차 가출 전라도로(?)
1917(23세)	초	전라도에서 유성기 약장수를 하다가 부친에게 붙들려 옴
		고향에서 기독교에 입문
		권사가 되고 나중에는 교회의 부속학교(논산 영화여학교)에서 교사 노릇(1918년 11월 사직)
1917(23세)	10. 4.	장남 종원 출생(모 조씨 25세)
1918(24세)		전해에 귀국한 홍진유와 논산에서 재회하여 교유
	11월	조모(71세)와 부친(46세) 사망, 이를 계기로 교사직을 사직하고 방랑생활도 마감
	12월	유량리 내의 벌말로 이사
	12. 19.	홍진유(25세)의 부친 홍면후(59세) 사망

〈1919(25세) 3 · 1 독립만세운동 발발〉

1919(25세)	1월	천안군청에 고원으로 취직(1921년 8월까지 근무)
		이광수의 『무정』을 읽은 때로 추정됨
		서모(33세?) 다시 재가
	7. 1.	종가댁 유씨부인(61세) 사망
		홍진유(26세), 처음으로 감옥에 들어감
		홍을순(16세), 논산의 모 지주에게 첩으로 팔려 감
		유량리의 각골로 이사
		청년회 활동, 문화계몽사업에 참가, 〈동아일보〉에 시평과 창가 투고, 문예지를 우편 구독
1921(27세)	7. 5.	홍진유(28세) 결혼
	8. 25.	딸 화실 출생(모 조씨 29세)
	9월	천안의 호서은행 서기로 직장을 옮김
1922(28세)	2. 20.	아우 풍영(23세) 결혼
	4월 초	은행을 사직하고 도일
		동경의 정칙영어학교에 입학, 홍진유와 자취하며 사자생(寫字生)

		으로 고학을 시작
		홍진유(29세), 직업적 사회운동자로 나섬
		러시아 소설 일어판 탐독 시작
	5. 17.	큰고모(54세)가 사망한 때로 추정됨
		딸 출생 후 1개월 만에 태독으로 사망
1923(29세)	2월	조선 유학생들의 집회에서 조명희(30세)와 첫 대면
	2.10–6월 말	삼촌 민욱(54세) 등 향리 사람들, 일본에 가서 노동
	7. 5.	딸 화실 홍역으로 사망
	8월	홍진유(30세), 박렬사건으로 동경 경시청에 체포됨
	9월	동경 대지진을 겪음
	10월	귀국(이때 고종사촌 병희, 조치원까지 마중 나옴)
		처가(구온양 좌부리) 방문
	겨울	습작을 시작
1924(30세)		아우 풍영(25세)이 유량동 283번지로 분가한 듯
	봄	장편소설 『암흑』을 탈고하여 조선일보사, 동아일보사에 투고하였으나 반려됨
	6월	단편 「오빠의 비밀편지」가 〈개벽〉지의 현상문예에 당선, 등단
	여름	상경, 조명희(31세)의 알선으로 '조선지광'사에 입사
		월세집 사는 현병주 선생댁에서 지냄(낙원동)
	7월	동경에서 출옥한 홍진유(31세) 귀국
	10. 25.	아들 진우 출생(유량리 각골, 모 조씨 32세)
1925(31세)	4월	단편 「가난한 사람들」 탈고, 〈개벽〉 5월호에 발표
	4월 말	홍진유(32세), 흑기연맹사건으로 서울에서 체포됨
	여름	처가를 방문하여 장인(48세)에게 다시 무안을 당함
		홍을순(22세), 오빠의 옥바라지를 위하여 상경하여 민촌과 동거 시작
	8월	카프가 결성되면서 민촌이 이에 가맹
	10. 27.	홍진유 등 흑기연맹사건 관련자에 대한 첫 공판
	11. 17.	홍진유 등 흑련 관련자 전원 각각 징역 1년을 언도받고 서대문형무소에서 복역하게 됨
1926(32세)	초봄	풍영(27세), 아산군 영인면 성내리(쇠재) 396번지로 이주
	4월	단편 「오남매 둔 아버지」 발표(〈개벽〉 4월호)
	5. 19.	단편 「외교관과 전도부인」 탈고
	6. 30.	아들 진우(3세) 사망(모 조씨 34세), 민촌이 천안군청에 사망신고
	여름	익선동 124번지로 이사(조명희가 세 사는 집인 듯)
	10. 18.	딸 을화 출생(모 홍씨 23세, 익선동 124번지)
		아내 조씨(34세), 인사동 하숙집에서 친정살이 시작
	초가을	홍진유(33세), 감옥에서 중병을 얻어 보석 출옥
	겨울	홍진유 가족, 연산을 떠나 뿔뿔이 흩어짐
1927(33세)	9월	카프의 조직 개편, 그 중앙위원회 위원이자 서기국 산하 출판부의 책임을 맡음

	가을	홍진유(34세), 잔여 형기 약 3개월을 더 복역하고 연말경 출소
1928(34세)	1월	단편 「고난을 뚫고」 발표(《동아일보》 1. 15－2. 24)
	5월	단편 「원보」 발표(《조선지광》)
	5. 18.	홍진유(35세) 총독부의원에서 사망, 동지들이 인수하여 수철리에서 화장, 민촌이 연산면에 사망신고
	8. 21	조명희, 소련 연해주로 망명
1930(36세)	4월	단편 「제지공장촌」 발표(《대조》)
1931(37세)	8.10－10.15.	1차 카프사건으로 피검, 전주형무소에서 옥고, 기소유예로 풀려남
	11월	〈조선지광〉의 폐간으로 실직, 또 〈중외일보〉의 휴간으로 장편 『현대풍경』의 연재가 중단되어 그 후 극도의 가난에 시달림
1932(38세)		아들 건(10. 23－12. 16) 출생, 단독(丹毒)으로 사망
1933(39세)		이광수(36세), 김동인(34세)과 논쟁
	5월	장편 『변절자의 아내』 첫 회분 발표(《신계단》)
	5. 30－7. 1.	중편 「서화」를 발표(《조선일보》)하여 호평을 얻음
	7. 17－8월 말	고향 상엄리의 성불사에서 약 40일간 『고향』 집필
	10. 7.	박영희(33세) 카프 탈퇴
	11. 15.	장편 『고향』 발표(《조선일보》 11. 15－이듬해 9. 21) 그 끝부분을 김기진(31세)이 이어서 씀
1934(40세)	1월	박영희(34세), 카프 탈퇴사유서 발표(《동아일보》)
	6. 11.	장편 『봄』 〈조선일보〉에 연재 시작
	8. 25.	2차 카프사건으로 피검, 전주형무소에서 옥고, 징역 2년을 언도받고 집행유예로 풀려남(1935. 12. 9)
1936(42세)		장편 『인간수업』 발표(《조선중앙일보》 1. 1－7. 23)
	8월	한 달간 마산에서 휴양차 지냄, 옥고 중에 태어난 아들(2세)이 뇌막염으로 사망
	10월	장편 『고향』 단행본 상권 출간(한성도서) 아내 조씨(44세), 인사동 하숙집살이 청산

〈1936(42세) 12. 12. 조선사상범보호관찰령 시행〉

1937(43세)		장남 종원(21세?) 결혼으로 아내 조씨 온양읍 온천리 73번지의 셋방에 정착
	10월	단편 「돈」 발표(《조광》)

〈1937(43세) 7월 중일전쟁 발발〉

1938(44세)	5. 11.	포석 조명희(45세), 소련에서 간첩 혐의로 총살당함
	10월	금강산 관광
	연말 전후	현병주 별세
1939(45세)	7. 1.	총독부의 시국인식 간담회에 참석

8. 18. 2주일간 만주 취재 여행
10월 생산소설 『대지의 아들』 발표(〈조선일보〉)
10. 20. 조선문인협회의 발기인으로 가담

〈1940(46세) 2. 11. 일제 창씨개명 실시〉

1940(46세) 『봄』 발표 계속(〈동아일보〉 40. 6. 11－8. 11, 인문평론 40. 10－41. 2)

〈1941(47세) 3. 10. 조선사상범예방구금령 시행〉

1942(48세) 생산소설 「동천홍」 발표(춘추 42. 2－43. 3)
8월 장편 『봄』 단행본 출간
작은고모(64세)의 손녀 김남숙(13세)을 민촌의 제2부인 홍씨(39세)가 서울로 데려감
1943(49세) 6. 17. 조선문인보국회 소설희곡부회 상담역의 1인이 됨
고종사촌 병희(54세) 사망
생산소설 「광산촌」 발표(〈매일신보〉 9. 23－11. 2)
10. 6. 서모(57세) 사망

〈1943(49세) 11. 5－6 일제 대동아회의를 개최, 동경〉

1944(50세) 3월 강원도 회양군의 내금강 병이무지리로 소개

〈1945(51세) 8. 15. 일제에서 해방, 곧이어 남북 분단〉

1945(51세) 9. 17. 상경, 조선프롤레타리아예술동맹 설립 주도
11월 하순 월북(이때 한설야, 안막, 최승희와 동행)
1946(52세) 조선문학예술총동맹 중앙위원장(종신까지 역임)
4월 희곡 「해방」 발표, 철원극장에서 상연(8. 15)
7월 단편 「개벽」 발표(문예총 기관지 〈문예전선〉)
조선인민의 사절단으로 소련 방문(8. 10－10. 7)
1947(53세) 조 · 쏘문화협회 중앙위원장
1948(54세) 최고인민회의 상임위원
북한 문학사상 첫 장편소설인 『땅』의 '개간편' 발표
1949(55세) 6월 푸쉬긴 탄생 150주년 기념 축전 참석차 소련 방문
『땅』의 '수확편' 발표

〈1950(56세) 6·25 전쟁 발발〉

1952(58세) 고골리 서거 100주년 기념 제전 참석차 소련 방문

		오슬로 세계평화회의에 북조선 대표로 참석
1954(60세)		대하소설 『두만강』 제1부 발표
1955(61세)		노력훈장 수훈
		제2차 소련 작가대회에 참석차 소련 방문
1957(63세)		『두만강』 제2부 발표
		최고인민회의 부의장, 조·쏘친선협회 중앙위원장
		인민예술가 칭호 및 국가훈장 1급 수훈
	4월	『봄』의 재판 출간(조선작가동맹출판사)
	11. 25.	본처 조씨(64세), 온양읍 용화리 16번지에서 사망
1958(64세)		『땅』 제2부 발표
		『두만강』 제3부 취재차 동북지방을 여행
1960(66세)		『두만강』으로 인민상 수상
	6월~7월	『두만강』 제3부 취재차 보천보, 삼지연 및 무산 일대를 여행
1961(67세)		『두만강』 제3부 발표
1984(90세)	8. 9.	사망, 평양 신미리의 애국열사릉에 묻힘
1986(민후 2년)	4. 5.	장남 종원(70세) 사망(천안)
1989(민후 5년)	3월	작가 황석영 입북, 평양의 홍을순(84세) 문안
	7. 10.	평양축전 시 재미 안동일 기자가 입북하여 평양의 홍을순(85세)과 그 가족을 면담하고 취재
2018(민후 34년)	9. 16.	천안역사문화연구회 주최 34주기 추모제 거행 (천안 안서동 중암마을 민촌재에서)

작가 황석영이 민촌의 미망인 홍을순과 맞절을 하고 있다(《신동아》 1989. 6).